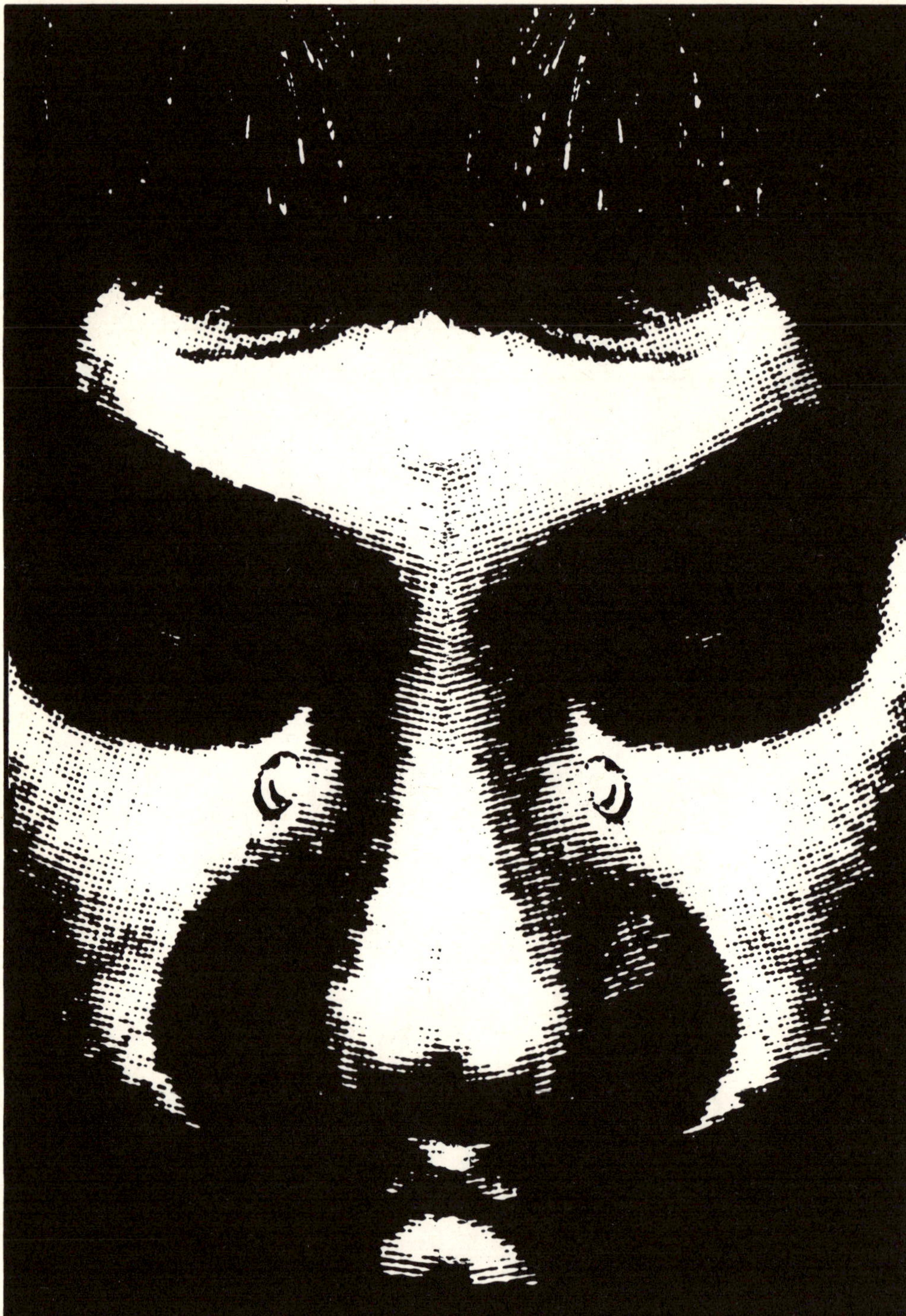

Horror

Gruselgeschichten aus alter und neuer Zeit

Herausgegeben von Kurt Singer

Mit Bildern von Günther Stiller

Büchergilde Gutenberg
Frankfurt am Main Wien Zürich

Ins Deutsche übertragen von Joachim A. Frank
Titel Originalausgaben:

Ghost Omnibus

Weird Tales of the Supernatural

Gothic Reader

Horror Omnibus

Satz Fotosatz Tutte, Salzweg-Passau
Schrift Korpus Times
Lithographie und Druck Paul Robert Wilk
Bindearbeiten C. Fikentscher KG
ISBN 3 7632 1522 0 · Printed in Germany 1971

Inhalt

Edward Lucas White
Lakandu

»Es leuchtet ein«, sagte Twombly, »daß man dem Zeugnis seiner eigenen Augen glauben muß, und wenn Auge und Ohr übereinstimmen, kann es keinen Zweifel mehr geben. Man muß glauben, was man sowohl gesehen als auch gehört hat.«
»Nicht immer«, warf Singleton leise ein.
Alle wandten sich Singleton zu. Twombly stand, mit dem Rücken zum Gitter, breitbeinig auf dem Kaminvorleger und schien wie immer den ganzen Raum zu beherrschen. Singleton dagegen hatte sich, wie es seine Art war, unauffällig in eine Ecke gedrückt. Aber wenn Singleton den Mund aufmachte, hatte er auch etwas zu sagen. Daher sahen wir ihn mit jenem schmeichelhaften, plötzlich eintretenden erwartungsvollen Schweigen an, das zum Sprechen auffordert.
»Ich dachte nur an etwas, was ich in Afrika sowohl sah als auch hörte«, sagte er nach einer kurzen Pause.
Wenn uns je etwas völlig mißglückt war, so war es der Versuch, Singleton Genaueres über seine Erlebnisse in Afrika zu entlocken. Wie der oft zitierte Bergsteiger, der nicht mehr zu erzählen wußte, als daß er eben hinauf- und wieder heruntergeklettert war, lief alles, was uns Singleton über Afrika berichtet hatte, darauf hinaus, daß er hingefahren und wieder zurückgekommen war. Daher fesselten seine Worte augenblicklich unsere Aufmerksamkeit. Twombly verschwand vor dem Kamin, aber keiner von uns erinnerte sich später, ihn gehen gesehen zu haben. Im Zimmer schien eine Umgruppierung vor sich zu gehen. Singleton rückte in den Brennpunkt. Einige zündeten sich hastig und verstohlen eine frische Zigarre an. Auch Singleton steckte sich eine an, aber sie ging gleich wieder aus, und er vergaß sie.

I

Wir waren im Großen Wald, auf der Suche nach Pygmäen. Van Rieten hatte eine Theorie aufgestellt, derzufolge die ›Zwerge‹, die Stanley und andere gefunden hatten, nur eine Mischung aus gewöhnlichen Negern und echten Pygmäen waren. Er hoffte eine Rasse zu entdecken, deren Angehörige höchstens zweiundneunzig Zentimeter maßen.
Wir trafen nur wenige Eingeborene, und das Wild war knapp. Zu essen gab es außer Wildbret nichts. Und um uns her der tiefste, finsterste, feuchteste Urwald. Das einzig Neue in dieser Gegend waren wir selbst. Keiner der Eingeborenen, denen

wir begegneten, hatte je einen Weißen gesehen, und die meisten wußten nicht einmal etwas von der Existenz von Weißen. Eines Tages aber erschien gegen Abend ein völlig erschöpfter Engländer in unserem Lager. Wir hatten nicht einmal gerüchtweise von ihm gehört, aber er hatte nicht nur von uns gehört, sondern sogar einen erstaunlichen Fünftagemarsch unternommen, um zu uns zu stoßen. Sein Führer und seine beiden Träger waren kaum weniger entkräftet als er selbst. Man sah, daß er sonst reinlich war und auf sich hielt, ein Mann, der sich täglich rasierte, obwohl er nun in Fetzen gekleidet war und einen fünf Tage alten Bart hatte. Er war klein, aber drahtig, und er hatte jenes typisch englische Gesicht, aus dem alle Empfindungen so sorgfältig verbannt sind, daß ein Ausländer meinen könnte, sein Besitzer sei schlechterdings keines Gefühls fähig; anders gesagt: ein Gesicht, das – wenn überhaupt etwas – in erster Linie die Entschlossenheit ausdrückt, mit Anstand durchs Leben zu gehen.

Sein Name war Etcham. Er stellte sich bescheiden vor und aß dann mit uns so bedächtig und manierlich, daß wir – hätten es seine Träger nicht unseren Trägern erzählt – nie auf den Gedanken gekommen wären, daß er in fünf Tagen nur drei kleine Mahlzeiten zu sich genommen hatte. Nachdem wir unsere Pfeifen angezündet hatten, erklärte er uns, warum er gekommen war.

»Mein Vorgesetzter ist schwer krank«, sagte er zwischen zwei Zügen. »Lange wird er nicht mehr durchhalten können. Ich dachte, vielleicht…«

Er sprach ruhig, leise und gleichmäßig, aber ich sah, wie unter dem struppigen Schnurrbart kleine Schweißperlen auf seine Oberlippe traten. In seiner Stimme klang eine unterdrückte Erregung mit. In seinem Blick lag ein stummes Drängen, seine ganze Haltung drückte ein innerliches Flehen aus, das mich augenblicklich rührte. Van Rieten hatte kein Gefühl im Leibe. Wenn er gerührt war, ließ er es sich nicht anmerken. Aber er hörte zu, und allein das überraschte mich. Er war der Mann, der eine Bitte ohne weiteres abschlagen konnte. Doch er hörte sich Etchams schüchterne, zögernde Hinweise an.

»Wer ist Ihr Vorgesetzter?«

»Stone«, lispelte Etcham.

Wir sahen ihn überrascht an.

»Ralph Stone?« fragten wir gleichzeitig.

Etcham nickte.

Van Rieten und ich schwiegen eine Minute. Van Rieten hatte ihn nie gesehen, aber ich war ein Klassenkamerad Stones gewesen und hatte mit Van Rieten an so manchem Lagerfeuer über ihn gesprochen. Wir hatten vor zwei Jahren von ihm gehört, bei den Balunda südlich von Luebo, wo von nichts anderem die Rede gewesen war als von seinem dramatischen Kampf gegen einen Zauberpriester der Balunda, der mit der vollständigen Niederlage des Zaubers und der Demütigung seines Stammes vor Stone geendet hatte. Die Balunda hatten sogar die Flöte des Zauberers zerbrochen und die Stücke Stone gegeben. Es war wie der Triumph des Elias über die Propheten des Baal, nur viel wirklicher für die Balunda.

Wir hatten gedacht, Stone sei weit fort, vielleicht nicht einmal mehr in Afrika, und nun stellte sich heraus, daß er uns vorausmarschiert und wahrscheinlich bei unseren Forschungen zuvorgekommen war.

II

Als Etcham Stone erwähnte, fiel uns dessen erregende Geschichte wieder ein; seine berühmten Eltern und ihr tragischer Tod, seine glänzenden Leistungen auf der Schule, die Faszination seiner Millionen, der verheißungsvolle Beginn seiner Karriere, seine an echten Ruhm grenzende Bekanntheit; seine romantische Flucht mit der meteorhaft aufsteigenden Schriftstellerin, die sich durch ihre rasch aufeinanderfolgenden Romane in so jungen Jahren schon einen so großen Namen erworben hatte und deren Schönheit und Charme so oft gepriesen wurden; der Skandal des Prozesses wegen Bruchs des Eheversprechens; die Treue und Anhänglichkeit seiner Braut während dieser Geschehnisse, ihr plötzlicher Streit, als sich alles wieder zum Guten gewandt hatte, und die Scheidung; die reklamehafte Ankündigung seiner kurz bevorstehenden Heirat mit der Klägerin im Prozeß; seine überstürzte Wiederverehelichung mit seiner geschiedenen Frau; ihr zweiter Streit und die zweite Scheidung; seine Abreise aus England und seine Ankunft auf dem Schwarzen Kontinent ... All das stürzte auf mich ein, und ich glaube, auch Van Rieten dachte daran, als er schweigend dasaß. Endlich fragte er:

»Wo ist Werner?«

»Tot«, sagte Etcham. »Er starb, bevor ich zu Stone kam.«

»Sie waren nicht mit Stone bei Luebo?«

»Nein. Ich stieß erst bei den Stanley-Fällen zu ihm.«

»Wer ist jetzt bei ihm?« fragte Van Rieten.

»Nur seine Diener aus Sansibar und die Träger.«

»Woher kommen die Träger?« fragte Van Rieten.

»Von den Mangbetu«, antwortete Etcham einfach.

Das machte großen Eindruck auf Van Rieten und mich. Es bewies Stones Führereigenschaften. Bis zu diesem Zeitpunkt war es noch niemandem gelungen, Mangbetu außerhalb ihres eigenen Landes als Träger zu bekommen oder sie für lange, schwierige Expeditionen zu gewinnen.

»Waren Sie lange bei den Mangbetu?« lautete Van Rietens nächste Frage.

»Ein paar Wochen«, sagte Etcham. »Stone interessierte sich für sie und stellte ein ziemlich umfangreiches Wörterbuch ihrer Sprache zusammen. Er vertritt die Theorie, daß sie von den Balunda abstammen, und ihre Gebräuche scheinen das zu bestätigen.«

»Wovon leben sie?« fragte Van Rieten.

»Hauptsächlich von Wildbret«, lispelte Etcham.

»Wie lange ist Stone schon krank?«

»Über einen Monat.«

»Und Sie haben für das Lager gejagt?« rief Van Rieten.

Etchams Gesicht, so verbrannt es war, errötete.
»Ich habe einige Male danebengeschossen«, gestand er reumütig. »Ich war selbst nicht ganz auf der Höhe.«
»Was hat Stone?« fragte Van Rieten.
»So etwas ähnliches wie Karbunkel.«
»Mit ein oder zwei Karbunkeln sollte er wohl fertig werden«, meinte Van Rieten.
»Es sind keine richtigen Karbunkel«, sagte Etcham. »Und es sind auch nicht nur einer oder zwei. Er hatte Dutzende davon, manchmal fünf auf einmal. Wenn es Karbunkel gewesen wären, wäre er schon längst tot. Aber einerseits sind sie nicht so schlimm und andrerseits noch schlimmer.«
»Wie soll man das verstehen?« fragte Van Rieten.
Etcham zögerte. »Die Entzündung scheint nicht so tief zu gehen und nicht so weit um sich zu greifen. Sie sind auch nicht so schmerzhaft und verursachen kein so hohes Fieber. Dafür treten Symptome einer Geistesstörung auf. Die ersten Beulen ließ er mich behandeln, aber die anderen versteckte er sorgfältig vor mir und den Männern. Er bleibt im Zelt, wenn sie aufbrechen, und läßt mich nicht einmal in seine Nähe, um die Verbände zu wechseln.«
»Haben Sie noch genug Binden?« fragte Van Rieten.
»Ein paar noch«, sagte Etcham zweifelnd. »Aber er wäscht die alten aus und verwendet sie wieder.«
»Wie behandelt er die Beulen?« wollte Van Rieten wissen.
»Er schneidet sie über dem Fleisch ab, mit dem Rasiermesser.«
»Wie!« rief Van Rieten.

Etcham antwortete nicht. Er blickte ihm nur fest in die Augen.
»Entschuldigen Sie«, sagte Van Rieten. »Sie haben mich erschreckt. Nein, das können keine Karbunkel sein. Er wäre längst daran gestorben.«
»Ich glaube, ich sagte doch, daß es keine Karbunkel sind«, lispelte Etcham.
»Aber der Mann muß verrückt sein!« rief Van Rieten.
»Stimmt«, sagte Etcham. »Er ist nicht mehr Herr über sich selbst, und es ist ihm nicht zu raten und nicht zu helfen.«
»Wie viele hat er auf diese Weise behandelt?«
»Soviel ich weiß, zwei.«
»Zwei?«
Etcham errötete wieder. »Ich beobachtete ihn durch einen Riß in der Hüttenwand. Ich fühlte mich verpflichtet, auf ihn aufzupassen, so als wäre er nicht mehr zurechnungsfähig.«
»Was er wohl auch nicht mehr ist«, stimmte ihm Van Rieten bei. »Und Sie sahen es zweimal?«
»Ja. Ich nehme an, er hat es mit den anderen ebenso gemacht«, sagte Etcham.
»Wie viele hatte er schon?«
»Dutzende.«
»Ißt er?« fragte Van Rieten.
»Wie ein Wolf«, sagte Etcham. »Mehr als zwei Träger zusammen.«
»Kann er gehen?«
»Er kriecht stöhnend auf allen vieren«, antwortete Etcham.
»Wenig Fieber, sagen Sie«, überlegte Van Rieten.

»Genug und zuviel«, erklärte Etcham.
»Hat er deliriert?« fragte Van Rieten.
»Nur zweimal. Als die erste Beule aufbrach und später dann noch einmal. Er ließ niemanden an sich heran, aber wir hörten ihn sprechen, ununterbrochen sprechen. Er machte den Eingeborenen Angst.«
»Sprach er im Delirium ihren Dialekt?«
»Nein«, sagte Etcham, »aber eine ähnliche Sprache. Hamed Burghash sagte, es sei Balunda. Ich verstehe zu wenig Balunda. Ich habe kein Talent für Sprachen. Stone hat in einer Woche mehr Mangbetu gelernt, als ich in einem Jahr lernen könnte. Aber mir war, als hörte ich Worte, die eine gewisse Ähnlichkeit mit Mangbetu-Wörtern hatten. Die Mangbetu-Träger hatten jedenfalls Angst.«
»Sie hatten Angst?« wiederholte Van Rieten fragend.
»Ja. Die Männer aus Sansibar auch, und Hamed Burghash und ich selbst auch. Nur aus einem anderen Grunde. Er sprach mit zwei Stimmen.«
»Mit zwei Stimmen?« sagte Van Rieten nachdenklich.
»Ja.« Etcham, der bis dahin sehr ruhig gesprochen hatte, geriet in Erregung. »Mit zwei Stimmen wie in einem Zwiegespräch. Die eine war seine eigene, die andere eine hohe, meckernde Stimme. Ich habe noch nie dergleichen gehört. Aus dem, was die tiefe Stimme sagte, glaubte ich einige Mangbetu-Wörter, die ich kenne, herauszuhören: *nedru, metababa* und *nedo,* was soviel heißt wie ›Kopf‹, ›Schulter‹ und ›Schenkel‹, und dann, wenn ich mich nicht irre, *kudra* und *nekere* – ›sprechen‹ und ›pfeifen‹. Und die hohe Stimme gebrauchte die Wörter *matomipa, angunzi* und *kamomami* – ›töten‹, ›Tod‹ und ›Haß‹. Hamed Burghash sagte, er kenne diese Wörter auch. Er spricht viel besser Mangbetu als ich.«
»Was sagten die Träger?« fragte Van Rieten.
»Sie sagten: ›Lakandu, lakandu!‹«, erwiderte Etcham. »Ich kannte das Wort nicht, aber Hamed Burghash sagte mir, es sei Mangbetu für ›Leopard‹.«
Es ist das Mangbetu-Wort für ›Zauberei‹«, berichtigte Van Rieten.
»Ich kann es ihnen nicht verübeln, daß sie es so auffaßten«, sagte Etcham. »Man konnte tatsächlich an Zauberei glauben, wenn man diese beiden Stimmen hörte.«
»Und die Stimmen führten ein regelrechtes Zwiegespräch?« fragte Van Rieten beiläufig.
Etchams Gesicht wurde blaß unter der Sonnenbräune.
»Manchmal sprachen beide zugleich«, sagte er heiser.
»Beide zugleich!« rief Van Rieten.
»So klang es auch für die Männer«, sagte Etcham. »Aber das ist noch nicht alles.« Er hielt inne und sah uns einen Augenblick hilflos an. »Kann man gleichzeitig sprechen und pfeifen?« fragte er.
»Wie meinen Sie das?«
»Wir hörten Stone reden, mit seinem tiefen, dröhnenden Baß, und zugleich hörten wir ein hohes, schrilles Pfeifen … ein merkwürdiger, unheimlicher Laut. Sie wissen ja, so hoch ein erwachsener Mann auch pfeift: es hört sich anders an als das Pfeifen

eines Jungen oder einer Frau oder eines kleinen Mädchens, das irgendwie schriller klingt. Stellen Sie sich vor, das kleinste Mädchen, das überhaupt pfeifen kann, pfeift vor sich hin, ununterbrochen, ohne Melodie. So ähnlich war dieses Pfeifen, nur noch viel durchdringender. Und es klang mitten in Stones Baß hinein.«

»Und Sie sind nicht zu ihm gegangen!« rief Van Rieten.

»Er ist kein Mann, der mit Drohungen um sich wirft«, verteidigte sich Etcham, »aber er drohte uns – nicht großsprecherisch oder fiebrig wie ein Kranker, sondern ruhig und mit festem Nachdruck. Jeder, und er warf mich mit den Dienern und Trägern in einen Topf, jeder, der ihm nahekomme, während er leide, müsse sterben. Er beeindruckte uns mehr durch seine Haltung als durch seine Worte. Er war wie ein Fürst, der befiehlt, auf seinem Sterbebett in Ruhe gelassen zu werden. Man konnte einfach nicht gegen seinen Befehl handeln.«

»Ich verstehe«, sagte Van Rieten kurz.

»Er ist sehr krank«, wiederholte Etcham hilflos. »Ich dachte, vielleicht...«

Seine tiefe Neigung, seine echte Liebe für Stone durchbrach den Panzer der anerzogenen Zurückhaltung. Er verehrte Stone offenbar leidenschaftlich.

Van Rieten hatte wie so viele tüchtige Männer einen harten, selbstsüchtigen Zug, der nun zutage trat. Er sagte, er sei – nicht anders als Stone – für das Leben seiner Männer verantwortlich. Er vergesse zwar nicht die Bande des Blutes und der gemeinsamen Berufung, die zwischen zwei Forschern bestünden, aber es sei sinnlos, eine ganze Mannschaft in Gefahr zu bringen, um einem einzelnen Mann zu helfen, für den wahrscheinlich jede Hilfe ohnehin zu spät komme. Außerdem sei es schon schwierig genug, für eine Mannschaft zu jagen. Für zwei sei es doppelt so schwer, und die Gefahr, daß beide verhungern müßten, sei zu groß. Und wenn wir einen Siebentagemarsch (er machte Etcham, der die Strecke in fünf Tagen bewältigt hatte, ein Kompliment) von unserer Route abwichen, könne unsere ganze Expedition zum Scheitern verurteilt sein.

III

Van Rieten hatte die Vernunft auf seiner Seite, und er war ein Mann, dem man nicht so leicht widersprach. Etcham sah aus, als wollte er sich entschuldigen. Er saß da wie ein Schüler vor seinem Lehrer. Zuletzt sagte Van Rieten:

»Ich bin hinter Pygmäen her, und dafür setze ich mein Leben aufs Spiel. Ich will Pygmäen sehen.«

»Dann wird Sie das vielleicht interessieren«, sagte Etcham ruhig. Er nahm zwei Gegenstände aus der Seitentasche seiner Jacke und reichte sie Van Rieten. Sie waren rund, etwas größer als große Pflaumen, aber kleiner als kleine Pfirsiche; gerade groß genug, um von einer Hand umschlossen zu werden. Sie waren schwarz, und zuerst erkannte ich nicht, worum es sich handelte.

»Pygmäen!« rief Van Rieten. »Tatsächlich ... Pygmäen.

Aber die können doch keine sechzig Zentimeter groß sein! Wollen Sie behaupten, das seien die Köpfe von Erwachsenen?«

»Ich behaupte gar nichts«, erwiderte Etcham gleichmütig. »Sie können sie selbst sehen.«
Van Rieten reichte mir einen der Köpfe. Die Sonne ging gerade unter, und ich betrachtete ihn eingehend. Es war ein getrockneter Kopf, sehr gut erhalten. Das Fleisch war hart wie argentinisches Dörrfleisch. Aus der zusammengeschrumpften Halsmuskulatur stand noch ein Stück Wirbelsäule hervor. Der Unterkiefer war vorgeschoben, das kleine Kinn sehr spitz, die winzigen Zähne zwischen den zurückgezogenen Lippen waren weiß und ebenmäßig, die Nase war platt, die niedrige Stirn fliehend, und dichte krause Wolle bedeckte den Liliputschädel. Der Kopf hatte nichts Kindliches oder Jugendliches an sich. Im Gegenteil, er wirkte nicht nur erwachsen, sondern geradezu greisenhaft.
»Woher stammen diese Köpfe?« fragte Van Rieten.
»Ich weiß es nicht«, sagte Etcham. »Ich fand sie unter Stones Sachen, als ich Medikamente suchte oder irgend etwas, womit ich ihm helfen konnte. Woher er sie hatte, weiß ich nicht, aber ich kann beschwören, daß er sie noch nicht besaß, als wir diese Gegend betraten.«
»Sind Sie dessen sicher?« fragte Van Rieten, der Etcham mit großen Augen anstarrte.
»Ganz sicher«, lispelte Etcham.
»Wie konnte er sie aber bekommen, ohne daß Sie es merkten?«
»Wenn wir jagten, waren wir manchmal zehn Tage getrennt«, sagte Etcham. »Stone ist nicht sehr gesprächig. Er erzählt mir nie, was er tut, und Hamed Burghash hat seine Zunge im Zaum und seine Männer fest in der Hand.«
»Sie haben diese Köpfe untersucht?« fragte Van Rieten.
»Gründlich«, antwortete Etcham.
Van Rieten war sehr methodisch. Er nahm sein Notizbuch, riß ein Blatt heraus, faltete es und teilte es in drei gleich große Zettel. Einen gab er mir, einen Etcham.
»Ich möchte meine Eindrücke überprüfen«, sagte er. »Jeder soll niederschreiben, woran ihn diese Köpfe am meisten erinnern, und dann wollen wir vergleichen.«
Ich reichte Etcham einen Bleistift. Er schrieb und gab ihn mir zurück.
»Lesen Sie vor«, sagte Van Rieten und gab mir seinen Zettel.
Er hatte geschrieben: »An einen alten Zauberdoktor der Balunda.«
Auf Etchams Zettel stand: »An einen alten Fetischmann der Mangbetu.«
Ich selbst hatte geschrieben: »An einen alten Zauberer der Katongo.«
»Da haben wir es!« rief Van Rieten. »Sehen Sie sich das an. Nichts an diesen Köpfen erinnert an die Wagabi oder Batwa oder Wambutu oder Wabotu. Und es sind auch keine Pygmäenköpfe!«
»Das dachte ich mir«, sagte Etcham.
»Und Sie sagen, er hatte sie vorher nicht?«
»Ganz bestimmt nicht«, versicherte Etcham.
»Es lohnt sich, der Sache nachzugehen«, sagte Van Rieten. »Ich komme mit und werde mein Bestes tun, um Stone zu retten.«
Er streckte die Hand aus, und Etcham drückte sie schweigend und voll Dankbarkeit.

IV

Allein fieberhafte Besorgnis konnte Etcham dazu befähigt haben, die Strecke in fünf Tagen zurückzulegen. Für den Rückweg brauchte er volle acht Tage, obwohl er nun das Gelände kannte und wir bei ihm waren. In sieben Tagen hätten wir es nicht geschafft, und Etcham trieb uns unermüdlich vorwärts, außer sich vor Sorge und nicht allein dem Pflichtgefühl gehorchend, sondern von einer persönlichen Verehrung für Stone erfüllt, die sein trockenes, konventionelles Äußere durchbrach und sich gegen seinen Willen verriet.

Wir fanden Stone gut versorgt vor. Etcham hatte um das Lager herum eine hohe *zaareba* aus Dornen errichten lassen, die Hütten waren fest gebaut und mit Stroh gedeckt, und Stones Hütte im besonderen war so gut, wie es die Mittel erlaubten. Hamed Burghash trug nicht von ungefähr den Namen zweier Seids: Er hatte das Zeug zum Sultan in sich. Er hatte die Mangbetu zusammengehalten, von denen nicht ein einziger geflohen war, und er sorgte für Ruhe und Ordnung. Außerdem war er ein geschickter Krankenpfleger und ein treuer Diener.

Die beiden anderen Sansibari hatten nicht ohne Erfolg gejagt, und obwohl alle hungrig waren, konnte von einer echten Hungersnot im Lager nicht die Rede sein. Stone lag auf einem mit Zeltleinwand bespannten Feldbett, und neben dem Bett stand ein Klapptisch mit einem Hocker in der Form eines türkischen Taburetts. Auf dem Tisch befanden sich einige Fläschchen, Stones Uhr und sein Rasiermesser in einem Etui.

Stone sah sauber und keineswegs ausgemergelt aus, aber er war nicht bei sich – nicht bewußtlos, eher halb betäubt, benommen, nicht mehr imstande, Befehle zu erteilen oder jemanden zu widersprechen. Er sah uns nicht eintreten und bemerkte unsere Anwesenheit nicht. Ich würde ihn jederzeit wiedererkannt haben. Seine knabenhafte Anmut war freilich völlig verschwunden, aber sein Kopf war noch löwenhafter geworden. Das Haar war noch dicht, blond und lockig, und der gekräuselte Bart, den er sich während der Krankheit hatte wachsen lassen, veränderte ihn kaum. Er hatte noch denselben mächtigen Brustkasten wie früher und wirkte noch groß und kräftig. Seine Augen waren jedoch stumpf und er murmelte sinnlose Silben, nicht Worte, vor sich hin.

Etcham half Van Rieten, ihn auszukleiden und zu untersuchen. Für einen Mann, der schon so lange bettlägerig war, hatte er noch erstaunlich kräftige Muskeln. Narben sah man nur in der Gegend der Knie, auf den Schultern und auf der Brust. Er hatte etwa zwanzig auf jedem Knie und darüber und weitere zwölf auf jeder Schulter, alle auf der Vorderseite und alle rund.

Dazu kamen zwei offene und vier oder fünf kaum verheilte Wunden. Wir entdeckten nur zwei frische Schwellungen, auf jedem Brustmuskel eine, die linke weiter oben und außen als die rechte. Sie sahen nicht wie Geschwüre oder Karbunkel aus, sondern so, als schöbe sich etwas Hartes, Stumpfes von innen heraus durch das ziemlich gesunde, nur wenig entzündete Fleisch.

»Ich würde sie nicht aufstechen«, sagte Van Rieten, und Etcham stimmte ihm bei.

Sie machten es Stone so bequem wie möglich, und kurz vor Sonnenuntergang sahen wir noch einmal nach ihm. Er lag auf dem Rücken, wie betäubt, aber mit hochgewölbter Brust. Wir ließen Etcham bei ihm zurück und gingen in die Hütte, die dieser uns zugewiesen hatte. Die Dschungellaute waren mir seit Monaten vertraut, und so schlief ich bald tief und fest.

V

Irgendwann erwachte ich in pechschwarzer Finsternis und lauschte. Ich hörte zwei Stimmen. Die eine gehörte Stone, die andere war hoch und quäkend. Stones Stimme erkannte ich sofort wieder, obwohl ich sie vor so vielen Jahren zum letztenmal gehört hatte. Die andere konnte ich mit nichts, was ich je vernommen hatte, in Verbindung bringen. Sie hatte weniger Volumen als das Geschrei eines Neugeborenen, und dennoch war sie weittragend und durchdringend wie das Schrillen eines Insekts. Während ich lauschte, hörte ich Van Rieten neben mir atmen, und dann hörte er mich und erkannte, daß ich ebenfalls horchte. Wie Etcham sprach ich nur wenig Balunda, aber ich verstand das eine oder andere Wort. Die beiden Stimmen wechselten einander ab mit langen Pausen dazwischen.

Plötzlich erklangen beide zugleich, Stones Baßbariton, dröhnend wie die Stimme eines völlig gesunden Mannes, und dieses unglaublich schrille Falsett, und beide schwatzten gleichzeitig drauf los wie zwei Leute, die sich streiten und einander niederzureden versuchen.

»Ich halte das nicht aus«, sagte Van Rieten. »Sehen wir nach ihm.«

Er tappte nach seiner Stablampe, drückte auf den Knopf und winkte mir mitzukommen. Draußen vor der Hütte gebot er mir mit einer Handbewegung Halt. Dann löschte er instinktiv das Licht, so als werde das Hören durch das Sehen erschwert. Abgesehen von der schwachen Glut von dem Feuer der Träger umgab uns tiefe Dunkelheit. Nur wenig Sternenlicht sickerte durch die Bäume. Der Fluß murmelte leise. Wir hörten die beiden Stimmen, und plötzlich ging die hohe, meckernde in ein rasiermesserscharfes, unbeschreiblich durchdringendes Pfeifen über, das nicht enden wollte, während Stone einen Sturzbach heiserer Worte von sich gab.

»Großer Gott!« rief Van Rieten und schaltete plötzlich das Licht ein.

Etcham schlief fest, erschöpft von der langen Sorge und den Anstrengungen seines phänomenalen Marsches und erleichtert und völlig entspannt, nun, da ihm Van Rieten die Last von den Schultern genommen hatte. Nicht einmal der Lichtschein auf seinem Gesicht weckte ihn.

Das Pfeifen hatte endlich aufgehört, und wir hörten wieder die Stimmen gleichzeitig sprechen. Sie kamen beide von Stones Lager. Das weiße Strahlenbündel zeigte ihn so, wie wir ihn verlassen hatten, nur daß er die Decke und die Binden von seiner Brust gerissen und die Arme hinter den Kopf gestreckt hatte.

Die Schwellung auf der rechten Seite war aufgebrochen. Van Rieten richtete den Lichtstrahl darauf, und wir sahen sie ganz deutlich. Aus dem Fleisch ragte oder vielmehr wuchs ein Kopf hervor, ein Kopf von der Art der getrockneten Exemplare, die uns Etcham gezeigt hatte, sozusagen die Miniatur des Kopfes eines Balunda-Zauberers. Er war schwarz, glänzend schwarz wie die schwärzeste afrikanische Haut. Er rollte die bösen kleinen Augen, deren Weiß hell schimmerte, und fletschte die winzigen Zähne zwischen den in ihrer roten Fleischigkeit selbst in einem so kleinen Gesicht abstoßenden negroiden Lippen. Der mit krauser Wolle bedeckte Kopf fuhr böse hin und her und schwatzte unaufhörlich in diesem unglaublichen Falsett, und Stone brummte mit rauher Stimme gegen das Geschnatter an.

Van Rieten weckte Etcham mit einiger Mühe, und als dieser endlich wach war und alles sah, starrte er nur und sagte kein Wort.

»Sie sahen ihn zwei der Beulen abschneiden?« fragte Van Rieten.

Etcham nickte mit einem Würgen in der Kehle.

»Blutete er stark?«

»Sehr wenig.«

»Halten Sie seine Arme«, sagte Van Rieten zu Etcham.

Er nahm Stones Rasiermesser und reichte mir die Lampe. Stone schien das Licht nicht zu sehen. Er wußte offenbar nicht, daß wir da waren. Aber der kleine Kopf kreischte und schrie uns an.

Van Rietens Hand war ganz ruhig, und er machte einen raschen, sauberen Schnitt. Stone blutete erstaunlich wenig, und Van Rieten verband die Wunde wie eine Quetschung oder eine gewöhnliche Schramme. In dem Augenblick, in dem der hervorwuchernde Kopf abgetrennt wurde, hatte Stone zu sprechen aufgehört. Van Rieten tat für ihn, was zu tun war, dann riß er mir die Lampe aus der Hand. Er nahm ein Gewehr, suchte den Boden vor dem Feldbett ab und stieß den Kolben zweimal mit aller Kraft nieder.

Wir kehrten in unsere Hütte zurück, aber ich glaube nicht, daß ich in dieser Nacht noch schlief.

VI

Tags darauf, gegen Mittag, hörten wir wieder die beiden Stimmen aus Stones Hütte. Wir fanden Etcham neben seinem Schutzbefohlenen schlafend vor. Die Schwellung auf Stones linker Brustseite war aufgebrochen, und wieder sah ein quäkender, schwatzender Kopf daraus hervor. Etcham erwachte, und zu dritt standen wir da und starrten. Stone unterbrach das schrille Geschnatter des kleinen Ungeheuers mit heiseren Worten.

Van Rieten trat einen Schritt vor, nahm Stones Rasiermesser und kniete neben dem Feldbett nieder. Der winzige Kopf kreischte und fletschte die Zähne.

Plötzlich sprach Stone englisch. »Sie da mit meinem Rasiermesser, wer sind Sie?«

Van Rieten fuhr zurück und stand auf.

Stone sah sich mit klarem, festem Blick in der Hütte um. »Das Ende«, sagte er. »Ich weiß, daß das das Ende ist. Ich sehe Etcham wie im Leben vor mir stehen. Aber das ist doch Singleton! Ach, Singleton! Die Geister aus meiner Kindheit sind ge-

kommen, um mein Ende mitanzusehen. Und du, sonderbares Gespenst mit dem schwarzen Bart und meinem Rasiermesser! Fort mit euch!«
»Ich bin kein Gespenst, Ralph«, sagte ich mit Anstrengung. »Ich lebe, und auch Etcham und Van Rieten leben. Wir sind gekommen, um dir zu helfen.«
»Van Rieten!« rief er. »Mein Werk geht in die Hände eines besseren Mannes über. Das Glück sei mit Ihnen, Van Rieten.«
Van Rieten trat zu ihm. »Halten Sie einen Augenblick still«, sagte er besänftigend. »Es gibt nur einen kleinen Stich.«
»Ich habe schon für viele solcher kleinen Stiche stillgehalten«, sagte Stone klar und deutlich. »Laßt mich in Frieden. Laßt mich auf meine Weise sterben. Die Hydra war nichts im Vergleich mit diesem. Ihr könnt zehn, hundert, tausend Köpfe abschneiden, aber den Fluch könnt ihr nicht abschneiden oder von mir nehmen. Was

in die Knochen eingedrungen ist, kommt nicht aus dem Fleisch heraus. Zerhackt mich nicht mehr. Versprecht es mir!«
Seine Stimme klang so gebieterisch wie in seiner Jugend, und sie wirkte auf Van Rieten, wie sie auf alle anderen gewirkt hatte.
»Ich verspreche es«, sagte er.
Beinahe im gleichen Augenblick trüben sich Stones Augen wieder. Und dann saßen wir drei um ihn herum und sahen zu, wie das scheußliche, geifernde Männchen aus seinem Fleisch wuchs, bis es zwei gräßliche, spindeldürre schwarze Arme ausstreckte. Die unbeschreiblich kleinen Nägel waren bis auf den kaum erkennbaren Halbmond am Ansatz vollkommen ausgebildet, die rosa Handflächen von grausiger Natürlichkeit. Die Arme gestikulierten, und die rechte Hand zupfte an Stones blondem Bart.
»Ich kann das nicht mitansehen!« rief Van Rieten und griff wieder nach dem Rasiermesser. Stones Augen öffneten sich, hart und glänzend. »Van Rieten bricht sein Wort?« sagte er langsam. »Nie!«
»Aber wir müssen Ihnen helfen«, keuchte Van Rieten.
»Mir ist nicht mehr zu helfen und mich schmerzt nichts mehr«, sagte Stone. »Meine Stunde ist da. Dieser Fluch wurde mir nicht auferlegt. Er wuchs aus mir selbst heraus wie dieses Scheusal. Es geht zu Ende.«
Er schloß die Augen wieder, und wir sahen ihn hilflos an. Das Männchen stieß schrille Sätze aus. Kurz darauf erklang wieder Stones Stimme: »Du sprichst alle Sprachen?« fragte er hastig.
Und das immer weiter hervorwachsende Männchen antwortete plötzlich auf englisch: »Ja, wahrlich, alle, die du sprichst.«
Dann streckte es die winzige Zunge heraus, verzog den Mund und wackelte mit dem Kopf. Wir sahen, wie sich die dünnen Rippen hoben, als atmete das Scheusal.
»Hat sie mir verziehen?« fragte Stone mit einem Würgen.
»Solange Moos von den Zypressen hängt«, quäkte das Männchen, »solange Sterne auf den Ponchartrain-See scheinen, wird sie dir nicht verzeihen.«
Da warf sich Stone mit einer einzigen Bewegung auf die Seite. Im nächsten Augenblick war er tot...

Als Singletons Stimme verklungen war, herrschte eine Weile tiefe Stille im Zimmer. Wir konnten einander atmen hören. Der taktlose Twombly brach das Schweigen.
»Ich nehme an, Sie haben das Männchen abgeschnitten und in Spiritus nach Hause gebracht«, sagte er.
Singleton sah ihn ernst an.
»Wir begruben Stone so, wie er starb, ohne ihn zu verstümmeln.«
»Aber das Ganze ist doch einfach unglaublich«, sagte Twombly grob.
Singleton richtete sich steif auf. »Ich habe nicht erwartet, daß Sie es glauben. Ich sagte gleich zu Anfang, daß ich es, wenn ich heute daran zurückdenke, selbst nicht glauben kann, obwohl ich es gesehen und gehört habe.«

Frank Belknap Long
Der Mann mit den tausend Beinen

Jemand klopfte laut an die Tür meines Schlafzimmers. Mitternacht war vorüber, und ich hatte noch keinen Schlaf gefunden, daher war mir die Störung nicht eben willkommen.

»Wer ist da?« fragte ich.

»Ein junger Mann, der darauf besteht, vorgelassen zu werden«, antwortete die heisere Stimme meiner Haushälterin. »Ein junger Mann, sehr blaß und mager, Sir, und er sagt, er hat etwas Dringendes mit Ihnen zu besprechen. ›Er ist schon im Bett‹ sag' ich ihm. Drauf sagt er, Sie seien der einzige Doktor, der ihm jetzt helfen könne. Er sagt, er hat eine Woche nicht mehr geschlafen und gegessen; dabei ist er noch ein halbes Kind, Sir.«

»Lassen Sie ihn herein«, rief ich, während ich in meinen Morgenmantel schlüpfte und nach einer Zigarre griff.

Die Tür ging auf und ließ einen dünnen Lichtstrahl ein, und mit dem Licht einen jungen Mann, der so unglaublich abgezehrt war, daß ich ihn entsetzt anstarrte. Er war über einsachtzig groß und ungewöhnlich breitschultrig, aber ich möchte bezweifeln, daß er auch nur hundert Pfund wog. Als er auf mich zukam, taumelte er und suchte an der Wand Halt. Seine Augen glühten förmlich. Er befand sich offenbar in einem Zustand höchster Erregung und brauchte Trost und Hilfe. Ich deutete freundlich auf einen Sessel, und er ließ sich schwer hineinfallen. Dann saß er eine Weile da und betrachtete mich. Als ich ihm eine Zigarre anbot, schob er sie mit einer Gebärde der Verachtung beiseite.

»Ich rauche nicht«, sagte er schroff. »Das wäre das letzte, was mir einfallen würde. Nichts schadet dem klaren Denken so sehr wie unmäßiger Tabakgenuß.«

Ich konnte das nicht aus eigener Anschauung bestätigen, aber sein Vorurteil stand offenbar so unerschütterlich fest, daß es keinen Reiz hatte, mit ihm zu debattieren. Ich musterte ihn neugierig. Er war augenscheinlich noch sehr jung. Seine Stirn war hoch und breit, die Nase gekrümmt wie ein Türkensäbel, und die Lippen preßte er so fest aufeinander, daß der Mund ein dünner Strich war.

Ich wartete darauf, daß er zu sprechen beginne, aber das Schweigen umschloß ihn wie eine Zwangsjacke. Ich werde selbst das Eis brechen müssen, überlegte ich, und plötzlich hörte ich mich fragen: »Sie haben mir etwas zu sagen … wollen mir vielleicht etwas anvertrauen, nicht wahr?«

Meine Worte schreckten ihn auf. Seine Schultern zuckten. Er umklammerte beide Armlehnen und beugte sich vor.
»Ja, etwas anvertrauen ... Wissen Sie, was es heißt, daran gehindert zu werden, die Grenzen menschlichen Wissens zu erweitern, wenn man dem menschlichen Denken neue Dimensionen eröffnet hat? Einst hörte die gesamte wissenschaftliche Welt voll Achtung auf mich und wußte, wie wichtig es war, mich anzuhören. Jetzt aber...«
Er zitterte so unbeherrscht, daß ich beruhigend meine Hand auf seinen Arm legte. Größenwahn, dachte ich. Emotionen von solcher Heftigkeit haben fast immer eine paranoide Komponente. Er kompensiert ein tief eingewurzeltes Gefühl der Unsicherheit.
»Wenn die Gesellschaft einem schöpferischen Menschen sein Geburtsrecht verweigert«, fuhr er fort, »mag die Gesellschaft die Folgen tragen. Aber ich habe solche Angst vor dem, was ich tun könnte, daß es mich krank macht.«
»Eine Behandlung nach der üblichen Methode...« begann ich.
»Ich brauche keine Behandlung!« rief er, und ruhiger sagte er: »Sie werden überrascht sein, wenn ich Ihnen meinen Namen nenne!«
»Wer *sind* Sie?« fragte ich.
»Arthur St. Amand«, antwortete er und stand auf.
Ich war so verblüfft, daß ich beinahe meine Zigarre fallen ließ, ja ich muß gestehen, daß ich im ersten Augenblick so etwas wie Ehrfurcht empfand. Arthur St. Amand!
»Ja, Arthur St. Amand«, wiederholte er. »Es erstaunt Sie, daß der blasse, verstörte junge Mann, den Sie hier vor sich sehen, derselbe ist, den man einst mit Newton und Leonardo da Vinci in einem Atem nannte. Eine grimmige Ironie, zweifellos, aber nichtsdestoweniger eine Tragödie. Wie Dr. Faust erblickte ich das Antlitz Gottes, und jetzt bin ich geringer als ein Schuljunge.«
»Sie sind noch sehr jung«, sagte ich fassungslos. »Älter als vierundzwanzig können Sie nicht sein.«
»Ich bin dreiundzwanzig«, verbesserte er mich. »Vor genau drei Jahren veröffentlichte ich meine Schrift über die ätherischen Schwingungen. Sechs Monate lang lebte ich im Glorienschein des Ruhms. Ich war der Wunderknabe der Naturwissenschaft. Und dann kam dieser Franzose mit seiner Theorie...«
»Ich nehme an, Sie meinen Monsieur Paul Rondoli«, unterbrach ich ihn. »Ich erinnere mich, was für eine Sensation seine Widerlegung damals war. Die breite Öffentlichkeit sprach nur noch von ihm, und später nannte die wissenschaftliche Welt Sie einen Betrüger. Ihr Stern ging plötzlich unter.«
»Er wird wieder aufgehen!« rief mein junger Besucher aus. »Die Welt wird wieder von mir sprechen, und dann wird man mich nie mehr vergessen. Ich werde meine Theorie beweisen. Ich werde demonstrieren, daß die Einwirkung ätherischer Schwingungen auf einzelne Zellen zu einer Veränderung ... einer Veränderung...« Er stockte, und plötzlich rief er: »Nein, ich werde es Ihnen nicht sagen! Ich werde es niemandem sagen. Ich bin heute abend zu Ihnen gekommen, um mich auszusprechen. Zuerst wollte ich einen Priester aufsuchen. Irgend jemandem muß ich mich er-

öffnen. Meine Gedanken werden ungeheuerlich, wenn sie immer nur im Kreise gehen. Ich verfiel auf Sie, weil Sie ein Mann von Verstand und Phantasie sind und zweifellos schon viele Geständnisse angehört haben. Aber ich werde mit Ihnen nicht über die ätherischen Schwingungen sprechen. Wenn Sie *es* sehen, werden Sie verstehen.«

Er wandte sich rasch ab und ging, ohne sich noch einmal umzublicken, aus meinem Zimmer und meinem Haus. Ich habe ihn nie wiedergesehen.

Aus dem Tagebuch des Schriftstellers Thomas Shiel:

21. Juli: Mein vierter Tag am Meer. Ich habe schon drei Pfund zugenommen und bin so braungebrannt, daß ich, als ich heute morgen schwimmen ging, ein kleines Mädchen erschreckte. Sie baute eine Sandburg. Als sie mich sah, ließ sie die Schaufel fallen und lief schreiend zu ihrer Mutter. »Böser schwarzer Mann!« rief sie. Ich nehme an, sie hielt mich für einen Dschinn aus Tausendundeiner Nacht. Schön ist es hier. Beinahe habe ich den schlechten Geschmack New Yorks schon aus meinem Munde gespült. Übers Wochenende kommt Elsie zu Besuch.

22. Juli: Das kleine Mädchen, das ich gestern so erschreckte, ist verschwunden. Die Polizei sucht es, und man nimmt allgemein an, daß es entführt wurde. Dieses Unglück bedrückt uns alle hier am Strand. Alle Partys sind abgesagt worden, und sogar die Kinder sitzen niedergeschlagen und mit traurigen Augen herum. Merkwürdigerweise fand man dort, wo das Mädchen zum letztenmal gesehen wurde, keine Fußspuren im Sand.

23. Juli: Wieder ist ein Kind verschwunden, aber diesmal hinterließ der Entführer eine Spur. An der Stelle, wo offenbar ein wilder Kampf stattgefunden hat, lagen ein Spazierstock und ein Hut, und der Sand war mehrere Meter im Umkreis mit Blut bespritzt. Einige Mütter haben mit ihren Kindern das New Beach Hotel verlassen.

24. Juli: Heute morgen kam Elsie. Kurz zuvor war ein neues Verbrechen entdeckt worden, und ich brachte es kaum über mich, ihr die Lage zu erklären. Meine Blässe erschreckte sie. »Was ist geschehen?« fragte sie. »Du siehst krank aus.« – »Ich bin krank«, antwortete ich. »Ich habe heute morgen am Strand etwas Schreckliches gesehen.« – »Mein Gott!« rief sie. »Hat man eines der Kinder gefunden?« Es war mir eine große Erleichterung, daß sie in den New Yorker Zeitungen von den Kindern gelesen hatte. »Nein«, sagte ich. »Die Kinder hat man nicht gefunden, aber einen Mann mit eingeschlagenem Schädel und völlig blutleerem Körper. Neben ihm entdeckte man merkwürdige kleine Pfützen gelblichen Schleims, der im Sonnenlicht glitzerte.« – »Hat man diese Substanz unter dem Mikroskop untersucht?« fragte Elsie. »Es geschieht eben jetzt«, antwortete ich. »Bis heute abend werden wir das Ergebnis wissen.« – »Gott steh uns bei«, sagte Elsie. Sie schwankte so, daß ich sie stützen mußte, als wir das Hotel betraten.

25. Juli: Zwei sonderbare Vorkommnisse. Der Chemiker, der die neben der Leiche am Strand gefundene gelbliche Substanz untersuchte, erklärt, es handle sich um

lebendes Protoplasma. Er schickte es ans Gesundheitsamt, wo es von einem Biologen untersucht werden soll. Und etwa anderthalb Kilometer vom New Beach Hotel entfernt hat man in einem Felsloch einen tiefen Tümpel, etwa acht Meter im Durchmesser, entdeckt, der offenbar seltsame Geschöpfe beherbergt. Das Wasser ist schwarz wie Tusche und stark salzhaltig. Der Tümpel ist einige Meter vom Meer entfernt, aber er unterliegt den Gezeiten, und sein Wasserspiegel senkt sich jeden Abend und jeden Morgen um etwa dreißig Zentimeter.

Heute morgen ist einer der Hotelgäste, eine junge Dame namens Clara Phillips, rein zufällig auf diesen Tümpel gestoßen. Sein düsteres Aussehen verlockte sie, ihn zu zeichnen. Sie setzte sich auf den Rand eines Felsblocks und war eben dabei, einige große Steinblöcke und einen Streifen Strand zu skizzieren, als sie plötzlich unter sich ein seltsames Geräusch hörte. »Blub«, machte es, und noch einmal: »Blub.« Sie stieß einen Schrei aus und sprang auf – gerade noch rechtzeitig genug, um einem langen goldenen Fangarm zu entgehen, der über die Steine auf sie zuschlitterte.

Der Fangarm ragte aus der Mitte des Tümpels hervor, aus dem schwarzen Wasser, und er erfüllte sie mit unbeschreiblichem Ekel. Sie sprang vor und trat darauf. Ihr Angriff kam so plötzlich, daß das Ding nicht mehr imstande war, sich zurückzuziehen und wieder im Wasser zu verschwinden. Und Miß Phillips ist eine erstaunlich kräftige junge Dame. Sie zerstampfte das Ende des Fangarms mit ihrem Absatz zu einem blutigen Brei. Dann drehte sie sich um und lief. Sie rannte, wie sie seit ihrer Schulzeit nicht mehr gerannt war, und als sie über den weichen Strand hastete, glaubte sie hinter sich ein unheimliches, schwerfälliges Tappen zu hören. Es spricht für sie, daß sie sich nicht umwandte, sondern unbeirrt weiterlief.

Und das ist die Geschichte des kleinen Harry Doty. Ich bot ihm ein funkelnagelneues Zehncentstück dafür, aber er erzählte sie mir umsonst. Ich zitiere seine Worte: »Klar kenne ich den Tümpel, Sir. Ich habe dort immer Taschenkrebse und Seegurken gefangen, und große rote Seeanemonen sind auch drin, Sir. Aber bis letzte Woche habe ich immer gewußt, was ich rausziehen werde. Ein- oder zweimal habe ich freilich auch was erwischt, was man nicht alle Tage findet. Eine Zahnmuschel oder einen Wurm ohne Kopf mit grünen Saugnäpfen am Schwanz. Er sah aus wie der Leibhaftige auf dem Sonntagnachmittagsspaziergang. Und einmal guckte ein Rochen zu mir herauf und glubschte so tückisch, daß mir ganz bange wurde, Sir. Aber so etwas hatte ich noch nie gefangen, Sir. Ich erwischte es oben am Kopf, und es hatte Augen wie ein Mensch, blau, aber ganz kalt, ohne Seele. Ich habe die Angel weggeworfen und bin gelaufen, Sir, ja, ich bin gelaufen, und das Ding hinter mir her über den ganzen Strand, mit schweren Schritten, und es machte ein schmatzendes Geräusch, so als schleckte es sich die Lippen.«

26. Juli: Elsie und ich reisen morgen ab. Ich bin am Rande eines Nervenzusammenbruchs. Elsie stottert, wenn sie etwas sagen will. Ich kann es ihr nicht verübeln. Ich frage mich nur, warum sie nach allem, was wir erlebt haben, überhaupt noch sprechen will ... Es gibt Dinge, die sich nur durch Schweigen ausdrücken lassen.

Der Chemiker hat heute morgen ein Gutachten vom Gesundheitsamt bekommen.

Die am Strand gefundene Substanz besteht aus Hunderten von Zellen, die den Zellen des menschlichen Körpers ähneln, aber dennoch keine menschlichen Zellen sind. Die Biologen stehen vor einem Rätsel. Sie schicken eine Probe nach Washington und eine andere an das Naturwissenschaftliche Museum.
Heute morgen hat die Polizei den seltsamen schwarzen Tümpel in den Felsen untersucht. Elsie und ich und die meisten anderen Touristen waren dabei. Ein gewisser Thomas Wilshire, der dem Gendarmeriekorps von New Jersey angehört, warf ein Lot in den Tümpel, und wir sahen aufmerksam zu, wie die Schnur ablief. »Dreißig Meter«, murmelte Elsie, als die Polizisten einander erstaunt ansahen. »Sie ist wahrscheinlich ins Meer hinausgegangen«, rief jemand. »Ich kann mir nicht vorstellen, daß der Tümpel so tief ist.« Thomas Wilshire schüttelte den Kopf. »Mit dem Tümpel stimmt etwas nicht«, sagte er. »Er sieht schon so unheimlich aus.«
Der Taucher war ein tapferer kleiner Mann, aber er hatte ein Nervenleiden und zitterte ununterbrochen. »Sie müssen sofort hinunter«, sagte Wilshire. Der Taucher schüttelte den Kopf und trat von einem Fuß auf den andern.
»Steckt ihn in einen Anzug, Jungens«, befahl Wilshire, und der arme Kerl wurde auf starke Schultern gehoben, beiseitegeschleppt und in ein scheußliches, glotzäugiges Ungeheuer verwandelt.
Einen Augenblick später war er schon an den Rand des Tümpels getreten und in der unheimlichen schwarzen Tiefe verschwunden. Zwei Männer arbeiteten wacker an der Pumpe. Wilshire nickte schläfrig und kratzte sich am Kinn. »Bin neugierig, was er finden wird«, sagte er nachdenklich. »Ich persönlich glaube, daß er kaum Aussichten hat, wieder hochzukommen. Ich möchte für alles Geld in Fort Knox nicht in seinen Schuhen stecken.«
Nach einigen Minuten begann der Gummischlauch heftig zu zucken. »Armer Teufel«, murmelte Wilshire. »Ich wußte, daß er keine Chance hat. Zieht, Jungens, zieht!«

Der Schlauch war rasch eingeholt. Es hing niemand daran, aber das letzte Stück war mit glitzerndem, goldenem Schleim bedeckt. Wilshire nahm das Ende in die Hand und prüfte es mit unbeteiligter Miene. »Glatt durchgebissen«, sagte er. »Armer Teufel.«
Wir sahen einander entsetzt an. Elsie wurde so blaß, daß ich schon fürchtete, sie werde in Ohnmacht fallen. Wilshire sprach weiter. »Immerhin haben wir eine wichtige Entdeckung gemacht«, sagte er. Wir drängten uns gespannt um ihn. Er machte eine kleine Pause, und ein schwaches, triumphierendes Lächeln trat auf seine Lippen. »Da unten in dem Tümpel ist etwas«, fuhr er fort. »Unser Freund ist nicht vergeblich gestorben.«
Ich spürte den verrückten Drang, ihm in sein feistes, triumphierendes Gesicht zu schlagen, und würde es vielleicht wirklich getan haben, hätte mich nicht ein Aufschrei der anderen abgelenkt.
»Schau!« rief Elsie. Sie zeigte auf das schwarze Wasser des Tümpels, mit dem eine

Veränderung vor sich ging. Es färbte sich langsam rötlich, und dann schoß etwas an die Oberfläche und schaukelte auf dem Wasser. »Ein Arm!« stöhnte Elsie und schlug die Hände vors Gesicht. Wilshire pfiff zwischen den Zähnen. Zwei weitere Dinge kamen an die Oberfläche, und dann etwas Rundes. Elsie starrte es zwischen den Fingern hindurch an, unfähig, den Blick abzuwenden.

»Komm mit!« befahl ich. »Komm sofort mit mir!« Ich packte sie am Arm und wollte sie schon mit Gewalt von diesem schrecklichen Kreis stillen, schwarzen Wassers wegführen, als mich ein lauter Ruf Wilshires zurückhielt:

»Seht! Seht! Da ist es. Mein Gott! Ein Ungeheuer!«

Wir drehten uns um und starrten. Es gibt gotteslästerliche Geschöpfe auf dieser Welt, die mit Worten nicht zu beschreiben sind, und dieser Kategorie gehörte das Untier an, das da auftauchte, um sich die verlorenen Teile seiner zerrissenen Beute zurückzuholen. Undeutlich, so als hätte ich einen Alptraum, einen Höllenspuk erlebt, erinnere ich mich, daß es lange goldene Arme hatte, die in der Sonne glänzten und blitzten, und einen riesigen krummen Schnabel unter zwei stechenden blauen Augen, in denen ich nichts als unbeschreibliche Bosheit entdeckte.

Der Gedanke, dazustehen und zuzusehen, wie es die zerstückelten Überreste des armen Tauchers fraß, war mir unerträglich, und ungeachtet der lauten Proteste Wilshires, der offenbar erwartete, daß wir etwas unternahmen, drehte ich mich um und rannte, Elsie buchstäblich hinter mir herziehend, davon. Das war, wie sich noch zeigen sollte, das Klügste, was ich tun konnte, denn später tauchte das Untier noch einmal aus dem Tümpel auf und riß beinahe einige Touristen in die Tiefe. Wilshire feuerte zwei Pistolenschüsse ab, aber das Tier sank offenbar unverletzt ins Wasser zurück und tauchte triumphierend unter...

Aussage des Apothekers Henry Greb

Ich schließe meine Apotheke gewöhnlich um zehn Uhr, aber an diesem Abend versäumte ich die Zeit. Ich lag halb über meinem Ladentisch und las eine Gespenstergeschichte, die mich dermaßen fesselte, daß ich nicht aufzuhören vermochte. Die Nase hatte ich so tief ins Buch gesteckt, daß ich nicht bemerkte, was um mich her vorging. Plötzlich blickte ich zufällig auf, und da stand er und beobachtete mich. Ich habe in meinem Leben so manchen blassen Menschen gesehen (und viele, die mit ihren Rezepten zu mir kommen, sind blaß), und ich habe auch magere Menschen gesehen, aber noch nie ist mir jemand begegnet, der so blaß und so mager war wie der Mann, der da vor mir stand.

»Du lieber Himmel!« sagte ich und schlug das Buch zu.

Die Lippen des jungen Mannes verzerrten sich zu einem matten Lächeln. »Tut mir leid, wenn ich Sie störe«, sagte er, »aber mir geht es nicht gut. Ich brauche dringend Hilfe.«

»Wie kann ich Ihnen helfen?« fragte ich.

Er sah mich prüfend an, so als überlegte er, ob er mir vertrauen dürfe. »Es ist eigentlich ein Fall für den Arzt«, sagte er schließlich.

»Solche Fälle dürfen wir nicht behandeln. Das Gesetz verbietet es«, sagte ich. Plötzlich streckte er mir die eine Hand hin. Ich holte erschrocken Luft. Die Finger waren zu einer blutigen Masse zerquetscht, und Blut rann über sein Handgelenk. »Stillen Sie die Blutung«, sagte er. »Zu einem Arzt gehe ich später.«
Ich holte also Gaze und verband die Hand, so gut ich konnte. »Gehen Sie lieber sofort zum Arzt«, riet ich ihm. »Sie können eine Blutvergiftung bekommen, wenn Sie nicht aufpassen. Zum Glück ist keiner der Knochen gebrochen.«
Er nickte, und seine Augen blitzten auf. »Das verdammte Frauenzimmer«, murmelte er. »Hol sie der Teufel!«
»Wie meinen Sie?« fragte ich, aber er hatte die Beherrschung wiedererlangt und lächelte nur. »Ich bin ganz durcheinander«, sagte er. »Weiß gar nicht, was ich da geredet habe. Sie müssen entschuldigen … Übrigens habe ich noch einen kleinen Riß in der Kopfhaut, den Sie sich ansehen könnten.«

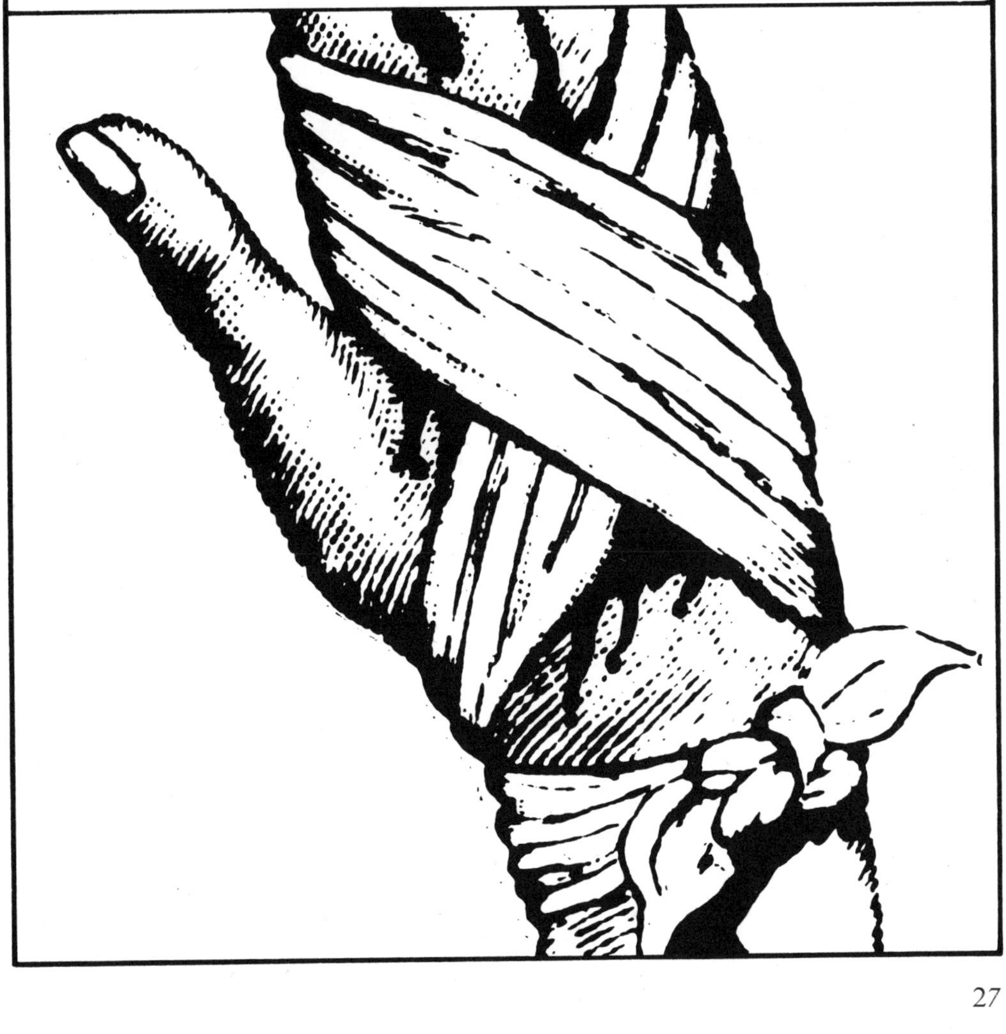

Als er die Mütze abnahm, bemerkte ich, daß seine Haare ganz naß waren. Er teilte sie mit den Händen auseinander und zeigte mir die Stelle, die er meinte. Ich besah sie mir genau.
»Ihr Freund war ein bißchen unvorsichtig, als er die Leine auswarf«, sagte ich nach einer Weile. »Wenn man zu zweit in einem Boot sitzt, sollte man nicht mit der Fliege angeln. Ein Freund von mir hat auf diese Weise ein Auge verloren.«
»Es war tatsächlich ein Angelhaken«, gestand er. »Sie sind wohl so eine Art Sherlock Holmes, wie?«
Ich tat dieses Kompliment mit einer lässigen Handbewegung ab und wandte mich um, um die Flasche mit der Karbolsäure aus dem Regal hinter mir zu nehmen. Da hörte ich, wie der junge Mann ein merkwürdiges Geräusch machte – ein Schmatzen oder Würgen, ich weiß nicht, wie ich sagen soll.
Ich fuhr herum und sah, wie er auf mich zusprang. Schaum stand ihm vor dem Mund, und seine Augen traten aus den Höhlen. Ich packte ihn an den Schultern, und im nächsten Augenblick wälzten wir uns auf dem Boden. Er biß und kratzte und trat mich, und ich konnte ihn nur beruhigen, indem ich sein Gesicht mit den Fäusten traktierte. Da nahm ich einen eigenartigen fischigen Geruch wahr, so als wäre eine Brise von der See her durch die offene Tür gekommen.
Ich weiß nicht, wie lange ich mit ihm rang. Plötzlich schien unter mir etwas nachzugeben, der junge Mann entwand sich meinem Griff und stürzte zur Tür. Ich sprang ihm nach, glitt aber auf etwas Schlüpfrigem aus und schlug hin.
Als ich aufstand, war der Mann fort, und in meiner Hand hielt ich etwas, was ich zunächst ungläubig anstarrte und dann mit einem Schrei angewidert von mir schleuderte. Es war ein rötliches gummiartiges Ding, ungefähr zwölf Zentimeter lang, und wies auf der Unterseite eine Reihe kleiner goldener Saugnäpfe auf, die sich, während ich sie betrachtete, öffneten und schlossen.
Ich rang noch um Fassung, als Harry Morton mein Geschäft betrat. Er zitterte am ganzen Leibe, und ich bemerkte, daß er ängstlich über die Schulter zurückblickte.
»Was nimmt man am besten, wenn einem die Nerven böse Streiche spielen?« fragte er.
»Es gibt einige gute Beruhigungsmittel, für die man kein Rezept braucht«, antwortete ich. »Aber was ist mit deinen Nerven, Harry?«
»Halluzinationen«, stöhnte er. »Halluzinationen und was weiß ich noch alles!«
»Laß hören«, sagte ich.
»Ich lehne da draußen an einem Laternenpfahl, und auf einmal sehe ich ein großes, plumpes gelbes Ding die Straße entlanggehen wie ein Mensch. Das war kein Mensch und kein Tier, Henry. Ich bin nicht abergläubisch, aber das Ding war nicht von dieser Welt. Plötzlich plumpste es in die Gosse und raste davon wie der Blitz. Und es machte so ein komisches, würgendes Geräusch.«
Ich löste die Beruhigungstablette in Wasser auf und reichte ihm das Glas über den Ladentisch. »Ich verstehe, Harry«, sagte ich. »Aber erzähl das nicht herum. Es würde dir niemand glauben.«

Aussage der Helen Bowan

Ich saß auf der Veranda und strickte, als ein junger Mann mit einer Tasche vor dem Haus stehenblieb und zu mir heraufsah. »Guten Morgen«, sagte er. »Haben Sie ein Zimmer mit Bad?«

»Lesen Sie das Schild, junger Mann«, sage ich zu ihm. »Ich habe ein hübsches helles Zimmer im ersten Stock, das Ihnen bestimmt gefallen wird.«

Und schon kommt er herauf und lächelt mich an. Wie ich ihn aus der Nähe sehe, gefällt er mir nicht mehr. Er war so schrecklich mager und hatte einen Verband an der rechten Hand. Er sah aus, als hätte er sich mit jemandem geprügelt.

»Was verlangen Sie für das Zimmer?« fragt er.

»Zwölf Dollar«, sag' ich. Ich wollte ihn wieder loswerden und dachte mir, der hohe Preis wird ihn abschrecken, aber nein: er greift in die Tasche, holt eine Rolle Banknoten heraus und fängt an zu zählen. Ich stehe rasch auf, verbeuge mich höflich, nehme ihm die Tasche ab und laufe ins Haus. Einen solchen Kunden will ich natürlich nicht verlieren. Mein Vetter Hiram hat sich so ein Spiel mit Muscheln ausgedacht, und ich wußte: der junge Mann da wird Vetter Hirams Auster sein.

Ich führe ihn nach oben und zeige ihm das Zimmer. Es gefällt ihm anscheinend gut. Wie er aber die Badewanne sieht, fängt er an zu zappeln wie ein Schuljunge unter einem Baum voll reifer Äpfel und benimmt sich so merkwürdig, daß ich schon glaube, er schnappt über. »Genau die richtige Größe!« ruft er. »Ich hoffe, Sie haben nichts dagegen, wenn ich sie ständig nachfülle. Ich bade nämlich sehr oft, wissen Sie, aber ich brauche Salz. In Süßwasser kann ich nicht baden.«

Das ist aber ein komischer Vogel, denk' ich mir, doch ich beklage mich nicht. Es kommt nicht oft vor, daß Hiram und ich einen so fetten Fisch an Land ziehen.

Endlich beruhigt er sich und schiebt mich aus dem Zimmer. »Gut, gut«, sagt er. »Alles in schönster Ordnung. Aber ich will nicht gestört werden. Wenn Sie das Salz besorgt haben, stellen Sie es vor die Tür und klopfen. Und daß mir ja niemand das Zimmer betritt.«

Damit schlägt er mir die Tür vor der Nase zu, und ich höre den Schlüssel im Schloß knarren. Das gefiel mir nicht, und auch die Geräusche, die er hinter der Tür machte, gefielen mir nicht. Zuerst hörte ich einen tiefen Seufzer, so als hätte er etwas Unangenehmes von sich geworfen, und dann hörte ich so ein eigenartiges schmatzendes oder würgendes Geräusch. Er verlor auch keine Zeit und drehte gleich den Wasserhahn auf. Ich hörte ein lautes Plantschen und dann, ungefähr eine Viertelstunde später, wurde es totenstill.

Wir hörten nichts mehr von ihm bis zum Abend, als ich Lizzie mit dem Salz hinaufschickte. Zuerst versuchte sie, die Tür zu öffnen, aber sie war zugesperrt, und Lizzie mußte das Salz im Gang niederstellen. Sie ging aber nicht weg, sondern drückte sich an die Wand und wartete. Nach ungefähr zehn Minuten ging die Tür langsam auf. Ein langer dünner Arm schoß heraus und nahm das Päckchen. Lizzie sagt, der Arm war gelb und tropfnaß, und es war der dünnste Arm, den sie je gesehen hat. »Aber er ist auch ein sehr magerer junger Mann«, erkläre ich ihr. »Kann schon

sein«, sagt sie, »aber ich habe noch nie einen Menschen mit so dünnen Armen gesehen.«
Später, ich würde sagen: so gegen zehn, saß ich im Wohnzimmer und nähte, als ich plötzlich etwas Nasses auf meiner Hand spürte. Ich sah nach oben, und da war die Zimmerdecke tropfrot, ja, ich meine das so: Die Decke war ganz rot und tropfte. Ich sprang auf und rannte ins Treppenhaus hinaus. Ich wollte schreien, aber ich biß mir auf die Lippen, bis mir das Blut übers Kinn lief, und das brachte mich wieder zu mir. »Der junge Mann muß weg«, sage ich zu mir selbst. »Ich will in meinem Haus so etwas Ekliges nicht haben!«
Ich gehe also grimmig wie der Tod die Treppe hinauf und schlage mit den Fäusten an die Tür des jungen Mannes. »Ich dulde nicht, was Sie da drinnen treiben!« rufe ich. »Machen Sie die Tür auf!«
Ich hörte drinnen etwas auf den Boden plumpsen, und dann sprach der Mann leise mit sich selbst: »Unersättlich! Schmutziges, hungriges Vieh! Warum kann es nur an seinen Magen denken! Es sollte doch gar nicht kommen, aber es braucht die Strahlen nicht mehr. Wenn es hungrig wird, verwandelt es sich ohne die Strahlen. Mein Gott, diesmal war es schwer zurückzukehren! Es dauert immer länger!«
Endlich schien er mein Klopfen zu hören. Das sonderbare Gefasel hörte auf, und der Schlüssel drehte sich im Schloß. Die Tür öffnete sich einen Spalt breit, und sein Gesicht zeigte sich. Es war schrecklich anzusehen. Die Wangen waren eingefallen, und er hatte tiefe schwarze Ringe unter den Augen. Um den Kopf trug er nun auch einen Verband.
»Ich möchte, daß Sie sofort ausziehen«, sagte ich. »Hier gehen merkwürdige Dinge vor, und das dulde ich nicht. Sie *müssen* ausziehen.«
Er seufzte und nickte. »Es ist wohl das beste«, sagte er. »Ich habe ohnehin selbst schon daran gedacht. Hier gibt es ja Ratten!«
»Ratten?!« rief ich, aber ich war nicht wirklich überrascht. Ich wußte, daß wir Ratten im Haus haben. Sie machen mir schon die längste Zeit das Leben sauer. Ich weiß nicht, wie ich sie loswerden soll. Sogar die Katzen haben Angst vor ihnen.
»Ich kann Ratten nicht ausstehen«, sagt er. »Ich packe und ziehe aus. Jetzt gleich.«
Und wieder schlägt er mir die Tür vor der Nase zu, und ich höre, wie er seine Sachen in die Tasche stopft. Dann geht die Tür auf, und er kommt auf den Gang heraus. Er ist schrecklich bleich und lehnt sich gegen die Wand, um nicht zu fallen. Dann fängt er an, die Treppe hinunterzugehen.
Ich sehe ihm nach, und wie er auf dem ersten Absatz ankommt, taumelt er und hält sich wieder an der Wand fest. Plötzlich scheint er kleiner zu werden und springt drei Stufen auf einmal nehmend das letzte Stück der Treppe hinunter und zur Haustür. Ich habe noch nie jemanden so schnell durch eine Tür verschwinden sehen und beginne zu vermuten, daß er etwas angestellt hat, dessen er sich schämen muß.
Ich gehe also hinein ins Zimmer, und wie ich auf den Boden gucke, falle ich beinahe in Ohnmacht. Er ist ganz naß und glitschig, und mitten im Zimmer liegen sieben tote Ratten, die bleichsten Ratten, die ich je gesehen habe. Die Nasen und die

Schwänze sind geradezu weiß, und die Tiere sehen aus wie bis auf den letzten Blutstropfen ausgesaugt. Dann gehe ich ins Badezimmer und sehe mir die Wanne an. Ich mag nicht sagen, was ich dort gesehen habe, aber Sie wissen ja, was ich über die Decke im Wohnzimmer sagte, und nicht viel anders sah es im Badezimmer aus. Rot und naß.

Ich laufe aus dem Zimmer, so schnell ich kann, und sperre die Tür zu. Dann gehe ich nach unten und rufe Vetter Hiram an. »Komm rasch 'rüber, Hiram«, sag' ich. »Ich habe etwas ganz Entsetzliches im Haus gehabt.«

Aussage des Leuchtturmwärters Walter Noys

Ich war hundemüde. Den ganzen Nachmittag hatte ich Lampen geputzt, und ich hatte Schwielen so groß wie Hühnereier an meinen Händen. Ich ging in den Turm hinauf, schloß mich ein und nahm ein Buch zur Hand, in dem ich schon seit einer Woche gelesen hatte. Es war eine Übersetzung der Erzählung aus *Tausendundeiner Nacht* von einem gewissen Lang. Solch phantastische Geschichten sind ein großer Trost für einen Mann, der von seinesgleichen abgeschlossen am Rande der Welt lebt, und es hat mir immer Freude gemacht, von Schemselnihar zu lesen und von Derjabar und dem König der Schwarzen Inseln.

Ich las den ersten Teil des › Königs der Schwarzen Inseln ‹ und stieß eben auf den Satz: »Da schlug der Jüngling seinen Mantel auseinander, und der Sultan gewahrte voll Entsetzen, daß er nur bis zur Hüfte ein Mensch war. Von dort an abwärts bis zu den Füßen aber war er in Marmorstein verwandelt.« In diesem Augenblick sah ich zufällig nach dem Fenster.

Ein eisiger Südwind peitschte den Regen gegen die Scheiben, und zuerst nahm ich nur ein durchsichtiges Glitzern auf dem nassen Glas wahr und dahinter, sehr undeutlich, den Aufruhr dunkler, riesiger Wogen. Mit einemmal preßte sich eine helle, unbeschreibliche Form gegen das Fenster und verdeckte mir die See und den Himmel. Ich sprang erschrocken auf.

»Ein Riesenpolyp«, murmelte ich. »Der Sturm muß ihn an Land geschleudert haben. Dieser Fangarm wird die Scheibe eindrücken, wenn ich nichts unternehme.«

Ich griff nach Regenmantel und Hut und sprang auch schon die Wendeltreppe hinunter. Bevor ich in den Sturm hinaustrat, bewaffnete ich mich mit einem Revolver und nahm einen großen Schluck Jamaika-Rum.

In der Tür blieb ich einen Augenblick stehen, sah aber von dort aus nichts als die großen grauen Felsblöcke an der Südspitze der Insel und einen Streifen wogenden, schäumenden Wassers. Der Regen schlug mir so heftig ins Gesicht, daß ich halb blind war, und aus der Brandung stieg ein tiefes Grollen auf. Vor mir hatte ich eine wild aufgewühlte Unendlichkeit, hinter mir die Wärme und Sicherheit meiner kleinen Burg, eine gute Pfeife und ein Buch voll heldenmütiger Geschichten ... Doch ich durfte die Gefahr nicht ignorieren, die diese gegen das Fenster gedrückte Gestalt bedeuten konnte.

Ich stieg also die drei Stufen zu dem felsigen Boden hinunter und ging rasch um den

Leuchtturm herum. Regentropfen, beißender als Tränen, liefen mir über die Wangen und in den Mund und tropften von den Enden meines Schnurrbartes. Die Dunkelheit saugte sich in meinen Kleidern fest. Ich hatte kaum zwanzig Schritte getan, als ich auf eine regungslose Gestalt stieß. Zuerst erkannte ich nur den Kopf und die Schultern eines Mannes, aber als ich vorsichtig nähertrat, geschah etwas, was mich entsetzt aufschreien ließ: Ein scheußlicher Fangarm fuhr auf mich zu und wand sich um eines meiner Beine.
Ich versuchte wegzulaufen, aber aus der Dunkelheit kam ein zweiter schleimiger Arm und dann ein dritter. Meine Finger umklammerten den Revolver in der Tasche. Ich riß ihn heraus und schoß auf die sich windenden Arme.
Der Knall hallte von den Felsblöcken wider. Ein gellender Schrei zerriß die Stille, die auf den Schuß folgte, und dann vernahm ich ein leidenschaftliches Flehen: »Schießen Sie nicht mehr! Bitte, nicht mehr schießen! Ich bin am Ende meiner Kräfte. Ich bin gekommen, weil ich Hilfe brauche. Ich wollte Ihnen nichts tun! Bei Gott, ich wollte nicht, daß *sie* Sie angreifen, aber ich habe keine Gewalt mehr über sie. Sie sind zuviel für mich. *Es* ist viel zuviel für mich. Haben Sie doch Erbarmen!« Einen Augenblick war ich zu benommen, um einen Gedanken zu fassen. Ich starrte dumm auf den rauchenden Revolver in meiner Hand, dann schweifte mein Blick über den Ozean. Die riesigen Wogen beruhigten mich. Langsam wandte ich meine Augen dem Wesen vor mir zu.
Doch als ich es ansah, verwirrten sich meine Gedanken wieder, und tödliche Übelkeit packte mich.

»Da schlug der Jüngling seinen Mantel auseinander, und der Sultan gewahrte voll Entsetzen, daß er nur bis zur Hüfte ein Mensch war...«
Mehrere Meter vor mir breitete sich eine scheußliche Gallerte über die nassen Steine aus, und von der Mitte dieser Masse gingen tausend Fangarme aus und wanden sich wie die Schlangen auf dem Haupt der Medusa. Aus all dieser Scheußlichkeit aber erhob sich der nackte Oberkörper und der Kopf eines jungen Mannes. Sein Haar war verfilzt und mit Tang bedeckt, und auf seiner hohen, weißen Stirn sah ich Blutflecke. Seine Nase war so scharf, daß sie mich an einen Säbel erinnerte, und beinahe erwartete ich, sie in dem fahlen, geheimnisvollen Licht blinken zu sehen. Seine Zähne klapperten so laut, daß ich es auf einige Meter Entfernung hören konnte, und als ich da stand und ihn anstarrte, hustete er plötzlich heftig und Schaum trat auf seine Lippen.
»Whisky!« murmelte er. »Ich bin mehr tot als lebendig. Ich bin mit einem Schiff zusammengestoßen.«
Ich war unfähig zu sprechen, aber ich glaube, ich brachte einige seltsame Laute hervor. Der junge Mann nickte hysterisch.
»Ich wußte, Sie würden mich verstehen«, keuchte er. »Sie werden mir helfen. Ein Glas Whisky...«
»Wie hat das Scheusal Sie erwischt?« schrie ich. Endlich hatte ich meine Stimme

wiedergefunden, und ich war entschlossen, mich nicht mehr um den klaren Verstand bringen zu lassen. »Wie hat es seine scheußlichen Arme um Sie schlingen können?«
»Es hat mich nicht erwischt«, stöhnte der junge Mann. »Ich bin *es*.«
»Wie?«
»Ein Teil davon«, erwiderte der junge Mann.
»Verschlingt es Sie denn nicht?« schrie ich. »Gehen Sie nicht in diesem Augenblick in seinen Bauch hinunter?«
Der junge Mann schüttelte verzweifelt den Kopf. »Es ist ein Teil von mir«, sagte er, und dann schrie er wild: »Ich brauche etwas, was mir Kraft gibt. Ich schwamm auf den Wellen, da kam ein Schiff und schnitt mir sechs von meinen Beinen ab. Ich bin geschwächt durch den Blutverlust und kann nicht mehr stehen.«
Seine magere Hand fuhr in die Höhe und wischte das Wasser aus seinen Augen. »Einige leben noch«, sagte er. »Aber sie gehorchen mir nicht mehr. Sie hätten Sie beinahe erwürgt. Aber alle andern sind tot. Ich kann auf ihnen nicht mehr gehen.«
Ich nahm meinen ganzen Mut zusammen, hob den Revolver und ging auf das Untier zu. »Ich weiß nicht, wovon Sie reden!« rief ich. »Aber ich werde dieses Scheusal in Fetzen schießen!«
»Um Himmels willen, nein!« brüllte er. »Das wäre Mord. Wir sind ein menschliches Wesen!«
Ein roter Feuerstrahl antwortete ihm. Beinahe unbewußt hatte ich abgedrückt, und noch einmal sprach meine Waffe. »Ich schieße es in Fetzen«, knurrte ich mit zusammengebissenen Zähnen.
»Ekliger, kriechender Teufel!«
»Nein, nicht!« schrie der Mann, und plötzlich erhob sich aus der Dunkelheit ein infernalisches Gebrüll. Ich sah das Wesen vor mir an allen Gliedern zittern, und dann richtete es sich auf und stand riesenhaft über mir. Blut spritzte aus seinem großen aufgeblähten Leib, ein roter Schauer ging auf mich nieder. Hoch über mir, dreißig Meter in der Luft, sah ich das bleiche, zermarterte Gesicht des jungen Mannes. Er brüllte wild und trotzig und schien auf Stelzen zu gehen. »Du kannst mich nicht töten!« schrie er. »Ich bin stärker, als ich glaubte. Ich werde leben!«
Ich hob den Revolver, um noch einmal zu feuern, aber ehe ich zielen konnte, war das Ungeheuer an mir vorbeigestürzt und ins Meer getaucht. Es war vielleicht mein Glück, daß ich es nicht verfolgte. Meine Knie gaben nach und ich fiel aufs Gesicht.
Als ich wieder so weit zu mir kam, daß ich sprechen konnte, lag ich in reinen weißen Laken und starrte in die fragenden Augen eines Regierungsinspektors.
»Es stand sehr schlecht um Sie«, sagte er. »Wir mußten Ihnen ein aufputschendes Mittel geben. Haben Sie so etwas wie einen Schock erlebt?«
»Ja, so etwas wie einen Schock«, antwortete ich. »Aber er kam aus *Tausendundeiner Nacht*.«

Der Wunderknabe
(Ein seltsames, in einer Flasche aufgefundenes Manuskript)

Ich war der Wunderknabe. Mein Genie erstaunte die Welt. Ein großer Geist, ein erhabenes Schicksal! Doch meine Feinde taten sich zusammen, um mich zu verderben. Ein angestochener Ballon...
Ein kleines Kästchen. Ich hielt es über einen Hund. Er veränderte sich ... Gallerte! Ätherische Schwingungen rufen seltsame Veränderungen in lebenden Zellen hervor ... Hat der Prozeß begonnen, kann ihn nichts mehr aufhalten. Wachstum! Ungeheures Wachstum. Schößlinge sprießen hervor, Beine, Arme. Wunderbares Wachstum. Als nächstes Menschen. Ich legte das Kästchen auf ein kleines Mädchen. Sie verwandelte sich, wurde eine schöne Qualle, immer größer. Ich fütterte sie mit Mäusen. Dann vernichtete ich sie.
Interessant, sehr interessant. Muß es an mir selbst erproben. Ich weiß, wie ich mich wieder zurückverwandeln kann. Durch Willenskraft. Der Wille eines Kindes ist zu schwach, aber ein Mann kann zurückkehren. Keine Veränderungen im Inhalt der Zellen.
Ein phantastisches Erlebnis! Ich suchte mir einen tiefen Tümpel, in dem ich mich verbarg. Hunger. Sah einen Mann am Strand.
Die Polizei hat Verdacht geschöpft. Muß besser aufpassen. Warum habe ich die Leiche nicht ins Meer hinausgeschafft?
Ein schrecklicher Zwischenfall. Junge Malerin. Erwischte sie beinahe, aber sie trat auf eines meiner Beine, zerquetschte es. Grauenhafte Schmerzen. Muß wirklich besser aufpassen.
Was für eine Demütigung! Ein kleiner Junge zog mich an seiner Angel heraus. Habe ihm aber einen höllischen Schrecken eingejagt. So ein kleiner Teufel! Ich starrte ihn an, versuchte ihn zu fangen, aber er lief zu schnell. Wollte ihn essen. Er hatte so rote Wangen. Erwachsene sind schwerer auszusaugen und zu verdauen.
Natürlich haben sie einen Verdacht. Kleine Jungen schwatzen immer. Ich wollte ihn essen. Aber ich habe ihnen allen einen Schrecken eingejagt, und ich habe einen Mann verspeist. Er kam in einem Taucheranzug. Ich riß ihn in Stücke, buchstäblich in Stücke, die ich nach oben treiben ließ. Ich wollte sie erschrecken, und das ist mir gelungen. Sie rannten um ihr Leben. Was für Narren diese Polizisten sind. Ich verwandelte mich zurück. Es war nicht leicht. Das Ding kämpfte verbissen. »Ich bin der Herr!« sagte ich, und es schmatzte. Es schmatzte und schmatzte, und dann war ich wieder ich selbst. Aber meine Hand war zerquetscht und blutete!
Dieser Apotheker! Warum ließ er sich soviel Zeit? Er konnte nicht wissen, wie hungrig mich sein rotes Gesicht machte. Das Ding kam ohne die Strahlen zurück. Ich stand vor dem Ladentisch, und es kam. Ich sprang ihn an, aber dann entkam ich ihm gerade noch mit knapper Not.
Ein schreckliches Problem. Ich kann es nicht daran hindern zu kommen. Ich erwache mitten in der Nacht, und es hat sich über das ganze Bett und den Boden aus-

gebreitet. Seine Arme winden sich. Es ist unersättlich. Ständig verlangt es nach Nahrung. Manchmal erfaßt es mich ganz, aber während ich dies schreibe, ist meine obere Körperhälfte menschlich.
Heute nachmittag mietete ich ein möbliertes Zimmer unweit des Strandes. Salzwasser ist nun eine Lebensnotwendigkeit. Die Verwandlung geht immer schneller vor sich. Ich kann das Ding nicht mehr abwehren. Mein Wille ist machtlos. Ich füllte die Badewanne mit Wasser und tat Salz hinein. Dann suhlte ich mich darin. Großes Behagen, große Erleichterung. Hunger. Entsetzlicher, unstillbarer Hunger. Ich bin ganz Tier geworden. Ratten. Ich habe sieben Ratten gefangen. Köstlich. Aber ich habe das ganze Zimmer schmutzig gemacht. Was, wenn die alte Idiotin unten Verdacht schöpft?
Sie *hat* Verdacht geschöpft; will, daß ich ausziehe. Ich werde ausziehen. Es gibt für mich nur noch eine Zuflucht: das Meer! Ich werde ins Meer gehen. Kann nicht mehr vorgeben, Mensch zu sein. Bin ein Tier. Wie ich die alte Hexe erschreckt haben muß! Ich konnte ihre Zähne klappern hören, als sie die Treppe heraufkam. Mußte an mich halten, um nicht über sie herzufallen.
Endlich im Meer. Große Erleichterung. Freude. Endlich die Freiheit!
Ein Schiff. Bin direkt darauf zugeschwommen. Sechs Arme abgetrennt. Furchtbare Schmerzen. Stundenlang hilflos umhergetrieben.
Land. Ich kletterte über die Felsen und brach zusammen. Dann gelang es mir, mich zurückzuverwandeln, zumindest teilweise. Ich rief um Hilfe. Ein Narr kam aus dem Leuchtturm und glotzte mich an. Fünf meiner Fangarme griffen nach ihm. Ich konnte sie nicht zurückhalten. Sie packten ihn am Bein. Er schoß mit einem Revolver auf sie.
Endlich bekam ich wieder Gewalt über sie. Ungeheure Anstrengung. Bettelte, versuchte zu erklären. Er wollte nicht hören. Schüsse ... viele Schüsse. Glühender Schmerz in meinem Körper, in meinen Armen und Beinen. Kraft kehrte zurück. Ich erhob mich und ging wieder ins Meer. Ich hasse die Menschen. Ich werde immer größer. Die Welt wird noch von mir hören.

Der Lachsfischer (Aussage des William Gamwell)
Wir waren unser fünf im Boot: Jimmy Simms, Tom Snodgrass, Harry O'Brien, Bill Samson und ich. »Jimmy«, sagte ich, »wir können jetzt ruhig was essen. Ich bin zwar nicht besonders hungrig, aber die Lachse stecken alle mit der Nase im Schlamm.«
»Jedenfalls beißen sie nicht«, sagte Jimmy. »Solche Faulpelze habe ich noch nie gesehen.«
»Ihr dürft euch nicht beklagen«, mischte sich Harry ein. »Wir sind erst fünf Stunden hier.« Wir trieben auf das Ostufer zu, und ich sagte zu Bill, er solle pullen, aber er hörte nicht auf mich.
»Wir treiben in die Fahrrinne«, warnte ich. »Was ist das dort übrigens für ein komischer Schlepper, der mit dem geknickten Schornstein?«

»Er kam heute morgen herein«, antwortete Jim. »Sieht aus wie ein Rumschmuggler.«
»Sie gehen ein großes Risiko ein«, meinte Harry. »Der Zollkutter muß jede Minute da sein.«
»Da ist er schon«, sagte Bill und zeigte in Richtung der Sandbank.
Tatsächlich, da war das Zollboot. Es strich an der Küste entlang und sah aus wie eine magere Wespe auf dem Kriegspfad.
»Es läuft auf den Schlepper zu«, sagte Bill. »Gleich werden wir was zu sehen bekommen.«
»Zurück!« rief ich. »Wollt ihr zwischen die beiden geraten?«
Tom und Bill pullten kräftig, und unser Boot wandte sich dem Westufer zu. Dann erfaßte uns die Strömung und trug uns stromabwärts.
Auf dem Kutter ging eine Signalflagge hoch.
Jimmy übersetzte für uns: »Beidrehen oder wir eröffnen das Feuer!« rief er. »Wollen sehen, was der Schlepper dazu zu sagen hat!«
Der Schlepper schien entschlossen, den Befehl zu mißachten. Er warf eine hohe Bugwelle auf und stampfte vorwärts. Eine dicke schwarze Rauchwolke stieg aus seinem geknickten Schornstein. »Sie geben Dampf!« rief Bill. »Aber sie haben doch nicht die geringste Chance!«
»Nicht die geringste Chance«, bestätigte Tom. »Eine einzige Breitseite macht Kleinholz aus ihnen.«
Bill stand auf und hielt sich die Ohren zu. Wir andern wurden beinahe taub von dem Donner des Schusses. »Was habe ich euch gesagt!« rief Tom.
Wir sahen nach dem Schlepper hinüber. Der Schornstein war verschwunden, weggefegt, und das Schiff schlingerte heftig.
»Das war nur ein Warnschuß«, sagte Bill, »aber er hat eine Menge Schaden angerichtet. Wartet nur, bis sie mit den schweren Geschützen feuern.«
Wir warteten und bereiteten uns auf ein interessantes Schauspiel vor. Was wir dann aber sahen, ließ uns die Haare zu Berge stehen. Zwischen dem Kutter und dem Schlepper schoß ein riesiges gelbliches Scheusal aus dem Wasser und erhob sich gut zehn Meter hoch in die Luft. Es schlug wild um sich und machte ein entsetzliches schmatzendes Geräusch. Wir hörten die wilden Schreie der Männer auf dem Schlepper, und auf dem Deck des Kutters brüllte jemand: »Da! Seht euch das an! O mein Gott!«
»Der Himmel sei uns gnädig«, stöhnte Bill.
»Wir sind verloren«, schluchzte Tom.

Eine Weile stand das Ungeheuer zitternd zwischen den beiden Schiffen, dann raste es auf den Kutter zu. Es hatte mindestens tausend Beine, die im Sonnenlicht gräßlich wirbelten, einen krummen Schnabel und ein großes Maul, das auf- und zuging und schmatzte, und es war größer als ein Wal. Es war entsetzlich, unbeschreiblich groß. Riesenhaft erhob es sich über dem Kutter und ließ die beiden Schiffe und alle anderen drüben im Hafen winzig erscheinen.

»Sind wir noch am Leben?« schrie Bill. »Und ist das dort Long Island? Ich kann es nicht glauben. Wir sind im Indischen Ozean oder im Persischen Golf oder mitten im Eismeer ... Das Ding dort ist ein Jormungandar!«
»Was ist ein Jormungandar?« brüllte Tom, der sich verloren sah und verzweifelt nach einem letzten Strohhalm suchte.
»Wesen, die auf dem Grunde der arktischen Meere leben«, stöhnte Bill. »Alle hundert Jahre einmal kommen sie an die Oberfläche, um Luft zu schnappen, und ich könnte schwören, daß das ein Jormungandar ist.«

Ob Jormungandar oder nicht, es war uns allen klar, daß mit dem Untier nicht zu spaßen war. Es raste mit unvorstellbarer Wildheit auf den Kutter los und zog eine schäumende Spur durch das Wasser. Auf den anderen Schiffen stürzten die Männer an die Reling und sahen mit aufgerissenen Augen zu.
Die Offiziere auf dem Kutter hatten sich von ihrer ersten Verblüffung erholt und rannten wild gestikulierend auf dem Deck hin und her. Drei Kanonen wurden in Position gebracht und auf das heranstürmende Scheusal gerichtet. Ein kleiner Mann mit goldenen Streifen am Ärmel tanzte wie verrückt auf den Zehenspitzen umher und brüllte Befehle.
»Feuert erst, wenn ihr die Augen seht!« schrie er. »Wir dürfen es nicht verfehlen. Wir werden ihm eine Breitseite verpassen, an die es denken soll!«
»Das Tier ist nicht von dieser Welt!« rief jemand. »So etwas hat noch kein Mensch gesehen!«
Die Männer auf dem Schlepper führten indessen einen Freudentanz auf. Sie warfen ihre Mützen und Pfeifen in die Luft und schrien. Wir hörten sie so deutlich, als hätten wir mitten unter ihnen auf dem Vorderdeck gestanden.
»Feuer!« rief der Zwerg in der blauen Uniform auf dem Kutter.
»Das wird ihnen nichts nützen!« schrie Bill, als auch schon der Donner der Kanonen unsere Ohren traf. »Das wird ihnen überhaupt nichts nützen!«
Er hatte recht. Die Schüsse vermochten das Ungeheuer nicht aufzuhalten. Es erhob sich wie eine Wolke aus dem Wasser und flog förmlich auf den Kutter zu. Wild streckte es seine riesigen Fangarme aus, und dann umfing es das kleine Boot und hob es aus den Wellen.
Seine großen goldenen Flanken glänzten wie der Morgenstern, aber aus einem großen Loch in der Kehle tropfte Blut. Doch es achtete seiner Wunden nicht. Es hob das kleine stählerne Boot mit seinen riesigen, sich windenden Armen hoch in die Luft.
Nie werde ich diesen Augenblick vergessen. Ich brauche nur die Augen zu schließen, und schon sehe ich alles wieder vor mir. Ich sehe das Riesenungeheuer aus unermeßlichen Abgründen, dieses sich windende, unbeschreibliche Scheusal aus den Tiefen der schwärzesten Nacht. Und in seinen Armen sehe ich ein kleines Schiff, von dessen Deck an die hundert Menschen fallen, die zwischen den gräßlichen Tentakeln des Untiers schreiend ins Meer stürzen.
Sein glänzender Leib verdeckte die Sonne. Es ragte bis zum Zenit auf, und seine

Arme zerbogen und zerdrückten den Kutter zu einer formlosen Masse blinkenden Stahls.

»Die nächsten sind wir«, murmelte Bill. »Nichts kann uns mehr retten. Gegen einen Jormungandar ist Menschenkraft machtlos.«

Meine anderen Gefährten fielen auf die Knie, und der kleine Harry O'Brien wurde grün im Gesicht. Das Ungeheuer griff uns jedoch nicht an. Mit einem herzzerreißenden Schrei, der unheimlich menschlich klang, versank es im Meer und riß die lächerlichen plattgedrückten Reste des Kutters und die zerschlagenen Leiber von hundert Menschen mit in die Tiefe. Und als es vor unseren Blicken verschwand, glättete sich das Wasser zu einer weiten, von keiner Welle gekräuselten Fläche, die sich blutrot färbte.

Schon saß Bill an den Riemen und fluchte und schrie, um uns anzufeuern. »Pullt, Jungens!« befahl er. »Wir müssen versuchen, das Südufer zu erreichen, bevor das Tier noch einmal Luft schnappt. Oder habt ihr Lust, den Rest eures Lebens auf dem Grunde des Meeres zu verbringen? Habt ihr Lust, gegen einen Jormungandar zu kämpfen?«

Einen Augenblick später hatten wir das Boot gewendet und hielten auf das Ufer zu. Die Männer auf den anderen Schiffen schrien und winkten. Wir sollten ihnen berichten, wie alles zugegangen war, aber wir ließen uns nicht aufhalten. Wir dachten nur an das riesenhafte Untier, das wir hoch in den Himmel ragend vor uns sehen werden, solange wir noch ein Hirn in unseren dummen kleinen Schädeln haben.

Meldung in der Long Island Gazette

Heute morgen wurde auf einem verlassenen Strandabschnitt unweit Newports die Leiche eines etwa fünfundzwanzigjährigen Mannes gefunden. Der Körper war entsetzlich ausgemergelt, und der Untersuchungsrichter, Mr. E. Thomas Bogart, entdeckte auf dem rechten Oberschenkel des Toten drei kleine Wunden, deren Ränder Pulverspuren aufwiesen. Der Körper wog knapp einhundert Pfund. Man nimmt an, daß der junge Mann einem Verbrechen zum Opfer fiel. Nachforschungen in der näheren Umgebung wurden eingeleitet.

Das Kästchen (Aussage des Harry Olson)

Ich hatte seit drei Tagen nichts gegessen und war auf die Mülltonnen angewiesen. Manchmal findet man in den Tonnen etwas Brauchbares, manchmal auch nicht. Jedenfalls suchte ich sie systematisch ab. Ich war die Straße auf der einen Seite hinauf- und auf der andern wieder hinuntergegangen und hatte weiter nichts gefunden als eine Dose Lachs und ein Paar alte Hosenträger. Als ich aber vor dem letzten Haus ankam, blieb ich überrascht stehen. Dann streckte ich meine magere Hand aus und nahm das Kästchen aus der Tonne. Es sah sehr merkwürdig aus. Die Seitenwände waren aus Glas, und oben hatte es Gucklöcher. An dem einen Ende befand sich ein etwa acht mal acht Zentimeter großes Fach aus Metall, und darunter war ein Schieber, auf dem gerade eine Hand Platz hatte.

Ich sah zu den Fenstern des Hauses hinauf, aber niemand beobachtete mich. Da schob ich das Kästchen rasch unter den Mantel und machte, daß ich davonkam. Das ist etwas Teures, sagte ich mir. Wahrscheinlich ist da ein alter Doktor gestorben, und seine Witwe hat das Ding weggeworfen, ohne jemanden zu fragen. Etwas richtig Wissenschaftliches ist das, jawohl, und eine Woche Verpflegung schlage ich auf alle Fälle heraus.
Ich wollte das Ding genauer untersuchen und ging zu einem leeren Bauplatz, wo ich mich ungestört fühlen konnte. Dort setzte ich mich hinter ein Schild, holte den Apparat unter dem Mantel hervor und sah ihn mir an.
Sehen Sie, Sir, er interessiert mich. Oben drauf war ein kleiner Hebel. Drückte man ihn nieder, ging der Schieber auf, in dem Metallfach klickte es, und das Ding leuchtete plötzlich.
Ich kam gleich dahinter, daß man etwas auf den Schieber tun mußte. Ich wußte nur nicht recht, was, aber meine Neugier war erwacht. Das Licht ist nicht umsonst da, dachte ich. Mit diesem Kästchen kann man etwas anfangen.
Ich fragte mich, was wohl geschah, wenn man etwas Lebendiges auf den Schieber legte. In der Nähe standen ein paar Büsche. Ich brauchte eine Weile, bis ich fand,

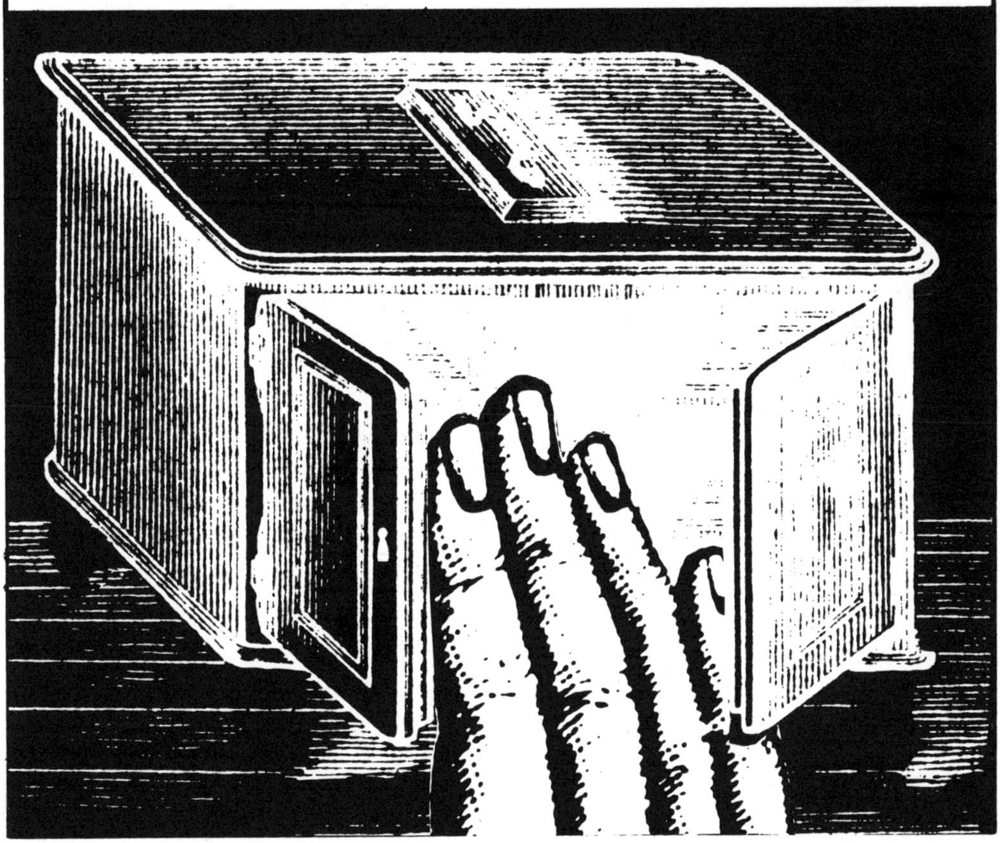

was ich suchte, aber endlich fing ich so ein Tierchen und hielt es zwischen Daumen und Zeigefinger fest. »Du Heuschreck«, sagte ich zu ihm, »ich habe wahrhaftig nichts gegen dich, aber die Wissenschaft kennt kein Ansehen der Person.«
Das Kerlchen zappelte und zappelte und machte meinen Daumen mit seinem klebrigen Saft schmutzig, aber ich ließ es nicht los. Ich tat den Heuschreck auf den Schieber, und dann drückte ich den Hebel nieder und guckte durch die Löcher. Das arme Tierchen zappelte noch ein paar Minuten, dann begann es sich aufzulösen. Es wurde weicher und weicher und schließlich sogar durchsichtig. Als es nur noch ein Batzen Schleim war, begann es sich zu winden. Ich ließ es auf den Boden fallen, und es flitzte schneller als ein Tausendfüßler davon.
Ich muß mich täuschen, dachte ich. Ich sehe Dinge, die es gar nicht geben kann. Und dann tat ich etwas sehr Dummes. Ich schob meine Hand in das Kästchen und drückte den Hebel nieder. Eine Weile geschah gar nichts. Dann wurde meine Hand immer kälter. Ich guckte durch die Löcher, und was ich sah, ließ mich laut aufschreien. Ich riß die Hand heraus und rannte auf dem Bauplatz hin und her wie ein Wahnsinniger. Meine Hand war in ein Knäuel sich windender Schlangen verwandelt! Jedenfalls sahen die Dinger im ersten Augenblick wie Schlangen aus. Später merkte ich, daß sie weich, gelb und gummiartig waren und schlimmer als Schlangen. Zum Glück verlor ich den Kopf nicht ganz oder jedenfalls nicht für lange. »Das ist reine Einbildung«, sagte ich mir, »und ich werde mir das wieder ausreden.«
Ich setzte mich auf einen großen Stein und sah meine Hand an. Sie hatte tausend Finger, die tropften, aber ich zwang mich, sie trotzdem anzusehen. Und dann redete ich laut mit mir selber. »Schluß mit dem Unfug«, sagte ich. »Du bildest dir da was ein.« Mir schien, die Finger wurden schon ein bißchen kürzer und steifer. »Ja, du bildest dir das alles nur ein«, sagte ich. »Reiner Blödsinn ist das. Dieses Kästchen ist gar nichts Besonderes.«
Ob Sie's glauben oder nicht, Sir, ich redete mich wieder gesund. Ich redete so lange mit mir selbst, bis meine Hand wieder normal war. Die langen, sich windenden Dinger wurden kürzer und dicker, schlossen sich wieder zusammen, und nach einer Weile hatte ich wieder eine Hand mit fünf Fingern. Dann stand ich auf und schrie. Zum Glück hörte mich niemand, und es sah mir auch niemand zu, als ich wie ein Wilder herumsprang und tanzte. Als ich außer Atem kam, nahm ich das höllische Kästchen und ging geradewegs zum Fluß hinunter. »Die Zeit ist um«, sagte ich. »Du wirst keine armen Geschöpfe mehr in Quallen und Tintenfische verwandeln!«
Was soll ich noch erzählen, Sir. Ich warf das verdammte Ding in den Fluß, aber vorher zerschlug ich es an der Kaimauer, bis es keinem bekannten Ding auf Erden mehr gleichsah.
»So, nun ist es aus mit dir«, sagte ich, als es unterging. Ich hätte eine Medaille bekommen müssen, aber ich will mich nicht beklagen. Nicht jedem wird die Genugtuung zuteil, sich einen uneigennützigen Wohltäter der Menschheit nennen zu dürfen.

Charles Allston Collins und Charles Dickens Der Mordprozeß

Ich habe immer wieder feststellen können, daß es selbst Menschen von überragender Intelligenz und Bildung an Mut gebricht, wenn sie ihre eigenen psychologischen Erlebnisse, wofern diese sonderbarer Art sind, anderen mitteilen sollen. Fast ein jeder fürchtet, was er von derlei Dingen berichte, könne im Innern seines Zuhörers keine Entsprechung, keinen Widerhall finden, so daß er am Ende Spott und Mißtrauen ernten würde. Ein wahrheitsliebender Reisender, der eine ungewöhnliche Kreatur, etwa in Gestalt einer Seeschlange, erblickt hätte, würde sich nicht scheuen, dies zu erwähnen; hätte aber derselbe Reisende eine seltsame Vorahnung, eine wunderliche Eingebung, eine (sogenannte) Vision, einen Traum oder sonst einen bemerkenswerten geistigen Eindruck gehabt, so würde er gleichwohl lange zögern, sich dazu zu bekennen. In dieser Zurückhaltung sehe ich die Ursache für das Dunkel, das die Menschen umgibt. Wir teilen unsere Erfahrungen mit solchen innerlichen Dingen gewöhnlich nicht so leicht mit wie die mit den greifbaren Dingen der Welt. Die Folge davon ist, daß der allgemeine Erfahrungsschatz auf letzterem Gebiet so ungewöhnlich groß zu sein scheint und wohl auch ist, wenngleich man ihn noch für kläglich unvollkommen halten muß.

Mit dem, was ich zu berichten habe, will ich keine Theorie aufstellen, erhärten oder widerlegen. Ich kenne die Geschichte des Buchhändlers zu Berlin, ich habe den von Sir David Brewster aufgezeichneten Fall der Frau des verstorbenen königlichen Astronomen studiert, und ich habe einen noch viel aufsehenerregenderen Fall einer angeblichen Geistererscheinung, der sich in meinem engsten Freundeskreis zutrug, in den kleinsten Einzelheiten überprüft. Zu letzterem scheint mir die Bemerkung angezeigt, daß die leidende Person (eine Dame) nicht im entferntesten mit mir verwandt war. Eine irrige Annahme in dieser Hinsicht könnte dazu verleiten, für meinen eigenen Fall, oder einen Teil davon, eine Erklärung anzubieten, die völlig unbegründet wäre. Ich habe keine besondere Anlage geerbt, noch habe ich davor oder danach Ähnliches erlebt.

Vor einigen Jahren wurde in England ein Mord begangen, der großes Aufsehen erregte – vor wie vielen oder wie wenigen Jahren, ist ohne Belang. Wir hören genug von Mördern, die nacheinander zu ihrer entsetzlichen Berühmtheit aufsteigen, und ich würde die Erinnerung an diesen einen Unhold gern begraben, wenn ich könnte, denn sein Leichnam wurde im Gefängnis von Newgate bestattet. Ich enthalte mich immerhin absichtlich jedes eindeutigen Hinweises auf die Person des Verbrechers. Als der Mord entdeckt wurde, fiel kein Verdacht auf den Mann, den man hernach vor Gericht stellte, oder, da ich die Fakten gar nicht genau genug widergeben kann, sollte ich besser sagen: Es wurde nirgends öffentlich darauf hingewiesen, daß man diesen Mann der Untat verdächtigte. Da also in der Presse nicht von ihm die Rede war, ist es augenscheinlich unmöglich, daß ich zu irgendeiner Zeit eine Beschreibung seiner Person in den Zeitungen hätte lesen können. Diesen Umstand wolle man beachten.

Ich fand den Bericht von der Entdeckung des Verbrechens, als ich beim Frühstück die Morgenzeitung aufschlug, und da er mich interessierte, las ich ihn mit der größten Aufmerksamkeit, ich glaube sogar zwei- oder dreimal. Man hatte die Leiche in einem Schlafzimmer aufgefunden, und als ich die Zeitung aus der Hand legte, nahm ich einen Blitz, ein Aufleuchten, eine rasche Bewegung wahr – ich weiß nicht, wie ich es nennen soll, und finde kein Wort, das anschaulich genug wäre –, und mir war, als sähe ich dieses Schlafzimmer durch mein eigenes Zimmer ziehen wie ein auf fließendes Wasser gemaltes Bild, was es freilich unmöglich geben kann. Und obwohl es augenblicklich wieder verschwand, war es vollkommen klar; so klar, daß ich deutlich und mit einem Gefühl der Erleichterung ein Bett erkannte, in dem keine Leiche lag.

Dieses merkwürdige Erlebnis hatte ich nicht etwa an einem romantischen Ort, sondern in meinen Räumen in Piccadilly, nahe der Ecke St. James Street. Es war völlig neu für mich. Ich saß in diesem Augenblick in meinem Lehnstuhl, und die Wahrnehmung wurde von einer seltsamen Erschütterung begleitet, die den Stuhl von seinem Platz rückte. (Hierzu muß ich allerdings bemerken, daß der Stuhl auf Rollen lief.) Ich trat an eines der Fenster – das Zimmer hat deren zwei und befindet sich im zweiten Stock –, um meine Augen mit dem Getriebe unten in Piccadilly zu erfrischen. Es war ein heller Herbstmorgen, und die Straße lag in fröhlichen Glanz getaucht. Ein frischer Wind wehte. Während ich hinaussah, brachte er vom Park herüber eine Menge abgefallener Blätter, die eine plötzliche Bö erfaßte und zu einer hohen Spirale drehte. Als die Spirale zusammensank, sah ich auf der gegenüberliegenden Straßenseite zwei Männer, die von Westen nach Osten gingen, und zwar einer hinter dem andern. Der vordere blickte oft über die Schulter zurück. Der zweite folgte ihm im Abstand von etwa dreißig Schritten und hielt die rechte Hand drohend erhoben. Zuerst fesselte das Ungewöhnliche einer solchen Gebärde auf offener Straße meine Aufmerksamkeit, dann aber der noch bemerkenswertere Umstand, daß niemand sie beachtete. Die beiden Männer suchten sich zwischen den Passanten hindurch ihren Weg mit einer Behendigkeit und Geschmeidigkeit, die sich mit dem Dahinschreiten auf einem Gehsteig kaum vereinbaren ließ, und nicht ein einziger der Passanten wich ihnen aus, berührte sie oder blickte ihnen nach. Als sie unter meinem Fenster vorbeigingen, starrten beide zu mir herauf. Ich sah ihre Gesichter deutlich und wußte, daß ich sie jederzeit wiedererkennen würde. Nicht, daß ich bewußt irgend etwas Auffälliges darin wahrgenommen hätte, es sei denn,

daß der Vorausgehende finster blickte und das Gesicht seines Verfolgers die Farbe unreinen Wachses hatte.
Ich bin Junggeselle, und mein Diener und seine Frau sind mein ganzes Hauspersonal. Ich arbeite in einer Bankfiliale und wünsche mir nur, meine Pflichten als Abteilungsleiter wären so leicht, wie man gemeinhin annimmt. Sie hielten mich diesen Herbst in der Stadt zurück, und ich hatte doch eine Luftveränderung nötig. Zwar war ich nicht krank, aber ich war auch nicht gesund. Der Leser mag sich selbst ein Bild machen, wenn ich sage, daß ich mich erschöpft fühlte, daß ich mein Leben deprimierend eintönig fand und daß ich an › leichten Verdauungsstörungen ‹ litt. Mein wohlangesehener Arzt versicherte mir, mein Gesundheitszustand rechtfertige keine drastischere Beschreibung, und ich habe soeben seine eigene zitiert, die er mir auf meine Anfrage schriftlich gab.
Während die allmählich sich entschleiernden Umstände des Mordes die Öffentlichkeit mehr und mehr beschäftigten, hielt ich sie meinem Geiste fern, indem ich mich bemühte, inmitten der allgemeinen Erregung so wenig wie möglich davon zu erfahren. Ich wußte allerdings, daß eine Anklage wegen vorsätzlichen Mordes erhoben und der Verdächtige nach Newgate überführt worden war, und ich wußte ferner, daß man den Prozeß wegen der allgemeinen Voreingenommenheit und um der Verteidigung die nötige Vorbereitung zu ermöglichen, auf eine spätere Sitzungsperiode des Strafgerichts verschoben hatte. Vielleicht wußte ich auch – was ich aber nicht glaube –, wann ungefähr diese Sitzungsperiode beginnen sollte.
Mein Wohnzimmer, mein Schlafzimmer und mein Bade- und Ankleidezimmer liegen alle in demselben Stockwerk. Zu letzterem gelangt man nur durch das Schlafzimmer. Zwar gibt es darin auch eine Tür, die ins Treppenhaus führt, aber diese Tür ist bereits seit einigen Jahren durch einen Teil der Badezimmereinrichtung verstellt und daher zugenagelt und mit Leinwand überspannt.
Eines Abends stand ich in meinem Schlafzimmer und gab meinem Diener noch einige Anweisungen, bevor er zu Bett ging. Mein Blick war auf die einzige Verbindungstür zum Ankleidezimmer gerichtet, die geschlossen war. Mein Diener stand mit dem Rücken zu dieser Tür. Während ich mit ihm sprach, sah ich, wie sie sich öffnete und ein Mann hereinblickte, der mir sehr ernst und geheimnisvoll winkte. Es war der Mann, der hinter dem anderen durch Piccadilly gegangen war und dessen Gesicht die Farbe unreinen Wachses hatte.
Die Gestalt zog sich, nachdem sie mir gewinkt hatte, zurück und schloß die Tür. Ich war mit wenigen Schritten bei ihr, riß sie auf und blickte in das Ankleidezimmer. Eine brennende Kerze hatte ich bereits in der Hand gehalten. Das Zimmer war leer, aber ich hatte auch nicht erwartet, die Gestalt darin vorzufinden.
Da mir bewußt war, daß mich mein Diener erstaunt beobachtete, wandte ich mich zu ihm um und sagte: »Sie werden es nicht glauben, Derrick. Soeben sah ich bei klarem Verstande...« Ich legte bei diesen Worten meine Hand auf seine Brust, und er begann plötzlich heftig zu zittern und sagte: »O Gott, ja, Sir! Einen Toten, der Ihnen winkte!«

Nun glaube ich nicht, daß dieser John Derrick, mein treuer, zuverlässiger Diener seit mehr als zwanzig Jahren, selbst unter dem Eindruck stand, eine solche Gestalt gesehen zu haben, solange ich ihn nicht berührte, denn als ich ihm die Hand auf die Brust legte, ging eine so jähe, auffällige Veränderung mit ihm vor, daß ich überzeugt bin, dieser Eindruck wurde in diesem Augenblick auf okkulte Weise von mir auf ihn übertragen.

Ich bat John Derrick, Kognak zu bringen, gab ihm einen Schluck und nahm selbst einen. Von dem, was der Erscheinung dieses Abends vorausgegangen war, sagte ich ihm kein Wort. Ich war nach längerem Nachdenken überzeugt, daß ich dieses Gesicht außer das eine Mal in Piccadilly nie zuvor gesehen hatte, und wenn ich seinen Ausdruck, als mir der Mann in der Tür winkte, mit dem verglich, den es gehabt hatte, als er von der Straße zu meinem Fenster heraufstarrte, kam ich zu dem Schluß, daß er beim erstenmal hoffte, sich meinem Gedächtnis fest einzuprägen, während er sich bei der zweiten Gelegenheit vergewisserte, daß ich mich seiner erinnerte.

Ich verbrachte keine sehr angenehme Nacht, obwohl ich auf unerklärliche Weise wußte, daß die Gestalt nicht wieder erscheinen werde. Bei Tagesanbruch erst fiel ich in einen schweren Schlaf, aus dem mich John Derrick weckte, der mit einem Papier in der Hand an mein Bett trat.

Dieses Papier war Gegenstand eines Wortwechsels zwischen seinem Überbringer und meinem Diener gewesen. Es enthielt die an mich gerichtete Aufforderung, in der bevorstehenden Sitzungsperiode des Zentralen Strafgerichts im Old Bailey als Geschworener zu fungieren. Ich war noch nie zu einem solchen Amt berufen worden, was John Derrick natürlich wußte. Er glaubte, ob zu Recht oder zu Unrecht sei dahingestellt, daß Geschworene dieser Art aus den niederen Ständen gewählt würden, und hatte sich daher zunächst geweigert, die Vorladung entgegenzunehmen. Der Mann, der sie überbrachte, ließ sich nicht beirren. Ob ich erscheine oder nicht, sei ihm einerlei, sagte er. Hier sei die Vorladung, und ich möge damit auf eigene Gefahr verfahren, wie mir beliebe.

Ein oder zwei Tage lang war ich unschlüssig, ob ich der Vorladung Folge leisten oder sie nicht beachten solle. Ich war mir keineswegs irgendeiner vorgefaßten Meinung oder irgendeines geheimnisvollen Einflusses bewußt, dessen bin ich so sicher wie aller anderen in diesem Bericht getroffenen Feststellungen. Zuletzt beschloß ich zu gehen, um ein wenig Abwechslung in mein eintöniges Dasein zu bringen.

Es war ein kalter, unfreundlicher Novembermorgen. Über Piccadilly lag dichter, brauner Nebel, der hinter Temple Bar geradezu schwarz und erstickend wurde. In den Treppenhäusern und Gängen des Gerichtsgebäudes brannten grell die Gaslampen, und ähnlich war der Gerichtssaal beleuchtet. Ich *glaube*, bis ich von zwei Beamten in den Alten Saal geleitet wurde, wußte ich nicht, daß an diesem Tag der Mörder vor Gericht erscheinen sollte, und ich *glaube*, ich wußte nicht einmal, vor welches von den beiden gleichzeitig tagenden Gerichten mich meine Vorladung rief. Das darf jedoch nicht als eindeutige Behauptung angesehen werden, denn ich bin mir selbst weder in dem einen noch in dem andern Punkte ganz im klaren.

Ich nahm auf der für die wartenden Geschworenen bestimmten Bank Platz und sah mich im Saal um, so gut es mir der Dunst, der darin herrschte, gestattete. Ich bemerkte den schwarzen Nebel, der draußen wie ein Vorhang vor den großen Fenstern hing, und ich vernahm den gedämpften Lärm von Rädern auf dem Stroh oder der Gerberlohe, mit der man die Straße bestreut hatte, sowie das Summen der dort versammelten Menschenmenge, das ab und zu ein schriller Pfiff, ein Lied oder ein lauterer Schrei übertönte. Kurz darauf erschienen die Richter, zwei an der Zahl, und nahmen ihre Plätze ein. Der Lärm im Saal legte sich. Dann wurde der Befehl gegeben, den Mörder vorzuführen, und ich erkannte in ihm auf den ersten Blick den Mann, der vor dem andern her durch Piccadilly gegangen war.
Hätte man in diesem Augenblick meinen Namen genannt, ich wäre zweifellos außerstande gewesen, vernehmlich zu antworten. Er wurde jedoch erst als sechster oder achter aufgerufen, und bis dahin war ich wieder gefaßt genug, um »hier!« zu sagen. Und nun aufgemerkt: Ich hatte kaum auf der Geschworenenbank Platz genommen, als der Gefangene, der sich bis dahin aufmerksam, aber gelassen umgesehen hatte, in heftige Erregung geriet und seinem Anwalt winkte. Der Wunsch des Gefangenen, mich abzulehnen, war so offenkundig, daß es zu einer Unterbrechung kam. Der Verteidiger flüsterte mit seinem Mandanten und schüttelte den Kopf. Später erfuhr ich

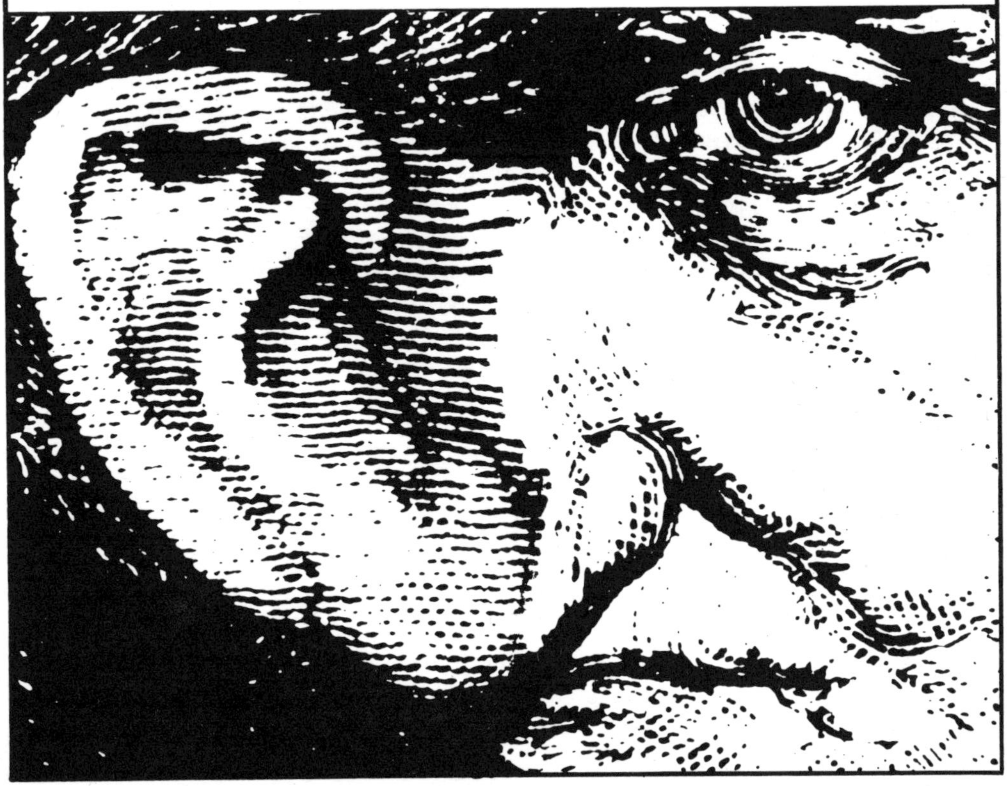

von diesem Herrn, die ersten erschrockenen Worte, die der Gefangene an ihn richtete, hätten gelautet: »*Lehnen Sie diesen Mann unter allen Umständen ab!*« Da er aber keinen Grund anzuführen vermochte und zugeben mußte, daß er nicht einmal meinen Namen gekannt hatte, bis er aufgerufen worden und ich erschienen war, wurde sein Antrag abgelehnt.

Sowohl aus dem bereits genannten Grund, daß ich es vermeiden möchte, die unselige Erinnerung an diesen Mörder wiederaufleben zu lassen, als auch weil eine ausführliche Schilderung des langwierigen Prozesses für meinen Bericht keineswegs unerläßlich ist, will ich mich auf jene Ereignisse im Laufe der zehn Tage und Nächte, die wir Geschworenen mitsammen verbrachten, beschränken, die unmittelbar mit meinen eigenen Erlebnissen zu tun haben, denn für diese – nicht für den Mörder – suche ich den Leser zu interessieren.

Ich wurde zum Obmann der Geschworenen gewählt. Am zweiten Morgen des Prozesses, nachdem zwei Stunden hindurch (ich hörte die Turmuhr schlagen) Zeugen einvernommen worden waren, ließ ich zufällig den Blick über meine Mitgeschworenen schweifen, und da wollte es mir nicht recht gelingen, ihre Zahl zu bestimmen. Ich zählte sie mehrere Male, immer mit demselben Ergebnis: Ich hatte jedesmal einen zuviel.

Da wandte ich mich an den Geschworenen neben mir und flüsterte ihm zu: »Tun Sie mir den Gefallen und zählen Sie uns.« Meine Bitte überraschte ihn, aber er sah sich um und zählte. »Wie das!« sagte er. »Wir sind dreizehn … aber nein, das ist nicht möglich. Nein, wir sind unser zwölf.«

Sooft wir an diesem Tage auch zählten, wir trafen es im einzelnen immer richtig, aber in der Gesamtsumme hatten wir stets einen zuviel. Es gab keine Erscheinung, keine Gestalt, die das hätte erklären können, aber insgeheim ahnte ich bereits die Gestalt voraus, die früher oder später erscheinen mußte.

Die Geschworenen waren in der London Tavern untergebracht. Wir schliefen alle in einem großen Raum und wurden ständig von einem Beamten überwacht, der unter Eid stand. Ich sehe keine Ursache, seinen wahren Namen zu verschweigen. Er war klug, äußerst höflich und zuvorkommend und (wie ich mit Befriedigung vernahm) in der Stadt hoch angesehen. Er hatte zudem ein angenehmes Auftreten, gütige Augen, einen prächtigen schwarzen Backenbart und eine schöne, klangvolle Stimme. Sein Name war Harker.

Wenn wir zwölf uns am Abend schlafen legten, wurde Mr. Harkers Bett vor die Tür geschoben. Am Abend des zweiten Tages war mir noch lange nicht nach Schlafen zumute, und da ich Mr. Harker auf seinem Bett sitzen sah, setzte ich mich zu ihm und bot ihm eine Prise Schnupftabak an. In dem Augenblick, da seine Hand, nach der Dose greifend, die meine berührte, zuckte er zusammen und sagte: »Wer ist das?« Ich folgte seinem Blick und sah wieder die Gestalt, die ich erwartet hatte: den zweiten der beiden Männer, die durch Piccadilly gegangen waren. Ich stand auf, trat einige Schritte vor, blieb dann jedoch stehen und wandte mich nach Mr. Harker um. Er war ganz ruhig, lachte und sagte scherzend: »Ich dachte einen Augenblick, wir hät-

ten einen dreizehnten Geschworenen ohne Bett, aber nun sehe ich, daß mich das Mondlicht getäuscht hat.«
Ohne Mr. Harker den Sachverhalt zu enthüllen, forderte ich ihn auf, mit mir ans andere Ende des Raumes zu gehen, und beobachtete, was die Gestalt tat. Sie stand eine kleine Weile neben dem Bett eines jeden meiner elf Mitgeschworenen, und immer trat sie von rechts an das Kopfende und ging dann um das Fußende des nächsten Bettes herum. Der Kopfhaltung nach zu urteilen, schien sie jeden der Schläfer nachdenklich zu betrachten. Sie beachtete weder mich noch mein Bett, das dem Mr. Harkers am nächsten stand, und schließlich schien sie den Raum dort zu verlassen, wo das Mondlicht einfiel, nämlich durch ein hohes Fenster und wie in der Luft über Stufen steigend.
Am nächsten Morgen beim Frühstück wurde offenbar, daß alle Anwesenden, mich selbst und Mr. Harker ausgenommen, in dieser Nacht von dem Ermordeten geträumt hatten.
Ich wußte nun, daß der zweite der beiden Männer in Piccadilly (sozusagen) der Ermordete war, und dessen war ich so sicher, als hätte er mir's durch sein unmittelbares Zeugnis zu verstehen gegeben – was er hernach auch tat, und zwar auf eine Weise, auf die ich keineswegs vorbereitet war.
Am fünften Prozeßtag, als der öffentliche Ankläger im Begriffe war, sein Beweisverfahren abzuschließen, wurde eine Miniatur des Ermordeten vorgelegt, die bei der Entdeckung des Verbrechens in seinem Schlafzimmer gefehlt hatte und später an einem Ort gefunden worden war, wo man den Angeklagten hatte graben sehen. Nachdem sie von dem soeben vernommenen Zeugen identifiziert worden war, wurde sie dem Richter gezeigt und dann weitergereicht, um von den Geschworenen in Augenschein genommen zu werden. Als ein Beamter in schwarzem Talar auf mich zutrat, stürzte plötzlich die Gestalt des Mannes, der als zweiter durch Piccadilly gegangen, aus der Menge der Zuschauer hervor, riß dem Beamten die Miniatur aus der Hand und reichte sie mir eingehändig, indem sie – ehe ich einen Blick auf das Bild, ein zugeklapptes Medaillon, werfen konnte – mit tiefer, hohler Stimme sagte:
»*Ich war damals jünger, und das Blut war noch nicht aus meinem Gesicht gewichen.*«
Die Gestalt trat auch zwischen mich und den nächsten Geschworenen, dem ich die Miniatur hätte weitergeben sollen, dann zwischen diesen und seinen Nachbarn und so fort durch die ganze Reihe. Nicht einer von diesen Männern bemerkte jedoch etwas davon.
Bei Tisch, wie überhaupt immer, wenn wir zusammen eingeschlossen und von Mr. Harker bewacht wurden, hatten wir natürlich von Anfang an die Ereignisse des Tages weitläufig diskutiert. An diesem fünften Tage nun, da alle Beweise gegen den Angeklagten vorgebracht worden waren und wir den Fall zumindest von dieser Seite vollständig überblickten, war unsere Diskussion noch lebhafter und ernster als sonst. Unter uns befand sich ein Gemeindevertreter – der größte Schwachkopf, den ich je auf freiem Fuße gesehen –, und dieser Mann erhob gegen die klarsten Beweise die lächerlichsten Einwände. Auf seine Seite schlugen sich zwei Männer, die

ebenfalls von irgendwelchen Gemeinden Gehälter bezogen, ohne dafür Dienste zu leisten, und alle drei waren sie aus einem Bezirk geholt worden, der so vom Fieber verseucht war, daß sie selbst wegen fünfhundertfachen Mordes hätten vor Gericht stehen sollen. Als es diese übelgesinnten Hohlköpfe am lautesten trieben – Mitternacht war nicht mehr fern, und die meisten von uns schickten sich schon an, zu Bett zu gehen –, sah ich wieder den Ermordeten. Er stand grimmig hinter ihnen und winkte mir. Sobald ich mich zu ihnen gesellte und mich in ihr Gespräch einmischte, zog er sich zurück. Dies war der Beginn einer ganzen Reihe von Erscheinungen, die sich auf den langen Raum beschränkten, in dem wir eingeschlossen wurden. Wann immer einige der Geschworenen die Köpfe zusammensteckten, sah ich den Kopf des Ermordeten unter ihnen. Und wann immer sie ihre Aufzeichnungen verglichen und zu einem für ihn ungünstigen Schluß kamen, winkte er mir ernst und unwiderstehlich.

Man beachte, daß ich bis zur Vorlage der Miniatur am fünften Verhandlungstag die Erscheinung nie im Gerichtssaal gesehen hatte. Einige Veränderungen traten nun ein, als die Verteidigung ihre Zeugen vorzuführen begann. Die Gestalt war ständig im Gerichtssaal zu sehen, wandte sich dort aber nie an mich, sondern immer an den, der gerade sprach. Ein Beispiel: Die Kehle des Ermordeten war quer durchgeschnitten worden. In seinem Eröffnungsplädoyer behauptete nun der Verteidiger, der Verstorbene könnte sich die Kehle selbst durchgeschnitten haben. Im selben Augenblick stand die Gestalt – die Kehle in dem soeben beschriebenen gräßlichen Zustand (der bisher verborgen geblieben war) – dicht neben dem Sprecher und fuhr sich bald mit der rechten, bald mit der linken Hand über die Kehle, um überzeugend darzutun, daß man sich eine solche Wunde weder mit der einen noch mit der andern Hand selbst zufügen konnte. Ein anderes Beispiel: Eine Zeugin, die über den Charakter des Angeklagten befragt wurde, schilderte diesen als den liebenswürdigsten Menschen. Da trat die Gestalt vor sie hin, sah ihr voll ins Gesicht und deutete mit ausgestrecktem Arm auf die böse Miene des Angeklagten.

Was mich aber am meisten beeindruckte, bleibt noch zu berichten. Ich will keine Theorie aufstellen. Ich sage nur, was war, und lasse es dabei bewenden: Die Erscheinung wurde von denen, an die sie sich wandte, nicht gesehen. Sobald sie ihnen aber nahetrat, war diesen Personen stets eine gewisse Bestürzung und Verwirrung anzumerken. Es schien mir, als werde die Gestalt durch für mich unerforschliche Gesetze daran gehindert, sich anderen ganz zu zeigen, wogegen sie die Fähigkeit besaß, unsichtbar und stumm deren Geist zu überschatten. Als der Verteidiger die Selbstmordhypothese vorbrachte und die Gestalt neben ihm stand und mit der Hand vor ihrer durchtrennten Kehle hin und her fuhr, stockte der gelehrte Herr, verlor für einige Augenblicke den Faden seiner kunstvoll aufgesetzten Rede, wischte sich mit dem Taschentuch die Stirn und wurde auffallend blaß. Und als die Charakterzeugin unversehens der Erscheinung gegenüberstand, folgte ihr Blick dem ausgestreckten Finger und blieb zögernd und in großer Verwirrung auf dem Gesicht des Angeklagten haften. Zwei weitere Beispiele mögen genügen: Am achten Verhandlungstag kehrte ich nach der Pause, die täglich in der ersten Hälfte des Nachmittags eingelegt wurde, damit man sich einige Minuten ausruhen und erfrischen konnte, mit den übrigen Geschworenen ein wenig vor den Richtern in den Saal zurück. Ich stand in der Geschworenenbank und sah mich um. Die Erscheinung war, so schien es mir, nicht anwesend. Da blickte ich zufällig zur Galerie hinauf und sah sie, wie sie sich eben über eine sauber und ordentlich gekleidete Frau beugte, als wollte sie feststellen, ob die Richter schon ihre Plätze eingenommen hätten. Im gleichen Augenblick schrie die Frau auf und sank ohnmächtig nieder. Man trug sie hinaus. Ähnlich erging es dem ehrwürdigen, klugen und geduldigen Richter, der die Verhandlung leitete. Als die Plädoyers beendet waren und er seine Papiere ordnete, um den Fall zusammenzufassen, trat der Ermordete an den Tisch seiner Lordschaft und blickte ihr aufmerksam über die Schulter, um in den Aufzeichnungen zu lesen. Eine Veränderung kam über das Gesicht des Richters, seine Hand hielt mitten in der Bewegung inne, das eigentümliche Zittern, das ich so gut kannte, überfiel ihn, und er stammelte: »Entschuldigen Sie mich einen Augenblick, meine Herren. Die schlechte Luft macht mir zu schaffen.« Und er faßte sich erst wieder, als er ein Glas Wasser getrunken hatte.

Die Tage dieses Prozesses zogen sich endlos und eintönig dahin: Dieselben Richter auf dem Podium, derselbe Mörder auf der Anklagebank, dieselben Anwälte an ihren Tischen, dieselben Fragen und Antworten, die zur Decke des Saals aufstiegen, dasselbe Kratzen der Feder des Richters, dieselben Gerichtsdiener, die aus und ein

gingen, dieselben Lichter, um dieselbe Stunde angezündet, derselbe Nebelvorhang draußen vor dem Fenster, wenn es neblig war, dasselbe Prasseln des Regens, wenn es regnete, dieselben Fußspuren des Gefangenen und seiner Wärter in demselben Sägemehl auf dem Boden, dieselben Schlüssel, die dieselben schweren Türen auf- und wieder zusperrten ... Und in all dieser ermüdenden Eintönigkeit, in der mir zumute war, als wäre ich schon seit undenklichen Zeiten Obmann der Geschworenen und als hätte Piccadilly zugleich mit Babylon Aufstieg und Untergang erlebt, erschien der Ermordete stets mit aller Deutlichkeit vor meinen Augen. Ich will sagen: nie war er weniger deutlich zu sehen als irgendein andrer der Anwesenden. Eine merkwürdige Tatsache muß ich noch erwähnen. Ich sah nicht ein einziges Mal, daß die Erscheinung, die ich den Ermordeten nenne, den Mörder anblickte. Warum sie es nicht tat, vermag ich nicht zu erklären.

Auch mich sah sie, nachdem die Miniatur vorgezeigt worden war, nicht mehr an, bis die letzten Minuten des Prozesses nahten. Wir zogen uns sieben Minuten vor zehn Uhr abends zur Beratung zurück. Der beschränkte Gemeindevertreter und seine beiden Gesinnungsgenossen verursachten uns soviel unnütze Mühe, daß wir zweimal in den Saal zurückkehren mußten, um uns gewisse Abschnitte aus dem Protokoll noch einmal vorlesen zu lassen. Neun von uns hegten hinsichtlich dieser Abschnitte nicht den geringsten Zweifel, und ich glaube, sie waren im ganzen Gerichtssaal niemandem unklar. Das schwachköpfige Triumvirat jedoch, das nichts anderes als Widerstand im Sinn hatte, zweifelte sie gerade aus diesem Grunde an. Zuletzt setzten wir anderen uns durch, und zehn Minuten nach Mitternacht kehrten die Geschworenen endlich in den Saal zurück.

Der Ermordete stand in diesem Augenblick auf der anderen Seite des Raumes, der Geschworenenbank genau gegenüber. Als ich Platz nahm, ruhte sein Blick mit großer Aufmerksamkeit auf mir. Er schien befriedigt zu sein und zog sich einen großen grauen Schleier, den er in dieser Nacht zum erstenmal über dem Arm trug, langsam über den Kopf und die ganze Gestalt. Als ich unseren Wahrspruch – › schuldig ‹ – verkündete, sank der Schleier in sich zusammen, und im nächsten Augenblick war der Platz, wo der Ermordete gestanden, leer.

Als der Mörder, wie es Brauch ist, vom Richter gefragt wurde, ob er noch etwas vorzubringen habe, bevor das Todesurteil über ihn gesprochen wurde, murmelte er undeutlich etwas, was anderntags in den führenden Zeitungen als »einige sinnlose, unzusammenhängende und kaum vernehmliche Worte« beschrieben wurde... »Worte, mit denen er sich, wenn wir ihn recht verstanden, darüber beklagte, daß er keinen gerechten Prozeß gehabt habe, weil der Obmann der Geschworenen gegen ihn eingenommen gewesen sei«. Die erstaunliche Erklärung, die er wirklich abgab, lautete wie folgt:

»*Euer Ehren, ich wußte, daß ich verloren bin, als der Obmann der Geschworenen in die Bank trat. Euer Ehren, ich wußte, daß er mich nicht freigeben würde, denn bevor ich festgenommen wurde, erschien er eines Nachts an meinem Bett, weckte mich und legte mir einen Strick um den Hals.*«

Robert Bloch
Die Männchen des Grauens

Colin hatte schon lange die kleinen Tonfiguren gemacht, als er bemerkte, daß sie sich bewegten. Seit Jahren hatte er sie in seinem Zimmer modelliert und nacheinander viele Hundert Pfund Ton verbraucht.

Die Ärzte hielten ihn für verrückt, vor allem Dr. Starr. Aber dieser Dr. Starr war ein Quacksalber und Narr. Er verstand nicht, warum Colin nicht mit den anderen in die Werkstatt ging, um Körbe und Rohrstühle zu flechten. Das, meinte Dr. Starr, war nützliche › Beschäftigungstherapie ‹, nicht so eine Verrücktheit, wie sie sich Colin leistete, der jahraus, jahrein dahockte und kleine Tonfiguren modellierte. Dr. Starr redete immer so, und manchmal hätte ihm Colin am liebsten in sein feistes, selbstgefälliges Gesicht geschlagen. Auch schon ein › Doktor ‹!

Colin wußte, was er tat. Er war selbst einmal Arzt gewesen. Dr. Edgar Colin, Chirurg – Hirnchirurg sogar. Ein anerkannter Spezialist, eine Autorität, und das zu einer Zeit, als der junge Starr ein kleiner Assistenzarzt, ein nervöser Stümper war. Was für eine Ironie! Nun hatte man Colin in eine Irrenanstalt gesteckt, und Starr war sein Bewacher. Ein grimmiger Scherz. Aber wenn er auch verrückt war: Colin verstand von Psychopathologie mehr, als Starr je lernen würde.

Colin war mit dem Roten Kreuz bei Ypern gewesen und mit gesunden Gliedern, aber zerrütteten Nerven heimgekehrt. Noch Monate nach dieser letzten großen, grellen Bombenexplosion hatte er bewußtlos im Lazarett gelegen, und als er endlich wieder zu sich gekommen war, hieß es, er leide an *Dementia praecox*. Daher schickten sie ihn hierher. Zu Starr.

Colin bat um Ton, sobald er wieder gehen konnte. Er wollte arbeiten. Seine langen schmalen Hände, die die schwierigsten Hirnoperationen durchgeführt hatten, besaßen noch die alte Geschicklichkeit und hungerten nach noch schwierigeren Aufgaben. Colin wußte, daß er nie wieder operieren würde. Er war nicht mehr Dr. Colin, sondern ein Psychopath. Dennoch mußte er arbeiten. Da er so viel über Geisteskrankheiten wußte, würde er sich nur mit Selbstanalysen gequält haben, wenn er keine Beschäftigung gefunden hätte. Das Modellieren war der Ausweg.

Als Chirurg hatte er oft Abgüsse, Büsten, anatomische Modelle nach dem Leben gemacht. Es war ein Steckenpferd gewesen, und er kannte die Organe, die komplizierte Struktur des Nervensystems in allen Einzelheiten. Jetzt arbeitete er in Ton. Zuerst machte er in seinem Zimmer gewöhnliche kleine Figuren. Winzige Men-

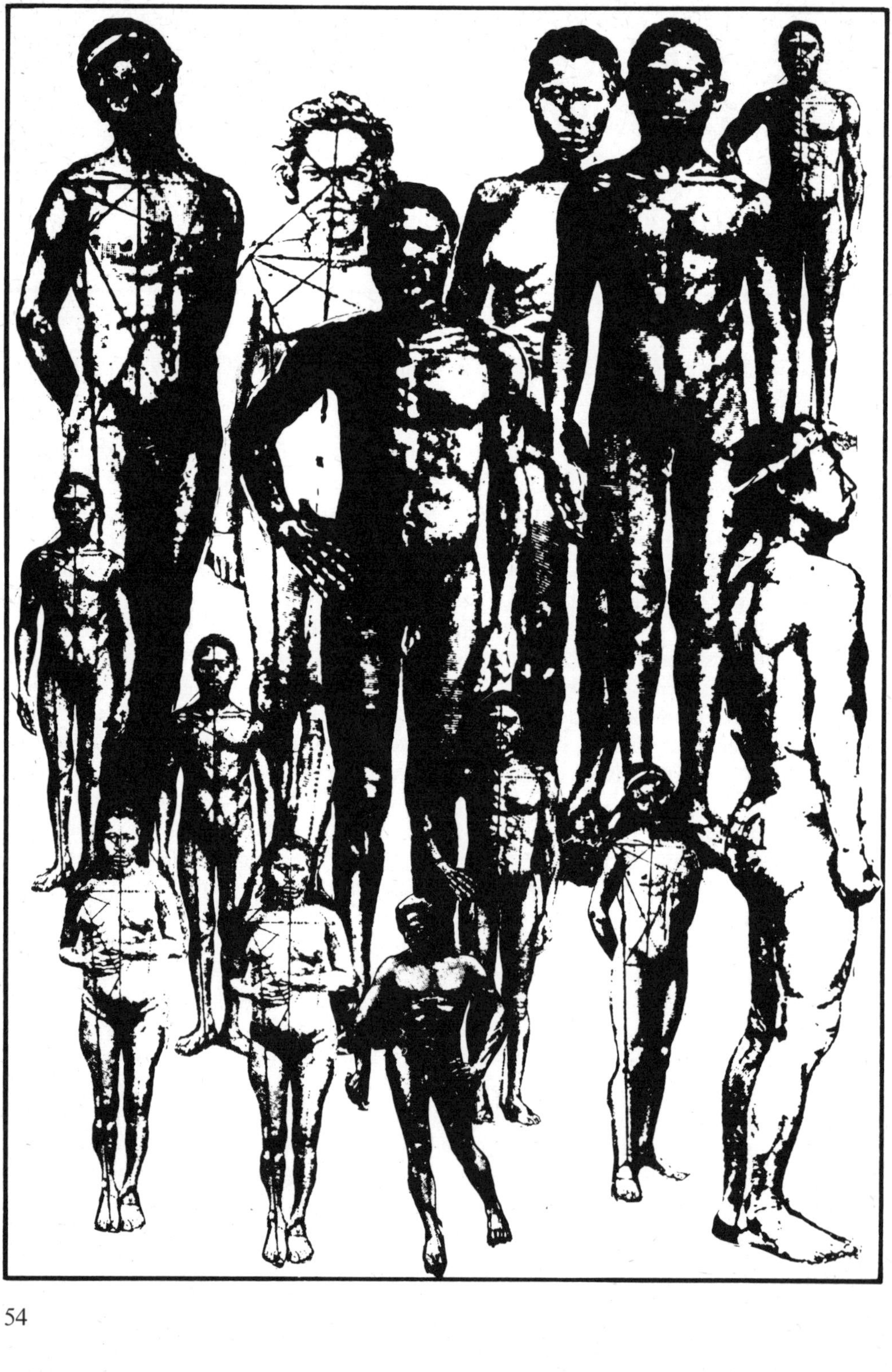

schen, fünf oder sechs Zoll hoch, wurden aus dem Gedächtnis genau nachgebildet. Er entdeckte in sich eine spontane Begabung für die Bildhauerei, ein Naturtalent, und seine feingliedrigen Finger gehorchten jedem Impuls.
Anfangs hatte Starr ihn ermutigt. Als die Bewußtlosigkeit, die Benommenheit vorüber war, hatte Colin aus dem neu entdeckten Interesse wieder Lebensmut geschöpft. Seine ersten Tonfiguren ernteten Aufmerksamkeit und Beifall. Seine Familie schickte ihm Geld. Er kaufte Werkzeuge. Auf dem Tisch in seinem Zimmer lag bald alles, was man zum Modellieren braucht. Es war gut, wieder Instrumente in der Hand zu halten, zwar keine Messer und Skalpelle, aber Geräte, die nicht weniger wunderbar waren, die schnitten und formten und Körper nachbildeten. Was tat es, daß es Körper aus Ton und nicht aus Fleisch waren?
Nein, zunächst hatte es nichts ausgemacht, aber dann, nach Monaten sorgfältiger Bemühungen, konnte sich Colin nicht mehr zufriedengeben. Er arbeitete acht, zehn, zwölf Stunden täglich, aber er hatte keine Freude am Erreichten. Er warf die fertigen Figuren weg, knetete sie zu braunen Klumpen zusammen, die er angewidert auf den Boden schleuderte. Seine Arbeit war nicht gut genug.
Die Männer und Frauen sahen aus wie Männer und Frauen *en miniature*. Sie hatten Muskeln, Sehnen, Gesichtszüge, sogar eine aus Schichten aufgebaute Haut und winzige Haare, die Colin auf ihren kleinen Körpern anbrachte. Doch was waren sie letztlich anderes als ein Schwindel, ein Betrug? Innen bestanden sie aus massivem Ton – und das durfte nicht sein. Colin wollte vollkommene Menschen schaffen, sterbliche Menschen aus Ton. Er mußte noch viel studieren und experimentieren. Damals hatte er den ersten Zusammenstoß mit Dr. Starr, als er nämlich Anatomiebücher verlangte. Starr lachte ihn aus, genehmigte aber die Bücher.
Und nun lernte Colin, das Knochengerüst des Menschen nachzubilden, die Organe, das komplizierte Netzwerk der Arterien und Venen, die Drüsen, die Nervenstruktur. Jahre vergingen, in denen Colin tausend Tonfiguren machte und wieder vernichtete. Er formte Tonskelette, setzte Tonorgane in winzige Körper ein. Präzisionsarbeit, aber sie hielt ihn vom Denken ab. Er brachte es so weit, daß er die Formen mit geschlossenen Augen nachbilden konnte. Schließlich faßte er sein ganzes Wissen zusammen und machte vollständige Körper mit Organen, nadelstichfeinen Nerven, Blutgefäßen, Drüsen, Hautschichten, Muskelsträngen.
Zuletzt begann er Gehirne zu machen. Er lernte jede Windung des Groß- und Kleinhirns auswendig, jeden Nervenendkörper, jede Furche in der grauen Substanz der Hirnrinde. Studieren, studieren und das Gelächter der anderen, die Monotonie jahrelanger Gefangenschaft ignorieren, die Gedanken ausschalten. Studieren, studieren, vollkommene Gestalten formen, der größte Bildhauer der Welt sein, der größte Chirurg der Welt sein, Schöpfer sein.
Dr. Starr kam oft zu ihm und versuchte behutsam, ihn von seiner fanatischen Hingabe abzubringen. Colin hätte ihm am liebsten ins Gesicht gelacht. Starr fürchtete, Colin könnte durch seine Arbeit noch verrückter werden. Colin wußte, daß sie das einzige war, was ihn vor dem Wahnsinn bewahrte.

Denn in letzter Zeit fühlte er, wenn er nicht arbeitete, daß seltsame Dinge mit ihm vorgingen. In seinem Hirn schienen wieder die Granaten zu explodieren. Sie zerrissen es, zerrten es auseinander wie ein Knäuel Garn. Seine Persönlichkeit zerfiel. Manchmal schien er nicht mehr eine Person zu sein, sondern tausend, nicht ein Leib, sondern tausend verschiedene, getrennte Strukturen wie die Tonmännchen. Er war nicht mehr ein Mensch aus einem Stück, sondern ein Herz, eine Lunge, eine Leber, ein Arteriensystem, eine Hand, ein Bein, ein Kopf – jedes einzeln und für sich, immer zusammenhangloser, je weiter die Zeit fortschritt. Gehirn und Körper bildeten keine Einheit mehr. Alles zerfiel, machte sich selbständig. Die Nerven waren nicht mehr mit den Blutgefäßen koordiniert, die Bewegungen der Arme und der Beine nicht mehr aufeinander abgestimmt. Er erinnerte sich an sein Medizinstudium, an die Behauptung, daß jedes Körperorgan ein Eigenleben besitze.
Immerhin ist jede Zelle eine geschlossene Einheit. Wenn der Tod kommt, stirbt nicht alles im gleichen Augenblick. Einige Organe, manche Zellen sterben früher als andere. Solange man lebte, sollte das freilich nicht geschehen, aber hier geschah es nun. Der Schock nach der Explosion, oder was immer es gewesen war, hatte diese langsame Auflösung eingeleitet. Nachts warf sich Colin unruhig in seinem Bett hin und her und fragte sich, wie bald sein Körper auseinanderfallen würde – regelrecht auseinanderfallen. Zuckende Hände, ein klopfendes Herz, keuchende Lungen wie von einer mißlungenen Tonpuppe gerissene Stücke.
Er mußte arbeiten, um nicht den Verstand zu verlieren. Ein- oder zweimal versuchte er Dr. Starr zu erklären, was mit ihm vorging, und er bat um besondere Beobachtung – nicht seinetwegen, sondern weil die Wissenschaft aus seinem Fall lernen konnte. Starr lachte wie üblich. Solange Colin gesund war und keine morbiden oder mörderischen Neigungen verriet, wollte er sich nicht einmischen. Ein Narr!
Colin arbeitete. Er machte nun Körper, richtige Körper. Er brauchte für jeden mehrere Tage; Tage, um die Gestalt zu beenden, vollständig mit feingeschnittenen Lippen, mit Gehör und Gesicht, winzigen Fingern und tadellos eingepaßten Zehennägeln. Aber die Arbeit hielt ihn aufrecht. Es war faszinierend, einen ganzen Tisch voll kleiner Männer und Frauen zu sehen!
Dr. Starr war anderer Meinung. Eines Nachmittags trat er ins Zimmer und sah Colin über drei Tonklümpchen gebeugt dasitzen, kleine Messer in der Hand und ein aufgeschlagenes Buch vor sich auf dem Tisch.
»Was machen Sie da?« fragte er.
»Die Gehirne für meine Menschen«, antwortete Colin.
»Gehirne? Um Himmels willen!«
Starr beugte sich nieder. Tatsächlich, das waren Gehirne. Winzige, aber vollkommene Reproduktionen des menschlichen Gehirns, in allen Einzelheiten vollständig, Schicht um Schicht aufgebaut, mit unverbundenen Nervenenden und Blutgefäßen, die in Schädeln aus Ton angeschlossen werden sollten!
»Was soll das!« rief Starr.
»Stören Sie mich nicht«, sagte Colin. »Ich setze gerade die Gedanken ein.«

Die Gedanken? Das war reiner Wahnsinn, mehr als Wahnsinn. Starr war entsetzt. Gedanken in den Gehirnen von Menschen aus Ton! Er wollte etwas sagen, aber Colin blickte zu ihm auf, und die Nachmittagssonne überflutete sein Gesicht, so daß Starr seine Augen sehen konnte. Er zog sich schweigend zurück vor diesem Blick, der beinahe ... göttlich war.
Tags darauf bemerkte Colin, daß sich die Tonfiguren bewegten.

»Frankenstein«, murmelte er. »Ich bin Frankenstein.« Seine Stimme senkte sich zu einem Flüstern. »Nein, ich bin nicht Frankenstein. Ich bin wie Gott, ja, wie Gott.« Er sank vor dem Tisch auf die Knie nieder. Die kleinen Männer und Frauen nickten ihm ernst zu. Er sah Fingerabdrücke auf ihrem Fleisch, Abdrücke, die seine Finger hinterlassen hatten, als er nach dem Einsetzen des Gehirns ihre Schädel glättete. Und doch lebten sie!
»Warum nicht? Was weiß man über die Schöpfung, über das Leben? Der menschliche Körper ist, physiologisch gesehen, nur ein auf Reaktionen eingestellter Mechanismus. Warum sollte eine *vollkommene* Nachbildung dieses Mechanismus nicht leben? Das Leben ist, vielleicht, nur Elektrizität. Wie das Denken. Man gebe vollkommenen Abbildern des Menschen Gedanken ein, und sie werden leben.«
Colin flüsterte vor sich hin, und die Tonfiguren blickten auf und stimmten ihm mit einem unheimlichen Nicken bei.
»Außerdem geht es mit mir zu Ende. Ich verliere meine Persönlichkeit. Vielleicht ist ein Teil meiner Lebenssubstanz auf diese neuen Körper übertragen worden, in sie eingeflossen. Meine ... meine Krankheit ... das könnte die Erklärung sein. Aber das läßt sich feststellen.«
Ja, das ließ sich feststellen. Wenn diese Figuren Leben von Colins Leben empfingen, konnte er ihre Handlungen lenken, wie er die Handlungen seines eigenen Körpers lenkte. Er schuf sie, gab ihnen von seinem eigenen Leben. Sie waren er selbst. Er hockte in seinem vergitterten Zimmer, dachte nach, konzentrierte sich. Und die Figuren begannen sich zu bewegen. Die beiden Männer gingen auf die beiden Frauen zu, ergriffen sie an den Armen und tanzten mit ihnen gemessen ein Menuett zu einer im Geiste gesummten Melodie – einen grotesken Puppentanz, ein grausiges Spottbild des Lebens.
Colin schloß die Augen und sank zitternd zurück. Es war also wahr.
»Ich bin Gott«, stammelte er. »Gott.«
Doch was konnte er unternehmen? Er war ein Verrückter, in einer Irrenanstalt eingesperrt. Wie konnte er seine Macht gebrauchen?
»Muß erst noch experimentieren«, sagte er laut.
»Wie meinen Sie?«
Dr. Starr war unbemerkt eingetreten. Colin warf rasch einen Blick auf den Tisch und stellte erleichtert fest, daß die Figuren regungslos verharrten.
»Ich meine nur, daß ich mit meinen Tonfiguren noch experimentieren muß«, sagte er hastig.

Der Doktor hob die Brauen. »Wirklich? Wissen Sie, Colin, ich habe über Sie nachgedacht. Diese Arbeit scheint Ihnen nicht gut zu tun. Sie sehen müde aus, erschöpft, kränklich. Ich glaube, Sie richten sich selbst zugrunde, und ich fürchte, ich werde Ihnen das Modellieren verbieten müssen.«

»Verbieten?«

Dr. Starr nickte.

»Aber das können Sie nicht tun, gerade jetzt, wo ich ... ich meine, Sie können das nicht tun! Es ist alles, was ich habe, alles, was mich am Leben erhält. Ohne das werde ich...«

»Tut mir leid.«

»Nein, das können Sie mir nicht antun!«

»Ich bin Ihr Arzt, Colin. Morgen lasse ich den Ton wegschaffen. Mann Gottes, ich gebe Ihnen eine Chance, sich selbst wiederzufinden, wieder zu leben...«

Colin war nie gewalttätig gewesen. Der Doktor war überrascht, als er plötzlich die Finger eines Wahnsinnigen an seinem Hals spürte ... geschickte Chirurgenfinger, die nach der Halsschlagader gruben. Er stürzte hintüber und rang mit dem Wahnsinnigen, bis die Wärter kamen und Colin zurückrissen. Sie warfen ihn auf sein Bett, und der Doktor ging.

Es war dunkel, als Colin aus einer Welt des Hasses auftauchte. Er lag allein in seinem Zimmer. Sie waren alle gegangen, und auch der Tag war gegangen. Morgen würden sie mit dem Tag zurückkehren und ihm seine Figuren wegnehmen, seine geliebten Figuren. Seine *lebenden* Figuren! Würden sie sie zerstören, echtes *Leben* vernichten? Das war Mord!

Colin schluchzte bitter. Was hatte er mit seiner neuen Macht alles schaffen wollen. Es gab keine Grenzen. Er hätte Dutzende, Hunderte von Figuren formen können, er hätte lernen können, sich geistig zu konzentrieren, bis er imstande gewesen wäre, eine ganze Horde nach seinem Willen zu lenken. Er hätte sich eine eigene kleine Welt geschaffen, eine Welt voll von Geschöpfen, die ihm untertan waren. Geschöpfe, die seine Gefährten, seine Sklaven waren. Er hätte verschiedene Körpertypen schaffen können, ja, und verschiedene Gehirntypen. Eine eigene kleine Zivilisation hätte er ins Leben rufen können.

Mehr noch. Er hätte eine Rasse schaffen können, eine neue Rasse, eine Rasse, die sich fortpflanzte, die nur für ihn da war. Hundert winzige Figuren mit geübten Händen und spitzen Zähnen könnten seine Gitter durchnagen. Hundert winzige Figuren könnten seine Wärter überwältigen und ihn befreien. Und dann hinaus in die Welt mit einer Armee aus Ton, einer zwar kleinen Armee, die sich aber tief in die Erde eingraben, die heimlich und ungesehen an höchste Stellen gelangen konnte. Eines Tages dann vielleicht eine ganze Welt kleiner Tonmenschen, von ihm ausgebildet. Menschen, die nicht sinnlose Kriege führten, um ihre Mitmenschen in Not und Verzweiflung zu stürzen. Menschen ohne die brutalen Triebe von Barbaren, den Hunger und die Gelüste wilder Tiere. Göttlicher Ton anstelle von Fleisch!

Doch das war nun vorbei. Vielleicht war er verrückt, wenn er solches träumte. Es

war vorbei. Und eines wußte er: Ohne den Ton mußte er noch verrückter werden. An diesem Abend fühlte er es. Er fühlte, wie ihm sein Körper entglitt. Seine Augen, die ins Mondlicht starrten, schienen nicht mehr zu ihm zu gehören. Sie blickten vom Boden oder von der Ecke dort drüben in den Raum. Seine Lippen bewegten sich, aber er spürte sein Gesicht nicht. Seine Stimme sprach, aber sie schien eher von der Decke herab zu kommen als aus seiner Kehle. Er zerfiel wie eine zerkrümelte Tonfigur.

Die Aufregung am Nachmittag hatte das wohl bewirkt. Die große Entdeckung und dann Starrs blöder Entschluß. Starr! Er war an allem schuld. Er würde ihn zum Wahnsinn treiben, in einen entsetzlichen, namenlosen Zustand geistiger Umnachtung, den zu begreifen er zu blind war. Starr hatte ihn zum Tode verurteilt. Wenn *er* Starr zum Tode verurteilen könnte! *Vielleicht konnte er es.*

Was war das? Der Gedanke kam von weither – aus seinem Kopf, von außerhalb? Er vermochte seine Gedanken nicht mehr zu orten, da sein Körper in Stücke ging. Was war das eben gewesen?

Vielleicht konnte er Starr töten.

Wie?

Starrs Pläne, seine Gedanken ausforschen.

Wie?

Ein Tonmännchen schicken.

Was?

Ein Tonmännchen schicken. Am Nachmittag hast du dich darauf konzentriert, sie zum Leben zu erwecken. Sie leben. Setze eines in Bewegung. Es wird unter der Tür durchkriechen, den Korridor hinuntergehen, Starr belauschen. Wenn du dem Körper dein Leben gibst, wirst *du* Starr hören.

Wie die Gedanken summen...

Aber wie kann ich das? Ton ist Ton. Tonfüße müssen sich abnutzen, bevor sie den Korridor hinunter und wieder zurückgegangen sind. Tonohren, so vollkommen sie auch nachgebildet sind, müssen platzen, wenn sie den wirklichen Lauten ausgesetzt werden.

Denk nach. Wenn nur die Gedanken nicht so summten! Es gibt eine Möglichkeit...

Ja, es gab eine Möglichkeit. Colin holte tief Luft. Seine Krankheit, seine Verdammnis, sie waren seine Rettung! Wenn seine Sinne zersetzt wurden und er die Kraft besaß, sich selbst in den Ton zu projizieren, warum dann nicht seine Sinne in die Abbilder projizieren? Sein Gehör in die Tonohren übertragen, durch Konzentration? Tonfüße neu modellieren, bis sie getreue Abbilder seiner eigenen waren, und sich dann auf das Gehen konzentrieren? Sein Körper, seine Sinne zerfielen. Er mußte sie in den Ton übertragen!

Er lachte, als er die Lampe anknipste, eine der kleinen Figuren in die Hand nahm und die Füße nachzuformen begann. Er zog die Schuhe aus, studierte seine Füße, schlug im Anatomieatlas nach, arbeitete, lachte, arbeitete ... Und dann war es geschafft. Er legte sich im Dunkeln auf sein Bett und konzentrierte sich.

Das Tonmännchen stieg vom Tisch. Es glitt an einem Tischbein herunter, erreichte den Boden. Colin verspürte entsetzt ein Kitzeln an seinen Füßen, als sie den Boden berührten. Ja! *Seine* Füße.

Der Boden zitterte, dröhnte. Natürlich. Schwache Schwingungen, Erschütterungen, für den Menschen nicht wahrnehmbar, aber hörbar für Tonohren. Für *seine* Ohren.

Ein andrer Teil von ihm – Colins eigene Augen – sah die kleine Gestalt über den Boden eilen, sich unter der Tür durchquetschen. Dann Dunkelheit. Colin schwitzte auf dem Bett, konzentrierte sich.

Der Colin aus Ton konnte nicht sehen. Er hatte keine Augen. Aber Instinkt und Erinnerungen leiteten ihn.

Colin ging durch eine Welt der Riesen. Da kam ein Fuß. Der Fuß eines Kolosses. Colin drückte sich an die Wandverkleidung, als dieses stampfende Monstrum den Boden in ungeheure Schwingungen versetzte. Dann war es vorbeigegangen.

Colin setzte seinen Weg fort. Er fand die richtige Tür, die vierte. Er kroch unter ihr durch, setzte einen Fuß auf den Teppich. Die grasige Narbe schien mindestens dreißig Zentimeter hoch zu sein. Seine Füße schmerzten, als die rauhen Fasern wie Schwertklingen in die Sohlen schnitten. Von oben herab kam der Donner von Stimmen, Titanen brüllten eine Meile hoch in der Luft.

Dr. Starr und Professor Jerris. Jerris war in Ordnung. Er besaß Weitblick, Phantasie. Aber Starr...

Colin kauerte unter der mächtigen Barriere des Fauteuils. Er kroch den Berghang zu den großen Gipfeln von Starrs knochigen Knien hinauf und versuchte, aus dem Gebrüll Worte herauszuhören.

»Dieser Colin ist erledigt, das können Sie mir glauben. Der endgültige Zusammenbruch steht unmittelbar bevor. Er fiel heute nachmittag über mich her, als ich ihm sagte, daß ich ihm seine Tonpuppen wegnehmen werde. Man möchte meinen, es seien lebendige Spielgefährten. Vielleicht glaubt er das sogar.«

Colin hing unterhalb des Knies an der Hose. Er war blind und konnte nicht wissen, ob man ihn sah. Aber er mußte so hoch hinauf wie möglich, um in dem Tumult etwas zu verstehen.

Jerris sprach jetzt. »Ja, vielleicht glaubt er das. Aber was tun Sie eigentlich mit einer Puppe auf Ihrem Bein?«

Eine Puppe auf Ihrem Bein? Colin!

Colin in seinem Zimmer auf dem Bett versuchte verzweifelt, das Leben, das Gehör, die Empfindung aus seinem tönernen Ich zurückzuziehen. Zu spät. Ein lautes Aufbrüllen, etwas griff nach ihm, und dann ein qualvoller Druck...

Colin sank auf sein Bett zurück ... zurück in eine Welle roten, verschwimmenden Lichtes.

Die Sonne schien Colin ins Gesicht. Er setzte sich auf. Hatte er geträumt?

»Geträumt?« flüsterte er.

Und noch einmal: »Geträumt?«

Er hörte nichts. Er war taub. Sein Gehörsinn war auf die Tonfigur übertragen gewesen und zerstört worden, als Starr die Figur zerquetschte. Nun war er taub.
Der Gedanke war Wahnsinn. Colin schwang sich in panischem Entsetzen aus dem Bett – und stürzte zu Boden.
Er konnte nicht gehen!
Seine Füße waren an der Tonfigur gewesen, durch seinen Willen übertragen. Nun waren sie zerquetscht. Er konnte nicht gehen! Auflösung seiner sinnlichen Fähigkeiten, seiner Körperglieder … Es war also wirklich so! Seine Ohren, seine Füße waren auf geheimnisvolle Weise tatsächlich an das zerquetschte Tonmännchen ausgeliehen worden. Nun hatte er sie verloren. Dem Himmel sei Dank, daß er nicht auch seine Augen ausgeschickt hatte!
Aber es war entsetzlich, die Beinstümpfe anzustarren, die Ohren zu betasten und die Knorpel nicht mehr zu spüren. Entsetzlich. Starr hatte das getan. Er hatte einen Menschen getötet, zum Krüppel gemacht.
Da faßte Colin seinen Plan. Er hatte die Macht. Er konnte seine Tonfiguren zum Leben erwecken, ihnen ein *besonderes* Leben eingeben. Durch Konzentration und indem er sich seine merkwürdige körperliche Auflösung zunutze machte, vermochte er einen Teil seiner selbst auf den Ton zu übertragen. Gut. Nun konnte er mit Starr abrechnen.
Colin blieb im Bett. Als Starr am Nachmittag kam, stand er nicht auf. Starr durfte seine Beine nicht sehen. Er durfte nicht merken, daß er nicht mehr hörte. Starr redete und redete, vielleicht über die Tonfigur, die er am Abend zuvor an seinem Hosenbein hängend gefunden und zerstört hatte, vielleicht davon, daß er auch die Tonfiguren, die er jetzt zusammen mit dem Rest des Tons einsammelte, zerstören werde. Vielleicht erkundigte er sich nach Colins Befinden und wollte wissen, warum er im Bett lag.
Colin täuschte Lethargie vor, die Introspektion des Schizoiden. Und Starr nahm den Rest des Tons an sich und ging.
Colin lächelte. Er zog eine kleine Tonfigur unter der Decke hervor, einen kleinen Mann mit ungewöhnlich muskulösen Armen, sehr langen Fingernägeln und kräftigen Zähnen. Etwas fehlte noch. Die Figur hatte noch kein Gesicht.
Colin begann zu arbeiten, sehr schnell, denn es wurde schon dämmerig. Er nahm einen Spiegel, und während er an der Figur arbeitete, lächelte er sich selbst zu, so als teilte er mit jemandem – oder mit etwas – einen geheimen Scherz. Es wurde dunkel. Colin arbeitete aus dem Gedächtnis weiter, sorgfältig, geschickt, wie ein Künstler, wie ein Schöpfer, Leben in Ton hauchend. Leben in Ton …

»Ich sage Ihnen, das verdammte Ding lebte!« rief Jerris. Er verlor die Beherrschung, vergaß, daß er seinem Vorgesetzten gegenüberstand. »Ich habe es gesehen!«
Starr lächelte. »Es war aus Ton und ich habe es zerstört«, antwortete er. »Reden wir nicht mehr davon.«
Jerris zuckte die Schultern. Zwei Stunden müßiger Spekulationen. Morgen wollte

er mit Colin sprechen, herausfinden, was der Mann trieb. Er war ein Genie, wenngleich wahnsinnig. Aber Starr war ein Narr. Indem er ihm den Ton wegnahm, hatte er Colin offensichtlich soweit gebracht, daß er körperlich erkrankt war.
Jerris zuckte noch einmal die Schultern. Der Ton ... und gestern abend das winzige, vollkommen geformte Männchen, das sich an Starrs Hosenbein klammerte, wo nichts hängenbleiben konnte. Ja, es hatte sich an den Stoff *geklammert*. Und als Starr es zerquetschte, hatte man ein Knochenskelett aus Ton erkannt und heraushängende Eingeweide. Und es hatte sich gekrümmt, oder jedenfalls hatte es im Lampenlicht so ausgesehen.
»Hören Sie endlich auf, die Schultern zu zucken, und gehen Sie schlafen!« Starr lachte unangenehm, und Jerris wußte, was dieses Lachen zu bedeuten hatte. »Machen Sie sich nicht so viele Gedanken wegen eines Verrückten«, fuhr Starr fort. »Colin ist wahnsinnig, und von heute an werde ich ihn als Wahnsinnigen behandeln. Ich habe lange genug Geduld gehabt. Jetzt werden wir Gewalt anwenden müssen. Und ... ich würde an Ihrer Stelle nicht mehr von Tonfiguren reden.« Das war ein Befehl.
Jerris zuckte noch einmal ergeben die Schultern und ging.
Starr drehte das Licht aus und setzte sich an seinen Tisch, um zu dösen, wie immer, wenn er Nachtdienst machte. Jerris kannte seine Gewohnheiten.
Jerris ging den Korridor hinunter. Merkwürdig, wie dieser Fall ihn aufregte! Als er am Nachmittag die Tonfiguren sah, war ihm beinahe übel geworden. Die Arbeit war so vollkommen, so genau trotz des kleinen Formats. Und doch waren die Figuren nur aus Ton, aus gewöhnlichem Ton. Sie hatten sich nicht bewegt, als Starr sie in der Faust knetete. Tonrippen wurden eingedrückt, Tonaugen traten aus richtigen Augenhöhlen und rollten über den Tisch ... Ekelhaft! Und die kleinen Tonhaare, die so geschickt übereinandergelegten Hautschichten aus Ton! Colin, wahnsinnig oder nicht, war ein Genie.

Wieder zuckte Jerris die Schultern ... Da ... was zum Teufel! ... Er blinzelte, und dann sah er *es*.

Wie eine Ratte. Eine kleine Ratte, die durch den Korridor huschte, aufrecht, auf zwei Beinen, anstatt auf allen vieren. Eine kleine Ratte ohne Fell, ohne Schwanz. Eine kleine Ratte, die den winzigen Schatten eines *Mannes* warf!

Das Ding hatte ein Gesicht, und es blickte zu ihm auf. Jerris glaubte zu erkennen, daß die Augen ihn anblitzten. Es war eine kleine braune Ratte aus Ton ... nein, ein Tonmännchen, wie Colin sie machte. Ein Tonmännchen, das zu Starrs Tür rannte und darunter durchkroch. Ein lebendes Tonmännchen.

Jerris holte tief Atem. Er war verrückt wie die anderen, wie Colin. Und doch war das Ding in Starrs Büro gelaufen. Es bewegte sich, hatte Augen und ein Gesicht – und war aus Ton.

Jerris handelte. Er lief los – nicht zu Starr, sondern den Korridor hinunter zu Colins Zimmer. Er tastete nach dem Schlüssel in seiner Tasche, fand ihn, brauchte lange, bis er ihn endlich ins Schloß gesteckt und die Tür geöffnet hatte, und er brauchte noch einmal eine Weile, bis er den Schalter gefunden und Licht gemacht hatte.

Und dann starrte er lange, entsetzlich lange auf das Ding auf dem Bett, das Ding mit den Beinstümpfen, das inmitten von Modellierwerkzeugen auf dem Rücken lag und einen Spiegel auf der Brust hatte – und ein schlafendes Gesicht, das kein Gesicht war.

Starr hatte vielleicht schon dreißig Sekunden geschrien, als Jerris ihn endlich hörte. Das Geschrei ging in ein Stöhnen über, und immer noch starrte Jerris in dieses Gesicht, das kein Gesicht war. Es veränderte sich plötzlich vor seinen Augen, zerschmolz, wurde von unsichtbaren Händen zu Brei zerquetscht.

So war es. Irgend etwas löschte das Gesicht des Mannes auf dem Bett aus und riß ihm den Kopf vom Hals. Und vom anderen Ende des Korridors klang das Stöhnen herüber...

Jerris lief. Er kam als erster im Büro an, gut eine Minute vor den anderen, und er sah, was er erwartet hatte.

Starr war in seinem Seesel zurückgesunken. Sein Kopf hing zur Seite. Das Tonmännchen hatte sein Werk vollbracht. Starr war tot. Die kleine braune Figur hatte ihre langen Nägel in den Hals des Schlafenden gekrallt und die Schlagader, vielleicht auch mit Hilfe der Zähne, an der gefährlichsten Stelle aufgerissen. Starr war gestorben, bevor es ihm gelang, sich von dieser teuflisch geschickten Nachbildung eines Menschen zu befreien, aber mit einem letzten wilden Hieb hatte er das Gesicht und den Kopf weggeschlagen.

Jerris riß das grauenhafte Männchen los und zerquetschte es zwischen seinen Fingern zu einem braunen Brei, bevor die anderen kamen. Dann bückte er sich und hob den Kopf mit dem zerfetzten Gesicht auf, mit diesem sorgfältig modellierten Gesicht, das tot und verstümmelt noch triumphierend grinste.

Er zuckte die Schultern, bis er am ganzen Körper zu zittern begann, während er das kleine Tongesicht Colins, des Schöpfers, zerknetete.

H.G.Wells
Das unerfahrene Gespenst

Ich erinnere mich noch lebhaft der Umstände, unter denen Clayton seine Geschichte erzählte. Da saß er die meiste Zeit in der Ecke der echten alten Sitzbank vor dem großen Kamin, und neben ihm saß Sanderson und rauchte die Broseley-Tonpfeife, die seinen Namen trug. Evans war auch da, und dann dieses Wunder von einem Schauspieler, Wish, der übrigens ein bescheidener Mensch ist. Wir alle waren an diesem Samstagmorgen in den Mermaid Club gekommen, das heißt: wir alle mit Ausnahme von Clayton, der im Klub übernachtet hatte – wodurch es ihm überhaupt erst möglich wurde, seine Geschichte zu erzählen. Wir hatten Golf gespielt, bis wir nichts mehr sahen; wir hatten zu Abend gegessen und waren in der heiteren, verträglichen Stimmung, in der man nicht ungern eine Geschichte hört. Als Clayton zu erzählen anfing, nahmen wir natürlich an, er flunkere. Vielleicht flunkerte er wirklich ... Der Leser wird das bald ebensogut beurteilen können wie ich selbst. Er begann zwar mit der nüchternen ernsten Miene, mit der man eine wahre Begebenheit berichtet, aber wir dachten, das sei nur einer seiner üblichen Kunstgriffe.

»Hören Sie!«, sagte er, nachdem er eine Zeitlang in die Funken geblickt hatte, die von dem Holzscheit, das Sanderson zerstocherte, aufstoben. »Sie wissen, daß ich heute nacht allein hier im Hause war?«

»Wenn man vom Personal absieht...« sagte Wish.

»... das im andern Flügel schläft«, fuhr Clayton fort. »Ja, also...« Er zog eine Weile an seiner Zigarre, so als zögerte er noch, sich uns anzuvertrauen. Dann sagte er ganz ruhig: »Ich habe ein Gespenst gefangen.«

»Ein Gespenst haben Sie gefangen? Wirklich?« sagte Sanderson. »Wo ist es?« Und Evans, der Clayton sehr bewunderte und einmal vier Wochen in Amerika gewesen war, rief: »Ein Gespenst *gefangen*, sagen Sie, Clayton? Großartig! Erzählen Sie!« Clayton sagte, das wolle er gleich tun, und bat ihn, die Tür zu schließen.

Er sah mich um Entschuldigung bittend an. »Hier horcht natürlich niemand, aber ich möchte unser ausgezeichnetes Personal nicht mit Gerüchten von einem Gespenst erschrecken. Dazu gibt es in diesem Haus zu viele dunkle Winkel und Eichentäfelungen. Und, wissen Sie, das war kein regelrechtes, normales Gespenst. Ich glaube nicht, daß es jemals wiederkommen wird.«

»Sie meinen, Sie haben es nicht behalten?« fragte Sanderson.

»Ich hatte nicht das Herz dazu«, erwiderte Clayton.

Sanderson sagte, das überrasche ihn.
Wir lachten, und Clayton machte ein betrübtes Gesicht. »Ich weiß«, sagte er mit der Andeutung eines Lächelns. »Aber es war wirklich ein Gespenst; das ist so sicher wie daß ich jetzt mit Ihnen spreche. Ich scherze nicht. Es ist mein voller Ernst.«
Sanderson zog, ein rötliches Auge auf Clayton gerichtet, kräftig an seiner Pfeife und stieß mit geschürzten Lippen einen dünnen Rauchstrahl aus, der beredter war als viele Worte.
Clayton ignorierte diesen Kommentar. »Es ist das Seltsamste, was mir in meinem ganzen Leben widerfahren ist. Sie wissen, ich habe nie an Gesichter und dergleichen geglaubt. Und plötzlich erwische ich einen in einer Ecke – und da stehe ich nun.«
Er versank in noch tieferes Grübeln, zog einen merkwürdigen kleinen Pfriem hervor, den er immer bei sich hatte, und begann damit in seiner Zigarre zu stochern.
»Sie haben mit ihm gesprochen?« fragte Wish.
»Ungefähr eine Stunde.«
»So geschwätzig?« fragte ich, indem ich mich der Partei der Skeptiker anschloß.
»Der arme Teufel war in Not«, sagte Clayton über seine Zigarre gebeugt mit einem kaum hörbaren Vorwurf in der Stimme.
»Er weinte am Ende gar?« fragte jemand.
Clayton seufzte tief auf. »Mein Gott, ja!« sagte er. »Der arme Kerl, ja!«
»Wo haben Sie ihn aufgestöbert?« fragte Evans mit seinem besten amerikanischen Akzent.
Clayton beachtete ihn nicht. »Ich habe nie darüber nachgedacht, was für ein unglückliches Wesen so ein Geist sein kann«, sagte er, und dann ließ er uns wieder warten, während er in seinen Taschen nach Streichhölzern suchte, eine neue Zigarre anzündete und genießerisch die ersten Züge machte.
»Ich habe meinen Vorteil ausgenutzt«, sagte er schließlich nachdenklich.
Wir hatten keine Eile und warteten geduldig. »Ein Charakter«, sagte er, »bleibt ein Charakter, auch wenn er körperlos geworden ist. Das vergessen wir zu oft. Menschen, die ein Ziel mit einer gewissen Beharrlichkeit oder Verbohrtheit verfolgen... Wissen Sie, die meisten Gespenster müssen wie Monomane von einer einzigen Idee besessen und stur wie Maulesel sein, um immer wieder zurückzukommen. Dieser arme Kerl war es nicht.« Plötzlich sah er sich mit einem seltsamen Blick im Zimmer um. »Ich sage es ohne Gehässigkeit, aber es ist die reine Wahrheit: Ich erkannte auf den ersten Blick, daß er ein Schwächling war.« Er unterstrich seine Worte, indem er mit der Zigarre Löcher in die Luft stieß.
»Ich traf ihn auf dem langen Korridor. Er wandte mir den Rücken zu, und ich bemerkte ihn zuerst. Ich wußte sofort, daß ich ein Gespenst vor mir hatte. Er war weißlich und durchsichtig. Mitten durch seine Brust hindurch sah ich das kleine Fenster am Ende des Korridors blinken. Aber nicht nur sein Körperbau, auch seine Haltung hatte etwas Schwächliches. Er sah so aus, als wüßte er nicht im entferntesten, was er tun sollte. Mit der einen Hand stützte er sich auf die Wandtäfelung, mit der andern fuhr er sich zum Mund. So...«

»Wie war er gebaut?« fragte Sanderson.
»Mager. Ein Hals, wie man ihn bei manchen jungen Männern findet, mit diesen beiden stark heraustretenden Strängen hier hinten. Ein kleiner Kopf mit struppigem Haar und ziemlich häßlichen Ohren. Schultern schmächtig, schmäler als die Hüften. Umlegekragen, kurze Jacke, offenbar von der Stange, Hose ausgebeult und an den Beinen etwas ausgefranst. So stand er plötzlich da. Ich kam sehr leise die Treppe herauf. Ich hatte kein Licht, wissen Sie – die Kerzen stehen auf dem Tisch im Korridor, und da ist diese Lampe –, und ich trug Pantoffeln an den Füßen. Ich sah ihn also zuerst, blieb sofort stehen und musterte ihn. Ich war nicht die Spur erschrocken oder aufgeregt, wie man vielleicht meinen möchte. Ich war nur überrascht und interessiert. Mein Gott! dachte ich. Da hast du endlich einmal ein Gespenst. Dabei habe ich in den letzten fünfundzwanzig Jahren nicht eine Sekunde an Gespenster geglaubt.«
»Hm«, machte Wish.
»Ich glaube, ich stand noch nicht lange im Korridor, als er meine Anwesenheit bemerkte. Er wandte rasch den Kopf, und ich sah das Gesicht eines unreifen jungen Mannes – kleine Nase, kleiner struppiger Schnurrbart, fliehendes Kinn. Einen Augenblick standen wir so da und sahen einander an, er über die Schulter nach mir blickend. Dann schien er sich seiner hohen Berufung zu entsinnen. Er drehte sich herum, richtete sich auf, streckte die Arme in die Höhe, spreizte nach herkömmlicher Gespensterart die Finger und kam auf mich zu. Dabei öffnete sich sein kleiner Mund, und er stieß ein leises, langgezogenes ›Buh‹ aus.
Nein, das war nicht ein bißchen schaurig. Ich hatte zu Abend gegessen. Ich hatte eine Flasche Champagner getrunken und, da ich ganz allein war, auch zwei oder drei Whiskys, vielleicht auch vier oder fünf. Ich war daher standhaft wie ein Fels und nicht mehr erschrocken, als hätte mich ein Frosch angegriffen. ›Buh‹, sagte ich. ›Unsinn! Sie haben hier nichts verloren. Was tun Sie hier?‹
Ich sah ihn zusammenzucken. ›Buuuh‹, machte er.
›Verschonen Sie mich mit Ihrem Buh! Sind Sie Klubmitglied?‹ sagte ich, und um zu zeigen, daß er mich völlig kalt ließ, trat ich durch ein Stück von ihm hindurch und machte mich daran, eine Kerze anzuzünden. ›Sind Sie Mitglied?‹ wiederholte ich und sah ihn von der Seite an.
Er trat zurück, um einen gewissen Abstand zwischen sich und mir herzustellen, und machte einen sehr niedergeschlagenen Eindruck. ›Nein‹, sagte er als Antwort auf meinen hartnäckig fragenden Blick. ›Ich bin kein Mitglied. Ich bin ein Gespenst.‹
›Das gibt Ihnen nicht das Recht, den Mermaid Club zu betreten. Möchten Sie jemanden sprechen, oder was für ein Anliegen haben Sie sonst?‹ Ich zündete meine Kerze an und tat es so ruhig und beherrscht wie möglich, damit er die Fahrigkeit der leichten Beschwipstheit nicht für das Zittern der Furcht hielt. Dann trat ich mit erhobener Kerze auf ihn zu. ›Was tun Sie hier?‹ fragte ich.
Er hatte die Arme sinken lassen und mit seinem ›Buh‹ aufgehört. Linkisch und verlegen stand er da: der Geist eines schwachen, albernen ziellosen jungen Mannes.

›Ich spuke‹, sagte er.
›Dazu haben Sie kein Recht‹, sagte ich ruhig.
›Ich bin ein Gespenst‹, erwiderte er.
›Mag sein, aber Sie haben nicht das Recht, hier zu spuken. Dies ist ein angesehener privater Klub. Die Leute übernachten hier manchmal mit Kindermädchen und Kindern, und wenn Sie so unvorsichtig herumlaufen, könnte Sie so ein armes Wurm sehen und sich zu Tode erschrecken. Das haben Sie wohl nicht bedacht?‹
›Nein, Sir‹, sagte er. ›Das habe ich nicht bedacht.‹
›Sie hätten es aber tun sollen. Sie haben doch kein Recht auf dieses Haus, oder? Sie wurden doch nicht hier ermordet oder irgend etwas dieser Art?‹
›Nein, Sir. Aber ich dachte mir, es ist so alt und hat so viele mit Eichenholz getäfelte Wände...‹
›Das ist *keine* Entschuldigung.‹ Ich sah ihm fest in die Augen. ›Es war ein Irrtum, hierherzukommen‹, sagte ich mit freundlicher Herablassung und tat so, als wollte ich mich vergewissern, daß ich die Streichhölzer wieder eingesteckt hatte. Dann blickte ich ihm offen ins Gesicht. ›Ich an Ihrer Stelle würde nicht auf den Hahnenschrei warten. Ich würde sofort verschwinden.‹
Er druckste verlegen herum. ›Um die Wahrheit zu sagen, Sir...‹, begann er.
›Ich würde verschwinden!‹ wiederholte ich mit Nachdruck.
›Um die Wahrheit zu sagen, Sir: Ich kann nicht.‹
›Sie *können* nicht?‹
›Nein, Sir. Ich habe irgend etwas vergessen. Ich treibe mich schon seit gestern nacht hier herum, in den Schränken der leeren Schlafzimmer versteckt und so. Ich weiß nicht mehr, wo mir der Kopf steht. Ich spuke zum erstenmal, und es macht mich ganz konfus.‹
›Es macht Sie ganz konfus?‹
›Ja, Sir. Ich habe es mehrere Male versucht, aber es will mir nicht gelingen. Ich habe eine Kleinigkeit vergessen und kann nicht mehr zurück.‹
Wissen Sie, ich verlor selbst ein wenig die Fassung. Er sah mich so verzweifelt an, daß ich es nicht über mich brachte, ihn noch länger so von oben herab zu behandeln. ›Merkwürdig‹, sagte ich, und im gleichen Augenblick glaubte ich unten eine Bewegung zu hören. ›Kommen Sie mit in mein Zimmer und erzählen Sie mir mehr davon‹, sagte ich. ›Das Ganze ist mir völlig unverständlich.‹ Ich versuchte seinen Arm zu nehmen, aber genausogut hätte ich nach einem Rauchschwaden greifen können! Ich hatte meine Zimmernummer vergessen und erinnere mich noch, daß ich in mehrere Zimmer sah – zum Glück war ich der einzige Gast in diesem Flügel –, ehe ich meine Sachen fand. ›Da wären wir‹, sagte ich und setzte mich in den Fauteuil. ›Nehmen Sie Platz und erzählen Sie. Mir scheint, Sie stecken da in einer üblen Klemme, mein Freund.‹
Er sagte, er wolle sich lieber nicht setzen. Er wolle lieber im Zimmer hin und her huschen, wenn ich nichts dagegen hätte, und das tat er dann auch. Nach einer Weile waren wir in ein langes, ernstes Gespräch vertieft und, wissen Sie, der Whisky ver-

dunstete, und mir dämmerte so nach und nach, auf was für eine sonderbare, ja verrückte Geschichte ich mich eingelassen hatte. Da huschte er, halb durchsichtig, in dem hübschen, sauberen, mit viel Chintz ausstaffierten alten Schlafzimmer hin und her: ein Gespenst, wie es im Buche steht, lautlos, wenn man von seiner geisterhaft dünnen Stimme absieht. Durch ihn hindurch blinkten die kupfernen Kerzenhalter, das Messing des Kamingitters und die Rahmen der Stiche an den Wänden, und er erzählte mir alles über sein armseliges Erdenleben, das vor kurzem geendet hatte. Er hatte kein ausgesprochen ehrliches Gesicht, wissen Sie, aber da er durchsichtig war, mußte er natürlich wohl oder übel die Wahrheit sagen.«

»Wie bitte?« fragte Wish und richtete sich in seinem Sessel auf.

»Was ist?« sagte Clayton.

»Da er durchsichtig war, mußte er wohl oder übel die Wahrheit sagen? Das leuchtet mir nicht ein«, sagte Wish.

»Mir auch nicht«, sagte Clayton mit unnachahmlicher Selbstsicherheit. »Aber es *war* so, Sie können es mir glauben. Ich bin überzeugt, daß er nicht um Haaresbreite von der heiligen Wahrheit abwich. Er erzählte mir, wie er ums Leben gekommen war. Er war mit einer Kerze in der Hand in den Keller eines Londoner Hauses gegangen, um eine undichte Stelle in der Gasleitung zu suchen. Als das passierte, war er Englischlehrer an einer Londoner Privatschule.«

»Armer Teufel!« sagte ich.

»Das dachte ich auch, und je mehr er mir erzählte, desto mehr bemitleidete ich ihn. Da stand er, ohne Ziel in diesem Leben und ohne Ziel im andern. Er sprach von seinem Vater, von seiner Mutter und von seinem Lehrer, von allen, die ihm je etwas bedeutet hatten, und er hatte nicht viel Gutes zu sagen. Er war zu sensibel gewesen, zu nervös. Keiner hatte seinen Wert erkannt und ihn verstanden, sagte er. Ich glaube, er hat nie einen richtigen Freund, nie Erfolg gehabt. Er hatte sich nicht an den Spielen der anderen beteiligt und war bei seinen Prüfungen durchgefallen. ›Manchen Menschen geht es eben so‹, meinte er. ›Sobald ich das Prüfungszimmer betrat, war einfach alles weg.‹ Natürlich war er verlobt – mit einem ebenfalls überempfindsamen Mädchen, nehme ich an –, als diese undichte Gasleitung seinen irdischen Geschäften ein Ende machte. ›Und wo sind Sie jetzt?‹ fragte ich ihn. ›Nicht im ... ?‹ Er sah da selbst nicht klar. Nach allem, was er sagte, gewann ich den Eindruck, daß er sich in einer Art Zwischensphäre befand, in einem Reservat für Seelen, die nicht lebendig genug waren für etwas so Eindeutiges wie Sünde oder Tugend, was weiß *ich*! Er war viel zu sehr mit sich selbst beschäftigt und zu unaufmerksam, um mir ein klares Bild von diesem Ort, diesem Land jenseits der Dinge geben zu können. Aber wo immer er sich befand: er schien sich mit einer Bande Gleichgesinnter zusammengetan zu haben, mit Geistern von irgendwelchen Londonern, die einander beim Vornamen anredeten, und unter diesen Leuten war anscheinend oft die Rede vom ›Spuken gehen‹ und ähnlichen Dingen. Ja, ›spuken gehen‹. Sie hielten das ›Spuken‹ offenbar für ein tolles Abenteuer, obwohl sich die meisten ständig davor drückten. Und, sehen Sie, so vorbereitet war er gekommen.«

»Also, wissen Sie!« murmelte Wish, zum Feuer gewandt.
»Soviel entnahm ich jedenfalls seinen Worten«, sagte Clayton bescheiden. »Ich war vielleicht in einer etwas unkritischen Verfassung, aber so schilderte er selbst mir seine Verhältnisse. Dabei huschte er ununterbrochen hin und her und redete und redete mit seiner dünnen Stimme von seiner eigenen unglücklichen Person. Und während all dessen sagte er nicht ein einziges klares, vernünftiges Wort. Er war nichtssagender, alberner und witzloser, als er es in Fleisch und Blut hätte sein können. Nur hätte ich ihn in diesem Falle nicht in meinem Schlafzimmer geduldet – ich meine, wenn er lebendig gewesen wäre. Ich hätte ihn hinausgeworfen.«
»Natürlich *gibt* es solche Menschen«, sagte Evans.
»Und die Möglichkeit, daß sie Geister haben wie wir andern, ist nicht auszuschließen«, räumte ich ein.
»Was mich ein wenig für ihn einnahm«, fuhr Clayton fort, »war die Tatsache, daß er eine gewisse beschränkte Selbsterkenntnis gewonnen hatte. Sein klägliches Versagen beim Spuken bedrückte ihn sehr. Man hatte ihm eingeredet, es sei ein ›Jux‹, und einen ›Jux‹ hatte er sich erhofft, aber nun hatte er nur einen weiteren Fehlschlag erlebt. Er nannte sich selbst einen Versager durch und durch. Er sagte – und ich glaube es ihm ohne weiteres –, er habe in seinem ganzen Leben nichts unternommen, was er nicht gründlich verpfuscht hätte, und so werde es wohl bleiben in aller Ewigkeit.
Vielleicht, wenn er ein bißchen Sympathie gefunden hätte...
Er unterbrach sich und sah mich an. Es mute mich vielleicht seltsam an, meinte er, aber niemals habe ihm jemand soviel Sympathie entgegengebracht wie ich in diesem Augenblick. Ich sah sofort, worauf er hinauswollte, und beschloß, ihn zu entmutigen. Ich bin vielleicht ein Scheusal, aber, wissen Sie, der ›einzige wahre Freund‹ sein, die Seelenergüsse eines egoistischen Schwächlings anhören, handle es sich um ein Gespenst oder einen Menschen aus Fleisch und Blut – das geht über meine Kräfte. Ich stand mit einem Ruck auf. ›Sie sollten nicht soviel grübeln‹, sagte ich. ›Sehen Sie lieber zu, daß Sie sich aus dieser Klemme ziehen, und zwar so rasch wie möglich. Reißen Sie sich zusammen und versuchen Sie es.‹. – ›Ich kann nicht‹, sagte er. ›Versuchen Sie es‹, wiederholte ich, und er versuchte es wirklich.«
»Er versuchte es«, sagte Sanderson. »*Wie*?«
»Durch Striche«, antwortete Clayton.
»Durch Striche?«
»Ja, durch Striche wie beim Hypnotisieren. Komplizierte Gesten und Bewegungen mit den Händen, verstehen Sie? So war er in unsere Welt hereingekommen, uns so mußte er auch wieder hinaus. Mein Gott, war das eine Arbeit!«
»Aber wie können irgendwelche Handbewegungen...« begann ich.
»Mein lieber Mann«, sagte Clayton und wandte sich an mich, indem er gewisse Wörter besonders betonte: Sie wollen *alles* ganz genau erklärt haben. Woher soll *ich* denn wissen, *wie*? Ich weiß nur, daß *man* es so macht oder daß zumindest *er* es so machte. Nach langer Zeit gelangen ihm die Striche endlich, und er verschwand.«

»Haben Sie diese Striche beobachtet?« fragte Sanderson langsam.
»Ja«, sagte Clayton. Er schien nachzudenken. »Es war sehr sonderbar. Da waren wir zwei, ich und dieses dünne, undeutliche Gespenst, in diesem stillen Zimmer in diesem stillen, leeren Hotel, in dieser stillen kleinen Stadt in der Freitagnacht. Kein Laut außer unseren Stimmen und einem leisen Keuchen, das er von sich gab, als er die Bewegungen ausführte. Eine Kerze brannte auf dem Nachttisch, eine zweite auf der Kommode, das war alles, und ab und zu stieg von der einen oder der anderen eine hohe, schlanke, erstaunte Flamme empor. Und merkwürdige Dinge geschahen. ›Ich kann nicht‹, sagte er. ›Ich werde es nie fertigbringen...‹ Plötzlich setzte er sich auf einen kleinen Stuhl am Fuße des Bettes und begann zu schluchzen. Ein herzzerreißendes Gejammer war das!
›Reißen Sie sich zusammen‹, sagte ich und versuchte, ihm auf die Schulter zu klop fen... Meine Hand ging einfach durch ihn hindurch! Wissen Sie, ich war längst nicht mehr so ... dickfellig wie draußen auf dem Korridor. Ich empfand nun, wie seltsam und wunderlich das alles war. Ich erinnere mich noch, daß ich meine Hand zurückriß, mit einem leichten Schauder sozusagen, und zur Kommode hinüberging. ›Reißen Sie sich zusammen‹, sagte ich noch einmal. ›Versuchen Sie es.‹ Und um ihn zu ermutigen, versuchte ich es selbst.«
»Was!« sagte Sanderson. »Die Striche?«
»Ja, die Striche.«
»Aber...« warf ich ein, von einem Gedanken bewegt, den ich noch nicht klar zu fassen vermochte.
»Interessant«, sagte Sanderson und betrachtete den Kopf seiner Pfeife. »Wollen Sie behaupten, Ihr Geist verriet Ihnen...«
»Sie meinen, ob er sein Bestes tat, um die bewußte Schranke preiszugeben, die...«
»Nein, das tat er nicht« unterbrach Wish. »Das konnte er nicht tun, denn sonst wären auch Sie hinübergegangen.«
»Genau das ist es«, sagte ich, als er meinen vagen Gedanken so klar ausdrückte.
»Genau *das* ist es«, murmelte Clayton, der nachdenklich ins Feuer blickte.
Eine Weile schwiegen wir alle.
»Und schließlich schaffte er es?« fragte Sanderson.
»Schließlich schaffte er es. Ich mußte ihm ununterbrochen zureden, aber dann gelang es ihm – ganz plötzlich. Er verlor den Mut, wir hatten eine Szene, und dann stand er auf und bat mich, das Ganze noch einmal zu machen, langsam, so daß er alles genau sah. ›Ich glaube‹, sagte er, ›wenn ich es *sehe*, merke ich sofort, was falsch war.‹ Er hatte recht. ›Jetzt weiß ich es wieder‹, sagte er plötzlich. ›Was wissen Sie?‹ fragte ich. ›Jetzt weiß ich es‹, wiederholte er, und dann sagte er verdrossen: ›Ich *kann* nicht, wenn Sie mir zusehen...wirklich, ich kann nicht. Das war die ganze Zeit schon der Grund, zumindest teilweise. Ich bin so nervös, daß Sie mich außer Fassung bringen.‹
Wir redeten eine Weile hin und her. Ich wollte natürlich zusehen, aber er war störrisch wie ein Maulesel, und schließlich gab ich nach. Ich war so müde. ›Gut‹, sagte

ich. ›Ich werde nicht zusehen.‹ Damit wandte ich mich um – und blickte in den Spiegel in der Schranktür neben dem Bett.
Er begann sehr schnell. Ich versuchte ihm zu folgen, indem ich in den Spiegel sah. Ich wollte herauskriegen, wo der Fehler gelegen hatte. Rund herum und hin und her gingen seine Arme und Hände, so und so und so und so, und dann kam die letzte Bewegung. Man richtet sich auf und breitet die Arme aus. So stand er da, und dann stand er auf einmal nicht mehr da. Ich wandte mich rasch um. Nichts zu sehen. Ich war allein mit den flackernden Kerzen und meinen wirren Gedanken. Was war geschehen? War überhaupt etwas geschehen? Hatte ich geträumt?... In diesem Augenblick entdeckte die Uhr draußen auf dem Korridor, daß es Zeit war, eins zu schlagen, und sie tat es mit absurder Unerbittlichkeit. *Ping*! Und ich war plötzlich ernst und stocknüchtern, mein Champagner und mein Whisky hatten sich in die weite Unendlichkeit verflüchtigt. Und wunderlich war mir zumute, wissen Sie... Verdammt wunderlich. Mein Gott!«
Er betrachtete einen Augenblick die Asche seiner Zigarre.
»Das ist alles«, sagte er.
»Und dann gingen Sie schlafen?« fragte Evans.
»Was sollte ich sonst tun?«
Ich wechselte einen Blick mit Wish. Der Spott lag uns auf der Zunge, aber da war etwas, was uns zurückhielt, etwas in Claytons Stimme, in seinem ganzen Benehmen vielleicht.
»Und diese Striche?« fragte Sanderson.
»Ich glaube, ich könnte sie ausführen.«
»Oh!« machte Sanderson und zog ein Messer aus der Tasche, um seine Tonpfeife auszukratzen.
»Warum tun Sie es nicht?« fragte er und klappte sein Taschenmesser wieder zu.
»Ich will es ja tun«, sagte Clayton.
»Es wird nicht gehen«, meinte Evans.
»Aber wenn es doch geht...« warf ich ein.
»Wissen Sie, ich finde, Sie sollten es nicht tun«, sagte Wish und streckte die Beine.
»Warum nicht?«
»Ich finde, er sollte es lieber nicht tun«, sagte Wish.
»Er hat die Striche ja nicht richtig mitgekriegt«, sagte Sanderson und stopfte zuviel Tabak in seine Pfeife.
»Trotzdem... Tun Sie es lieber nicht«, sagte Wish.
Wir redeten auf Wish ein. Er meinte, wenn Clayton diese Bewegungen nachahme, treibe er gewissermaßen Spott mit ernsten Dingen. »Aber Sie glauben doch nicht...« sagte ich. Wish warf einen Blick zu Clayton hinüber, der grübelnd ins Feuer starrte, »Doch, so halb und halb«, sagte er.
»Clayton«, sagte ich. »Sie sind ein zu guter Lügner für uns. Das war alles recht unterhaltsam, aber wissen Sie, dieses plötzliche Verschwinden ... klang überzeugend. Gestehen Sie: die Geschichte ist von A bis Z erfunden!«

Er stand auf, ohne mich zu beachten, und stellte sich mir zugewandt auf den Kaminvorleger. Einen Augenblick betrachtete er nachdenklich seine Fußspitzen, dann richtete er den Blick mit gespanntem Ausdruck auf die gegenüberliegende Wand. Langsam hob er die Hände in Augenhöhe, und so begann er...

Hier muß ich einschieben, daß Sanderson Freimaurer ist. Er gehört der Loge der Vier Könige an, die sich mit Erfolg dem Studium und der Aufklärung aller Geheimnisse der Freimaurerei in Vergangenheit und Gegenwart widmet, und unter den Schülern dieser Loge ist Sanderson keineswegs der geringste. Sein rötliches Auge verfolgte Claytons Bewegungen mit außergewöhnlichem Interesse. »Nicht übel«, sagte er, als Clayton fertig war. »Sie haben das wirklich ganz erstaunlich gut gemacht, aber ein kleines Detail stimmte nicht.«

»Ich weiß«, sagte Clayton. »Ich glaube, ich kann Ihnen sagen, was es war.«

»Und was war es?«

»Das«, sagte Clayton. Er machte eine eigentümliche drehende, stoßende Handbewegung.

»Ja.«

»Sehen Sie, das hat *er* auch falsch gemacht«, sagte Clayton. »Aber woher wissen *Sie*...?«

»Das meiste von dieser Geschichte – und vor allem, wie Sie sie erfinden konnten – verstehe ich nicht«, antwortete Sanderson. »Aber diese Bewegungen kenne ich.« Er dachte nach. »Das sind nämlich zufällig Gesten, die... in einer gewissen esoterischen Richtung der Freimaurerei eine Rolle spielen...

Aber das wissen Sie wahrscheinlich, denn wie hätten Sie sonst...?« Er dachte wieder nach. »Ich glaube, es kann Ihnen nicht schaden, wenn ich Ihnen die richtige Drehung zeige. Wenn Sie es wissen, wissen Sie es ohnehin; wenn nicht, wissen Sie es nicht.«

»Ich weiß nur, was mir der arme Teufel heute nacht verraten hat.«

»Na schön«, sagte Sanderson und legte seine lange Tonpfeife behutsam auf den Kaminsims. Dann gestikulierte er sehr rasch mit den Händen.

»So?« fragte Clayton, als er die Bewegungen wiederholte.

»Ja, so«, sagte Sanderson und griff wieder nach seiner Pfeife.

»Ah, jetzt kann ich das Ganze richtig machen«, sagte Clayton.

Er trat vor das verlöschende Feuer und lächelte uns an, aber ich glaube, sein Lächeln hatte etwas Zögerndes. »Wenn ich anfange...« sagte er.

»Ich würde nicht anfangen«, sagte Wish.

»Warum nicht?« fragte Evans. »Die Materie ist unzerstörbar. Sie glauben doch nicht, daß irgend so ein Hokuspokus Clayton in die Welt der Schatten entführt! Von mir aus können Sie es versuchen, Clayton, bis Ihnen die Hände abfallen.«

»Ich bin anderer Meinung«, sagte Wish. Er stand auf und legte Clayton die Hand auf die Schulter. »Sie haben mich beinahe dazu gebracht, an diese Geschichte zu glauben, und ich möchte nicht, daß Sie es tun!«

»Du meine Güte!« rief ich. »Wish hat Angst.«

»Ja, ich habe Angst«, sagte Wish mit echtem oder gut gespieltem Nachdruck.

»Ich glaube, daß er verschwindet, wenn er diese Bewegungen richtig ausführt.«
»Das wird nicht geschehen!« rief ich. »Es gibt für den Menschen nur einen Weg, diese Welt zu verlassen, und dafür ist Clayton dreißig Jahre zu jung. Und überhaupt: dieses Gespenst! Glauben Sie etwa...?«
Wish unterbrach mich. »Clayton, Sie sind ein Narr!«
Clayton lächelte ihn mit einem humorvollen Licht in seinen Augen an. »Wish hat recht, und Sie alle irren sich«, sagte er. »Ich werde verschwinden. Ich werde diese Striche zu Ende führen, und wenn meine Hände zum letztenmal durch die Luft sausen, wird – hokuspokus! – dieser Kaminvorleger leer sein, Sie werden einander verblüfft anstarren, und ein ordentlich gekleideter Herr von hundertneunzig Pfund wird in die Welt der Schatten stürzen. Ich bin dessen ganz gewiß, und Sie werden es auch bald sein. Ich lehne es ab, noch länger zu diskutieren. Versuchen wir es.«
»*Nein*!« sagte Wish. Er trat einen Schritt vor, blieb dann aber stehen, und Clayton hob ein zweitesmal die Hände, um die Bewegungen des Gespenstes zu wiederholen.
Wir befanden uns nun alle in einem Zustand der Spannung. Daran war hauptsäch-

lich Wishs Benehmen schuld. Wir saßen da und starrten Clayton an ... ich zumindest fühlte mich seltsam steif, so als hätte sich mein Körper vom Hinterkopf bis zu den Schenkeln hinunter in Stahl verwandelt. Und Clayton beugte und drehte sich und wand Arme und Hände mit unerschütterlichem Ernst. Als er sich dem Ende näherte, saßen wir gespannt und mit zusammengebissenen Zähnen da. Die letzte Bewegung bestand, wie ich schon sagte, darin, daß man die Arme ausbreitete und das Gesicht hob, und als er diese abschließende Geste vollzog, hörte ich sogar zu atmen auf. Das war an sich lächerlich, aber wer weiß nicht, wie einem bei solchen Gespenstergeschichten zumute ist!

Es war spät abends in einem seltsamen dunklen alten Haus. Würde er am Ende wirklich...?

Einen Augenblick stand Clayton so da, die Arme ausgebreitet, das Gesicht aufwärts gewandt, zuversichtlich, hell im Schein der Hängelampe. Dieser Augenblick dünkte uns ein Zeitalter, und dann stießen wir alle einen Laut aus, der halb ein Seufzer unendlicher Erleichterung, halb ein befreites »Nein!« war. Denn er verschwand offensichtlich nicht. Es war alles blanker Unsinn gewesen. Er hatte eine müßige Geschichte erzählt und uns beinahe überzeugt... das war alles. Und dann veränderte sich Claytons Gesicht.

Es veränderte sich wie ein erleuchtetes Haus, wenn mit einem Schlage die Lichter ausgehen. Sein Blick wurde starr, das Lächeln gefror auf seinen Lippen, und er schwankte kaum merklich.

Auch dieser Augenblick war eine Ewigkeit, und dann wurden plötzlich Stühle gerückt, irgend etwas fiel auf den Boden, und wir standen auf. Claytons Knie schienen nachzugeben, er stürzte nach vorn, und Evans sprang vor und fing ihn in seinen Armen auf...

Wir waren niedergeschmettert. Ich glaube, eine ganze Minute lang war keiner imstande, ein paar zusammenhängende Worte zu sagen. Wir glaubten es und konnten es doch nicht glauben... Als ich mich von meiner maßlosen Verwirrung erholte, bemerkte ich, daß ich neben ihm kniete. Seine Weste und sein Hemd waren aufgerissen, und Sandersons Hand lag auf seinem Herzen.

Die einfachste Tatsache, die wir da vor Augen hatten, konnte warten: Wir brauchten sie nicht gleich zu begreifen. Sie lag eine ganze Stunde da. Sie liegt noch heute in meiner Erinnerung, schwarz und unfaßbar. Clayton war wirklich in die Welt hinübergegangen, die der unseren so nah und so fern ist, und er hatte sie auf dem einzigen Wege betreten, der uns Sterblichen offensteht. Ob er aber tatsächlich kraft der Gesten des unglückseligen Gespenstes hinüberging, oder ob er mitten in einer unsinnigen Geschichte vom Schlag getroffen wurde – wie uns der Untersuchungsrichter glauben machen wollte –, das entzieht sich meinem Urteil. Es ist eines jener undurchdringlichen Rätsel, die ungelöst bleiben müssen, bis wir einst die endgültige Lösung aller Dinge erfahren. Ich weiß nur, daß er in dem Augenblick, da er seine Bewegungen beendete, sich veränderte, taumelte und niederstürzte – tot!

Roger M. Thomas
James Bradleys Vampir

Mein Urgroßvater, James A. Bradley, hatte in den Augen seiner nächsten Angehörigen stets als ein überaus empfindsamer, leicht erregbarer Mensch gegolten. Man hielt ihn nicht geradezu für verrückt oder überspannt, aber eben für ein wenig seltsam. Daher waren wir nicht überrascht, als wir erfuhren, daß die kleine Stahlkassette, in der er seine persönlichen Habseligkeiten aufbewahrte, seinem letzten Wunsch entsprechend erst fünfzig Jahre nach seinem Tode von dem ältesten männlichen Familienmitglied geöffnet werden sollte.

Nun waren auf den Tag genau fünfzig Jahre vergangen, und die Kassette wurde mir, Arthur James Bradley, übergeben. Als ich sie öffnete, stellte ich fest, daß sie nichts weiter enthielt als einige Andenken: einen großen Siegelring, ein blaues Band, das er als Preisrichter bei einer Schweineausstellung gewonnen hatte, und dergleichen Dinge mehr. Das war alles – das und ein Brief. Der Brief allerdings, das darf ich wohl versichern, war von einer Art, wie nie zuvor einer geschrieben wurde. Ich verstehe jetzt, warum mein Urgroßvater verlangt hatte, daß er erst fünfzig Jahre nach seinem Tod gelesen werden solle. Hätte er ihn zu seinen Lebzeiten an die Öffentlichkeit gebracht, man würde ihn zweifellos schleunigst in eine Irrenanstalt gesteckt haben, und hätte man diesen Brief gleich nach seinem Tode gelesen, so würde es vielleicht auch hinsichtlich des Geisteszustandes anderer Familienmitglieder so manches Gerede gegeben haben.

Ich habe der Veröffentlichung des Testaments meines Urgroßvaters erst nach reiflicher Überlegung zugestimmt. Vielleicht ist, was er geschrieben hat, nur das Gefasel eines Geistesgestörten. Entspricht es aber der Wahrheit, so halte ich es für nötig, daß die Welt von den Schrecken erfährt, die er in jenen wenigen schaurigen Nächten erlebte, damit sie sich gegen ähnliche Vorkommnisse wappnen kann. Der Brief begann mit der folgenden Erklärung:

»Ich, James Andrews Bradley, bestätige im Vollbesitz meiner körperlichen und, wie ich hoffe, auch geistigen Kräfte, daß sich die folgenden Ereignisse tatsächlich zugetragen haben...

Der Abend des 6. Juni 1872 war stürmisch und regnerisch. Der Tag war unerträglich schwül gewesen – ein beinahe untrügliches Zeichen für ein bevorstehendes Gewitter. Am Abend wurde es jedoch so kalt, daß ich Feuer im Kamin machen mußte. Meine Frau war in die Stadt gefahren, um einige Tage bei ihrer Schwester

zu verbringen, die nach einer ziemlich schweren Operation aus dem Krankenhaus zurückgekehrt war. Ich saß mit meiner Pfeife vor dem Feuer, sehnte mich nach Martha und fragte mich, ob auch sie mich ein wenig vermisse.
Ich dürfte eingeschlafen sein, denn plötzlich ließ mich ein wiederholtes Klopfen auffahren. Ich ging zur Tür und fragte mich verwundert, wer wohl an einem solchen Abend zu mir kam. Wir leben auf dem Lande, und Besucher sind auch unter normalen Umständen selten.
Als ich die Tür öffnete, sah ich eine junge Frau auf den Stufen stehen. In dem schwachen Licht schien sie mir viele Male schöner zu sein als die schönste Frau, die ich je gesehen hatte.
›Verzeihen Sie‹, sagte sie mit tiefer, kehliger Stimme. ›Mein Pferd ging dort unten auf der Straße durch und warf mich aus dem Wagen. Könnten Sie mir sagen, wie ich zur Stadt komme?‹
›Gewiß‹, antwortete ich. ›Treten Sie doch ein. Sie müssen ja völlig durchnäßt sein.‹
Als sie in den beleuchteten Flur trat, bemerkte ich überrascht, daß sie ganz trocken war, obwohl sie eine Weile durch den Regen gegangen sein mußte. Ich sah auch, daß sie zwar unbestreitbar schön war, aber nicht jene Art von Schönheit besaß, die der Durchschnittsmann an einer Frau bewundert. Ihr Haar glänzte in einem prachtvollen Nachtschwarz, aber ihre Ohren, die das Haar nicht ganz verdeckte, waren seltsam spitz. Sie hatte ein schmales Gesicht mit einem scharfen, beinahe messerförmigen Kinn, und sie war groß, geschmeidig und anmutig, aber das Auffallendste an ihr war der Mund, ein breiter Mund mit schmalen, sehr roten Lippen. Ich fragte mich, wie es wohl wäre, von solchen Lippen geküßt zu werden, verdrängte aber diese Vorstellung rasch wieder. Ich war noch nicht lange verheiratet, und Martha würde solche Gedanken sicherlich nicht gutgeheißen haben.
Als wir das große Wohnzimmer betraten, erwachte Shep, mein Schäferhund, der friedlich vor dem Feuer geschlafen hatte, und stieß ein schauerliches Angstgeheul aus. Ich verstand das nicht, denn Shep, ein guter Gefährte und brauchbarer Helfer beim Rindertreiben, war alles andere als wild und eigentlich kein guter Wachhund. Ich begriff nicht, warum ihn meine Besucherin so aufregte.
Ich kniete nieder und tätschelte ihn. ›Still, Shep‹, sagte ich. ›Leg dich! Behandelt man so seine Gäste?‹ Doch es gelang mir nicht, den Hund zu beruhigen. Er drückte sich platt auf den Boden und wich vor der Frau zurück. Noch immer zerriß sein markerschütterndes Geheul die Luft. Ich führte ihn zur Hintertür, und er verschwand mit einem Satz in den Garten hinaus.
›Es tut mir leid‹, sagte ich und wandte mich wieder meiner Besucherin zu. ›Das ist das erstemal, daß sich Shep einem Gast gegenüber so...‹ Ich hielt inne, entsetzt über den Ausdruck lebhaften Hasses in ihrem Gesicht. Ihr Mund hatte sich zu einer grausamen Grimasse verzogen, ihre Nasenflügel zitterten. Ihre Augen, die auf die Stelle gerichtet waren, wo Shep gelegen hatte, schienen blaue Funken zu sprühen. Einen Augenblick lang glaubte ich in die tiefsten Tiefen der Hölle zu schauen, und ich konnte einen heftigen Schauder nicht unterdrücken.

Als sie bemerkte, daß ich sie anstarrte, faßte sie sich rasch wieder. ›Ich fürchte, Ihr Hund mag mich nicht. Wenn Sie mir nun sagen wollten, wie ich zur Stadt komme ...‹ Ich erklärte es ihr und machte mich erbötig, anzuspannen und sie zu fahren, aber davon wollte sie nichts wissen, und da ich in einer solchen Nacht ohnehin lieber zu Hause blieb, beharrte ich nicht auf meinem Angebot. Ich begleitete sie zur Haustür und bat sie zu warten, bis ich Shep in die Küche gerufen hätte, um eine unangenehme Begegnung zu vermeiden.

Als Shep in der Küche war und ich wieder hinausging, hörte ich die Haustür ins Schloß fallen. Ich nahm rasch die Petroleumlampe vom Tisch im Wohnzimmer und öffnete die Tür wieder, um meiner Besucherin zu leuchten. Zu meiner Bestürzung war der Weg jedoch völlig verlassen. Ich blieb eine Weile in der Tür stehen, dann kehrte ich zu meinem bequemen Sessel und zu meiner Pfeife zurück und wunderte mich noch lange über das plötzliche Verschwinden meines Gastes.

Infolge des nächtlichen Regens konnte ich am nächsten Tag kaum draußen arbeiten. Ich beschloß daher, im Hause, das während Marthas Abwesenheit gröblich vernachlässigt worden war, Ordnung zu schaffen. Als ich etwa die Hälfte dieser hausfraulichen Aufgabe bewältigt hatte, begann ich die Arbeit zu würdigen, die eine Frau täglich zu leisten hat. Ich plagte mich noch den ganzen Nachmittag mit Staubwischen, Ausfegen und Schrubben und verfluchte das Geschick, das mich zum Strohwitwer gemacht hatte. Ab und zu dachte ich an meine Besucherin vom Abend zuvor, und ich wurde überrascht gewahr, daß ich mich kaum an ihre Züge zu erinnern vermochte. Das einzige, was ich noch deutlich vor mir sah, war Sheps panische Angst, als sich die Frau ihm näherte. Von ihr selbst wußte ich nur noch zu sagen, daß sie auf eine unnatürliche Weise schön war. Merkwürdig, wie mich nun der Gedanke an sie mit Ekel erfüllte.

Meine Überlegungen wurden durch das Gebell Sheps unterbrochen. Es war das fröhliche Kläffen, mit dem er nur drei Menschen zu begrüßen pflegte: Martha, mich selbst und Charlie Redik, meinen guten Freund und Nachbarn. Charlie, der sich nie die Mühe machte, anzuklopfen, trat durch die Haustür und sah mich mit Besen und Kehrblech im Flur stehen.

›Ah, James‹, sagte er. ›Ich habe dich schon immer für einen vielseitig begabten Mann gehalten, aber daß du nun auch noch eine tüchtige Hausfrau bist, überrascht mich.‹

Charlie war stämmig gebaut, freundlich, immer geduldig und gütig. Da er aus jenem von finsterem Aberglauben heimgesuchten Teil Mitteleuropas stammte, war er selbst sehr abergläubisch, davon abgesehen jedoch ein innerlich gefestigter, praktisch denkender Mensch. Er war einige Jahre älter als ich und hatte nie geheiratet. Er war in erster Linie Landwirt, und was nicht mit der Landwirtschaft zusammenhing, interessierte ihn wenig. Dennoch war er, gewissen ästhetischen Neigungen folgend, Schmetterlingssammler geworden und besaß eine große, schöne Sammlung. Jedes Exemplar war in einem flachen, mit einer Glasplatte luftdicht verschlossenen Kästchen aufgespießt, und er war mit Recht stolz auf das schöne Resultat seiner Sammelleidenschaft.

Ich führte ihn ins Wohnzimmer, und wir rauchten und plauderten eine Weile. Ich berichtete ihm kurz von meiner Besucherin, und er hörte mir mit einem seltsamen Ausdruck aufmerksam zu. Ich versuchte, in leichtem Ton zu sprechen, aber Charlies Erstaunen, das sich allmählich in Entsetzen verwandelte, verlieh meiner Geschichte eine düstere Note. Ich beendete sie so rasch wie möglich. Charlie saß einige Augenblicke versunken da und murmelte: ›Vampir ... Vampir ...‹

Sein Benehmen machte mich so nervös, daß ich schließlich ziemlich grob sagte: ›Charlie, wovon, um Himmels willen, redest du da?‹

Er sah mich noch immer wie betäubt an, als er antwortete: ›Freund James, du bist von einem Vampir besucht worden, von einem dieser Geschöpfe, die nicht mehr der Welt der Lebenden angehören und doch nicht tot sind. In Ungarn kannte ich viele, die von Vampiren heimgesucht wurden. Ich weiß, wie sie den Menschen erscheinen.‹

Ich spottete über seine Worte. ›Charlie, das glaubst du doch nicht wirklich!‹

›James, James‹, sagte er, ›warum willst du nicht glauben, was deine eigenen Augen dir beweisen? Du sahst die Gesichtszüge, aber heute weißt du nur noch, daß sie spitz und scharf waren. Du erinnerst dich an nichts Genaues – ein Beweis dafür, daß du ein übernatürliches Wesen gesehen hast. Gestern abend, als es bei dir war, fandest du es schön. Heute aber erscheint es dir in der Erinnerung als abstoßend. Das ist der hypnotische Einfluß, den der Vampir auf den Menschen ausübt. Und wenn dir das noch nicht genügt, dann denke an den armen alten Shep. Hunde unterliegen nicht dem, was du abergläubischen Unsinn nennst, und Shep läßt sich unter normalen Umständen nicht so leicht bange machen.‹

Das Verhalten des Hundes fand auch ich sehr merkwürdig, aber trotzdem konnte ich Charlies unheimliche Theorie nicht für eine erwiesene Tatsache halten, und ich sagte es ihm.

Er fuhr fort: ›Du willst mir noch immer nicht glauben? James, von Vampiren wußte man schon im alten Ägypten. Man findet sie in Asien, Europa, Nord- und Südamerika, auf der ganzen Welt. Unzählige Bücher sind über ihre Existenz und ihre Gewohnheiten geschrieben worden, und auch in unserem sogenannten aufgeklärten Zeitalter verdienen die Vampire noch einige Beachtung. Der einzige Unterschied ist der, daß heute zu viele, anstatt die Vampire als übernatürliche Wesen zu betrachten, zu dem Glauben neigen, der Vampirismus sei eine Art Melancholie, die dem Menschen Furcht vor dem Tageslicht und einen unstillbaren Blutdurst einflößt. Ich sage dir, der Vampir ist ein Werkzeug des Teufels. Er nährt sich von – ja, er giert nach dem Blut von lebenden Geschöpfen, und sein einziger Zweck ist es, dem Satan im Kampf gegen das Gute beizustehen. Wenn ein Vampir von deinem Blut schmeckt, wirst auch du nach deinem Tode ein Vampir. So werden ihrer immer mehr.‹

Diese lange Rede des sonst eher schweigsamen Charlie erfüllte mich mit großem Unbehagen. Ich weiß nicht, was daran schuld war, seine Worte oder der Wind, der nun unheimlich ums Haus fegte – jedenfalls spürte ich, wie sich mir die Haare sträubten. Ich lenkte das Gespräch auf angenehmere Dinge und schlug eine Partie Crib-

bage vor. Da die Dämmerung hereingebrochen war, zündete ich die Lampe an. Wir hatten kaum zu spielen begonnen, als plötzlich ein grauenvolles Angstgeheul Sheps, der draußen gelassen worden war, die Luft spaltete.
Wir ließen die Karten fallen und stürzten hinaus, ohne die Tür hinter uns zu schließen. Shep lag vor der Scheune platt auf dem Boden. Er hatte den Schwanz eingeklemmt und kroch feige zitternd vor etwas zurück. Sein Geheul mußte viele Meilen im Umkreis die Nachbarn alarmiert haben.
Als wir zu ihm traten, sahen wir nur einen großen Falter, der über seinem Kopf kreiste und dann in Richtung des Hauses davonflog. Shep beruhigte sich augenblicklich, obwohl er noch merklich zitterte.
›Ich verstehe das nicht‹, sagte ich zu Charlie. ›So hat sich Shep noch nie aufgeführt.‹
›Der Vampir‹, sagte Charlie schaudernd. ›Falter, Fledermaus, Ratte ... Der Vampir kann die Gestalt aller dieser Tiere und noch vieler anderer annehmen. Glaube mir, Freund James, du schwebst in großer Gefahr. Es geht nicht um dein Leben, sondern um deine Seele.‹
›Diese Gefahr‹, sagte ich so unbekümmert wie möglich, ›scheint eher Shep zu drohen. Ich selbst glaube noch immer nicht an deinen Vampir, aber er glaubt offensichtlich daran. Charlie, tu mir den Gefallen und nimm ihn für ein paar Tage zu dir. Shep hat dich gern. Ich fürchte, wenn er bleibt, wird ihn noch etwas zu Tode erschrecken.‹
›Oder ihn töten, indem es ihm das Blut aussaugt‹, setzte Charlie fort. ›James, du bist ebenso wenig sicher wie der Hund. Shep ist in Gefahr, weil er den Feind kennt. Du bist in Gefahr, weil du ihn nicht kennst oder vielmehr weil du nicht glauben willst, was du als Wahrheit erkannt hast. Natürlich nehme ich ihn mit, James. Und du, mein Freund, sei auf der Hut!‹
Mit diesen Worten verließ mich Charlie. Shep folgte ihm auf den Fersen. Ich beschäftigte mich während der nächsten zwei Stunden mit den abendlichen Arbeiten auf dem Hof und kehrte dann ins Haus zurück, um mir ein kaltes Abendessen zuzubereiten. Nun erst dachte ich über Charlies Worte nach. Nein, ich war ganz gewiß nicht so leichtgläubig, seine Behauptungen für bare Münze zu nehmen. Hätte Shep sich nicht so eigenartig benommen, würde ich sie als das krankhafte Geschwätz eines abergläubischen Menschen abgetan haben. Ich suchte nach einer natürlichen Erklärung für alles, als ich plötzlich eine Stimme hörte:
›Guten Abend, James Bradley.‹
Ich fuhr herum. Im Halbdunkel einer Ecke stand die Frau vom Abend zuvor.
›Sie!‹ keuchte ich. ›Was tun Sie hier?‹
›Weißt du es nicht? Du hast mich gestern abend hereingebeten. Mehr als *einer* Einladung bedarf es nicht.‹
Ich nahm das unwidersprochen hin. ›Was ich meinte, ist: Wie sind Sie ins Haus gekommen?‹ Ich war aufgestanden, und sie kam auf mich zu.
›Ich kenne viele Wege, um zu kommen und zu gehen, Wege, die du noch nicht kennst, aber mit meiner Hilfe bald kennenlernen wirst.‹ Sie lächelte mich an. Was für ein entsetzliches Lächeln! Ich gestehe, daß mir die Knie schwach wurden. Es war mehr

ein Zähnefletschen, ein boshaftes Grinsen. Und diese Zähne! Klein, sehr klein, aber nadelspitz; und ich weiß nicht, was kräftiger leuchtete: die Lippen oder das blutrote Zahnfleisch. Die ganze Erscheinung wirkte unbeschreiblich böse und doch faszinierend.

Mit diesem Lächeln, diesem Grinsen trat sie auf mich zu, und ich schwöre, daß ich zu nichts anderem fähig war, als zurückzuweichen. Es wäre mir in diesem Augenblick unmöglich gewesen, zur Seite zu treten oder sie wegzustoßen. Meine Rückwärtsbewegung endete an dem großen Wohnzimmertisch. Ich legte die Hände auf seine Platte, und die Frau (wie soll ich sie sonst nennen?) kam immer näher.

›Warum hast du Angst vor mir, James Bradley?‹ fragte sie. ›Warum weichst du vor mir zurück? Willst du nicht mit mir kommen in meine schöne dunkle Welt?‹ Sie legte mir ihre eiskalten Hände auf die Schultern und lehnte sich an mich. Ich roch ihren klebrig süßen Atem. Eine eigentümliche Trägheit überkam mich, und ich schien nicht mehr den Wunsch zu verspüren, mich von diesem Wesen zu befreien. Meine Hände, die unbewußt über die Tischplatte hinter mir streiften, schlossen sich plötzlich um etwas, was ich als die kleine Bibel erkannte, die Martha dort immer liegen hatte, und in dem Augenblick, da ich die Bibel berührte, fühlte ich neue Kraft in mich einströmen. Die Trägheit schwand aus meinen Gliedern. Ich trat einen Schritt zur Seite und hielt die Bibel vor mich hin.

Die Frau fuhr zurück, als hätte ich sie geschlagen. Einen Augenblick stand sie schwer atmend und zähneknirschend still. Dann sagte sie mit rauher Stimme:

›Diesmal, James Bradley, entgehst du mir, doch sei unbesorgt: es wird andere Male geben. Eines Tages wirst du sein wie ich und in aller Ewigkeit durch die Nacht wandeln. Bis dahin aber wirst du wünschen, du hättest mich heute nicht zurückgewiesen. Das (sie zeigte auf ein Bild Marthas) muß die Frau sein, an der dir so viel liegt. Ich glaube, ich werde sie zuerst in meine Reihen aufnehmen – es sei denn, du hast es dir bis morgen um diese Zeit anders überlegt. Es wäre mir lieber, *du* brächtest sie in meine Welt. Aber du bist machtlos gegen mich, James Bradley, bedenke das. Du bist völlig machtlos gegen mich.‹

Sie lachte. Es war das grauenvollste Gelächter, das ich je gehört hatte. Und sie richtete einen von soviel Bosheit erfüllten Blick auf mich, daß ich die Arme vors Gesicht hob. Als ich mich wieder umzusehen wagte, war sie verschwunden.

Ich ging kurz darauf zu Bett, fand aber keine Ruhe. Ich hatte Alpträume, an denen nur die unheimliche Frau und die ebenso unheimliche Erklärung, die Charlie Redik mir gegeben hatte, schuld sein konnten. Dennoch glaubte ich Charlie noch immer nicht. Ich suchte noch nach einer natürlichen Erklärung, aber an der Macht der Frau, Martha Böses anzutun, zweifelte ich nicht. Was Wunder, daß ich unruhig schlief und immer wieder erwachte.

Der nächste Tag war schlimm für mich. Zuerst fand ich einige meiner Hühner tot auf dem Hofe liegen, darunter Gus, den Hahn, der mich jeden Morgen in der Dämmerung geweckt hatte. Der Verlust des Geflügels war arg genug, aber noch ärger war die Entdeckung, daß die Tiere bis auf den letzten Blutstropfen ausgesaugt wor-

den waren. Das verlieh dem Vorfall etwas Unirdisches und ließ mir meine eigenen düsteren Besorgnisse um so stärker bewußt werden. Ich fragte mich, ob die Frau etwas mit diesem Unglück zu tun hatte.

Darüber dachte ich auch am Abend noch nach, als Charlie Redik mit Shep bei mir erschien. Ich war froh, Charlie zu sehen, denn ich hatte ihm eine Menge Fragen zu stellen. Zwar war ich noch immer nicht bereit, seine Vampirtheorie gelten zu lassen, aber die jüngsten Ereignisse hatten mich auf diesem Gebiet zumindest zum Agnostiker gemacht. Als wir ins Haus gingen, sah ich zu meiner Überraschung, daß Shep sich weigerte, uns zu folgen, und auch nicht in die Nähe der Scheune gehen wollte, vor der wir ihn am Abend zuvor heulend gefunden hatten.

Als wir es uns im Wohnzimmer bequem gemacht hatten, erzählte ich Charlie meine Geschichte. Er erschrak und sagte: ›Das ist schlimmer, als ich befürchtet hatte. James, du darfst nicht hier sein, wenn der Vampir heute abend kommt. Ich werde deine Stelle einnehmen.‹

›Aber Charlie‹, widersprach ich, ›wenn ich auch nicht glaube, daß wir gegen übernatürliche Kräfte kämpfen, so bin ich doch überzeugt, daß große Gefahr besteht, und ich kann nicht zulassen, daß du dich dieser Gefahr aussetzt.‹

›Ich habe einen Schutz‹, sagte Charlie. ›Ja, ich bin viel besser geschützt als du, denn ich weiß, womit ich es zu tun habe. Du weißt es wohl auch, aber du willst es nicht glauben. Wenn der Vampir kommt, erscheint er in der Gestalt einer Fledermaus oder eines anderen geflügelten Wesens, um von Fenster zu Fenster zu flattern und dich zu suchen. Er wird aber nicht dich finden, sondern mich, in deinem Bett und scheinbar schlafend. Sag, hast du Knoblauch im Haus?‹

›Ja, mehr als genug.‹ Ich mußte lächeln. ›Wegen dieses Knoblauchs hatte ich meinen ersten Streit mit Martha. Ich kaufte ihn versehentlich statt Zwiebeln. Aber, Charlie, warum kannst du nicht mich tun lassen, was du vorhast? Wäre ich nicht ebensogut geschützt wie du?‹

›Ich will diese Frage mit einer Gegenfrage beantworten, James. Sag mir, wozu der Knoblauch der Überlieferung nach taugt.‹

›Wenn ich mich recht erinnere, dient er dazu, Vampire und andere böse Geister abzuwehren.‹

›Richtig. Und glaubst du fest daran, daß er diese Kraft besitzt?‹

›Ganz gewiß nicht. Ich glaube vor allem gar nicht erst an Geister, Dämonen, Zauberer und ähnliches Gelichter!‹

›Siehst du‹, sagte Charlie. ›Daher hättest du auch kein Vertrauen in die Vorkehrungen, die man treffen muß, um sie abzuwehren. Für dich ist der Knoblauch ein Symbol des Aberglaubens. Der Überlieferung nach muß man jedoch fest an seine Wirkung glauben, wenn man seinen Schutz genießen will. Ich weiß nicht, ob das stimmt, aber wir dürfen kein Risiko eingehen. Für dich ist der Knoblauch nichts weiter als ein Küchengewürz. Verstehst du nun, warum ich derjenige sein muß, der den Kampf mit deiner nächtlichen Besucherin aufnimmt?‹

Ich verstand ihn wohl, aber die Sache gefiel mir nicht, und ebensowenig gefiel mir, was Charlie als nächstes anordnete. Er befahl mir nämlich, um jede Öffnung, durch die man einen Raum betreten oder verlassen konnte, Knoblauch zu schmieren. Fenster, Türen, alles bekam eine reichliche Dosis ab, vor allem an den Rahmen. Charlie rieb sogar etwas Knoblauch um den Rauchabzug des Kamins und ein Mäuseloch, das wir in der Küche entdeckten. Schließlich band er sich noch Knoblauch um den Hals, und dann war er endlich mit den Vorkehrungen zufrieden.

›Und nun, Freund James‹, sagte er, ›gehst du in meinem Hause schlafen, und unter keinen Umständen darst du vor Sonnenaufgang hierher zurückkehren. Haben wir uns verstanden? Unter *keinen* Umständen!‹

Mir blieb nichts anderes übrig, als zu tun, was er verlangte, nachdem ich mich schon so weit seinen Anordnungen gefügt hatte. Ich wünschte also eine gute Nacht und machte mich mit Shep auf den Weg. Als ich ins Freie trat, begann es zu nieseln.

Der wenige Schlaf, den ich in dieser Nacht fand, wurde durch eine Reihe der lautesten Donnerschläge gestört, die ich je gehört hatte. Ich blickte aus dem Fenster und sah, daß sich der leichte Regen in einen Wolkenbruch verwandelt hatte, der die ganze Gegend unter Wasser zu setzen drohte. Es war so dunkel, daß ich zunächst annahm, ich sei in den schwärzesten Stunden kurz vor der Dämmerung aufgewacht. Als ich aber auf Charlies Wecker sah (den zu stellen ich verabsäumt hatte), erkannte ich, daß es schon sechs vorbei war. Die Sonne war also schon vor einer Stunde aufgegangen, und doch war es noch immer dunkel. Ich zog mich hastig an und machte mich auf den Weg nach meiner eigenen Farm. Ich hoffte, daß Charlie die Nacht gut überstanden hatte, und fürchtete zugleich das Schlimmste.

Meine Ängste erwiesen sich als grundlos, denn als ich das Haus betrat, stand Charlie in der Küche und machte Kaffee und Spiegeleier.

›Ah, guten Morgen, James. Du kommst gerade zum Frühstück zurecht, das heißt, sofern es mir gelingt, diese widerspenstigen Eier von der Pfanne loszukriegen.‹

›Hast du Fett in die Pfanne getan?‹ fragte ich und lächelte, obwohl mir, weiß Gott, nicht danach zumute war.

›Ach! Ich wußte doch, daß ich etwas vergessen habe! Siehst du, James, ich freue mich so über das neue Stück für meine Sammlung, daß ich meine Gedanken nicht beisammen habe. Komm, ich zeige es dir.‹

›Zuerst sag mir, wie es dir in der Nacht ergangen ist. Ist etwas geschehen?‹

›Ob etwas geschehen ist?‹

›Du weißt, was ich meine. Hattest du … äh … Besuch?‹

›James‹, antwortete er ausweichend, ›betrachten wir den Fall als erledigt. Ich zweifle sehr daran, daß dich je wieder ungebetene Gäste belästigen werden. Sieh nur, wie fröhlich Shep umherspringt. Genügt dir das nicht als Beweis?‹

Er hatte recht. Shep kam hereingesprungen und trug den Schmutz durch das ganze Haus, das er vor kurzem noch so sehr verabscheut hatte.

›Komm jetzt‹, sagte Charlie. ›Komm und sieh dir mein neues Stück an.‹

Er führte mich ins Wohnzimmer und zeigte mir den größten Nachtfalter, den ich je gesehen hatte. Er schien mir einen sehr bösen Ausdruck zu haben, sofern man

von einem Falter überhaupt sagen kann, er habe einen Ausdruck. Ich bemerkte auch, daß dieses Exemplar nicht nur auf eine Nadel gespießt war, die die Körpermitte durchbohrte, sondern daß ihm Charlie ein zugespitztes Streichholz vom Kopf her der Länge nach durch etwa ein Viertel des Rumpfes geschoben hatte, und zwar ein wenig links von der Längsachse.
›Wunderschön, nicht wahr?‹ sagte Charlie erfreut. ›Aber jetzt wollen wir in die Küche gehen und versuchen, das scheußliche Zeug zu essen, das ich da zurechtgemacht habe. Danach haben wir noch zu tun. Wir müssen alle Knoblauchspuren entfernen, bevor deine gute Frau nach Hause kommt, sonst glaubt sie noch, wir hätten in ihrer Abwesenheit dem Most zugesprochen oder beide zugleich den Verstand verloren. Und glaub mir, James, du wirst nie wieder von heimlichen Besuchern geplagt werden, und deshalb schlage ich vor, deiner Frau nichts zu sagen. Ein kleines Geheimnis zwischen uns beiden, ja?‹
Charlie behielt recht. Die Ereignisse, die ich hier aufgezeichnet habe, liegen nun mehr als ein Jahr zurück, und ich habe keine nächtlichen Besucher mehr gehabt. Alles ist wieder ruhig und heiter, und Martha weiß von alledem nichts.
Doch nun heißt es, eine Erklärung für diese Geschehnisse und ihr plötzliches Ende suchen. Ich habe zwei anzubieten.

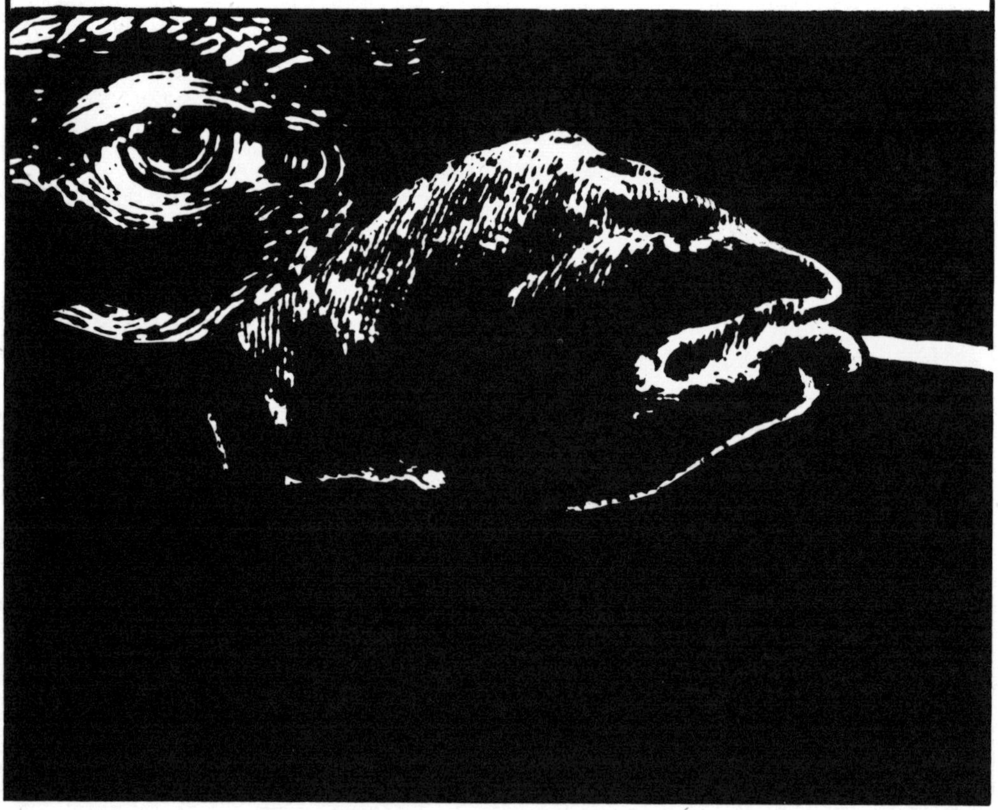

Die erste ist die, daß die Frau, die all diese Aufregung verursachte, eine entsprungene Irre war. Zu unserem Glück wurde sie wieder eingefangen, bevor sie echtes Unheil anrichten konnte. Das würde auch Sheps Angst erklären, denn man sagt, daß Hunde Geistesgestörte erkennen und fürchten. Nicht erklären würde es dagegen, warum er das Haus nicht betreten wollte, als sie wieder gegangen war. Es gibt in der Tat noch mehr Dinge, die sich durch diese Theorie nicht erklären lassen, und deshalb befriedigt sie mich auch nicht.

Die andere Möglichkeit wäre die, daß Charlie Redik recht hatte. Die Frau war wirklich ein Vampir. Als Charlie in meinem Haus zu Bett ging, ließ er das Fenster neben dem Bett offen, so daß der Vampir eintreten konnte. Sobald er drinnen war, machte Charlie das Fenster zu, und der Knoblauch versiegelte es. Charlie selbst roch ebenfalls kräftig nach Knoblauch. Er glaubte an die Wirkung dieses Geruchs. Daher war der Vampir gegen ihn machtlos. Als er das Zimmer wieder verlassen wollte, verschloß ihm der Knoblauch jeden Ausgang. Und nun verwandelte er sich wahrscheinlich vor Charlies Augen in einen Falter und versuchte vergeblich, durch irgendeine winzige Öffnung zu entweichen. Wenn es sich wirklich so zugetragen hat, muß der Kampf schrecklich gewesen sein.

Nun war es an jenem Morgen nach Sonnenaufgang noch dunkel. Der Vampir be-

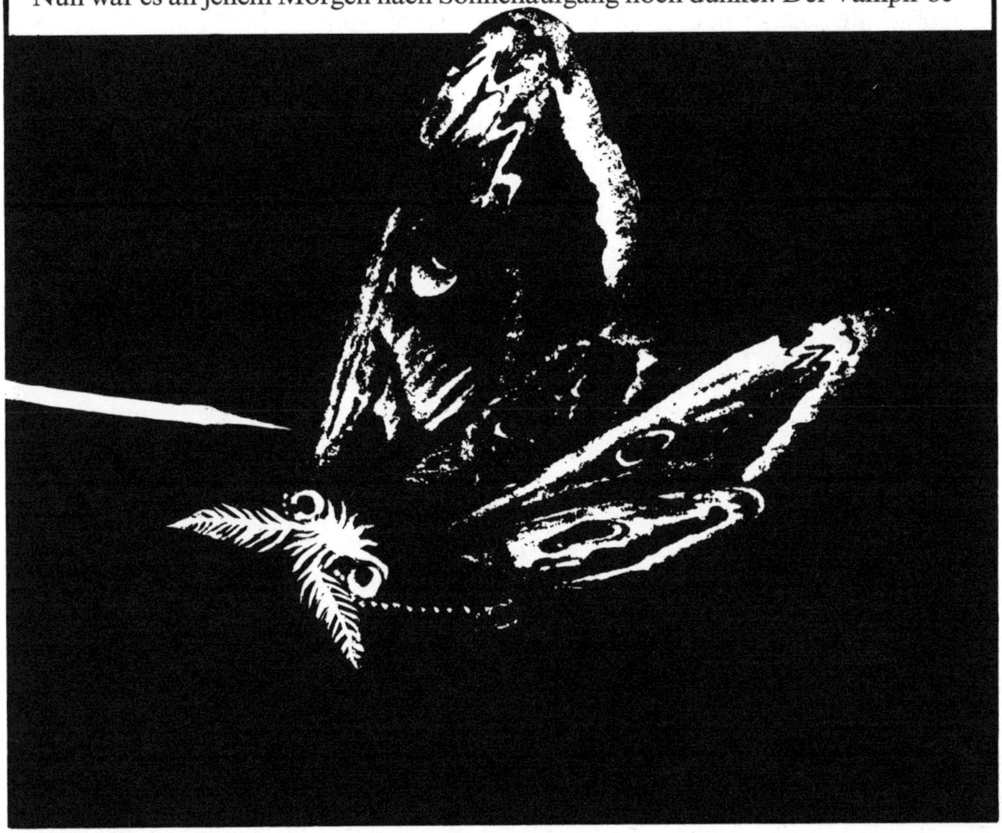

merkte daher bei seinen verzweifelten Versuchen zu entkommen, nicht, daß die Nacht schon vorüber war. Der Überlieferung nach kann ein Vampir nur zwischen Sonnenuntergang und Sonnenaufgang umgehen. Daher verließen ihn die Kräfte, als die Nacht endete, und er fiel in seiner augenblicklichen Gestalt, nämlich der eines Falters, zu Boden. Charlie durchbohrte ihn mit dem Streichholz und tat ihn in den luftdichten Behälter. Wie ich schon andeutete, war das Streichholz so eingeführt worden, daß es auf die Stelle zielte, wo ein Mensch das Herz hat. (Ein Mensch oder einer der sogenannten ›Untoten‹.)

Auch diese Theorie gefällt mir nicht, denn wenn ich sie akzeptiere, müßte ich alle meine früheren Ansichten ändern. Ich müßte an das Übernatürliche glauben, ich müßte glauben, daß meine Seele durch den Vampir gefährdet war und daß ich selbst zu einer Gefahr für Martha geworden wäre. Ich müßte alle meine Anschauungen so gründlich ändern, daß ich fürchte, mein Verstand würde den Wechsel nicht ertragen. Und doch sprechen die Tatsachen für diese Theorie.

Shep haßte und fürchtete das Wesen vom ersten Augenblick an. Daher der Angriff auf Shep vor der Scheune. Meine Hühner wurden umgebracht – nicht gefressen, sondern bis auf den letzten Blutstropfen ausgesaugt. Und schließlich war da die unheimliche Fähigkeit dieses Geschöpfs, plötzlich in einem Zimmer, das ich für leer gehalten hatte, zu erscheinen und in einem Augenblick wieder zu verschwinden.

Ich weiß nicht, ob meine zweite Theorie stimmt oder nicht, und ich bin sicher, daß mich Charlie Redik, der es weiß, nie aufklären wird.«

Das also ist die Geschichte meines Urgroßvaters, fünfzig Jahre nach seinem Tode veröffentlicht. Er starb als glücklicher und allem Anschein nach geistig vollkommen gesunder Mann. Der Leser mag entscheiden, ob und wie weit sein Bericht ernst genommen zu werden verdient.

Ich möchte noch hinzufügen, daß Charlie Redik, der Junggeselle blieb, kurz vor seinem Freunde verschied und den größten Teil seiner Habe meinem Urgroßvater vermachte, unter anderem auch die prachtvolle Schmetterlingssammlung. Er stellte die Bedingung, daß diese Sammlung, sollte sie einst jemand vernichten wollen, verbrannt werden müsse, und zwar restlos.

Die Sammlung wurde auf dem Dachboden des Hauses meines Urgroßvaters aufbewahrt, in dem ich seit über fünfzig Jahren mit meiner Frau wohne. Aus Neugier holte ich sie herunter und betrachtete sie. Wirklich eine schöne Sammlung – mit Ausnahme des großen, in dem Bericht meines Ahns erwähnten Nachtfalters. Er sah tatsächlich häßlich und auf eine unbeschreibliche Weise böse aus. Das Streichholz war noch an seinem Platz, aber eine Aura des Hasses und der Bosheit schien das Geschöpf zu umgeben.

Wir sind nicht abergläubisch, meine Frau und ich, aber wir hielten es für das beste, uns auf kein Risiko einzulassen. Daher verbrannten wir auf der Stelle die ganze Sammlung.

Laurence Manning
Die Höhlen des Schreckens

Seit ich zum erstenmal vom Stranger Club in der West 53rd Street berichtete, ist einige Zeit vergangen, und den größten Teil dieser Zeit verbrachte ich damit, mir in dem großen Gesellschaftszimmer Geschichten dieser und jener Art anzuhören; doch die müssen nun warten, denn in ebendiesem Zimmer begann für mich letzten Monat ein Abenteuer, das so außergewöhnlich ist wie nur irgendeins, von dem ich je erzählen hörte, und ich muß es der Reihe nach berichten. Vielleicht kann ich es leichter vergessen, wenn ich es erzählt habe.

Ich glaube, Frauen sind in mancher Hinsicht neugieriger als Männer. Schweigsame, zurückhaltende Männer, zum Beispiel, die nicht alles sagen, was sie wissen, machen sie rasend vor Neugier, und so mancher Mann verdankt seine hübsche Frau allein dem Umstand, daß sie über ihn nur genug in Erfahrung bringen konnte, indem sie ihn heiratete. Das sind keine müßigen Bemerkungen, denn Smithers ist (wenngleich noch Junggeselle) einer von diesen Männern. Ich beobachtete ihn einmal auf einem Wohltätigkeitsball im › Plaza ‹, und da sah man förmlich, wie es den Frauen in den Fingern kribbelte, ihn zu schnappen – aber Smithers tanzte selten, und das Wort ›Geheimnis‹ war ihm über den ganzen Leib geschrieben und sprach aus dem leisen, amüsierten Lächeln, das sein hübsches Gesicht zur Schau trug. Das Merkwürdigste an Smithers ist jedoch, daß auch Männer dieses Geheimnisvolle spüren. Im Klub behandelt ihn jeder mit übertriebener Vertraulichkeit, aber keiner kennt ihn wirklich gut. Er hat eine seltsame Begabung für unpersönliche Freundschaften. Meine Erzählung handelt hauptsächlich von Smithers.

Es begann an einem Freitagabend im Stranger Club. Mein Freund Seeman war von seiner Afrikareise zurückgekehrt, und ich hatte mich schon auf ein spannendes Garn gefreut. Er aber hatte vorerst nur mit seiner sanften Stimme etwas von ›Scherereien mit den Kannibalen‹ am Oberlauf irgendeines Flusses gemurmelt, auf dem er für eine Expedition, die Öl suchte, den Lotsen gemacht hatte. Er hatte zugegeben, daß es sich um › so eine Art Krieg ‹ handelte und daß er gezwungen gewesen war, ›ein paar von ihnen abzuknallen‹. Vorher hatte man drei seiner Basuto-Träger ›abgemurkst‹. Das sah Seeman wieder einmal ähnlich. Die Vorstellung, daß er irgend etwas auf heldenhafte Weise tun könnte, wäre geradezu absurd. Wie die Natur es fertigbrachte, soviel Mut und Abenteuergeist in einen so vertrockneten, schwächlich aussehenden kleinen Körper einzuschließen, ist mir ein Rätsel. An diesem Abend war auch Oberst Marsh im Klub, und er, Seeman und ich gingen in dem großen Gesellschaftszimmer auf und ab. Wir plauderten über Afrika und sahen uns einige der Trophäen an, die der Oberst vor einem Jahr nach Hause gebracht und dem Klub geschenkt hatte. Besonders interessierte uns der riesige Kopf eines weißen Nashorns, der von der Wand rechts neben dem großen Kamin herabstarrte.

Smithers hatte indessen in der Bibliothek gelesen und einige Whisky-Soda getrunken. Wir waren allein im Gesellschaftszimmer gewesen, hatten aber, wie ich annehme, so laut gesprochen, daß man uns nebenan hören konnte. Jedenfalls bemerkten wir, als wir gerade das Nashorn betrachteten, daß Smithers plötzlich neben uns stand. Wir sahen ihn eine kleine Weile schweigend an. Er blickte aufmerksam auf den Kopf an der Wand und wandte sich schließlich mit seinem aufreizenden belustigten Lächeln an den Oberst. Marshs von Pfeifensaft braunfleckiger Schnurrbart sträubte sich, und sein Gesicht wurde noch röter, als es ohnehin schon war.
»Ein schöner Brocken«, sagte Smithers.
»Wog drei Tonnen ... Der Boden zitterte, als es auf mich losstampfte«, sagte der Oberst barsch.
»Ich nehme an, Sie hatten ein gutes, schweres Gewehr?«
»Mein Martinson-Expreß... Eine Haubitze wäre mir lieber gewesen.«
Smithers hob höflich die Brauen und schlenderte davon. Der ehrenwerte Oberst schnaubte vor Zorn.
»Verdammter eingebildeter Fatzke! Ich möchte *ihn* einmal vor einem angreifenden Nashorn stehen sehen!«
Wir stimmten ihm lebhaft zu, denn Smithers' Benehmen hatte Seeman und mich befremdet, und Seeman, der etwas davon versteht, sagte Marsh, er beneide ihn um diesen Kopf. Ein Narr, wer nicht weiß, daß ein weißes Nashorn sowohl seiner Seltenheit als auch seiner Gefährlichkeit wegen eine kostbare Beute ist. Smithers war aber zweifellos kein Narr. Ich wunderte mich sehr und vermochte während der nächsten Stunde, in der wir den aufgebrachten Oberst in der stillen Schankstube mit kühlen Getränken besänftigten, eine brennende Neugier nicht zu unterdrücken. Smithers hatte im Grunde nichts gesagt, was als Beleidigung aufgefaßt werden konnte, aber seine Haltung hatte Spott und Verachtung ausgedrückt, und der Oberst konnte sich lange nicht beruhigen. Nach einer Weile verließ ich Seeman und Oberst Marsh und ging wieder ins Gesellschaftszimmer. Dort stand Smithers breitbeinig und mit den Händen in den Taschen vor dem Nashorn und starrte in seine Glasaugen, als wollte er es hypnotisieren. Wenn jetzt zufällig der Oberst hereinkommt, gibt es eine Explosion, dachte ich, und als ich zur Tür hinübersah, stand er auch schon da, feuerrot vor Zorn.
Ich schloß schaudernd die Augen. Als ich sie wieder öffnete, standen sich die beiden Männer gegenüber, mager und ironisch der eine, stämmig und fuchsteufelswild der andere. Smithers legte Marsh väterlich die Hand auf die Schulter. »Sie müssen einmal zu mir kommen und eine richtige Jagd erleben!«

»Nehmen Sie Ihre Hand weg, Sir! Verdammte Unverschämtheit! Sie müssen betrunken sein, Sir.«
»Bin noch nie so nüchtern gewesen, aber was haben Sie denn? Jagen Sie nicht gern?«
Der Oberst konnte sich nicht mehr beherrschen und ging wütend aus dem Zimmer.
Smithers wandte sich an uns.
»Ich dachte, er geht gern auf die Jagd! Aber vielleicht möchten Sie einmal zu mir kommen?«
»Smithers, Sie haben wirklich zuviel getrunken. Sie wohnen in einer respektablen Vorortsiedlung auf Long Island. Was sollte man dort wohl jagen?«
Smithers lächelte aufreizend. »Ich wette tausend Dollar gegen ein Einskommasieben-Dumdum, daß ich Ihnen mehr Wild und größeres Wild bieten kann, als je in Afrika gesehen wurde!«
Am anderen Ende des Raumes schnaubte der Oberst wie ein gereiztes Raubtier.
Smithers wandte sich langsam nach ihm um.
»Die Wette gilt auch für Sie, Marsh.«
»Ich sollte sie wahrhaftig annehmen, um Ihnen eine Lektion zu erteilen. Ja, ich nehme sie an! Sie und Seeman sind meine Zeugen.«
»Aber, Marsh, er ist betrunken. Er muß betrunken sein.«
»Betrunken oder nüchtern: es kostet ihn einen Tausender!«
Ich zuckte die Schultern. Smithers war ja schließlich reich genug, und es geschah ihm ganz recht.
»Gut. Die Wette gilt also, Smithers?«
»Die Wette gilt. Wann soll es sein? Sagen wir: am kommenden Wochenende?«
Seeman hatte schon eine Verabredung. Wir einigten uns auf die folgende Woche.
Smithers sah langsam von einem zum andern, und seine Miene wurde ernst.
»Bringen Sie Elefantenbüchsen und Explosivgeschosse mit«, sagte er sachlich.
»Außerdem möchte ich Ledergamaschen und schwere Jagdröcke vorschlagen. Ich erwarte Sie Freitag abend.«
Damit schlenderte er aus dem Zimmer. Wir waren halb belustigt und gründlich verärgert zugleich. Eine Großwildjagd auf Long Island! Nun, wir würden hingehen (dazu waren wir fest entschlossen) und dem Mann ohne die geringsten Gewissensbisse das Geld abnehmen!
»Für tausend Dollar kann man sich die Sache ansehen« sagte Seeman leise und mixte sich noch einen Drink. Ich dachte verwirrt über das Geschehene nach. Wenn der Mann uns dazu bringen wollte, unbedingt und verläßlich bei ihm zu erscheinen – er hätte die Sache nicht geschickter einfädeln können. Aber was für einen Zweck verfolgte er? Warum wollte er uns bei sich haben? Gewiß nicht für eine Großwildjagd, dachte ich. Wozu aber dann? Wollte er vor etwas beschützt werden? Vielleicht hatte er Feinde ... Feinde, die vor nichts zurückschreckten. Vielleicht hatte er sich mit Gangstern oder Schiebern eingelassen. Ich konnte mir allerdings nicht gut vorstellen, daß der aristokratische Smithers in derlei Angelegenheiten verwickelt sein sollte.

Im Laufe der Woche kam ich mehr und mehr zu der Überzeugung, daß die Einladung ernst gemeint war. Ich rief Seeman an, der mich auslachte.
»Er wird uns Mäuse oder Kaninchen schießen lassen, und das ist alles.«
»Sie könnten recht haben«, meinte ich. »Es wäre allerdings komisch, mit Elefantenbüchsen auf Mäuse zu schießen.«
Er lachte. »Wir nehmen die Artillerie mit, mein Bester, und kostümieren uns entsprechend. Das wird dem Oberst Spaß machen.«
Am Freitagnachmittag versammelten wir uns in Oberst Marshs Wohnung und begannen mit den Vorbereitungen. Wir trugen Hosen und hohe Gamaschen aus Leder, und Seeman hatte schwere Schaftstiefel. Wir setzten Tropenhelme auf und hängten uns lederne Patronengurte um. Während des Ankleidens leerten wir eine Literflasche von des Obersts bestem Bourbon, und solchermaßen inspiriert steckten wir jeder zwei Revolver in den Gürtel. Wir müssen einen ungewöhnlichen Anblick geboten haben, als wir schließlich mit unseren schweren Gewehren das Haus verließen. Der Liftboy, ein Negerjunge, verschluckte seinen Kaugummi und brachte uns nur mit knapper Not ins Erdgeschoß hinunter, und der Portier starrte uns entgeistert an. Wir traten aus dem Haus und stiegen in den Wagen, während sich die Passanten ungläubig die Augen rieben. Ich fuhr langsam, bis wir die Brücke in der 59th Street hinter uns hatten, dann trat ich kräftig aufs Gaspedal.
Am späten Nachmittag kamen wir in Paulings am Nordufer von Long Island an und fragten einen einsamen, gelangweilten Polizisten nach dem Weg. Er gab uns bereitwillig Auskunft, obwohl er sich gewiß fragte, was wir bei Smithers wollten. Er kannte das Haus sehr gut, das sah man ihm an. Kurz vor Sonnenuntergang bogen wir in die Zufahrt zu Smithers' Haus ein. Es war ein recht ungewöhnliches Grundstück. Wir fuhren auf einer gewundenen Straße durch ein großes Waldstück, das durch die herbstliche Färbung des Laubes doppelt anziehend wirkte. Dann kam ein weiter, leicht ansteigender Rasen mit vereinzelten Bäumen. Das Haus stand auf einer Erhebung, und dahinter lag in einer von hohen Fichten gesäumten Mulde ein kleiner See. Wir sahen das alles noch, ehe das Tageslicht schwand, und dann standen wir vor der Tür und wurden von einem Bedienten empfangen, der uns an einen Butler mit einem langen, hageren Gesicht weiterreichte. Wir wurden in einen Raum geführt, der wohl eine Bibliothek darstellen sollte.
»Mr. Smithers erwartet Sie. Wenn Sie sich einen Augenblick gedulden wollen...« sagte der Butler und ging.
Smithers erschien binnen einer Minute. Er stand lächelnd in der Tür und musterte unsere Ausrüstung – wie mir schien, mit besonderer Aufmerksamkeit. Ich fragte mich plötzlich, ob er an dem Abend im Klub wirklich nüchtern gewesen war, und der Oberst dachte offenbar an dasselbe, denn er platzte mit beispielhaftem Takt heraus: »Wir wollen uns die tausend Dollar holen, Smithers. Ich hoffe, Sie haben das nicht vergessen.«
»Keineswegs! Aber zuerst sehen Sie sich einmal die Jagd an. Über die Wette sprechen wir später.«

»Lassen Sie doch den Unsinn, Smithers! Wollen Sie uns immer noch weismachen, es gebe Großwild hier auf Long Island?«
Smithers warf ihm einen seltsamen Blick zu. »Wir essen zunächst und jagen dann in der Nacht«, sagte er. »Möchten Sie sich waschen?«

Während des Essens versuchten der Oberst und ich, unserem Gastgeber Einzelheiten über das ›Großwild‹ zu entlocken, das er uns präsentieren wollte, aber er ließ sich zu keiner Erklärung herbei. »Sind es zahme Tiere?« fragte ich. »Tiere, die Sie hier auf Ihrem Grundstück in einem Gehege halten?« Er schüttelte nur den Kopf. »Wildkatzen?« fragte der Oberst irritiert. Wieder verneinte Smithers. Seemans fiebrig-gelbem Gesicht sah man nicht an, was er dachte, aber als wir beim Dessert angelangt waren, stellte er die verblüffendste Frage: »Eine Menschenjagd, Smithers?« Mir blieb der Atem weg, aber Smithers lächelte nur noch undurchdringlicher und schüttelte den Kopf.
»Meinen Sie nicht, Sie sollten es uns sagen, damit wir uns vorbereiten können?« fuhr Seeman fort. »Das heißt, sofern das Ganze nicht doch ein Scherz ist.«
»Sie werden sich später Ihre eigene Meinung bilden können«, sagte Smithers.
»Verdammt noch mal, Sie haben leicht reden, aber wir!«
»*Angst*, Herr Oberst?« fragte Smithers träge.
Der Hals des Oberst schwoll sichtbar an und färbte sich dunkelrot, der Schnurrbart zitterte, und die Lippen preßten sich fest aufeinander. Der Oberst stellte keine weiteren Fragen und sprach eine halbe Stunde lang kein Wort mit Smithers. Wäh-

rend dieser Zeit bedrückte unseren Gastgeber irgend etwas. Wir sahen es ganz deutlich. Er war nervös und ließ seine übliche Selbstsicherheit vermissen. Mehrere Male räusperte er sich, als wollte er etwas sagen, aber dann überlegte er sich's jedesmal wieder anders. Endlich stand er auf und führte uns in ein eigenartiges rundes Zimmer mit einem Durchmesser von knapp vier Metern. An den Wänden hingen Waffen aller Arten. In der Holztäfelung befanden sich Schubfächer voll Munition. Vier gepolsterte Sitze waren in der Art der Kojen auf einem Schiff paarweise in die Wand eingebaut. Unter einem holte Smithers Whisky, Soda und vier Gläser hervor, die er auf einen Klapptisch stellte.

»Von diesem Zimmer aus brechen wir in einigen Minuten auf«, sagte er.

Ich glaube, allmählich fragten wir alle uns, ob uns nicht wirklich etwas Ernstes bevorstand, aber was es sein mochte, konnten wir uns nicht vorstellen. Dem Eingang gegenüber befand sich eine Glastür mit einem Gitter davor. An diese trat ich, um in die Dunkelheit hinauszublicken. Ich erkannte die Lichter in einigen weiter entfernten Häusern, und Sterne zeigten mir den Rand des Waldes an. Smithers kam an meine Seite, zog den schweren Vorhang zu und lächelte mich geheimnisvoll an. Wir traten zu ihm an den Tisch und tranken schweigend unseren Whisky, während er unsere Ausrüstung sorgfältig überprüfte. Er schlug vor, wir sollten jeder noch einen Revolver nehmen, und holte die nötige Anzahl von der Wand.

»Wir haben doch jeder schon zwei«, sagte der Oberst.

»Diese hier sind mit Explosivgeschossen vom Kaliber 1,7 geladen«, entgegnete Smithers ruhig.

Der Whisky war stark, denn ein- oder zweimal schien der Boden unter uns zu schwanken, doch ich dachte mir nichts dabei. Es wurde schwül und stickig im Zimmer. Ich schlug vor, das Fenster zu öffnen, aber Smithers sah mich bedeutsam an.

»Sie wissen nicht, was Sie da verlangen«, sagte er, und Seeman legte den Kopf schief und musterte ihn mit ausdruckslosen Augen. Oberst Marsh brauste wieder auf und machte seinem angestauten Ärger Luft. »Ehem!« sagte er. »Sie junger Teufel! Wie lange wollen Sie uns noch hier einsperren? Das ist doch alles reiner Blödsinn! Geben Sie es nur endlich zu. Ich werde Ihr Haus auf der Stelle verlassen!«

Mit brennrotem Gesicht stampfte er zu der Tür, durch die wir das Zimmer betreten hatten, und drückte die Klinke nieder. Die Tür war versperrt!

»Ich finde, Sie schulden uns nun wirklich eine Erklärung, Smithers«, bemerkte Seeman ruhig.

Smithers sah von einem zum andern und lächelte aufreizender als je zuvor. »In fünf Minuten verlassen wir dieses Zimmer«, antwortete er. »Wir gehen hinaus zur aufregendsten und vielleicht auch gefährlichsten Jagd, die Sie je erlebt haben. Wenn wir zurückkehren, wird Oberst Marsh mir gern die vereinbarte Summe zahlen.«

Im Zimmer konnte man kaum noch Atem holen. Mein Kopf schmerzte, und in den Ohren pochte das Blut. Smithers nahm aus einer Schublade die größten Stablampen, die ich je gesehen habe, und probierte eine nach der andern aus. Sie warfen große helle Lichtkegel auf die Wände des ohnehin hell erleuchteten Zimmers. Schweigend gab er jedem von uns eine. Dann mixte er für jeden noch einen Drink und forderte uns auf, die Gläser zu leeren. Die Flüssigkeit schmeckte merkwürdig. Seeman warf Smithers beim ersten Schluck einen scharfen Blick zu, und unser Gastgeber errötete leicht.

»Sie können es unbesorgt trinken«, sagte er. »Es ist allerdings eine Medizin. Dort, wo wir hingehen, werden wir sie brauchen.« Bei diesen Worten hob er sein eigenes leeres Glas. Als wir ausgetrunken hatten, stellte er die Gläser weg und räumte das ganze Zimmer sauber auf. Dann öffnete er wieder eine Schublade und nahm zwei Dynamitbomben heraus, die er neben dem Vorhang der Glastür niederstellte. Eine Sekunde zuvor hatte der Boden leicht geschwankt und die Wände hatten, so schien es mir, gezittert – ein Umstand, der mich verblüffte und in noch viel höherem Maße meine Neugier geweckt haben würde, hätte mein Kopf nicht so geschmerzt und das Blut nicht so laut im Rhythmus des Herzschlags in meinen Ohren gedröhnt. Smithers zog den Vorhang zur Seite und schob einen schweren Riegel zurück. Wir traten hinaus in die Nacht.

Es war stockdunkel und es roch moderig. Der Himmel war offenbar bedeckt, denn so sehr ich meine Augen auch anstrengte: ich konnte nirgends ein Licht entdecken. Totenstille herrschte um uns her. Nicht ein einziger der üblichen Nachtlaute war zu hören. Der merkwürdige Druck, der auf allen meinen Sinnen lastete, war noch stärker geworden, und meine Trommelfelle schmerzten, wenn ich schluckte. »Es ist sehr felsig, treten Sie vorsichtig auf«, sagte Smithers und richtete den Strahl seiner Stablampe auf den Boden.

Ich stellte mir vor, daß wir den Hang zu dem kleinen See hinter dem Haus hinuntergingen, aber ich hatte ihn nicht so steil in Erinnerung. Außerdem war auf den Steinen keine Erde zu sehen, und jegliche Vegetation fehlte. Anfangs war ich ein wenig ratlos, aber als wir den steilen, mit großen Felsblöcken übersäten Hang etwa achthundert Meter hinuntergestiegen waren, hatte sich meine Ratlosigkeit in maßloses Erstaunen verwandelt. Smithers unterband jeden Versuch, ein Gespräch anzuknüpfen. Wir gingen so leise wie möglich, aber ich nehme an, daß wir an diesem stillen Ort doch laut genug waren, um im Umkreis von ein oder zwei Kilometern gehört zu werden. Endlich blieb Smithers stehen. Er schaltete seine Lampe aus, und wir hielten uns in der undurchsichtigen, unirdischen Dunkelheit eng an ihn.
»Wir müssen jetzt sehr vorsichtig sein«, flüsterte er. »Gebrauchen Sie Ihre Ohren ebensosehr wie Ihre Augen.«
»Worauf sollen wir lauschen?« brummte der Oberst aus dem finsteren Nirgendwo.
»Das kann ich Ihnen nicht sagen.«
»Warum denn nicht, Mann? Ist es ein Geheimnis?«
»Es gibt keine Worte dafür ... Ich war schon früher hier und sah ... Ich kann Ihnen nicht sagen, was. Glauben Sie nicht, daß ich es Ihnen sagen würde, wenn ich könnte?«
Seeman ließ sich vernehmen: »Dann sagen Sie mir wenigstens offen, Smithers, ob das alles Ihr Ernst ist. Sie leisten sich nicht einen tollen Scherz mit uns?«
Smithers stöhnte ungeduldig. »Wenn Sie nur aufhören wollten zu flüstern! Horchen und sehen Sie selbst!«
Während er noch sprach, sah ich etwas und packte Seeman am Arm. Es war ein schwaches, phosphoreszierendes Licht, das etwa hundert Meter entfernt durch die Luft schwebte. Es bewegte sich von uns fort und war kurz, nachdem ich es entdeckt hatte, schon wieder verschwunden. Erinnerungen an die Geschichten, die mir, als ich ein Kind war, meine alte schottische Amme erzählt hatte, drängten sich mir auf ... Irrlichter! Zweifellos ein alberner Einfall, aber was für eine vernünftige Erklärung gab es?

Wir hatten es offenbar alle vier gesehen, denn nicht einer rührte sich von der Stelle. Wir atmeten kaum. Dann tauchten in einiger Entfernung drei winzige Funken auf, unbestimmbar in der Dunkelheit. Sie schienen miteinander zu spielen und bildeten tanzend ein traumhaftes Muster vor dem schweren samtenen Schwarz der Nacht. Wir hörten Smithers vorischtig weitergehen und folgten ihm. Er ging etwa fünf Minuten, langsam, den Boden mit den Füßen abtastend.

»So weit bin ich bisher gekommen«, sagte er. »Hier fällt der Grund steil ab.« Bei diesen Worten leuchtete er mit seiner Lampe vor sich hin, und wir fuhren erschrokken zurück, denn wir blickten eine sieben oder mehr Meter hohe Felswand hinunter, an deren Fuß ebenes Gelände begann, das sich weit in die Dunkelheit hinein erstreckte. Das plötzliche Licht betäubte uns förmlich. Als es wieder ausging, sahen wir eine volle Minute lang überhaupt nichts. Aber wir hörten etwas! Wie als Antwort auf das Lichtsignal setzte weit rechts von uns ein Fauchen ein, und Smithers flüsterte: »Halten Sie Ihre Gewehre und Lampen bereit!«

Ich knipste sofort meine Lampe an, und der helle Lichtkegel stieß ein Loch in die Dunkelheit. Etwas Graugelbes bewegte sich dort ... kam näher. Es schien noch sehr weit entfernt zu sein, raste aber mit unvorstellbarer Geschwindigkeit auf uns zu. Dann begann es vor meinen Augen Gestalt anzunehmen. Es war unbeschreiblich. Ein riesiger Kopf voll nadelspitzer Zähne und weiche, formlose Beine – so etwa stellte es sich mir dar. Das Maul war offen, groß wie eine Höhle, so groß, daß es den Körper dahinter fast verdeckte. Ich hatte kaum einen unterdrückten Schrei ausgestoßen, als auch schon Oberst Marshs Elefantenbüchse losging wie ein Donnerschlag. Er muß danebengeschossen haben, denn der Angriff kam nicht eine Sekunde zum Stehen. Das Fauchen klang nun, wie wenn man aus einem Kessel Dampf abläßt, und dann warf sich das Untier gegen die Felswand, während ihm Seeman und Smithers in sein offenes Maul feuerten. Es brach jedoch nicht zusammen. Ich nehme an, es war mit solcher Kraft gegen den Felsen gerannt, daß der Schwung noch für einen letzten Sprung in die Höhe reichte, der es halb über den Rand des Felsens warf. Wir sprangen zurück, während die Explosivgeschosse in sein Fleisch schlugen, und der Stahl meiner Lampe glitt für einen Augenblick von seinem riesigen Körper ab. Als ich ihn wieder auf das Tier richtete, zitternd und auf einen Angriff gefaßt, beleuchtete ich eine reglose, halb über den Abgrund hängende Masse.

»Halten Sie die Lampe still!« rief mir Smithers zu. »Wir wollen versuchen, es ganz heraufzuziehen.«

Die drei Männer zogen und zerrten ein paar Minuten lang und bewegten es knapp einen Meter weiter. Ich trat näher und fuhr angewidert wieder zurück. Das Tier stank entsetzlich – wie faule Eier. Es war gut vier Meter lang und wog bestimmt eine Tonne und war unbehaart und bräunlich-gelb. Das Erstaunlichste war jedoch das Maul, denn die Kiefer glichen zwei Halbkreisen mit einem Durchmesser von einem Meter, die Zähne staken darin wie Speere – Hunderte von Zähnen! Ich erinnerte mich undeutlich, irgendwo ein solches Maul und solche Zähne gesehen zu haben.

»Großer Gott, Smithers! Was *ist* das?«

»Ich weiß nicht mehr als Sie. Glauben Sie, wir können es in die Waffenkammer schaffen?«
»Wir sollten die Polizei verständigen! Ein solches Ungeheuer läuft frei herum...«
»Hm«, machte Smithers. »Seien Sie einen Augenblick still!«
Wir strengten Augen und Ohren an. Eines der Lichter, die wir in der Ferne gesehen hatten, kam auf uns zu, schwebte über unseren Köpfen und stieß nieder. Ein Gewehr brüllte auf, als der Strahl meiner Lampe ein schwarzes fledermausartiges Flugtier enthüllte. Der Körper überschlug sich in der Luft und fiel mir vor die Füße. Ich hob das Tier auf und starrte es verwundert an, denn sein Maul und seine Zähne erinnerten mich an die der Bestie, die wir soeben erlegt hatten. Aus der Stirn ragte jedoch eine Art Fühler hervor, lang und biegsam, mit einer phosphoreszierenden Verdickung an der Spitze. Nun fiel mir ein, wo ich schon einmal solche Lebewesen gesehen hatte: auf Fotografien und Gemälden von Tiefseeungeheuern. Ja, die sahen genauso aus.
»Wir müssen das große Tier wieder hinunterstoßen«, sagte Smithers plötzlich, und seine Stimme klang ängstlich gespannt. »Um Gottes willen, so helfen Sie mir doch!«
Er begann wie wild an dem Kadaver zu schieben. »Und machen Sie das Licht aus!« rief er mir zu.
Ich tat es, und wir alle halfen ihm. Wir brauchten zwei Minuten, um den Kadaver einen Meter näher an den Rand des Abgrunds zu zerren, wo er langsam abrutschte und dann schwer unten aufschlug. »Und jetzt still, wenn Ihnen Ihr Leben lieb ist!« flüsterte Smithers.
Kurz darauf hörte ich etwas, ein fernes Fauchen, dann das weiche Tappen großer, formloser Pfoten unter uns, und dann plötzlich ein sehr lautes Schnauben und das Geräusch mahlender Kiefer. Nach einigen Sekunden setzte dieses Geräusch aus, und in der Ferne war wieder ein Fauchen zu hören – und noch einmal der gleiche Laut aus einer anderen Richtung. Beide kamen näher. Wir hielten den Atem an, und meine Nackenhaare stellten sich auf. Plötzlich brach unter uns ein wildes Knurren und Knirschen und Stampfen los, als sich die riesigen Tiere um ihre grausige Mahlzeit stritten, und so blind war ich in der Dunkelheit, so gespannt waren meine Nerven, daß ich beinahe laut aufgeschrien hätte, als ich eine Berührung an meinem Arm spürte. Es war Seeman, der mich vom Felssturz wegzog. Er legte den Mund an mein Ohr und hauchte: »Smithers sagt, wir müssen zurück, solange wir noch können.«
Wir wagten nicht, die Lampen einzuschalten, aber Smithers schien den Weg zu kennen, und in Schweiß gebadet stolperten wir so schnell und so leise wie möglich den Hang hinauf. Wir brauchten fünfzehn Minuten bis zum Haus. Es war ebenfalls in vollkommene Dunkelheit gehüllt, und erst am Eingang und an der verriegelten Tür merkte ich, daß wir angekommen waren. Die Tür wurde zugeschlagen, der schwere Riegel vorgeschoben und der Vorhang geschlossen, bevor Smithers das elektrische Licht einschaltete. Und auch dann noch sprach er kein Wort, ehe er nicht den Vorhang so zurechtgezupft hatte, daß kein Lichtstrahl in die Schreckensnacht da draußen fallen konnte.

In diesem Augenblick erst wurde ich gewahr, daß ich den Kadaver der leuchtenden Fledermaus krampfhaft in der Hand hielt, aber als ich ihn bemerkte, roch ich ihn auch schon, und auch die anderen rochen ihn. Der Gestank war fürchterlich.
»Werfen Sie das Ding hinaus«, sagte der Oberst.
»Nein ... Ich habe hier einen Kühlschrank und will es aufheben, um es morgen genauer zu untersuchen.« Smithers zog eine Tür auf, hinter der sich ein Kühlschrank verbarg. Dann wickelte er das unheimliche Ding umständlich in Wachspapier und erbat Ratschläge, die mir völlig überflüssig erschienen. Ich hatte den Eindruck, daß er uns nur ablenken wollte, damit wir irgend etwas Geheimnisvolles, das er verbergen wollte, nicht bemerkten. Als der Kühlschrank wieder geschlossen war, untersuchte er Seemans Gewehr und verglich es mit dem des Obersts. Dabei konnte ich mich im Raum umsehen. Er bemerkte es und meinte, wir brauchten nun wohl einen kräftigen Schluck. Dann ließ er sich aber Zeit mit dem Einschenken, und wir hatten das erste Glas noch nicht geleert, als er schon ein zweites vorschlug.
Seeman sah auf die Uhr. »Halb eins! Danke, für mich nichts mehr. Ich gehe schlafen, wenn Sie nichts dagegen haben.«
Der Oberst musterte ihn scharf.
»Bevor wir die Polizei benachrichtigt haben? Ist Ihnen nicht klar, daß die Bestien da draußen tausende ahnungsloser Menschen bedrohen?«
Smithers räusperte sich nervös. »Wer würde Ihnen glauben?« fragte er.
»Ich bringe sie her und zeige es Ihnen. Ich bringe ein ganzes Regiment!«
»Jetzt, mitten in der Nacht?« Smithers lächelte spöttisch.
Wir mußten uns geschlagen geben. Er hatte recht. Vor dem Morgen würde niemand kommen – und was konnten wir tun, um bis zum Morgen ganz Long Island zu schützen?
»Sie haben diese Bestien doch schon früher gesehen. Warum ist noch nichts gegen sie unternommen worden? Woher können sie nur gekommen sein?«

Smithers wurde ungewöhnlich ernst. »Morgen bei Tagesanbruch gehen wir durch diese Tür hinaus, und Sie werden verstehen, warum nichts unternommen wurde«, sagte er.
»Dann lege ich mich jetzt schlafen«, erklärte Seeman. Er ging zur Tür. Sie war noch immer versperrt, und er wandte sich ungeduldig an Smithers, der langsam zur Tür schritt und lange in seiner Tasche nach dem Schlüssel suchte. Er brauchte eine Ewigkeit, um ihn ins Schloß zu stecken, und dann drehte er ihn nicht herum, sondern sagte, als wäre ihm plötzlich etwas eingefallen: »Wie steht es nun mit der Wette, Oberst Marsh?«
Marshs Schnurrbart sträubte sich, und sein Gesicht wurde rot vor Ärger. »Ich nehme an, Sie haben gewonnen«, gab er zu. »Aber es ist schwer zu begreifen, wie Sie gleichzeitig behaupten können, Sie hätten uns gefährliche Bestien gezeigt, die diesen Vorort unsicher machen, und es sei nicht nötig, etwas zum Schutze der Bewohner zu unternehmen!«

Da spürte ich einen Ruck im Boden unter mir, und ein Gewehr, das neben mir an der Wand hing, zitterte. Im selben Augenblick drehte Smithers den Schlüssel im Schloß und stieß die Tür auf. Wir gingen durch den Korridor in die Bibliothek. Bevor man uns in unsere Zimmer hinaufführte, versicherte Smithers noch einmal ernst, er wisse, was er tu. Wir sollten uns nicht lächerlich machen, indem wir die Polizei riefen. »Wenn Sie morgen früh das Grundstück besichtigt haben, können Sie tun, was Ihnen beliebt«, fügte er hinzu. »Sie werden zumindest sehr überrascht sein.« Oberst Marsh knurrte etwas vor sich hin, dachte einen Augenblick nach und ging dann kopfschüttelnd auf sein Zimmer.
Ich schlief wenig, denn ich war viel zu aufgeregt, und im ersten Frühlicht stand ich auf und blickte aus dem Fenster. Ich sah ein Stück von dem kleinen See und die Wie-

se davor. Hinter dem See standen einige hohe Fichten, und hinter diesen gewahrte ich – ein zweites Haus! Wo hatten wir in der Nacht die Bestien gesehen? Ich saß eine halbe Stunde grübelnd auf meinem Bett, dann zog ich mich an und ging in die Bibliothek hinunter, wo ich Oberst Marsh antraf, der wütend auf und ab marschierte. Meinen Gruß erwiderte er nur mit einem stummen Blick.
»Haben Sie gesehen?« fragte er. »Das Ganze ist ein blöder Scherz von diesem Smithers, das können Sie mir glauben!«
»Wie meinen Sie das?«
»Was wir in der Nacht zu sehen glaubten, gibt es gar nicht.«
»Aber, ich bitte Sie!«
»Kommen Sie mit und überzeugen Sie sich.«
In diesem Augenblick erschien jedoch Seeman, und ein paar Minuten später meldete der Butler, wir könnten frühstücken, wenn wir wollten. Mr. Smithers wolle noch eine Stunde schlafen. Es war noch nicht sieben Uhr. Wir aßen hastig und gingen in die Waffenkammer, die so aussah, wie wir sie verlassen hatten. Wir zogen den Vorhang beiseite und öffneten die in den Garten führende Glastür. Vor uns lag ein sanft abfallender Hang, auf dem es zwar wirklich große Steine gab, aber sie waren kunstvoll zu Steingärten geordnet und mit Zwergkiefern und seltenen immergrünen Gewächsen bepflanzt. Am Fuß des Hanges glitzerte der kleine See, und dahinter zeigten die Fichten die Grenze des Grundstücks an. Ich erwähnte, daß ich hinter ihnen ein zweites Haus bemerkt hatte, aber nun wollten wir alles selbst sehen und erkunden. Zehn Minuten später waren wir am Ende des Fichtenwaldes auf der anderen Seite des Grundstücks angelangt und sahen vor uns mehrere Häuser, jedes mit etwa einem halben Morgen Grund, und hinter den Häusern eine Autostraße! Wie sollte man sich das erklären? Wir suchten das ganze Gelände ab. Seeman meinte, es gebe vielleicht irgendwo eine große Höhle, aber wo hätte das sein sollen? Wohin wir auch blickten, sahen wir nur gepflegten Rasen und Buschwerk. Und doch hatten wir drei uns vor wenigen Stunden in Lebensgefahr befunden!
Verwirrt kehrten wir ins Haus zurück und gingen wieder durch die Waffenkammer. Als wir die Bibliothek betraten, blieb Seeman plötzlich stehen. Wir sahen ihn erwartungsvoll an. »Nein«, sagte er. »Das ist nicht möglich... oder doch?«
»Was?«
»Ich dachte nur... Wissen Sie, ich habe im Orient seltsame Dinge gesehen. Sie glauben nicht, daß uns Smithers das alles nur... suggeriert hat?«
Ich lachte laut, aber Seemans ausdruckslose Miene verriet einen leisen Zweifel. Hinter dem Oberst erschien plötzlich Smithers in der Tür.
»Sie haben sich draußen umgesehen?«
»Ehem!«
»Wollen Sie noch immer die Polizei verständigen, Herr Oberst?«
Ich weiß nicht mehr, was alles der Oberst Smithers vorwarf – Magie, Versuch, eine Wette durch Mesmerismus zu gewinnen, Betrug, mangelnden Sportsgeist und anderes mehr.

Smithers lächelte. »Haben Sie im Kühlschrank nachgesehen, in den wir den stinkenden Vogel legten?«
Oberst Marsh zuckte zusammen. »Daß ich daran nicht gedacht habe!« Und schon war er verschwunden.
Wir folgten ihm und fanden ihn in der Waffenkammer, wo er die Tür in der Wandverkleidung suchte. Smithers öffnete das richtige Fach und wickelte den Vogel aus seiner luftdichten Verpackung. Und dann hielten wir uns die Nasen zu. Der Gestank war entsetzlich. Smithers nahm ein langes Messer von der Wand und spießte damit etwas Scheußliches, Dunkelbraunes auf. Es zerfiel, während wir es betrachteten, von Sekunde zu Sekunde mehr, und wir konnten gerade noch die Umrisse erkennen, bevor sie buchstäblich verschwammen. Dann fielen große Stücke in das Kühlfach. »Pfui Teufel!« sagte Smithers. Er legte den Kadaver in das Fach und schloß den Schrank.
Oberst Marsh starrte auf die kleine Tür, als hätte er gesehen, wie ein Zauberer ein Kaninchen aus dem Zylinder zieht. Dann ging er zu seinem Gewehr, das an der Wand lehnte, und öffnete den Verschluß. »Es muß wahr sein«, murmelte er und stellte das Gewehr wieder nieder, worauf er würdevoll in die Bibliothek zurückkehrte.
»Ich nehme an, Sie werden es uns nicht erklären«, sagte Seeman gedehnt.
Smithers lächelte nur.
Als wir in die Bibliothek kamen, saß dort der Oberst und schrieb einen Scheck aus. Er riß ihn heraus, fächelte ihn trocken und reichte ihn Smithers, der ihn ernst entgegennahm.
»War das alles wirklich so, wie wir es in der Nacht sahen?«
»Ja, Herr Oberst.«
»Und diese Bestien existieren noch?« Smithers nickte. Er schien etwas sagen zu wollen, besann sich aber und nickte nur noch einmal.
Ich glaubte vor Neugier platzen zu müssen, als aber Seeman mit seiner schleppenden Stimme sagte, er werde nun wohl in die Stadt zurückfahren, schloß ich mich ihm an. Wozu sollte ich bleiben, wenn ich doch nichts erfuhr? Lieber wollte ich versuchen, den ganzen Vorfall zu vergessen. Der Oberst packte ebenfalls, und als wir aus der Tür traten, hatte man meinen Wagen schon vors Haus gebracht. Wir stiegen schweigend ein. Smithers stand neben dem Wagen und verabschiedete sich von uns. Ich ließ den Motor an und winkte. Smithers beugte sich zum Fenster nieder und sagte: »Heute ist Samstag. Wenn Sie nächsten Samstag um dieselbe Zeit im Stranger Club sind, hören Sie vielleicht wieder von mir.« Damit wandte er sich ab und ging ins Haus.
Während wir durch den Verkehr von Long Island rollten, vereinbarten wir, uns am Samstag im Klub zu treffen. Aber wie wollte Smithers etwas erklären, was uns ein unlösbares Geheimnis dünkte?
Am Samstag darauf kam ich wenige Minuten nach neun in den Stranger Club. Oberst Marsh war schon da und stampfte übellaunig durch die leeren Räume. »Wo bleibt Seeman?« fragte er und marschierte weiter, ohne eine Antwort abzu-

warten. »Nicht, daß ich wirklich glaubte, Smithers werde kommen oder Nachricht senden... Das ist doch der unverschämteste Grünschnabel, der mir je untergekommen ist! Da vertrödle ich nun den ganzen Tag und warte auf nichts und wieder nichts, und es ist niemand da, der mir etwas zu trinken gibt.«
Ich war selbst sehr neugierig, aber ich mußte unwillkürlich über den Oberst lächeln. Irgendwie erschien mir unser Erlebnis von vor einer Woche so weit entfernt und unwirklich – und nicht ganz ernst zu nehmen. Doch auf eine Erklärung wartete ich trotzdem. Mein Gott! Heute frage ich mich, wie ich dieses meterbreite Maul mit seinen tausend Zähnen so schnell vergessen konnte, aber so sind wir Menschen. Der Klubsteward kam um halb zehn, und der Oberst quengelte so lange, bis er endlich ein Glas in der Hand hielt. Danach beruhigte er sich ein wenig, und schließlich erschien auch Seeman. Wir saßen eine halbe Stunde herum und wußten nichts mit uns anzufangen, und der Oberst war eben aufgestanden und hatte erklärt, er habe nun genug Zeit verschwendet, als die Haustür aufging und im Flur Schritte zu hören waren. Wir wandten uns nach der Tür und sahen – Smithers' Butler. Er übergab Oberst Marsh einen Umschlag und ging wieder in den Flur hinaus, wo er geduldig wartete. Der Oberst riß den Umschlag auf. Er enthielt ein Dutzend mit der Maschine geschriebener Seiten. Wir steckten die Köpfe zusammen und lasen. Nach den ersten Seiten rief Seeman dem Butler zu:
»Warten Sie auf uns?«
»Mein Herr meinte, Sie werden vielleicht nach Paulings kommen wollen. Der Chauffeur wartet draußen mit dem großen Wagen, Sir.«
»Dann fahren wir *sofort*!« rief ich. »Wir könnten unterwegs zu Ende lesen.«
Wir griffen nach unseren Mänteln und Hüten und liefen zur Limousine hinaus. Sie fuhr schnell los, und als wir das Manuskript gelesen hatten, drängten wir den Chauffeur, noch schneller zu fahren. Er wandte sich halb um und musterte uns neugierig, aber der Butler neben ihm zeigte nicht die geringste Spur von Interesse. Er blickte steif geradeaus.
Und das ist der Brief, den Smithers geschrieben und an uns drei adressiert hatte:

»Sie wissen sich vielleicht Ihr Abenteuer noch nicht zu erklären. Ich gebe zu: es war ein wenig unhöflich von mir, Sie raten zu lassen, aber ich hatte meine Gründe. Diese Tiere streifen natürlich nicht auf Long Island umher. Sie existieren auf einer anderen Ebene. Etwa 1500 Meter liegen zwischen dieser anderen Ebene und der unseren. Haben Sie es nun erraten? Die Waffenkammer ist mein Aufzug. Sie haben vielleicht das Zittern des Fußbodens bemerkt, als er zum Stillstand kam. Tief unten in der Erde befinden sich Höhlen, und dort leben die Tiere, die wir schossen. Ich entdeckte den Eingang, als ich meine Steingärten anlegte, und kletterte in einen Felsspalt – die Öffnung eines Ganges, der unter dem Keller meines Hauses hindurchführte und dahinter steil nach unten bog. Die Wände waren glatt und wiesen Spuren großer Hitze auf. Vielleicht war dies einmal – vor vielen Jahrtausenden – der Schacht eines Vulkans gewesen. Ich sprengte direkt vom Keller aus eine Öff-

nung in den Schacht und erforschte seine Tiefen Tag und Nacht mit Hilfe von Leitern und Seilen, die ich an in den Fels geschlagenen Eisenklammern aufhängte. Monat um Monat arbeitete ich, und die Tiefe, die ich erreichte, erschien mir unglaublich. Eintausendfünfhundert Meter unter der Erdoberfläche stieß ich endlich auf Grund und fand die große Höhle, die Sie im Dunkeln für eine Landschaft auf Long Island hielten. Das war vor zwei Jahren.
Ich beschloß, meine Entdeckung und die Freude des Forschens für mich zu behalten, aber es war kein Vergnügen, anderthalb Kilometer zu klettern, und ich gab viele tausend Dollar für einen elektrischen Lift aus. Schließlich ließ ich die Wände glätten und einen Aufzug in Form eines Zimmers einbauen. Ich weiß nicht genau, was mir eigentlich vorschwebte. Vielleicht wollte ich die hell erleuchtete Höhle als Ballsaal oder Theater verwenden. Die wahre Bedeutung meiner Entdeckung wurde mir erst bewußt, als all diese Vorbereitungen schon abgeschlossen waren. Ich hatte die Arbeiter von weither geholt und entließ sie in der Hoffnung, daß ihnen niemand glauben würde, wenn sie wirklich etwas ausplauderten. Ich entließ auch alle meine Dienstboten, wobei ich den guten andere Stellungen verschaffte, und stellte neue ein, die von dem Schacht und der geheimen Verwendung der so harmlos aussehenden Waffenkammer, in der ich mich oft so lange einschloß, nichts wußten.
Vor etwa sechs Monaten versah ich mich mit einer Stablampe und Proviant und fuhr hinunter, um meinen ersten Erkundungszug zu unternehmen. Ich ging die Strecke, die Sie letzten Freitag kennenlernten, und kam an den Felssturz. Man kann dort leicht hinunterklettern, und ich tat es und ließ den schwachen Strahl meiner Lampe ehrfürchtig über die weite felsige Fläche und hinauf in die Schwärze der Höhlendecke gleiten. Ich hörte das Fauchen ohne Angst näherkommen, bis mir meine Lampe das angreifende Untier in einer Entfernung von knapp hundert Metern enthüllte! Ich war auf keine Gefahr gefaßt gewesen und ließ die Lampe fallen, um in panischem Entsetzen die Felswand hinaufzuklettern.
Oben blieb ich keuchend stehen und sah, wie der Körper des Angreifers das noch brennende Licht verdeckte. Die Lampe wurde zermalmt, und ich fragte mich, wie lange ich mich noch sicher fühlen durfte, als ein zweites Tier heranstürmte und unter mir in völliger Dunkelheit ein wilder Kampf begann. Ich nutzte den Lärm aus, um unbemerkt zu fliehen, und stieg den langen Hang zu der Stelle hinauf, wo ich den Aufzug vermutete. Er war jedoch nicht da.
Ich hatte zwei Streichhölzer in der Tasche (nicht mehr, obwohl ich Pfeifenraucher bin) und riß eines an. Ich stand in völlig unbekanntem Gelände. Wahrscheinlich hatte ich in der Finsternis den Kopf verloren und war – ich weiß nicht, wie lange – ziellos wieder hangabwärts gestolpert. Nun stieß ich plötzlich gegen einen Felsen. Ich tastete die Umgebung ab und stellte fest, daß ich mich in einem etwa sechs Meter breiten Tunnel befand. Offenbar hatte ich also die falsche Richtung eingeschlagen. Ich wollte mich schon umdrehen und zurückgehen, als meine in der Dunkelheit überempfindlich gewordenen Augen weit vorn ein ganz schwaches rötliches Licht wahrnahmen. Daß ich weiterging, um zu sehen, was es mit diesem Licht auf

sich hatte, war vielleicht das Dümmste, was ich tun konnte, aber ein Mensch, der sich im Dunkeln verirrt, hat keine andere Wahl: er *muß* dem Licht folgen, und sei es nur der zarteste Schimmer. Mein Licht führte mich etwa achthundert Meter weit zu einer Höhle, die ich als sehr groß empfand, obwohl ich sie nicht sehen konnte, denn das einzige, was ich sah, war eine See schwachen Lichtes.
Es schwebte flach über dem Boden. Ich bückte mich und berührte etwas, was unter meinen Fingern zerbröckelte, und ein Gestank stieg mir in die Nase, der mich schwindeln machte. Ich watete bis zu den Knöcheln in diesem Licht wie in Wasser. Es handelte sich offenbar um eine Phosphoreszenzerscheinung, die von irgendeiner Art von Leben zeugte – und das, wohlgemerkt, anderthalb Kilometer unter der Erdoberfläche, ohne Regen und ohne Sonne.
Mir war übel von dem Gestank, und ich fühlte mich sehr müde. Eine plötzliche Angst trieb mich zurück. Ich mußte mich vergewissern, daß ich den Tunneleingang wiederfand. Die weitere Erforschung der Höhlen konnte warten, bis ich mich ordentlich ausgerüstet hatte. Ich tastete mich durch den Tunnel zurück und vermochte nicht zu sagen, wann ich wieder die innere Höhle erreichte, aber irgendwann und irgendwo begann der Boden anzusteigen, und große Steine lagen umher. Ich hoffte, daß mir das als Orientierung dienen werde. Eine Stunde später, als ich mich schon verloren glaubte, riß ich, alle Vorsicht außer acht lassend, mein letztes Streichholz an und sah mein Ziel keine sechs Meter vor mir. Ich trat in den Aufzug, drückte den Hebel nieder und fuhr eine halbe Stunde, die mich eine Ewigkeit dünkte, zu meinem Haus hinauf. Nach meiner Uhr war ich sieben Stunden unter der Erde...
Ich bitte Sie, diesen langen Bericht zu entschuldigen. Er ist nötig als Erklärung für das, was Sie selbst erlebten und was ich nun zu tun beabsichtige. Ich fuhr eine Woche später wieder hinunter, mit einer starken Lampe und einem guten Gewehr. Ich wollte den felsigen Hang erkunden, auf dem der Aufzugschacht endet, und hatte einen Kompaß und Papier bei mir. Die Karte, die ich zeichnete, lege ich bei.
Im Norden endet der Hang, wie Sie sehen, vor dem niedrigen Felssturz, an dessen Fuß ein riesiges Gebiet beginnt. Es wird von Bestien bewohnt, die zu gefährlich sind, als daß ich es wagen dürfte, ihnen allein gegenüberzutreten. Im Osten fand ich den Eingang des langen Tunnels, der zu der Lichthöhle führt. Bevor ich aber in dieser Richtung weiterforschte, ging ich nach Süden und Westen, wo ich überall auf Wände stieß – mit Ausnahme einer etwa hundert Meter breiten Öffnung. Dort fällt der Fels steil ab zu einem großen unterirdischen See, dessen Durchmesser auf alle Fälle mehr als achthundert Meter beträgt, denn der Strahl meiner Lampe erreichte nicht das andere Ufer. Ebensogut kann er aber auch hundert Kilometer lang sein. Ich bin noch nicht dazu gekommen, dieses finstere Gewässer in einem Boot zu erforschen. Diese Vorbereitungen nahmen mehrere Stunden in Anspruch.
Als ich wieder oben angekommen war, sah ich meinen künftigen Unternehmungen mit größerer Zuversicht entgegen. Die Bestien konnten mich offenbar nicht angreifen, solange ich nicht über den Felssturz hinunterkletterte, der eine natürliche Schranke darstellt. Trotzdem hatte ich Glück. Sie werden sich erinnern, daß das

Tier, das wir erlegten, beim Ansprung beinahe den Rand des Felsens erreichte! Ich beschloß, das Geheimnis des phosphoreszierenden Lichtes zu ergründen, und ging wieder durch den Tunnel, um Proben zu holen. Trotz des Gestanks bekam ich sie auch, und ich nahm sie mit nach oben, um sie bei Tageslicht zu untersuchen. Sie ähnelten am ehesten Pilzen (diesen runden, knolligen), zerfielen aber sehr rasch im Licht und verloren vor meinen Augen ihre Form. Schon nach wenigen Minuten waren sie in Fäulnis übergegangen. Sie stanken unbeschreiblich und zerrannen zu einer Flüssigkeit, die ich in einer Schale auffing und analysieren ließ. Bei meiner nächsten Expedition sah ich eine der leuchtenden Fledermäuse. Ich schoß sie und nahm sie mit nach oben. Was mit ihr geschah, wissen Sie, denn Sie haben selbst gesehen, was aus dem Vogel wurde, den der Oberst schoß. Ich ließ auch diese Überreste analysieren.

Die Ergebnisse waren recht unbestimmt, lieferten mir aber doch einige Anhaltspunkte, und ich begann mich für die unterirdischen Lebensformen im allgemeinen zu interessieren. Ich beschaffte mir Bücher über die blinden Olme und Fische, die man auf der ganzen Welt in berühmten Höhlen und Grotten findet, und es gelang mir sogar, einzelne Exemplare davon zu bekommen, die ich analysieren ließ, um sie mit meinen eigenen Funden zu vergleichen. Hier ist nun meine Theorie – was sie wert ist, weiß ich nicht: Bis zu meiner Entdeckung waren alle unter der Erde gefundenen Lebewesen lediglich an die Dunkelheit angepaßte Spezies, die auch auf der Erde existieren. Selbst die Fische, die man aus den tiefsten Tiefen der Meere holte, wurden als abgewandelte, das heißt den spezifischen Lebensbedingungen angepaßte Formen von Fischen aus den oberen Schichten betrachtet. Nun nehmen wir aber an, bestimmte Lebewesen wurden vor mehreren hunderttausend Jahren in Höhlen tief unter der Erde eingeschlossen. Nehmen wir ferner an, der Druck stieg allmählich an, die Höhlen sanken immer tiefer, und die unterirdische Atmosphäre enthielt Verunreinigungen, zum Beispiel Schwefel. Über lange Zeiträume hinweg veränderte sich das Leben diesen Umweltbedingungen entsprechend und nahm neue Formen an. Gelegentlich öffneten sich vielleicht Gänge zur Erdoberfläche hinauf, aber die auftauchenden blinden Lebewesen waren für die Fleischfresser eine leichte Beute, so daß alle nach oben entweichenden Tiere umkamen. Manche Arten konnten nicht auftauchen, da sie die Sonnenstrahlen als schmerzhaft empfanden und vor ihnen zurückwichen. Diese pflanzten sich unter der Erde fort. Sagen und Märchen enthalten zahllose Hinweise auf solche Geschöpfe. Da gibt es Drachen, die in unterirdischen Höhlen hausen und Feuer schnauben. (Heißt das vielleicht, daß diese ›Drachen‹ an eine Atmosphäre angepaßt waren, die keinen Sauerstoff, dafür aber beispielsweise Schwefel enthielt, so daß ihr Atem, wenn sie an die Erdoberfläche kamen, brannte?) Und für die Griechen war der Hades ein Ort, wo die Abgeschiedenen in dämmriger Nacht Staub aßen und Höllenhunde mit riesigen Mäulern den Eingang bewachten. Ich möchte gern glauben, daß wir letzte Woche einen regelrechten klassischen Höllenhund geschossen haben.

Und was ist mit den Teufeln?

Gibt es sie am Ende wirklich da unten? Mit gespaltenen Hufen, ledriger Haut, gehörnten Köpfen und gegabelten Schwänzen? Offen gestanden: es würde mich nicht überraschen. Ich werde es herauskriegen, sofern ich mit dem Leben davonkomme.
Vor einem Monat unternahm ich eine Expedition zu der Lichthöhle und ging mit Hilfe meines Kompasses an die acht Kilometer über ihren mit verrotteten Pflanzen bedeckten Boden. Ich kam an eine etwa achthundert Meter breite und beinahe ebenso tiefe Schlucht, und als ich über ihren Rand hinunterblickte, sah ich tief unten ein halbes Dutzend Gruben, in denen Feuer glühte – vulkanisches Feuer, nehme ich an. Die Luft ist dort unten mit Dampf gesättigt, das Licht nur ein stumpfes Rot. Ich bildete mir ein, um diese Feuer herum Gestalten zu sehen, aber mit Sicherheit behaupten will ich das nicht. Ich hatte ein langes aufgerolltes Seil bei mir, und die Wand der Schlucht war an einer Stelle rauh genug, um einen Abstieg zu ermöglichen. Ich versuchte es. Als ich aber ein gutes Stück hinuntergestiegen war, umgab mich eine dichte Dampfwolke, und ich erstickte beinahe, denn es riecht dort wahrhaftig, wie die Alten sagten, ›nach Feuer und Schwefel‹. Ich klammerte mich an den Felsen, bis sich der Dampf verzog und ich wieder hinaufklettern konnte.
Nach diesem Erlebnis beschloß ich zu versuchen, Hilfe zu bekommen, ohne gleich mein Geheimnis preiszugeben. Sie wissen, wie ich Sie in mein Haus lockte und wie wir zusammen gegen die Höllenhunde kämpften. Das Experiment ging jedoch so kläglich aus, daß ich keinen Vorteil mehr darin sehe, Gewehre hinter mir zu haben, wenn ich meine Erkundungen betreibe. Warum anstelle meines eigenen Lebens das von vier Menschen aufs Spiel setzen? Während Sie dies lesen, bin ich dort unten, um das Geheimnis der Feuerschlucht zu erforschen. Wenn die Gefahren unüberwindbar sind, kehre ich nicht zurück. Wenn ich Erfolg habe, werde ich bei der weiteren Erforschung meines unterirdischen Reiches gern Ihre Hilfe in Anspruch nehmen – wobei wir freilich die Höhle der wilden Bestien meiden wollen.
So sieht meine Ausrüstung aus: eine kräftige, aber leichte Leiter aus Seidenstricken und ein Taucheranzug mit Helm und Sauerstoffbehälter auf dem Rücken. Im Helm ein Telefon und zwei dünne Kupferdrähte, die zum Aufzug führen – mehr, damit ich rasch zurückfinde, wenn ich in Not gerate, als um eine Sprechverbindung herzustellen. Ich kann aber mit Ihnen sprechen, wenn Sie wollen. Benutzen Sie das Telefon, das in meiner Bücherei hinter der Enzyklopädie versteckt ist. Sie sehen also, daß Sie auf den Spaß nicht zu verzichten brauchen, wenn ich Ihnen schon nicht gestatte, die Gefahr mit mir zu teilen. Ich habe es so eingerichtet, daß Sie – wenn Sie wollen – in mein Haus kommen können, während ich gerade mit dem Abstieg vom Boden der Lichthöhle in die Schlucht hinunter beginne.
Vielleicht gibt es dort unten Teufel – oder Drachen – oder nur unterirdisches Feuer. Was ist mit unserer Wette, Oberst Marsh, wenn ich Drachen finde? Habe ich dann doppelt gewonnen?«

Wir beendeten die Lektüre dieses erstaunlichen Manuskripts, als der große Wagen eben über die Brücke in der 57th Street rollte. »Verdammter Narr!« schimpfte der Oberst, aber sein Gesicht drückte Neid und Bewunderung aus. Wir befahlen nun dem Chauffeur, rascher zu fahren und uns so schnell wie möglich nach Paulings zu bringen. Warum man uns nicht einige Male anhielt, ist mir ein Rätsel.
Wir rannten an dem Bedienten in Smithers' Haus vorbei, der entsetzt Anstalten machte, uns zu schicklicherem Benehmen zu ermahnen, aber der Butler folgte uns mit der nötigen Würde und beruhigte den Mann. Wir stürzten in die Bibliothek und warfen die Bände der Enzyklopädie kurzerhand auf den Boden. Da stand ein Telefon, dessen Hörer durch ein kleines Metallstück ersetzt war, von dem ein Draht zu einem Lautsprecher führte. Seeman beugte sich darüber und rief: »Smithers!« Dann stieß ihn Oberst Marsh ungeduldig beiseite. »Smithers! Sie junger Esel! Hören Sie uns?« brüllte er.
Wir hörten ein unterdrücktes Gelächter im Lautsprecher und dann die ruhige Stimme von Smithers: »Sie haben sich sehr beeilt. Ich ziehe gerade erst meinen Taucheranzug an. Wenn Sie mich fünf Minuten früher gerufen hätten, würde ich meinen Helm noch nicht aufgesetzt haben, und Sie hätten warten müssen.«
»Wir wollen zu Ihnen hinunterkommen und dabeisein, wenn Sie in die Schlucht steigen«, sagte ich.
»Wir *kommen* hinunter, hören Sie?« platzte der Oberst heraus.
Wieder hörten wir Gelächter aus dem Lautsprecher. »Ich fürchte, das wird nicht gut gehen. Die Aufzugschaltung ist sehr gut versteckt. Ich habe die Kabine zwar wieder hinaufgeschickt, aber mehr, um Sie daran zu hindern, mir zu folgen, als um es Ihnen zu ermöglichen.«
»Dann reißen wir den Boden auf und klettern an den Seilen hinunter!«
»Zwei Zoll Stahl und sechs Zoll Stahlbeton, Oberst. Sie würden Dynamit brauchen. Und was wollten Sie hier unten anfangen? Ich habe gerade die Leiter festgemacht und ausgeworfen und beginne jetzt mit dem Abstieg. Von hier oben aus könnten Sie mir nicht helfen, wenn ich unten in Gefahr gerate. Solange ich klettere, bin ich vor den Höllenhunden sicher. Wenn aber einer in die Lichthöhle käme, während Sie dort warten, würde er *Sie* angreifen. Sie könnten mir auf keinen Fall helfen. Sie würden nur sich selbst in Gefahr bringen.«
»Hol's der Teufel!« schrie der Oberst. »Meinen Sie vielleicht, wir hätten Angst vor Gefahren? Wir kommen gegen Ihren Willen hinunter!« Er lief in die Waffenkammer, und ich folgte ihm mit Seeman. Zehn Minuten suchten wir in jeder Lade und in jedem Fach nach einem verborgenen Mechanismus. Vergeblich. Der Oberst ruinierte eine schöne Schrotflinte, indem er mit ihr auf den Boden der Kammer stampfte und ihren Lauf als Brecheisen benutzte. Der Boden klang sehr hart und fest, und ich ging schließlich wieder zu dem Telefon in der Bibliothek.
»Wo sind Sie jetzt, Smithers?« fragte ich.
»... oh ... nur ein ... oh ... hier! In halber Höhe ungefähr.« Ich hörte ihn schwer atmen. »Sind Sie alle weggegangen, oder was ist geschehen?«

Ich berichtete ihm von unserem vergeblichen Versuch, die versteckte Aufzugschaltung zu finden.
Er lachte. »Sie werden sie nie finden. Außerdem habe ich die Hebel hier unten gestellt, als ich den Aufzug hinaufschickte. Sie könnten oben gar nicht schalten. Bleiben Sie lieber am Telefon und genießen Sie dieses Abenteuer indirekt mit, anstatt Ihre Zeit zu verschwenden.«

Seeman und der Oberst betraten in diesem Augenblick die Bibliothek und hörten gerade noch mit belämmerten Mienen Smithers' letzte Bemerkung. Und dann berichtete Smithers:
»Eine schwierige Kletterpartie ... auch mit einer Leiter. Das verdammte Ding schaukelt auch noch... Und dieser Taucheranzug ist das Unbequemste, was ich je am Leib hatte... Muß rasten ... ein paar Minuten.« Wir hörten ihn keuchen.
Smithers brauchte eine halbe Stunde, um den Grund der Schlucht zu erreichen, und während des ganzen Abstiegs führten wir miteinander die wahnsinnigsten Gespräche, vor allem in den kurzen, aber häufigen Ruhepausen.
»Der Dampf wirbelt um meine Füße«, sagte er einmal. »Er sieht jetzt gelblich aus. Die Feuer unter mir sind orange, und der Fels, an dem ich hänge, ist glatt und glänzend schwarz ... obwohl es hier so dunkel ist, daß man die Farben mehr erraten muß. Nur dort, wo die Feuer durchscheinen, sieht man ein wenig. Ich habe meine Stablampe und eine automatische Pistole, aber sie scheinen mir für diese Welt hier unten kaum die richtigen Waffen zu sein.«
Ein andermal berichtete er: »Jetzt ist es um mich her schwarz und neblig... Ich erkenne allerdings die Feuer und nehme an, ich könnte ganz gut durch den Nebel sehen, wenn da irgendeine Lichtquelle wäre. Die Lampe wage ich nicht einzuschalten. Wenn ich hier unten Leben finde, wird es ein sehr seltsames Leben sein! Ich glaube, starkes Sonnenlicht würde es auf der Stelle töten... Etwas anderes fällt mir da ein: In Millionen Jahren, wenn die Sonne erkaltet und die Luft auf der Erde in ihren roten Strahlen gefriert, können diese Geschöpfe hier unten – wenn es sie gibt – an die Oberfläche kommen und die Erde erben.«
Undeutliche Vorstellungen zogen mir durch den Sinn, während er sprach. Die Mächte der Finsternis, tief unter der Erde gefangengehalten von dem Antlitz der Gerechtigkeit... Das Böse, welches das Licht des Tages scheut... »Smithers«, sagte ich. »Sie könnten nachts heraufkommen!«
»Vielleicht tun sie es«, brummte er. »Dieser verflixte Telefondraht ist sehr lästig.«
»Unterstehen Sie sich ja nicht, ihn abzuschneiden!« donnerte der Oberst.
»Keine Angst! Ich brauche ihn vielleicht, um zur Strickleiter zurückzufinden.«
»Was meinen Sie mit ›vielleicht tun sie es‹?« fragte ich.
»Teufel, Drachen, Irrlichter, Gnome, Elfen – sie alle erscheinen doch angeblich in der Nacht, nicht wahr? Vielleicht schleichen sie nachts aus ihren Höhlen und kehren in der Dämmerung zurück. Vielleicht hat es sie nie gegeben. Ich weiß es nicht... Donnerwetter!... Nein... Ja, doch. Ich bin auf dem Grund angekommen.«

Ein langes Schweigen folgte. Wir konnten Smithers atmen hören, als stünden wir neben ihm. Wir selbst wagten kaum zu atmen. Dann sprach er wieder: »Von hier unten kann ich die Feuer nicht sehen ... sehr dunkel... Gott! Was war das? ... Irgend etwas Kleines huschte im Dunkeln davon, scheint mir... Es ist beängstigend, nichts zu sehen und nichts zu hören...«

Die Stimme wurde leiser, und wieder schwieg Smithers lange. Ich leckte mir mit trockener Zunge die Lippen. Wir hörten langsame, schwere Schritte und ab und zu ein Stolpern. Smithers ging vorwärts. »Ich sehe ein schwaches rotes Glühen«, flüsterte er. »Das muß eine der Feuergruben sein ... ja, jetzt erkenne ich es deutlich. Aber ich sehe keine Tiere in der Nähe...«

Wieder eine Pause, dann: »An dieser Grube ist der Weg frei. Vielleicht habe ich mir nur eingebildet, etwas zu sehen... Aber ich war meiner Sache sehr sicher...«

Die Stimme brach ab. »Sprechen Sie, was ist es?« riefen wir gleichzeitig.

»Hm, ich nehme an, Lava. Die Grube hat einen Durchmesser von etwa sieben und eine Tiefe von etwa hundert Metern, und die glühende Masse auf ihrem Grunde wallt auf und ab ... wie der Puls in zerrissenem Fleisch. Schwindelig kann einem werden, wenn man da hinuntersieht...« Wir hörten ihn weitergehen.

»Hier scheint es überhaupt kein Leben zu geben. Ich riskiere es, die Lampe einzuschalten... Riesengroß ist diese Höhle! Und nichts, gar nichts...« Plötzlich hörten wir ihn erschrocken Luft holen. »Mein Gott!« Und dann rasche Schritte und ein schweres Keuchen.

Ich beugte mich über den Apparat. »Was haben Sie, Smithers?« fragte ich besorgt. Keine Antwort, nur das Geräusch rascher Schritte. Endlich seine Stimme: »Sie sind überall ... zu Tausenden ... Entsetzliche Geschöpfe, ein Alptraum ... Ich danke Gott, daß ich den Telefondraht habe und rasch zurückfinde... Sie sind hinter mir her...« Er sprach mehr zu sich selbst als zu uns. Wir selbst wagten nicht zu sprechen. »Da ist sie ... Gott sei Dank! ... Höchste Zeit ... aah!« Wir hörten ein lautes Keuchen und nahmen an, er habe nun die Leiter erreicht und beginne hinaufzusteigen, und dann kam eine Pause. Offenbar schöpfte er Atem.

»Das ging gerade noch einmal gut.« Er keuchte wieder. »Ich bin jetzt sechs oder sieben Meter hoch. Sie sind unten an der Leiter, wagen aber nicht, heraufzuklettern. Ich erkenne sie deutlich im Licht meiner Lampe. So etwas haben Sie noch nicht gesehen ... wie braunes Leder...«

Wir hörten ihn scharf einatmen, dann sagte er langsam und voll Entsetzen: »Die Leiter bewegt sich. Da ist etwas über mir!« Unsere Nerven waren zum Zerreißen gespannt, und der Oberst beugte sich mit hervorquellenden Augen über den Apparat. »Schießen Sie sich nach oben durch!« rief er.

Im gleichen Augenblick hörten wir einen Schuß und gleich darauf noch einen und noch einen ... insgesamt zehn. Smithers schrie etwas Unverständliches, wir hörten die Geräusche eines Kampfes und Schläge, offenbar auf das Metall des Taucherhelms, dann einen langgezogenen markerschütternden Schrei, dem ein Krachen folgte. Und dann war es still...

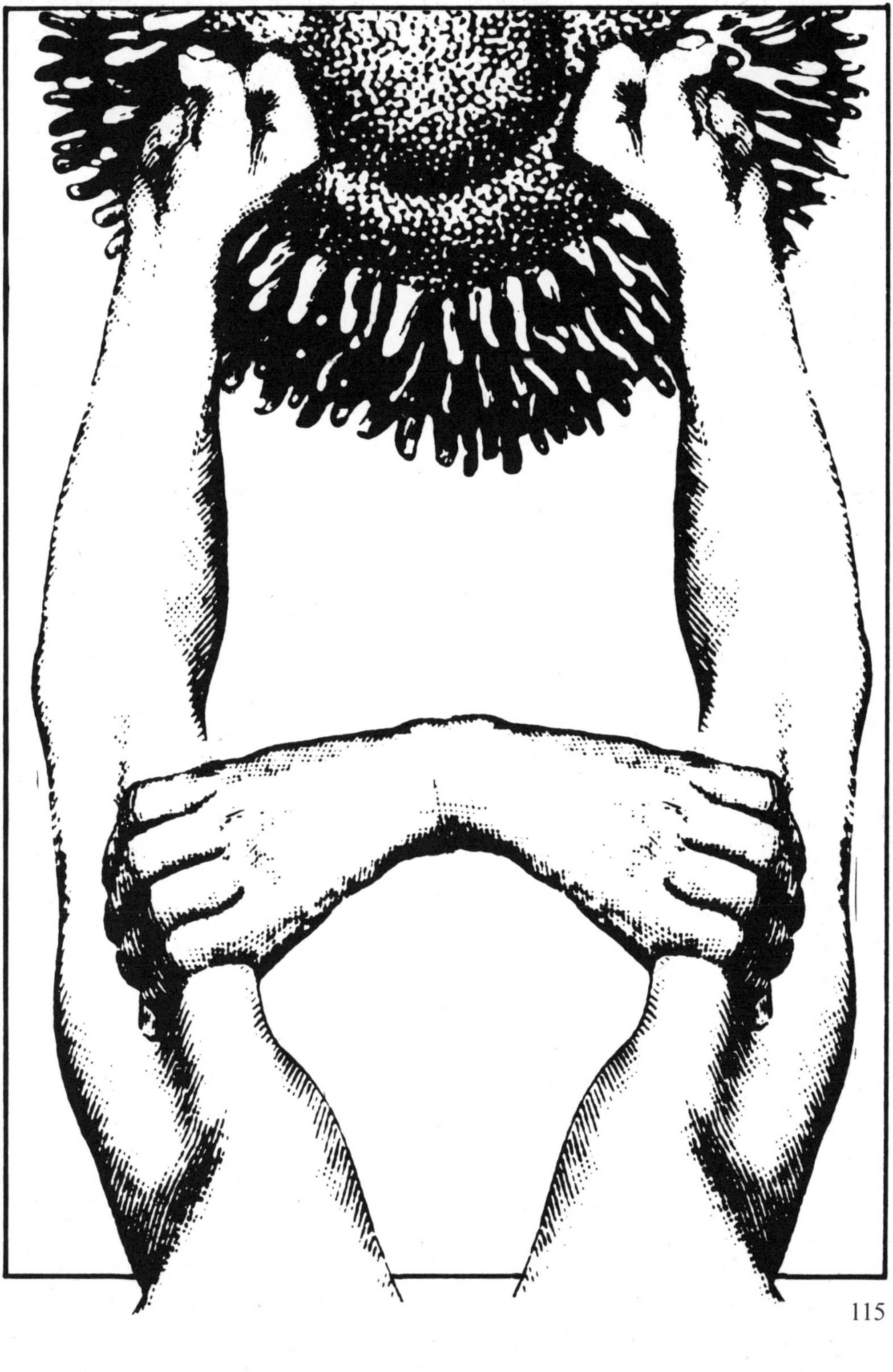

»Ich halte das nicht mehr aus! Er ist von der Leiter gestoßen und wahrscheinlich getötet worden!« rief der Oberst. Er ging mit großen Schritten auf und ab und knetete seine Hände.
Aber Smithers war nicht tot. Ich wollte, er wäre es gewesen! Ein Stöhnen drang aus dem Lautsprecher, und wir stürzten zum Apparat. »Smithers, alter Junge. Können Sie uns hören?«
Wieder ein Stöhnen. »Es ist aus«, sagte er matt. »Ich glaube, ich habe mir das Rückgrat gebrochen. Kann meine Beine nicht mehr bewegen. Was für ein Narr ich war! Ich hätte Sie mitnehmen sollen... Die Lampe ist nicht zerbrochen. Sie liegt nur außer meiner Reichweite, ein Stück weiter rechts, und sie erleuchtet alles. Und da sind *sie*... Sie *kommen*! Oberst Marsh! Oberst Marsh! Stellen Sie den Lautsprecher ab. Aah! Bitte abstellen! Sie dürfen nicht hören... Niemand darf hören, was... Vater im Himmel! Das kann *mir* nicht geschehen! Es muß ein Alptraum sein ... nur ein Traum. Ich schließe die Augen... Ich sehe die Zähne nicht mehr... Wenn ich aufwache, lache ich über all das...«
Sein Atem ging rascher und rascher. Die nächsten fünf Minuten waren unerträglich. Ich kann das nicht niederschreiben. Oberst Marsh senkte den Kopf und hielt sich die Ohren zu. Er murmelte und stöhnte vor sich hin. Seeman hatte die Hände hinter dem Rücken. Seine gelbe, pergamentene Haut spannte sich über den Backenknochen, aber sonst war sein Gesicht so ausdruckslos wie immer. Wir erschraken, als er plötzlich mit einem gräßlichen Fluch den Apparat von der Wand riß und auf den Boden schmetterte. In der jäh eintretenden Stille sah ich mich hilflos im Zimmer um. Ich kämpfte verzweifelt gegen eine heftige Übelkeit an und bemerkte gleichzeitig, wie friedvoll das Sonnenlicht auf dem Tisch vor dem Fenster ruhte, gesundes, heilendes Sonnenlicht...

Und dann benahmen wir uns wie Verrückte. Wir versuchten den stählernen Boden der Waffenkammer aufzureißen, und der Butler protestierte. Sein Herr, erklärte er, habe ihm die Anweisung gegeben uns zu holen, aber er könne uns nicht erlauben, das Haus zu demolieren. Wir versuchten ihm klarzumachen, was mit dem armen Smithers geschehen war. Er hörte uns steif und ungläubig zu und ging dann, um die Polizei zu rufen.
Das ernüchterte uns, aber wir kamen zu der Einsicht, daß wir den Fall ohnehin der Polizei übergeben mußten. Wir warteten in mürrischem Schweigen auf ihr Eintreffen, und wir hatten jeden Tropfen von dem Kognak nötig, den wir unterdessen tranken, denn wir waren mit den Nerven am Ende. Doch dann erschienen zwei begriffsstutzige Männer vom Streifendienst und hörten sich unsere verworrenen Erklärungen mit wachsendem Mißtrauen an. Schließlich beugte sich der eine zum Oberst vor und schnupperte.
»Hm«, sagte er und hob die Brauen. »Das ist es also. Meine Herren, wollen Sie jetzt in aller Ruhe dieses Haus verlassen, oder wollen Sie weiter randalieren und auf der Wachstube landen? Sie sollten sich schämen!«

»Was erlauben Sie sich!« schrie Oberst Marsh. »Smithers kämpft dort unten mit ledrigen Ungeheuern... So glauben Sie es doch! Er hat es uns selbst gesagt!«
Von diesem Augenblick an war der Fall völlig hoffnungslos, und das sah nach einer Weile sogar der Oberst ein. Er hörte zu reden auf und stand nur da und biß sich auf die Unterlippe.
»Gehen wir!« sagte Seeman kurz.
Als wir am Nachmittag dieses unglaublichen Tages in die Stadt zurückkehrten, stellten wir Nachforschungen an und erfuhren einiges über die Verhältnisse des armen Smithers. Er hatte einen Vetter, der den Besitz erben würde. Dieser Vetter lebte in England. Ich rief einen mir bekannten Anwalt an und stellte ihm vorsichtig einige Fragen. Ich erfuhr, daß nichts unternommen werden konnte, ehe nicht seit dem Verschwinden von Smithers sieben Jahre vergangen waren. Bis dahin würde er als lebend gelten. Enttäuscht beschlossen wir, uns, wenn die Zeit gekommen war, an den Vetter zu wenden und ihm, wenn möglich, den Besitz abzukaufen (Oberst Marsh ist sehr wohlhabend). So bleibt die schwache Hoffnung, daß wir eines Tages mehr über diese Höhlen des Schreckens erfahren werden.
Seeman und ich, wir beide versuchten an diesem Abend, uns zu betrinken, aber es gelang uns nicht. Wir tranken unglaubliche Mengen Alkohol in meiner Wohnung und dann noch mehr im Stranger Club. Das Grauen jener letzten Minuten wich drei Tage nicht von mir, und noch immer versuche ich, möglichst wenig daran zu denken. Erst letzte Nacht träumte ich wieder davon und hörte diese unnatürliche hohe Stimme schreien ... schreien ... schreien...

Tigrina
Letzter Akt: Oktober

Die Dorfbewohner versammelten sich in bunter Schar wie Geier um den Marktplatz. Hätte man ihnen vorgeworfen, sie erwarteten mit sadistischer Freude das Schauspiel, wie ein junges Mädchen verbrannt wurde, so würden sie freilich heftig widersprochen und trotz ihrer undeutlich empfundenen, unterdrückten Erregung behauptet haben, es sei ihre Pflicht, der Vollstreckung eines gerechten Urteils beizuwohnen.

Ein eisiger Oktoberwind trieb das Herbstlaub raschelnd über die tief ausgefahrene Dorfstraße, und die müßigen Zuschauer hüllten sich fester in ihre wollenen Mäntel und Tücher. Auch das hübsche Mädchen auf dem Holzstoß, das nur ein grobes weißes Hemd trug, zitterte, als es sich von den Stricken zu befreien versuchte, mit denen es gefesselt war.

Der Junker Pilkington, Hexenjäger von eigenen Gnaden, saß mit der Miene zufriedener Selbstgerechtigkeit auf seiner feisten braunen Stute. Er war es gewesen, der dieses sündhafte Geschöpf der Gerechtigkeit überantwortet hatte. Seiner eindrucksvollen Erscheinung und der Ehrfurcht, die man ihm entgegenbrachte, wohl bewußt, rief er: »Wahrlich, du hast Grund zu zittern, Meg Clayton, obgleich mich dünkt, lang wirst du nicht mehr frieren, wenn die gierigen Flammen die Sünde aus deiner Seele brennen!« Diese Bemerkung, die ebenso für die Zuschauer gedacht war wie für das Mädchen, entlockte dem Pöbel laute, halb hysterische Beifallsrufe.

»Verbrennen wir sie!« kam eine Stimme vom äußeren Rand des Volkshaufens, und der rasende Schrei wurde von Hunderten von Kehlen aufgenommen: »Ja, verbrennt sie! Verbrennt die Hexe!«

In den weiter entfernten, größeren Städten hatten schon Hexenverbrennungen stattgefunden. Dies war die erste in dem kleinen Ort Bloomsbury, und die Einwohner kamen sich sehr wichtig vor. Die Tatsache, daß die Verurteilte ein schönes junges Mädchen war, hatte Menschen aus den Städten und Dörfern im Umkreis von vielen Meilen herbeigelockt und so die ohnehin riesige Zuschauermenge vergrößert.

Rechtschaffene Hausmütter blickten böse auf die angebliche Hexe und entrüsteten sich über die freche Schamlosigkeit, so spärlich bekleidet zu erscheinen. Sie bedachten nicht, daß das Mädchen nicht aus freiem Willen so erschienen war, sondern daß man ihm keine andere Kleidung gegeben hatte. Kinder starrten verwundert mit großen Augen oder drückten sich in die weiten Röcke ihrer Mütter und guckten ängstlich aus den Falten hervor.

Die Männer empfanden grimmige Befriedigung darüber, daß Gerechtigkeit geübt wurde, obwohl manche insgeheim Mitleid mit dem wehrlosen Mädchen hatten. Doch diese wenigen beruhigten ihr Gewissen, indem sie sich einredeten, daß nur die hexenhafte Schönheit und Anmut der Sünderin diese verwerfliche Rührung in ihnen wachrief.

Glotzäugige Burschen, die tiefer in der Menge standen, reckten die Hälse und stießen einander, um einen Blick auf diese verderbte Schöne zu erhaschen, die wegen Hexerei zum Tode verurteilt worden war.

Der Junker Pilkington stieg vom Pferd und schritt mutig über den offenen Platz, um den Holzstoß anzuzünden. Atemloses Schweigen senkte sich über die Menge. Das Pfeifen des Windes war der einzige hörbare Laut. Meg drückte sich gegen den Pfahl und hob gefaßt den Kopf.

Pilkingtons Hand mit der brennenden Fackel zögerte vor dem Haufen aus Reisig, Ästen und Scheiten. »Bereust du, Meg Clayton?« fragte er so laut, daß ihn auch die Gaffer hörten. »Wenn du bereust, wirst du vielleicht im Jenseits Gnade finden.« Meg warf den Kopf zurück. Ihr rabenschwarzes Haar flog im Wind. Sie ließ den Blick langsam über die Menge schweifen. »Nein, ich bereue nicht!« antwortete sie. Dann wandte sie sich dem Junker zu, und ihre smaragdgrünen Augen funkelten. »Und dir, Junker Pilkington, der du mir ein so frühes Ende bereitest, dir sage ich, daß Feuer allein mich nicht aufhalten wird! Am Hexensabbat, heute in neun Tagen, komme ich auf den Flügeln des Windes geritten, und wenn du durch das Brüllen des Sturms mein Gelächter hörst, wird es an dir sein, zu zittern! Meinen Leib kannst du verbrennen, aber mein Geist wird weiterleben durch die Jahrhunderte. Er wird in lebende und tote Dinge fahren, um an dir und den Deinen Rache zu nehmen. Du glaubst, du verhinderst das Böse, indem du eine Hexe verbrennst? Der Teufel wird seine Macht über die ahnungslose Welt auf mancherlei Weise ausüben – durch kluge Erfindungen und sogenannte Verbesserungen. Ich werde mich ihrer geschickt bedienen und euch alle auslöschen bis zum letzten Glied deiner Sippe! Ich verfluche dich und deine Nachkommen! Unheil soll dir und den Deinen der Oktober bringen! Ich verfluche dich im Namen des Fürsten der Finsternis!« Mit diesen Worten spuckte sie dem entrüsteten und verwirrten Junker vor die Füße.

Der stieß rasch die Fackel in den Holzstoß. Die Flammen sprangen hoch auf, eine Rauchwolke hüllte das schöne Mädchen ein, zerteilte sich aber gleich wieder und gab den Blick auf die schlanke Hexe frei, die sich in Qualen wand. Ein stechender Geruch von verbranntem Fleisch breitete sich aus. Die Zuschauer standen schweigend da und starrten, angewidert und fasziniert zugleich, und das auf dem ganzen Platz vernehmbare Prasseln der Flammen vereinte sich mit dem Heulen des Windes und dem Wimmern erschrockener Kinder zu einer Totenklage der Elemente für Meg Clayton. Die Hexe gab keinen Laut von sich und wand sich nur in stum-

men, schrecklichen Zuckungen, als ihre prachtvollen ebenholzschwarzen Flechten hoch aufflammten und ihr weiches, weißes Fleisch sich schwarz färbte. Es brauchte lange, bis Meg Clayton verbrannt war, aber zuletzt blieben nur Asche und verkohltes Fleisch zurück.
Die Menge zerstreute sich. Das freche, schamlose Betragen der Hexe (das niemand Mut nennen wollte) und ihr zorniger Fluch waren in aller Munde. Neun Tage später, am Abend vor Allerheiligen, starb der Junker Pilkington an einem Tritt, den ihm seine feiste braune Stute versetzte... Ein merkwürdiger Vorfall, denn diese Stute hatte stets als sehr zahm und fromm gegolten.

Das Telefon unten im Gesellschaftszimmer von Miß Simpkins Pension für vornehme Damen klingelte.
»Miß Pilkington! Miß Pilkington! Telefon!« rief eine schrille Stimme und gleich darauf eilte diese würdige Dame, knochig und über vierzig, die Treppe hinunter.
»Ja gewiß, Mrs. Cranston. Ich will gerne nächsten Donnerstag auf Ihren Jungen aufpassen«, versicherte Miß Pilkington. »Sie schicken mir wie üblich den Wagen? Um halb acht? Ja, das ist mir recht. Danke für den Anruf.«
Miß Pilkington legte behutsam den Hörer auf und trippelte wieder die Treppe hinauf zu ihrem kleinen, sehr schlicht eingerichteten Zimmer. Sie fragte sich, ob sie recht daran getan hatte, diese Einladung anzunehmen.
Miß Hortense Pilkington war sozusagen Babysitter von Beruf. Sie hätte natürlich eine lukrativere Arbeit verrichten können, aber es war in ihren Augen nicht ganz

schicklich für eine Dame, eine regelrechte Stellung zu haben. »Die Frau gehört ins Haus«, lautete einer ihrer Grundsätze, obwohl sie die letzte ihres Geschlechts war und nie geheiratet und eine eigene Familie gehabt hatte, doch das sehr magere Einkommen aus einer Versicherung, das ihre Eltern ihr hinterlassen hatten, genügte nicht einmal Miß Pilkingtons äußerst bescheidenen Ansprüchen, und so hatte sie sich dazu entschlossen, ein wenig dazuzuverdienen, indem sie gelegentlich auf ein Kind aufpaßte. Selbstverständlich nur in den besten Familien.

Von dem finanziellen Gewinn abgesehen, tröstete Miß Pilkington der Gedanke, daß sie in ihrer Position eine einzigartige Gelegenheit hatte, › Frieden und Güte ‹ in die Herzen und Geister ihrer kleinen Schutzbefohlenen einfließen zu lassen. Sie las den Kindern oft › Geschichten mit einer Moral ‹ vor, sofern sie alt genug waren, solches zu verstehen, und sie beklagte die Vorliebe der Jugendlichen für Bildergeschichten und Abenteuerhefte. Wie alle ihre Vorfahren war Miß Pilkington eine leidenschaftliche Reformerin, unglücklicherweise aber, wie so viele › Reformer ‹, auch engstirnig und unduldsam.

Die Frage, ob es gut war, daß sie die Einladung der Cranstons für den nächsten Donnerstagabend angenommen hatte, bereitete ihr viel Kopfzerbrechen. Sie würde es nicht getan haben, hätten sich ihre Finanzen nicht in einem so kläglichen Zustand befunden.

Und der nächste Donnerstag war noch dazu Hallowe'en, der Tag vor Allerheiligen! Doch gerade aus diesem Grunde brauchten die Cranstons ihre Dienste, denn sie wollten eine Hallowe'en-Party besuchen.

Es war acht Uhr, und Hortense Pilkington lag wohlgeborgen in ihrem keuschen weißen Bett. Sie ging immer um acht zu Bett, wenn sie nicht auf Kinder aufzupassen brauchte. Mechanisch griff sie nach der alten Familienbibel, denn eine weitere Gewohnheit von ihr war es, allabendlich ein Kapitel zu lesen, bis sie der Schlaf überkam.

Sie blätterte die vergilbten Seiten um und stieß auf ein altes handgeschriebenes Dokument, das sie schon oft gelesen hatte. Es war ein Bericht über eine Hexenverbrennung in Bloomsbury. Gewisse Sätze schienen wie mit roter Tinte geschrieben hervorzutreten, so unauslöschlich hatten sich manche Worte aus Meg Claytons Fluch ihrem Gedächtnis eingeprägt: »Mein Geist wird in lebende und tote Dinge fahren... Macht über die ahnungslose Welt... durch kluge Erfindungen und sogenannte Verbesserungen...« Und dann der Satz: »Unheil soll dir und den Deinen der Oktober bringen.«

In der Tat hatten die meisten Mitglieder der Familie Pilkington in diesem Monat den Tod gefunden oder schwere Unfälle erlitten. Allerdings war da der Großonkel Jonathan, überlegte Miß Pilkington. Eine Ausnahme, denn er war im Januar gestorben. Freilich vergaß sie nicht, daß sein Tod die Folge eines Sturzes über die Treppe gewesen war, der sich im Oktober ereignet und zu einer vollständigen Lähmung geführt hatte.

Sie studierte die in der Familienbibel aufgezeichneten Berichte über andere unglückselige › Zufälle ‹ der gleichen Art. Da war ihre ältere Schwester Agatha, die eines nebligen Oktoberabends unter ein Auto geriet; da war ihre eitle Tante Matilda, die in diesem Monat eine besondere Wimperntusche kaufte, von der sie später erblindete; da war ihr Großvater, der durch die Explosion eines Wasserboilers umkam; und ihr Cousin, der einschlief und an dem Gas erstickte, das einem schadhaften Herd entströmte. Alle diese Unfälle hatten sich im Oktober ereignet. Waren sie eine unmittelbare Folge des Bösen, von dem Meg Clayton gesprochen hatte und das in Gestalt von › klugen Erfindungen und sogenannten Verbesserungen ‹ auf die Menschheit losgelassen worden war?

Miß Pilkington erinnerte sich auch daran, daß ihr Urgroßvater von seinem besten Freund, der am Abend vor Allerheiligen plötzlich tobsüchtig wurde, brutal erschlagen worden war. Der Mann hatte für diese Tat kein Motiv gehabt. Er war vor dem Verbrechen bei klarem Verstand gewesen und schien es auch danach wieder zu sein, obwohl er natürlich in eine Anstalt eingewiesen wurde.

Und schließlich war Miß Pilkingtons Vater, ein Missionar, auf einer Reise zu den Wilden irgendeines fernen Dschungels an einem 17. Oktober von einem vermeintlich zum Christentum bekehrten Kannibalenhäuptling erschlagen (und angeblich sogar verspeist!) worden. Der Schock über diese Nachricht hatte wenige Tage darauf auch ihre Mutter getötet.

Freilich, nicht alle Pilkingtons waren im Oktober eines gewaltsamen Todes gestorben. Einige hatten sich in diesem Monat eine Krankheit zugezogen, die später tödlich verlief, und einer war im Oktober wahnsinnig geworden und hatte den Rest

seiner Tage in einem Sanatorium verbracht. Alles in allem hatte es den Anschein, daß der Oktober für die Pilkingtons ein Unglücksmonat war.
Kein Wunder, daß Miß Pilkington diesen Monat fürchtete. Vergeblich sagte sie sich, daß ein guter Christ nicht abergläubisch sein dürfe, denn da waren diese Aufzeichnungen in der Familienbibel. Sie wartete jedes Jahr darauf, daß es am 31. Oktober Mitternacht schlug, wie die meisten Menschen auf die Mitternachtsglokken in der Neujahrsnacht warten. War diese Stunde vorüber, hatte sie jedesmal das Gefühl, daß sie für ein Jahr von dem Fluch befreit war und mindestens bis zum nächsten Oktober friedlich weiterleben durfte.
Ihr Zögern, die Einladung der Cranstons anzunehmen, erscheint daher verständlich. Aber immerhin hatte der Oktober bisher keinen unheilvollen Einfluß auf sie ausgeübt. Sie hatte keine Unglücksfälle erlitten und erfreute sich guter Gesundheit. Vielleicht sollte sie verschont bleiben, weil sie die letzte Pilkongton war und das Geschlecht mit ihr erlosch. Im Innersten wußte sie jedoch, daß sie darauf nicht hoffen durfte, wenn der Fluch tatsächlich wirksam war, denn Meg Clayton hatte geschworen, die Familie bis ins letzte Glied auszurotten.
Doch zwischen halb acht abends und zwölf Uhr Mitternacht an diesem 31. Oktober konnte ihr gewiß nichts zustoßen, wenn sie nur vorsichtig war. Die Cranstons würden ihr den Wagen schicken, und danach war sie in ihrem Haus völlig sicher.

Der Donnerstag kam endlich und brachte einen kalten Nieselregen, der den ganzen Tag anhielt. Um sechs Uhr hatte sich Miß Pilkington eben im Speisezimmer der Pension zu einem aus Linsensuppe, Spinat, Rüben, Salaten, kleinen Teekuchen mit Marmelade und einer Tasse dünnen, lauwarmen Tees bestehenden Abendessen gesetzt (sie war strenge Vegetarierin), als sie ans Telefon gerufen wurde. Der Wagen der Cranstons hatte einen Motorschaden und konnte sie nicht abholen. Würde sie die Liebenswürdigkeit haben, ein wenig früher aufzubrechen, um gegen acht im Haus zu sein? Sie sei ja schon öfter bei den Cranstons gewesen und wisse, daß es nicht weit von ihrer Pension sei. Da es weder einen Bus noch irgendein anderes Verkehrsmittel gebe, müsse sie zu Fuß gehen, knappe anderthalb Kilometer, aber man werde ihr diese zusätzliche Mühe selbstverständlich gern vergelten. Der Wagen werde rechtzeitig wieder in Ordnung sein, um sie nach Hause zu bringen, sobald die Cranstons zurückkehrten.
Miß Pilkington sagte widerwillig zu und setzte sich wieder zu Tisch. Sie begann vor Nervosität zu zittern. Das war eine unerwartete Wendung, und sie dachte nicht gern an den langen Fußmarsch am Abend vor Allerheiligen, aber es war zu spät, ihre Pläne zu ändern. Die Cranstons rechneten mit ihr. Sie beendete hastig ihr Mahl und eilte nach oben, um sich umzuziehen.
Miß Pilkingtons Toilette war immer sehr rasch beendet. Sie verwendete keine Kosmetika (die ihrer Ansicht nach allesamt ein Werk des Teufels und ein Zeichen sündhafter Eitelkeit waren), und ihr Haar, das sie von ihrem scharf geschnittenen Gesicht streng nach hinten kämmte, war im Nacken zu einem altmodischen Knoten

zusammengesteckt und bedurfte nur geringer Pflege. Wer Miß Pilkington auf der Straße vorübergehen sah, stellte vielleicht fest, daß ihre Röcke ein wenig zu lang waren, um modisch zu sein, aber sie war nur darauf bedacht, schicklich gekleidet zu sein, und kümmerte sich nicht um die Launen der Mode. Undurchsichtige Zwirnstrümpfe und flache Schuhe von der › praktischen, vernünftigen ‹ Art vervollständigten ihre Garderobe, zu der an diesem Abend, des rauhen Wetters wegen, noch ein schwerer Wollmantel und ein großer schwarzer Schirm hinzukamen.

Sie verließ die stickige Wärme von Miß Simpkins Pension nicht ohne Unbehagen und machte sich, den altmodischen Schirm gegen den Regen haltend, auf den Weg zum Haus der Cranstons. Die Gehsteige waren naß und schlüpfrig, und ein kalter Wind wehte.

Miß Pilkington ging an Burschen und Mädchen vorbei, die gerade aus einem Kino kamen. Sie rümpfte verächtlich die Nase. Kino! Auch so eine Erfindung des Teufels, um unreife Seelen in Versuchung zu führen. Sie durfte stolz von sich behaupten, nie ein Kino von innen gesehen zu haben. Die grelle Reklame draußen sagte ihr deutlich genug, daß sie der Sache nicht weiter nachzugehen brauchte.

Aus vielen Schaufenstern grinsten ihr Lampions mit aufgemalten Gesichtern entgegen. Lärmende Kinder, die trotz des unfreundlichen Wetters unterwegs waren und Regenmäntel über Hallowe'en-Kostümen trugen, liefen in Scharen durch die Straßen. Ein Bengel, der kühner als die andern war und sich unter seiner sehr naturgetreuen Wolfsmaske sicher fühlte, schlich sich von hinten an Miß Pilkington heran und erschreckte sie durch ein lautes »Buh!« Er lachte höhnisch, als sie entsetzt einen Luftsprung machte.

»Kleiner Heide!« rief sie entrüstet und schlug mit dem Schirm nach dem unglücklichen Kind. Sie bildete sich etwas darauf ein, daß sie mit ungezogenen Kindern umzugehen verstand, und war fest davon überzeugt, daß sie die Rute brauchten, obwohl sie natürlich die Kinder, die ihr anvertraut wurden, niemals schlug, weil nicht vorauszusehen war, was die Eltern dazu sagen würden. Kinder hatten oft eine Tracht Prügel nötig, dachte sie, aber heutzutage hatten die Eltern lauter neumodische Ideen, die kein vernünftiger Mensch verstand.

Noch immer aufgebracht überquerte sie die Straße und hielt ihren großen schwarzen Schirm in einem Winkel, der sie zwar vor dem Regen schützte, ihr aber auch zum Teil die Sicht verdeckte. Plötzlich war ein ohrenbetäubendes Kreischen von Bremsen zu hören, und Miß Pilkington lag mitten auf der Straße auf dem glatten Pflaster, von einem Kreis von Neugierigen umringt.

»Herrjesus, können Sie denn nicht aufpassen?« ertönte die besorgte Stimme des Fahrers. »Ist Ihnen was passiert?«

Miß Pilkington stand benommen auf. »Nein, es ist alles in Ordnung«, versicherte sie den Umstehenden gereizt. »Danke, ich brauche keine Hilfe.« Sie sah auf die Uhr, die bei dem Sturz glücklicherweise heil geblieben war. Dreiviertel acht! Und um acht sollte sie bei den Cranstons sein! Sie eilte weiter. Die Menge zerstreute sich, als sie sah, daß nichts geschehen war.

Ich bin noch einmal mit knapper Not davongekommen, sagte sich Miß Pilkington und dachte schaudernd an ihre Schwester. Als sie ihren Regenschirm genauer betrachtete, sah sie, daß er beschädigt worden war, aber in der Eile hatte sie vergessen, den Fahrer nach seinem Namen zu fragen und die Wagennummer zu notieren. Nun war es zu spät. Sie zuckte die Schultern und beschleunigte ihre Schritte.
Atemlos kam sie eine Minute vor acht vor dem Haus der Cranstons an. Sie drückte auf den Klingelknopf, und drinnen erklang ein melodisches Glockenspiel. Langsam öffnete sich die Tür, und plötzlich stand Miß Pilkington, die unwillkürlich einen entsetzten Schrei ausstieß, dem Teufel gegenüber.
»Aber, aber! So echt sehe ich auch wieder nicht aus!« dröhnte eine joviale, beruhigende Stimme. Miß Pilkington betrachtete die Erscheinung genauer und erkannte in ihr niemand anderen als Mr. Cranston in einem Hallowe'en-Kostüm.
»Verzeihen Sie«, stotterte sie verwirrt. »Aber Sie sehen aus wie der Teuf... ich wollte sagen, ich habe Sie nicht gleich erkannt.«
»Tut mir leid, daß ich Sie erschreckt habe. Ich mußte selbst öffnen. Am Donnerstagabend haben das Mädchen und der Butler Ausgang. Aber kommen Sie doch herein.«
Sie dachte daran, daß ihr Urgroßvater von einem Freund ermordet worden war, und plötzlich kamen ihr Zweifel in bezug auf Mr. Cranston.
Der grinste teuflisch. »Kommen Sie doch herein«, wiederholte er. »Sie müssen nach dem Gang durch den Regen halb erfroren sein. Ich glaube, da braut sich ein Sturm zusammen. Kommen Sie und wärmen Sie sich am Kamin.« Er ging ihr ins Wohnzimmer voraus, wo Mrs. Cranston, prachtvoll als ägyptische Prinzessin kostümiert, ihrem sechsjährigen Sohn, der in einem rosa Wollpyjama auf ihrem Schoß saß, Gutenachtgeschichten vorlas.
»Guten Abend«, sagte Mrs. Cranston. »Nett, daß Sie wieder auf Teddy aufpassen wollen. Das Kostüm meines Mannes hat Sie erschreckt, nicht wahr? Ich finde es selbst sehr echt.« Sie lachte fröhlich.
»Ich bin heute abend schon ganz zittrig«, sagte Miß Pilkington und berichtete ihr schreckliches Erlebnis mit dem Auto. »Und sehen Sie sich nur meinen Schirm an. Nicht mehr zu reparieren!« Der Junge betrachtete den schlaffen, zerfetzten Gegenstand mit großen Augen.
»Wie furchtbar, meine Liebe!« rief Mrs. Cranston. »Ich kann verstehen, daß Sie nervös sind. Wollen Sie nicht einen kleinen Schluck zur Beruhigung nehmen?« Sie zeigte auf eine bernsteingelbe Flüssigkeit in einer geschliffenen Flasche.
Miß Pilkington errötete vor Entrüstung. »Nein, danke«, sagte sie höflich, aber in eisigem Ton.

Mrs. Cranston war mehr belustigt als gekränkt. Sie lächelte nachsichtig und stellte die Flasche in den Getränkeschrank. Wenn Miß Pilkington auch ein wenig zimperlich war, so war sie doch ehrlich und zuverlässig. Man durfte ihr Teddy unbesorgt anvertrauen. »Ich hoffe, es macht Ihnen nichts aus, allein im Haus zu sein«, fuhr sie fort. »Sie wissen, wo das Telefon ist. Wenn Sie uns brauchen: wir sind bei den Brittinghams. Die Nummer ist Cardinal 8159. Sie müssen übrigens gleich hier sein, nicht wahr?« Die letzte Bemerkung war an ihren Mann gerichtet, der auf die Uhr sah und nickte. »Die Brittinghams holen uns ab«, erklärte Mrs. Cranston. »Unser Wagen wird in der Garage repariert. Wir bringen Sie dann nach Hause. Ah! Es läutet! Ich wette, das sind sie schon.«

Sie stand hastig auf. »Gute Nacht, Herzchen«, sagte sie zu ihrem Sohn und küßte ihn. »Schließen Sie bitte alles ab, Miß Pilkington. Sie kennen sich ja hier schon gut aus. Wir sind um zwölf oder halb eins wieder zurück.«

Das Zuschlagen der Tür hallte durch das leere Haus. Was für Heiden! sagte Miß Pilkington verächtlich zu sich selbst, als sie gegangen waren. Gebildete Menschen feiern Hallowe'en in Kostümen und Masken! Ich glaube, sie wissen gar nicht, daß sie die böse Tradition der Sendboten des Teufels fortsetzen! Sündhaft ist das, ja, sündhaft!

Sie machte sich daran, Fenster und Türen zu schließen. Es gab, wenn sie sich recht erinnerte, neun Türen und dazu noch die beiden Glastüren, die vom Speisezimmer auf die Veranda führten. Es hatte zu regnen aufgehört, aber ein rauher Wind wehte, der einen Sturm ankündete.

Teddy folgte ihr durch alle Räume, und als sie sich vor das prasselnde Feuer im Wohnzimmer setzte, sagte er: »Lesen Sie mir bitte eine Geschichte vor.«

Miß Pilkington warf einen mißbilligenden Blick auf das grellbunte Heft, das er ihr reichte. Hm! ›Die Abenteuer des Eulenmannes auf dem Mars.‹ Was dachten sich die Cranstons wohl, wenn sie den Kopf ihres Kindes mit solch phantastischem Unsinn vollstopften, noch dazu vor dem Schlafengehen!

»Ich habe etwas viel Hübscheres«, flötete sie und zog aus ihrer geräumigen Handtasche ein Buch mit dem Titel › Zehn erbauliche Geschichten für brave Kinder ‹.

»*Die* Geschichten will ich nicht hören«, sagte Teddy mit Nachdruck. Dann wandte er seine Aufmerksamkeit dem arg mitgenommenen Regenschirm zu. »Das Ding ist futsch, nicht?« Er betrachtete den Schirm belustigt und spannte ihn auf.

»Doch nicht hier!« protestierte Miß Pilkington.

»Warum denn nicht?« fragte Teddy und schnitt eine komische Grimasse. »Er ist doch sowieso kaputt.«

Miß Pilkington wollte nicht zugeben, daß sie glaubte, es bringe Unglück, im Haus einen Schirm aufzuspannen. Sie war sonst nicht so abergläubisch, aber am Hallowe'en-Abend und in einem fremden, einsamen Haus ... nein, es war besser, jedes Risiko zu meiden. »Komm«, sagte sie. »Setz dich auf meinen Schoß, und ich lese dir eine hübsche Geschichte vor.« Teddy schloß gehorsam den Schirm und stellte ihn wieder in die Ecke. Dann kletterte er auf Miß Pilkingtons knochige Knie und versuchte dösend das Gleichgewicht zu halten, während sie ihm mit ihrer trockenen, brüchigen Stimme eine der › Zehn erbaulichen Geschichten ‹ vorlas.

Das Telefon unterbrach sie. Sie hob den Hörer ab und meldete sich. Teuflisches Gelächter schallte ihr ins Ohr, und sie legte entsetzt wieder auf.

»Was war denn, Miß Pilkington?« fragte Teddy.
»Ach, nichts. Ein paar Kinder, die Hallowe'en-Streiche spielen«, antwortete sie und bemühte sich, ruhig zu sprechen. Vielleicht war es wirklich nur ein Hallowe'en-Streich. Oder war es ... etwas anderes?
War es vielleicht ein Einbrecher, der anrief, um sich zu vergewissern, daß sie mit Teddy allein im Haus war, bevor er einstieg? Oder ein Entführer, der es auf Teddy abgesehen hatte? Sie hatte von derlei Dingen oft genug in der Zeitung gelesen. Das teuflische Gelächter klang ihr noch in den Ohren.
Ich muß mich zusammennehmen, sagte sie sich. Das ist ja albern. Sie sah auf die Uhr. Nur noch drei Stunden und fünfzehn Minuten bis Mitternacht, dann durfte sie wieder für ein Jahr aufatmen. Sie beschloß, Teddy bis neun vorzulesen und ihn dann zu Bett zu bringen. Die Minuten flossen träge dahin, während sie mit monotoner Stimme weiterlas. Teddy schlief wieder ein.
Ein neuerlicher Blick auf die Uhr sagte ihr, daß es neun war. »Komm, Teddy, nun wollen wir schlafen gehen«, gurrte Miß Pilkington in einem Ton, den sie für sanft und betörend hielt.

Teddy erhob keine Einwände, obwohl er instinktiv vor Miß Pilkingtons kalten, feuchten Händen zurückschrak, als sie ihn aufhob und an ihren harten, flachen Busen gedrückt in sein Zimmer hinauftrug.
Als sie das hübsch eingerichtete Kinderzimmer betrat, stellte sie ihn wieder auf die Beine. Spielzeug lag über den ganzen Raum verstreut. Plötzlich verlor sie den Boden unter den Füßen und fiel mit der Stirn auf ein bunt bemaltes Tischchen. Sie war auf ein Feuerwehrauto getreten.
»Oh, Miß Pilkington!« jammerte Teddy. »Sie haben sich doch nicht weh getan?«
Sie ärgerte sich über den Jungen, weil er seine Spielsachen so unordentlich herumliegen ließ, zwang sich aber zu einem Lächeln, als sie nicht ohne Schärfe sagte: »Nein, Teddy, ich habe mir nicht weh getan, aber vielleicht siehst du jetzt, wie wichtig es ist, die Sachen wegzuräumen.«
Wieder haarscharf an einem Unfall vorbei. Zufall oder ...? Sie rieb sich die Beule auf ihrer Stirn. Teddys kindliche Besorgtheit gefiel ihr, und obwohl sie für Kinder keine echte Zuneigung aufbrachte, mußte sie sich, als sie ihn ins Bett steckte, eingestehen, daß er in seinem sauberen rosa Pyjama und mit den zerzausten goldenen Locken wie ein Engel aussah. Sie fand, daß er trotz seines verhätschelten Daseins in einer Atmosphäre von Cocktails, Zigaretten und neumodischen Auffassungen und trotz seiner Vorliebe für diese entwürdigenden Abenteuerhefte eines der artigsten Kinder war, mit denen sie je zu tun gehabt hatte.
Miß Pilkington überwachte sein Abendgebet, drehte das Licht ab und ging wieder nach unten. Sie fühlte sich einsam ohne Teddy. Die große Uhr im Hausflur schlug halb zehn. So spät geht ein sechsjähriger Knabe schlafen! dachte sie entrüstet. Als *sie* ein kleines Mädchen gewesen war, hatte sie um Punkt sieben zu Bett gehen müssen, sogar noch mit zwölf oder dreizehn Jahren.

Sie machte es sich in einem Sessel bequem und entnahm ihrer Handtasche ein kleines Buch – ›Kleinode viktorianischer Dichtkunst‹ –, in dem sie zu lesen begann. Eine halbe Stunde später schrak sie auf. War da nicht eben ein Geräusch in der Küche gewesen? Ihre Kopfhaut unter dem straff zurückgekämmten Haar begann zu kribbeln. Sie dachte daran, um Hilfe zu telefonieren, sagte sich aber, daß sie sich lächerlich machen würde, wenn sie sich das Geräusch nur eingebildet hatte. Vielleicht war es nur der Wind.

Sie nahm einen Schürhaken aus dem Ständer vor dem Kamin, schlich auf Zehenspitzen in die Küche, drehte das Licht an und wartete gespannt. Kein Laut war zu hören. Plötzlich machte es hinter ihr leise *bang, bang*. Sie fuhr herum, das Gesicht eine Maske des Entsetzens. Nichts zu sehen. Da war es wieder: *Bang, bang* ... Sie schluchzte beinahe vor Erleichterung. Es war die Tür, die von der Küche in den Keller führte. Ein kalter Luftzug rüttelte an ihr, obwohl sie geschlossen war. Es fiel Miß Pilkington ein, daß sie vergessen hatte, die äußere Kellertür abzusperren. Der Wind hatte sie wahrscheinlich aufgestoßen, und daher der Luftzug.

Rasch knipste sie das Kellerlicht an und lief die Stufen hinunter. Die Tür stand tatsächlich weit offen, der Wind blies in heftigen Stößen. Sie schlug die Tür zu und verriegelte sie. Wie nachlässig sie gewesen war! Wie leicht hätte da jemand ins Haus schleichen können! Sie dachte an den anonymen Anruf, und ein kalter Schauder lief ihr über den Rücken, als sie wieder die Stufen hinaufhetzte und die Küchentür, die in den Keller führte, verriegelte.

Mit klopfendem Herzen kehrte sie ins Wohnzimmer zurück und nahm ihr Buch wieder zur Hand, aber ihre Gedanken schweiften ständig ab. Immer wieder blickte sie sich nervös um. Dann sah sie ungeduldig auf die Uhr. Halb elf. Noch anderthalb Stunden. Sie las weiter.

Und wieder wurde ihre Lektüre unterbrochen, diesmal durch ein lautes Klopfen an der Haustür. Sie legte das Buch nieder, erhob sich und stand wie festgewurzelt. Das herrische Klopfen wiederholte sich. Sie ging ängstlich zur Tür und rief: »Wer ist da?« Der Wind heulte so laut, daß sie keine Antwort vernahm. Sie fürchtete sich, die Tür zu öffnen, und machte daher nur das kleine Guckfenster auf und blickte hinaus. Niemand zu sehen. Hörte sie ein spöttisches Gelächter durch den Wind schallen oder bildete sie sich's nur ein? Verwirrt und erschrocken kehrte sie an ihren Platz vor dem Kamin zurück. Die verlöschende Glut starrte sie an wie rote, hungrige Dämonenaugen.

Der Sturm draußen wurde immer wütender. Plötzlich gingen alle Lichter aus, und Hortense Pilkington war von unheimlicher Finsternis umgeben. Entsetzt kauerte sie sich in ihrem Sessel zusammen. Die Glut im Kamin strahlte einen schwachen Schein aus, der gespenstische Schatten in den Raum warf und schrecklicher war als die völlige Abwesenheit von Licht.

Miß Pilkington hatte entsetzliche Angst. Sie zweifelte nicht mehr daran, daß sie unerbittlich in den Bannkreis des Hexenfluchs gezogen wurde. Sie dachte an die unheilverkündenden Ereignisse des Abends, an die Begegnung mit dem Auto, die beinahe zu einem Unfall geworden wäre, an den mysteriösen Telefonanruf, an ihren Sturz in Teddys Zimmer, an die offenstehende Kellertür (vielleicht war wirklich jemand ins Haus geschlichen und lauerte ihr nun im Dunkeln auf!), an das seltsame Klopfen an der Haustür ... und nun das ausgegangene Licht! Sie hätte gern gewußt, wie spät es war, konnte aber im schwachen Schein der Glut das Zifferblatt ihrer Uhr nicht erkennen.

Die Dunkelheit war voll unsichtbarer Schrecken. Bildete sie sich's nur ein, oder kauerte da jemand – *etwas* – in den Schatten? Was, wenn Teddy aufwachte, sich fürchtete und nach ihr rief? Würde sie den Mut aufbringen, die Treppe hinaufzugehen, oder würden unsichtbare Hände nach ihr greifen, ehe sie das Zimmer erreichte? Sie sehnte sich danach, Teddy bei sich zu haben, irgend jemanden, irgend etwas Warmes, Lebendiges, Beruhigendes.

Das Haus wurde ihr zur Schreckenskammer. Mein Gott, war es nicht voll der › klugen Erfindungen und sogenannten Verbesserungen ‹, von denen die Hexe vor Jahrhunderten in ihrem Fluch gesprochen hatte? Wenn Meg Claytons Geist erschien, in welches dieser Werkzeuge des Teufels würde er fahren? Da war der Boiler im Keller. Konnte er nicht explodieren und sie töten, so wie ein Boiler ihren Großvater getötet hatte? Der schwere Leuchter über ihr – was, wenn er herabfiel und sie erschlug? Und konnte sie nicht einen elektrischen Schlag bekommen, wenn sie das Licht anknipste? Jedes Möbelstück im Raum schien plötzlich mit bösartigen Kräften geladen zu sein. Sie wartete beinahe darauf, daß die Vorhänge nach ihr griffen und sie erwürgten oder daß die Sofakissen sie erstickten. Kalter Schweiß trat ihr auf die Stirn. »O mein Gott«, flüsterte sie inbrünstig, verzweifelt. »Ich will nicht sterben! Errette mich vor dem Fluch der Hexe!«

Plötzlich fiel ihr das Telefon auf dem Kaffeetischchen neben ihrem Sessel ein. Natürlich! Das Telefon! Seltsam, wie der Verstand in solchen Augenblicken gelähmt sein kann. Sie hob den Hörer ab, wählte das Amt und hoffte, daß ihre Finger in der Dunkelheit die richtigen Löcher gefunden hatten. Sie horchte und hörte nichts. Schließlich wurde ihr klar, daß das Telefon nicht funktionierte. Sie legte verzweifelt auf, stützte den Kopf in die Hände und schluchzte laut. Gedämpft hörte sie die Uhr im Flur halb zwölf schlagen. Noch eine halbe Stunde! Was für eine Ironie, daß mich der Fluch im letzten Augenblick noch trifft. Sie weinte hemmungslos.

Mitten in ihrem hysterischen Anfall klingelte das Telefon. Sie riß den Hörer ans Ohr. Wie tröstlich, eine menschliche Stimme zu hören, auch wenn sie Meilen entfernt war! Aber wie konnte das Telefon läuten? Es war doch eben noch außer Betrieb gewesen. Ihre Stimme zitterte. »Hallo?«

»Hallo! Hier ist das E-Werk. Ich hoffe, die Stromabschaltung hat Sie nicht erschreckt. Der Sturm hat ein paar Leitungen unterbrochen. Sie sind repariert und wir schalten wieder ein. Ich habe an Ihrer Tür geklopft, um Ihnen zu sagen, daß Sie eine Weile ohne Licht sein werden, aber Sie scheinen mich nicht gehört zu haben. Ist bei Ihnen alles in Ordnung?«

Hortense Pilkington weinte nun vor Erleichterung. »Ja, o ja!« versicherte sie zitternd. »Vielen, vielen Dank!« Sie wischte sich hastig die Tränen ab, schneuzte sich laut in ein zierliches Spitzentaschentuch und strich sich das Haar zurück. Auf ihrer Uhr war es nun elf Uhr fünfundvierzig. Die Cranstons mußten bald zurückkommen, und bis dahin mußte sie sich beruhigt und alle Spuren ihrer hysterischen Erregung beseitigt haben. Sie durften nicht wissen, wie albern sie sich aufgeführt hatte.

Sie ging in die Küche und wusch sich das Gesicht mit kaltem Wasser. Dann kehrte sie ins Wohnzimmer zurück, knipste alle Lampen an, so daß freundliche, fröhliche Helle den Raum erfüllte, setzte sich in ihren bequemen Sessel und vertiefte sich wieder in ihre ›Kleinode viktorianischer Dichtkunst‹. Sie fühlte sich zwar noch ein wenig zittrig, aber über ihre Ängste konnte sie nun beinahe lachen.

»Miß Pilkington! Miß Pilkington!« tönte plötzlich Teddys klagende Stimme von oben herunter.

»Was kann der Bengel jetzt noch wollen?« murmelte sie verärgert. Ihre Uhr zeigte fünf Minuten vor Mitternacht. Sie ging die Treppe hinauf.

»O Miß Pilkington!« wiederholte Teddy, und die Angerufene glaubte, Tränen aus seiner zarten Stimme herauszuhören. Einen Augenblick dachte sie wieder, jemand könnte ins Haus gelangt sein, während die Kellertür offenstand, und sich vielleicht gar in Teddys Schlafzimmer befinden, weshalb der Junge erschrocken um Hilfe rief. Sie zögerte an der Tür, dann aber verwarf sie diesen Gedanken, kühn geworden durch das Bewußtsein, daß der 31. Oktober in wenigen Minuten endete.

Es war stockdunkel im Zimmer. Ihr Fuß stieß an etwas Weiches, Wolliges, das auf dem Boden lag. Sie dachte wieder an das klagende Drängen in Teddys Stimme, und ihr Herz schien aussetzen zu wollen, als sie da im Dunkeln stand, zu entsetzt, um zu schreien. Endlich fand ihre zitternde Hand den Knopf der Nachttischlampe. Und da saß Teddy aufrecht im Bett, die Augen groß vor Angst. Auf dem Boden vor ihren Füßen sah Miß Pilkington verblüfft einen großen, flauschigen Teddybären liegen. Sie stieß einen langen Seufzer der Erleichterung aus und trat zu dem Jungen. »Was gibt es denn?« fragte sie. »Warum hast du gerufen?«

»O Miß Pilkington, ich hatte einen furchtbaren Traum. Eine alte Hexe stand an meinem Bett und...«

»Aber das war doch nur ein Traum«, sagte Miß Pilkington. »Das ist jetzt vorbei. Schlaf weiter.«

»Erst einen Gutenachtkuß«, bettelte Teddy.

Miß Pilkington verabscheute jede körperliche Berührung. Sie mochte nicht einmal Kinder küssen, aber als sie den flehenden Blick in Teddys großen blauen Augen sah, vermochte sie nicht zu widerstehen. Merkwürdig ... Sie hatte bis zu diesem Abend nie bemerkt, was für ein hübscher, süßer Bengel das war. Als sie sich über ihn beugte, begann die große Uhr im Erdgeschoß Mitternacht zu schlagen. Teddys goldene Locken berührten ihr strähniges graues Haar, seine molligen Ärmchen

legten sich um ihren Hals. Ein verborgener mütterlicher Instinkt hieß sie, ihn fest an sich zu drücken.
Plötzlich wurden die molligen Arme drahtig und muskulös, die Kinderhände mit den Grübchen verlängerten sich und entwickelten scharfe Krallen. Erschrocken öffnete Miß Pilkington die Augen und sah ... nicht Teddys unschuldige, blaue, sondern rote Dämonenaugen, die sich in die ihren bohrten. Scharfe Zähne schlugen sich in ihren mageren Hals. Sie schrie auf, einmal nur, und während der letzte Schlag der Uhr dumpf verhallte, schwanden Miß Pilkington die Sinne.

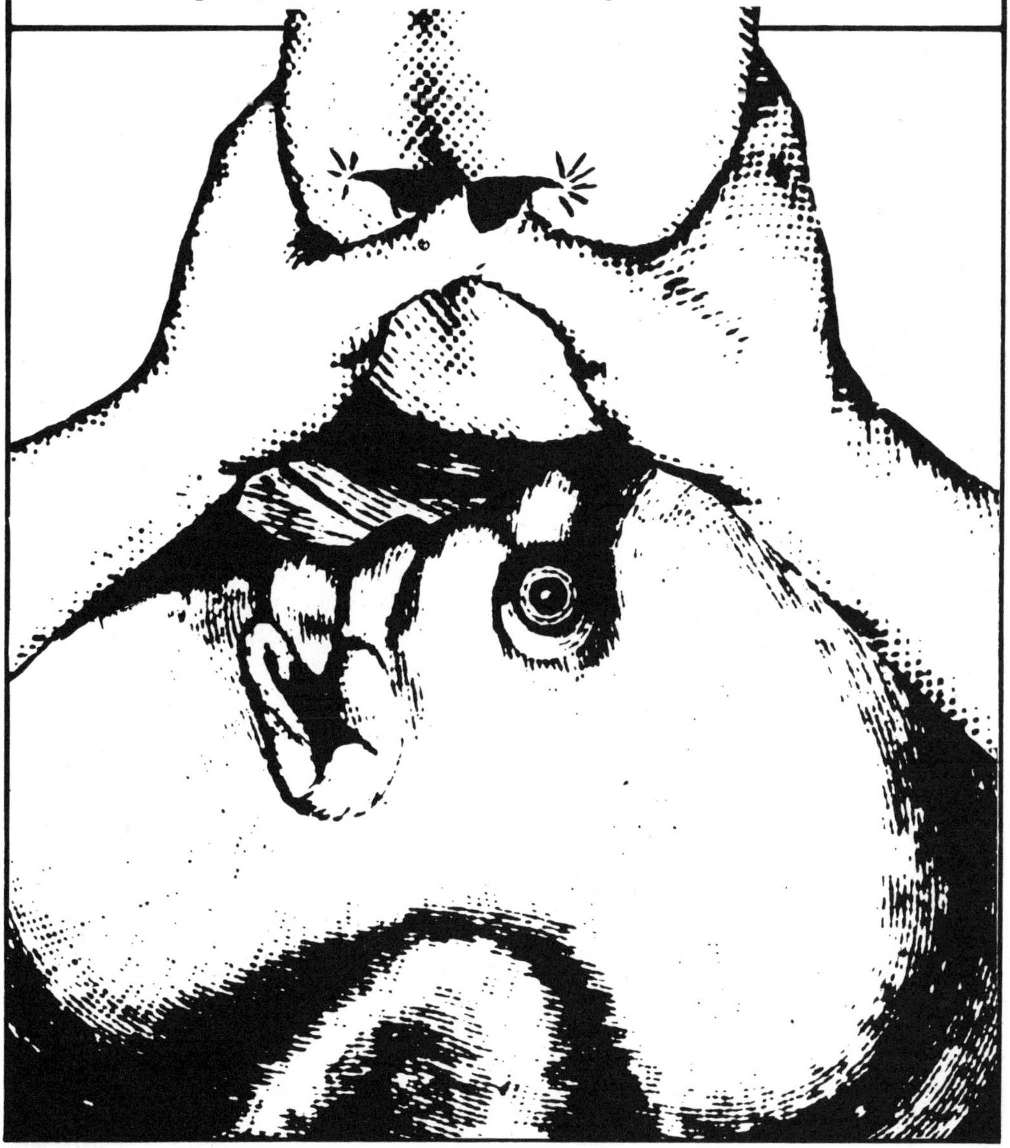

Enid Bagnold
Der verliebte Geist

Es war fünf Uhr an einem Sommermorgen. Die Vögel, seit drei Uhr wach, gingen längst ihren Geschäften nach. Das einfache weiße Haus mit den grünen Fensterläden stand breit und fest inmitten des feuchten Rasens, und im Grase hin und her schritt der Besitzer. Seine Fellschuhe hinterließen dunkle Abdrücke im grauweißen Tau. Sein Haar war ungekämmt, er trug einen Pyjama mit einem Mantel darüber, und bei jeder Wendung am Ende des Rasens blickte er zu einem gewissen Fenster hinauf, das zu seinem und seiner Frau Schlafzimmer gehörte. Wie bei allen Fenstern auf der langen Fassade waren die grünen Läden gegen die Hauswand zurückgeschlagen, und die cremegelben Vorhänge fielen in schweren Falten nieder.

Der Besitzer des Hauses, so seltsamer wie unbequemer Weise im Grase stehend, anstatt in seinem Bett zu liegen, rieb sich die klammen Hände und setzte seinen Marsch fort. Er trug keine Uhr an seinem Handgelenk, doch als es von den Ställen herüber sechs schlug, trat er ins Haus und ging durch den stillen Flur und über die Treppe hinauf in sein Badezimmer. Das Wasser in den Hähnen war vom Abend her noch lauwarm, und er nahm ein Bad. Als er vom Badezimmer in sein Ankleidezimmer ging, hörte er das erste Dienstmädchen unten im Wohnzimmer rumoren, und um sieben läutete er nach seinem Butler, um sich die Kleider vorlegen zu lassen.

Da er auch am Vortag zu so früher Stunde gerufen worden war, hielt sich der Butler schon bereit, gähnend noch und leicht gereizt, aber fertig angezogen.

»Guten Morgen«, sagte Mr. Templeton mit plötzlichem Entschluß. Sonst grüßte er den Butler nie, aber er wollte die Festigkeit seiner Stimme erproben. Mit dem Ergebnis zufrieden, sprach er weiter und bestellte eine Melone aus dem Gewächshaus. Beim Frühstück hatte er wenig Appetit, und als er die Melone gegessen hatte, schlug er die Zeitung auf. Die Tür des Speisezimmers öffnete sich, und Stubenmädchen und Hausgehilfin erschienen, um zu kündigen.

»Zum nächsten Ersten«, wiederholte das Stubenmädchen, um das Schweigen, das der Erklärung folgte, zu überbrücken.

»Das geht mich nichts an«, sagte Mr. Templeton leise. »Ihre Herrin kommt heute abend zurück. Mit ihr müssen Sie das besprechen.« Die Mädchen gingen.

»Was haben die beiden?« fragte er den wieder eintretenden Butler.

»Mir haben sie nichts gesagt«, log der Butler, »aber ich glaube zu verstehen, daß es einige Aufregung gegeben hat.«

»Weil ich es mir einfallen ließ, an einem Sommermorgen früh aufzustehen?« fragte Mr. Templeton unwillig.
»Ja, Sir. Aber es gibt noch andere Gründe.«
»Und die wären?«
»Das Stubenmädchen«, sagte der Butler so unbeteiligt, als spräche er von den gleichgültigsten Dingen, »fand Ihr Zimmer mit Kleidern übersät vor.«
»Mit meinen Kleidern?«
»Nein, Sir.«
Mr. Templeton setzte sich wieder. »Ein Nachthemd?« fragte er kläglich, wie um menschliches Verständnis flehend.
»Ja, Sir.«
»Mehr als eins?«
»Zwei, Sir.«
»Großer Gott!« sagte Mr. Templeton und trat verlegen pfeifend ans Fenster.
Der Butler räumte schweigend den Tisch ab und verließ das Zimmer.
Kein Zweifel, sagte Mr. Templeton zu sich selbst. Sie hat sich ausgezogen ... hinter dem Sessel.
Nach dem Frühstück ging er zu seinen Feldern und durch einen Wald. Er hatte die Absicht, mit George Casson zu sprechen, aber George war nach London gefahren, und Mr. Templeton kam angesichts der glatt polierten Haustür, der glatten Höflichkeit des Mädchens, das ihm öffnete, und des nüchternen Aussehens der zusammengefaltet auf dem Tisch im Flur liegenden › Morning Post ‹ zu dem Schluß, daß es vielleicht besser war, wenn er seine unglaubliche Geschichte niemandem anzuvertrauen brauchte. Er ging wieder nach Hause, durch die frische Luft und die körperliche Bewegung ein wenig beruhigt und gekräftigt.
Ich werde mit Hettie telefonieren, sagte er sich, und mich vergewissern, daß sie heute abend kommt.
Er rief seine Frau an, sagte ihr, daß alles in Ordnung sei, und hörte mit Befriedigung, daß sie an diesem Abend nach ihrer Dinnerparty zurückkehren werde. Sie wollte den Zug um elf Uhr dreißig nehmen, der null Uhr fünfzehn ankam. »Einen früheren Zug gibt es nicht«, erklärte sie. »Ich habe im Bahnhof anfragen lassen. Wegen des Streiks verkehren zwischen sieben Uhr fünfzehn und elf Uhr dreißig keine Züge.«
»Gut. Ich schicke den Wagen zum Bahnhof, und um halb eins bist du hier. Ich liege vielleicht schon im Bett.«
»Du bist doch nicht krank?«
»Nein, ich habe nur letzte Nacht sehr schlecht geschlafen.«
Erst am Nachmittag, nach einem guten Essen und einem Whisky-Soda, wagte sich Mr. Templeton in sein Schlafzimmer hinauf.
Die cremefarbenen Vorhänge bauschten sich leicht im Wind. Vor dem Kamin stand ein hoher, mit gemustertem Rips bezogener Ohrensessel, ein sogenannter Großvaterstuhl, und dem Kamin und dem Sessel gegenüber das Doppelbett, in dessen

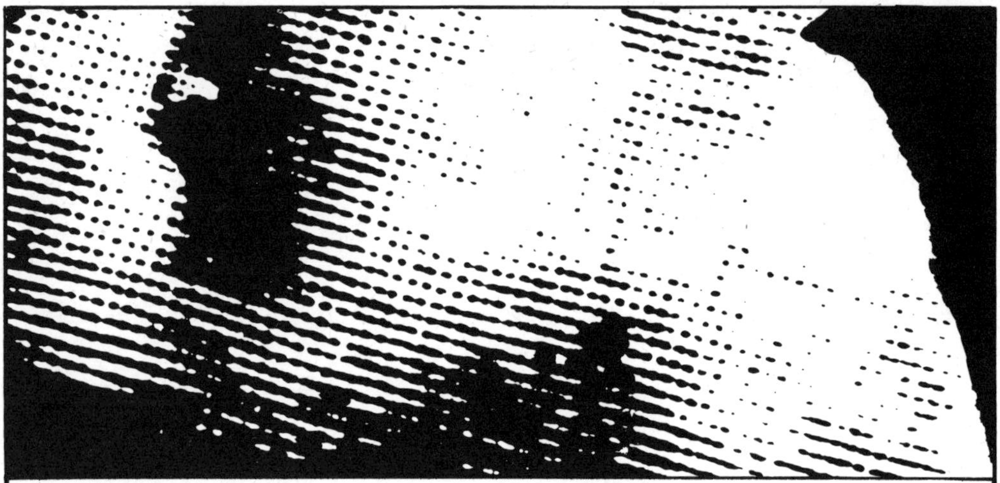

einer Hälfte Mr. Templeton die Nacht zuvor in seinen Papieren lesend gelegen hatte. Er steckte die Hände in die Taschen, trat an den Sessel und starrte auf ihn nieder. Dann ging er zur Kommode und zog eine Lade heraus. Rechts lagen Hetties Blusen und Hemden, sauber gebügelt und zusammengelegt. Links lagen, zusammengelegt, aber ungebügelt, Hetties Nachthemden. Mr. Templeton bemerkte, wie zerknittert die Seide war.
Ein Beweis, dachte er und trat ans Fenster, ein Beweis dafür, daß in diesem Zimmer etwas geschehen ist, nachdem ich es heute morgen verlassen habe. Die Mädchen glauben, sie hätten die Nachthemden einer fremden Frau zerknittert auf dem Boden gefunden. In Wirklichkeit sind es Hetties. Ich nehme an, ein Doktor würde sagen, ich selbst hätte es in Trance getan.
In der vorvorigen Nacht, dachte er weiter und betrachtete wieder das Bett. Dabei schien es eine Woche her zu sein. Er hatte arbeitend im Bett gelegen, die Kissen in den Rücken geschoben, die Papiere vor sich auf der Decke ausgebreitet. Um zwei Uhr morgens hatte er einmal zerstreut aufgeblickt und das Muster auf dem Bezug des Ohrensessels studiert, der mit dem Rücken zu ihm vor dem leeren Kamin stand, so wie er ihn verlassen hatte, als er zu Bett gegangen war. Und dann hatte er die beiden Hände bemerkt, die über die Sessellehne hingen, so als kniete ihr unsichtbarer Eigentümer auf dem Sitz. Er starrte und starrte, und kalte Furcht lief ihm über den Rücken. Er saß regungslos in seinem Bett und beobachtete die Hände.
Zehn Minuten vergingen, da wurden die Hände plötzlich zurückgezogen, so als hätte die Gestalt im Sessel ihre Stellung verändert.
Er starrte weiter, auf seine Kissen gestützt, mit steifem Kreuz, und nach und nach gelang es ihm, das Geschehene zu verdrängen. Die Übermüdung, sagte er sich. Man hat davon gelesen. Das Hirn reflektiert irgend etwas. Sein Herz schlug wieder ruhiger, und vorsichtig ließ er sich tiefer in sein Bett gleiten und versuchte zu schlafen. Er wagte nicht, die Papiere von der Decke wegzuräumen, sondern lag bei brennendem Licht da, bis die Dämmerung das Gelb der Wände hervortreten ließ. Um fünf

Uhr stand er auf, übernächtig, den Blick noch immer auf die Rückenlehne des Großvaterstuhls gerichtet, und verließ das Zimmer ohne Morgenmantel und Pantoffel. Im Flur fand er einen Überzieher und, hinter einer Kommode, seine warmen Fellschuhe. Er riegelte die Haustür auf und ging im taufeuchten Gras hin und her.
In der zweiten, das heißt in der letzten Nacht, hatte er ebenfalls wieder gearbeitet. Und so vollständig hatte er sich nach einem Tag in frischer Luft davon überzeugt, daß sein Erlebnis in der vorausgegangenen Nacht nichts weiter als Einbildung gewesen war – eine Halluzination seines überanstrengten Hirns und Auges –, daß er nicht mehr daran dachte (obwohl er sich's so fest vorgenommen hatte!), den Ohrensessel mit dem Sitz zum Bett zu drehen. Nun, als er wieder im Bett arbeitete, warf er ab und zu einen Blick auf seine gemusterte, alles verbergende Rückenlehne und wünschte, er wäre seinem Vorsatz treugeblieben.
Er hatte noch keine zwei Stunden gearbeitet, als er fühlte, daß im Sessel etwas vor sich ging.
»Wer ist da?« rief er. Die leise Bewegung, die er gehört hatte, setzte für einen Augenblick aus und begann dann wieder. Er glaubte eine Hand zu sehen, die sich eine Sekunde lang auf der einen Seite vorstreckte, und einmal hätte er schwören können, daß ein blonder Haarschopf über die Lehne hinausragte. Im Sessel rutschte etwas hin und her, irgendein Gegenstand flog heraus und landete außerhalb seines Gesichtsfeldes mit einem dumpfen Poltern auf dem Boden. Fünf Minuten vergingen, wieder hörte er das Geräusch im Sessel, eine Hand fuhr hoch und legte ein weißes Bündel, von dem so etwas wie ein kleiner Arm herabhing, über die Rückenlehne.
Mr. Templeton hatte eine böse Nacht und viele Stunden der Erregung hinter sich. Als er erkannte, daß der weiße Gegenstand ein Korsett war, von dem ein Strumpfhalter herabbaumelte, spürte er einen Stoß in seinem Herzen, tausend schwarze Pünktchen tanzten wie ein Mückenschwarm vor seinen Augen, und er verlor das Bewußtsein.
Als er wieder zu sich kam, war das Licht ausgeschaltet. Er fühlte eine leichte Übelkeit, drehte sich im Bett um, um eine bequemere Lage zu finden, und erinnerte sich plötzlich an die Furcht, die er empfunden hatte. Er blickte sich im Dunkeln um und sah wieder die Dämmerung auf den Vorhängen. Dann hörte er ein Klappern beim Waschtisch, der näher an seinem Bett stand als der Ohrensessel. Er war also nicht allein. Das Wesen befand sich noch in seinem Zimmer.
Im schwachen Licht, das durch die Vorhänge fiel, sah er seinen Besucher vor dem Waschtisch stehen. Das Porzellan klirrte leise, das Wasser plätscherte, und er erkannte undeutlich die Gestalt einer Frau.
Sie zieht sich aus, sagte er zu sich selbst. Sie wäscht sich.
Es würgte ihn in der Kehle, als er begriff, was ihm bevorstand. War es möglich, daß sich die Frau zu ihm ins Bett legen wollte?
Dieser Gedanke trieb ihn in wilder Flucht aus dem Zimmer und ließ ihn ein zweites Mal auf dem grauen, taunassen Rasen auf und ab marschieren.
Und nun, dachte Mr. Templeton, als er sich im Nachmittagslicht in seinem sauber

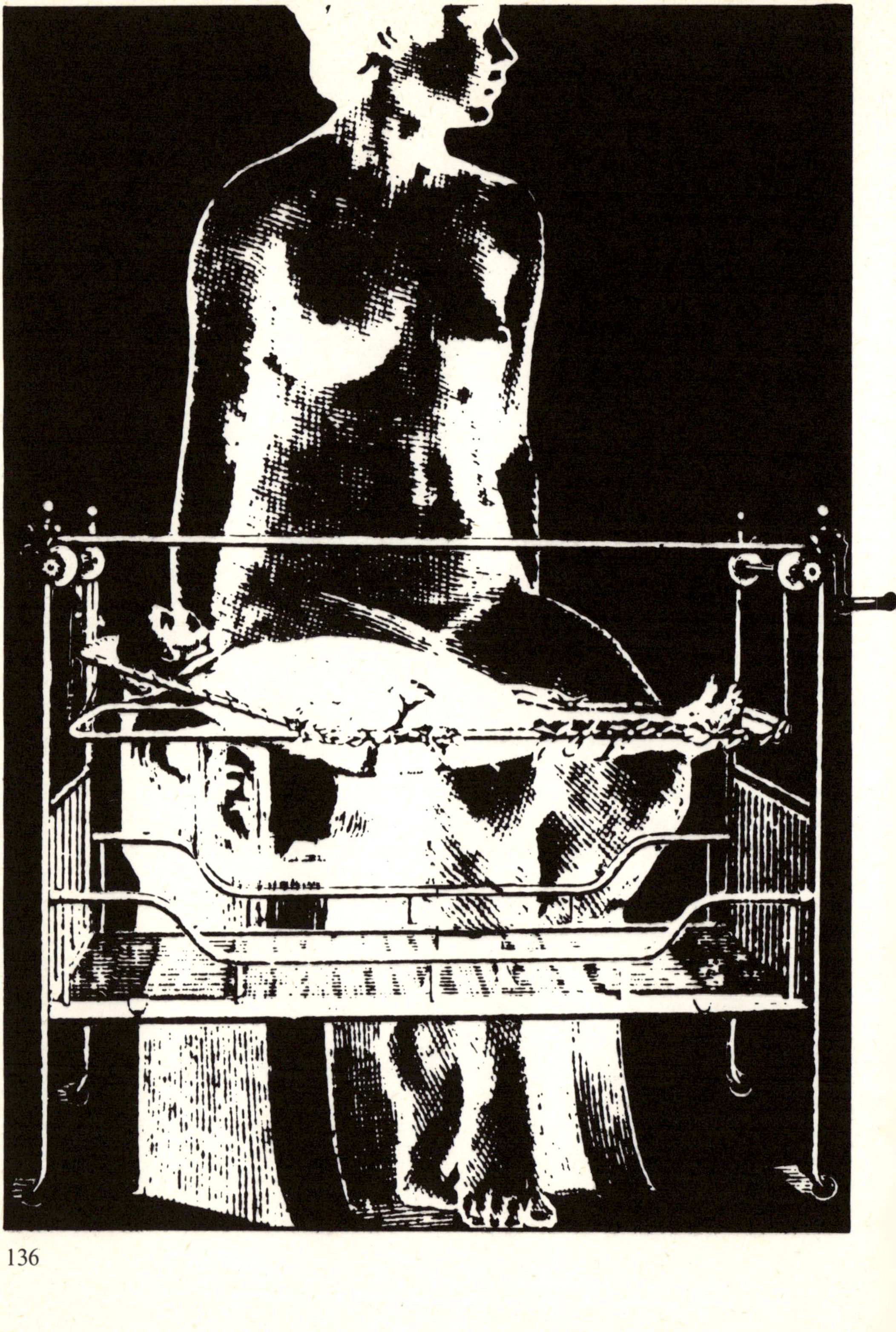

aufgeräumten Schlafzimmer umsah, und nun muß Hettie entweder an meine Untreue oder an das Übersinnliche glauben.
Er trat an den Ohrensessel, packte ihn mit beiden Händen und wollte ihn schon auf den Treppenabsatz hinausschieben. Dann aber besann er sich. Ich lasse ihn hier stehen, dachte er, und gehe wie gewöhnlich zu Bett. Ich muß mir, um unser beider willen, Klarheit verschaffen.
Den Rest des Nachmittags verbrachte er im Freien. Er spielte nach dem Tee Golf, aß sehr leicht zu Abend und ging in sein Schlafzimmer. Sein Kopf schmerzte vor Schlafmangel, aber er stellte befriedigt fest, daß sein Herz ruhig schlug. Er nahm zwei Aspirin, um einen klareren Kopf zu bekommen, und legte sich mit einem leichten Roman ins Bett, um zu lesen und zu beobachten. Hettie mußte um halb eins eintreffen, und der Butler blieb auf, um sie einzulassen. Auf einem Tablett in der Ecke des Schlafzimmers lagen, sorgfältig zugedeckt, Sandwiches für sie bereit. Es war elf Uhr. Er hatte noch anderthalb Stunden zu warten. Sie kann jeden Augenblick kommen, sagte er sich (an seine Besucherin denkend). Er hatte den Ohrensessel umgedreht, so daß er den Sitz sah.
Eine Viertelstunde verging. Sein Kopf schmerzte so heftig, daß er das Buch auf die Knie legte und die Beleuchtung änderte. Er schaltete die helle Leselampe aus und dafür die Lampe ein, die das große Zifferblatt der Uhr über dem Kamin beleuchtete, so daß er im Schatten saß. Fünf Minuten später war er eingeschlafen.
Er preßte das Gesicht ins Kissen, und noch im Schlaf war er sich des Bohrens in seinem Kopf bewußt. Undeutlich wahrgenommene Geräusche verrieten ihm, daß seine Frau angekommen war. Hoffentlich weckt sie mich nicht, murmelte er vor sich hin. Er hörte sie das Schlafzimmer betreten und sich ausziehen, aber der Schmerz war so heftig, daß er es nicht über sich brachte, ein Lebenszeichen von sich zu geben, und bald, während er sich noch an seinen Halbschlaf klammerte, spürte er, wie die Decke gehoben wurde und sie neben ihm ins Bett schlüpfte.
Da ihn fröstelte, zog er die Decke fester um sich. Es war, als umwehte ihn ein kalter Lufthauch, der den Nebel des Schlafes vertrieb und ihn zu sich brachte. Er bereute, daß er seine Frau nicht begrüßt hatte, streckte unter der Decke die Hand aus, um die ihre zu suchen, und schloß die Finger fest um ihr Handgelenk. Auch sie schien zu frieren, sie fühlte sich seltsam an, geradezu eisig, und ihrem Schweigen und ihrer Regungslosigkeit nach zu urteilen schlief sie.
Die kalte Fahrt vom Bahnhof herüber, dachte er und hielt ihr Handgelenk, um es zu wärmen, während er wieder einschlief. Macht das ganze Bett kalt, murmelte er noch.
Er erwachte von dem Lärm eines Motors unter dem Fenster und einem Lichtschein, der über die Wände des Schlafzimmers huschte. Erstaunt hörte er, wie die Riegel der Haustür zurückgeschoben wurden. Auf dem beleuchteten Zifferblatt der Uhr über dem Kamin standen die Zeiger auf drei Minuten vor halb eins. Und dann vernahm Mr. Templeton, der noch immer das Handgelenk an seiner Seite hielt, die helle Stimme seiner Frau unten im Flur.

Arlton Eadie
Das Wolfmädchen von Josselin

»Die Kunst ist lang, das Leben kurz ... und ich bin hungrig wie der sprichwörtliche Wolf. Wenn du die Absicht hast, noch länger auf diesem kahlen Hügel zu hocken, besorge ich wohl am besten ein Zelt, so daß wir hier unser ständiges Lager aufschlagen können.«

Ich hätte mir meinen Sarkasmus sparen können, denn er traf, zumindest für den Augenblick, auf taube Ohren. Alan Grantham machte sich nicht einmal die Mühe, sich nach mir umzudrehen. Er saß, eine undeutliche Gestalt inmitten des Farnkrauts, vor seiner kleinen Feldstaffelei und vergaß alles außer den prachtvollen Farben des Sonnenuntergangs, die er mit fiebrigen, aber sicheren Pinselstrichen auf der Leinwand festhielt.

Gegen solche künstlerische Begeisterung ist freilich nichts einzuwenden – ich bringe selbst zur rechten Zeit und am rechten Ort ein wenig davon auf –, aber ich fürchte, ich bin nicht aus dem richtigen Stoff gemacht, um am Ende eines langen, anstrengenden Tages im Freien noch über eine schöne Szenerie in Verzückung zu geraten. Auch ein fleißiger Landschaftsmaler muß ab und zu einen Bissen essen. Wir waren schon auf dem Rückweg zu dem kleinen Gasthof gewesen, in dem wir ein Zimmer gemietet hatten, als mein Freund die drei mit Spitzdächern gekrönten Türme des fernen Château Josselin vor dem Gelb und Rot der sinkenden Sonne erblickte und sich nicht davon abhalten ließ, sein Malzeug wieder auszupacken, um dieses Bild auf der Stelle zu skizzieren.

Da ich annahm, er wolle lediglich mit ein paar breiten Strichen einen flüchtigen Eindruck festhalten, gab ich schließlich nach. Je kräftiger aber die lebhaften Farben des Sonnenuntergangs glühten, desto mehr vertiefte sich Alan in seine Skizze. Er arbeitete sie in immer mehr Einzelheiten aus, und ich wurde immer hungriger und sehnte mich immer ungeduldiger danach zu erfahren, was unsere gute Wirtin uns zum Abendbrot bereitet hatte. Außerdem hatten wir bis zum Gasthof noch gut fünf Kilometer zu gehen, und es war kein reines Vergnügen, im Dunkeln über die schmutzigen Landwege zu stapfen.

Ich war nahe daran, die gute Laune zu verlieren, als ich meine Pfeife an dem Stein, auf dem ich saß, ausklopfte und aufstand.

»Kommst – du – nun – mit?« brüllte ich mit einer Stimme, die die Echos in den Hügeln weckte.

Diesmal ließ er sich dazu herbei, sich umzudrehen.
»In einer Minute«, rief er zurück. »Ich bin gleich fertig.«
»Was du nicht sagst!« erwiderte ich ironisch. »Aber laß dir um Himmels willen Zeit mit deinem kostbaren Bild. Warum malst du nicht noch ein paar Minuten länger? Da kannst du dann rasch noch den Mond und ein paar Sterne einsetzen und das Ding ein Nachtstück nennen.«
Mein Freund machte der Neckerei ein Ende, indem er Pinsel und Palette abwischte und in seinen Malkasten legte. Eine Minute später stand er neben mir auf dem schmalen Weg, die nasse Leinwand in der Hand.
»Du wirst es nicht bedauern, so lange gewartet zu haben, wenn du dieses Bild siehst«, sagte er und lachte zuversichtlich, als er es mir vors Gesicht hielt.
»Ich werde dein Geschmiere bei Tageslicht bewundern«, sagte ich kurz. »Da ich weder eine Katze noch ein Uhu oder ein Maulwurf bin, besitze ich nicht die Gabe im Dunkeln zu sehen, und das erinnert mich daran, daß wir unsere ganze Sehkraft brauchen werden, um nach Josselin zurückzufinden. Sobald das letzte Licht deines wunderbaren Sonnenuntergangs verschwunden ist, wird die Nacht so finster sein wie ein Wolfsrachen. Wir sollten uns beeilen, sonst schickt Madame Boussac Suchmannschaften aus, weil sie glaubt, der *Ankou* habe uns geholt, der Totengott, der hier angeblich nachts durch die Hügel und Wälder streift.«
»Oder das Rudel der Ghule habe uns verschlungen«, meinte Alan und nickte.
Der Name klang unheimlich, aber ich hatte ihn nie zuvor gehört. Ich fragte Alan nach seiner Bedeutung. Er schüttelte den Kopf.
»Nur ein Aberglaube in dieser Gegend«, sagte er mit einem Achselzucken. »Die bretonischen Bauern sind die Abergläubischsten ganz Europas, und die Sage von den Ghulen ist nur eine ihrer ergötzlichen Gutenachtgeschichten. Ich hörte einmal ein paar alte Bauern, die in unserem Gasthof ums Feuer saßen, ihr Garn spinnen, aber ich fing nur ab und zu ein Wort auf, denn sie sprachen ihren bretonischen Dialekt. Was ich verstand, klang allerdings grausig genug, obwohl es lauter Unsinn war. Wenn die Leute hier nur ein Zehntel von ihren eigenen Geschichten glauben, müssen sie nach Einbruch der Dunkelheit vor Furcht und Schrecken zittern.«
»Sie sind ehrliche, freundliche Menschen«, ließ mich mein Gerechtigkeitssinn sagen, »obwohl ihre Mentalität ein wenig primitiv ist.«
»Da hast du, weiß Gott, recht!« rief Alan mit tiefster Überzeugung. »Unter dem Firnis des Christentums sind die Bewohner der Bretagne Heiden bis ins Mark. Sie haben ihre Kalvarienberge und Kapellen, aber sie haben auch ihre druidischen Megalithe und Dolmen, rohe, unbehauene Steine, um die oft seltsame Riten vollzogen werden, in Mondnächten, wenn der Dorfpfarrer behaglich in seinem Bett schnarcht. Alle ihre abergläubischen Vorstellungen sind rein heidnisch, und manche stammen noch aus der Dämmerung der frühesten Zivilisationen. Ihr Glaube an die *loups-garous* oder Werwölfe, beispielsweise, ist nur eine andere Form der Lykanthropie der alten Griechen. Merkwürdig, übrigens, wie weit verbreitet diese Überlieferung ist. Man findet sie in Norwegen, Rußland, Frankreich, Bayern – eigentlich

in ganz Europa, und in abgewandelter Form treten diese Sagen in Ostasien, Indien, Afrika und Südamerika auf. Wenn man bedenkt, wie allgegenwärtig der Glaube ist, daß Menschen die Gestalt wilder Tiere annehmen können, ist man versucht, zu fragen, ob nicht ein Körnchen Wahrheit...«

»Was ist das?« rief ich und blieb mit ausgestrecktem Zeigefinger stehen.

Der Pfad wand sich an dieser Stelle durch einen dichten Wald stämmiger Fichten. Hoch über unseren Köpfen hingen die eng verflochtenen Zweige von beiden Seiten über uns herein und schlossen das fahle Licht aus, das sich noch über den rasch dunkler werdenden Himmel zog, so daß der Weg wie ein kaum erkennbares, von einem Meer undurchdringlicher Schatten gesäumtes graues Band vor uns lag. In der Mauer der Schwärze zu unserer Linken aber hatte ich in einer Entfernung von nur wenigen Metern zwei Augen erblickt, die so rötlich glühten, wie nur die flackernden, phosphoreszierenden Augen eines nachts auf Beute ausgehenden Raubtiers glühen können.

»Da ... die Augen!« Meine Stimme war brüchig vor Erregung. Ich packte meinen Begleiter am Arm.

»Wo?« fragte er und sah überall hin, nur nicht in die Richtung, in die ich zeigte.

»Dort!« Aber während ich das Wort aussprach, verschwanden die leuchtenden Punkte plötzlich.

Alan Grantham musterte mich mit einem seltsamen Blick.

»Du träumst, mein Lieber. Ich sehe nichts, was auch nur im entferntesten zwei Augen ähnelt. Du hast so sehr an dein Abendessen gedacht, daß du davon ganz wirr im Kopf geworden bist«, spottete er. »Bist du sicher, daß du wirklich Augen gesehen hast und nicht zwei geisterhafte Pasteten?«

Sein skeptisches Lachen klang fröhlich und zuversichtlich.

Im nächsten Augenblick brach es jedoch ab wie eine plötzlich ausgeschaltete Rundfunksendung.

»Mein Gott!« murmelte er leise.

Ein verschwommener grauer Schatten war aus dem Gestrüpp aufgetaucht, wechselte langsam schräg über den Weg und verschwand in der Finsternis auf der anderen Seite. Die neutrale Färbung des Geschöpfs verschmolz so gut mit der des Erdbodens, daß es uns in dem trüben Licht schwerfiel, seine Gestalt zu erkennen. Wir ahnten mehr als wir sahen, daß es lang und mager war und eine spitze Schnauze und aufgestellte Ohren hatte.

Wir schwiegen beide, bis das Tier den Weg mit leisen Schritten überquert und sich wieder in die Büsche geschlagen hatte. Dann murmelte Alan mit, wie mir schien, einem Seufzer der Erleichterung: »Es ist nur ein Hund. Gott, hat der Köter mich erschreckt!«

Ich nahm diese Bemerkung ohne Kommentar hin, obwohl ich mehr als nur gelinde Zweifel an ihrer Richtigkeit hegte. Das Wenige, was ich von dem Tier gesehen hatte, erinnerte mich auf die unangenehmste Weise daran, wie oft in den Sagen dieser Gegend der Wolf vorkam.

»Ja, es war ein großer Schäferhund«, sagte mein Freund. »Er muß von einem Hof irgendwo in der Nähe stammen.«
Ich wußte nur zu gut, daß es vor dem fünf Kilometer entfernten Josselin nicht ein einziges Anwesen, ja nicht einmal die kleinste Hütte gab, aber ich war nicht in der Stimmung, meine Zeit mit Argumenten zu vertrödeln.
»Sehen wir zu, daß wir nach Hause kommen«, sagte ich.
»Denkst du noch immer an dein Abendessen?« fragte Alan lachend.
Er irrte sich. Die Aussicht, mein so lange aufgeschobenes Mahl genießen zu können, nahm in meinen Gedanken nur noch eine nebensächliche Stellung ein angesichts der Befürchtung, das Tier, das in den Büschen lauerte, könne die Absicht und die Hoffnung haben, mich zum Abendbrot zu verspeisen. Ich war bereit, um alles, was ich auf der Welt besaß, zu wetten, daß das Geschöpf, das ich gesehen hatte, kein Hund war. Wenn es aber ein Wolf war ... nun, ich hatte gehört, daß Wölfe gewöhnlich in Rudeln jagen, und sollte meine Annahme stimmen, so mußten wir bald eine endgültige, überzeugende Bestätigung erhalten.
Bis zu diesem Abend hatte für mich einer der größten Reize der Bretagne darin bestanden, daß die meisten ihrer Städte und Dörfer weitab vom Strom des Fremdenverkehrs lagen. Josselin, zum Beispiel, das Dorf, in dem wir unser Hauptquartier aufgeschlagen hatten, dufte sich nicht einmal einer eingleisigen Bahnverbindung mit der Außenwelt rühmen, und man sah selten einen Fremden auf seinen mit Kopfsteinen gepflasterten Straßen. In diesem Augenblick jedoch hätte ich nichts dagegen gehabt, wenn Cook-Reisende in hellen Scharen durch die Wälder getrampelt wären. Doch außer uns beiden war auf dem ganzen Weg keine Menschenseele zu sehen, und so würde es wahrscheinlich auch bleiben, denn der Weg führte eigentlich nirgendhin. Er endete auf der Kuppe eines Hügels, auf dem ein riesiger Stein mit der Aufschrift ›Teufelsgrab‹ stand.
Wir waren etwa einen Kilometer weitergegangen, und ich begann schon zu hoffen, meine Befürchtungen seien grundlos gewesen, als uns ein leises, langgezogenes Heulen, das offenbar aus den Tiefen des Waldes kam, zu größerer Eile antrieb.
»Dein Wauwau scheint einen Kollegen in der Nähe zu haben!« bemerkte ich mit einem erzwungenen Lächeln. »Sogar mehrere«, fügte ich hinzu, denn der Ruf wurde aus verschiedenen Richtungen beantwortet. »Vielleicht ruft er seine Hundebrüder und -schwestern zusammen, damit sie sich von zwei umnachteten Künstlern den Hals kraulen lassen.«
»Red nicht so dumm daher!« antwortete er. »Man möchte meinen, du glaubst nicht, daß das Hunde sind.«
»Offen gestanden: ich glaube es nicht«, sagte ich.
»Selbstverständlich sind es Hunde«, erwiderte er ungeduldig. »Hunde heulen manchmal, nicht wahr?«
»Ja, manchmal. Aber Wölfe heulen immer ... Besonders, wenn sie das Rudel zur Jagd zusammenrufen.«
»Und wen, meinst du, wollen sie jagen?« spottete er.

»Uns!« antwortete ich grimmig. »Ich weiß nicht, was du im Sinne hast, aber ich laufe zum Dorf, so schnell ich kann. Mehr noch: Ich werfe meinen Malkasten und meine Staffelei hier in den Graben, damit ich rascher vorankomme.«
Alan brummte unwillig und schüttelte den Kopf. »Wie denn! Vor ein paar streunenden Kötern davonlaufen...«

Weiter kam er nicht, denn in diesem Augenblick brach hinter uns ein höllisches Heulen und Knurren los. Um die Wegbiegung fegte ein Rudel von etwa einem Dutzend Wölfen, und daß es Wölfe waren, daran konnte nun kein Zweifel mehr bestehen. Die Jagd hatte begonnen, und wir waren das Wild!
Immer näher kamen sie, die Schnauzen dicht über dem Pfad. Ihre Augen glühten rötlich, als sie die bleichen Strahlen des aufgehenden Mondes fingen, und ihre langen, mageren Körper streckten sich im leichten Lauf. Mein Herz begann wild zu klopfen, als ich sah, wie rasch sie näherkamen. Wie durften wir hoffen, dieser unermüdlichen vierbeinigen Horde allein kraft der Behendigkeit unserer Beine zu entrinnen! Ebensogut hätten wir versuchen können, es mit einem D-Zug aufzunehmen.
»Davonlaufen hat keinen Zweck«, keuchte ich. »Wir würden unsere Kräfte sinnlos vergeuden. Wenn wir einen Baum fänden!«
Ich sah mich um in der Hoffnung, einen zu entdecken, den wir ersteigen konnten. Vergebens. Die hohen, nackten Stämme boten nicht den geringsten Halt, und die Äste setzten so hoch an, daß wir sie nicht erreichten.
Immerhin, mit dem Rücken gegen etwas Festes konnten wir vielleicht versuchen, dem gierigen Rudel Widerstand zu leisten. Ein dicker Baumstamm wäre das rechte gewesen, ein Stein oder...
Mein Blick, der ein letztes Mal verzweifelt über den Hügel schweifte, blieb an den Umrissen von etwas hängen, das in blassem Grau im Mondlicht stand. Es war der Menhir, der die Kuppe krönte, der einsame, riesige unbehauene Stein, den man ›Teufelsgrab‹ nannte. Wenn wir ihn erreichen und über seine rauhen Flächen hinaufklettern konnten, gelang es uns vielleicht, die Bestien in Schach zu halten, bis sie die Morgendämmerung in ihre Schlupfwinkel zurücktrieb.
»Dort hinauf!« rief ich und begann, hügelan zu laufen. »Das Teufelsgrab ist unsere einzige Rettung.«
Was folgte, war ein Alptraum. Wir stolperten durch Heidekraut und Farne, über schlüpfrige, moosbewachsene Steine und loses Geröll, wo jeder Sprung eine polternde Lawine kleiner Steine auslöste. Wir fanden nicht die Spur eines Pfades, und jeden Augenblick konnten wir vor einer unüberwindlichen Steinmauer stehen.
Ich wagte nicht mich umzudrehen, aber ich hörte das kehlige Knurren und Jaulen, das das Rudel anschlug, als wir den Pfad verließen und den Hügel hinauf zu laufen begannen.
Doch obwohl wir nun voll sichtbar sein mußten, rannten uns die Wölfe nicht in gerader Linie auf dem kürzesten Wege nach. Dem Instinkte zahlloser Generationen treu, hielten sie sich an die Taktik des Rudels. Da sie sich mehr auf den Geruchssinn

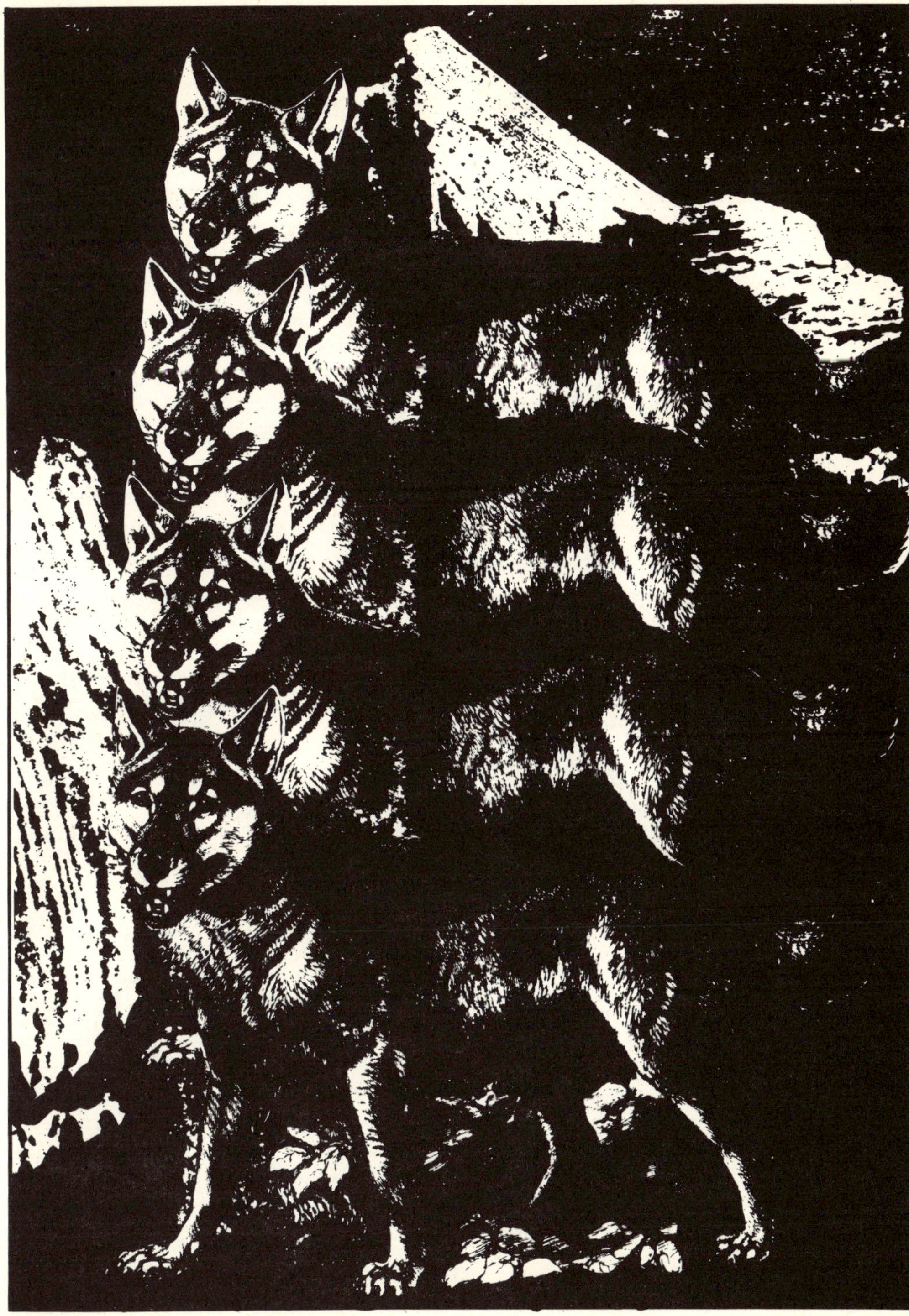

als auf das Auge verließen, folgten sie unserer Spur bis zu dem Punkt, an dem wir vom Pfade abgebogen waren, und begannen dann erst hügelan zu jagen.
Es war unser Glück, daß sie den längeren Weg wählten. Wäre der Wolfsverstand fähig gewesen, den zwölften Lehrsatz des Euklid zu erfassen, demzufolge zwei Seiten eines Dreiecks zusammen jeweils länger sind als die dritte, hätten uns die Bestien den Weg abgeschnitten. Doch auch ohne das schien diesem Wettlauf ein unglückliches Ende beschieden zu sein. Keine zwölf Meter trennten uns mehr vom Anführer des Rudels, als wir über den letzten der verkrüppelten Büsche sprangen und über die Lichtung zu laufen begannen, in deren Mitte sich der uralte Stein erhob.
Mit einer Erleichterung, die an Ekstase grenzte, bemerkte ich, daß die verwitterten Seitenflächen des Monoliths wohl steil waren, aber Risse und Sprünge aufwiesen, in denen wir genügend Halt finden konnten, um die Spitze zu erreichen, wo wir – wenigstens eine Weile – in Sicherheit wären.
»Die letzten Meter!« keuchte ich atemlos. »Hurra! Wir bringen diese gierigen Bestien noch um ihr Abendbrot…«
Mein triumphaler Ruf endete mit einem Stöhnen der Verzweiflung: Aus dem Schatten des Teufelsgrabes löste sich die Gestalt eines riesigen Wolfes und kam geradewegs auf uns zu.

Sogar in diesem Augenblick entsetzter Überraschung fiel mir seine prachtvolle Erscheinung auf, wenngleich ich sie hinter einer Reihe von Gitterstäben zweifellos besser zu würdigen gewußt hätte. Das Tier war viel größer, als ich mir bis dahin einen Wolf vorgestellt hatte, aber nicht allein seine Größe löste meine widerwillige Bewunderung aus. Sein Fell war glatt und seidig, sein Körper kraftvoll und gut genährt, und in seinen Augen entdeckte ich einen Ausdruck von beinahe menschlichem Verständnis. Verglichen mit den räudigen, halb verhungerten, bis auf das Skelett abgemagerten Tieren des Rudels hinter uns wirkte dieser Riesenwolf wie ein tadellos gekleideter Dandy unter abgerissenen Strolchen.

All das ging mir in einem Bruchteil der Zeit, deren es zu seiner Schilderung bedarf, durch den Kopf. Ich erkannte, daß ich rasch handeln mußte, wußte aber nicht, wie. Der einzige waffenähnliche Gegenstand, den ich bei mir hatte, war ein kurzes Messer mit dünner, biegsamer Klinge, mit dem ich die Farben von meiner Palette zu schaben pflegte. Seine Spitze war so stumpf und abgerundet, daß ich es gewöhnlich lose in der Tasche trug, und doch war es in dem Kampf, der nunmehr unvermeidlich schien, besser als die bloßen Hände.

Ich zog im Laufen das Messer aus der Tasche, wickelte mir als Schutz gegen die Fänge des Tieres meinen Schal um die rechte Hand und stürzte dann mit dem Mut der Verzweiflung auf den Wolf zu, der zwischen uns und unserer steinernen Zuflucht stand.

Zu meiner unbeschreiblichen Überraschung drückte sich das Tier zur Seite und gab uns den Weg zum Monolithen frei.

Wir rannten mit unverminderter Geschwindigkeit weiter und wagten kaum, an unser Glück zu glauben. Wenige Augenblicke später waren wir schon auf den alten Stein geklettert und lagen keuchend und erschöpft gut drei Meter außerhalb der Reichweite des heulenden, jaulenden Rudels.

Und dann geschah das Erstaunlichste in dieser ereignisreichen Nacht. Anstatt sich an den Versuchen der anderen, den Stein zu erklettern, zu beteiligen, griff der einsame graue Wolf seine Artgenossen an. Er duckte sich mit gesträubten Nackenhaaren und entblößten Fängen, reckte seinen prachtvollen Körper und fuhr mit einem drohenden Knurren wie ein Blitz aus Knochen und Sehnen mitten in das Rudel hinein.

Ich hielt den Atem an und war darauf gefaßt zu sehen, wie das mutige Tier in Stücke gerissen wurde. Einer gegen zwölf.... ein solches Kräfteverhältnis hätte das tapferste Geschöpf der Welt entmutigt. Doch die bloße Wut seines Angriffs schien Furcht und Schrecken unter den Bestien zu verbreiten. Einen Augenblick lang sah ich einen Mahlstrom sich windender Leiber und schnappender Kiefer, dann wandte sich das ganze Rudel mit einstimmigem Angstgeheul zur Flucht und suchte verzweifelt hinter den Bäumen Schutz, verfolgt von dem einsamen, unbezwingbaren Kämpen.

Ein atemloser Freudenschrei entrang sich unseren Lippen, als Verfolger und Verfolgte im Unterholz verschwanden.
»Diesmal hat uns Bruder Wolf einen guten Dienst erwiesen«, bemerkte Alan mit einem leicht erzwungenen Lachen. »Ich nehme jedenfalls an, es *war* ein Wolf?« Er sah mich zweifelnd an.
»Was sonst?« sagte ich mit einem Achselzucken.
»Er kam mir zu intelligent vor, zu zivilisiert, wenn du verstehst, was ich meine. Er schien unsere Lage, die Gefahr, in der wir schwebten, mit einem Blick zu erfassen und tat alles, um uns zu helfen. Wenn es ein Hund gewesen wäre, könnte ich dieses freundschaftliche Verhalten verstehen, aber ... mein Gott, wer ist das?«
Ich folgte der Richtung seines entgeisterten Blickes und nahm ein Bild wahr, das mich mit Verwunderung erfüllte. An derselben Stelle, an der das Wolfsrudel vor wenigen Augenblicken im Wald verschwunden war, trat die Gestalt eines großen, schlanken Mädchens hervor.
Ich hatte geglaubt, die Erlebnisse dieser Nacht hätten mein Empfindungsvermögen erschöpft, aber nun fühlte ich, wie meine Kopfhaut vor Entsetzen prickelte, als mir bewußt wurde, wie knapp diese schönen Glieder dem furchtbaren Schicksal entronnen waren, zerrissen und zerfetzt zu werden.
»Wenn das Rudel sie gewittert hätte...« begann ich.
»Sie weiß nicht, welche Gefahr ihr droht«, unterbrach mich Alan und begann auch schon, auf dem Boden hinunterzusteigen. »Wir müssen sie warnen. Komm mit, du sprichst das bretonische *patois* besser als ich.«
Wider meine Neigungen und mein besseres Wissen kletterte ich den Felsen hinunter, den ich kurz zuvor so dankbar erklommen hatte. Alan lachte über meine zögernden Bewegungen.
»Keine Angst«, spottete er. »Es ist weit und breit kein Wolf zu sehen, und ich hoffe, du wirst dich nicht von einem zarten Mädchen beschämen lassen.«
»Was hat ein zartes Mädchen zu dieser Nachtstunde im Wald herumzulaufen?« brummte ich, als ich den Boden erreichte.
»Gerade das möchte ich sie ja fragen, du Dummkopf«, sagte er, und leise fügte er hinzu: »Was für ein vollkommenes Modell für eine Waldnymphe!«
Ich bildete mir ein, aus der Bemerkung meines Freundes Wärmeres herauszuhören als nur künstlerische Begeisterung und betrachtete das näherkommende Mädchen mit größerem Interesse.
Der Atem stockte mir, als wir uns im Mondlicht von Angesicht zu Angesicht gegenüberstanden. Man findet genug schöne Menschen unter den Bretonen, aber dieses Mädchen schien mir der Gipfel makelloser Vollkommenheit zu sein.
Ihre Züge ... doch wie soll ich das Unbeschreibliche beschreiben? Auf das strahlende Geschöpf angewandt, das da aus dem Geheimnis der Nacht auf uns zutrat, verloren alle Worte Sinn und Bedeutung. Überirdisch erschien mir die Lieblichkeit des Mädchens, und sie war gewiß nicht den Künsten zuzuschreiben, mit denen Frauen die Kunst der Natur zu übertreffen trachten. Das blonde Haar fiel reich in

natürlichen Locken über Stirn und Hals. Die glatte Haut war von Wind und Sonne gebräunt. Das billige Baumwollkleid wäre ein Fetzen gewesen ohne die schöne Gestalt, die es verhüllte. Die wohlgeformten Beine waren nackt bis zu den Knien. Sie hatte nicht einmal die hölzernen *sabots* an den Füßen, die sonst die ärmsten Bauern tragen. Alles in allem wirkte sie auf mich mehr wie eine Dryade denn wie ein Bauernmädchen von dieser Welt.

Aus irgendeinem Grunde – vielleicht weil ich mich noch zu gut der ausgestandenen Ängste erinnerte – brachte mich ihre Ruhe aus der Fassung.

»Was tun Sie hier?« rief ich, so scharf es mir mein holperiges Bretonisch erlaubte. »Wissen Sie nicht, daß es hier Wölfe gibt?«

Zu meiner Überraschung antwortete sie in reinstem Französisch:

»Natürlich gibt es hier Wölfe, *m'sieur*. Habe ich sie nicht eben erst...« Sie zögerte. »Habe ich sie nicht eben erst heulen hören? Und Sie selbst? Sie sind doch wohl nicht auf das Teufelsgrab geklettert, um die Aussicht zu bewundern, *hein*?«

Ihre Selbstsicherheit verblüffte mich. Ich folgerte, daß sie entweder sehr mutig oder sehr dumm war, aber sie schien mir durchaus ihrer Sinne mächtig zu sein, ja sich sogar insgeheim über mich lustig zu machen. Ich dachte mir eine würdevolle Zurechtweisung aus, aber Alan kam mir zuvor.

»Sie sprechen Französisch!« rief er mit einem jungenhaften Lachen. »Das ist großartig. Ich fürchtete schon, ich würde mich an diesem Gespräch nicht beteiligen können. Gestehen Sie nur: Sie waren zu Tode erschrocken, als die Wölfe da drüben im Wald an Ihnen vorbeirannten!«

Sie schüttelte stolz, beinahe wild, den Kopf.

»Ich hatte keine Angst – um meinetwillen.«

Alan Grantham lächelte.

»Aber Sie waren unseretwegen beunruhigt? Es war lieb von Ihnen, sich um unsere Sicherheit zu sorgen, aber meinen Sie nicht auch, daß darin wenig Logik steckt? Wir saßen auf einem hohen Stein, Sie aber waren unten auf dem Boden, den Bestien auf Gnade und Ungnade ausgeliefert. Da war vor allem dieser große Wolf, der die anderen angriff und vertrieb. Sie haben ihn vielleicht gesehen. Ein schönes Tier.«

»Finden Sie?« Sie lächelte flüchtig, beinahe so, als hätte sie ihn mißverstanden und das Kompliment auf sich selbst bezogen. »Ja, ich kenne das Tier, von dem Sie sprechen. Aber ich habe keine Angst vor ihm, *mais non*! Es wird mir – oder Ihnen – nichts tun.«

Sie scheinen es ja wirklich gut zu kennen«, warf ich mit einem bitteren Lächeln ein. »Vielleicht können Sie uns genau sagen, wem es etwas tun wird und wem nicht.«

Das Mädchen zuckte gleichgültig die Schultern.

»*Calmez-vous, m'sieur*. Ich weiß es, weil ich es eben weiß. Es gibt Wölfe und Wölfe.« Ihre roten Lippen verzogen sich zu einem Lächeln, so daß ihre weißen, ebenmäßigen Zähne im Mondlicht aufblitzten. »Und es gibt Frauen und Frauen«, fügte sie hinzu, als wäre ihr ein neuer Gedanke gekommen. »Manche sind gefährlich, andere nicht, manche barmherzige Retterinnen, andere nur darauf bedacht zu vernichten.« Sie unterbrach sich plötzlich und wandte sich um. »Kommen Sie, es wird spät. Ich zeige Ihnen eine Abkürzung durch den Wald.«

»Durch den Wald!« rief Alan überrascht. »Aber die Wölfe!« Sie fuhr mit einer ungeduldigen Gebärde herum.

»Sagte ich Ihnen nicht, daß sie Ihnen nichts tun werden?« rief sie und richtete ihre dunklen Augen auf das Gesicht meines Freundes. »Das Rudel ist schon Meilen entfernt...«

»Und der große graue Wolf?« fragte Alan leise.

Der Blick des Mädchens wurde unsicher und schweifte zur Seite. Sie drehte sich rasch um, so daß ihr Gesicht verborgen war.

»Kommen Sie mit oder nicht?« Sie schleuderte die Worte förmlich über ihre Schulter.

»Ich werde ganz gewiß nicht zulassen, daß Sie allein durch diesen Wald gehen!« erklärte mein Freund mit Nachdruck.

»*Allons*, gehen wir.«

Sie schob ihren Arm unter den seinen, wobei sie die gleiche Unbefangenheit zur Schau trug wie eine Katze, die einem auf die Knie springt, um sich streicheln zu lassen, und nebeneinander begannen sie über die Lichtung auf den Wald zuzugehen. Ich folgte ihnen in einer wenig beneidenswerten Geistesverfassung.

Die ganze Begebenheit war für meinen Geschmack zu rätselhaft und geheimnisvoll. Ich lächelte grimmig vor mich hin, als ich mich fragte, ob sich mein leichtherziger Freund wohl ebenso willig ihrer Führung anvertraut hätte, wenn sie ein zahnloses altes Weib mit einem Gesicht wie eine verhutzelte Walnuß gewesen wäre.

Wir erreichten das Dorf Josselin ohne weitere Zwischenfälle. Die Wölfe waren so spurlos verschwunden, als hätte es nie dergleichen Tiere auf Erden gegeben. Die Totenstille des Waldes wurde nur durch das Rascheln des welken Laubes und der Fichtenzapfen unterbrochen, mit denen die Wege übersät waren.

Alan und das unbekannte Mädchen gingen voraus und plauderten heiter und unaufhörlich. Ich habe keine Ahnung, worüber sie soviel zu sagen fanden, aber die Politik wird es kaum gewesen sein. Ich hörte nicht zu. Ich hatte an anderes zu denken, als ich hinter den beiden herstapfte und in den Schatten links und rechts des Weges nach den ersten Anzeichen der verfluchten Wölfe suchte, und konnte kaum glauben, daß wir ohne eine neuerliche Begegnung unseren Gasthof erreichen würden, bis ich die Türme des alten Château de Josselin vor uns aufragen sah.

Unsere geheimnisvolle Führerin verließ uns am Eingang des Dorfes, wofür ich ihr Dank wußte, denn ich war nicht in der Laune, unserer schwatzhaften Wirtin zu erklären, was ich bis dahin selbst nicht begriffen hatte. Ich bemerkte jedoch, daß sich das Mädchen mit einem fröhlichen »*Au revoir*« von Alan verabschiedete, während es mich nur eines kühlen »*Bon soir*« würdigte.

»Du wirst die Demoiselle bald wiedersehen?« fragte ich, als wir ohne viele Erklärungen unser Zimmer erreicht hatten.

»Morgen«, gestand er mir. »Sag selbst: Ist sie nicht wundervoll?«

»Doch, das ist sie«, gab ich ein wenig trocken zurück. »Aber *wer* ist sie?«

»Sie heißt Corinne und wohnt hier im Dorf.«
»Sehr aufschlußreich! Aber was, um Himmels willen, trieb sie allein mitten im Wald?«
Alan lachte. »Ich weiß es nicht, und ich frage nicht danach. Ich danke nur meinem Glückstern, daß sie zufällig da war.«
»Sonst wärst du jetzt tot?« fragte ich.
»Nein.« Er schüttelte den Kopf mit einem Lächeln, das ihn vollends verriet. »Sonst wäre ich Corinne nie begegnet.«
Er sprach den Namen in einem solchen Tone aus, daß ich wußte: hier erübrigt sich jedes Wort, und da ich sah, daß mein junger Freund einen schweren Anfall von Liebe auf den ersten Blick erlitten hatte, tat ich das einzig Mögliche: Ich drehte mich auf die andere Seite und schlief ein.

Am nächsten Morgen holte ich mein Malgerät, das ich auf unserer überstürzten Flucht weggeworfen hatte, und nahm die Arbeit an meinem Bild wieder auf. Alan hatte offenbar Wichtigeres zu tun. Er arbeitete wohl ein wenig, oberflächlich und ohne rechte Lust, widmete sich aber die meiste Zeit der reizenden jungen Dame, die sich nicht vor Wölfen fürchtete.
In einem abgelegenen kleinen Ort wie Josselin braucht es nicht viel, um die Zungen in Bewegung zu setzen, und binnen einer Woche war die Romanze des hübschen jungen englischen Malers Dorfgespräch. Wenn sich je ein Mann bis über beide Ohren verliebte, so war es Alan. Ich wunderte mich daher nicht, als er mich nur zehn Tage nach unserem mitternächtlichen Abenteuer von seiner bevorstehenden Hochzeit in Kenntnis setzte und bat, sein Brautführer zu sein.
In der Bretagne braucht man keine Vermählungsanzeigen auszusenden. Der Notar setzt den Ehevertrag auf und bringt die frohe Nachricht unter die Leute, und alle Dorfbewohner versammeln sich mit der größten Selbstverständlichkeit, um dem Paar Glück zu wünschen und zu essen und zu trinken, was man ihnen anbietet. Die Zahl der Gäste, die sich auf diese Weise selbst einladen, ist ein ziemlich zuverlässiges Kriterium für den Grad der Achtung, die Braut und Bräutigam genießen. Ich gestehe, daß ich neugierig war, wie viele zu diesem Fest erscheinen würden, denn irgendwie hatte ich den Eindruck gewonnen, daß die schöne Corinne im Dorf nicht sehr beliebt war. Die jungen Leute schienen ihr aus dem Wege zu gehen.
Die bretonischen Bauern werden unter sich, im Kreise der Familie, kaum anders sein als andre Menschen, aber Fremden gegenüber sind sie schweigsam und mißtrauisch. Die geschwätzigste Person im ganzen Ort war merkwürdigerweise gerade der Mann, von dem man hätte annehmen sollen, daß er die Zunge im Zaum zu halten verstünde, denn er war Staatsbeamter: der öffentliche Notar, der Mann also, der, vom Pfarrer abgesehen, mit der Familiengeschichte und den persönlichen Anlegenheiten eines jeden Dorfbewohners am innigsten vertraut war.
Dieser Nicolas Didier hatte natürlich Schulen besucht und besaß sogar eine gewisse, nicht allzu umfassende Bildung. Er hatte, wie er mir gleich zu Beginn unserer Be-

kanntschaft zu verstehen gab, in jungen Jahren in Paris Jus studiert, und den Bemerkungen, die er gelegentlich nicht ganz absichtslos fallenließ, entnahm ich, daß er sich den einfältigen Dörflern überlegen fühlte. Wahrscheinlich aus diesem Grunde suchte er meine und Alans Gesellschaft, sooft er einen Vorwand fand. Ich kam zu dem Schluß, daß er ein Mann von nicht geringen Fähigkeiten war, der in einer bescheidenen, wenngleich sicheren Staatsstellung verkümmerte, noch dazu in einer Umgebung, die er besonders widerwärtig fand.

Er erschien am Vorabend der Hochzeit in unserem Gasthof, um einige Angaben über den Bräutigam einzuholen, die in den Ehevertrag aufgenommen werden sollten. Alan war wie üblich ausgegangen, aber ich konnte dem Notar mit den nötigen Auskünften dienen.

Als sein Geschäft beendet war, hatte der alte Mann offenbar keine Eile aufzubrechen. Er sprach von nebensächlichen Dingen, und seine kleinen Knopfaugen wanderten immer wieder zu der Anrichte hinüber, auf der in Reih und Glied die Flaschen standen, die Alan für das bevorstehenden Fest beschafft hatte. Ich verstand den stummen Wink und entkorkte einen der ältesten Jahrgänge.

»Trinken wir ein Glas auf das glückliche Paar«, sagte ich. »Auf ein langes Leben.«

Ich schenkte ihm großzügig ein. Er leerte sein Glas genießerisch und hielt eine kleine wohlgesetzte Rede, die offenbar zu seinem Repertoire gehörte und schon mehr als einmal bei ähnlichen Gelegenheiten erklungen war.

»Ich fröne nur selten dem Alkohol, *monsieur*«, erklärte er zuletzt, »aber bei einem so glücklichen Anlaß ...« Er drehte den Stiel des Glases zwischen den Fingern und blickte verträumt auf die Flasche.

Ich habe oft genug feststellen können, daß ein Mann, der seine Mäßigung betont, durchaus gewillt und imstande ist, sein Teil und vielleicht auch ein bißchen mehr zu trinken.

»Es wäre schade, einen solchen Wein wieder zu verkorken«, sagte ich daher und griff erneut nach der Flasche. »Ich bitte Sie um die Ehre, noch ein Glas mit Ihnen trinken zu dürfen.«

»Die Ehre ist ganz auf meiner Seite, *m'sieur*«, versicherte er mir, und sein pergamentartiges Gesicht rötete sich, als er die köstliche bernsteingelbe Flüssigkeit schlürfte.

»Auch das Dorf Josselin fühlt sich geehrt, da Ihr geschätzter Freund eine seiner Töchter zur Frau nimmt. Aber der vortreffliche Monsieur Grantham ist ein Fremder von jenseits des Meeres. Er weiß nichts von unseren Sagen und ... äh ... Überlieferungen. Nicht jeder würde seine Braut unter den Mädchen von Josselin wählen!«

Sein Gebaren nicht minder als die Worte selbst veranlaßte mich, ihn über den von der Lampe erhellten Tisch hinweg aufmerksam zu mustern. Einem plötzlichen Impuls gehorchend schob ich ihm die zu drei Vierteln volle Flasche zu.

»Bedienen Sie sich, *mon ami*.« Und als er meiner Aufforderung eilig nachgekommen war, fuhr ich so beiläufig wie möglich fort: »Ihr Dorf hat also seine Sagen, *hein*?«

Er leerte sein Glas, bevor er antwortete. »Sagen?« Seine Stimme klang ironisch, an

Anspielungen reich. »*Ma foi!* Wir haben mehr als nur Sagen. Seltsame Dinge haben sich hier zugetragen, wohlgemerkt nicht in längst vergangenen Zeiten, sondern in unseren Tagen; seltsame Dinge, die von gelehrten Gesellschaften hinter verschlossenen Türen diskutiert wurden, Dinge, über die berühmte Professoren Bücher schrieben – gewichtige Bände – und sich doch vergeblich mühten, sie zu begreifen und zu erkären. Sagen Sie, *mon cher monsieur,* haben Sie nie von den bellenden Frauen von Josselin gehört?«

Leise, ganz leise regte sich etwas in den hintersten Winkeln meiner Erinnerung. Ja, ich hatte diese Worte schon einmal gehört oder gelesen. Aber wo und in welchem Zusammenhang? Mein Hirn summte vor Vermutungen und Zweifeln, als ich mich wieder dem alten Notar zuwandte.

»Erzählen Sie mir mehr über diese bellenden Frauen.«

Seine listigen Augen verengten sich. »Wollen Sie die Sage hören oder die Wahrheit?«

»Zuerst die Sage.«

Maître Didier füllte sein Glas nach und setzte sich bequem zurecht.

»Wie Sie wünschen, *m'sieur*. Die Geschichte stammt, wie die meisten dieser Art, aus alter Zeit. Ich habe sie zweihundert Jahre zurückverfolgt, aber sie ist vermutlich noch viel älter. Es war einmal – wie Sie sehen, beginnt sie wie alle Märchen –, es war einmal eine Bettlerin, die durch Josselin kam. Sie war in Lumpen gekleidet, hungrig, müde und krank an den Füßen, und in ihren zerrissenen Schal gehüllt trug sie einen kleinen Knaben – ihren Sohn.«

»Wer war die Frau?« fragte ich. Der alte Mann zuckte die Schultern und griff nach der Flasche.

»Der einen Version zufolge war sie eine Hexe, eine mächtige Zauberin. Andere wollen wissen, sie sei keine Geringere gewesen als die heilige Muttergottes mit dem Jesusknaben. Sie können beides – oder nichts – glauben, ganz nach Belieben. Doch im folgenden stimmen beide Versionen überein. Die Frauen des Dorfes waren unten am Fluß und wuschen die Wäsche, wie Sie es noch heute an jedem schönen Tag sehen können. Die Fremde bat sie um Nahrung und Obdach. Sie zeigte ihnen ihre blutenden, mit Blasen bedeckten Füße und versuchte ihr Mitleid zu erwecken, indem sie ihr hungerndes Kind in die Höhe hielt. Die Frauen vertrieben sie aber mit grausamen, bitteren Worten. Manche sagen sogar, sie hätten die Hunde auf das hilflose Wesen gehetzt. Wie dem auch sei, die Fremde und ihr Kind wurden aus dem Dorf gejagt. Sie machte sich demütig und ohne ein Wort der Klage auf den Weg. Als sie aber am Kirchenportal vorbeikam, warf sie zufällig einen Blick auf das Gesicht ihres Sohnes und erkannte, daß sie einen kleinen Leichnam im Arm hielt. Da erst wandte sie sich gegen die Frauen, die ihr spottend folgten. Sie legte ihr totes Kind auf den Stufen vor der Kirche nieder. In ihren Augen glühte durch die bitteren Tränen hindurch der Haß, und sie streckte die Arme in wilder Drohung empor. ›Weiber von Josselin!‹ rief sie. ›Über der Leiche meines Sohnes verfluche ich euch … euch und eure Töchter und deren Töchter und Enkelinnen ohne Ende! Möge euch der gütige, barmherzige Vater im Himmel soviel Gnade und Mitleid erweisen, wie ihr mir und meinem Kind erwiesen habt! Verflucht sollt ihr sein bis ins zehnte Glied! Wie reißende Wölfe habt ihr uns Speise und Trank verweigert. Wie kläffende Hunde habt ihr uns von euren Türen gejagt. Hinfort, ihr Weiber von Josselin, sollt ihr in Wahrheit Hunde und Wölfe sein!‹ Mit diesen Worten starb sie.«

Der alte Mann unterbrach sich und starrte mit glanzlosen Augen vor sich hin, so als hätte er die Szene, die er mir so lebendig beschrieb, selbst mit angesehen.

»Eine traurige Geschichte«, sagte ich. »Aber sie ist doch noch nicht zu Ende?«

»Nein. In jener Nacht gab es ein wüstes Schauspiel in den Straßen von Josselin. Entsetzliche Schreie erklangen, unbeschreibliche Dinge geschahen. Frauen und Mädchen stürzten aus den Häusern, rissen sich wie von Sinnen die Kleider vom Leibe, bellten wie Hunde, heulten wie Wölfe. Und Hunde und Wölfe waren sie nicht nur ihrer äußerlichen Erscheinung nach, sondern auch in ihrem Wesen. Zurück in die Häuser sprangen sie, wo ihre vor Verwunderung und Entsetzen gelähmten Männer ihrem Treiben tatenlos zusahen, und als sie wieder auf den Straßen erschienen, hielt jede der Wolffrauen ein Kind in den geröteten Fängen, ihr eigenes oder ein anderes, das sie mit ebensowenig Mitleid oder Reue wie das Tier, in das sie verwandelt worden, aus dem Bett oder aus der Wiege gerissen hatte. Aber nur – beachten Sie das wohl! – nur die Knaben wurden getötet. Die Mädchen wurden verschont, damit sie heranwachsen und den schrecklichen Fluch vererben und an ihre Töchter weitergeben konnten bis auf den heutigen Tag. Das, *monsieur*, ist die Sage von den bellenden Frauen.«

»Ich danke für die anschauliche Schilderung«, sagte ich. »Doch was ist an der Sache wirklich wahr?«

Didiers schmale Lippen verzogen sich zu einem rätselhaften Lächeln, als er den restlichen Inhalt der Flasche in sein Glas leerte.

»Die Wahrheit ist nicht so einfach festzustellen«, sagte er mit düsterem Ernst. »Fest steht, daß ein Teil der Frauen dieses Dorfes – nehmen wir an die Nachfahrinnen der Frauen, die die Heimatlose verhöhnten und mißhandelten – zu gewissen Zeiten von einem merkwürdigen Leiden, einer Krankheit, einem Fluch – nennen Sie es, wie Sie wollen – heimgesucht wird. Und hier verlassen wir das Reich der modrigen Sagen und stehen festen, unumstößlichen Tatsachen gegenüber. Sie finden Hinweise auf die bellenden Frauen von Josselin in zahllosen wissenschaftlichen Werken. Hervorragende Gelehrte haben Jahre ihres Lebens dem Studium dieses Phänomens gewidmet, wenngleich ein jeder eine Lösung zu finden trachtete, die seinen persönlichen Anschauungen und Neigungen entsprach. Die Theologen, beispielsweise, sind überzeugt, es handle sich um eine Strafe Gottes. Die Mediziner behaupten mit der gleichen Überzeugung, das Heulen und Bellen werde durch eine unbekannte, vererbbare Krankheit hervorgerufen, die krampfartige Bewegungen und Kontraktionen der Kehle bewirke. Die Psychologen vertreten die Theorie, man habe es mit einer Form von Autosuggestion oder Massenhypnose zu tun. Die Anthropologen wiederum glauben, eine Parallele, wenn nicht gar eine Lösung, im Totemismus gewisser

Primitiver zu finden und verweisen auf den beinahe auf der ganzen Welt verbreiteten Glauben, daß manche Menschen imstande seien, sich in Tiere zu verwandeln. Kurz, die Wissenschaft beweist, indem sie allzuviel zu beweisen sucht, zuletzt überhaupt nichts. Ich erwähne diese widersprüchlichen Theorien nur, um Ihnen zu zeigen, daß das Auftreten dieser Heimsuchung hinlänglich belegt ist, um die ernsthafte Aufmerksamkeit von Gelehrten zu fesseln, die gewöhnlich keinen Schatten nachjagen und keine Märchen zu ergründen trachten. Was aber die Lösung anbetrifft ... nun, als Männer von gesundem Verstand müssen wir die Tatsachen hinnehmen und erklären, so gut wir können.«

Meine Gedanken schweiften zurück zu dem großen grauen Wolf, der uns vor dem Teufelsgrab erschien und dann an derselben Stelle im Wald verschwunden war, an der uns wenige Augenblicke später furchtlos und gefaßt Corinne Lemerre entgegentrat. In diesem Augenblick brauchte es nur wenig, um mich davon zu überzeugen, daß in der alten Sage ein wahrer Kern steckte.

Ich beugte mich vor und legte dem alten Notar die Hand auf die Schulter.

»Sagen Sie mir, Maître Didier«, bat ich ernst, »wie lautet Ihre eigene Theorie?«

Ich fühlte, wie seine Schulter unter meiner Hand zuckte.

»*Mère de Dieu!* Wenn ich Ihnen meine geheimen Gedanken verriete, würden Sie denken, ich sei ebenso tief in den schwärzesten Aberglauben verstrickt wie diese unwissenden Bauern. Ich weiß nur, daß dieses Leiden – dieser Fluch, wenn Sie so wollen – noch nicht ausgestorben ist. Aber die Leute von Josselin schreien ihre Schande nicht in die Welt hinaus. Wenn die Zeit der periodischen Verwandlung naht, schließen sich die Frauen in ihren Zimmern ein oder sie verbergen sich in den Tiefen der Wälder, wo keines Menschen Auge ihre scheußliche Gestalt erblickt und kein unschuldiges Kind der Höllenwut ihrer Fänge ausgesetzt ist.«

In den Tiefen der Wälder! Die Worte klangen mit teuflischer Beharrlichkeit in meinem Geiste nach. Waren wir nicht in den Tiefen der Wälder Corinne Lemerre begegnet? War mein unglückseliger Freund drauf und dran, einen schönen Vampir zur Frau zu nehmen?

Während mir diese Gedanken durch den Kopf wirbelten, wurde ich undeutlich gewahr, daß der alte Mann noch immer sprach.

»*Certainement,* wenn man bedenkt, wie gut unser schreckliches Geheimnis gehütet wurde, braucht man sich nicht zu wundern, daß die Gelehrten so wenig Material, auf das sie ihre Theorien gründen konnten, in die Hand bekamen«, sagte er. »Ich habe heute abend mit Ihnen darüber gesprochen, damit Sie Ihren Freund warnen.«

»Damit ich ihn dazu überrede, Mademoiselle Lemerre am Vorabend des Hochzeitstages zu verlassen!« rief ich.

»*Doucement, doucement*«, mahnte der alte Mann. »Ich bin der letzte, der dazu raten würde, durch den Bruch des Verlöbnisses einen offenen Skandal heraufzubeschwören. Außerdem bedarf es für den Augenblick keiner Vorkehrungen. Ihrem Freunde selbst droht keine Gefahr, denn die Werwölfe von Josselin greifen keine erwachsenen Männer an. Später erst, wenn die Kinder kommen, wird die Tragödie beginnen.

Wenn Sie Ihren Freund lieben, warnen Sie ihn vor der Gefahr. Noch brauchen Sie ihm meine Worte nicht zu wiederholen; noch viele Monate oder, wer weiß, viele Jahre nicht. Aber wenn Ihnen sein Glück, sein Seelenfrieden am Herzen liegt, dann erzählen Sie ihm die Sage von den Frauen von Josselin an dem Tag, an dem sein Sohn und Erbe geboren wird.«

Als der alte Mann gegangen war, saß ich lange vor der verlöschenden Glut des Kamins und wartete rauchend und grübelnd auf Alans Rückkehr. Mein Hirn war ein Labyrinth von Zweifeln und Widersprüchen. Bald nahm ich mir vor, meinem Freund alles zu sagen, bald war ich ebenso fest entschlossen, kein Wort zu verraten. Würde er mir denn glauben? Und selbst wenn er meine phantastische Geschichte ernst nehmen könnte: würde er die Härte und den Mut aufbringen, seine schöne Braut in letzter Stunde zu verstoßen? Vor allem aber fragte ich mich, ob ich das Recht hatte, allein aufgrund der unbewiesenen Theorie eines misanthropischen Notars, dem eine Flasche Wein die Zunge gelöst hatte, den Ruf eines jungen Mädchens zu zerstören.

Im Innern wußte ich freilich, daß die Sage kein bloßes Hirngespinst war. Nun da ich den Schlüssel besaß, erinnerte ich mich zahlloser kleiner, an sich bedeutungsloser Vorfälle, die sie bestätigten. Die Dörfler hatten sogar einen Namen für die von der unheimlichen Krankheit befallenen Frauen: *les aboyeuses,* › Die Bellenden ‹. Ich hatte das seltsame Wort wohl Dutzende Male heimlich flüstern hören und nur nichts damit anzufangen gewußt. Jetzt aber…

Ich stand auf, zog die schweren Vorhänge zurück, drückte meine brennende Stirn gegen die kühle Fensterscheibe und starrte in die Nacht hinaus.

Der Mond, der wieder abzunehmen begonnen hatte, stand hoch am Himmel und badete das ganze Tal in sein mildes, silbernes Licht. Am flußseitigen Ende des Dorfes stiegen die drei Türme des alten Schlosses über dem blinkenden Wasser auf, ein eindrucksvolles Denkmal der Feudalherrschaft und Tyrannei.

Dahinter lag die Furt mit dem niedrigen, grasbewachsenen Ufer, seit undenklichen Zeiten der Waschplatz des Dorfes. Dort hatte die Heimatlose vergeblich um Barmherzigkeit gefleht.

Auf dem viereckigen Platz unter meinem Fenster stand die Kirche, von deren Stufen sie den schrecklichen Fluch geschleudert hatte. Ich sah im Geiste die hagere, ausgehungerte Gestalt vor dem Portal stehen und sich über der Leiche des Kindes wie eine Rachegöttin gegen die erschrockene Menge wenden…

Zum erstenmal begriff ich, warum auf den Straßen von Josselin kein Bettler vergeblich um Almosen bittet.

Ein Geräusch auf dem Pflaster unter mir lenkte meine Gedanken rasch in eine andere Richtung. Zwei Menschen standen vor der Tür des Gasthofes in leisem, vertraulichem Gespräch beisammen.

»*Au revoir, ma chèrie!*« Das war Alans Stimme, vor tiefer Leidenschaft zitternd. »Bis morgen!«

»Ja, bis morgen«, kam die Antwort, so leise hingehaucht, daß ich die Worte kaum vernahm. »*Viens m'embrasser...*«
Ihre Stimme ging in einem Lachen, einem langen Kuß unter.
Ich wandte mich bedrückt vom Fenster ab. Wie konnte ich nun sprechen? Wie konnte ich sie ihres Glücks berauben?
Ich schwieg in dieser Nacht. Am nächsten Morgen wurden sie Mann und Frau, so rasch Ring und Buch sie vereinen konnten.

Die wärmste Freundschaft vergeht vor dem heißeren Feuer der Liebe. Alan schrieb mir noch einige Male von seiner langen Hochzeitsreise aus Italien. Dann wurden seine Briefe seltener und kürzer, und schließlich hörte ich gar nichts mehr von ihm. Ich blieb noch eine Weile in Josselin und beendete das Bild, an dem ich zuletzt gearbeitet hatte. Dann zog ich weiter, durch Südfrankreich und Spanien, wohin immer meine Laune und die Schönheiten der Natur mich führten. Neue Landschaften, neue Interessen, neue Hoffnungen und Pläne ließen die Erinnerung an Alan Grantham und seine geheimnisvolle Braut allmählich verblassen, und unter dem weiten, sonnenhellen Himmel Kastiliens konnte ich über meine durch die grausige Sage von den Wolffrauen von Josselin heraufbeschworenen Ängste beinahe lächeln.
Zwei Jahre später erst, als ich einmal unweit Toledos vor einer kleinen *posada* am Rande einer Straße saß und auf die reißenden Wasser des Tajo hinausblickte, überwältigte mich plötzlich wieder die Erinnerung wie eine eisige Flut.
Der schmierige, unrasierte *patrón* händigte mir einen Brief aus, der eine englische Marke trug und mir, wie die vielen mit Bleistift gekritzelten Adressenänderungen bewiesen, von Ort zu Ort gefolgt war. Er enthielt eine kurze Botschaft, die jedoch die schrecklichsten Dinge ahnen ließ:
»Um unsrer alten Freundschaft willen: komme sofort. Ich brauche Deinen Rat und Deine Hilfe, wie ich sie noch nie gebraucht habe. Ich wage nicht, Dir meine Nöte zu schildern, denn ich fürchte, Du könntest denken, ich hätte den Verstand verloren. Komm ... und komm schnell!«
Darunter las ich eine hastig hingeschriebene Nachschrift, die länger war als der eigentliche Text des Briefes:
»Corinne erfreut sich bester Gesundheit und läßt herzlich grüßen. Sie hat die Geburt unseres Sohnes gut überstanden und ist schöner denn je. Der Junge ist ein reizendes Kerlchen. Du wirst ihn gernhaben. Wir haben ihn nach Dir genannt. Ich sollte der glücklichste Mann der Welt sein, und doch quälen mich Ängste, die um so schrecklicher sind, als sie jedem völlig absurd erscheinen müssen. Komm rasch, alter Freund.«
Das war ein Hilferuf, den ich nicht überhören durfte. Ich prüfte den Stempel. Der Brief war vor zwei Wochen aufgegeben worden.
Ich brauchte nicht mehr als fünf Minuten, um zu packen und mit dem Wirt abzurechnen. Dann setzte ich über den Fluß und erreichte zum Glück gerade noch einen Zug, der vom Hauptbahnhof von Toledo abging. In Madrid hatte ich zwei Stunden

Aufenthalt, aber der Zeitverlust wurde durch den schnellen Transkontinentalexpreß nach Paris mehr als wettgemacht, wo ich den Frühzug zur Küste nahm.
Dreißig Stunden nach Erhalt des Briefes schritt ich die Gangway der Kanalfähre hinunter und wurde von dem Mann, der mich nach England gerufen hatte, mit einem herzlichen Händedruck begrüßt.
»Ich habe dein Telegramm aus Paris bekommen«, sagte er, wie um seine unerwartete Anwesenheit zu erklären. »Ich kann dir nicht beschreiben, mit welcher Erleichterung ich erfuhr, daß du auf dem Wege zu mir warst.«
Ich begann ihm zu erklären, daß mich sein Brief erst nach langen Umwegen erreicht hatte, aber er unterbrach mich mit, wie mir schien, unnötiger Hast.
»Komm mit!« Er ergriff meine Hand, ignorierte den wartenden Zug und strebte auf das Tor zu, das auf die Straße führte. »Ich habe meinen Wagen draußen stehen. Wir können plaudern, während wir fahren. Wir wohnen gleich in der nächsten Grafschaft, ein paar Kilometer hinter der Grenze von Sussex. Auf der Straße kommen wir schneller hin als mit dem Zug.«
Die Marke und die luxuriöse Ausstattung des wartenden Autos schienen darauf hinzuweisen, daß Alans Nöte gewiß nicht finanzieller Natur waren. Ich wagte eine Bemerkung dieses Inhalts, als der Wagen anfuhr, aber er beachtete sie kaum.
»O ja, ich habe Erfolg gehabt«, sagte er nur. »Aber in letzter Zeit bin ich so in Sorge, daß ich zu keiner ernsthaften Arbeit mehr komme. Weißt du ... du darfst mich nicht für verrückt halten, wenn ich das nun sage, aber erinnerst du dich noch an den großen grauen Wolf, den wir damals in der Nacht beim Teufelsgrab sahen?«
»Ja«, antwortete ich gespannt. »Was ist mit ihm?«
»Die verfluchte Bestie ist mir hierher gefolgt.«
Ich zwang mich zu einem Lachen, aber wenn mein Freund nicht seine ganze Aufmerksamkeit auf die Straße vor uns gerichtet hätte, würde er mir meine wahren Gefühle vom Gesicht abgelesen haben.
»Na hör mal«, sagte ich spöttisch. »Ist das nicht ein bißchen stark, alter Junge? Von der Bretagne nach Sussex ist es ein weiter Weg, und dazwischen liegt ein kleines Hindernis, das man den Ärmelkanal nennt.«
»Ich frage nicht danach, wie weit es ist oder was für Hindernisse überwunden werden müssen. Ich würde die Bestie überall wiedererkennen, und ich bin sicher, daß dieser Wolf und kein anderer seit Wochen unser Haus heimgesucht – genaugenommen seit das Kind da ist.«
Das Kind! Auch in diesem Punkte schien sich die Erzählung des alten Notars zu bewahrheiten.
»Es ist ein Junge, nicht wahr?« fragte ich, mehr um die Pause zu überbrücken als aus irgendeinem anderen Grunde.
»Natürlich ist es ein Junge!« antwortete Alan gereizt. »Schrieb ich dir nicht, daß wir ihm deinen Namen gegeben haben?«
»Und du meinst, dieser Wolf will dem Kleinen etwas antun?«
»Was sonst?« fragte er schroff. »Das Tier hat ein halbes dutzendmal versucht, ins

Kinderzimmer einzudringen. Zum Glück wurde es jedesmal gesehen und vertrieben, bevor es etwas anrichten konnte. Das Seltsame ist nämlich, daß es nie versucht, Erwachsene anzugreifen. Das wird uns unsere Aufgabe erleichtern.«
»Unsere Aufgabe?«
»Ja. Du mußt mir helfen, den Wolf in seinem Schlupfwinkel aufzuspüren und unschädlich zu machen. Erst, wenn ich ihn tot vor mir liegen sehe, werde ich das Gefühl haben können, daß Corinne und ihr Kind sicher sind.«
Ich brauchte meine ganze Selbstherrschung, um nicht zynisch aufzulachen. Was ich ihm antwortete, weiß ich nicht mehr, aber während der übrigen Fahrt saß ich schweigend neben ihm oder machte nur kurze, gleichgültige Bemerkungen. Ich hatte mit meinen eigenen düsteren Gedanken genug zu tun. Wieder einmal war ich in ein Netz von Geheimnissen und lauernden Gefahren verstrickt, aber der Mann neben mir ahnte nicht, worauf die Unternehmung, zu der er meinen Beistand erbeten hatte, wirklich hinauslief!
Die rund achtzig Kilometer Küstenstraße lagen bald hinter uns. Wir wandten uns unweit der Stelle, wo die Schlacht von Hastings stattgefunden hatte, landeinwärts. Zwanzig Minuten später bog der Wagen durch ein Tor in eine lange Allee ein, und ich sah zum erstenmal das Haus.
Es hieß ›Einödhof‹, und ich fand den Namen sehr treffend. Das geräumige alte Gebäude stand, von Wald umgeben, auf der Kuppe eines Hügels, und wenn es zwar den heftigen Winden ausgesetzt war, die manchmal von der See herein wehten, so bot es doch eine wundervolle Aussicht. Im Süden zog sich, von Beachy Head bis Dungeness, in weitem Bogen die Küste hin. In allen anderen Richtungen wurde der Horizont von den Kalkhügeln begrenzt, die größtenteils leer und verlassen wirkten, obgleich man da und dort das Dach eines einsamen Bauernhauses erblickte, das sich in eine Falte der welligen Hügel schmiegte.
Der Einödhof war, wie sein Name andeutete, ursprünglich als größerer Gutshof angelegt worden. Das war zur Zeit der Königin Elizabeth gewesen, und mit seinen Fachwerkgiebeln und den seltsamen Winkeln und Vorsprüngen in den Zimmern, deren Decken aus schwerem Eichengebälk bestanden, war er ein schönes Beispiel für die ländliche Architektur jener Tage. In den langen, breiten Gängen gab es so viele kleine Treppen, die nach unten und nach oben führten, daß man, ohne aus dem Fenster zu sehen, nie zu sagen vermochte, in welchem Stockwerk man sich befand. Kurz, es war ganz das Haus, das sich ein Gespenst mit Sinn für altehrwürdige Traditionen als Schauplatz seiner nächtlichen Umtriebe ausgewählt haben würde. Ich wollte schon eine scherzhafte Bemerkung dieses Sinnes machen, als ich aus dem Wagen stieg, aber dann sah ich Alans verkniffenes Gesicht und schwieg. Er war in diesem Augenblick wohl nicht in der Laune, einen Scherz okkulter oder anderer Natur richtig zu würdigen.
Mein Freund betrat wortlos das Haus und ging vor mir her zu der großen, mit Fliesen ausgelegten Küche, die nun in ein bequemes Speisezimmer verwandelt worden war. An der Schwelle blieb er mit einem überraschten Ausruf stehen.

»Wir scheinen Besuch zu haben!«
Zwei Männer, beide kräftig gebaut und mit Tweedanzügen und Gamaschen, erhoben sich von ihren Sesseln vor dem breiten Kamin und kamen auf uns zu.
»Guten Tag, Mr. Grantham«, sagte der ältere, ein graubärtiger Sechziger. »Ich glaube, Sie kennen mich. Ich bin Enoch Varden von der Vale Farm drüben auf der andern Seite, und mein Freund hier ist der Farmer Sowerby aus...«
»Ja, ja, ich kenne Sie beide«, unterbrach ihn Alan ungeduldig. »Ich nehme an, Sie haben auf meine Rückkehr gewartet und wollen mit mir sprechen.«
»Allerdings, Sir«, antwortete der Bärtige in einem Ton, der zwischen Ehrerbietung und unterdrücktem Ärger schwankte. »Wir kommen in einer sehr unangenehmen Angelegenheit, Mr. Grantham.« Er hielt inne und warf einen fragenden Blick in meine Richtung. »Um Vergebung, Sir. Ist dieser Herr ein Freund von Ihnen?«
»Ja, das ist er«, sagte Alan warm. »Mein ältester, bester Freund, Sie können in seiner Gegenwart offen sprechen.«
Der Farmer Varden zögerte, von dieser Einladung, sein Anliegen vorzubringen, Gebrauch zu machen. Er stand wieder vor dem Kamin, räusperte sich mehrere Male laut und trat verlegen von einem Fuß auf den andern.
»Sehen Sie, Sir«, platzte er schließlich heraus. »Ich bin ein friedfertiger Mensch, einer, der mit seinen Nachbarn so gut wie möglich auszukommen versucht, und ich hoffe, Sie werden das, was ich zu sagen habe, so auffassen, wie es gemeint ist. In der vorletzten Nacht wurden auf Sowerbys Farm sieben Schafe zerrissen, und heute morgen sehe ich, daß es einem runden Dutzend von meiner eigenen Herde genauso ergangen ist.«
»Was Sie nicht sagen!« Alans Stimme klang nicht sonderlich überrascht. »Das ist sehr bedauerlich. Ich nehme an, Sie sind gekommen, um mich vor einem wilden Tier zu warnen, das in dieser Gegend sein Unwesen treibt.«
Varden schüttelte den Kopf. »Wir möchten Sie ersuchen, Ihre Hunde nachts an die Kette zu legen«, sagte er.
»Meine Hunde!« Alan lachte. »Guter Mann, ich habe keine Hunde. Meine Frau kann Hunde nicht ausstehen, und daher gibt es bei mir natürlich auch keine.«
Die beiden Farmer starrten ihn ungläubig an. Sowerby machte zum erstenmal den Mund auf. »Nicht einen einzigen?«
»Nicht ein einziges Haar von einem Hund«, antwortete mein Freund fest. »Sie müssen das Tier, das Ihre Schafe gerissen hat, woanders suchen.«
Enoch Varden hob seine schwielige Hand und kratzte sich den Kopf. »Natürlich, wenn Sie es sagen, Sir, müssen wir Ihnen wohl glauben...«
»Das dürfen Sie mit dem größten Vertrauen«, sagte Alan ruhig.
»Ich will Sie nicht kränken, Sir«, erklärte Varden, »aber trotzdem... Ich muß sagen, die Sache sieht sehr merkwürdig aus. Der alte Miles, Sowerbys Hirte, verfolgte die Spur des Tieres am Morgen, nachdem die Schafe getötet worden waren, und der alte Miles hat seine fünf Sinne beisammen. Er sagt, es war die Fährte eines großen Hundes, des größten, den er je gesehen hat. Ich kann es bestätigen, denn

ich war nach dem Überfall auf meine Herde um vier Uhr morgens auf den Beinen und habe die Spur im weichen Boden kilometerweit verfolgt.«
»Und wohin führte sie?« fragte Alan.
»Geradewegs hierher, Sir, und hier hörte sie auf. Tritt für Tritt klar und deutlich wie auf Papier gedruckt, Ihre Auffahrt entlang und ein paar Abdrücke sogar auf den Stufen und zur Tür hinein, *aber nicht wieder heraus*!«
Ich sah, wie Alan Grantham plötzlich erbleichte, und erriet seine Gedanken.
»Das muß der große graue Wolf sein, der ständig ums Haus schleicht!« rief er. Die Augen der Farmer wurden rund wie Untertassen.
»Ein Wolf!« rief Varden. »Wer hat je von so einem Tier in Sussex gehört!«
»Und doch ist er da«, sagte Alan achselzuckend. »Vielleicht ist er irgendwo ausgebrochen, aus einem Zirkus, zum Beispiel. Wie dem auch sei. Sie können selbst Abhilfe schaffen. Sie haben natürlich Gewehre?«
»Ja, Sir«, antworteten die beiden einstimmig.
»Gut. Bewaffnen Sie so viele Männer wie möglich, und lauern Sie der Bestie auf. Das wollen auch mein Freund und ich tun. Ich hoffe, wir haben Glück und kommen zum Schluß.«

Noch vor Einbruch der Nacht erhielten wir den Beweis für die Richtigkeit der Theorie meines Freundes. Die Identität des vierbeinigen Marodeurs wurde von einem Angehörigen der motorisierten Gendarmerie bestätigt, der mit seinem Motorrad vorfuhr, als wir gerade beim Abendessen saßen.
»Ja, Sir, es ist tatsächlich ein Wolf«, sagte er. »Eine unserer Streifen hat das Tier gesichtet. Ein gewisser Morris, ein alter Soldat, der in der Expeditionsarmee in Rußland gedient und Wölfe in freier Wildbahn gesehen hat. Er konnte das Tier genau beobachten, als es auf der Straße an ihm vorbei und auf dieses Haus zu trottete. Leider war er unbewaffnet und außerstande, etwas zu unternehmen, aber gesehen hat er es ganz genau, und er ist bereit zu schwören, daß es ein Wolf war und nicht ein großer Hund, genauer gesagt ein Wölfin, die erst kürzlich geworfen hat.«
»Auch das noch!« stöhnte Alan. »Das macht alles noch viel schlimmer. Wenn sie ihre Jungen großzieht, wird bald die ganze Gegend von Wölfen wimmeln. Hatte die Dame ihre Familie bei sich?«
Der Gendarm schüttelte den Kopf. »Nein, aber ihre Zitzen waren prall gefüllt. Morris züchtet Hunde und kennt sich aus. Er sagt, die Tiere seien in diesem Zustand besonders wild, verschlagen und gefährlich. Ich hielt es für das beste, Sie zu warnen.«
»Ich bin Ihnen sehr dankbar«, sagte Alan und drückte dem Gendarmen rasch etwas Knisterndes in die Hand.
»Danke, Sir.« Der Mann tippte an den Rand seiner Mütze.
»Gute Nacht.«
Ich hatte dieses Gespräch von der Tür des Speisezimmers aus mit angehört, und meine letzten Zweifel machten einer schrecklichen Gewißheit Platz. Die geheim-

nisvolle Wölfin hatte erst kürzlich geworfen – und Corinnes Kind war gerade zwei Wochen alt! Das war das letzte, überzeugendste Glied in der langen Kette der Beweise für den Wahrheitsgehalt der alten Sage von Josselin!
Nun mußte ich sprechen. Was für Folgen meine Enthüllung auch haben mochte: mein Gewissen gestattete mir nicht, die Wahrheit noch länger zu verschweigen. Ich mußte eine Tragödie riskieren, um eine noch größere abzuwenden.
Der Gendarm war kaum gegangen, als ich meinen Freund am Arm nahm und in das Arbeitszimmer neben dem Speisezimmer führte.
»Was gibt's denn so Geheimnisvolles?« fragte er, als er mich die Tür schließen sah.
»Alan«, sagte ich leise. »Ich will von dem Recht eines alten Freundes Gebrauch machen, aber, glaube mir, ich gehorche eher der Pflicht als meinen eigenen Neigungen, wenn ich sage, was ich dir nun sagen muß. Corinne, die Frau, die du geheiratet hast, ist...« Ich suchte nach Worten, die den Schlag, den ich ihm versetzen mußte, abschwächen konnten... »Corinne ist nicht wie andere Frauen...«
»Wem sagst du das!« rief er begeistert, ohne zu ahnen, worauf ich hinauswollte. »Sie ist ein Juwel! Ich werde dem Himmel noch auf meinem Sterbebett für den Zufall danken, der sie mir über den Weg führte und die Meine werden ließ!«
Die Glut, mit der er diese Worte sprach, brachte mich beinahe von meinem Vorsatz ab. Ich empfand nun den Gedanken, daß ich, sein bester Freund, vom Schicksal dazu ausersehen war, ihm eine so grausame Enttäuschung zu bereiten, wie einen Dolchstoß in mein eigenes Herz. Aber ich konnte nicht mehr zurück.
»Ich spreche nicht von ihrer Schönheit, ihrem Geist«, fuhr ich mit großer Anstrengung fort. »Es ist etwas anderes ... etwas, wofür sie selbst nichts kann. Mein armer Freund, die Frau, die du so liebst, ist...«
»Doch nicht tot!« Er packte mich so fest am Arm, daß meine Muskeln gefühllos wurden. »Sag nicht, Corinne sei dem verfluchten Wolf zum Opfer gefallen! Sag nicht, sie sei tot!«
»Ich wollte, sie wäre es!« rief ich gegen meinen Willen.
»Was!« Seine Hand schloß sich um meinen Arm wie ein Schraubstock. »Um Gottes willen, was soll das heißen?«
»Corinne Lemerre war und ist eine...«
Vier Schüsse, die kurz nacheinander draußen fielen, schnitten mir das Wort ab. Froh über den Aufschub stürzte ich zur Haustür und stieß sie weit auf. Auf den Stufen stand eine stämmige, blaugekleidete Gestalt. Es war der Gendarm, der uns eben erst verlassen hatte, und in der Hand hielt er eine automatische Pistole.
»Der Wolf«, keuchte er. »Als ich durch die Büsche ging, sah ich ihn aus einem der unteren Fenster springen. Er trug etwas in den Fängen. Es sah aus wie ein großes Kleiderbündel.«
»Mein Gott!« schrie Alan. »Das Kind! Wir müssen ihm nach... Wartet, ich hole die Gewehre.«
»Haben Sie ihn getroffen?« fragte ich den Gendarmen.
»Ich glaube, ja, aber das Licht war schlecht. Der Mann leuchtete mit seiner Ta-

schenlampe den Kies ab. Plötzlich rief er: »Ja, ich habe ihn erwischt. Sehen Sie, da ist Blut auf den Steinen!«

»Hier, nimm das!« Alan drückte mir im Vorbeilaufen ein Jagdgewehr in meine zögernde Hand. »Es ist geladen, aber schieß nur, wenn du sicher bist, daß du nicht das Kind triffst... Wohin ist er gelaufen?« fragte er den Gendarmen.

»Schwer zu sagen, Sir. Er verschwand einfach im Dunkeln. Aber hier ist seine Spur.« Er ließ den Lichtkegel seiner Lampe einer unregelmäßigen Linie von Blutspritzern folgen.

»Schwer verletzt«, sagte Alan und riß dem Gendarmen die Lampe förmlich aus der Hand. »Weit kann er nicht kommen.«

Im nächsten Augenblick stieß er einen enttäuschten Ruf aus. Die unheimliche Spur bog in das dichte Buschwerk ab und ließ sich nicht weiter verfolgen.

»Wir müssen uns trennen und das Gelände gründlich durchkämmen«, flüsterte er erregt. »Schießt, sobald ihr etwas seht, aber achtet mir auf das Kind.«

Wir gehorchten und taten unser Bestes, um die Spur wiederaufzunehmen. Diese ziellose Jagd im Dunkeln war ermüdend und nervenzermürbend. Nach einer Weile traf ich mit dem Gendarmen auf einer kleinen Lichtung unweit des Hauses wieder zusammen.

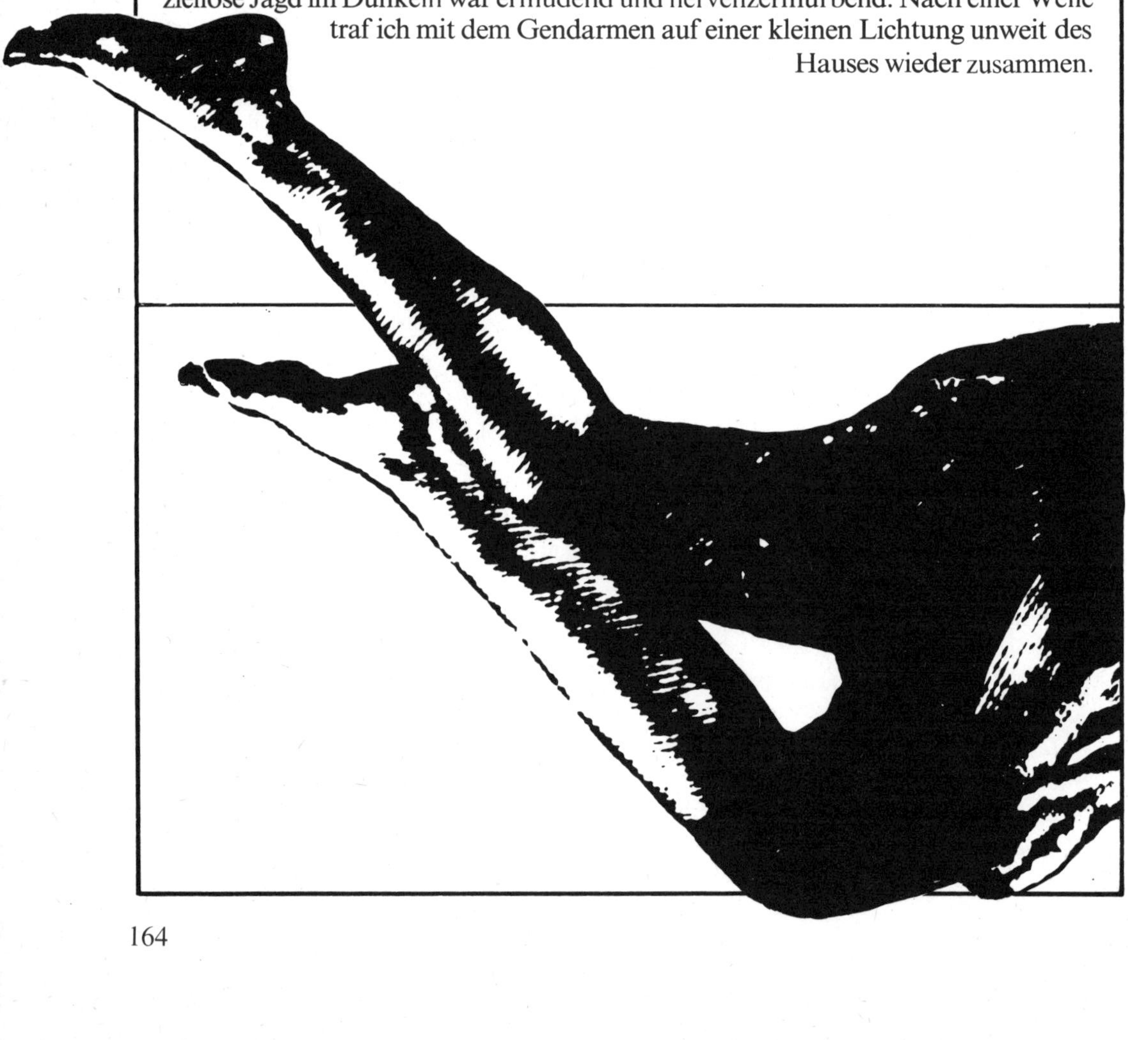

»Was für ein Unternehmen!« murmelte der Mann grimmig. »Es ist, als suchte man in einem Heuhaufen eine Nadel, die gar nicht drin ist. Wahrscheinlich ist der Wolf längst über alle Berge, und Ihr Freund sieht sein Kind nie wieder!«
Seine Worte brachten mich auf einen Gedanken. »Der Wolf ist vielleicht ins Haus zurückgekehrt«, sagte ich.
»Ins Haus?« Er sah mich überrascht an, was ich ihm nicht verdenken konnte. »Wie kommen Sie darauf?«
»Es ist nur so ein Einfall, aber ich denke, wir sollten nachsehen. Kommen Sie mit?«
»Wenn Sie meinen, daß es dafürsteht... Soll ich den Chef rufen?« fragte er und deutete mit dem Kopf in die Richtung, in der wir Alan laut durchs Gebüsch brechen hörten.
»Lieber nicht«, sagte ich. »Wenn meine Vermutung stimmt, lassen wir ihn besser aus dem Spiel.«
Wir erreichten unbemerkt das Haus, und ich ging sofort nach oben.
»Sie hatten recht!« rief der Gendarm und zeigte auf einen roten Fleck auf dem weißen Lack einer der Türen.
Ich nickte stumm und nahm mein Gewehr schußbereit zur Hand. Die blutbeschmierte Tür führte zu Corinnes Schlafzimmer.
Das Zimmer lag im Dunkeln, als ich die Tür aufstieß, aber das tiefe, drohende Knurren, das unseren Eintritt begrüßte, zeigte, daß es nicht leer war.
Ich drückte den Lichtschalter nieder – und dann stand ich und starrte auf das unglaubliche Bild, das mir das Licht enthüllte. Nicht der große Wolf, der zusammengerollt auf dem Bett lag, ließ meinen Atem stocken – auf ihn war ich gefaßt. Nein, was mich erschütterte und erregte, war der Anblick des Säuglings, der sich

zwischen die Vorderpfoten des riesigen Tieres kuschelte und zufriedene Laute von sich gab, während er mit seinen kleinen molligen Händchen an dem weichen grauen Fell zerrte.
Das Gewehr glitt mir aus der Hand und fiel auf den Boden. Mein Verstand vermochte kaum zu fassen, was meine Augen sahen. Dann überkam mich wie ein Licht vom Himmel die Erkenntnis:
Die göttliche, unbesiegbare Mutterliebe hatte über den alten schrecklichen Fluch triumphiert. Die große wilde Wölfin säugte das Kind, das zu töten sie verdammt war! Das alles erkannte ich, aber der Gendarm hinter mir hatte nur Augen für das Tier. Ich sah den polierten Stahl aufblitzen, als er die Hand vorstreckte.
»Nicht schießen, Sie Narr!« rief ich und knipste schnell das Licht aus, um ihm das Ziel zu verbergen.
Doch in dem Augenblick, in dem das Licht ausging, spaltete eine Flammenzunge die Dunkelheit, und der Knall einer Pistole folgte wie ein kleiner Donnerschlag.
»Sie Narr!« rief ich noch einmal. »Was haben Sie getan!«
»Ich denke, ich habe mit der Bestie abgerechnet...«
Seine Prahlerei erstarb in einem sinnlosen Murmeln, als ich das Licht wieder einschaltete.
Der Wolf war verschwunden. An seiner Stelle lag, marmorweiß und regungslos, der Leichnam Corinne Granthams – der Frau, die den Fluch gebrochen hatte, der seit Jahrhunderten auf den Frauen von Josselin lag.

Der Gendarm ließ die nachfolgende Untersuchung wie ein Mann über sich ergehen. Der arme Kerl bekam mehr als seinen Anteil an gehässigen Bemerkungen über ›mangelnde Vorsicht im Umgang mit Feuerwaffen‹ zu hören, aber er war klug genug, nichts von der merkwürdigen Verwandlung einer Wölfin in eine Frau im Augenblick des Todes zu sagen.
Er wußte wohl, daß ihm diese Geschichte niemand geglaubt hätte, und wollte nicht, nachdem er schon als ungeschickter Schütze galt, auch noch als ungeschickter Lügner dastehen. Dank der Großzügigkeit Alans, der keine weiteren Fragen stellte, konnte ich dafür sorgen, daß der Mann seine Zurückhaltung nicht zu bereuen brauchte. Heute ist er wahrscheinlich der wohlhabendste Gendarm von ganz Sussex, sofern er nicht längst den Dienst quittiert hat.
Das Urteil des Untersuchungsrichters lautete auf ›Tod durch Unglücksfall‹. Und dabei ist es bis heute geblieben.
Alan Grantham, der zwischen dem Kummer über den Tod seiner Frau und der Freude über die Rettung seines Sohnes hin und her schwankte, ahnte nichts von der wahren Natur des › Unglücksfalles ‹, durch den der gordische Knoten des düsteren Schicksals, in das seine Frau verwoben gewesen, so gnädig gelöst worden war. Und er wird die Wahrheit nie erfahren – es sei denn an dem Tage, da jenseits des Grabes alle Geheimnisse entschleiert werden.

Seabury Quinn
Die Herren des Geisterlandes

Jules de Grandin bewegte den Kognakschwenker vor seiner Nase hin und her und genoß das Bouquet des *Fin champagne* mit der entzückten Miene des Kenners. Er probierte einen kleinen Schluck, und sein Entzücken verwandelte sich in Ekstase.
»*Parbleu*«, murmelte er. »›Guter Wein‹, pflegte mein Freund François Rabelais zu sagen, ›ist die lebendige Seele der Traube, aber guter Kognak ist der lebendige Geist des Weines‹, und...«
»Teufel!« rief Dr. Taylor dazwischen, als er mit einem nervösen Ruck des Ellenbogens den seifenblasendünnen Schwenker von dem Tablett an seiner Seite stieß und das Glas auf dem Boden zerklirrte.
»*Quel dommage*... Was für ein Jammer!« klagte de Grandin. »Das schöne Glas zu verlieren, ist ein Unglück, Monsieur, aber der *vieux cognac* ... er ist unbezahlbar. Ihn zu verlieren ist eine Katastrophe!«
»Sie wissen nicht, wie recht Sie haben!« erwiderte Dr. Taylor grimmig. »Das war die letzte Flasche ›Jérôme Napoléon‹ in meinem Keller, und der Himmel weiß, wann ich wieder welchen bekomme. Aber ein Unglück kommt selten allein. Heute morgen beim Frühstück stieß ich meine Kaffeetasse um, heute nachmittag ließ ich beinahe einen kostbaren Papyrus ins Feuer fallen, und jetzt...« Er unterbrach sich mit einer Grimasse des Abscheus vor sich selbst... »Ich hoffe nur, daß damit meine Pechsträhne ein Ende hat.«
»Ich verstehe, Monsieur.« De Grandin nickte mitfühlend. »Es sind die Zeiten ... der Krieg, die...«
»Nein, dafür können wir nicht den Krieg verantwortlich machen«, widersprach Taylor. »Ich gebe es nicht gern zu, aber seit einigen Tagen bin ich zappelig wie ein junger Hund; ja, der Vergleich ist recht treffend. Ich könnte geradezu behaupten, ich sei ganz auf den Hund gekommen.«
»*Comment*?« De Grandins Brauen hoben sich um den Bruchteil eines Zentimeters. »Ich verstehe nicht recht, Monsieur. Was haben Sie neuerdings mit Hunden zu schaffen?«
Unser Gastgeber mußte unwillkürlich lachen. »Nichts, Dr. de Grandin, absolut nichts. ›Auf den Hund kommen‹ ist eine Redewendung, die soviel bedeutet wie ›ganz herunterkommen‹, in materieller oder moralischer Hinsicht. Diese verflixte Mumie treibt mich zur Verzweiflung!«

Diesmal wollte sich de Grandin nicht überrumpeln lassen. »Haben Sie die Güte zu übersetzen, Freund Trowbridge«, sagte er zu mir. »Ist das wieder so eine Redewendung? Ist diese Mumie ein richtiger *cadavre* oder am Ende eine Großmutter?«
»Nein!« Dr. Taylor mußte an sich halten, um nicht laut loszulachen. »Das ist keine Redewendung, Dr. de Grandin. Ich wollte, es wäre so! Wissen Sie, ich bin nicht abergläubisch, aber seit einer Woche habe ich Angst – seit wir nämlich im Museum eine neue Mumie bekommen haben. Ihr Eintreffen war durch den Krieg und andere Umstände verzögert worden, und als sie plötzlich ankam, waren wir alle überrascht. Da mehrere meiner jüngeren Kollegen eingerückt sind, übernahm ich sie. Ich wollte, ich hätte es nicht getan, denn wenn ich mich nicht sehr irre, ist sie das, was man eine ›unglückliche‹ Mumie nennt. Ich bin nicht abergläubisch, aber...«
»Ich möchte meinen, man könnte jede Mumie unglücklich nennen«, warf ich ein wenig albern ein. »Aus der Ruhe des Grabes gerissen, über viertausend Meilen Wasser befördert und dann von Leuten begafft werden, die man für Barbaren halten muß...«
Mein kläglicher Versuch zu scherzen stieß bei Dr. Taylor auf taube Ohren. »Wenn ein Ägyptologe von einer ›unglücklichen‹ Mumie spricht«, unterbrach er mich beinahe schroff, »so spielt er nicht auf ihr persönliches Unglück an, sondern darauf, daß sie den Lebenden Unglück bringt. Nennen Sie das Unsinn, wenn Sie wollen – und Sie werden es wohl so nennen. Wir haben jedoch einigen Grund zu der Annahme, daß die alten Götter Ägyptens die Macht besitzen, diejenigen zu strafen, welche die Mumien von im Unglauben Gestorbenen stören. Solche Mumien bringen allen, die irgend etwas mit ihnen zu tun haben, Unglück. Tut-ench-Amon ist ein klassisches Beispiel. Er war zu Lebzeiten ein Ketzer und hatte die ›Alten‹ beleidigt – oder vielmehr ihre Priester, was letzten Endes auf dasselbe hinauslief. Als er starb, gab man ihm zwar ein Prunkbegräbnis, aber man stellte nicht die Statue Amon-Res auf den Bug der Barke, die ihn über den See der Toten brachte, und auch die Bilder von Seb, Tem, Nephthys, Osiris und Isis wurden ihm nicht ins Grab gegeben. Tut-ench-Amon war trotz seiner verspäteten Bemühungen, sich mit der Priesterschaft auszusöhnen, nach den Maßstäben der damaligen ägyptischen Theologie wenig besser als ein Atheist, und der Zorn der Götter verfolgte ihn über das Grab hinaus. Sie wollten nicht, daß sein Name der Nachwelt überliefert werde oder daß seine Überreste einst wieder ans Tageslicht kämen.
Und nun beachten Sie, was in unseren Tagen geschah: Im Jahre 1922 entdeckte Lord Carnarvon das Grab. Er hatte vier Mitarbeiter. Carnarvon selbst und drei dieser Mitarbeiter starben ungefähr innerhalb eines Jahres nach der Öffnung des Grabes. Oberst Herbert und Dr. Evelyn-White waren unter den ersten, die das Grab betraten. Beide starben vor Ablauf von zwölf Monaten. Sir Archibald Douglas röntgte die Mumie. Er starb beinahe noch ehe die Platten entwickelt werden konnten. Sechs von den sieben französischen Journalisten, die das Grab kurz nach der Öffnung betraten, starben binnen Jahresfrist, und fast alle Arbeiter, die bei den Ausgrabungen beschäftigt gewesen waren, starben, bevor sie ihren Lohn

ausgeben konnten. Die Todesarten waren verschieden, aber Tatsache ist, daß sie alle starben!
Nicht nur das: Sogar kleine Gegenstände aus Tuts Grab scheinen eine unheilvolle Wirkung zu besitzen. Es gilt als erwiesen, daß alle Aufseher des Museums in Kairo, die in oder nahe dem Raum Dienst tun, in dem die Funde aus Tut-ench-Amons Grab ausgestellt sind, aus unerklärlichen Gründen erkranken oder sterben. Wundert es Sie, daß man diese Mumie für unheilbringend hält?«
»*Bien Monsieur. Et puis*?« sagte de Grandin, als unser Gastgeber in mürrisches Schweigen versank.
»Was weiter? Nur das: Diese Mumie, die ich mir da aufgeladen habe, ist mehr als merkwürdig. Sie stammt aus der 18. Dynastie, soviel steht fest, aber sie ist anders als alle andern, die ich bisher gesehen habe. Keine Gesichtsmaske und keine Begräbnisstatue – weder auf der Mumie selbst, noch im Sarg, und auf dem Sarg keine Inschrift... Sehen Sie, die alten Ägypter schrieben stets den Titel und die Lebensgeschichte des Verstorbenen auf den Sarg, doch dieser Sarg ist nackt, kahl, ein schönes Gehäuse aus hartem, dünnem Zedernholz, das man nicht einmal lackiert hat. Und noch etwas ist sonderbar: Die meisten Sargdeckel werden durch vier kleine Zapfen gehalten – zwei auf jeder Seite –, die in Nuten im unteren Teil eingreifen und mit Hartholzpflöcken festgekeilt sind. Dieser Sarg hat aber deren acht, drei auf jeder Seite und je einen an den Enden. Man wollte sich offenbar vergewissern, daß derjenige, der in diesen Sarg gelegt wurde, nicht ausbrechen konnte. Außerdem – und das ist mehr als ungewöhnlich – hat man den Boden des Sarges mit einer zwei Zoll dicken Schicht von Gewürzen bedeckt.«
»Mit Gewürzen?« wiederholte de Grandin.
»Ja, mit Gewürzen! Wir haben noch nicht alle analysiert, aber bisher haben wir Nelken, Lavendel, Zimt, Aloe, Thymian, Ingwer, Senf, spanischen Pfeffer und gewöhnliches Kochsalz identifiziert.«
De Grandin spitzte die Lippen zu einem unhörbaren Pfeifen. »Ungewöhnlich, *vraiment*«. Und haben Sie ihn oder sie schon ausgewickelt oder geröntgt?«
»Ja und nein.«
»*Comment*? *Oui et non*? Ist das vielleicht die berühmte Doppelzündigkeit, von der man soviel hört?«
»Nicht ganz«, erwiderte unser Gastgeber lächelnd. »Ich wollte sagen: Ich habe die erste Lage abgewickelt, die mit Erdpech verklebte Kruste sozusagen, und dann die in die inneren Binden gehüllte Mumie mit dem Fluoroskop untersucht...«
»Und dann, Monsieur?« drängte de Grandin, als Dr. Taylor so lange schwieg, daß wir schon glaubten, er werde nichts mehr sagen.
»Das ist es eben, Dr. de Grandin... Es sieht schlimm aus. Was ich fand, bestätigt meinen ersten Verdacht, daß ich es mit einer ›unglücklichen‹ Mumie zu tun habe. Woeltjin, Dr. Oris Woeltjin fand sie in einem geschickt versteckten Grab zwischen Nagada und Der el Bahâri, am Ostrand der Libyschen Wüste, das heißt in einem Gebiet, das man vor Jahren als gründlich durchforscht aufgegeben hatte. Während

der Grabarbeiten wurden zwei seiner Fellachen von Grabspinnen gebissen. Sie starben unter furchtbaren Krämpfen. Das ist sehr ungewöhnlich, denn die ägyptische Grabspinne ist zwar häßlich, aber nicht sehr giftig. Ich bin selbst schon ein halbes dutzendmal von solchen Tieren gebissen worden und habe nicht halb soviel gelitten wie nach einem Skorpionstich. Die übrigen Arbeiter bekamen es mit der Angst und ließen ihn im Stich, aber Woeltjin gab nicht auf. Er heuerte in der Umgebung Arbeiter an, denen er doppelten Lohn zahlte, und erreichte endlich die Grabkammer.

Das war jedoch erst der Anfang. Er hatte die größten Schwierigkeiten, als er mit der Mumie den Nil hinuntersegelte. Die halbe Besatzung seiner *dehabijah* erkrankte an einem geheimnisvollen Fieber. Einige starben, die anderen sprangen über Bord, so daß er für eine Reise, die unter normalen Umständen fünf Tage gedauert hätte, volle zwei Wochen brauchte. Nun läßt heute die ägyptische Regierung keine Mumie mehr aus dem Lande, aber Woeltjin kannte seine Pappenheimer. Er schmeichelte, wo er konnte, und zahlte Bestechungsgelder, wo er mußte, und schmuggelte das Ding endlich in einer Kiste aus dem Lande, die angeblich Smyrna-Schwämme enthielt. Er kam bis Liverpool; dann starb er.

Nun lag die Mumie über zwei Jahre in den Lagerhäusern von Liverpool, woran zum Teil der Krieg schuld war, und als sie schließlich hier ankam, hielt unsere Speditionsabteilung sie – ob Sie's glauben oder nicht – tatsächlich für einen Posten Schwämme und ließ sie beinahe noch einmal zwei Jahre in unserem Lager herumliegen. Der Kurator entdeckte sie letzte Woche durch reinen Zufall. Und nach dieser Vorgeschichte bestätigt mir das, was ich gestern entdeckte, meinen Verdacht. Diese Mumie bringt Unglück.«

Jules de Grandin beugte sich in seinem Sessel vor. »*Nom d'un million de moustiques pestifères, Monsieur.* Was haben Sie denn entdeckt?« fragte er. »Ich brenne vor Neugier.«

Taylor lächelte, ein wenig grimmig, schien mir. »Der Leuchtschirm zeigte mir, daß sämtliche Rippen gebrochen sind. Entweder starb sie an einer schweren Verletzung, wie sie heute bei Verkehrsunfällen vorkommen, oder...« Er unterbrach sich und nahm einen Schluck Kognak... »Oder sie wurde durch ein Ritual getötet, das ungefähr der *peine forte et dure* der mittelalterlichen englischen Strafgerichte entspricht; das heißt, sie wurde unter einem Haufen großer Steine zerdrückt.«

»Es kann aber doch ein Unfall gewesen sein«, wandte ich ein. »Diese zweirädrigen Wagen der alten Ägypter waren nicht sehr stabil, und es wäre durchaus möglich...«

»Möglich, aber nicht wahrscheinlich, wenn man in Betracht zieht, was in dem Papyrus steht. Ich fand ihn nach der Durchleuchtung. Er war – heimlich, möchte ich sagen – zwischen die beiden Lagen Binden gesteckt worden.«

De Grandin zwirbelte die nadeldünnen Enden seines kleinen weizenblonden Schnurrbarts. »Warum spannen Sie uns auf die Folter, Monsieur, und machen eine ohnehin lange Geschichte noch länger? Was steht in diesem zwanzigmal vermaledeiten Papyrus?«

»Sehr viel«, antwortete Dr. Taylor. »Ich habe noch nicht alles übersetzt, aber schon der Anfang hat etwas Geheimnisvolles, Unheimliches. Sie bezeichnet sich selbst als Nefra-Kemmah, Dienerin der Höchsten Mutter, der Gehörnten, der Mondherrin, kurz: als Priesterin der Göttin Isis. Sehen Sie den Zusammenhang?«
Ich schüttelte den Kopf. De Grandin warf unserem Gastgeber einen seiner starren Katzenblicke zu, antwortete aber nicht.
»Die Priesterinnen der Isis waren im Gegensatz zu den Dienerinnen der anderen Muttergottheiten des Altertums – wie, zum Beispiel, Aphrodite oder Tanith – zur Keuschheit verpflichtet und unvermählt wie die römischen Vestalinnen oder die christlichen Nonnen. Wenn eine ihre heilige Pflicht nur soweit vergaß, daß sie einen Mann, der nicht der Priesterschaft angehörte, ansah oder gar mit ihm sprach, so waren die Folgen außerordentlich unangenehm. Hatte sie einen Mann geliebt, wurde sie zu Tode gefoltert. Es gab da verschiedene Möglichkeiten. Man begrub sie lebendig, in Binden gewickelt wie eine Mumie, aber mit freiem Gesicht, so daß sie atmen konnte. Oder man zerquetschte ihr irrendes Herz unter einem Haufen großer Steine...«
»*Parbleu*«, murmelte de Grandin. »So war sie eine dieser Unglücklichen!«
»Alle Anzeichen deuten darauf hin. Sie war Priesterin, bei Todesstrafe zur Keuschheit verpflichtet. Ihre Rippen wurden zerbrochen, ihr Sarg trägt keine Inschrift. Es scheint so, als sollte ihr Los nicht nur der Tod, sondern Vergessenheit sein. Jetzt verstehen Sie vielleicht, warum ich so nervös bin. Man kann leicht lachen, wenn man von unheilbringenden Mumien hört, aber jeder Ägyptologe kann zahllose Beispiele von ›Unfällen‹ anführen, denen Menschen zum Opfer fielen, die mit solchen Mumien in Berührung kamen, das heißt mit den Mumien von Verdammten.«
»Was steht noch in dem Papyros, oder sind Sie noch nicht weitergekommen?« fragte ich.
»Hm, je mehr ich mich damit beschäftigte, desto verwirrter bin ich. Wissen Sie etwas von den medizinischen Vorstellungen der alten Ägypter?«
»Ein wenig«, sagte de Grandin, »aber nicht genug, um mit Ihnen diskutieren zu können, Monsieur.«
Taylor quittierte das Kompliment mit einem Lächeln.
»Sie hatten recht merkwürdige Ideen. So glaubten sie, zum Beispiel, daß die Arterien Luft enthalten, daß der Sitz der Empfindungen das Herz sei und daß der Zorn in der Milz entstehe.«
De Grandin nickte.
»In einem waren sie jedoch ihren Zeitgenossen, auch den Griechen und Römern, weit voraus. Sie hatten nämlich halb und halb begriffen, daß der Verstand im Gehirn sitzt. Beachten Sie das, bitte, denn es wird im Folgenden eine Rolle spielen. Die Ägypter waren wahrscheinlich das erste Volk des Altertums, das sich deutliche Vorstellungen von der Unsterblichkeit machte. Deshalb mumifizierten sie ja auch ihre Toten. Sie glaubten, daß die Seele nach dreitausend Jahren zurückkehrt und wieder ihren Körper aufsucht, denn ohne das Haus des Leibes müßte sie körperlos

und heimatlos in Amenti, dem Reich der Verdammten, umherschweifen. Da die Priesterin Nefra-Kemmah in der 18. Dynastie lebte... wäre es nun Zeit für sie...«

»Ah«! murmelte Jules de Grandin. »Ah-*ha*! Sie meinen...«

»Ich meine gar nichts. Ich bin nur beunruhigt und verwirrt. Anstatt zu den Göttern zu beten, daß sie ihr umherirrendes *ka*, das heißt ihre Seele, zu ihrem wartenden Körper zurückführen, erklärt Nefra-Kemmah – ja behauptet sie ausdrücklich –, sie werde mit Hilfe eines Lebenden und durch die Kraft des Gehirns auferstehen. Das ist einzigartig, unerhört, meines Wissens noch nie dagewesen. Selbst diejenigen, die als Abtrünnige starben, suchten das Erbarmen der Götter, baten um Vergebung für die Sünde des Unglaubens und erflehten göttlichen Beistand für die Auferstehung. Diese kleine Priesterin aber erklärt kategorisch, sie werde mit Hilfe eines lebenden Wesens und durch die Kraft des Gehirns auferstehen.«

Dr. Taylor zog einen Umschlag aus der Tasche und kritzelte etwas darauf.

»Sehen Sie, diese Ideogramme fand ich immer wieder«, sagte er, als er uns das Papier zeigte.

»Das erste bedeutet ›auferstehen‹ oder, im erweiterten Sinne, ›ich werde auferstehen‹. Das zweite bedeutet beinahe, wenngleich nicht ganz, dasselbe, nämlich ›erwachen‹ oder ›ich werde zum Leben erwachen‹. Und immer wieder sagt sie, sie werde es durch die Kraft des Gehirns tun, was die Sache noch verworrener macht.«

»Inwiefern?« fragte ich.

»Als Mumie hat sie kein Gehirn. Mit das erste, was man beim Einbalsamieren machte, war, daß man das Gehirn mit einem Metallhaken, der durch die Nase eingeführt wurde, herauszog.«

»Das muß sie doch gewußt haben!« begann ich, aber bevor mein Gastgeber antworten konnte, hörten wir Gelächter vor der Haustür, dann drehte sich ein Schlüssel im Schloß, und Vella Taylor kam mit einem ungewöhnlich gutaussehenden jungen Soldaten ins Zimmer. »Guten Abend, Papa!« rief sie, als sie rasch einen Kuß auf Dr. Taylors stark gelichteten Scheitel drückte. »Guten Abend, Dr. Trowbridge und Dr. de Grandin. Das ist Harrock Hall, mein ganz spezieller Freund. Tur mir leid, daß ich nicht zum Abendessen kommen konnte, aber Harrock muß morgen früh ins Lager, und deshalb war ich bei ihm daheim. Ich konnte ihn doch nicht am letzten Abend seinen Eltern wegnehmen, aber bei ihm sein wollte ich, solange es ging, und so... Was trinken Sie da? Kognak?« Sie machte ein Gesicht, als hätte sie eine Mischung aus Essig und Rizinusöl gekostet. »Scheußliches Zeug!« Sie nahm den jungen Soldaten an der Hand. »Komm, mein Schatz, wir wollen sehen, ob wir nicht ein bißchen Benediktiner und spanischen Branntwein auftreiben. Das brennt auch in der Kehle, schmeckt aber gut.«

»Sie halten uns auf dem laufenden?« fragte de Grandin, als wir uns verabschiedeten. »Diese bemerkenswerte junge Dame, die den Mut hatte, den Priestern, die sie verdammten, die Stirn zu bieten, und erklärte, sie werde trotz der Verurteilung zur Vergessenheit auferstehen ... diese junge Dame interessiert mich.«

Es muß gegen drei Uhr morgens gewesen sein, als mich das hartnäckige Klingeln des Telefons weckte. Die Stimme, die über den Draht zu mir kam, klang qualvoll verzerrt, beinahe hysterisch, aber daran ist man als Arzt gewöhnt. »Trowbridge! Hier spricht Granville Taylor. Können Sie rasch herüberkommen? Vella hat... eine Art Anfall.«

»Was für einen Anfall? Klagt sie über Schmerzen?«

»Ich weiß nicht, ob sie Schmerzen hat. Sie ist bewußtlos, ganz steif und...«

»Ich bin gleich bei Ihnen«, versicherte ich ihm. Ich legte auf und griff nach meinen Kleidern, die ich jahrelanger Gewohnheit folgend über den Stuhl neben dem Bett gehängt hatte.

»Was gibt es, *mon vieux*?« fragte de Grandin, als er mich rumoren hörte. »Hat Monsieur Taylor den befürchteten Unfall gehabt?«

»Nein, es handelt sich um seine Tochter. Sie hat einen Anfall, sagt er. Bewußtlos und steif...«

»*Pardieu*, dieses hübsche, glückliche Geschöpf? Lassen Sie mich mitkommen, mein Freund. Vielleicht kann ich von Nutzen sein.«

Ihr Vater hatte nicht übertrieben, als er sagte, daß Vella steif sei. Sie war vom Nakken bis zu den Füßen starr, wie gefroren, gespannt wie in hypnotischer Trance. Wir konnten ihre Hände nicht warmreiben, denn sie waren so steif, daß das Fleisch nicht nachgab. Das Wesen, über das wir uns da beugten, glich eher einer hübschen Schneiderpuppe als dem glücklichen, lebensfrohen Mädchen, von dem wir uns vor wenigen Stunden erst verabschiedet hatten. Wir konnten Vella nicht helfen. Sie lag wie versteinert. Die Körpertemperatur entsprach, wie bei einer Toten, der Temperatur der Umgebung. Die unheimliche Härte des Fleisches hielt an, und sie reagierte auf kein Stimulans, wenn man davon absieht, daß sich ihre Pupillen leicht verengten, als wir ihr in die Augen leuchteten. Der Puls war praktisch nicht wahrnehmbar, und als wir ihr eine Dosis Strychnin in den Oberarm injizierten, zeigte die Haut beim Einstich der Nadel keine Reflexe. Wir hatten den Eindruck, nicht in lebendes Fleisch zu stechen, sondern in eine wachsartige Substanz. Die Lebensfunktionen hatten offenbar ausgesetzt, aber es handelte sich um keine normale Lähmung, dessen waren wir sicher.

»Ist es ... Epilepsie?« fragte Dr. Taylor ängstlich. »Ihre Mutter hatte einen Bruder, der...«

»*Non*, beruhigen Sie sich, mein Freund«, sagte de Grandin. »Es ist nicht Epilepsie, das kann ich Ihnen versichern.« Und zu mir gewandt fügte er flüsternd hinzu: »Aber was es ist, das weiß allein *le bon Dieu*.«

Im Osten färbte sich schon der Himmel hell, als sie endlich wieder Lebenszeichen gab. Die schreckliche Steifheit, die so sehr dem Rigor mortis ähnelte, ließ allmählich nach, und der starre, entsetzte Blick der Augen wich einem Ausdruck des Wiedererkennens. Die harten Linien der Wangen verschwanden, ihr kleiner Busen hob sich, und sie stieß einen leisen Seufzer aus. Was sie dann sagte, verstand ich nicht. Ich vernahm nur ein leises Murmeln, rasch ineinander fließende Worte wie eine hastig gesprochene Beschwörungsformel, aber mir schien, die Worte klangen hart und kehlig, so als enthielten sie viele Konsonanten. Eine solche Sprache hatte ich noch nie gehört.

Das Murmeln ging in einen leisen Singsang über – eine unheimliche, ansteigende Kadenz mit einer scharf akzentuierten Note am Schluß eines jeden Taktes. Immer wieder die gleichen unverständlichen Worte und diese unheimliche Melodie, die eine unbestimmte Ähnlichkeit mit Gregorianischem Gesang hatte. Ein einziges Wort erkannte ich wieder, oder ich glaubte zumindest, es wiederzuerkennen. Ich weiß nicht, ob es wirklich ein Wort war, oder ob ich nur unwillkürlich anderen Wörtern zwei Silben entnahm, um sie zu einem mir vertrauten Namen zusammenzufügen. Mir schien jedenfalls, daß in der rasch gemurmelten Beschwörung immer wieder ein zweisilbiges Wort auftauchte, das so klang, als spräche man den Buchstaben ›s‹ zweimal hintereinander aus.

»Versucht sie, ›Isis‹ zu sagen?« fragte ich und hob die Augen von ihren zuckenden Lippen.

De Grandin beobachtete sie aufmerksam mit dem starren Blick, den ich oft minutenlang an ihm wahrgenommen hatte, wenn wir im Operationssaal standen und eine schwierige Operation ausführten. Er winkte mir irritiert ab, sagte aber nichts und wandte die Augen nicht von dem Mund des Mädchens.

Das unverständliche Gemurmel wurde langsamer und schwächer, so als ließe die Kraft hinter den zuckenden Lippen nach, aber der unheimliche leise Gesang ging weiter. Die Aussprache war nun deutlicher, und bald verstanden wir ohne Mühe einen Satz: *O Nefra-Kemmah nehes – Nehes o Nefra-Kemmah*!
»Allmächtiger!« rief Dr. Taylor. »Haben Sie das gehört? Sie singt: ›Nefra-Kemmah, erwache – Steh auf, o Nefra-Kemmah!‹ So hieß die Isis-Priesterin, von der ich Ihnen gestern abend erzählte, erinnern Sie sich noch? In ihrem Delirium identifiziert sie sich mit der Mumie!«
»Sicher hat sie gehört, wie Sie von der Mumie sprachen...«
»Ausgeschlossen! Sie beide sind die einzigen, mit denen ich außerhalb des Museums davon gesprochen habe. Ich weiß, daß Sie, de Grandin, sich für okkulte Dinge interessieren, und Ihnen, Trowbridge, kann ich vertrauen. Aber zu anderen von der Mumie sprechen ... nein! Glauben Sie, ich möchte, daß mich meine eigene Tochter für einen abergläubischen alten Narren hält oder daß mich Fremde mitleidig belächeln? Ich versichere Ihnen, sie hat nie den verfluchten Namen dieser Mumie gehört, und ich frage mich...«
»Pst! Sie kommt zu sich«, sagte de Grandin.
Vella Taylor sah von Jules de Grandin zu mir, dann an uns vorbei auf ihren Vater.
»Papa!« rief sie. »O Papa, ich habe solche Angst gehabt!«

»Angst, meine Liebe? Wovor?« Taylor fiel vor dem Bett auf die Knie und nahm ihre Hände. »Wer hat versucht, meinem kleinen Mädchen Angst zu machen?« Sie lächelte kläglich. »Ich ... ich weiß nicht recht«, gestand sie, aber wer immer es versucht hatte: es war ihm gelungen. »Ich glaube, es waren diese schrecklichen alten Männer.«

»Alte Männer, Mademoiselle?« echote de Grandin. »Wer und wo waren sie? Sagen Sie es mir, und es soll mir ein Vergnügen sein, ihnen ihre falschen Zähne einzuschlagen.«

»Das waren keine wirklichen Männer, nur Traumgestalten, nehme ich an. Aber sie sahen schrecklich lebendig aus, und ich hatte entsetzliche Angst vor ihnen.«

»Erzählen Sie, *ma belle*. Sie haben einen schweren Schock erlitten. Vielleicht war es ein Alptraum, vielleicht auch nicht. Wenn Sie sich dazu bringen könnten, über dieses unangenehme Erlebnis zu sprechen...«

»Selbstverständlich, Sir. Vielleicht kann ich mich davon befreien, indem ich spreche... Harrock verließ kurz nach Ihnen das Haus, denn er mußte heute morgen einen sehr frühen Zug nehmen. Ich ging gleich auf mein Zimmer und weinte mich in den Schlaf. Gegen Morgen – ich weiß nicht genau, wann, aber es muß kurz vor drei gewesen sein, denn der Mond war spät aufgegangen, und nun war es sehr hell in meinem Zimmer –, irgendwann gegen Morgen also wachte ich auf und war schrecklich durstig. Vielleicht vom Weinen, anders kann ich es mir nicht erklären. Jedenfalls war mein Mund ganz trocken, und ich trank im Badezimmer ein Glas Wasser. Das erste, was ich bei der Rückkehr in mein Zimmer bemerkte, war ein einzelner Mondstrahl, der schräg durch das Fenster und genau auf den Spiegel fiel.« Sie zeigte auf den hohen Spiegel an der Wand am anderen Ende des Zimmers. »Irgend etwas – ich kann mir nicht erklären, was – zwang mich, in den Spiegel zu blicken. Als ich davorstand, schien ihn jedoch das Mondlicht blind gemacht zu haben. Ich konnte mich nicht darin sehen.«

»Ah?« De Grandin nickte. »Sie warfen keinen Schatten?«

»Nein, Sir. Der Spiegel sah aus wie mit einer stumpfen Silberschicht überzogen, das heißt: nein, ganz stumpf war diese Schicht nicht. Ich würde sagen, sie schillerte. Ich sah kleine Lichtpunkte, die sich darin zu spiegeln schienen, aber sie bewegten sich, wirbelten umeinander herum wie ein Schwarm leuchtender Mücken, und glühten in tiefem, kaltem Blau. Allmählich gingen die Lichtpunkte von der kreisenden Bewegung zu einem langsamen Pendeln über. Der gleichmäßige Schein, den sie über den Spiegel breiteten, zerfiel und bildete ein Muster von Lichtern und Schatten. Es war, als wäre der Spiegel mit einemmal ein Fenster, durch das ich in eine andere Welt blickte.

Ich sah ein Bauwerk in beinahe taghellem Mondlicht. Es war breit und hoch und hatte viele Säulen. Nach allem, was ich von Vater gehört hatte, dachte ich mir: Das muß ein Tempel sein, denn ich hörte das Rasseln vieler im gleichen Takt geschüttelter Sistren und den tiefen, melodischen Gesang der Priesterinnen. Sie knieten in zwei langen Reihen, schöne, schlanke Mädchen, alle in langen Gewändern aus weißem Leinen. Um die Stirn trug jede ein silbernes, mit Lapislazuli besetztes Band. Sie hielten die Köpfe gesenkt und die Hände, die steif im rechten Winkel abgebogen waren, erhoben. Plötzlich betrat ein junger Mann den Tempel und schritt langsam auf den Altar zu. Ich fand ihn sehr schön, obwohl sein Kopf kahlgeschoren war. Er hatte volle rote Lippen, ein kräftiges Kinn und große, sanfte, nachdenkliche Augen. Während er durch den Tempel ging, hielt er den Kopf gesenkt, doch bevor er den silbernen Schleier vor dem Antlitz der Isis beiseitezog, sah er sich um, und sein Blick fiel mit traurigem Vorwurf auf die ihm zunächst kniende Priesterin. Ich sah ihren Hals, ihre Wangen und ihre Stirn erröten. Sie neigte den Kopf noch tiefer, aber obwohl sie kein sichtbares Zeichen machte, wußte ich, daß zwischen den beiden eine Botschaft ausgetauscht worden war.

Plötzlich mischte sich in die hellen Stimmen der Priesterinnen der rauhere Gesang von Männern. Instinktiv wußte ich, was geschah. Der junge Mann war in das Heiligtum der Großen Isis getreten, um einer ihrer Priester zu werden. Er wurde nun in ihre Mysterien eingeweiht. Sie ergoß ihren Geist in ihn, und er war der ihre in Ewigkeit. Er entsagte der Frauenliebe und der Hoffnung auf Kinder und weihte sich ganz dem Dienst an der großen Allmutter. Das wußte auch die Priesterin, die errötet war, denn ich sah Tränen unter ihren geschlossenen Lidern hervorquellen, und ihr zarter Körper wurde von einem heftigen Schluchzen geschüttelt.

Dann verschwamm alles, so als bildete sich Dampf auf dem Spiegel, und im nächsten Augenblick war die Tempelszene verschwunden. Allmählich verzog sich aber der Dampf, und ich sah den bemalten Pylon eines Tempels in gleißendem Sonnenlicht. Im Vorhof pickten die heiligen Vögel die hingestreuten Körner auf, und aus einem Brunnen sprudelten juwelengleich glitzernd Wasserstrahlen hervor. Eine Frau schritt über den Hof auf den Brunnen zu. Es war die junge Priesterin, die ich zuvor gesehen hatte. Sie trug ein Gewand aus weißem Leinen, das den Busen und die Knöchel freiließ. Die mit Henna gefärbten Füße staken in Papyrus-Sandalen, und ihre Arme waren mit Edelsteinen geschmückt. Um die Stirn trug sie ein silbernes, mit Lapislazuli besetztes Band, und ihr Haar war über den Schultern in gerader Linie abgeschnitten. In einer Hand hielt sie eine Lotusknospe, mit der anderen stützte sie einen bemalten Wasserkrug, den sie auf der nackten Schulter trug.

Da taumelte aus dem tiefen Schatten des Tempeltors ein alter Mann. Er war sehr schwach, aber Haß und Zorn schienen seinen Gliedern Kraft zu verleihen. An seinem roten Gewand, dem blauen Kopftuch und dem wehenden milchweißen Bart erkannte ich ebenso wie an seinen Gesichtszügen den Hebräer. Er stellte sich der jungen Frau in den Weg und begann sie zu beschimpfen. Ich hörte die Worte nicht, aber auf geheimnisvolle Weise wußte ich, was zwischen den beiden vorging. Er warf ihr vor, daß sie seinen Sohn Jahwe abspenstig gemacht habe, denn der junge Jude hatte sie gesehen und sich leidenschaftlich in sie verliebt. Da ihr Gelübde sie daran hinderte, die Seine zu werden, hatte er seinem Volk und seinem Gott abgeschworen und sich der Isis geweiht, so daß er ihr im Tempel nahe sein und im gemeinsamen Dienst an der Göttin im Geiste mit ihr verkehren konnte.

Die kleine Priesterin hörte den alten Mann an, dann wandte sie sich verächtlich ab. ›Du knurrst gewaltig, jüdischer Hund‹, sagte sie, ›aber wo hast du die Zähne, um zu beißen?‹ Da hob der Alte die Arme zum Himmel und verfluchte sie. Im Leben und im Tode solle sie keine Ruhe finden, ehe sie nicht Buße getan und ehe sie sich nicht gegen ihre heidnischen Götter gewandt und durch die Lippen eines anderen Menschen von deren Untergang Zeugnis abgelegt habe.

›Was redest du da, kindischer Greis?‹ fragte das Mädchen. ›Unsere Götter sind mächtig und ewig. Dank ihrer Gnade beherrschen wir die Welt. Wie sollte ich mich je von ihnen abwenden? Und täte ich's: wie sollte ich durch die Lippen eines anderen Menschen sprechen? Soll ich werden wie Magier, die einen Stock, einen Stein, ein Tier sprechen machen, weil sie die Gabe besitzen, ihre Stimme auszuwerfen?‹

Wieder wechselte die Szene, und ich blickte in eine Mondnacht. Die Sterne schienen zum Greifen nah, und durch die mondlichtgeschwängerte Luft wehte ein Duft, so stark, daß ich meinte, er müsse Gestalt annehmen und tanzen wie Schmetterlinge. Im tiefen blauen Schatten des Tempeltores kauerten der Priester und die Priesterin und hielten einander mit der Verzweiflung unerfüllter Liebe umschlungen. Ich sah ihr Haar auf seiner Schulter ruhen, ich sah, wie sie ihr Gesicht mit geschlossenen Lidern und halb geöffneten Lippen dem seinen zuwandte, wie er ihre Stirn küßte, ihre geschlossenen Augen, ihren sehnsüchtigen Mund, ihren Hals und die sanfte Wölbung ihres nackten Busens ... Und plötzlich sah ich die Hebräer auf ihn stürzen wie eine Meute Hunde. Messer blitzten im Mondlicht, Flüche, hart und scharf wie Messerklingen brachen von ihren Lippen. ›Abtrünniges Schwein, Verräter, Gotteslästerer‹ ... nannten sie ihn, und jedem bitteren Fluch folgte ein Dolchstich. Er fiel in den Sand, sein Lebensblut spritzte aus einem Dutzend tödlicher Wunden, und als die Mörder sich abwandten, hörte ich die Tritte nackter Füße auf den Steinen, und ein halbes Dutzend kahlköpfiger Isis-Priester kam gelaufen. ›Was geht hier vor?‹ keuchte ihr Anführer zornig. ›Ihr jüdischen Hunde, wenn ihr ...‹

Der Anführer der Hebräer unterbrach ihn spöttisch lachend. ›Nichts geht hier vor, alter Glatzkopf! Alles ist vorbei. Wir haben einen eurer Priester mit einer eurer Priesterinnen ertappt. Dem Mann haben wir sein Teil gegeben, denn er war einst einer von uns. Die Frau überlassen wir deiner Rache. Man sagt, du wüßtest mit ihresgleichen umzugehen.‹

Ich sah, wie die Priester das zitternde Mädchen ergriffen, das sich widerstandslos abführen ließ.

Dann trübte sich der Spiegel wieder, und als sich der Nebel verzog, sah ich der kleinen Priesterin selbst ins Gesicht. Sie schien hinter dem Glas zu stehen, so nah, wie wenn es mein eigenes Spiegelbild gewesen wäre, und sie streckte mir flehend die Hände entgegen und bat mich, ihr zu helfen. Ich hatte jedoch die Gabe, alles zu verstehen, verloren. Ich sah, wie ihre Lippen sich bewegten, aber die Worte, die sie so verzweifelt ausstieß, verstand ich nicht, obwohl sie mit schrecklichem Nachdruck immer wieder dasselbe zu sagen schien.

Plötzlich spürte ich eine furchtbare Kälte in der Luft. Es war nicht die Kühle des

Windes vom Fenster her, sondern mehr dieses Schaudern, bei dem wir zu sagen pflegen: ›Jemand ist über mein Grab geschritten.‹ Instinktiv fühlte ich, daß noch jemand in meinem Schlafzimmer war. Irgend jemand, nein, irgend *etwas* war hereingekommen, während ich die wechselnden Bilder im Spiegel betrachtet hatte.
Ich blickte über meine Schulter, und da standen sie, fünf, vielleicht auch sechs oder sieben, ich weiß es nicht ... alte Männer in langen weißen Gewändern mit schrecklichen Masken vor den Gesichtern. Der eine trug einen Stierkopf, ein anderer hatte den Kopf eines Schakals, wieder ein andrer trug eine Maske, die wie ein Habichtkopf aussah, und einer hatte einen Kopfputz, der einem Löwenhaupt glich...«
»Woher wußten Sie, daß es alte Männer waren, wenn sie doch Masken trugen?« fragte ich.
»Ich *wußte* es. Aus ihren Augen blitzte ein wildes, unirdisches Licht – dieses Glühen, das man nur in den Augen alter, böser Männer findet. Auf ihren nackten, mageren Unterarmen traten die Sehnen hervor wie Stricke, und ihre Hände und Füße waren vom Alter knotig und mißgestaltet.
Sie bildeten einen Halbkreis hinter mir und starrten mich drohend an, und obwohl sie keinen Laut von sich gaben, begriff ich, daß mir Schreckliches bevorstand, wenn ich den Bitten der kleinen Priesterin nachgab.
›Vella Taylor, du träumst‹, sagte ich mir. Ich schüttelte den Kopf und schloß die Augen. Als ich sie wieder öffnete, standen die schrecklichen alten Männer mit den Masken noch immer da, ja, mir schien, sie waren sogar einen Schritt nähergerückt. Die Priesterin im Spiegel schien sie gleichfalls zu sehen, denn sie hob die Hände vors Gesicht, wie um einen Schlag abzuwehren, dann machte sie mir verzweifelt Zeichen, zu fliehen, und wandte sich ab. Sie verschwand im Nebel, und ich war allein mit den schrecklichen, schweigenden Gestalten.
›Wie kann ich vor etwas so Lächerlichem Angst haben!‹ sagte ich mir und ging auf die Tür zu. Die Maskierten vertraten mir den Weg. Ich wandte mich zum Bett, und die Männer zogen sich in die Ecken des Zimmers zurück. Dann legte ich mich nieder und schloß die Augen. ›Ich zähle bis hundert‹, sagte ich mir. ›Dann öffne ich die Augen, und sie sind fort.‹ Sie waren aber nicht fort. Sie kauerten in den Ecken, keuchend, bereit, über mich herzufallen.
Entsetzen lähmte mich, abgrundtiefe Furcht zerrüttete meine Nerven. Als ich meinen Vater rufen wollte, brachte ich keinen Laut hervor. Ein furchtbares Gewicht schien auf mir zu lasten, so schwer, daß ich es nicht ertrug. Ich spürte, wie es mir den Atem aus den Lungen preßte, wie es mir die Rippen, jeden Knochen in meinem Leibe zerbrach. Meine Augen schienen aus den Höhlen zu quellen, ich fühlte, wie meine Zunge aus dem Munde trat, und dann...«
»Ja, Mademoiselle, und dann?« drängte de Grandin, als sie schaudernd verstummte.
»Dann sah ich Sie und Dr. Trowbridge und meinen Vater neben mir stehen. Die schrecklichen Männer waren verschwunden. Sie lassen sie nicht zurückkommen, nicht wahr?«
»Seien Sie unbesorgt, Mademoiselle. Wenn sie wirklich wiederkommen, während

ich hier bin, werden sie es bitter bereuen. Aber nun müssen Sie schlafen und wieder zu Kräften kommen ... Bereiten Sie mir die Spritze vor, Freund Trowbridge?«
»Ist Ihnen klar, daß das, was Vella sah, das Totengericht der alten Ägypter war?« flüsterte Dr. Taylor, als wir auf Zehenspitzen aus dem Schlafzimmer gingen.
»Das Totengericht?« wiederholte ich.
»Ja. Die Ägypter glaubten, daß die Seele eines Verstorbenen von Thot und Anubis nach Amenti geleitet wurde, wo sie vor die Totenrichter treten mußte. Zu diesen gehörten Kebschnauf mit dem Habichtkopf, Taumatet mit dem Affenkopf, Hapi mit dem Hundekopf, Bastet mit dem Katzenkopf und natürlich der stierhäuptige Osiris. War ein Lebender der Ketzerei angeklagt, so trat ein Gericht aus Priestern zusammen, die sich als Totenrichter verkleideten. Die Priesterin Nefra-Kemmah muß vor ein solches Gericht gestellt worden sein.«
»Aha?« murmelte de Grandin. »Aha!«
»Was haben Sie?«
»Ich bin überzeugt, Freund Taylor, daß das, was Ihre Tochter sah, mehr war als ›der Stoff, aus dem die Träume gemacht sind‹, oder vielmehr, um genau zu sein, gerade dieser Stoff, aus dem die Träume sind, nämlich die Kraft des Gedankens. Was es ist und wie es zugeht, weiß ich nicht, aber es gibt da irgendeine Verbindung zwischen der Mumie der Priesterin Nefra-Kemmah und Mademoiselle Vella. Die arme unglückliche Priesterin sucht ihre Hilfe, die gespenstischen Alten wollen verhindern, daß sie ihr hilft. Bald ist es heller Tag. Wir werden eine Pflegerin für Mademoiselle Vella holen, und wenn Sie erlauben, gehen wir ins Museum und sehen uns Ihre kostbare Mumie an.«
»Das ist ein bißchen ungewöhnlich«, sagte Dr. Taylor zögernd.
»So, ungewöhnlich? War es vielleicht nicht ungewöhnlich, daß Mademoiselle, Ihre Tochter, einen Blick in vergangene Zeiten warf, daß sie die beiden unglücklichen Liebenden sah und daß die Alten von den Wällen der Hölle gleich scharenweise in ihrem Schlafzimmer erschienen? *Parbleu*, ich meine, das war ungewöhnlich genug!«
Mit den präzisen Bewegungen eines Uhrmachers schnitt Dr. Taylor die kreuzweise gewickelten Binden aus gelbem Leinen auf, die die Mumie der Priesterin Nefra-Kemmah einhüllten. Meter um Meter wurde abgenommen. Schließlich kam eine kräftige, nahtlose Hülle zum Vorschein, die wie ein Sack über den Körper gezogen und an den Füßen mit einem dicken Strick zugebunden war. Der Stoff dieses Sackes schien dicker und schwerer zu sein als die Binden, und er hatte einen Überzug aus Wachs oder jedenfalls einer wachsartigen Substanz, so daß er wahrscheinlich luft- und wasserdicht war.
»Unbegreiflich!« rief Dr. Taylor. »So etwas habe ich noch nie gesehen!«
»Monsieur«, sagte de Grandin grimmig. »Wenn mich nicht alles täuscht, gibt es in diesem Falle mindestens ein Dutzend Dinge, die Ihnen neu sind. Los, schneiden Sie diesen siebzehnmal vermaledeiten Sack auf. Ich möchte sehen, was drin ist...«
»*Que diable*!« rief er, als Dr. Taylor mit einer sanften Drehung den Sack von den Schultern der Mumie nach oben zog.

Der Körper, der im blauweißen Licht der elektrischen Lampen sichtbar wurde, war technisch gesehen keine Mumie, obwohl die Spezereien im Sarg und die sterile, trokkene Atmosphäre Ägyptens ihn sehr gut erhalten hatten. Die Füße, die als erstes aus dem Sack hervorkamen, waren klein und schön geformt, mit langen geraden Zehen, schmalen Fersen und hoch gewölbten Risten. Zehen und Sohlen waren mit Henna leuchtend rot gefärbt. Die Austrocknung war erstaunlich gering. Die Sehne des *brevis* digitorum trat zwar scharf hervor, aber das wirkte keineswegs abstoßend. Ich hatte Ähnliches an den Füßen lebender Menschen gesehen, die stark abgemagert waren.

Die Knöchel waren scharf und fein geschnitten, die Beine gerade und schön geformt, schlank wie die einer jungen Frau, ohne die Abgezehrtheit des Todes. Die Hüften waren schmal, knabenhaft, die sanft schwellenden Brüste fest und spitz.

»Sie hatten recht«, murmelte de Grandin, als der Sack über ihre Schultern glitt. »Diese Frau ist vor ihrem Tode schwer mißhandelt worden.«

Ich unterdrückte einen Ausruf entsetzter Verwunderung: Die schmalen Arme waren nach ägyptischem Brauch über der Brust zusammengelegt worden, aber den linken Oberarm hatte man grausam zerschmettert, so daß ein offener Bruch entstanden war und ein gut einen Zoll langes Knochenstück sich durch die Haut gebohrt hatte. Derselbe bestialische Schlag hatte auch den Brustkorb zerquetscht. Die dritte und die vierte Rippe waren ganz durchgeschlagen, und ein Knochensplitter ragte durch die glatte Haut unterhalb des Busens. »Wenn ich den, der das getan hat, erwischen könnte, ich würde...« murmelte de Grandin und hielt plötzlich mitten im Satz inne. Dann spitzte er die Lippen, als ob er pfeifen wollte, und flüsterte halb nachdenklich, halb erregt: »*Nom d'un porc vert, c'est possible!*«

»Was ist möglich?« fragte ich, aber er antwortete mir nur mit einem Achselzucken und wandte sich aufmerksam dem Gesicht der Toten zu, als Dr. Taylor den Sack wegzog. Die Züge waren die einer sehr jungen Frau, semitisch, von einer Zartheit, die aristokratische Abstammung verriet. Die schmale, leicht gebogene Nase hatte einen hohen Rücken und fein geformte Flügel. Schmal waren auch die Lippen, und wo sie sich im Laufe des Austrocknungsprozesses ein wenig zurückgezogen hatten, sah man kleine, scharfe, erstaunlich weiße Zähne. Das Haar glänzte schwarz, der gerade Schnitt in Schulterhöhe wirkte eigentümlich modern. Um die Stirn trug sie einen Reif aus gehämmertem Silber, der mit kleinen Lapislazuli-Steinen besetzt war. Im übrigen bestand ihre ganze Bekleidung aus einem dreifachen Halsband aus Gold und Email, Armreifen aus den gleichen Materialien und einem schmalen goldenen Gürtel in Gestalt einer Schlange. Ein gefälteltes Kleid aus weißem Leinen war ursprünglich an dem Gürtel befestigt gewesen, der ihren schlanken Leib knapp unter dem Busen umspannte, aber das dünne Gewebe hatte die langen Jahre im Grab nicht überstanden, und es waren nur zwei schmale, brüchige Streifen übriggeblieben.

»*La pauvre belle créature*«, sagte de Grandin. »Wenn es nur möglich wäre...«

»Ich glaube, wir sollten den Körper wieder verhüllen«, unterbrach ihn Dr. Taylor.

»Ich bin offen gestanden etwas nervös.«
»Sie fürchten, die alten Götter Ägyptens könnten uns zürnen, wenn wir noch länger hier verweilen und Mutmaßungen über den Tod – oder die Ermordung – dieser armen Frau anstellen«, sagte de Grandin, und es klang mehr wie eine Feststellung denn wie eine Frage.
»Sie müssen zugeben, daß im Zusammenhang mit dieser Mumie einige merkwürdige Dinge geschehen sind – wenn man überhaupt von einer Mumie sprechen kann, denn sie wurde nicht einbalsamiert, sondern nur durch die Spezereien im Sarg konserviert sowie durch...«
»Zugegeben.« De Grandin nickte. »Es sind, wie Sie sagen, merkwürdige Dinge geschehen, und wenn ich mich nicht irre, wird noch mehr geschehen, ehe dieser Fall abgeschlossen ist. Ich möchte meinen ... aber sehen Sie sich doch die Mumie an!«
Der Leichnam war, wie Dr. Taylor gesagt hatte, nicht einbalsamiert, sondern nur durch die Spezereien und den nahezu hermetischen Verschluß des Sarges und der gewachsten Hülle konserviert worden. Er war in den Jahrhunderten seit der Bestattung so weit ausgetrocknet, daß sich Blut, Fleisch und Knochen in eine Substanz verwandelt hatten, die nicht fester war als Puder. Unter dem Einfluß der frischen feuchten Luft und unter der sanften Berührung Dr. Taylors begann diese Substanz nun zu zerbröckeln. Daran war nichts Abscheuliches. Es war, als betrachteten wir den langsamen Zerfall eines schönen, aus Sand oder Kalkstaub geformten Bildnisses.
»*Sic transit bellitas mundi*«, murmelte Jules de Grandin, als die Gestalt jede Menschenähnlichkeit verlor. »Immerhin haben wir sie im Fleische gesehen, und das ist etwas, was diese bösen Alten nicht für möglich gehalten hätten. Und Sie, Monsieur, haben noch immer den Sarg und ihren kostbaren Schmuck als Andenken...«
»Zum Teufel mit ihrem Sarg und ihrem Schmuck!« unterbrach ihn Dr. Taylor scharf. »Ich denke nur daran, was für Folgen diese teuflische Geschichte für meine Tochter haben kann. Sie hat sich teilweise mit Nefra-Kemmah identifiziert, und sie hatte eine Vision des Priestergerichtes, das sie dazu verurteilte, unter Steinen erdrückt zu werden. Wenn diese Vision wiederkehrt ... Gibt es denn keine Möglichkeit, sie von dieser Vorstellung zu heilen?«
»Gewiß, Monsieur«, versicherte de Grandin. »Wie man Phobien dadurch heilt, daß man dem Kranken vor Augen führt, wie unbegründet seine Ängste sind, so können wir den Geist Ihrer Tochter von dem Bild dieser alten Männer befreien. Davon bin ich fest überzeugt. Die Behandlung wird allerdings nicht eben orthodox sein.«
»Einerlei ... Ist Ihnen klar, daß unter Umständen ihre geistige Gesundheit auf dem Spiel steht?«
»Allerdings, Monsieur. Sie geben uns also freie Hand?«
»Selbstverständlich.«
»*Bien*. Wir besuchen Sie heute abend in Ihrem Haus, und wenn mich nicht alles täuscht, werden wir mit diesen Gestalten, die um Dunkeln umgehen, kämpfen und sie besiegen. Ja, ganz gewiß, wie denn nicht!« im

Er war den ganzen Tag geschäftig wie eine Biene. Er telefonierte mehrere Male, stieß gräßliche, geradezu unglaubliche französische Flüche aus, als er erfuhr, daß unser Freund John Thunstone zu einem schwierigen Fall gerufen worden war und New York verlassen hatte, stürzte in eine Bibliothek, um einige Bücher zu konsultieren, die der Bibliothekar nicht kannte, schließlich aber doch in irgendeinem staubigen Winkel aufstöberte, und eilte dann auf den Geflügelmarkt, um sich etwas zu beschaffen, was er in einer Thermosflasche nach Hause brachte und mit liebevoller Sorgfalt in den Sterilisator im Sprechzimmer stellte. Bei Tisch war er ungewöhnlich schweigsam. Er vergaß, sich ein drittes Mal von seiner geliebten Hummermayonnaise zu nehmen, und hätte beinahe sogar vergessen, sein Glas zum viertenmal mit Poully-Fuisse nachzufüllen.

»Sie sehen bereits völlig klar?« fragte ich, als wir zum Dessert übergingen.

»*Corbleu,* ich wollte, es wäre so!« antwortete er, während er eine Gabel voll Apfelkuchen zum Mund führte. »Ich habe Dr. Taylor gegenüber große Worte gemacht, Freund Trowbridge, aber unter uns gesagt: Ich weiß nicht, ob ich auf dem richtigen Wege bin. Ich taste mich im dunkeln vorwärts, ich stolpere wie ein Blinder in einer unbekannten Straße. Ich habe eine Hypothese – eine Theorie darf ich es nicht nennen –, und mir fehlt die Zeit, sie zu überprüfen. Ich warne Sie. Was wir heute abend vorhaben, kann gefährlich werden. Sie sollten der leidenden Menschheit erhalten bleiben, mein Freund. Die Kranken brauchen Ihre Hilfe. Wenn Sie daheimbleiben wollen, während ich mich mit diesen uralten Mächten des Bösen herumschlage, wird es mich nicht kränken. Ja, es ist nicht nur Ihr Recht, es ist Ihre Pflicht, daheimzubleiben.«

»Habe ich Sie je im Stich gelassen?« fragte ich vorwurfsvoll. »Habe ich je die Gefahr gescheut?«

»*Non,* das haben Sie nicht getan, mein tapferer Kamerad. Sie sind zwar kein erfahrener Okkultist, aber Sie machen die mangelnden Kenntnisse wett durch Mut und Treue, mein Freund. Einen Mann wie Sie findet man einmal unter zwanzig Millionen, und ich schätze und liebe Sie. Der Teufel soll mich gegrillt mit *sauce bordelaise* verspeisen, wenn das nicht die reine Wahrheit ist!«

Kurz nach neun Uhr abends versammelten wir uns in Dr. Taylors Salon. Vella, die noch ein wenig mitgenommen aussah, trug ein schlichtes Abendkleid aus schwarzem Samt und als einzigen Schmuck eine kunstvoll gearbeitete Goldbrosche, die durch den Kontrast die Elfenbeintönung ihrer Haut und das tiefe Schwarz ihres Haars hervorhob.

De Grandin traf umsichtig seine Vorbereitungen.

Er tropfte eine rote Flüssigkeit aus seiner Thermosflasche und zog damit zwei ineinander verschlungene Dreiecke. In die Mitte dieser Figur stellte er vier Sessel. Dann verbeugte er sich vor Vella:

»Wenn Sie die Güte haben wollen, Mademoiselle...«

Sie ließ sich in einen Sessel sinken, verschränkte die Hände im Schoß und lehnte den Kopf gegen die Kissen zurück.

Der kleine Franzose stellte sich vor ihr auf, zog einen schmalen goldenen Stift aus der Tasche und hielt ihn ihr vors Gesicht. »Sehen Sie bitte auf den Stift, Mademoiselle, genau auf die Spitze. Ja, so. Gut. Ausgezeichnet. Betrachten Sie ihn genau.« Bedachtsam wie jemand, der den Takt zu einem *Andante* schlägt, fuhr er mit dem kleinen glänzenden Stift hin und her und zeichnete Arabesken in die Luft. Vella beobachtete ihn schläfrig unter ihren langen schwarzen Wimpern hervor, aber plötzlich war sie ganz gespannte Aufmerksamkeit. Wir sahen, wie ihre Augen jeder Bewegung des Stiftes folgten und schließlich konvergierten, so daß es aussah, als schnitte sie eine groteske Grimasse. Dann senkten sich die Lider über die großen dunklen Augen, ihr Kopf fiel ein wenig zur Seite, und ihre Halsmuskeln entspannten sich. Die verschränkten Hände fielen auf ihren mit schwarzem Samt bedeckten Knien auseinander, und sie schien friedlich einzuschlafen. Kurz darauf zeigten uns die leicht und regelmäßig sich hebende und senkende Brust und der ebenso leichte und regelmäßige, leise pfeifende Atem an, daß sie tatsächlich schlief.

De Grandin steckte den Stift wieder ein, stemmte die Hände in die Hüften und betrachtete die Schlafende aufmerksam. »Sie hören mich, Mademoiselle?« fragte er.

»Ich höre Sie«, antwortete Vella schläfrig.

»*Bien*. Sie werden sich eine Weile ausruhen und mir dann, sobald Ihnen danach zumute ist, alles sagen, was Ihnen in den Sinn kommt. Verstehen Sie mich?«

»Ich verstehe.«

Etwa fünf Minuten warteten wir in gespanntem Schweigen. Ich hörte die große Uhr im oberen Flur. Tick-tack, tick-tack ... Ein grünes Scheit zischte im Kamin. Plötzlich wurde es aus unerfindlichen Gründen kälter im Raum. Eine Kälte breitete sich aus, die den Geist wie den Körper lähmte, eine beißende Kälte, die an die eisige Unendlichkeit des Alls gemahnte.

»Ah!« Ich hörte de Grandins kleine, kräftige Zähne klappern wie Kastagnetten. »Ah! Sie lassen sich nicht lange bitten, *Messieurs!*« Ich weiß nicht, wie sie gekommen waren, aber da waren sie: ein Halbkreis alter Männer in wallenden Gewändern aus weißem Leinen mit Masken, die Habicht, Schakal, Löwe, Affe und Stier darstellten. Sie standen in grimmigem Schweigen da und starrten uns an mit stumpfen Augen – Verkörperungen des Hasses.

»Mademoiselle«, flüsterte de Grandin, »jetzt ist es Zeit zu sprechen, wenn Sie die Worte finden.«

Das schlafende Mädchen stöhnte leise, versuchte etwas zu sagen, schien an einem Wort zu ersticken.

Die schweigsamen Beobachter rückten einen Schritt näher, und die Kälte, die bis dahin nur unbehaglich gewesen war, wurde zur Qual. Der vorderste der schattenhaften Maskierten erreichte die Spitze eines der beiden ineinander verschlungenen Dreiecke, blieb einen Augenblick unentschlossen stehen und trat dann rasch zurück.

»Das gefällt Ihnen nicht, Monsieur la Tête de Singe?« fragte de Grandin mit einem spöttischen Auflachen. »Geduld, Herr Affengesicht, es kommen Dinge, die Ihnen noch weniger gefallen werden.« Er blickte über seine Schulter nach dem Mädchen.

»Sprechen Sie, Mademoiselle. Reden Sie frei heraus und fürchten Sie nichts!«
»Herren des Geisterlandes!« kam eine Stimme von Vella Taylors Lippen, die jedoch nicht die ihre war. Einen unbestimmbaren, unheimlichen Klang hatte diese Stimme. Es überlief uns kalt, als wir sie hörten. Die Worte waren undeutlich, ein wenig verschwommen, seltsam mechanisch, so als kämen sie von einer Grammophonplatte.
»Verehrte und gefürchtete Richter der Welt des Fleisches und des Geistes, ihr Schrecklichen, die ihr auf den Wällen der Hölle sitzt ... ich bekenne mich schuldig, wessen ihr mich anklagt. Ja, Nefra-Kemmah, die vor euch steht am Rande des Todes ohne Tod, deren Leib die malmenden Steine der Verdammnis erwartet, deren Geist, für immer der Hoffnung auf das Haus des Körpers beraubt, wandern muß, bis Zeit zu Ewigkeit wird, Nefra-Kemmah gesteht, daß sie schuldig ist ... sie allein. Seht mich an, ihr schrecklichen Richter über die Lebenden und die Toten! Bin ich nicht eine Frau, für die Liebe gemacht? Sind nicht meine Glieder schön anzuschauen, meine Lippen wie Aprikosen und Granatäpfel, meine Augen wie Milch und Beryll, meine Brüste wie Elfenbein in Korall gefaßt? Ja, ihr Mächtigen, eine Frau bin ich, zur Lust geschaffen.
War es meine Schuld, mein Wille, daß ich dem Dienst an der großen Allmutter geweiht wurde, noch ehe ich die Sonne erblickte? Schwor ich ab der süßen Qual der Liebe und wählte ich ein Leben unfruchtbarer Keuschheit, oder ward nicht von fremden Lippen das Gelübte für mich getan?
Ich gab, was eine Frau zu geben hat, und gab es freudig, wissend, daß die Pein des Todes und nach dem Tod die Strafe der Götter mich erwartete, und nicht zu hoch ist der Preis.
Ihr furcht die Stirnen. Ihr schüttelt die schrecklichen Häupter, darauf die Kronen von Amun und Kneph, Seb und Tem, von Suti und dem mächtigen Osiris ruhen. Ihr flüstert einander zu, daß ich lästere. So hört weiter: Die vor euch steht, als Priesterin nicht mehr geachtet und ihrer Frauenehre bar, sagt euch dies ins Gesicht, denn sie weiß, daß ihr nichts Schlimmeres geschehen kann, als was ihr ohnehin ihr zugedacht habt: Eure Herrschaft und die Herrschaft derer, denen ihr dient, geht zu Ende. Eine Weile noch mögt ihr euch brüsten und die Sprüche eurer Götter verkünden, aber in künftigen Tagen werden eure Namen vergessen sein, es sei denn ein Fremder aus einer andern Zeit und von einem andern Ort zieht eure verdorrten Mumien aus den Gräbern, um sie den Gaffern zur Schau zu stellen. Und auch eure Götter werden vergessen sein, so tief gesunken, daß auf der ganzen Welt sie niemand mehr verehrt und niemand mehr ihre Namen anruft, ja sie nicht einmal mehr zum Fluchen gebraucht. Und nichts Lebendiges wird mehr in ihren Tempeln zu finden sein außer dem feigen, winselnden Schakal und der weißbäuchigen Eidechse.
Wer euch und ihnen dies antun wird? Ein Sproß der Hebräer. Ja, aus dem Volk des Mannes, den ich liebte und dem zuliebe ich mein Gelübte in den Wüstensand warf, aus dem Volk, das ihr haßt und verachtet, wird ein Kind kommen, und Sein wird aller Ruhm sein. Unter Seine Füße wird er eure Götter treten, und sie werden Schatten aus längst vergessenen Tagen sein.

Ihr habt meinen Namen aus der Rolle der Priesterinnen der Allmutter gestrichen. Keine Schrift soll mein Grab und meinen Sarg zieren. Ich soll vergessen sein für Menschen und Götter in aller Ewigkeit.
So lautet euer schreckliches Urteil.
Ihr grauköpfigen Narren! In ferner Zukunft werden Männer aus einem fremden Land das Grab betreten, in das ihr mich legt, und meinen Leichnam mit sich nehmen. Euer Haß und Widerstand wird sie nicht hindern. Sie werden mein Gesicht sehen und meine zerbrochenen Gebeine, sie werden die Geschichte meiner Liebe zu dem Hebräer hören, der um meinetwillen seinem Gott abschwor und ein kahlgeschorener Diener der großen Allmutter wurde. Ich schwöre, daß ich die Geschichte meiner Liebe und meines Todes erzählen werde, in einer andern Zeit und in einem andern Land, und fremde Menschen werden meinen Namen hören und um mich weinen. Aber eure Namen sollen sie nie erfahren.
Häuft nun eure Steine auf mein Herz und haltet sein heißes Pochen an. Ich gehe in den Tod, aber nicht, wie ihr, aus dem Gedächtnis der Menschen. Ich habe gesprochen.«
Die Stimme des Mädchens ging in ein mattes Schluchzen über. De Grandins trotziges Lachen schnitt durch die Stille wie ein Schwert durch Fleisch schneidet.
»Habt ihr gehört, ihr Narren mit euren Tierschädeln?« fragte er. »Wer hat die Wahrheit prophezeit, und wer hat sich im Netz seiner eigenen Einbildung gefangen, ihr Affenschnauzen? Geht zurück ins Schattenreich, aus dem ihr kamt, ihr bleichen, atemlosen Schatten. Geht! *In nomine Dei,* ich gebiete euch zu gehen und nie mehr wiederzukehren!«
Er machte einen Schritt auf den Halbkreis der Maskierten zu, und sie wichen vor ihm zurück. Sie schwankten, wurden immer schattenhafter. Als er die Hände hob und einen weiteren Schritt auf sie zu tat, waren sie nur noch graue Nebelschleier, die im Licht der flammenden Scheite im Kamin wirbelten, und plötzlich waren sie fort.
»*Fini ... triomphe ... achevé!*« De Grandin zog ein Seidentuch aus dem Ärmel und trocknete sich die Stirn. »Ihr wart stark, und stark war euer Haß, *Messieurs les Revenants,* aber auch Jules de Grandin ist stark, und ob er hassen kann ... *morbleu,* wer wüßte das besser als ihr?«

»Was haben Sie in Dr. Taylors Salon auf den Boden gesprenkelt, bevor wir begannen, und warum hielt es die furchtbaren Gestalten zurück, während Vella sprach?« fragte ich ihn, als wir nach Hause fuhren.
Er unterbrach die Melodie, die er vor sich hinsummte, und lachte. »Taubenblut, mein Freund. Ich holte es heute nachmittag beim Geflügelhändler. Warum es sie zurückhielt, kann ich Ihnen auch nicht erklären. Es ist eines der Dinge, die man weiß, ohne sie zu verstehen. Ist Ihnen bekannt, daß der Priester in allen alten Religionen den Altar mit dem Blut der Opfertiere reinigte, das heißt mit dem Blut der dem Gott geopferten Ziegen, Lämmer, Tauben oder Ochsen?«
»Ja, davon habe ich gelesen.«

»Und warum tat er das? Reinigt Blut etwas? *Mais non!* Blut ist nichts anderes als flüssiges Gewebe und eine eher schmierige Angelegenheit. Warum also? Weil...«, er klopfte mir feierlich auf mein Knie ... »Weil dem Blut die geheimnisvolle Kraft innewohnte, den Gott abzuhalten, gleichsam in Schach zu halten! Einen mit Blut gezogenen Kreis konnte er nicht überschreiten. Über die Schranke des Opferblutes hinweg konnte er nicht auf die Gemeinde der Gläubigen niederfahren. Solange sie zwischen ihnen und dem Gott stand, waren sie vor seinem Zorn und seinen Launen sicher. Ja, natürlich, das war es! Die Isispriester benetzten den Altar der Göttin mit Taubenblut. Ich besorgte mir ebenfalls Taubenblut und zeichnete damit um uns herum einen Drudenfuß. Die Diener der Isis konnten wie ihre Herrin diese Schranke nicht überschreiten. Und dann, als uns Mademoiselle Vella Nefra-Kemmahs Botschaft ausgerichtet und damit den Alten gezeigt hatte, daß ihr grausames Urteil zunichte geworden war, da war ihre Macht gebrochen. Sie hatten nicht die Kraft und den Mut, mir zu widerstehen, als ich ihnen zu gehen befahl. *Parbleu*, ich habe sie buchstäblich aus der Welt gelacht!« Er trommelte mit seinen behandschuhten Fingern auf den silbernen Knauf seines kurzen militärischen Stöckchens.

»*Sacré de nom, ron, ron, ron.*
La vie est brève, la nuit est longue...«

summte er. »Fahren Sie schneller, Freund Trowbridge.«

»Warum so eilig?«

»Der Kampf mit diesen alten staubigen Gestalten war eine trockene Arbeit, und kurz bevor wir zu Monsieur Taylor fuhren, sah ich einen Mann eine Flasche Champagner in den Kühlschrank stellen.«

»Einen Mann Champagner in den Kühlschrank stellen?« echote ich. »Wer sollte das gewesen sein?«

»*Moi*, ich selbst, mein Freund, und – *mort d'un rat mort* – habe ich einen Durst!«

Gans T. Field
Ein halbes Spukhaus

Seit sechs Monaten schon hatte Richter Pursuivant die Absicht gehabt, das alte Haus mit der merkwürdigen Geschichte zu besuchen, aber Richter Pursuivant fand nicht oft die Zeit, zu tun, was er am liebsten getan hätte. Der Herbst verging, der Winter kam. Er verbrachte die Weihnachtsfeiertage auf wenig kurzweilige Weise, indem er der Witwe eines Freundes half, wieder in den Besitz eines Grundstücks in Salem zu gelangen. Am Silvesterabend war er in Harrisonville, wo de Grandin und Trowbridge seinen Rat bei der Übersetzung gewisser alter holländischer Dokumente benötigten, die besser unübersetzt geblieben wären. Als er wieder nach Hause fuhr, zuerst nach Westen und dann in südlicher Richtung, kam er durch Scott's Meadow, und obwohl es schon auf den Abend zuging und Schnee in der Luft lag, konnte er der Versuchung nicht widerstehen, Crileys Mühle zu besuchen.

Ein Apotheker in der Hauptstraße wies ihm den Weg. Der Richter fuhr eine steile, schlecht gepflasterte Straße hinauf und dann zwischen Hügeln dahin, auf denen kahle Bäume in den Himmel zeigten. Schließlich kam er an eine alte Straße, die einmal zu einem Steinbruch gehört hatte, und folgte ihr, und dann führte ihn eine ächzende Holzbrücke über einen reißenden braunen Bach an sein Ziel.

Als er sich im letzten Licht der untergehenden Sonne umsah, sagte er sich, daß er entweder in die falsche Richtung gefahren oder zu spät gekommen war.

Er hatte von einem hohen, finsteren Bauwerk reden hören, von den Ruinen einer Mühle, die zweihundert Jahre alt waren und zweitausend Jahre alt aussahen. Was er aber nun vor sich hatte, war beinahe das Gegenteil: ein neues Haus aus braunem Holz, niedrig und geräumig, mit überdachtem Eingang und großen Fenstern. Es hätte eigentlich fröhlich aussehen müssen, wirkte aber keineswegs so.

Pursuivant stieg aus und klopfte an die Tür. Die ersten Schneeflocken segelten herab. Im vorderen Zimmer ging das Licht an, und ein Mann öffnete die Tür. Er war klein und schmächtig. Eine graue Locke hing ihm in sein zerfurchtes, pfiffiges Gesicht, das stark an den verstorbenen Will Rogers erinnerte. Er trug einen Hausrock und Pantoffeln.

»Ja?« fragte er abweisend.

»Verzeihen Sie«, sagte Richter Pursuivant und beugte seinen breiten Rücken. »Ist das Crileys Mühle? Das Spukhaus?«

»Das Spukhaus?« wiederholte der Mann. »Nein, ich ... ich weiß nicht...«
Hier blieb offenbar nur eines zu sagen. Richter Pursuivant wischte ein paar Schneeflocken von seinem lohgelben Schnurrbart und sagte es: »Tut mir leid, Sie gestört zu haben. Ich muß wohl einem Irrtum erlegen sein.«
Der andere war plötzlich wie ausgewechselt. »O nein, Sir. Das ist kein Irrtum. Dies *war* das Haus. Sehen Sie, ich habe an der Stelle gebaut, wo Crileys Mühle stand. Am Erntedanktag bin ich eingezogen. Wollen Sie nicht hereinkommen? Ich war sehr unhöflich. Die Nerven, wissen Sie. Ich wußte nicht, wer da an meine Tür kommt, und hier ist es sehr einsam...«
Seine mageren Finger griffen nach Pursuivants großer Hand. »Treten Sie ein, Sir, oder nein: warten Sie. Es fängt an zu schneien. Ich habe eine Garage hinter dem Haus. Wollen Sie nicht Ihren Wagen neben meinen stellen? Dann wollen wir einen Schluck trinken, vielleicht auch einen Bissen essen.«
Es lag ihm offenbar viel daran, daß Pursuivant blieb. Der Richter betrachtete ihn mit seinen großen blauen, scheinbar so unschuldigen Augen. Dann nickte er und sagte: »Danke, ich will gern bleiben.«

Als er den Wagen in die Garage gefahren hatte, ging er durch den Schnee zurück. Der kleine Mann wartete in der Tür, um ihn ins Haus zu führen. »Wie, sagten Sie, war Ihr Name?«
Der Richter hatte ihn noch nicht genannt, aber er antwortete: »Pursuivant. Richter Keith Pursuivant. Ich interessiere mich für Spukhäuser.«
»Und ich bin Alvin Scrope ... ehemaliger Herausgeber der Lokalzeitung, jetzt im Ruhestand, Junggeselle.« Sie standen nun im Wohnzimmer, das alle Bequemlichkeit bot, die man sich wünschen konnte: Polstermöbel, dicke Teppiche, farbenfrohe Bilder an den Wänden, viel Licht, ein Regal voll Bücher. Aber auch hier fehlte die rechte Stimmung. »Ich muß um Nachsicht bitten«, sagte Alvin Scrope. »Mein Hausdiener ist am Silvesterabend weggefahren, und nun muß ich mich ein, zwei Tage selbst um alles kümmern.«
Er nahm eine Flasche Scotch und einen Siphon von einem Seitentisch, mixte zwei Highballs, reichte einen dem Richter und sagte: »Es schneit immer dichter. Sie werden über Nacht bleiben müssen.«
Pursuivant legte den Überzieher und den schwarzen Hut beiseite. »Sie sind sehr liebenswürdig«, sagte er, und im stillen fragte er sich, warum er zuerst beinahe abgewiesen und dann förmlich zum Bleiben überredet worden war. Alvin Scrope zupfte an seiner Stirnlocke.
»Ja, Sir«, sagte er und versuchte, forsch und munter zu sprechen. »Ich habe mein Haus da gebaut, wo die alte Mühle stand. Wie gefällt es Ihnen?«
Der Richter schob seinen mächtigen Körper in einem Sessel zurecht und nippte an seinem Glas. »Schwer zu sagen. Ich bin gerade angekommen. Wie gefällt es Ihnen, Mr. Scrope?«
Der Mann zupfte wieder an seiner Locke. »Offen gestanden, ich weiß selbst nicht

recht.« Auch er nahm einen Schluck, bevor er weitersprach. »Das kommt vielleicht daher, daß ich früher nie ein eigenes Haus gehabt habe. Und dann hatte ich Arbeit ... immer viel zu tun mit meiner Zeitung. Jetzt habe ich soviel Freizeit, daß ich mir ganz verloren vorkomme. Sie wissen, wie das ist. Aber als ich zum erstenmal hierherkam und die einsame Ruine sah, dachte ich: das ist der schönste Bauplatz, den du je gesehen hast.«

»Ich habe einiges über die Mühle und ihre Legende gehört«, sagte Pursuivant und kramte seine Pfeife aus der Tasche. Wie er gehofft hatte, begann sein Gastgeber sofort zu erzählen:

»Sie wurde vor dem Unabhängigkeitskrieg gebaut und gehörte einem gewissen Criley, der eine Frau, einen Sohn und eine Tochter hatte.«

»Darf ich mir Notizen machen?« fragte Pursuivant und nahm ein Notizbuch und einen Füllhalter zur Hand. »Erzählen Sie weiter, Mr. Scrope.«

»Der Krieg kam. Der Müller und sein Sohn traten in Washingtons Armee ein. Die Briten nahmen New York, und es gab einen langen, harten Kampf.«

Pursuivant nickte. Er kannte dieses finstere, verzweifelte Kapitel in der Geschichte

seines Landes. Nach der ersten Niederlage der amerikanischen Waffen hatte der Krieg die Form von Überfällen, Hinterhalten und Verrat angenommen. Haß und Grausamkeit auf beiden Seiten. Nathan Hale und John Andre – zwei vortreffliche Männer – wurden gehängt wie Verbrecher. Tausende andere Tragödien spielten sich ab. Im ganzen Gebiet von New York einschließlich dieses Teils von New Jersey wurden Greuel verübt, über die nach so vielen Jahren noch die schaurigsten Geschichten umgingen.

Scrope berichtete weiter:

»In der Gegend von New York lagen viele hessische Soldaten, die mit den Briten gegen die Amerikaner kämpften.«

Wieder nickte Pursuivant. Einer seiner Vorfahren aus Virginia hatte auf Washingtons Seite an der Schlacht von Trenton teilgenommen. »Die Hessen waren keine sehr wilden Kämpfer«, bemerkte er.

»Mit einer Ausnahme«, erklärte Scrope. »Machen Sie sich noch Notizen, Herr Richter? Gut. Ich kann Ihnen nicht sagen, wie der Hesse, den ich meine, hieß, aber wie er aussah, ist überliefert. Ich denke, er war so groß wie Sie. Ein stämmiger Kerl.

Daheim in Deutschland war er ein berühmter Jäger gewesen; vielleicht auch ein Verbrecher, der in die Armee geflohen war. Wie dem auch sei: Er war den Amerikanern auf ihrem eigensten Gebiet überlegen, im Kampf in den Wäldern, Mann gegen Mann.«

»Kaum zu glauben«, warf Pursuivant ein. »Manche von Washingtons Männern hatten sich jahrelang mit den Indianern herumgeschlagen.«

»Dieser Hesse war schlimmer als ein Indianer. Er zog sich nackt aus – sogar im Winter –, bemalte sich wie ein Mohawk und machte sich auf, um zu töten. Er war ein unfehlbarer Schütze und ein wahrer Teufel mit Säbel, Beil und Messer.« Scrope unterbrach sich, um die Spitze einer Zigarre abzubeißen. »Er fand jede Spur, er überrumpelte jeden und nahm es mit zwei und mehr Gegnern gleichzeitig auf. Er überfiel Gehöfte und mordete Zivilisten, Frauen und Kinder nicht ausgenommen. Ich weiß nicht, wie viele Menschenleben er auf dem Gewissen hatte.«

Der Richter kritzelte in seinem Notizbuch und sah im Geiste eine jener phantasievollen Darstellungen, denen man so oft begegnet: Ein nackter Riese, mit roten und schwarzen Streifen bemalt, breite Backenknochen, dichte Brauen über schmalen Schlitzaugen, der Gürtel voller Waffen. Hatte der Hesse so ausgesehen? Pursuivant stopfte seine Pfeife und schob sie sich unter den Schnurrbart. »Erzählen Sie weiter.«

»Die beiden Frauen, die in der Mühle zurückgeblieben waren, haßten und fürchteten diesen Hessen. Sie beschlossen, ihn zu überlisten. Sie gaben vor, mit den Briten zu sympathisieren, und suchten seine Bekanntschaft.«

»Dazu gehörte Mut«, sagte der Richter. Neue Bilder tauchten in seinem Geiste auf. Vermutlich hatte die Tochter den ersten Schritt getan. Ein dralles Mädchen mit rosigen Wangen. An einem kalten Nachmittag begegnete sie dem Bluthund auf einem Feldweg. Der Hesse spielte plump und linkisch den Kavalier. Sein breites, hartes Gesicht grinste bewundernd. Die ländliche Schöne gab sich alle Mühe, nicht zu zittern. Sie zwang sich ein Lächeln ab, machte einen Knicks.

»Sie luden ihn zum Abendessen ein«, fuhr Scrope fort. »Er zog seine beste Uniform an...«

Seltsam mußte der Hesse in voller Uniform ausgesehen haben... Weiße Kniehosen und Gamaschen schlossen sich eng um seine muskulösen Beine, ein roter Rock mit weißen Aufschlägen und glänzenden Knöpfen zwängte seinen breiten Oberkörper ein. Und wie lächerlich nahmen sich auf seinem Kopf die gepuderte Perücke und die hohe Grenadiermütze aus! Doch Scropes Erzählung erreichte nun ihren Höhepunkt: »Als er am Tisch Platz genommen hatte, stieß ihm eine der Frauen – die Mutter oder die Tochter, die Berichte gehen da auseinander – ein Tranchiermesser in den Rücken. Sie schafften den Leichnam beiseite, mauerten ihn ein oder begruben ihn im Keller ... aber sein Geist kehrte zurück!«

»Wie viele haben ihn gesehen?« fragte Pursuivant.

»Viele. Die Mutter starb vor Angst, die Tochter sprang aus dem Dachbodenfenster, ehe der Krieg zu Ende war. Der Sohn beging, kurz nachdem er aus dem Krieg zurückgekehrt war, ebenfalls Selbstmord. Vom Vater hat man nichts mehr gehört. Ich nehme an, er fiel in einer der vielen Schlachten. Damit war von der Familie niemand mehr übriggeblieben. Die Mühle stand seither leer. Es gibt aber Geschichten aus neuerer Zeit. Ein Mädchen aus Scott's Meadow verbrachte vor zehn Jahren eine Nacht in der Mühle, um ihren Mut zu beweisen. Am nächsten Morgen rannte sie in den Hügeln umher, verrückt und der Sprache nicht mehr mächtig.«

»Und Sie haben das Grundstück gekauft?«

»Ja. Ich riß die alte Mühle nieder und baute auf den Fundamenten neu auf. Sollte das nicht genügen, um ein Gespenst zu vertreiben?«

»Meist verbrennt man ein Spukhaus ganz, bevor man an seiner Stelle neu baut«, antwortete der Richter. »Aber das hängt natürlich davon ab, wie weit man an Gespenster glaubt. Ich nehme an, Sie lachen nicht über diese Geschichten?«

Scrope zerbiß beinahe seine Zigarre. »Würden Sie lachen, wenn Ihnen innerhalb von sechs Wochen zwei Hausdiener kündigten? Wenn Ihnen in Ihrem Keller ständig etwas nachschliche, etwas Kaltes, Heimtückisches, das nie da ist, wenn Sie sich umdrehen? Wenn es Sie ständig kalt überliefe, so als sähen Sie ein Stück von Ibsen oder als läsen Sie eine Erzählung von Poe? Nein, da gibt es nichts zu lachen!«

Pursuivant beugte sich vor. »Sie glauben, etwas Unheimliches zu sehen und zu hören?«

»Richtig. Ich sehe oder höre es nie wirklich. Es ist nur ein Flüstern, ein Schatten in einer dunklen Ecke, wenn ich allein im Haus bin.« Scropes Miene verdüsterte sich. »Ich wollte, ich wäre Katholik. Ein Priester mit Glocke, Buch und Kerze wäre ein großer Trost.«

»Da haben Sie recht«, stimmte ihm Pursuivant bei. »Ich kenne zufällig eine alte Austreibungsformel. Ich bin natürlich kein Priester, aber wir könnten sie trotzdem ausprobieren – als Zauber oder als psychologisches Mittel, wie Sie wollen.«

Scrope runzelte die Stirn, dann lächelte er. Das war etwas ganz Neues für ihn. Pursuivant beeilte sich, logische Gründe anzuführen: »Ich will Sie nicht zum Okkultismus bekehren, Mr. Scrope, aber mir scheint, eine symbolische Handlung, eine Zeremonie wäre ein ... sagen wir: ein psychologischer Trick, der Ihnen helfen könnte, Ihre Besorgnis zu vergessen...«

»Ich bin vollkommen Ihrer Meinung!« rief Scrope beinahe explosiv. »Tun Sie es, Herr Richter, ich bitte darum!«

Pursuivant stellte das Glas nieder, legte die Pfeife beiseite und stand auf. Auch Scrope erhob sich aus seinem Sessel. Er trat einige Schritte zurück und blieb nahe der im Dunkeln liegenden Tür stehen, die in den hinteren Teil des Hauses führte. Pursuivant begann feierlich:

»Ihr bösen Geister alle, ich verbiete euch dieses Mannes Bett und Lager; ich verbiete euch im Namen des Himmels sein Haus und Heim; ich verbiete euch im Namen Gottes sein Blut und Fleisch, seinen Leib und seine Seele. Laßt alles Böse zurückkehren von ihm und dem Seinen zu Euch und dem Euern, im Namen der Dreieinigkeit!«

Als Pursuivant geendet hatte, zeigte Scropes Gesicht dankbare Erleichterung – die plötzlich wie ein Licht erlosch. Sein magerer Körper drehte sich um sich selbst, sein Mund öffnete sich, und er schrie: »Laß mich los! Laß mich los!«

Er taumelte mit dem Rücken voran zur Tür, drehte sich halb herum und stemmte sich gegen den Pfosten. Es sah aus, als ränge er mit jemandem. Pursuivant sprang vor, aber im gleichenAugenblick lief Scrope auch schon zitternd in die Mitte des Zimmers zurück. Sein Blick war glasig, sein Mund schlaff, sein Gesicht bleich. »Dachte schon, jetzt hat es mich erwischt«, keuchte er.
»Was?« fragte Richter Pursuivant.
»Haben Sie es nicht gesehen? Das große Ding mit dem nackten Arm und ... ohne Augen...«
»Trinken Sie. Nein, ich habe nichts gesehen.«
Scrope trank gehorsam. Seine Farbe kehrte allmählich zurück. Er sprach rasch, wie jemand, der sich von etwas zu überzeugen versucht, was er gern glauben möchte. »Meine Phantasie ist mit mir durchgegangen, nicht wahr?«
»Meinen Sie?«
Pursuivant füllte Scropes Glas nach. »Ja, ja, das ist mir vollkommen klar, Herr Richter. Ich habe mich so in diese Geschichte hineingesteigert, daß ich es wirklich vor mir zu sehen glaubte; eine Art Gespenst... Aber wenn Sie es nicht gesehen haben...«
»Wenn ich es nicht gesehen habe«, nahm der Richter Scropes Worte auf, »so heißt das nicht, daß da nichts war.«
Scrope sah ihn verblüfft an, und Pursuivant fuhr fort: »Nein, es beweist gar nichts. Ich habe vielmehr den Eindruck, daß hier eines meiner Abenteuer beginnt.«
»Aber, hören Sie!« Scrope hob verzweifelt die Stimme. »Sie sprachen doch gerade eine Zauberformel gegen solche ... gegen solche Dinge. Wie konnte es wagen...«
»Aus Verzweiflung. Um die Niederlage abzuwehren. Warten Sie hier.«
Er trat an die Tür und öffnete sie. Vor ihm lag ein dämmriger Korridor, der zur Küche führte. Linkerhand war eine offene Tür zu einem Badezimmer, rechts sah er zwei geschlossene Türen. Er fragte, was sich dahinter befinde.
»Die Schlafzimmer«, antwortete Scrope. Er versuchte, ruhig zu sprechen. »Brauchen Sie eine Lampe?«
»Nein, danke.« Pursuivant trat in den Korridor. Er fühlte so etwas wie einen Nebel oder den Dunst nasser, schmutziger Mäntel in einem geschlossenen Schrank. Er schnaubte durch die Nase und ging rasch in die Küche, wo er das Licht anknipste. Hier konnte er wieder frei atmen. Der Schweiß auf seiner Stirn und seinem lohgelben Schnurrbart trocknete.
»Alles klar?« fragte Scrope.
»So weit ja.« Der Richter sah sich in der sauberen weißen Küche mit dem Kühlschrank und dem Elektroherd um. Hier schien wirklich alles in Ordnung zu sein. Er ging wieder in den Korridor und dann in das hintere Schlafzimmer.

»Das ist meines«, erklärte Scrope.
Pursuivant verweilte einen Augenblick in dem Raum, der – der Küche gegenüber – das hinterste Viertel des Hauses bildete. Dann trat er wieder in den Korridor, um einen Blick ins Badezimmer zu werfen. In der dämmerigen Atmosphäre lastete ein Druck, dessen er sich nur mit Mühe erwehrte. Schließlich stand er vor der geschlossenen Tür des vorderen Schlafzimmers. »Wer schläft hier?« fragte er.
»Sie, wenn Sie über Nacht bleiben«, antwortete Scrope, und der Richter trat ein.

Im ersten Augenblick glaubte er, einen Schlag erhalten zu haben. Seine Knie zitterten, und ihm wurde schwarz vor Augen. Die Wände – sahen sie nicht nackt und ganz zerfallen aus? – wirbelten im Dämmerlicht um ihn herum. Er behielt jedoch einen kühlen Kopf, tastete nach dem Schalter und knipste das Licht an.
Er hatte sich geirrt. Das Zimmer war neu, cremegelb tapeziert. Es hätte eigentlich auch sehr hell sein müssen, aber das Licht war so trüb, als schiene es durch einen Rauchschleier hindurch. Ein sauberes Bett, eine Kommode, ein Sessel – wie konnten diese Möbelstücke einen so tiefen Schatten in der Ecke dort werfen? War es überhaupt ein Schatten?
Das Gewicht, das er im Korridor gespürt hatte, wurde noch schwerer; es drückte ihn nieder, wie ein Taucher auf dem Meeresgrund von den Wassermassen niedergedrückt wird. Plötzlich klickte der Schalter, obwohl Pursuivant ihn nicht berührt hatte, und das Licht ging aus.
Im Dunkeln griff etwas nach ihm. Eine Hand – er nahm sie undeutlich wahr –, eine Hand, aber da war kein Arm. Oder doch? Pursuivant riß sich los, blieb aber stehen. Da hing ein Gesicht in der Dunkelheit – oder jedenfalls ein Kopf, denn er sah nur den Umriß, nicht die Züge. Aber ein Mund war da offenbar, denn er roch einen stinkenden Atem, und dann hörte er ein Gemurmel, verstand ein Wort, ein deutsches Wort: »Raus...«
Pursuivant starrte auf das im Dunkeln hängende Oval. Er versuchte Augen zu entdecken, in die er hätte blicken können. Wieder berührte ihn etwas, an der Schulter, ganz leicht diesmal und weich, und eine andere Stimme – so leise, daß er sie mehr fühlte als hörte – sagte:
»Nein... bleib... Du bist gekommen, um zu helfen...«
Der Kopf ohne Gesichtszüge zeichnete sich kräftiger ab, und darunter ahnte Pursuivant einen Körper, so groß wie sein eigener. Stämmige Säulen wie aus Nebel geformte Beine. Und noch einmal: »Raus!«
Pursuivant ging rückwärts aus dem Raum und ließ die Tür offen. Er stand wieder im Wohnzimmer, wischte sich das Gesicht ab, fühlte sich besser. Scrope, der die Gläser vollschenkte, sah ihn fragend an. »Sie haben es auch gespürt?«
»Ja, gespürt und einen Augenblick auch gesehen.« Der Richter schwieg und sammelte seine Gedanken. »Wer hat in diesem Zimmer geschlafen?«
»Niemand. Der Hausdiener hatte einen kleinen Anbau neben der Küche. Sie weihen heute nacht mein Gästezimmer ein, Herr Richter. Hier, trinken Sie.«
Sie stießen miteinander an und tranken. Dann gingen sie durch den stickigen Korridor in die Küche. Scrope bereitete rasch eine Mahlzeit zu, einfach, aber herzhaft: Schinken, Eier, Bratkartoffeln, starken Kaffee. Sie aßen an einem Tisch mit weißer Platte. Pursuivant tat, als hätte er an diesem Abend noch nicht das Fürchten gelernt.
»Ich sagte, die Hessen seien keine guten Soldaten gewesen«, bemerkte er und hielt Scrope seine Tasse hin. »Aber sie waren Deutsche, und Deutschland war die Heimat der Hexen und Teufel. Lesen Sie den ›Faust‹, lesen Sie die ›Phantasmagoria‹,

lesen Sie die Brüder Grimm. In einem Band von ›Old New York‹ – er ist längst vergriffen – fand ich eine Geschichte, wie zwei hessische Soldaten einen Farmer in Manhattan behexten.«

»Eine wahre Geschichte?«

»Sie steht in den Lebenserinnerungen von George Rapaelje. Das war ein hoch angesehener Name im alten New York. Rapaelje behauptet, es selbst gesehen zu haben. Und andere Hessen, die sich in Pennsylvanien und New Jersey niederließen, trieben Zauberei.«

»Natürlich. Nehmen Sie nur Irvings Erzählung von dem Reiter ohne Kopf«, sagte Scrope. »Sie haben zweifellos recht, Herr Richter. Wenn diese Formel ... ach, ich wollte, Sie hätten sie nicht gesagt, denn sie hat ja doch nicht gewirkt.«

Pursuivant sah Scrope ernst an. »Ich bin noch nicht fertig. Dreimal muß die Formel gesprochen werden, in Abständen von einer Stunde.« Er zog eine dicke goldene Uhr aus der Tasche. »Die Stunde ist gleich um.«

Er ging mit festen Schritten, beinahe gleichgültig und gelassen, in den Korridor. Scrope folgte ihm. Wieder fühlte Pursuivant das drohende Gewicht, die stickige Atmosphäre. Furchtlos begann er ein zweites Mal:

»Ihr bösen Geister alle, ich verbiete euch dieses Mannes Bett und Lager; ich verbiete euch im Namens des Himmels sein Haus und Heim; ich verbiete...«

Es war aus dem vorderen Schlafzimmer gekommen, schwer, lautlos, tief gebückt, und plötzlich richtete es sich auf und war so groß und kräftig wie Pursuivant.

Der Richter erkannte in dem schwachen Licht nur eine menschenähnliche Silhouette mit verschwommenen Umrissen. Ob das Wesen nackt oder bekleidet war, vermochte er nicht zu sagen. Wie zuvor saß ein gesichtsloser Kopf auf breiten Schultern. Nur die Finger waren deutlich zu sehen. Sie spreizten sich, fuhren auf ihn zu. Das alles nahm er wahr, während er unbeirrt die Austreibungsformel zu Ende sprach:

»... Laßt alles Böse zurückkehren von ihm und dem Seinen zu euch und dem Euern, im Namen der Dreieinigkeit!«

Es stürzte auf ihn zu, packte ihn. Der enge Gang wäre nicht einmal für einen Kampf mit einem Sterblichen der rechte Ort gewesen. Pursuivant trat ein paar Schritte zurück, rasch und leichtfüßig trotz seines Bärengewichts. Scrope war jammernd zur Hintertür gerannt und versuchte sie aufzureißen.

»Kommen Sie!« schrie er. »Fort von hier!«

»Warten Sie!« antwortete Pursuivant. »Sehen Sie doch!«

Scrope wandte sich um.

»Es ist verschwunden«, sagte Pursuivant. »Es löste sich vor meinen Augen auf, während ich zurückwich.«

Er verschränkte seine großen Hände hinter dem Rücken und machte ein finsteres Gesicht. Da stimmte etwas nicht. Hieß es in den alten Büchern nicht immer wieder, die beste Methode, ein Gespenst zu vertreiben, sei es, ihm furchtlos entgegenzutreten? Hier aber hatte er das Gegenteil erlebt. Der Feind war erst verschwunden,

als er und Scrope vor ihm zurückwichen. Er starrte in den leeren Korridor, als suchte er dort des Rätsels Lösung.
Aber der Korridor war gar nicht leer. Er sah eine andere schattenhafte Andeutung einer Gestalt, einer sehr schlanken Gestalt, und die leise Stimme, die er im Schlafzimmer gehört hatte, sagte: »Noch einmal ... noch einmal...«
Auch dieser Schatten verschwand.
Scrope trat neben Pursuivant. »Herr Richter, haben wir beide eine Halluzination gehabt?«
Pursuivant grinste und schüttelte seine lohgelbe Mähne. »Ausgeschlossen, Scrope. Leute, die Halluzinationen haben, sehen nicht dieselben Dinge zur selben Zeit.«
»Gruppenhypnose...« begann Scrope, so als suchte er bei diesem Wort Trost, aber wieder winkte Pursuivant ab.
»Ich glaube an viele seltsame Dinge, Scrope, aber daran nicht. Gehen Sie nicht wieder in den Korridor. Setzen Sie sich hier in die Küche. Ich beginne zu verstehen oder jedenfalls etwas zu ahnen.«
Sie nahmen auf Küchenstühlen Platz. Pursuivant behielt die Tür im Auge.
»Die sattsam bekannte Situation, von phantasievollen Schriftstellern tausendmal beschrieben«, sagte er. »Der Ermordete geht am Schauplatz seines Todes um.« Er starrte in den Korridor und fragte sich, ob er dort wirklich eine Bewegung gesehen hatte. »Jedenfalls ist er da, bösartig, gefährlich, fähig, uns anzugreifen...«
»Richtig.« Scrope nickte seufzend. »Er erschien zuerst mir, dann Ihnen und schließlich uns beiden.«
»Das heißt, daß der Zauber wirken wird.«
Scrope blickte beinahe flehend auf. »Sind Sie sicher?«
»Wessen kann man im Leben und im Tode schon sicher sein? Aber dieser Geist ist verzweifelt. Er wehrt sich. Wenn ich Sie recht verstanden habe, hat er sich noch nie so deutlich bemerkbar gemacht.«
Scrope nickte eifrig. »Richtig. Er war da, oder vielmehr: *es* war da – eine merkwürdig gespannte, gruselige Atmosphäre, die meine Hausdiener vertrieb, aber nichts von dem, was wir jetzt erleben. Es ist so wie Sie sagen. Er kämpft verzweifelt.«
»Er ist in Gefahr«, sagte Pursuivant, der seine blauen Augen nicht von der Tür zum Korridor wandte. »Auch wir sind in Gefahr, aber er ist allein, und wir haben Freunde.«
»Freunde?« echote Scrope.
»Ich sah eine zweite Gestalt, den Schatten einer Gestalt, zweimal. Sie droht nicht. Sie bittet. Sie will, daß wir weiterkämpfen und siegen.«
Scrope starrte Pursuivant an. »Ich glaube, ich sah sie auch. Aber wenn sie ein Gespenst ist...«
»Bedenken Sie doch, daß dieses Gespenst vielleicht erlöst werden will. Nicht nur der Hesse ist hier auf tragische Weise umgekommen. Zwei Frauen, sagten Sie... Ich hörte eine Stimme, die mich bat, die Zauberformel zu wiederholen. ›Noch einmal‹, sagte sie.«

»Ja, aber...« sagte Scrope unschlüssig.
»Auch die Geister der beiden Frauen sind in diesem Haus«, versicherte Pursuivant. »Das Böse, das hier wohnt, ist zu stark. Sie können ihm nicht entfliehen, obwohl sie tot sind.«
»Herr Richter!« stöhnte Scrope, der plötzlich blaß geworden war. Er schluckte zweimal, dann fuhr er fort: »Ist Ihnen das klar? Wenn uns etwas geschieht...«
»Selbstverständlich«, sagte Pursuivant mit fester Stimme. »Wir wären ebenfalls gefangen, in aller Ewigkeit. Das ist mir vollkommen klar. Deshalb müssen wir unsere Sache zu Ende führen und gewinnen.«
Er stand wieder auf und trat an die Tür, setzte den Fuß auf die Schwelle und beugte sich ein wenig in den Korridor hinaus. Dann fuhr er schnell wieder zurück wie ein Betrachter vor dem Käfig eines zornigen Raubtiers.
»Er ist noch da«, berichtete er. »Er wartet auf uns. Er weiß, daß die Entscheidung naht.«
Scrope betrachtete die Tür mit harten Augen und zusammengebissenen Zähnen. »Ich habe eine Theorie. Er bleibt in diesem Teil des Hauses. Er haust vielleicht im Keller.«
»Warum?« fragte Richter Pursuivant.
»Weil der Keller, das Fundament des alten Hauses, sich nur unter dem Badezimmer, dem Korridor, diesem Gästezimmer und einem kleinen Teil der Küche ererstreckt...«
»Bei Gott! Das ist es!« unterbrach ihn Pursuivant aufgeregt. Er nahm seinen Füllhalter aus der Tasche und begann auf der Tischplatte zu skizzieren.
»Sehen Sie her. Ihr Haus ist niedrig und langgestreckt. Große Räume, das ergibt einen großen Grundriß.« Er zeichnete ein Rechteck. »Der Keller liegt ziemlich genau unter der Mitte. Etwa so.« Er zeichnete ein kleines Rechteck in das größere.
»Ja, das stimmt ungefähr«, sagte Scrope nickend. »Worauf wollen Sie hinaus?«
»Sehen Sie das denn nicht?« rief Pursuivant ungeduldig, beinahe grob. »Der Keller zeigt die Grenzen des alten Hauses an, das schmal und hoch war, während das Ihre breit und niedrig ist. Das Gespenst spukte im alten Haus, das nur einen Teil Ihres Hauses bildet.«
Er warf den Füllhalter auf den Tisch.
»Sie haben nur ein halbes Spukhaus, Scrope.«
Begreifen dämmerte in dem Gesicht des kleinen Mannes. Er sprang auf und begann freudig erregt zu plappern.
»Das ändert alles. Wir sind in Sicherheit. Wenn wir nicht da hineingehen...«
»Oh, wir werden aber da hineingehen!«
Scrope sah den Richter erschrocken, mit weit aufgerissenen Augen an. Pursuivant erklärte, was er meinte: »Ich werde die Austreibungsformel mitten in seiner Höhle zum letztenmal sprechen. Wir werden ihn dort vernichten, wo er uns nicht entfliehen kann.«

Wieder war eine Stunde vergangen. Die beiden standen auf. »Es ist Zeit«, sagte Scrope mit einem Blick auf seine Armbanduhr. »Muß ich mitkommen?«
»Sie müssen«, erwiderte Pursuivant. »Ins vordere Schlafzimmer. Dort muß das Wesen die Austreibungsformel hören.« Er ging in den Korridor hinaus. Scrope folgte ihm mit Schritten, die für seinen kleinen Körper erstaunlich schwer klangen. Zusammen standen sie im Dämmerlicht ... aber das war nicht mehr der neue, enge, hell getünchte Korridor.
Trotz der schwachen Beleuchtung sah Pursuivant deutlich, daß die Wände zurückgewichen waren. Er stand in einem weiten, zerfallenen Raum mit zerbrochenen Fenstern, die beinahe bis zu der hohen Decke hinauf reichten. Die halb vermorschten Bodenbretter waren mit abgebröckeltem Putz übersät. Und Wind war da, ja, mitten in Scropes behaglichem Haus wehte Wind. Er kam durch die Risse und Sprünge dieser Ruine, in die sie plötzlich versetzt worden waren...
»Herr Richter!« hauchte Scrope. »Ich weiß... Das ist die alte Mühle. So sah sie aus, bevor sie abgerissen wurde...«
»Still!« befahl Pursuivant. Er ging in die Richtung, in der sich die Tür des vorderen Schlafzimmers befunden hatte. Sie war vor ihm. Er fühlte die Klinke in seiner Hand, obwohl er sie nicht sehen konnte. Angeln quietschten. Sie schritten weiter in den Raum hinein, der zu der abgerissenen Mühle gehört hatte.
Und wieder verwandelte sich die Szene vor ihren Augen.
Ein blaugrünes Licht, wie man es auf dem Grunde eines Gewässers sehen kann, enthüllte ihnen einen weiten Fußboden, eine hohe Decke und große Fenster, nun aber nicht mehr zerfallen. Der Raum war plötzlich neu, fest gebaut, ein Raum, in dem man wohnen konnte. Sauber verputzte und gestrichene Wände, breite weiße Fensterbretter, einige Pelze wie Teppiche ausgebreitet – und Möbel. Sogar in dem unheimlichen, matten Licht erkannte Pursuivant wertvolle alte Stücke. Der Tisch dort, zum Beispiel – dunkles, schön poliertes Holz –, auch die Stühle. Auf dem Tisch ein weißes Tuch, Silber und Porzellan. Und da saß jemand ... etwas ... wie um zu essen.
Der Hesse, natürlich. Oder das, was einmal der Hesse gewesen war. Er sah ihnen über den Tisch hinweg entgegen. Pursuivant erkannte nun, woher das wäßrige Licht kam.
Diese Gestalt strahlte es aus wie Zunderholz. Undeutlich nahm Pursuivant die Umrisse und gewisse Einzelheiten wahr – einen Frack nach altem englischem Schnitt, eine gepuderte Perücke ... eine Eleganz, die nicht zu diesem ungeschlachten Körper paßte. Das meiste Licht kam aus der Gegend des Kopfes, der noch immer kein Gesicht hatte.
Pursuivant begann zum drittenmal die Formel aufzusagen:
»Ihr bösen Geister alle, ich verbiete euch dieses Mannes Bett und Lager...«
Das bläuliche Licht wurde schwächer. Die Gestalt erhob sich und kam auf ihn zu.
»Scrope«, murmelte Pursuivant zwischen zwei Sätzen seiner Formel. »Licht ... drehen Sie es an!«

Er stellte sich der Gestalt in den Weg. »Ich verbiete euch im Namen des Himmels…« fuhr er fort.
Kräftige Hände packten ihn, Hände, so kalt wie Eis. Er hatte ein Gefühl, als würde er mit Schmutz beworfen.
Richter Keith Pursuivant war groß, kräftig und geschickt, aber er hatte einen ebenbürtigen Gegner gefunden, der mit seinen kalten Händen nach seiner Kehle griff, um ihn zu würgen und am Sprechen zu hindern. Er hörte das Gespenst keuchen und knurren wie die unbekannten Tiere, von denen man träumt. Seine Faust schlug nach dem formlosen Gesicht, es kippte auf den schattenhaften Schultern nach hinten, aber das Gespenst umklammerte ihn nur noch fester und versuchte ihn zu erdrosseln.
»Das Licht brennt nicht!« schrie Scrope. Er riß ein Streichholz an, setzte ein Papierknäuel in Brand, das er aus seiner Tasche zog, und hielt diese kleine Fackel in die Höhe.
Das rosige Licht überdeckte das bläuliche, und Scrope sah nun das Wesen, mit dem Pursuivant rang, ganz deutlich. Er schrie noch lauter und ließ das brennende Papier fallen. Es wurde auf einen Wandbehang zugeweht, eine Flamme schoß empor. Pursuivant packte die harten, eisigen Handgelenke seines Gegners und riß sich los.
»… zu Euch und dem Euern, im Namen der Dreieinigkeit!« beendete er seine Formel.
Dann sprang er zurück, hob Scrope buchstäblich vom Boden auf und stürzte mit ihm aus dem Raum. Sie standen wieder in dem vertrauten Wohnzimmer des neuen Hauses. Hinter ihnen prasselten die Flammen.
Scrope war nahe daran, in Ohnmacht zu fallen, als er wieder auf seinen eigenen Beinen stand. Pursuivant schüttelte ihn.
»Hinaus!« befahl er. »Schnell hinaus! Dieses Haus brennt wie ein Strohballen.«
Draußen lehnte sich Scrope gegen einen Baum. Pursuivant lief in die Garage und brachte nacheinander die beiden Wagen heraus, die er an einer Stelle abstellte, wo sie vor fliegenden Funken sicher waren. Dann kehrte er zu seinem Gefährten zurück.
Die Flammen schlugen aus den offenen Wohnzimmerfenstern und leckten nach dem Holz der Hauswand. Scrope schüttelte sich wie ein nasser Hund. Allmählich bekam er wieder Gewalt über seinen vor Angst verstörten Geist. »Sollten wir nicht zum nächsten Telefon laufen?« fragte er. »Es gibt eine freiwillige Feuerwehr im Ort.«
»Nein«, sagte Pursuivant. »Keine Feuerwehr. Lassen Sie das Haus ganz abbrennen.«
»Ganz abbrennen?« Scropes Gesicht sah fester, entschlossener aus im roten Feuerschein. »Ja, natürlich. Sie haben recht. Nach dem Brand gibt es keine Gespenster mehr. Ich kann mir ein neues Haus bauen.«
»Und in Frieden leben. Lassen Sie es nur brennen. Wir fahren nach Scott's Meadow

und übernachten in dem kleinen Gasthaus. Und morgen fahren wir zu mir. Sie können bei mir wohnen, bis Sie Ihre Angelegenheiten in Ordnung haben.«

»Danke, das will ich tun.«

Sie verstummten. In der Dunkelheit, in der es nun schon nicht mehr so eisig war, hörten sie etwas vorübergehen. Ein undeutlicher Schatten, nein zwei Schatten schwebten vorbei wie Rauchwolken vom Hause her.

Danke... Pursuivant nahm leise Freudenrufe wahr, mehr in seinem Herzen als mit den Ohren. *Danke*... Und dann waren sie fort.

Auch Scrope hatte sie bemerkt. »Ich glaube, die Geister der beiden armen Frauen sind frei«, sagte er.

Aus der Mitte der roten Feuersbrunst, die nun das ganze Haus erfaßt hatte, kam plötzlich ein Laut – ein Ruf – ein Schrei – ein Gebrüll ... die Stimme eines Menschen. Scrope stotterte, fluchte. »War das ... der Hesse?«

»Das, was einst der Hesse war«, antwortete Pursuivant und starrte ins Feuer. – Wie-

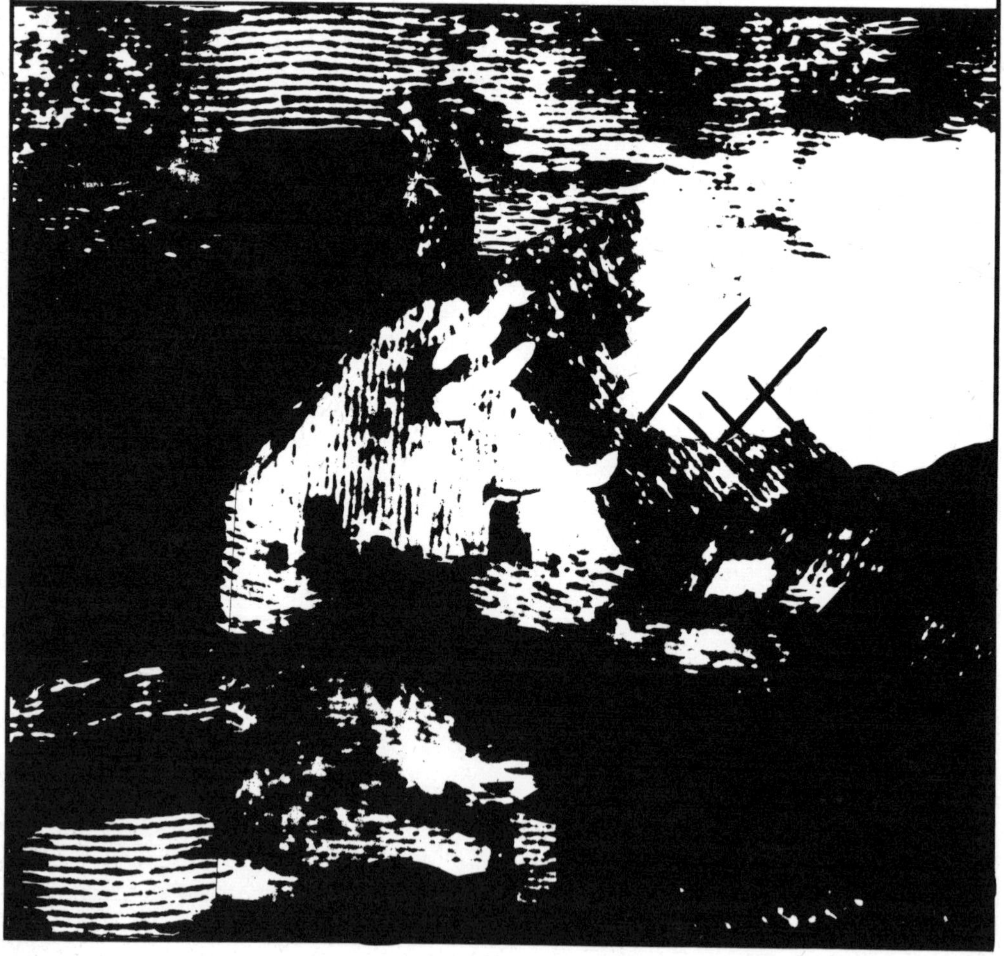

der ein Schrei, voll Entsetzen und Qual. »Warum bleibt er?« fragte Scrope mit zitternder Stimme. »Die anderen dankten uns für ihre Befreiung. Warum bleibt er, bis er…« Er unterbrach sich. »Ich weiß es«, sagte er dann. Pursuivant wandte sich ihm zu. »Was meinen Sie?«

»Die Frauen hatten zwar getötet, aber sie hatten einen guten Zweck verfolgt. Sie wußten, daß es Erlösung für sie gab, sobald sie nicht mehr im Hause festgehalten wurden. Der andere dagegen…« Scrope starrte nun auch ins Feuer. »Der andere hat nichts dergleichen zu erwarten. Er bleibt in seiner brennenden Höhle, denn wenn er sie verläßt…«

»… erwartet ihn noch Schlimmeres«, beendete Pursuivant den Satz.

Noch einmal stieg die gequälte Stimme auf und erschütterte die Nacht. Dann sank sie zu einem Wimmern, einem Röcheln ab und verstummte. Die Flammen flatterten wie Siegesbanner. Sie schienen reiner und fröhlicher zu brennen.

Pursuivant und Scrope reichten einander impulsiv die Hände.

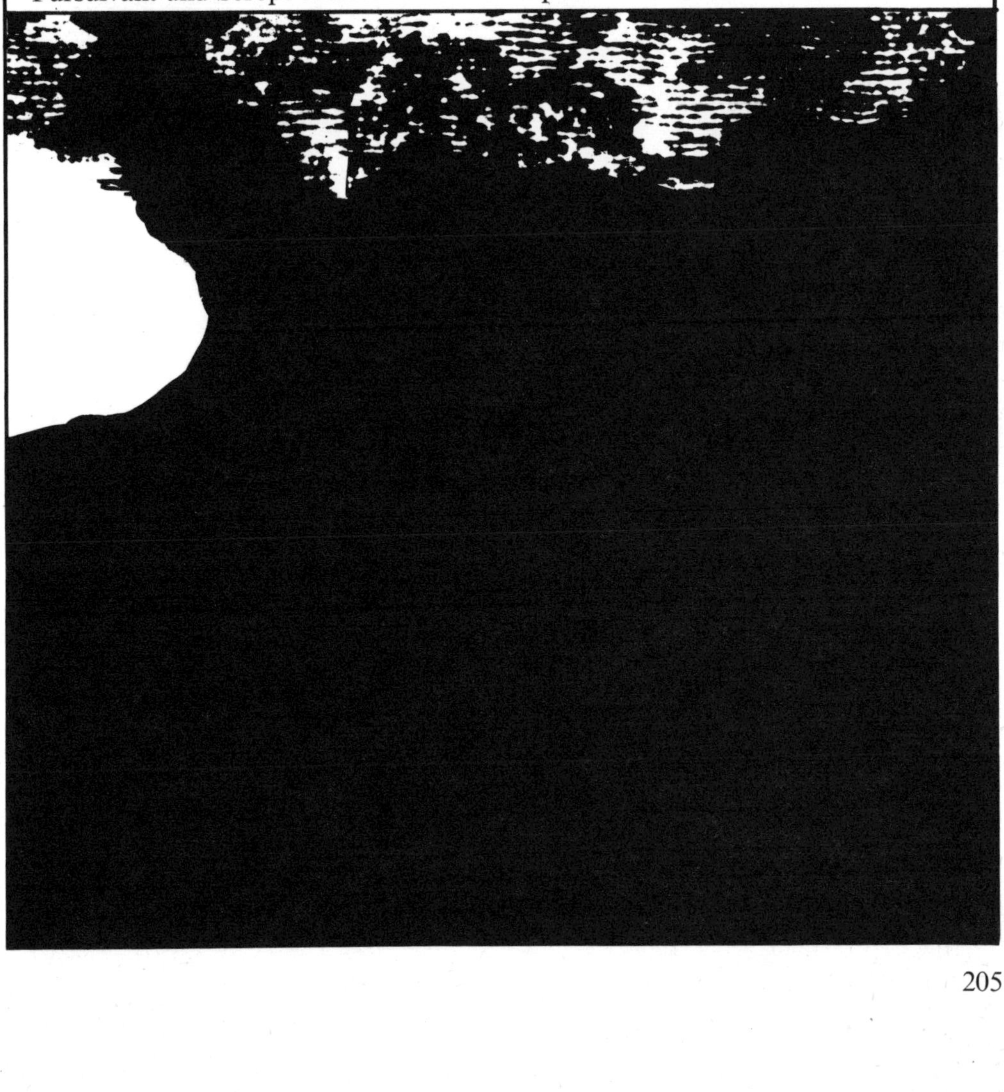

Frank Lillie Pollock
Die letzte Morgenröte

»Ich bin müde«, klagte Davis, der an einem Fenster des Physikalischen Instituts lehnte. »Müde und schläfrig. Es ist elf Uhr vorbei. Das ist nun die vierte Nacht, die ich wach bleibe, um Ihren neuen Stern zu sehen, und es wird die letzte sein. Das Ding war doch schon vor drei Wochen fällig!«

»Sind *Sie* müde, Miß Wardour?« fragte Eastwood. Das Mädchen blickte auf, errötete und schüttelte den Kopf.

Eastwood dachte zum soundsovielten Mal, daß sie wirklich qualvoll schüchtern war – und beinahe ebenso häßlich wie schüchtern, obwohl sie ungewöhnlich schönes Haar hatte, fein wie Seide und von der Farbe einer blassen Flamme.

Wahrscheinlich war sie sehr intelligent. Eastwood hatte sie einige ›schwere‹ Bücher lesen sehen, aber sie schien nur wenige Interessen zu haben und sich nie zu amüsieren. Sie arbeitete täglich im Verband der Kunststudenten und wohnte in derselben Pension wie er. So war es gekommen, daß er sie zusammen mit dem Ehepaar Davis eingeladen hatte, das Erscheinen des neuen Sterns vom Labor aus zu beobachten.

Eastwood hatte ein kleines Teleskop am Fenster aufstellen lassen. Unter ihnen dehnte sich das Lichtermeer New Yorks, aus dem ein beinahe melodisches Dröhnen aufstieg. In den Straßen drängten sich die Menschen wie jede Nacht seit dem fünften des Monats, an dem der neue Stern oder die neue Sonne hätte erscheinen sollen.

Mehr als vierzig Jahre waren vergangen, seit Professor Adolphe Bernier seine Theorie von einem räumlich begrenzten Universum auf dem Internationalen Naturwissenschaftlichen Kongreß in Paris vorgetragen hatte. Damals hatte man diese Theorie allerdings für kaum mehr als eine meisterhaft ausgeklügelte Phantasterei gehalten.

Professor Bernier glaubte nicht an die Unendlichkeit des Alls. Irgendwo, meinte er, müsse das Universum ein Zentrum haben, um das es sich drehe. Der Mond läuft um die Erde, das Planetensystem dreht sich um die Sonne, das Sonnensystem kreist um einen Fixstern, und dieses System wiederum mußte sich um einen anderen, weit entfernten Punkt drehen.

Irgendwo aber mußte es einen Zentralstern geben, eine ungeheure glühende Sonne, die sich nicht bewegte. Und da eine Sonne stets größer ist als ihre Satelliten, mußte

der Körper im Mittelpunkt des Alls eine Größe und Temperatur haben, die alles Bekannte oder auch nur Vorstellbare überstiegen.
Dagegen wandte man ein, dieser hypnotische Körper müsse so groß sein, daß er von der Erde aus zu sehen wäre. Professor Bernier erwiderte, daß man ihn eines Tages auch sehen werde. Sein Licht habe die Erde nur noch nicht erreicht.
Vom nächsten Fixstern zur Erde braucht das Licht drei Jahre, und viele Sterne sind zweifellos so weit entfernt, daß ihre Strahlen noch nicht bei uns eingetroffen sind. Die große Zentralsonne mußte so unvorstellbar weit sein, daß noch Hunderte oder Tausende Jahre vergehen konnten, ehe ihr Licht in unser Sonnensystem einbrach.
So weit Professor Berniers Theorie, die verächtlich als ›Sensationsmache‹ abgetan wurde, bis der sprunghafte Fortschritt der Mathematik nach der Mitte des zwanzigsten Jahrhunderts die Möglichkeit bot, sie zu überprüfen.
Mit Hilfe der neuen, von Professor Burnside in Princeton aufgestellten und von Dr. Taneka in Tokio weiterentwickelten Lehrsätze gelang es den Astronomen, die Bewegungen der Sonne durch den Raum und das Verhältnis zu den Umlaufbahnen der Satelliten zu berechnen. Davon ausgehend errechnete man die immer größer werdenden Kreise, die aufeinanderfolgenden Systeme der Himmelskörper und ihre Umlaufbahnen.
Professor Berniers Theorie wurde bestätigt. Man konnte nachweisen, daß es wirklich eine gigantische Masse glühender Materie gab, die sich offenbar nicht bewegte, wenngleich noch nicht feststand, ob sie tatsächlich den Mittelpunkt des Universums bildete.
Man bestimmte annähernd die Masse und die Entfernung dieser neuen Sonne, und da die Lichtgeschwindigkeit bekannt ist, war es nicht schwer zu berechnen, wann ihre Strahlen die Erde erreichen mußten: in genau sechsundzwanzig Jahren.
Das war vor sechsundzwanzig Jahren gewesen, und seit dem Tag, an dem der neue Himmelskörper sichtbar werden sollte, waren drei Wochen vergangen.

Das Interesse der Öffentlichkeit war durch zahllose Artikel in Zeitungen und Zeitschriften hochgepeitscht worden. Nacht für Nacht strömten aufgeregte Menschen, mit Operngucker und Sternkarten bewaffnet, durch die Straßen, und an jeder Ecke hatte jemand ein Teleskop auf einem Dreifuß aufgestellt und ließ die Neugierigen für ein Fünfcentstück einen Blick auf den Himmel werfen.
Ähnlich ging es in allen Städten der Welt zu. Man nahm allgemein an, der neue Himmelskörper werde kleiner als der Mond und größer als die Venus zu sehen sein. Wer besser unterrichtet war, erwartete etwas ähnliches wie die Sonne, und ein Syndikat pachtete in aller Stille große Landstriche an der Küste Grönlands, weil man mit einem Temperaturanstieg und einer Völkerwanderung nach Norden rechnete. Sogar die Wirtschaft spiegelte die allgemeine Unsicherheit und Erregung wider, denn die Aktienkurse sanken, und kleinere religiöse Sekten prophezeiten kühn den Weltuntergang.

»Mir reicht es jetzt«, sagte Davis mit einem Blick auf seine Armbanduhr. »Gehen wir, Grace? Übrigens habe ich den Eindruck, daß es wärmer wird.«
Es war ein grimmig kalter Februartag gewesen, aber nun stieg die Temperatur tatsächlich merklich an. Von den Dächern, von den Eiszapfen an den Fenstersimsen tropfte das Wasser, als wäre eine Wärmewelle über die Stadt hereingebrochen.
»Was ist das für ein Licht?« fragte plötzlich Alice Wardour, die am offenen Fenster stand.
»Das muß der aufgehende Mond sein«, antwortete Eastwood, obwohl der Horizont so hell wurde wie vor Tagesanbruch.
Davis beschloß zu bleiben, und zusammen beobachteten sie, wie sich der Osthimmel rötlich färbte, bis eine strahlend weiße Scheibe über den Horizont stieg. Sie ähnelte dem Vollmond, leuchtete aber dreimal so stark, und auf den Straßen wurde es beinahe taghell.
»Gott im Himmel, das muß der neue Stern sein!« sagte Davis ehrfürchtig.
»Nein, das ist nur der Mond«, sagte Eastwood, der die Ursache dieses Phänomens begriffen hatte. »Er geht genau um diese Zeit auf, aber der neue Stern muß auf der andern Seite der Erde erschienen sein. Sein Licht läßt den Mond so hell leuchten. Er wird hier aufgehen wie die Sonne; wie bald, läßt sich nicht sagen, und er muß heller sein, als wir erwarteten... Vielleicht auch heißer«, setzte er mit einem gewissen Unbehagen hinzu.
»Wird es nicht zu warm hier drinnen?« sagte Mrs. Davis und knöpfte ihre Kostümjacke auf. »Vielleicht könnte man die Heizung zurückdrehen?«
Eastwood stellte sie ganz ab, denn trotz des offenen Fensters wurde es tatsächlich unangenehm heiß im Raum. Die Wärme schien jedoch von draußen zu kommen, wie an einem warmen Frühlingsabend.
Eine halbe Stunde lang lehnten sie aus dem Fenster und sprachen über nebensächliche Dinge. Die Straßen unter ihnen waren schwarz vor Menschen, die ihre weißen Gesichter dem Himmel zuwandten. Der strahlende Mond stieg höher, und es wurde immer wärmer.
Mitternacht war schon vorüber, als Eastwood eine rötliche Färbung der tief am Osthimmel hängenden Wolken bemerkte und seinen Gästen zeigte.

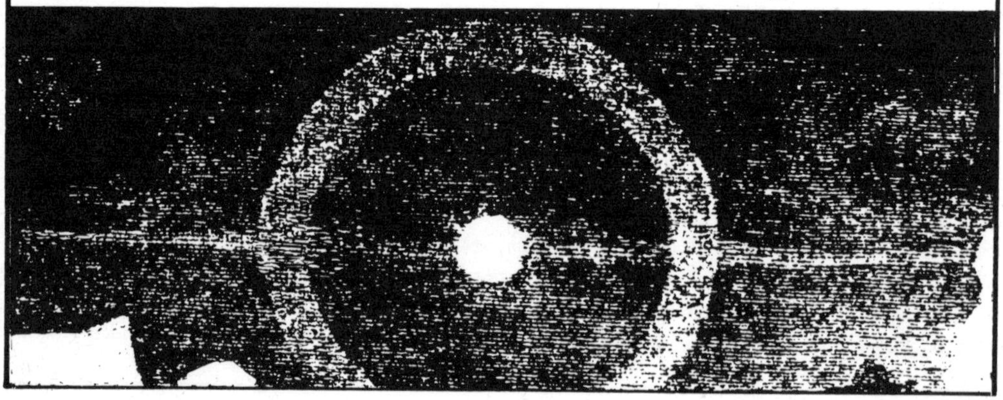

»Das wird er endlich sein!« rief er, erregt über das, was er gleich zu sehen bekommen mußte: ein kosmisches Schauspiel von unerhörter Großartigkeit. Das Leuchten nahm rasch zu.
»Bei Gott, seht nur, wie rot der Himmel wird!« rief Davis.
»Es wird heller als der Tag ... und heißer! Puh!«
Der ganze Osthimmel glühte in tiefem Rosa. Auf den Dächern tschilpten die Spatzen, und es sah aus, als müßte die Scheibe des unbekannten Sterns jeden Augenblick aus dem Atlantik auftauchen, aber noch war es nicht so weit.

Der Himmel flammte zu Myriaden Farben, die allmählich zu einer feurigen Glut über dem Horizont zusammenschmolzen. Mrs. Davis schrie plötzlich auf. Eine amerikanische Fahne, die auf einem hohen Gebäude wehte, war in Flammen aufgegangen.
Der Feuerstreif im Osten wurde immer heller und breiter. Sie betrachteten ihn mit tränenden Augen. Es sah aus, als würde der Rand der Welt bis zur Weißglut erhitzt. Der helle Mond verblaßte in diesem grellen Glanz zu einem durchsichtigen weißen Häutchen. Vom Observatorium klang ein entsetzter Schrei herunter, irgend etwas zerbrach, und als die Strahlen des unheimlichen neuen Gestirns durch das Fenster fielen, wichen die Beobachter zurück, als hätte man vor ihren Augen einen Hochofen geöffnet.
Das Fensterglas zersprang und klirrte in den Raum. Eine neue Sonne, fünfzigmal größer und heißer als die alte, stieg aus dem Meer. Auf einem Instrumententisch neben dem Fenster verbrannte mit stechendem Geruch der Lack.
»Was, zum Teufel, hat das zu bedeuten, Eastwood?« rief Davis aufgebracht.
Unten erhob sich plötzlich eine laute Klage, ein qualvoller Aufschrei aus Millionen Kehlen und dann setzte eine wilde Flucht ein. Durch die Straßen wälzte sich eine Flut in panischem Entsetzen um sich schlagender Menschen, und durch das Geschrei und Getrampel klang das blecherne Gebimmel der Feuerwehrwagen. An mehreren Punkten unterhalb des Central Parks bildeten sich Rauchsäulen, und zwei oder drei Kirchenglocken läuteten wie verrückt.
Die Beobachter aus den obersten Stockwerken kamen mit dröhnenden Schritten die Treppe heruntergelaufen, denn der Fahrstuhlführer hatte seinen Posten verlassen.
»Wir müssen hier raus!« schrie Davis. Er packte seine Frau am Arm. »Dieses Haus wird brennen!«
»Bleibt! Ihr dürft nicht in das Gedränge auf den Straßen geraten!« rief Eastwood und versuchte ihn zurückzuhalten. Aber Davis riß sich los und lief, seine zu Tode erschrockene Frau halb tragend, die Treppe hinunter. Eastwood stellte sich gerade noch rechtzeitig vor die Tür, um Alice daran zu hindern, ihnen zu folgen.
»In diesem Gebäude gibt es nichts, was brennen kann, Miß Wardour«, sagte er so ruhig wie möglich. »Wir bleiben vorerst am besten hier. In der Panik da unten würden wir umkommen. Hören Sie nur!«

Die Menge auf den Straßen schien in großen Wogen hin und her zu fluten. Schreie und Flüche stiegen in wildem Chor empor. Die Hitze war so stark geworden, daß sie beinahe die Haut verbrannte, obwohl die beiden der direkten Strahlung auswichen, und die gläsernen Instrumente im Labor zersprangen nacheinander.
Über dem Hafen hing eine riesige dunkle Rauchwolke. Die Schiffe mußten Feuer gefangen haben, und irgend etwas explodierte mit lautem Knall. Einige Minuten später brachen in der unteren Stadt ein halbes Dutzend Brände aus. Der Rauch sah in dem grellen Licht wie dünner Nebel aus.
Die große neue Sonne stand nun frei über dem Horizont, und der Osten war ein einziges Glutmeer. Das Getrampel auf den Straßen hatte aufgehört. Wer noch lebte, war in eines der nächsten Häuser geflüchtet, und das Pflaster war mit den dunklen, regungslosen Gestalten von Männern und Frauen übersät.
»Ich tue, was Sie wollen«, sagte Alice, kreidebleich, aber beherrscht. Sogar in diesem Augenblick fiel Eastwood die Pracht ihres Haars auf, das wie eine blasse Flamme über ihrem weißen Gesicht leuchtete. »Hier können wir doch nicht bleiben?« »Nein«, erwiderte Eastwood, der angesichts dieser Naturkatastrophe um Fassung rang. »Ich glaube, wir gehen am besten in den Keller.«
Im Keller gab es tiefe Gewölbe für die Unterbringung empfindlicher Instrumente. Dort konnten sie wenigstens für eine Weile Schutz finden, und während Eastwood sprach, wurde ihm bewußt, daß ein kleiner Aufschub wohl das einzige war, was ein Lebewesen auf Erden noch erhoffen durfte.
Sie waren fünf oder sechs Stockwerke hinuntergegangen, als sie erleichtert ein Nachlassen der Helligkeit bemerkten. Es wurde beinahe kühl. Der Himmel hatte sich mit schweren Wolken von der Farbe polierten, erhitzten Silbers überzogen. Ein tiefes, fernes Grollen erhob sich im Südosten. Sie machten im zweiten Stock halt, um aus dem Fenster zu sehen.

Eine ungeheure schwarze Masse schien den Raum zwischen Himmel und Meer auszufüllen und raste auf die Stadt zu; vermutlich vom Hafen her, dachte Eastwood. Sie rückte so rasch näher, daß sie zusehends höher und höher wurde.
»Ein Zyklon – und eine Wasserhose«, murmelte Eastwood entsetzt. Er hätte voraussehen können, daß die plötzliche Erhitzung der Luft dazu führen mußte. Die riesige schwarze Säule kam schwankend auf sie zu. Ein heftiger Sturm begleitete sie, und hinter ihr war eine Nebelwand zu sehen.
Während Eastwood ihr Näherkommen beobachtete, sah er, wie die dichte Wolkenmasse durch ein Dutzend Blitze erhellt wurde, und einen Augenblick später ertönte über ihrem Dröhnen der Donner schwerer Kanonenschüsse. Die Kriegsschiffe und die Forts feuerten, um die Wasserhose zu brechen, aber die Schüsse verpufften offensichtlich wirkungslos. Das war der letzte, vergebliche Versuch, sich zu verteidigen. Unmittelbar darauf mußten Forts und Schiffe verschlungen worden sein.
»Schnell! Das Gebäude stürzt ein!« rief Eastwood.
Sie rannten ein weiteres Stockwerk hinunter und hörten das Ungetüm über die

Stadt hereinbrechen. Eine Sintflut donnerte auf die Straßen nieder. Das Wasser war siedend heiß.
Mauern stürzten krachend ein, das Gebäude des Physikalischen Instituts wurde von einer Riesenhand um seine Achse gedreht und sank zu einer chaotischen Masse zusammen. Doch das Stahlgerippe war so gut wie unzerstörbar. Der obere Teil war lediglich über die unteren Stockwerke gebogen worden, wobei die Schale des Mauerwerks zerbröckelte.
Eastwood wurde zu Boden geschleudert und verlor für einige Augenblicke das Bewußtsein. Als er wieder zu sich kam, lag er noch auf dem Treppenabsatz, der sich in einem besorgniserregenden Winkel geneigt hatte. Einen Meter über seinem Kopf starrte ein Gewirr von Stahlstangen, und senkrecht von oben herab hing ein riesiger Stahlträger, der auf seinem Wege alles zerschmettert hatte. Das Treppenhaus war mit Mauertrümmern und zersplitterten Möbeln verstopft, und er konnte in allen Richtungen durch das Stahlskelett ins Freie sehen.

Eine Armlänge von ihm entfernt setzte sich Alice auf. Sie wischte sich mit mechanischen Bewegungen Schmutz und Wasser aus dem Gesicht und war offenbar unverletzt. Lauwarmes Wasser plätscherte in Bächen durch die Trümmer, aber es schien nicht mehr zu regnen.
Ein heftiger, stetiger Sturm war auf den Wirbelwind gefolgt und brachte ein wenig Abkühlung. Eastwood erkundigte sich, ob Alice verletzt sei, war aber nicht imstande, sich tatsächlich dafür zu interessieren. Seine Fähigkeit, mit einem anderen Menschen zu fühlen, schien gelähmt zu sein.
»Ich weiß nicht. Ich dachte, wir … ich dachte, wir seien alle tot«, murmelte sie wie betäubt. »Was war das? Ist es nun vorbei?«
»Ich glaube, das ist erst der Anfang«, antwortete Eastwood. Der Sturm hatte noch mehr Wolken gebracht. Der Himmel war bedeckt, strahlte aber in weißer Glut. Dann fing es in heißen Strömen zu regnen an, und das Wasser verdampfte zischend, kaum daß es das Pflaster berührte.
Drei Minuten später war die Welt in heißen Dampf gehüllt, und dem Rauschen nach zu urteilen hatten sich die Straßen in reißende Ströme verwandelt. Der Wolkenbruch war zu heftig, um von langer Dauer sein zu können, und tatsächlich endete er nach einer Stunde wieder. Die ganze Stadt dampfte. Durch die wirbelnden Schwaden sah Eastwood zerstörte Gebäude, riesige Trümmerhaufen – die Ruinen der größten Stadt des zwanzigsten Jahrhunderts.
Und dann stürzten wieder die Ströme nieder, so als pendelte alles Wasser der Welt zwischen Meer und Himmel hin und her. Der Erdboden bebte. Ein Stück Land verschwand im Hudson.
Die Atmosphäre glich der eines Dampfbades. Sie war stickig, übelkeiterregend. Die körperliche Qual des Atmens riß Alice aus ihrer Betäubung, und sie schrie, sie müsse sterben.
Der Wind jagte Dampf und heiße Gischt durch das zerschmetterte Gebäude, bis es

unmöglich erschien, daß menschliche Lungen aus der halbflüssigen Masse, die die Luft ersetzt hatte, noch Leben schöpfen konnten, aber die beiden lebten.

Nach Stunden ließ der Regen wieder nach, und als sich die Wolken teilten, nahm Eastwood eine vertraute Form am Himmel wahr: die Sonne, die alte Sonne – klein und trüb.

Die Hitze und die Helligkeit verrieten jedoch, daß die neue Riesensonne noch hinter den Wolken glühte. Der Regen schien endgültig aufgehört zu haben, und die harte, blendende Weiße des Himmels wurde rasch heißer und heißer. Die Luft schien einem Hochofen zu entströmen. Der Nebel zerstreute sich, die Wolken wurden aufgesaugt. Die Erde schien beinahe augenblicklich zu trocknen. Beide Sonnen zugleich strahlten eine Hitze aus, die zu einer entsetzlichen, unerträglichen Qual wurde. Brandgeruch erfüllte die Luft. Die Straßen waren in grelles Licht getaucht, und aus der Bucht stiegen große Nebelschwaden auf, die jedoch verdunsteten, bevor sie den Himmel verdunkeln konnten. Die Trümmer des Gebäudes schützten die beiden Menschen vor den direkten Strahlen der neuen Sonne, die nun fast senkrecht am Himmel stand, nicht aber vor der erhitzten Luft. Doch der Körper hält beinahe alles aus – zumindest eine Zeitlang. Der feinere Mechanismus der Nerven ist es, der am meisten leidet.

Alice lag mit dem Gesicht nach unten zwischen den Ziegelbrocken, stöhnend und

keuchend. In Eastwoods Gehirn hämmerte das Blut, und die seltsamsten Bilder flammten vor seinen Augen. Immer wieder versank er in schwere Betäubung, und immer wieder erwachte er und litt die grausame Qual dieses Tages. In seinen hellen Augenblicken überlegte er, daß das nicht lange so weitergehen konnte. Er versuchte, sich zu erinnern, bei wieviel Grad der Tod eintreten muß. Eine Stunde nach dem sintflutartigen Regen verspürte er fieberhaften Durst. Ihm war, als schälte sich die Haut vom Körper.

Diese Qual, dieses Fieber dauerte so lange, daß er sich nicht mehr erinnern konnte, je einen anderen Zustand erlebt zu haben. Endlich rötete sich der Westhimmel und die flammende neue Sonne ging unter. Die alte Sonne stand noch hoch am Himmel, und es wurde erst um die übliche Stunde dunkel, aber die Temperatur sank doch ein wenig.

Die Nacht brachte endlich lebenspendende Kühle oder zumindest ein Nachlassen der unerträglichen Hitze, und die gütige Dunkelheit schien den entsetzlichen Katastrophen dieses Tages ein Ende zu setzen.

»Himmlisch ist das!« sagte Eastwood. Er atmete tief und fühlte, wie Körper und Geist auflebten.

»Es wird nicht lange so bleiben«, sagte Alice. Ihre Stimme klang eigentümlich ruhig durch die Dunkelheit. »Die Hitze kommt wieder, wenn die neue Sonne in ein paar Stunden aufgeht.«

»Bis dahin können wir uns einen besseren Platz suchen, einen Keller oder einen U-Bahnschacht«, schlug Eatswood vor.

»Es wäre sinnlos. Verstehen Sie das denn nicht? Ich habe mir alles genau überlegt. Die neue Sonne wird nun immer scheinen, und wir könnten sie keinen zweiten Tag aushalten. Die Hitzewelle geht um die rotierende Erde, die sich in wenigen Stunden in einen Glutball verwandeln wird. Wir sind wahrscheinlich die einzigen Überlebenden in ganz New York, wenn nicht in ganz Amerika.«

Sie schien die geistige Initiative ergriffen zu haben und sprach mit einer Autorität, die ihn verblüffte.

»Aber es muß doch noch andere geben«, sagte er nach kurzem Nachdenken. »Andere Menschen, die irgendeine Zuflucht gefunden haben... Bergleute, tief im Stollen.«

»Sie wären in den Wassermassen ertrunken. Jedenfalls wird morgen abend niemand mehr am Leben sein.« Und nachdenklich fuhr sie fort: »Seit Jahrtausenden raste diese Glutwelle auf uns zu, und wir Menschen lebten hier so unbeschwert, ohne zu ahnen, daß unsere Welt längst zum Untergang verdammt war. Und nun ist alles Leben zu Ende.«

»Ich weiß nicht«, sagte Eastwood langsam. »Das menschliche Leben vielleicht. Aber es muß Formen geben, die überleben... vielleicht Mikroorganismen, die hohen Temperaturen widerstehen, möglicherweise sogar höher entwickelte Organismen. Der Keim des Lebens wird erhalten bleiben. Die Evolution wird von neuem beginnen und neue, dem veränderten Milieu angepaßte Arten hervorbringen. Ich wollte, ich könnte sehen, was für Geschöpfe in Millionen Jahren hier leben werden.«

Nach kurzem Schweigen rief er plötzlich: »Aber ich kann das alles nicht begreifen! Ist es denn Wirklichkeit? Oder sind wir verrückt geworden? Es ist wie ein böser Traum.«

Während er noch sprach, setzte wieder ein heftiger Regen ein. Die Erde dampfte, wenn sich auch nicht so dichte Schwaden bildeten wie am Tage. Stundenlang fiel das Wasser in heißen Wellen nieder, bis sich die Straßen in von Ruinen eingedämmte, schäumende gelbe Flüsse verwandelten.

Im Boden grollte es unaufhörlich, als Fels und Erde in den East River stürzten, und schließlich brach die Brooklyn-Brücke mit einem Getöse zusammen, das ganz Manhattan erschütterte. Eine hohe Wasserwoge raste wie eine Springflut den Fluß hinauf.

Der Regen ließ allmählich nach und hörte ganz auf, als der Mond aufgegangen war und ein überhelles Licht durch die Wolken warf. Kurz darauf begann der Osthimmel zu leuchten, und diesmal war klar, was das zu bedeuten hatte. Alice kroch näher zu dem Mann hin.

»Küß mich«, flüsterte sie plötzlich und warf ihm die Arme um den Hals. Er fühlte, wie sie zitterte. »Sag mir, daß du mich liebst. Halt mich fest. Ich möchte, daß du mich liebst ... jetzt ... hier. Wir haben nur noch eine Stunde.«

»Hab keine Angst. Versuche tapfer zu sein.«

»Ich fürchte mich nicht ... nicht vor dem Sterben. Aber ich habe nie gelebt, nie die Liebe erlebt. Ich habe nie etwas gefühlt, nie etwas gewußt. Immer war ich schüchtern, unglücklich, ängstlich. Ich habe mir beinahe gewünscht, lieber in Not und Elend leben zu müssen, als so dumm und gefühllos und tot zu sein, wie ich es immer war. Ich habe nie jemandem zu gestehen gewagt, wie ich war und was ich wollte. Ich habe mein Leben lang Angst gehabt. Aber jetzt fürchte ich mich nicht. Ich habe nie gelebt, ich bin nie glücklich gewesen, und jetzt müssen wir zusammen sterben!«

Eastwood glaubte den letzten Aufschrei der sterbenden Welt zu hören. Er hielt sie in den Armen und küßte ihr Gesicht.

In dieser schrecklichen Not wandte sich sein Herz ihr zu, und eine seltsame Leidenschaft berauschte ihn, als seine Lippen die ihren berührten – Leidenschaft und Rausch um so heftiger, da der nahe Tod Gewißheit war.

»Du mußt mich lieben ... du mußt«, flüsterte Alice. »Wir wollen leben, ein klein wenig, ganz zuletzt noch.«

Die Dämmerung lichtete sich, ehe sie dessen gewahr wurden. Blau war der Himmel wieder, rosarote Wolken stiegen zum Zenit auf. Die Hitze nahm rasch zu.

»Das ist das Ende, Alice«, sagte Eastwood.

Sie sah ihn an, ihre Augen in mildem, unirdischem Glanz schimmernd, und wandte dann ihr Gesicht nach Osten.

Dort flammte orange und rot der letzte Sonnenaufgang, den Menschenaugen erblicken sollten.

Eric Frank Russell
Der Rhythmus der Ratten

Das Tal der Verzweiflung liegt zwischen bewaldeten Hängen. Sein Name soll nicht genannt werden und auch das Land nicht, in dem man es findet. Es gibt Menschen, deren Neugier keine Schranken kennt, und andere, die das Furchtbare magnetisch anzieht. Man muß die Geschichte so erzählen, daß man die Törichten vor ihrer eigenen Torheit schützt, oder schweigen. Es genügt zu sagen, daß das Dorf weitab von den Gegenden liegt, die Touristen auf ihren Wanderungen erreichen, und daß seine finsteren Bewohner eine fremde Sprache reden, wenn sie überhaupt reden, was selten genug geschieht.

Es gab damals sechzig Häuser im Dorf. Ein Drittel davon stand links und rechts des Viehpfades, der die Hauptstraße bildete, die übrigen waren über die Hänge verstreut, halb versteckt unter Kiefern, Fichten und Ebereschen. Alle Häuser waren aus Holz und reich verziert. Sie würden malerisch ausgesehen haben, hätten sie nicht eine schwer zu beschreibende, aber leicht fühlbare, überwältigende Schwermut ausgestrahlt.

Stille, bedächtige Menschen lebten in diesem vergessenen Weiler. Schweigend gingen sie bei ihren täglichen Verrichtungen aneinander vorbei, mit steinernen Gesichtern und ohne ihre Gefühle zu zeigen, Menschen, die längst keine Leidenschaften mehr empfanden, deren geistige Quellen längst versiegt waren, Schattengestalten, gleichsam körperlos.

Ich geriet durch einen Unfall in dieses Dorf. Hinter der Ruine des Schlosses des Riesen Ghormandel stürzte das Flugzeug mitten in die Kiefern. Ein Baumwipfel fing mich auf, wiegte mich hin und her und ließ mich in ein weiches Bett aus Farnkraut fallen. Ich war der einzige Überlebende.

Ein Stück weiter hügelabwärts lag das Flugzeug und spie Feuer. Die Bäume in seiner Nähe explodierten wie Granaten unter dem Druck des kochenden Saftes und Harzes. Farnkraut kräuselte sich, färbte sich braun und ging in Flammen auf wie Papier. Kaninchen flohen in alle Richtungen, Wiesel mit ihnen, Vögel schwirrten kreischend davon. Der Rauch stieg wolkenhoch empor. Geschwärzte Leichen brieten im Rumpf des Flugzeuges. Der Pilot saß mit gesenktem, rauchendem Kopf im Cockpit. Es war entsetzlich.

Die Szene erschütterte mich mehr als die Tatsache, daß ich selbst so knapp davongekommen war. Diese Einäscherung unter den Bäumen, die Schloßruine, grinsend wie faulige Zahnstümpfe, das dunkle, unfreundliche Grün der Hügel, der düstere Himmel – all das vereinte sich zu einem Bild, das man sein Leben lang nicht mehr vergißt. Ein Bild des Todes war es, rot und wild.

Ich konnte nichts, gar nichts tun. Für die Insassen des Flugzeugs kam jede menschliche Hilfe zu spät. Ich hatte einige Abschürfungen und einen Schock erlitten, war aber sonst unversehrt. Ich stieg den Hang hinab und kam an einen Bach, dessen Mäandern ich durch ein dicht bewaldetes Gelände folgte, das nicht mehr so abschüssig war wie weiter oben am Hang. Die Atmosphäre wurde drückender, je tiefer ich hinunterkam. Als ich mich dem Dorf näherte, lastete die Luft wie ein schweres Gewicht auf mir und rief das unbehagliche Gefühl nahender Kopfschmerzen hervor, die dann doch nie kommen.

Vom Dorf wehte der Geruch von Holzrauch herüber, obwohl ich keinen Schornstein in Tätigkeit sah. Es war aber nicht der angenehme, aromatische Duft, der einen dort begrüßt, wo mit Holz geheizt wird, sondern eher ein herber, stechender Geruch, wie er bei der Verbrennung von fauliger Rinde und getrocknetem Schwamm entsteht.

Vier Menschen sahen mich, als ich vor den beiden ersten Häusern in der Reihe längst des Weges ankam, zwei Männer und zwei Frauen, alle mittleren Alters. Ihre Kleidung war ordentlich, insofern als sie sorgfältig ausgebessert war, aber die Farben waren alle längst zu dunklen Braun- und Grautönen verschossen und entsprachen wohl den Farben ihrer Seelen, die ebenso braun und grau sein mochten. Die beiden Männer trugen Hirtenstäbe, die Frauen Holzeimer mit Messingbeschlägen. Alle vier musterten mich mit der stumpfen Überraschung von Menschen, die seit Jahren keine lebhafte Empfindung mehr kennen.

Als ich auf sie zutrat, sagte der ältere der beiden Männer in einer Sprache, die mir geläufig war, zu den andern: »Da ist etwas passiert. Überlaßt das mir.« Er machte einen Schritt auf mich zu und hob fragend die Brauen.

Ich berichtete von dem Flugzeug und zeigte auf das Schloß des Riesen Ghormandel und den dünnen Rauch, der dahinter in den Himmel stieg. Ich sprach hastig, ziemlich wirr und ohne Rücksicht auf die Regeln einer Sprache, die nicht meine eigene war. Der Mann erfaßte trotzdem alles Wesentliche. Mein Erlebnis hatte mich offenbar mehr mitgenommen, als mir zunächst bewußt geworden war, denn kaum erkannte ich, daß er mich verstand, als ich auch schon eine heftige Übelkeit verspürte und mich auf den Viehpfad niedersetzte, um nicht zu fallen. Um mich her drehte sich alles. Der Mann bückte sich, um mich zu stützen, und stand wie ein riesiger Geist über mir.

Später – aber sehr viel später kann es nicht gewesen sein – erwachte ich in einem Bett und sah eine Reihe von Kupferkesseln auf einem Brett und ein Heiligenbild an der Wand. Die Kessel waren matt, aber nicht verstaubt, das Bild war verblaßt und ein wenig fleckig. Die Fenstervorhänge waren geflickt, aber nicht gefärbt worden. Sie wehten in einem leichten Luftzug, alt und farblos. Die Tapete war überall dort, wo sie die Neigung zeigte, sich aufzurollen, sorgfältig wieder festgemacht worden, aber sie war so alt, daß man sie schon vor vielen Jahren hätte durch eine neue ersetzen müssen. Der allgemeine Eindruck war nicht der großer Armut, sondern vielmehr der eines nur auf das Allernotwendigste gerichteten Ordnungssinnes, einer natürlichen Reinlichkeit, der aus unerklärlichen Gründen die Seele fehlte.

Der Mann, mit dem ich gesprochen hatte, kam ins Zimmer. Nennen wir ihn Hans. Seinen wirklichen Namen möchte ich lieber verschweigen. Er trat an mein Bett, sah mich so ausdruckslos wie eine hölzerne Statue an und sprach zu mir mit einer Stimme, die zu flach und kraftlos klang wie die mechanische Stimme eines Roboters.

»Geht es schon besser?« Ich nickte. »Ja, danke.«

»Gut.« Er zögerte, dann fragte er: »Hattest du Freunde oder Verwandte in der Maschine?«

»Nein, keine.«

Wenn er überrascht war, ließ er es sich nicht anmerken. Sein Blick glitt über mich hin, wandte sich wieder ab, er dachte eine Weile nach.

»Wir haben eine Mannschaft ausgeschickt, die die Leichen bergen wird. Die Behörden verständigen wir, sobald es geht.«

»Sie brauchen doch nur zu telefonieren«, meinte ich.

»Es gibt hier kein Telefon ... und kein Auto. Es gibt hier nichts.« Er sagte das mit stumpfer, monotoner Stimme.

»Aber wie kommen Sie dann...?«

»Wir gehen zu Fuß. Hat der liebe Gott uns nicht Beine gegeben? Wir gehen achtundzwanzig Kilometer durch den Wald und über zwei Hängebrücken bis zum nächsten Telefon. Hier kommt kein Fahrzeug her. Wir müssen die Leichen tragen.« Er sah mich wieder an. »Dich müssen wir auch tragen, wenn du nicht gehen kannst.«

»Ich kann gehen.«

»Achtundzwanzig Kilometer?« Seine Brauen hoben sich ein wenig.

»Nun, ja ...« sagte ich zögernd.

»Ein Jammer, daß es schon so spät ist«, fuhr er fort und starrte auf das Fenster, so als hätte es etwas mit seiner Bemerkung zu tun. »Die Nacht kommt hier sehr rasch. Wenn du früher hiergewesen wärst, hätten wir dich noch vor der Dunkelheit hinausbringen können. Jetzt ist das nicht mehr möglich.« Er schüttelte langsam den Kopf. »Du mußt bleiben ... eine Nacht.« Und bedeutsam wiederholte er: »Eine Nacht.«

»Mir macht das nichts aus«, versicherte ich ihm.

»Aber uns!«

Ich setzte mich auf, streckte die Beine aus dem Bett und stellte die Füße auf den Boden, um seine Festigkeit zu spüren. »Warum?«

»Es gibt Gründe«, antwortete er ausweichend. Er ging ans Fenster und sah hinaus. Dann schloß er sehr sorgfältig beide Flügel, vergewisserte sich, daß die Riegelstange einrastete, und sicherte den Riegel selbst mit einem Vorhängeschloß. Es war nun unmöglich, die Fensterflügel zu öffnen, und der Rahmen war zu eng, als daß man nach Entfernung des Glases hätte durchkriechen können. Hans klopfte auf die Tasche, in die er den Schlüssel gesteckt hatte, und sagte: »So, das wär's!«

Ich hatte, als ich all dies beobachtete, das beängstigende Gefühl, ein Gefangener zu sein, und meine Miene muß es verraten haben, aber der Mann tat, als bemerkte er nichts.

Er sah mir ins Gesicht und fragte: »Hörst du gern Musik?«

»Das kommt auf die Musik an«, antwortete ich.

Seine Lippen wurden schmal, dann zogen sie sich über die weißen Zähne zurück, und mit einer plötzlichen Gehässigkeit, die mich erschreckte, sagte er: »Ich hasse Musik! Wir alle hassen sie!«

Der Gegensatz zwischen dieser heftigen Gemütsbewegung und seiner früheren Gleichgültigkeit verlieh seinen Worten einen schrecklichen Nachdruck. Aus einer Quelle, die ich für versiegt gehalten, war unbeherrschte Leidenschaft hervorgebrochen, unerwartet und für den Zuhörer ebenso erschreckend und unheimlich, als hätte er gesehen, wie eine Marmorstatue die Lippen öffnet und flucht.

»Ich hasse Musik! Wir alle hassen sie!«

Er ging ohne ein weiteres Wort.

Zehn oder fünfzehn Minuten später konnte ich feststellen, daß Hunger durch Langeweile nur noch unerträglicher wird. Das Unglück ging mir noch nahe, und die dichte, mit ich weiß nicht was für unheimlichen Dingen gesättigte Atmosphäre lastete schwer auf mir, aber ich brauchte etwas zu essen und sehnte mich nach andrer Gesellschaft als der meiner eigenen Gedanken. Ich zog die Schuhe an, öffnete die einzige Tür und verließ das Zimmer.

Langsam stieg ich eine mit Schnitzwerk verzierte, aber nicht gebohnerte Treppe hinunter und kam in eine Art Wohndiele. In einer Ecke glühte ein kümmerliches Feuer und verströmte den herben Geruch, der mir schon früher aufgefallen war. In der Mitte des Raumes stand ein grob gezimmerter Tisch mit einer grauen Decke. Die Wände waren getäfelt, ohne Bilder oder anderen Zierat. An der einen Wand stand ein Regal voll verstaubter, selten gebrauchter Bücher.

Ich hatte kaum Zeit gehabt, dies alles in mich aufzunehmen, als in einem offenen, gewölbten Durchgang am andern Ende des Raumes eine Frau erschien. Sie war etwa vierzig Jahre alt, schlank und hochgewachsen, und sie hatte das traurigste Gesicht, das ich je in meinem Leben sah. Obwohl sie keine Miene verzog, trat doch ein merkwürdiger Ausdruck in ihre Augen, als sie mich ansah, eine Art Hunger, eine heftige Sehnsucht, die durch Angst und Entsetzen im Zaum gehalten wurde.

Sie sagte nur: »Du möchtest etwas essen?« Dabei suchten mich ihre Augen an sich zu ziehen, während sie mich zugleich zurückstießen.

»Ja, ich bin hungrig«, gestand ich. Ich fragte mich, was ihr sonderbarer Blick zu bedeuten habe. Ihr Verlangen nach mir war keineswegs peinlich. Ich fühlte, daß es rein war – und mitleiderregend, da es unerfüllt blieb.

Sie wandte sich wortlos ab, ging in die Küche und kehrte mit Schwarzbrot, Heidehonig und frischer Milch zurück. Ich setzte mich an den Tisch und genoß das Mahl, obwohl sie währenddessen vor dem Fenster stand und mich mit den Augen verschlang. Sie sprach erst wieder, als ich zu Ende gegessen hatte: »Wenn du hinaus-

gehst, mußt du zurückkommen, bevor es dunkel wird, lange bevor es dunkel wird.«
»Ja«, sagte ich. Diesen Gefallen wollte ich ihr gern tun. Ich konnte mir nichts Bedrükkenderes vorstellen, als nach Einbruch der Dunkelheit in diesem Dorf umherzuwandern. Es war am hellichten Tag schon trostlos genug.
Ich ging eine Weile durch das Dorf – wie lange weiß ich nicht, denn ich hatte keine Uhr – und betrachtete die Häuser und die Menschen. Je länger ich dies tat, desto trauriger wurde mir zumute. Die Häuser waren seltsam düster und freudlos, die Menschen zwar nicht unfreundlich, aber sehr verschlossen. Niemand sprach mich an, obwohl mich mehrere Frauen mit demselben hungrigen Entsetzen anstarrten wie die Frau im Hause meines Gastgebers. Es war, als ersehnten sie etwas Verbotenes, Verfluchtes, etwas, dessen lebendiger Zeuge ich war, so daß man mich zugleich erwünschte und furchtete.
Mein Unbehagen wuchs, als es zu dämmern begann. Schuld daran war nicht nur diese immer stärker fühlbare Unnatürlichkeit, sondern auch die allmählich sich mir aufdrängende Erkenntnis, daß dem Dorf etwas fehlte. Es gab da nicht nur eine geistige Leere. Gewisse Züge des normalen Dorflebens waren nicht vorhanden. Ich fühlte, daß sie fehlten, hätte aber nicht sagen können, worum es sich handelte.
Erst als ich in der zunehmenden Dunkelheit die Tür des Hauses meines Gastgebers erreichte, fiel mir ein, daß mir keine wirklichen Haustiere begegnet waren. Es gab im ganzen Dorf keine. Ich hatte wohl eine kleine Rinderherde und einige Bergziegen gesehen, aber nicht eine Katze, nicht einen Hund. Einen Augenblick später wurde ich mit heftigem Erschrecken inne, daß ich auch nicht ein einziges Kind gesehen hatte. Ja, das war es: nicht ein einziges Kind!
Die große Frau trug mir trotz der frühen Stunde ein Abendessen auf. Wie zuvor hielt sie sich in meiner Nähe, sehnsüchtig und ablehnend zugleich. Einmal klopfte sie mir gleichsam begütigend auf die Schulter, zog aber die Hand rasch wieder zurück. Ich machte mir entsetzliche Vorstellungen von der Not, in der sie sich befand. Trost spenden, hieß ein Todesurteil aussprechen. Das dachte ich, und es erschreckte mich. Wie töricht ist es doch, sich selbst Angst zu machen.
Bald nachdem es vollends dunkel geworden war, kam Hans. Er streifte mich mit einem prüfenden Blick und fragte die Frau: »Sind alle Fenster geschlossen? Alle?«
»Ja, ich habe es selbst besorgt.«
Das genügte ihm nicht. Er ging durch alle Räume und überprüfte systematisch sämtliche Fenster. Die Frau schien diesen Zweifel an ihrer Zuverlässigkeit eher zu billigen als übelzunehmen. Nachdem er jeden Riegel und jedes Schloß kontrolliert hatte, verließ Hans ohne ein weiteres Wort das Haus.
Ich nahm ein paar Bücher aus dem Regal, ging auf mein Zimmer, schloß die Tür hinter mir und untersuchte das Fenster. Es hatte nicht den üblichen Drehgriff, sondern einen Klappriegel, der hinter eine breite Klammer gedrückt wurde, und das Vorhängeschloß, das durch Riegel und Klammer gesteckt war, hätte ich mit meinen geringen Kräften niemals aufbrechen können. Soviel ich wußte, waren alle anderen Fenster auf die gleiche Weise gesichert.

Das Haus war ein Gefängnis. Oder ein Irrenhaus. Hielten sie mich insgeheim für verrückt? Waren sie am Ende gar nicht zu dem abgestürzten Flugzeug gegangen, weil sie meinen Bericht für das Gefasel eines Wahnsinnigen hielten? Oder waren sie selbst irrsinnig? Hatte mich das Schicksal in eine Art Reservat für Geistesgestörte verschlagen? Wenn dem so war: wann – und wie – konnte ich entkommen?
Unter meinem Fenster lief ein Pfad am Rande eines düsteren Nadelwaldes entlang, der sich bis zur Kuppe eines Hügels hinaufzog. Dieser Wald war dicht und der Pfad schmal und dunkel, aber der aufgehende Mond erleuchtete die Szene, so daß ich alles recht deutlich erkennen konnte. Und dort, unter meinem Fenster, sah ich das, was Zeit meines Lebens in meinen furchtbarsten Träumen wiederkehren wird.
Die Bücher hatten mich drei Stunden lang mit einer Mischung kurioser Geschichten und schlichter Volkssagen unterhalten, die dem Stil nach zu urteilen für jugendliche Leser gedacht waren. Ich wurde ihrer müde, drehte den Docht der Petroleumlampe nieder und warf, ehe ich zu Bett ging, einen letzten Blick aus dem Fenster.
Zwei Männer kamen den Pfad entlang. Der eine trug eine schwere Keule über der Schulter, der andere ein Gewehr. Vor meinem Fenster blieben sie stehen und starrten in den Wald hinein. Ihre Haltung drückte Erwartung, Vorsicht und trotzige Herausforderung aus. Es geschah jedoch nichts.
Sie setzten ihre Patrouille fort, machten aber nur drei, vier Schritte und blieben wieder stehen. Der eine griff in seine Tasche, bückte sich und machte sich anscheinend an oder neben seinen Schuhen zu schaffen. Ich drückte meine Wange an die kalte Fensterscheibe und bemühte mich zu sehen, was er tat. Einen Augenblick später erkannte ich, daß er eine kleine Ratte fütterte, die auf den Hinterbeinen hockte und mit Pfoten, die wie kleine Hände aussahen, entgegennahm, was er ihr anbot.
Sie gingen weiter, und die Ratte sprang hinter ihnen her. Ihre Augen glänzten im Mondlicht wie kleine Perlen. Als die beiden Männer aus meinem Gesichtsfeld verschwanden, kamen noch einige Ratten aus dem Unterholz hervor und liefen in dieselbe Richtung.
Ich schlich aus der Tür, überquerte einen Korridor und betrat das Zimmer an der Vorderfront des Hauses, das möbliert, aber unbewohnt war. Seine Fenster gingen auf den Viehpfad, der die Hauptstraße des Dorfes darstellte. Kurz darauf sah ich die Männer mit der Keule und dem Gewehr wieder auftauchen. Sie bewegten sich mit der Vorsicht einer Patrouille im Krieg, die eine regelmäßige, notwendige Pflicht erfüllt. Acht Ratten, alle klein und rotäugig, folgten ihnen auf den Fersen.
Als sie sich meinem Fenster näherten, trat aus dem Haus gegenüber eine Frau. Sie setzte sich auf die Stufen und warf aus einer großen Tasche, die sie im Schoß hielt, Bröckchen auf den Weg. Die Ratten umschwärmten sie, huschende graue Gestalten, die aus dem Schatten auftauchten.
Ich hörte ihr Quietschen nicht, denn das Fenster schloß zu dicht. Die Frau streckte eine Hand aus und streichelte ein oder zwei Ratten, die sich an ihre Füße schmiegten. Wäre das Licht stärker gewesen, ich glaube, ich hätte sehen können, wie das

vordem so blasse, leere Gesicht der Frau vor Liebe leuchtete ... vor Liebe zu den Ratten!

Ein mürrisches Wesen bei Tage, geheime Ängste, Verlangen nach dem einsamen Fremden und zugleich Abscheu vor ihm, und nachts diese Liebe zu den Ratten... was bedeutete das alles? Es war zuviel für mich. Ich hatte mit diesen von aller Welt abgeschlossenen Bergbewohnern nichts gemein. Morgen mußte ich das Dorf um jeden Preis verlassen.

Die Männer waren unterdessen weitergegangen, und die Frau blieb mit ihren Nagetieren allein. Ich kehrte in mein Zimmer zurück und blickte noch einmal auf den Pfad hinaus, sah dort aber nur eine Ratte laufen, die sich wohl ihren Artgenossen im Dorf anschließen wollte. Der Mond stand nun ein wenig höher am Himmel und leuchtete heller. Dunkle Nadelbaume standen in langen Reihen da, eine stumme Armee, die auf den Befehl wartete, den Hügel herabzumarschieren.

Ich ging zu Bett und wälzte mich voll wirrer, angstvoller Gedanken hin und her, nervös, besorgt, zu ruhelos, um einschlafen zu können. Als die Nachtstunden eintönig dahinstrichen und das Mondlicht an Helligkeit zunahm, wurde die Luft leichter, kühler, weniger drückend, ja geradezu kräftigend.

Diese Eigentümlichkeit der Atmosphäre machte sich so deutlich bemerkbar, daß sie mich in eine unerklärliche Spannung versetzte und mir das seltsame Gefühl eingab, etwas Großes, Ernstes stehe unmittelbar bevor. Diese Empfindung wurde so mächtig, daß ich mich fröstelnd und zitternd im Bett aufsetzte, angestrengt auf ich weiß nicht was lauschte und auf das helle Fenster starrte, so als könnte dort jeden Augenblick ein Gesicht erscheinen, wie man nie zuvor auf dieser oder einer andern Welt eines gesehen hatte.

Daß diese ziellose, hellwache Furcht töricht war, wußte ich nur zu gut, aber ich vermochte sie nicht zu unterdrücken. Ich versuchte, mich abzulenken, indem ich mich fragte, ob die Frau wohl noch immer da unten saß und ihre Liebe an die Ratten verschwendete, und indem ich auf die Schritte der Patrouille horchte.

Und während mein Blick noch auf das Fenster geheftet war, strömte etwas mit der gleichen Leichtigkeit wie die Mondstrahlen zu mir herein. Eben war da noch die vollkommene Stille einer wartenden Welt gewesen, im nächsten Augenblick war es durch das Fenster eingedrungen und bei mir im Zimmer.

Es war nichts Sichtbares. Man konnte es nur hören, aber nicht mit den Ohren. Verstohlen schüpfte es durch den verschlossenen Fensterrahmen, durch die Scheiben, durch die Wände des Hauses selbst; es sickerte durch die Knochen meines Schädels und setzte sich tief in meinem Hirn fest: ein hohes, dünnes Flöten, sanft und süß. So leise und heimlich war der Klang, daß ich ihn zuerst für eine Erfindung meiner Phantasie hielt, aber als ich da saß und auf das Fenster starrte, schwoll die Melodie allmählich an, so als käme ihre Quelle immer näher.

Bald war sie sehr laut, obwohl ich sie nur in meinem Kopf vernahm und sie für meine Ohren unhörbar war. Sie schwoll an, verebbte und schwoll wieder an, bald froh, bald klagend, kichernd die Tonleiter hinaufsteigend, schluchzend wieder hin-

abfallend, weinend, meist aber lachend. Ein seltsames Motiv zog sich durch ihre Triller und Schnörkel wie eine Schnur durch eine Reihe Perlen, und in den Tönen pulsierte ein unheimlicher Rhythmus, halb aus dem Takt, faszinierend, verwirrend und lockend, unaufhörlich lockend.

Irgendwie wußte ich, daß diese Melodie für mich allein bestimmt war, daß kein zweiter im Dorf hörte, was ich hörte. Sie klang und rief ohne Ende, und ihr Lachen vertrieb alle Furcht, bis ich Lust verspürte, froh und sorglos mitzulachen. So mächtig zog sie mich an, daß ich aus dem Bett stieg und ans Fenster trat, wo ich im Mondlicht dastand und hinausstarrte. Ich tat das, ohne es zu wollen. Mein umnebelter Geist gehorchte der Lockung, meine Beine gehorchten meinem Geist und trugen mich ans Fenster. Ich gelangte dorthin, ohne mich zu erinnern, gegangen zu sein. Ich war einfach dort.

Die Fichten und Kiefern standen in engen Reihen wie zuvor. Der Pfad war hell erleuchtet und leer. Nicht eine Menschenseele war zu sehen, aber noch immer erklang ohne Unterlaß die Melodie, und die ganze Welt schien zu warten – auf einen unvorhersehbaren Höhepunkt.

Mein Gesicht drückte sich platt an die Scheibe. Es war, als versuchte es, mich hinauszuziehen, diesen herrlichen strömenden Klängen näherzubringen, und wäre es nur um einen Zoll. Wie Feenglöckchen klang die Weise in meinem Kopf, und je öfter ich sie hörte, desto heftiger zog sie mich an, je vertrauter sie mir wurde, desto sehnlicher wurde mein Verlangen. Hätte ich die Wahrheit gekannt, ich würde unaussprechliches Grauen und entsetzliche Angst empfunden haben!

Manchmal klangen die Töne wie menschliche Rede, obgleich ich keine Worte vernahm. Doch von irgendwo kamen auch Worte und schlichen sich, ich weiß nicht wie, in meinen Geist ein. Gewisse ekstatisch tönende Saiten ließen gleichsam parallel gespannte Saiten mitschwingen und beschworen Worte, Sätze herauf, und so entstand eine schreckliche Traumpoesie, die durch die Nacht flutete:

»O tanz mit mir durch das Laub der Wälder,
Weit über die duftende Heide,
Hasch mich zwischen den Ährengarben,
O spring mit mir über Hügel und Felder.
Wirf ab die Sorgen
Noch vor dem Morgen.
Sei frei mit mir auf immerdar
Und laß die Mütter trauern.
Eine kleine Ratte…«

Das Weitere entging mir, denn in diesem Augenblick tauchte etwas Buntes zwischen den Stämmen auf, während zugleich die Musik noch lauter und lockender wurde. Meine Aufmerksamkeit wandte sich ganz den Bäumen zu, und kurz darauf trat auch schon eine Gestalt hervor und blieb im Mondlicht auf dem Pfad stehen.

Ein Mann war es, groß und schrecklich mager. Er trug ein buntes Wams, grellrot und gelb, und in den gleichen Farben eine spitze Mütze mit einer langen Feder darauf. Sogar seine langen, vorn aufgebogenen Schuhe waren bunt: der eine rot, der andre gelb. In den Händen hielt er eine schlanke Flöte. Das eine Ende ruhte zwischen seinen beweglichen Lippen, das andre wies auf mein Fenster. Seine langen, geschmeidigen Finger bewegten sich mit wunderbarer Geschicklichkeit, als er mir seine unwiderstehliche Lockung entgegenblies.

Und sein Gesicht! Ich sah es und vermochte den Blick nicht mehr abzuwenden, solange ich am Fensterriegel zerrte und verzweifelt das Vorhängeschloß zu zerbrechen versuchte. Ich wollte hinaus, ich spürte den irrsinnigen Drang, hinauszustürzen, frei im Mondlicht umherzulaufen, zu tanzen und zu tollen, zu weinen, zu schwatzen und zu lachen und über die Hügel zu springen, während die Mütter trauerten.

Mir selbst unbewußt begann ich zu stöhnen und meinen Zorn und meine Enttäuschung hinauszuschreien, während ich wie wahnsinnig an den Fensterflügeln zog und zerrte. Meine Ohren hörten den Lärm nicht, den ich machte, und sie hörten auch nichts anderes. Nur die lockende Weise, die von draußen kam, nahm ich wahr, sie und das vom Mondlicht erhellte Gesicht des Mannes, der sie hervorbrachte. Eine Fensterscheibe brach in hundert Scherben, und Blut floß über meine Hand, und doch hörte ich nur die Melodie, sah ich nur das Gesicht.

Es war das Gesicht eines Idioten mit riesigen, lachenden Augen, ein schlaffes, dümmliches, sabbelndes Gesicht, in dem die Augen mit hanswursthafter Lustigkeit glänzten. Es war das Gesicht meines Freundes, meines Bruders, meiner Mutter, meines munteren Gespielen, meines Gefährten der Nacht, meines einzigen fröhlichen Verbündeten in dieser trübsinnigen, feindseligen Welt, das Gesicht dessen, ohne den ich allein war in furchtbarer Einsamkeit, für immer und ewig bis ans Ende der Zeit. Ich brauchte ihn; Herr im Himmel, wie hungrig ich nach ihm verlangte! Ich trommelte gegen das Fenster, ich schrie verzweifelt nach ihm.

Irgendwo im Haus klangen Schritte, schwere, eilige Tritte kamen die Treppe herauf. Wenn meine Ohren sie hörten, sagten sie es mir nicht. Ich stand im vollen, kalten Licht des Mondes, zerrte hilflos an den Gittern meines Gefängnisses und nahm dieses idiotische Gesicht in mich auf, das mich noch immer mit seiner Flöte zum Spiel rief.

Als jemand meine Zimmertür aufstieß, verschwand der Flötenbläser mit einem raschen, anmutigen Schritt im Wald. Im gleichen Augenblick ertönte auf der linken Seite des Hauses ein entsetzlich lauter Knall, wie wenn eine alte, übervoll geladene Donnerbüchse losgegangen wäre. Nadeln und Äste flogen von den Bäumen und regneten auf die gelb-rote Gestalt nieder.

Die Musik hörte auf. Für mich war das so schrecklich, als hätte mich die Sonne für immer verlassen, als wäre ich in einer in ewige Dunkelheit getauchten Welt zurückgeblieben, ja, wahrhaftig: ein lachendes Licht war erloschen, und um mich her waren nur noch die graubraunen Seelen der unsagbar Traurigen.

Ich schlug verzweifelt gegen den Fensterrahmen in dem vergeblichen Bemühen, die zauberischen Klänge zurückzuholen, aber während noch das vom Schuß zerfetzte Geäst niederfiel, schritt der Flötenbläser weiter ins Dunkel des Waldes hinein und war verschwunden. Ein-, zweimal sah ich noch sein buntes Gewand gelb und rot in den Baumlücken weiter hügelaufwärts aufleuchten, dann nichts mehr. Er hatte sich in einen unbekannten Schlupfwinkel zurückgezogen. Er war gegangen mit seiner lockenden Flöte, seinem schlaffen Gesicht und seinen lachenden Augen. Hans trat hinter mich, riß mich vom Fenster weg und warf mich auf das Bett. Seine breite Brust hob sich keuchend, aber sein Gesicht war ausdruckslos wie eine Maske. Das Pendel meiner Empfindungen hatte den einen äußersten Punkt erreicht: es schwang zurück. Ich fühlte, wie sich alles in sein Gegenteil verkehrte. Ich leistete Hans keinen Widerstand, sagte kein Wort, lag nur auf dem Bett und beobachtete ihn, während in mir eine entsetzliche Angst aufkeimte, die ihren Ursprung in der Erkenntnis hatte, daß ich nur mit knapper Not etwas Furchtbarem entronnen war. Hans schob einen schweren Lehnstuhl vor das Fenster und setzte sich hinein. Ich begriff, daß er die Absicht hatte, für den Rest der Nacht zu bleiben. Er sprach kein Wort. Er benahm sich wie ein Mensch, der den Mächten der Finsternis nichts anderes entgegenzusetzen hat als unbeirrbare Hartnäckigkeit.
Die zunehmende Nachtkälte veranlaßte mich, die Decke bis ans Kinn zu ziehen. Ich lag auf dem Rücken, fror und schwitzte zugleich und spürte die Klebrigkeit halb gestockten Blutes auf der einen Hand. Von draußen drangen verschiedene Geräusche klar durch die zerbrochene Fensterscheibe: das dumpfe Knacken niedergetretener Äste, das Stampfen schwerer Stiefel und Stimmengewirr. Die Jäger suchten vergebens nach der Leiche des Gejagten.
Bald darauf schlief ich ein, erschöpft vom Übermaß der Erregung. Träume überfielen mich, verworren und ohne Bezug auf das Erlebte bis auf einen, der schrecklich klar und lebendig war. In diesem Traum lief ich glückselig hinter einem springenden, tollenden Narren her und lauschte verzückt seinem endlosen Lied. Ich folgte ihm durch Täler und dichte Wälder, über mondhelle Lichtungen und Flüsse. Wir stiegen höher und höher, bis wir die geborstenen Mauern von Schloß Ghormandel erreichten. Dort blieb er stehen, wandte sich um und sah mir, noch immer die Flöte blasend, ins Gesicht. Und ich war klein, sehr klein ... und ich hatte einen langen, dünnen, unbehaarten Schwanz.

Am Morgen brachten sie mich in aller Eile fort. Ich frühstückte hastig, dann machte ich mich mit Hans und einem ernsten, hohlwangigen Mann, der Klaus hieß, auf den Weg. Einige Frauen standen in den Haustüren und sahen mir nach, mit sehnsüchtigen und zugleich abweisenden Blicken wie am Abend zuvor. Ich fühlte, daß sie mein Fortgehen bedauerten und dennoch froh, unsagbar froh waren. Eine winkte mir zu. Ich winkte zurück, aber die anderen beachteten es nicht. Das Dorf versank, als wir gingen, in noch tiefere Traurigkeit, in eine Schwermut, die mir zu sehr ans Herz griff, als daß ich sie je vergessen könnte.

Eine Stunde Marsch, fünfzehn Minuten Rast, eine Stunde Marsch, fünfzehn Minuten Rast... Bei einem gleichmäßigen Tempo von fünf Kilometern in der Stunde brachten wir die Strecke ohne Anstrengung hinter uns. Als wir zum viertenmal rasteten, war das Riesenschloß zu einem winzigen Auswuchs auf einem fernen Hügel zusammengeschrumpft. Ich saß auf einem Stein, betrachtete die Bäume in meiner Nähe und lauschte.
»Hans, wer ist in der Nacht zu mir gekommen?«
»Vergiß ihn«, antwortete er schroff.
»Gehört er zu dem verfallenen Schloß?« fragte ich beharrlich weiter.
»Ja, so könnte man sagen...« Er stand auf. »Vergiß ihn. Es ist das beste.«
Wir gingen weiter. Ich bemerkte, daß keiner der beiden Männer die Bäume betrachtete wie ich oder lauschte wie ich. Sie schritten in gleichmütigem Schweigen dahin und sahen nicht nach rechts und nicht nach links. Sie schienen zu wissen, daß sie bei Tage sicher vor dem waren, was sie nachts fürchten mußten.
Um die Mitte des Nachmittags kamen wir mit brennenden Füßen, aber kaum ermüdet, in einem Landstädtchen an. Gewiß war es ein verschlafenes, rückständiges Nest, aber mir erschien es kultiviert und voller Leben, denn unwillkürlich verglich ich es mit dem trostlosen Dorf, aus dem ich gerade kam.
Hans hatte eine lange Unterredung mit der Polizei, die mehrere Telefongespräche führte, mir etwas zu essen gab und Formulare ausfüllte, die Hans unterschrieb. Zuletzt gaben sie mir eine Bahnfahrkarte. Hans brachte mich zum Bahnhof.

»Wer war es? Sagen Sie es mir!«
Er gab widerwillig nach und sprach wie einer, der gezwungen wird, von etwas zu sprechen, was er verabscheut. »Er ist der Sohn seines Vaters und seiner Mutter.«
»Natürlich!« sagte ich spöttisch. »Was sollte er sonst sein!«
Er beachtete mich nicht und sprach weiter: »Vor langer Zeit gebrauchte seine Mutter ihre bösen Künste, um seinen Vater, Ghormandel, zu töten. Von diesem Tage an herrschte sie durch Feuer, Glocke, Kerze und Zauberspruch ... bis unsere Vorväter genug von ihr hatten.« Er unterbrach sich und sah mit stumpfem Blick zum Himmel hinauf. »Sie lockten sie in eine Falle und verbrannten die alte Hexe.«
»Oh!« Ein kalter Schauder überlief mich.

»Dann jagten sie ihren Sohn, ihr einziges Kind, einen Zauberer und Hexenmeister, aber er entkam. Er versteckte sich an einem fernen Ort, übte sich in seinen schwarzen Künsten und wartete geduldig auf den Tag der Rache.«
»Weiter«, sagte ich, als es den Anschein hatte, daß er es dabei bewenden lassen wollte.
»Als er bereit war, erprobte er seine Kräfte in einer fernen Stadt und fand, daß sie genügten. Da kam er zurück ... und nahm uns unsere Kinder.«
»Wie?«
»Er lockte sie durch einen Zauber fort«, sagte Hans bitter. »Alle, bis auf die Kleinsten, die kaum kriechen konnten, und selbst die versuchten, sich von ihren Eltern loszureißen. Von jenem Tage an bis heute schleicht er in der Nacht umher wie ein wildes Tier, immer auf der Lauer. Unsere Frauen fürchten sich, Kinder zu gebären. Die wenigen, die es wagen, müssen ihre Kinder zu fernen Verwandten schicken, bis sie erwachsen sind, oder sie zwischen Abend- und Morgendämmerung im Kinderhaus einschließen.« Er sah mich an. »Wo ich viele Jahre eingesperrt war«, ergänzte er, »wo du heute nacht eingesperrt warst.«
»Nur nachts?« fragte ich.
Er nickte. »Bei Tage besteht keine Gefahr. Warum, weiß ich nicht. Aber nachts ist er bereit ... bereit, ein Kind zu entführen und uns dafür eine Ratte zu schicken.«
»Er ... verzaubert sie?«
»Wir wissen es nicht genau. Wir vermuten es.« Seine große Hand ballte sich zur Faust, eine Ader trat auf seiner Stirn hervor. »Die Kinder sind gegangen, ohne sich umzusehen, mit ausgestreckten Armen wie Blinde, die ihren Weg ertasten ... Zurückgekommen sind Ratten, zahm, verspielt, zutraulich, Nahrung und Mutterliebe suchend.« Seine Stimme wurde brüchig. »Eines Tages werden wir mit ihm abrechnen, wie unsere Vorväter mit der Hexe abrechneten, die ihn gebar. Hätten ihn die Menschen in jener fernen Stadt nur getötet, als er in ihrer Gewalt war!«
»Wie hieß die Stadt?«
Seine Antwort war kurz, aber niederschmetternd:
»Hameln!«
Da lief mein Zug ein.

Heute frage ich mich oft, ob auf jenem schicksalhaften Hügel noch die Steine des Schlosses des Riesen Ghormandel zerbröckeln, ob tief unter ihnen noch das verfluchte Dorf liegt, in dem geboren zu werden so gefährlich ist. Und ich frage mich, ob der große, hagere Mann in Gelb und Rot noch leichtfüßig unter dem Mond umherwandert, lachend und schwatzend und seine furchtbare Lockung flötend.
Ich habe bislang nicht den Wunsch verspürt, dorthin zurückzukehren und selbst nachzusehen. Meine Furcht ist größer als meine Neugier, obwohl mir nach so vielen Jahren keine Gefahr mehr drohen würde. Damals aber war ich in Gefahr. Damals bedurfte ich des wachsamen Schutzes der Traurigen, denn ich war erst neun Jahre alt.

Robert Bloch
Der grinsende Ghul

Das Schicksal spielt einem merkwürdige Streiche. Vor sechs Monaten noch war ich ein bekannter und leidlich erfolgreicher Psychiater. Heute bin ich Insasse einer Nervenheilanstalt. Als Irrenarzt habe ich oft Patienten in dieselbe Anstalt eingewiesen, in der ich nun selbst eingesperrt und – Gipfel der Ironie! – ihr Leidensgefährte bin.

Doch ich bin nicht wirklich verrückt. Man hat mich hierhergeschickt, weil ich es mir einfallen ließ, die Wahrheit zu sagen und weil diese Wahrheit von der Art war, die man nicht einzugestehen und anzuerkennen wagt. Ich gebe zu, daß ich als Folge meiner Beteiligung an dem zu berichtenden Fall einen Nervenzusammenbruch erlitt, aber den Verstand habe ich darum doch nicht verloren. Meine Geschichte ist wahr. Ich kann es beschwören – aber sie wollen mir nicht glauben. Natürlich habe ich keine greifbaren Beweise. Ich habe Professor Chaupin seit jener ereignisreichen Nacht im vergangenen August nicht mehr gesehen, und seine Behauptung, daß er einen Lehrstuhl am Newberry College innehabe, wurde durch meine späteren Nachforschungen nicht bestätigt. Gerade das aber beweist die Richtigkeit meiner Aussage, die mir diese Gefangenschaft, diesen entsetzlichen Tod bei lebendigem Leibe eingebracht hat.

Ich könnte noch einen weiteren Beweis anführen, wenn ich es nur wagte, aber nein, das wäre zu furchtbar. Ich darf sie nicht zu dieser bestimmten Stelle auf dem Friedhof führen und ihnen den Gang zeigen, der sich unter der bewußten Gruft öffnet. Es ist besser, ich leide allein, als daß die breite Öffentlichkeit von Dingen erfährt, die einen Menschen um den Verstand bringen können. Doch es ist schwer für mich, so zu leben. Der düsteren Eintönigkeit meiner Tage fügen meine nächtlichen Träume endlose Qualen hinzu. Deshalb schreibe ich diesen Bericht nieder. Vielleicht kann die Schilderung meiner Erlebnisse dazu beitragen, die schmerzliche Last meiner Erinnerungen zu erleichtern.

Es begann an einem Augusttag in meiner Praxis in der Stadt. Den ganzen Vormittag hatte ich vergeblich gewartet und mich gelangweilt, und der heiße Nachmittag war beinahe vorüber, als die Schwester endlich den ersten Patienten hereinführte: einen Herrn, der mich noch nicht konsultiert hatte und sich als Professor Alexander Chaupin vom Newberry College vorstellte. Er sprach zischelnd und mit einem eigentümlichen, fremden Tonfall, der mir die Annahme nahelegte, daß er nicht aus unserem Lande stammte. Ich bat ihn, Platz zu nehmen, und versuchte ihn rasch abzuschätzen, während er meiner Aufforderung nachkam.

Er war groß und mager. Sein Haar war auffallend weiß, es hatte beinahe die Farbe von Platin, aber seine allgemeine Erscheinung war die eines Mannes von vierzig Jahren. Seine grünen, starr blickenden Augen lagen tief unter einer bleichen, stark gewölbten Stirn und waren von dichten, tiefschwarzen Brauen überschattet. Die Nase war kräftig und hatte sinnliche Flügel, aber die Lippen waren schmal – ein physischer Widerspruch, der mir sofort auffiel. Die mageren Hände des Mannes lagen auf der Tischplatte. Sie waren ungewöhnlich klein, und die spitz zulaufenden Finger endeten in langen Nägeln. Ich nahm an, daß er sie zum Zwecke des Lesens und Nachschlagens so lang wachsen ließ. Seine geschmeidige Haltung ähnelte der eines ruhenden Panthers. Er hatte die Ungezwungenheit und die gepflegten Manieren des Ausländers. Im Sonnenlicht konnte ich sein Gesicht deutlich sehen, und ich bemerkte, daß es über und über mit einem Netzwerk winziger Runzeln bedeckt war. Was mir ferner auffiel, war die ungewöhnliche Blässe seiner Haut, die auf irgendeine dermatologische Störung hinwies. Bei weitem das Sonderbarste war jedoch seine Kleidung, die zwar offensichtlich neu, aber aus zwei Gründen ungewöhnlich war: Sie war für diese Tageszeit zu förmlich, und sie schien ihm zu groß zu sein. Die gestreifte graue Hose schlotterte um seine Beine, und der Rock bauschte sich sehr merkwürdig. Seine Lackschuhe waren mit getrocknetem Schlamm verkrustet, und er trug keinen Hut. Mein Besucher war offenbar ein exzentrischer Typ. Vielleicht schizophren mit einer Neigung zur Hypochondrie.

Ich bereitete mich darauf vor, ihm die üblichen Fragen zu stellen, aber er kam mir zuvor. Er sei ein beschäftigter Mann, erklärte er, und wolle mir sein Problem ohne unnötige Vorreden und Einleitungen darlegen. Er lehnte sich im Sessel zurück, so daß sein Gesicht in den Schatten tauchte, räusperte sich nervös und begann.

Gewisse Dinge, die er gehört und gelesen hatte, verwirrten ihn, sagte er. Sie verursachten ihm seltsame Träume, oft auch eine unüberwindliche Melancholie. Seine Arbeit leide darunter, aber er sei machtlos, denn seine Zwangsvorstellungen gründeten sich auf die Wirklichkeit. Er sei schließlich zu mir gekommen, um seine Schwierigkeiten analysieren zu lassen.

Ich bat ihn, mir seine Träume und Phantasievorstellungen zu schildern, und war auf die üblichen Bildsymbole des Dyspeptikers gefaßt. Meine Annahme erwies sich jedoch sogleich als jämmerlich falsch.

Der häufigste Traum kreiste um den Friedhof der Barmherzigkeit. Das ist ein großer, alter, halb aufgegebener Trakt im ältesten Stadtviertel, der in der zweiten Hälfte des vorigen Jahrhunderts in Gebrauch war. Der genaue Ort seiner nächtlichen Visionen war ein gewisses abseits liegendes Gewölbe im ältesten, verfallensten Teil des Friedhofs, und das im Traum Gesehene ereignete sich stets spät in der Nacht unter einem düsteren, abnehmenden Mond. Phantastische Erscheinungen schwebten finster über der mitternächtlichen Landschaft, und der Professor sprach

in unbestimmten Ausdrücken von nur halb und halb vernommenen Stimmen, die ihn weiterzugehen drängten, sobald er auf dem Kiespfad stand, der zum Eingang der Gruft führte.
Seine Träume begannen, aus tiefem Schlaf heraus, gewöhnlich so: Er ging plötzlich nachts über einen von Bäumen gesäumten Pfad und betrat die Gruft, nachdem er die rostigen Ketten abgenommen hatte, die den Eingang verschlossen. Sobald er drinnen war, bereitete es ihm keine Schwierigkeit, sich im Dunkeln zurechtzufinden. Er trat vielmehr mit unheimlicher Sicherheit an eine gewisse Nische zwischen den Särgen. Dort kniete er nieder und drückte auf einen kleinen verborgenen Hebel, der in den zerbröckelnden Stein des Bodens eingelassen war. Am Fuße der Nische drehte sich daraufhin eine Steinplatte und gab eine schmale Öffnung frei, durch die man einen modrigen Gang unter dem Boden der Gruft erreichte. Er sprach von salpetrigen Dämpfen, die ihm aus diesem Gang entgegenschlugen, und von dem übelkeiterregenden Gestank der tiefen Dunkelheit dort unten. In seinem Traum fühlte er sich jedoch nicht abgestoßen. Er kroch ohne Zögern durch die Öffnung und stieg dann eine lange Flucht von in Stein und Erde gegrabenen Treppen hinunter, bis er unversehens den Grund erreichte.
Dort begann dann eine lange Wanderung durch endlose labyrinthische Höhlen und mit Skeletten angefüllte Gewölbe. Immer weiter ging er durch Kammern und Krypten, Tunnels und Schächte, in denen noch tiefere Abgründe gähnten, und all das war in die Schwärze ewiger Nacht gehüllt.
Hier unterbrach der Professor seine Erzählung. Seine Stimme senkte sich zu einem eindringlichen, erregten Flüstern.
Denn nun kam das Entsetzliche. Er betrat plötzlich eine Reihe schwach erhellter Kammern und sah, selbst im Schatten verborgen, seltsame Wesen. Das waren die Bewohner jener unterirdischen Schlupfwinkel, die gespenstische Brut, die sich von den Toten nährte. Diese Wesen hausten in nachtschwarzen Höhlen, an deren Wänden sich Menschenknochen stapelten, und verehrten urtümliche Götter vor aus Schädeln gebildeten Altären. Sie hatten Tunnels gegraben, die zu den Gräbern führten, und noch tiefer liegende Höhlen, in denen sie lebende Beute jagten. Das waren die grausigen Mahre, die er in seinen Träumen sah. Das waren die Ghule, die Leichenfresser.
Er mußte meine ungläubige Miene bemerkt haben, aber er sprach unbeirrt weiter, und seine Stimme klang gepreßt.
Er wolle nicht versuchen, mir diese Geschöpfe zu beschreiben, meinte er. Es genüge zu sagen, daß sie gräßlich anzusehen seien, in mancher Hinsicht geradezu obszön. Er erkannte sie leicht als das, was sie waren, und zwar auf Grund gewisser Handlungen, die sie vollzogen und die ihre unmißverständliche Bedeutung hatten. Und mehr als alles andere jagte ihm der Anblick dieser Handlungen Furcht ein. Es gebe Dinge, sagte der Professor, die man einem gesunden Verstand nicht einmal andeuten dürfe, und dazu gehöre das, was ihn allnächtlich heimsuche. In seinen Traumvisionen näherten sich ihm diese Geschöpfe nicht. Sie gewahrten offenbar

nicht einmal seine Anwesenheit und gingen in den Beinhäusern ihren grausigen Ergötzungen nach und feierten unbeschreibliche Orgien. Davon wolle er jedoch nichts weiter berichten. Seine nächtlichen Streifzüge endeten stets mit einem großen Umzug dieser Ungeheuer in einer tiefer liegenden Höhle, den er von einem Felssims aus beobachtete. Die schaurigen Dinge, die er dort unten sah, erinnerten ihn an Dantes *Inferno*, und er schrie im Schlaf auf. Dann glitt er, während er von seinem Felssims aus die Dämonenprozession beobachtete, plötzlich aus und stürzte mitten unter die Schar der Scheusale. Das war dann jedesmal das Ende seines Traums, und er erwachte in eiskalten Schweiß gebadet.

Nacht für Nacht kehrten diese Visionen wieder, aber das war nicht das Schlimmste. Er wußte, daß diese Visionen auf Wahrheit beruhten, und daher rührten seine beklemmenden Ängste.

Hier unterbrach ich ihn ungeduldig, aber er bestand darauf weiterzusprechen. Hatte er nicht nach seinen ersten Träumen den Friedhof aufgesucht und tatsächlich die Gruft gefunden, die ihm die Träume gezeigt hatten? Und dann die Bücher! Er hatte in den der Öffentlichkeit nicht zugänglichen Bänden der anthropologischen Bibliothek des Colleges geforscht. Als aufgeklärter, gebildeter Mensch, meinte er, mußte ich doch die verschleierten, tiefen Wahrheiten anerkennen, die in Büchern wie Ludvig Prinns *Geheimnis des Wurmes* oder den grotesken *Schwarzen Riten* des Mystikers Luveh-Keraphf, des Priesters des rätselhaften Bast, so vorsichtig enthüllt wurden. Erst kürzlich hatte er in dem legendären, aberwitzigen *Necronomicon* des Abdul Alhazred gelesen. Ich konnte doch die Mysterien nicht leugnen, die sich hinter Dingen wie der verrufenen und verbotenen Sage von Nyarlathotep oder der Legende von dem Älteren Saboth verbargen.

Er schweifte ab und sprach des langen und breiten von dunklen, geheimnisvollen Mythen, wobei er oft auf die Schattengestalten uralter Legenden wie Leng, den lichtlosen N'ken und Nis und die Dämonen anspielte. Auch so gotteslästerliche Dinge wie den Mond von Jiggurath und die geheime Parabel von Bajaguna, der Gesichtslosen, erwähnte er.

In diesen zusammenhanglosen Phantastereien lag offenbar die Ursache seiner Schwierigkeiten, und mit einigen Argumenten gelang es mir, ihn so weit zu beruhigen, daß ich es ihm sagen konnte.

Seine Lektüre und seine Forschungen hätten diesen Anfall herbeigeführt, erklärte ich. Er dürfe sein Gehirn nicht mit solchen Spekulationen belasten. Diese Dinge seien für einen normalen Verstand gefährlich. Ich hätte genug davon gelesen und gehört, um zu wissen, daß der Mensch nicht versuchen dürfe, sie zu begreifen und zu ergründen. Außerdem dürfe er dergleichen nicht zu ernst nehmen, denn schließlich seien doch alle diese Sagen nur Allegorien. Es gebe keine Ghule und Dämonen. Er müsse einsehen, daß seine Träume symbolisch zu deuten seien.

Als ich geendet hatte, saß er eine Weile schweigend da. Dann seufzte er und sagte langsam und nachdenklich, ich müsse wohl so reden, er aber wisse, daß es sich anders verhalte. Hatte er nicht den Ort aus seinen Träumen wiedererkannt?

Ich warf eine Bemerkung über den Einfluß des Unterbewußtseins ein, aber er ignorierte sie und sprach weiter.
Mit einer Stimme, die vor hysterischer Erregung beinahe zitterte, sagte er, nun wolle er mir das Furchtbarste mitteilen. Er habe mir noch nicht alles erzählt, was geschah, als er die aus den Träumen bekannte Gruft auf dem Friedhof entdeckte. Die Gruft allein habe ihm nicht als Bestätigung seiner Träume genügt. Vor einigen Nächten sei er weitergegangen. Er habe die Nekropolis betreten und die Nische in der Wand gefunden. Dann sei er die Stufen hinuntergestiegen und habe auch *alles andere* tatsächlich gesehen. Wie ihm die Rückkehr gelungen sei, wisse er nicht, aber von allen drei Streifzügen sei er heimgekehrt und offenbar wieder eingeschlafen, denn am folgenden Morgen habe er jedesmal in seinem Bett gelegen. Er sage mir die Wahrheit, die reine Wahrheit. Er habe diese Wesen *gesehen*! Nun müsse ich ihm augenblicklich helfen, bevor er etwas Unbesonnenes unternehme.
Ich beruhigte ihn mit Mühe und dachte indessen über eine logische, wirkungsvolle Behandlungsmethode nach. Er war offensichtlich einer gefährlichen Geistesstörung nahe. Es hatte keinen Zweck, ihn davon überzeugen zu wollen, daß er die letzteren Ereignisse ebenso geträumt hatte wie die ersteren und daß er infolge seiner zerrütteten Nerven gewissen Halluzinationen zum Opfer gefallen war. Ich durfte nicht hoffen, ihn in seiner augenblicklichen Verfassung zu der Einsicht bringen zu können, daß die Bücher, die seine Leiden verursacht hatten, das wahnsinnige Gefasel verworrener Geister waren. Fürs erste blieb mir wohl nichts andres übrig, als auf ihn einzugehen, um ihm nach und nach vor Augen zu führen, wie irrig seine Überzeugungen waren.
Daher erklärte ich mich auf seine wiederholte Bitte hin zu einem Handel bereit. Er sollte mich an den Ort führen, der der Schauplatz seiner nächtlichen Träume und Streifzüge war, und mir dort die Wahrheit seiner Behauptungen beweisen. Kurz, ich versprach, ihn am folgenden Abend um zehn auf dem Friedhof zu treffen. Seine Freude über diese Abmachung war beinahe rührend. Er lächelte mich an wie ein Kind, dem man ein neues Spielzeug schenkt, und war über meinen Entschluß zweifellos froh und glücklich.
Ich verschrieb ihm ein mildes Beruhigungsmittel, das er an dem bewußten Abend nehmen sollte, machte die näheren Einzelheiten der Unternehmung mit ihm aus und entließ ihn.

Ich blieb in großer Erregung zurück. Endlich hatte ich einen Fall, der ein gründliches Studium wert war. Ein gebildeter, offensichtlich intelligenter Mann, ein College-Professor, litt an den Alpträumen eines Dreijährigen! Ich beschloß, eine Monographie über diesen Fall zu schreiben, und war überzeugt, daß es mir am nächsten Abend gelingen werde, dem Mann die Unhaltbarkeit seiner Behauptungen zu beweisen und eine augenblickliche Heilung zu bewirken. Ich verbrachte die Nacht mit eifrigen Studien und Überlegungen und las am Morgen in aller Eile noch die gesäuberte Ausgabe der *Cultes des Goules* des Comte d'Erlette.

Am Abend war ich auf die bevorstehende Aufgabe wohl vorbereitet. Um zehn Uhr stand ich am Eingang des Friedhofs. Ich trug hüfthohe Stiefel, eine rauhe Wolljacke und eine Bergmannskappe, an der eine Kerze stak. Ich sah der Begegnung mit Professor Alexander Chaupin gefaßt entgegen, muß jedoch bekennen, daß ich an einer unbehaglichen und unerklärlichen Angst vor der Dunkelheit litt. Ich konnte unserer Unternehmung plötzlich keinen Geschmack mehr abgewinnen, und bald ertappte ich mich dabei, daß ich die Ankunft meines Patienten geradezu fieberhaft erwartete, und sei es nur, um nicht mehr allein zu sein.
Er kam endlich, ähnlich gekleidet wie ich und sichtlich besser gestimmt. Zusammen stiegen wir über die niedrige Steinmauer, die die Nekropolis umgab, dann führte er mich quer durch den vom Mond erhellten Gräbergarten in den tiefen Schatten eines stillen Hains in der Mitte der Friedhofs. Die Grabsteine schienen dort wild nach uns zu schielen, und kein Mondstrahl brach in die Dunkelheit ein. Eine atavistische Angst ließ mich erschauern, als meine Gedanken bei dem gräßlichen Geschäft der Würmer verweilten. Ich durfte nicht an die Erde der Gräber denken oder an die Dichte der uns umgebenden Finsternis, und ich war erleichtert, als mich Chaupin, von alledem unberührt, endlich durch eine lange Allee zu dem furchtgebietenden Portal der Gruft führte, die er entweiht zu haben vorgab.

Ich mag, was folgte, nicht in allen Einzelheiten schildern, und ich kann das schaurige Innere des Mausoleums nicht beschreiben. Chaupin hielt sein Versprechen, das mag genügen. Er fand die Nische im Licht der Kerzen, die wir auf unseren Bergmannskappen trugen ... er fand die Nische und drückte auf den verborgenen Hebel, so daß sich der in die Tiefe führende Tunnel öffnete. Diese unerwartete Enthüllung entsetzte mich, und eine plötzliche Angst peitschte alle meine Sinne auf. Ich glaube, ich stand mehrere Minuten regungslos da und starrte in das schwarze Loch. Wir schwiegen beide.
Zum erstenmal zögerte ich. Ich zweifelte nicht mehr an den Behauptungen des Professors. Er hatte mir einen überzeugenden Beweis geliefert. Doch das hieß noch nicht, daß der Mann völlig normal war, das heilte ihn nicht von seinen Zwangsvorstellungen. Ich wurde mir mit einem Abscheu, den ich mir damals nicht zu erklären vermochte, bewußt, daß meine Aufgabe noch nicht beendet war. Wir mußten in die Erde hinuntersteigen und alle noch ungelösten Fragen auf der Stelle klären. Noch war ich nicht bereit, Chaupins wirres Gerede von den Ghulen zu glauben. Das Vorhandensein eines Ganges unter der Gruft war noch kein Beweis für seine anderen Behauptungen. Vielleicht konnte ich ihn von seinen wahnwitzigen Vorstellungen abbringen, wenn ich mit ihm bis ans Ende der Höhlen ging. Wenn aber – ich scheute mich, diese Möglichkeit zuzugeben –, wenn aber wirklich etwas Wahres an seiner Geschichte von den Ungeheuern war, die dort unten lauerten? Wenn wirklich jemand die Höhlen bewohnte, Verbrecher etwa, die sich vor dem Gesetz verbargen, die vielleicht durch Zufall auf dieses Versteck gestoßen waren? Was dann?

Eine innere Stimme sagte mir, daß wir auch dann weitergehen und uns überzeugen mußten, und zu diesem inneren Drängen gesellten sich Chaupins Bitten. Ich solle ihm gestatten, mir die Wahrheit zu zeigen, dann würde ich nicht mehr zweifeln, dann würde ich glauben, und nur indem ich glaubte, könne ich ihm helfen. Er bat mich, weiterzugehen. Wenn ich mich weigerte, müsse er sich an die Polizei wenden und den unterirdischen Ort durchkämmen lassen.

Das gab den Ausschlag. Mein Name durfte auf keinen Fall im Zusammenhang mit einer Affäre genannt werden, die leicht in einen Skandal ausarten konnte. Wenn der Mann verrückt war, würde ich schon mit ihm fertig werden. Wenn nicht ... nun, wir würden bald wissen, woran wir waren. Daher erklärte ich mich zögernd bereit, weiterzugehen, und trat beiseite, um ihn vor mir durch die Öffnung kriechen zu lassen.

Die Tiefe gähnte uns entgegen wie der Rachen eines mythischen Ungeheuers. Wir stiegen eine gewundene Treppe hinunter, die aus hartem Fels gehauen war. Der Tunnel war heiß und feucht, und der Geruch verwesenden Lebens erfüllte die Luft. Es war wie eine Wanderung durch phantastische Alpträume – eine Wanderung, die in unbekannte Krypten unter der Leichenerde führte. Hier gab es Dinge, geheim für alle, außer für die Würmer, und als wir tiefer hinabstiegen, wünschte ich mir, es möchte immer so bleiben. Ich wurde immer nervöser. Chaupin dagegen war merkwürdig ruhig.

Mehrere Dinge trugen zu meiner wachsenden Angst und Besorgnis bei. Ich verabscheute die Ratten, die ununterbrochen aus den zahllosen kleinen Löchern in den Wänden der zweiten Treppenwindung hervorkrochen. Eine ganze Armee von Ratten schwärmte über die Stufen, alle glatt und feist und aufgetrieben. Ich begann mir von der Ursache dieser Wohlgenährtheit gewisse grausige Vorstellungen zu machen. Ferner bemerkte ich, daß Chaupin den Weg offenbar wirklich sehr gut kannte, und wenn es stimmte, daß er schon früher hier gewesen war: wie verhielt es sich dann mit dem Rest seiner Geschichte?

Als ich die Treppe hinunterblickte, erhielt ich einen weiteren Schock. Auf den Stufen lag kein Staub! Sie sahen aus, als würden sie ständig benutzt! Einen Augenblick weigerte sich mein Verstand, die Bedeutung dieser Entdeckung zu begreifen. Als sie mir aber voll bewußt wurde, fühlte ich mich wie gelähmt. Ich wagte nicht, einen zweiten Blick auf die Stufen zu werfen, damit mir meine allzurege Phantasie nicht das Bild der Wesen vorgaukelte, die diese Treppe von unten her erklimmen mochten.

Ich unterdrückte meine kindische Angst, so gut ich konnte, und eilte meinem schweigsamen Führer nach, dessen Kerze seltsame Schatten auf die löcherigen Wände warf. Ich wußte, daß ich im Begriff war, vollends die Nerven zu verlieren, und versuchte vergeblich, mir meine Ängste auszureden, indem ich mich auf einen bestimmten Gegenstand konzentrierte.

Doch nichts in unserer Umgebung war dazu angetan, mich zu beruhigen. Die durchlöcherten Tunnelwände sahen gespenstisch aus im Licht der Kerzen. Ich fühlte plötzlich, daß dieser alte Gang nicht von jemandem gegraben worden war, den man auch nur annähernd ein gesundes, normales Lebewesen hätte nennen können, und ich wagte nicht an die Enthüllungen zu denken, die vielleicht noch vor mir lagen. Lange gingen wir in tiefem Schweigen weiter.

Hinunter, hinunter, immer weiter hinunter. Unser Weg verengte sich und stieß in eine immer tiefere, feuchtere Finsternis vor. Unversehens mündete der Tunnel in eine Höhle. Ich gewahrte ein bläuliches Licht, phosphoreszierend wie Ultraviolett, und fragte mich, woher es kommen mochte. Es enthüllte uns einen kleinen offenen Raum mit ebenem, glattem Boden, über dem mehrere Reihen riesiger Stalaktiten hingen. Dahinter öffneten sich in tiefer Dunkelheit weitere Gänge, die in unendliche Weiten vergessener Nacht zu führen schienen. Kaltes Grauen erfüllte mich. Wir hatten durch unser Eindringen Mysterien entweiht, die nicht für Menschenaugen bestimmt waren. Ich begann zu zittern, aber Chaupin packte mich grob und bohrte mir seine spitzen Finger in die Schultern, als er mir sagte, ich solle mich still verhalten.

Er flüsterte, als wir Seite an Seite in dieser von trübem Zwielicht schwach erhellten Höhle tief unter der Erde kauerten, er flüsterte schreckliche Dinge über das, was, wie er sagte, im Dunkeln lauerte und umherkroch. Er werde mir nun beweisen, daß er die Wahrheit gesprochen habe. Ich solle warten, während er sich in die schwarze Nacht vorwagte. Bei seiner Rückkehr wolle er mir den Beweis erbringen. Damit stand er auf und ging rasch davon. Im nächsten Augenblick war er schon in einer der Öffnungen verschwunden. Er verließ mich so plötzlich, daß ich nicht einmal Zeit fand, gegen sein Vorhaben Einspruch zu erheben.

Dann saß ich im Dunkeln und wartete. Worauf, wagte ich mir nicht vorzustellen. Würde Chaupin zurückkommen? War das Ganze ein ungeheuerlicher Schwindel? Oder war es wahr? Und wenn: was konnte ihm in diesem Labyrinth nicht alles zustoßen! Und mir selbst! Ich war ein Narr gewesen, als ich ihm folgte. Reiner Wahnsinn war das alles. Vielleicht waren diese Bücher nicht so absurd, wie ich bis dahin geglaubt hatte. Die Erde mochte wirklich grauenhafte Geheimnisse in ihrem uralten Schoße bergen.

Das bläuliche Licht warf Schatten auf die Tropfsteinwände und drängte sich um den schwachen Schein meiner Kerze. Diese Schatten gefielen mir nicht. Sie waren verzerrt, unheimlich, beunruhigend tief. Noch mehr bedrückte mich die Stille. Sie schien unaussprechliche Dinge anzukünden und spottete meiner wachsenden Angst und Verlassenheit. Wie Würmer krochen die Minuten dahin. Kein Laut unterbrach die tödliche Stille.

Da hörte ich den Schrei, einen Schrei voll unbeschreiblichen Wahnsinns, der laut und immer lauter durch die Grabesluft gellte. Mein Herz krampfte sich zusammen, denn ich wußte, was dieser Schrei bedeutete. Ich wußte – nun, da es zu spät war –, daß Chaupin die Wahrheit gesagt hatte!

Ich wagte jedoch nicht, zu bleiben und mich meinen Mutmaßungen hinzugeben, denn schon hörte ich in der fernen Dunkelheit ein Tappen, ein Rascheln und Scharren, wie wenn sich etwas sehr rasch bewegt. Ich wandte mich um und lief mit der Kraft der Verzweiflung die Treppe hinauf. Ich brauchte nicht hinter mich zu blicken. Meine entsetzten Ohren hörten schon den Rhythmus laufender Füße. Ich hörte nichts anderes als den Lärm dieser Füße oder Pfoten, bis mir mein rasselnder Atem in die Ohren klang, als ich die erste Windung dieser endlosen Treppe hinter mich gebracht hatte. Keuchend stolperte ich aufwärts, unfähig, an irgend etwas zu denken, nur von Todesangst und irrsinnigem Entsetzen erfüllt. Der arme Chaupin! Die Schritte schienen immer näher zu kommen, und plötzlich vernahm ich hinter mir auf den Stufen ein Gebell, ein bestialisches Knurren, halb menschlich und darum um so grauenerregender, und dann ein gräßliches Gelächter.
Ich lief weiter, begleitet von dem rhythmischen Dröhnen der Schritte hinter mir. Ich wagte noch immer nicht, mich umzublicken, wußte aber, daß der Abstand zwischen mir und meinen Verfolgern immer geringer wurde. Meine Nackenhaare sträubten sich, als ich die nicht enden wollende Treppe hinaufhastete, die sich durch die Erde wand wie eine Schlange. Ich rannte aus Leibeskräften und schrie laut, aber die bellenden Scheusale blieben mir dicht auf den Fersen. Weiter, weiter, immer weiter. Und näher und immer näher kamen sie. Mein ganzer Körper brannte vor Schmerz und Qual.
Endlich hatte ich die letzten Stufen erreicht. Ich zwängte mich durch die enge Öffnung, während diese ungeheuerlichen Geschöpfe knapp zehn Meter hinter mir durch die Dunkelheit heranstürmten. Ich konnte gerade noch die Steinplatte zustoßen, als auch schon die Kerze auf meiner Kappe ausging. Sie flackerte jedoch noch ein letztes Mal auf, und in dem hellen Licht sah ich den ersten der Verfolger deutlich vor mir. Dann erlosch die Flamme endgültig. Ich schlug das Portal der Gruft hinter mir zu und taumelte in die Welt der Menschen zurück.
Nie werde ich diese Nacht vergessen, was immer ich auch tue, um diese grauenvollen Erinnerungen auszulöschen. Nie mehr werde ich den Schlaf finden, den ich so heiß ersehne. Und so willkommen der Tod einem Menschen wäre, der das geworden ist, was ich nun bin: ich wage nicht einmal, mich zu töten, weil ich fürchte, man könnte mich in der Erde begraben, anstatt mich zu verbrennen. Nein, ich werde nie vergessen können, denn jetzt weiß ich die *ganze* Wahrheit. Eine Erinnerung aber gibt es ... ich würde meine Seele geben, wenn ich sie für immer aus meinem Gedächtnis verbannen könnte. Es ist die Erinnerung an den letzten, wahnsinnigen Augenblick, da ich die Ungeheuer im Kerzenlicht erblickte, die lachenden, geifernden Ungeheuer aus der Tiefe.
Denn allen anderen voran rannte hämisch grinsend das Scheusal auf mich zu, das die Menschen als Professor Chaupin kennen!

H. P. Lovekraft
Träume im Hexenhaus

Kam das Fieber von den Träumen oder waren die Träume eine Folge des Fiebers? Walter Gilman wußte es nicht zu sagen. Hinter allem brütete und schwärte das Grauen der alten Stadt und der moderigen, unseligen Dachkammer, in der er schrieb und studierte und mit Zahlen und Formeln rang, wenn er sich nicht unruhig träumend auf dem schmalen Eisenbett hin und her warf. Seine Ohren wurden in übernatürlichem, unerträglichem Maße empfindlich, und längst hatte er die billige Uhr auf dem Kaminsims angehalten, weil ihm ihr Ticken wie Kanonendonner klang. Nachts brauchte er nur das leise Getriebe der finsteren Stadt draußen, das unheimliche Huschen und Trippeln der Ratten hinter den wurmstichigen Trennwänden und das Knacken verborgener Balken in dem jahrhundertealten Haus zu hören, um sich von einem kreischenden Pandämonium umgeben zu fühlen. Immer war die Dunkelheit von unerklärlichen Geräuschen voll, und doch zitterte er oft vor Furcht, die Geräusche, die er hörte, könnten verstummen, so daß er andere, leisere vernähme, die, wie er meinte, hinter diesen lauerten.

Er befand sich in der seit alters unveränderten, sagenumwobenen Stadt Arkham mit ihren eng gedrängten Spitzdächern, die über Dachböden schwankten und einsackten, auf denen sich in den alten, finsteren Tagen der Provinz Hexen vor den Männern des Königs verborgen hatten, und an keinen Ort in dieser Stadt knüpften sich so düstere Erinnerungen wie an die Dachkammer, die ihn beherbergte, denn dieses Haus und diese Kammer hatten auch die alte Keziah Mason beherbergt, deren Flucht aus dem Kerker in Salem nie aufgeklärt werden konnte. Das hatte sich im Jahre 1692 zugetragen. Der Kerkermeister war wahnsinnig geworden und hatte von einem kleinen pelzigen Wesen mit weißen Fängen gefaselt, das aus Keziahs Zelle gehuscht sei, und nicht einmal Cotton Mather hatte die Kurven und Winkel zu erklären vermocht, die mit einer klebrigen roten Flüssigkeit auf die grauen Steinwände geschmiert worden waren.

Vielleicht hätte Gilman nicht so übereifrig studieren sollen. Nichteuklidische Geometrie und Quantenphysik genügen für sich allein, das Hirn zu überfordern. Vermengt man sie noch dazu mit Folklore und versucht man, aus den unheimlichen Anspielungen der Schauerlegenden und an Kaminfeuern geflüsterten Geschichten eine vieldimensionale Wirklichkeit erstehen zu lassen, die alledem zugrunde liegen mochte, so darf man kaum erwarten, ungetrübten Geistes weiterleben zu können.

Gilman kam aus Haverhill, aber erst als er in das College in Arkham eingetreten war, begann er, eine Beziehung zwischen der Mathematik und den phantastischen Legenden der älteren Magie herzustellen. In der Luft der alten grauen Stadt lag etwas, was seine Phantasie auf merkwürdige, unerklärliche Weise anregte. Die Professoren in Miskatonic hatten ihm nahegelegt, sich mehr Muße zu gönnen, und seinen Lehrplan in einigen Punkten beschnitten. Sie hatten ihm auch untersagt, in den fragwürdigen alten Büchern über verbotene Geheimnisse zu lesen, die in einem Gewölbe der Universitätsbibliothek unter Verschluß gehalten wurden. Doch diese Vorsichtsmaßnahmen kamen zu spät, denn schon hatte Gilman aus dem furchteinflößenden *Necronomicon* des Abdul Alhazred, dem bruchstückhaften *Buch von Eibon* und den verbotenen *Unaussprechlichen Kulten* des von Juntz schreckliche Hinweise aufgenommen, die er zu seinen abstrakten Formeln über die Eigenschaften des Raumes und das Ineinandergreifen bekannter und unbekannter Dimensionen in Beziehung setzen konnte.
Er wußte, daß seine Kammer in dem alten Hexenhaus lag, ja gerade aus diesem Grunde hatte er sie genommen. In den Gerichtsprotokollen der Grafschaft Essex stand viel über Keziah Masons Prozeß zu lesen, und was die Alte bei der gerichtlichen Untersuchung unter Druck gestanden hatte, fesselte Gilman über die Maßen. Von Linien und Kurven hatte sie dem Richter Hawthorne berichtet, die so gezeichnet werden konnten, daß sie Wege durch die Wände des Raumes hindurch in andere, jenseitige Räume wiesen, und sie hatte angedeutet, daß solche Linien und Kurven oft bei gewissen mitternächtlichen Versammlungen im dunklen Tal des Weißen Steins hinter Meadow Hill und auf der unbewohnten Insel im Fluß eine Rolle spielten. Auch vom Schwarzen, von ihrem Gelübde und von ihrem neuen, geheimen Namen Nahab hatte sie gesprochen.
Dann hatte sie diese Zeichen auf die Wände ihres Kerkers gemalt und war verschwunden.

Gilman glaubte absonderliche Dinge über Keziah, und mit einem eigentümlichen Schauder hatte er erfahren, daß ihre Behausung nach mehr als zweihundertfünfunddreißig Jahren noch stand. Als er dann in Arkham von Keziahs ständiger Gegenwart in dem alten Haus und den engen Gassen tuscheln hörte, von den unregelmäßigen, anscheinend von Menschenzähnen stammenden Bißspuren, mit denen so mancher Schläfer in diesem Haus und anderen erwachte, von dem Kindergeschrei, das man um die Walpurgisnacht und Allerheiligen vernahm, von dem Gestank, der zu diesen gefürchteten Zeiten oft auf dem Dachboden des alten Hauses zu bemerken war, und von dem kleinen pelzigen Wesen mit den scharfen Zähnen, das in dem zerfallenden Gebäude und in der ganzen Stadt umging und in den dunkelsten Stunden vor Anbruch der Dämmerung neugierig an den Menschen schnupperte … als er all das hörte, beschloß Gilman, um jeden Preis in diesem Haus zu wohnen. Es war nicht schwer, ein Zimmer zu bekommen, denn das Haus war unbeliebt und kaum zu vermieten, und seit langem enthielt es nur billige, ärmliche

Unterkünfte. Gilman hätte nicht zu sagen vermocht, was er dort zu finden hoffte. Er wußte nur, daß er in dem Haus wohnen wollte, in dem gewisse Umstände einer unbedeutenden alten Frau des 17. Jahrhunderts gleichsam über Nacht Einblicke in mathematische Bereiche ermöglicht hatten, die vielleicht die kühnsten und weitesten Vorstöße moderner Forscher wie Planck, Heisenberg, Einstein und de Sitter nicht erreichten.

Gilman untersuchte die Holz- und Gipswände an allen zugänglichen Stellen, wo sich die Tapete gelöst hatte, nach kryptischen Zeichen, und binnen einer Woche gelang es ihm, die auf der Ostseite gelegene Dachkammer zu bekommen, in der Keziah angeblich ihren Zauber getrieben hatte. Dieser Raum war seit jeher unbewohnt gewesen – denn niemand hatte darin länger bleiben wollen –, und der polnische Hauswirt hatte ihn nur ungern vermietet. Und doch war Gilman, bis das Fieber kam, nichts geschehen. Keine gespenstische Keziah huschte durch die Gänge und Kammern, kein kleines pelziges Wesen kam in seine elende Bude gekrochen, um an ihm zu schnuppern, und seine hartnäckige Suche nach irgendwelchen Spuren der Beschwörungen der Hexe blieb ohne Früchte. Manchmal ging er durch das dunkle Gewirr ungepflasterter, nach Moder riechender Gassen, wo seltsam-unheimliche braune Häuser unbekannten Alters schief aneinanderlehnten und ihn spöttisch aus schmalen Fenstern mit winzigen Scheiben angrinsten. Er wußte, daß hier einst merkwürdige Dinge geschehen waren, und wenn er die Fassaden betrachtete, ahnte er, daß – zumindest in den dunkelsten, engsten und winkeligsten Gassen – diese ungeheuerliche Vergangenheit noch nicht ganz erloschen war. Zweimal ruderte er auch zu der verrufenen Insel im Fluß, und er skizzierte die seltsamen Winkel, die von den Reihen grauer, moosbedeckter Steine dunkler, längst vergessener Herkunft gebildet wurden.

Gilmans Kammer war von hinlänglicher Größe, aber seltsam unregelmäßiger Form. Die nördliche Wand verlief schräg von außen nach innen, das heißt von Osten nach Westen, und in dieselbe Richtung neigte sich die niedrige Decke. Abgesehen von einem Rattenloch und den Spuren anderer, zugestopfter Löcher gab es keinen Zugang – und kein Anzeichen eines früheren Zugangs – zu dem Hohlraum, der zwischen der schrägen Kammerwand und der geraden äußeren Hausmauer existieren mußte, obwohl ein Blick von der Straße zeigte, daß sich dort oben ein Fenster befand, das vor sehr langer Zeit mit Brettern zugenagelt worden war. Der Dachboden über der Kammer – der schräg abfallen mußte – war gleichfalls unzugänglich. Als Gilman über eine Leiter auf den Boden über den anderen Räumen kletterte, fand er Spuren eines früheren Eingangs zu der über seiner Kammer befindlichen Abteilung. Die Öffnung war mit alten Planken dicht und fest verschlossen, die von kräftigen Holzpflöcken gehalten wurden, wie sie die Zimmerleute in der Kolonialzeit verwendet hatten. Er bot alle seine Überredungskünste auf, aber der Hauswirt blieb fest und erlaubte ihm nicht, diese verschlossenen Hohlräume zu untersuchen.

Immer mehr beschäftigte sich Gilman mit der schrägen Wand und der geneigten Decke seiner Kammer, denn er maß den unregelmäßigen Winkeln eine mathematische Bedeutung bei, die ihm unbestimmte Hinweise auf ihren Zweck zu enthalten schien. Die alte Keziah, überlegte er, hatte vielleicht nicht ohne guten Grund in einer Kammer mit so ungewöhnlichen Winkeln gelebt, denn behauptete sie nicht, mit Hilfe bestimmter Winkel die Grenzen des uns bekannten Raumes überschritten zu haben? Allmählich aber schwenkte sein Interesse von den Hohlräumen hinter den schrägen Flächen ab, denn nun glaubte er zu verstehen, daß der Zweck dieser Flächen die Seite betraf, auf der er sich bereits befand.
Die leichte Gehirnentzündung und die Träume begannen in den ersten Februartagen. Die merkwürdigen Winkel seiner Kammer hatten offenbar schon seit einiger Zeit eine sonderbare, beinahe hypnotische Wirkung ausgeübt, und je weiter der graue Winter fortschritt, desto gespannter betrachtete er die Ecke, wo die abwärts geneigte Decke mit der einwärts laufenden Wand zusammenstieß. Um diese Zeit machte ihm die Unfähigkeit, sich auf seine Studien zu konzentrieren, große Sorge, denn er fürchtete sich vor den Prüfungen im Sommer. Nicht weniger beunruhigend war jedoch sein übertrieben scharfes Gehör. Das Leben war ihm zu einer ununterbrochenen, kaum zu ertragenden Kakophonie geworden, und dann war da dieser ständige furchterregende Eindruck, daß es *andere* Laute – vielleicht aus Bereichen jenseits des Lebens – gab, die knapp an der Schwelle der Hörbarkeit vibrierten. Von den erkennbaren, wirklichen Geräuschen waren die, welche die Ratten hinter den alten Trennwänden machten, die schlimmsten. Zuweilen dünkte ihn ihr Scharren und Kratzen nicht verstohlen, sondern geradezu absichtlich und herausfordernd. Wenn es hinter der schrägen Nordwand hervorkam, war es mit einem trockenen Rasseln vermengt, und kam es von dem seit Jahrhunderten verschlossenen Dachbodenabteil über der schrägen Decke herab, spannte Gilman seine Sinne an, als müßte er sich auf etwas Entsetzliches vorbereiten, das nur den rechten Zeitpunkt abwartete, um auf ihn herabzustürzen und ihn zu verschlingen.

Seine Träume überstiegen alles normale Maß. Gilman sagte sich, daß sie die Folge seiner mathematischen und folkloristischen Studien sein mußten. Er hatte zuviel über die ungewissen Regionen nachgedacht, die, wie ihn seine Formeln lehrten, jenseits der drei bekannten räumlichen Dimensionen liegen mußten, und zu oft die Möglichkeit erwogen, daß die alte Keziah Mason – von allen Mutmaßungen sich entziehenden Einflüssen gelenkt – tatsächlich das Tor zu diesen Regionen gefunden hatte. Die vergilbten Gerichtsakten, die ihre Aussagen und die ihrer Ankläger enthielten, spielten zu deutlich auf Dinge jenseits der menschlichen Erfahrung an, und die Beschreibungen des kleinen, flinken, pelzigen Wesens, mit dem sie vertrauten Umgang gehabt hatte, waren trotz ihrer unglaublichen Einzelheiten von erschrecklicher Wirklichkeitsnähe und Überzeugungskraft.
Dieses Wesen – nicht größer als eine kräftige Ratte und von den Bewohnern Arkhams seltsamerweise › Brauner Jenkin ‹ genannt – schien die Frucht einer bemer-

kenswerten Massensuggestion zu sein, denn im Jahre 1692 hatten es nicht weniger als elf Personen gesehen und dies vor Gericht bezeugt. Daneben gab es Gerüchte aus neuerer Zeit, die in erstaunlichem und beunruhigendem Maße übereinstimmten. Augenzeugen behaupteten, es habe lange Haare und die Gestalt einer Ratte. Sein scharfzähniges, bärtiges Gesicht sei jedoch unheimlich menschenähnlich, und seine Pfoten glichen kleinen Menschenhänden. Es trug, so hieß es, Botschaften zwischen der alten Keziah und dem Teufel hin und her und nährte sich von Hexenblut, das es wie ein Vampir saugte. Seine Stimme war ein gräßliches Quietschen und es redete in allen Sprachen. Von all den absonderlichen Ungeheuerlichkeiten, die Gilman träumte, erfüllte ihn nichts mit so viel Furcht und Ekel wie dieser gotteslästerliche kleine Zwitter, dessen Bild durch seine Traumvisionen huschte – tausendmal scheußlicher als alles, was er sich wachen Geistes aus den alten Berichten und den neuen Schauergeschichten zusammengereimt hatte.

Gilmans Träume bestanden hauptsächlich in einem Eintauchen in bodenlose, von einem unerklärlich getönten Zwielicht und beklemmend chaotischen Geräuschen erfüllte Abgründe, deren Beschaffenheit im Hinblick auf Materie und Schwerkraft und deren Verhältnis zu seiner eigenen Wesenheit er nicht einmal zu ahnen, geschweige denn zu erklären vermochte. Er ging nicht und kletterte nicht, auch flog, schwamm oder kroch er nicht, und doch war er sich stets einer teils gewollten, teils ungewollten Fortbewegung bewußt. Auch seinen eigenen Zustand konnte er nicht klar beurteilen, denn der Blick auf seine Gliedmaßen und seinen Oberkörper war ihm durch eine eigentümliche Verzerrung der Perspektive verwehrt. Dabei fühlte er jedoch, daß seine körperlichen Proportionen und Fähigkeiten auf wunderbare Weise verwandelt und auf eine andere Ebene projiziert waren – jedoch nicht ohne gewisse groteske Beziehung zu seinen normalen Proportionen und Fähigkeiten.

Die Abgründe waren keineswegs leer, sondern mit unbeschreiblich verwinkelten Massen aus einer fremdartig gefärbten Substanz dicht angefüllt, deren einige organischer, andere aber anorganischer Natur zu sein schienen. Manche der organischen Objekte weckten undeutliche Erinnerungen, wenngleich Gilman nicht bewußt erfaßte, woran sie ihn auf spöttische Weise gemahnten. In späteren Träumen begann er zwischen einzelnen Kategorien zu unterscheiden, in die die organischen Objekte eingeteilt zu sein schienen, und jede Kategorie hatte augenscheinlich ihre eigenen, von den anderen grundsätzlich verschiedenen Verhaltensmuster und fundamentalen Triebe. Eine dieser Kategorien enthielt Objekte, deren Bewegungen ihm um ein geringes weniger unlogisch und beziehungslos zu sein schienen als die der Angehörigen der anderen Kategorien.

Alle Objekte, die organischen wie die anorganischen, entzogen sich jeder Beschreibung und jeglichem Begreifen. Gilman verglich die anorganischen Dinge manchmal mit Prismen, Labyrinthen, Ballungen von Würfeln und Flächen und Zyklopenbauten. Die organischen kamen ihm bisweilen vor wie Blasen, Polypen, Tausendfüßler, lebendige Hindu-Idole und komplizierte, zu einer Art schlangenartigen Lebens erwachte Arabesken. Alles, was er sah, war unbeschreiblich grauenhaft

und bedrohlich, und immer, wenn eines der organischen Wesen durch seine Bewegungen verriet oder zu verraten schien, daß es ihn bemerkt hatte, überfiel ihn eine heftige, entsetzliche Furcht, die ihn aus dem Schlaf auffahren ließ. Über die Art der Fortbewegung der organischen Wesen wußte er ebensowenig zu sagen wie über seine eigene. Nach einiger Zeit entdeckte er ein weiteres Rätsel: die Fähigkeit gewisser Wesen, plötzlich aus dem Nichts aufzutauchen und ebenso plötzlich wieder vollständig zu verschwinden. Die kreischenden, brüllenden Laute, die in wirrem Durcheinander durch die Abgründe hallten, entzogen sich hinsichtlich der Tonhöhe, der Klangfärbung und des Rhythmus jeder Analyse. Sie schienen jedoch begleitet zu sein von undeutlich wahrnehmbaren Veränderungen im Aussehen der Objekte, und zwar sowohl der organischen als auch der anorganischen. Gilman fürchtete ständig, der Lärm könnte im Verlaufe seiner unerklärlichen, unbarmherzigen Schwankungen plötzlich zu unerträglicher Lautstärke anschwellen.
Doch in diesen Wirbeln und Strudeln eines fremden Seins sah er den Braunen Jenkin. Dieses gräßliche kleine Scheusal war gewissen leichteren, klareren Träumen vorbehalten, die ihn überkamen, bevor er in die tiefsten Tiefen des Schlafes versank. Er lag dann im Dunkeln und bemühte sich, wach zu bleiben. Ein schwaches flackerndes Licht schien die alte Kammer auszufüllen und zeigte in violettem Dunst die Ecke, wo die beiden schrägen Flächen zusammenstießen, um die seine Gedanken so hartnäckig kreisten. Das Untier schlüpfte aus dem Rattenloch in der Ecke und trippelte über den eingesunkenen, mit weißen Brettern bedeckten Boden auf ihn zu. Boshafte Freude sprach aus seinem winzigen, bärtigen Menschengesicht. Doch immer zerschmolz dieser Traum, bevor das Wesen nahe genug herangekommen war, um an ihm zu schnuppern. Es hatte teuflisch lange, scharfe Zähne, die an die eines Hundes gemahnten. Gilman versuchte tagtäglich, das Rattenloch zuzustopfen, aber Nacht für Nacht zernagten die wirklichen Bewohner des Hohlraums das Hindernis, was immer es sein mochte. Eines Tages ließ er den Hauswirt eine Blechplatte über das Loch nageln, aber in der nächsten Nacht nagten die Ratten ein neues Loch, durch das sie einen merkwürdigen kleinen Knochensplitter in die Kammer schoben oder zogen.

Gilman sagte dem Doktor nichts von seinem Fieber. Er wußte, daß er die Prüfungen nicht bestehen konnte, wenn man ihn nun, da er jeden Augenblick zum Lernen benötigte, ins Krankenrevier des Colleges steckte. Er hatte ohnehin schon in der Differentialrechnung und in Allgemeiner Psychologie versagt, durfte allerdings hoffen, die Scharten noch vor Semesterschluß auszuwetzen.
Im März trat in seinen leichteren, zu den anderen überleitenden Träumen ein neues Element in Erscheinung. Die alptraumhafte Gestalt des Braunen Jenkin wurde immer häufiger von einem Nebel begleitet, der mehr und mehr die Form einer gebeugten alten Frau annahm. Die zweite Gestalt beunruhigte ihn in einem Maße, das er sich nicht zu erklären vermochte, und zuletzt sagte er sich, daß sie einem alten Weib ähnelte, dem er zweimal in dem dunklen Gassengewirr nahe den verlassenen

Kais tatsächlich begegnet war. Das böse, sardonische, scheinbar völlig grundlose Starren der alten Vettel hatte ihn beinahe frösteln gemacht, besonders beim erstenmal, denn da war eine riesengroße Ratte, die ihn an den Braunen Jenkin erinnert hatte, quer über die finstere Einmündung einer Gasse gehuscht. Diese nervösen Ängste, überlegte er, spiegelten sich nun in seinen Träumen.

Daß der Einfluß des alten Hauses unheilvoll war, konnte er nicht leugnen, aber letzte Reste seines ursprünglichen krankhaften Interesses hielten ihn zurück. Er sagte sich, allein das Fieber sei an seinen nächtlichen Phantastereien schuld. Sobald es nachließ, mußten auch seine grauenvollen Visionen verschwinden. Einstweilen aber waren diese Visionen von packender Lebendigkeit, und wenn er erwachte, hatte er immer das Gefühl, er müsse weit mehr durchgemacht haben, als ihm erinnerlich war, ja er besaß die grauenhafte Gewißheit, daß er in vergessenen Träumen mit dem Braunen Jenkin und der Alten gesprochen hatte und von ihnen aufgefordert worden war, ihnen an irgendeinen Ort zu folgen und ein drittes Wesen von größerer Macht zu treffen.

Gegen Ende März wandte er sich wieder der Mathematik zu, obwohl ihm seine anderen Studien immer mehr zu schaffen machten. Er erwarb eine intuitive Geschicklichkeit bei der Lösung Riemannscher Gleichungen und verblüffte Professor Upham durch sein Verständnis vierdimensionaler und anderer Probleme, denen seine Studienkameraden hilflos gegenüberstanden. Eines Nachmittags war die Rede von den möglichen Krümmungen des Raumes und von theoretischen Annäherungs- oder gar Berührungspunkten zwischen unserem Teil des Universums und verschiedenen anderen Regionen, die von uns so weit entfernt sind wie die fernsten Sterne unserer Galaxis oder die transgalaktischen Räume – wenn nicht gar so fern wie die theoretisch vorstellbaren kosmischen Einheiten außerhalb des gesamten Einsteinschen Raum-Zeit-Kontinuums. Die Art, wie Gilman dieses Thema behandelte, erregte allgemein Bewunderung, obgleich einige seiner hypothetischen Darstellungen dem ohnehin schon lebhaften Getuschel über seine nervöse Überspanntheit und seine Eigenbrötelei neue Nahrung gaben. Was am meisten Kopfschütteln hervorrief, war seine nüchtern vorgetragene Theorie, daß ein Mensch – mathematische Kenntnisse vorausgesetzt, die freilich kaum je ein Mensch erlangen konnte – von der Erde auf jeden andern Himmelskörper hinüberzutreten imstande sei, der sich an einem von unendlich vielen spezifischen Punkten im Kosmos befinde.

Ein solcher Übertritt, behauptete Gilman, gehe in zwei Phasen vor sich. Zuerst müsse man die uns bekannte dreidimensionale Sphäre verlassen und dann an einem andern – vielleicht unendlich fernen – Punkt wieder in einen dreidimensionalen Raum eintreten. Daß sich dies ohne Verlust des Lebens bewerkstelligen lasse, sei in vielen Fällen durchaus denkbar. Jedes Wesen aus jedem beliebigen dreidimensionalen Raum könne wahrscheinlich in der vierten Dimension existieren. Sein Überleben in der zweiten Phase hänge selbstverständlich davon ab, was für einen dreidimensionalen Raum es für seinen Wiedereintritt wähle. Die Bewohner des einen Planeten könnten vermutlich auf bestimmten anderen Planeten – auch solchen, die anderen Raum-Zeit-Kontinua angehörten – leben, obwohl es natürlich zahllose wechselseitig unbewohnbare, wenngleich mathematisch betrachtet aneinander grenzende Körper oder Raumabschnitte geben müsse. Ferner sei als möglich anzusehen, daß die Bewohner eines gegebenen Bereichs den Eintritt in viele unbekannte und unbegreifbare Bereiche mit zusätzlichen oder sogar beliebig vielen Dimensionen – innerhalb oder außerhalb des jeweils gegebenen Raum-Zeit-Kontinuums – überlebten, und das gleiche gelte natürlich auch umgekehrt. Darüber ließen sich nun freilich endlose Spekulationen anstellen, aber man dürfe mit einiger Gewißheit annehmen, daß die Verwandlung, die der Übergang von einer gegebenen Dimensionsstufe zur nächsthöheren Stufe bedinge, die biologische Einheit, wie wir sie verstünden, nicht zerstören würde. Gilman konnte für letztere Annahme keine einleuchtenden Gründe anführen, aber die Unklarheit in diesem einen Punkte wurde mehr als wettgemacht durch die Klarheit, mit der er andere komplexe Probleme behandelte. Professor Upham zeigte sich besonders beeindruckt von seiner Darlegung der Verwandtschaft zwischen der höheren Mathematik und gewissen Aspekten der Magie, wie sie seit einer – menschlichen oder vormenschlichen – Urzeit her, in der man vom Kosmos und seinen Gesetzen mehr wußte als heute, durch die Jahrtausende überliefert worden waren.

Um den 1. April herum war Gilman in großer Sorge, weil das leichte Fieber nicht weichen wollte. Auch was ihm einige Mitbewohner des Hauses über seinen Somnambulismus sagten, beunruhigte ihn sehr. Es hatte den Anschein, daß er oft sein Bett verließ und daß der Mann, der unter ihm wohnte, in gewissen Nachtstunden die Bretter seines Fußbodens knarren hörte. Derselbe Mann berichtete ihm auch, daß er nachts die Tritte beschuhter Füße gehört habe, aber darin, meinte Gilman, irrte er gewiß, denn seine Schuhe befanden sich wie alle übrigen Kleidungsstücke am Morgen immer an ihrem Platz. In diesem unheimlichen alten Haus konnte man leicht Halluzinationen haben und sich Geräusche einbilden. War Gilman selbst nicht überzeugt – sogar am hellichten Tag! –, daß andere Geräusche als nur das Scharren der Ratten aus der schwarzen Leere hinter der schrägen Wand und über der schrägen Decke kamen? Seine krankhaft empfindlichen Ohren begannen auf leise Schritte in dem seit undenklichen Zeiten verschlossenen Raum über der Decke zu lauschen, und oft war die Vortäuschung solcher Laute quälend wirklich.
Er wußte jedoch, daß er tatsächlich zum Schlafwandler geworden war, denn zweimal hatte man in der Nacht seine Kammer leer gefunden, obwohl seine Kleider alle an Ort und Stelle gewesen waren. Dessen hatte ihn Frank Elwood versichert, der Student, der durch Armut gezwungen war, in diesem verwahrlosten, unbeliebten Haus zu wohnen. Elwood war noch lange nach Mitternacht über den Büchern gesessen und hinaufgegangen, um Gilman zu bitten, ihm bei einer Differentialgleichung zu helfen. Er hatte Gilman jedoch nicht vorgefunden. Ein wenig unverschämt

war es von diesem Elwood freilich gewesen, einfach die unversperrte Tür zu öffnen, nachdem er auf sein Klopfen keine Antwort erhalten hatte, aber er hatte wirklich dringend Hilfe gebraucht und gemeint, Gilman werde es ihm nicht übelnehmen, wenn er ihn sanft weckte. Bei beiden Gelegenheiten war Gilman jedoch fortgewesen, und als er es erfuhr, fragte er sich, wo er barfuß und im Schlafanzug umhergewandert sein mochte. Er beschloß, der Sache auf den Grund zu gehen, falls er weitere Berichte über sein Nachtwandeln erhielt, und er dachte daran, draußen auf dem Gang Mehl auf den Boden zu streuen, um zu sehen, wohin seine Schritte führten. Die Tür war der einzig mögliche Ausgang, denn draußen vor dem schmalen Fenster auf der Ostseite hätte sein Fuß keinen Halt gefunden.

Im Laufe des Monats April wurden Gilmans vom Fieber geschärfte Ohren durch die wimmernden Gebete eines abergläubischen Webmaschinenmonteurs namens Joe Mazurewicz belästigt, der ein Zimmer im Erdgeschoß bewohnte. Dieser Mazurewicz hatte lange, weitschweifige Geschichten über den Geist der alten Keziah und das pelzige, scharfzähnige, schnuppernde Wesen erzählt und behauptet, er werde zuzeiten auf so gräßliche Weise von Geistern heimgesucht, daß ihm nur ein silbernes Kruzifix Erleichterung verschaffe, das ihm Pater Iwanicki von der Kirche des heiligen Stanislaus gegeben hatte. Nun betete er, weil der Hexensabbat nahte, die Walpurgisnacht, in der das Höllengelichter frei auf Erden umherschweift und alle Satansdiener sich zu unaussprechlichen Riten und Umtrieben versammeln. Für Arkham war dies stets eine böse Zeit, wenn auch die Vornehmen in der Miskatonic Avenue, der High Street und der Saltonstall Street nichts davon zu wissen vorgaben. Allerlei Missetaten wurden begangen, und immer verschwanden ein oder zwei Kinder. Mazurewicz war wohlunterrichtet, denn seine Großmutter hatte in der alten Heimat von ihrer Großmutter dies und jenes erfahren. Man tat gut daran, zu beten und die Perlen des Rosenkranzes zu zählen um diese unheilige Zeit. Drei Monate lang hatten sich Keziah und der Braune Jenkin nicht in der Nähe des Zimmers von Joe Mazurewicz blicken lassen, auch nicht in Paul Choynskis Zimmer noch anderswo – ein schlechtes Zeichen! Sie führten offenbar etwas im Schilde.

Am 16. April suchte Gilman einen Arzt auf. Zu seinem Erstaunen war seine Temperatur weniger hoch als er befürchtet hatte. Der Doktor unterzog ihn einem scharfen Verhör und riet ihm, zu einem Nervenfacharzt zu gehen. Gilman war nachträglich froh, daß er nicht den noch strengeren College-Doktor konsultiert hatte. Der alte Waldron, der ihn schon einmal zur Untätigkeit verdammt hatte, würde ihm Bettruhe verordnet haben, und das ging gerade jetzt nicht an, da er mit seinen Gleichungen so gute Fortschritte machte und kurz vor großen Resultaten stand. Er näherte sich zweifellos der Grenze zwischen dem bekannten Universum und der vierten Dimension, und wer vermochte zu sagen, wie weit er noch vorstieß?

Doch während er so dachte, fragte er sich, aus welcher Quelle er diese seltsame Zuversicht schöpfte. Kam dieses Gefühl bevorstehender großer Ereignisse allein von den Formeln, mit denen er Tag für Tag ein Blatt nach dem andern bedeckte? Die

leisen, verstohlenen Schritte, die er oben auf dem verschlossenen Dachboden zu hören vermeinte, entnervten ihn. Und nun kam der Eindruck hinzu, daß ihn jemand ständig zu bereden versuchte, etwas Schreckliches zu tun, das er nicht tun konnte. Was hatte es mit seinem Somnambulismus auf sich? Wohin ging er in der Nacht? Und was war das für ein unendlich leises Geräusch, das ab und zu auch bei Tage, wenn er hellwach war, durch den Wirrwarr erkennbarer Laute zu sickern schien? Sein Rhythmus war wie nichts, was man auf Erden kennt, wenn man vielleicht von der Kadenz gewisser Sabbatgesänge absah, und manchmal fürchtete er, es könnte etwas mit dem unbestimmbaren Tosen, diesem Kreischen oder Brüllen zu tun haben, das er in den fremden Abgründen seiner Träume vernahm.

Diese Träume wurden indessen immer entsetzlicher. In der leichten, einleitenden Phase trat nun die alte Frau mit teuflischer Deutlichkeit in Erscheinung, und Gilman wußte, daß sie die Vettel war, die ihn im Elendsviertel erschreckt hatte. Der gebeugte Rücken, die lange Nase, das runzelige Kinn waren unverkennbar, und auch das formlose braune Kleid entsprach dem, das ihm in Erinnerung geblieben war. Ihr Gesicht drückte abscheuliche Bosheit und hämischen Triumph aus, und wenn er erwachte, erinnerte er sich an eine krächzende Stimme, die schmeichelte und drohte. Er sollte mit dem Schwarzen zusammentreffen und mit ihnen allen vor den Thron Azathoths im Mittelpunkt des großen Chaos treten. Das verlangte das Weib von ihm. Er sollte mit seinem Blut seinen Namen in das Buch Azathoths einschreiben und einen geheimen Namen annehmen, nun da seine Forschungen ihn schon so weit geführt hatten. Was ihn davon abhielt, mit der Alten und dem Braunen Jenkin zu dem Thron des Chaos zu gehen, wo unablässig ohne Sinn die dünnen Flöten pfeifen, war der Umstand, daß er den Namen Azathoth im *Necronomicon* gelesen hatte und wußte, daß er für ein urzeitliches Böses stand, das zu schrecklich war, um mit Worten beschrieben zu werden.

Das alte Weib erschien immer aus der Luft nahe der Stelle, wo die schräge Decke mit der schrägen Wand zusammenstieß. Sie schien sich an einem Punkte zu verdichten, welcher der Decke näher war als dem Boden, und war von Nacht zu Nacht ein wenig näher und deutlicher zu sehen, bevor die Traumbilder wechselten. Auch der Braune Jenkin kam stets ein Stück näher, und seine gelbweißen Zähne glänzten scheußlich in dem unirdischen, phosphoreszierenden violetten Licht. Sein schrilles, abscheuliches Quietschen bohrte sich tief in Gilmans Hirn, und am Morgen erinnerte er sich, daß der Braune Jenkin die Namen Azathoth und Nyarlathotep ausgesprochen hatte.
Auch in den tieferen Träumen war nun alles deutlicher, und Gilman sagte sich, daß die zwielichtigen Abgründe um ihn her der vierten Dimension angehören mußten. Die organischen Wesen, deren Bewegungen weniger beziehungslos und unmotiviert wirkten, waren vermutlich Projektionen von Lebewesen – Tieren oder Menschen – von unserem Planeten. Was die anderen in ihren eigenen Dimensionen sein

mochten, wagte er sich nicht auszudenken. Zwei von den Objekten, die sich weniger unverständlich bewegten – eine ziemlich große Anhäufung irisierender, flach-ovaler Blasen und ein sehr viel kleineres Polyeder von unerklärlicher Färbung mit rasch wechselnden Oberflächenwinkeln – schienen auf ihn aufmerksam geworden zu sein und ihm zu folgen oder vor ihm herzuschweben, wenn er zwischen den titanischen Prismen, Labyrinthen, Ballungen von Kuben und Flächen und Bauwerken ähnelnden Gebilden seine Position veränderte; und unter alledem wurde das unbegreifliche Tosen und Brüllen immer lauter, so als näherte es sich einem ungeheuerlichen, vollends unerträglichen Höhepunkt.

In der Nacht vom 19. auf den 20. April geschah das Neue. Gilman bewegte sich, halb ungewollt, halb aus eigenem Willen durch die zwielichtigen Abgründe. Vor ihm her schwebten die Blasen und das kleine Polyeder. Da fielen ihm die ungewöhnlich regelmäßigen Winkel auf, welche die Kanten eines in nächster Nähe befindlichen riesigen Konglomerats von Prismen bildete. Eine Sekunde später hatte er den Abgrund verlassen und stand zitternd auf einem felsigen Hügel, der in ein helles, aber diffuses grünes Licht getaucht war. Er war barfuß und hatte nur seinen Pyjama an, und als er zu gehen versuchte, entdeckte er, daß er kaum die Füße zu heben vermochte. Wirbelnder Dampf verbarg ihm alles mit Ausnahme des abfallenden Geländes unmittelbar vor ihm, und er erschrak bei dem Gedanken an die Laute, die aus diesem Dampf zu ihm dringen könnten.

Dann sah er die beiden Gestalten mühsam näherkriechen – das alte Weib und das kleine pelzige Wesen. Die Hexe richtete sich mit großer Anstrengung auf den Knien auf und kreuzte auf merkwürdige Weise ihre Arme, während der Braune Jenkin mit einer grauenhaft menschlich anzusehenden Hand oder vielmehr Vorderpfote, die er mit großer Mühe zu heben schien, in eine gewisse Richtung zeigte. Von einem Impuls getrieben, den er sich nicht zu erklären vermochte, schleppte sich Gilman in der Richtung vorwärts, die durch den Winkel der Arme des alten Weibes und die deutende Pfote des kleinen Scheusals angezeigt wurde, aber er hatte kaum drei Schritte getan, als er auch schon wieder in die zwielichtigen Abgründe eintauchte. Geometrische Figuren schwirrten an ihm vorüber, und er fiel mit schwindelndem Kopf tiefer und immer tiefer. Schließlich erwachte er in seinem Bett, in der Kammer mit den seltsamen Winkeln, in dem gespenstischen alten Haus.

An diesem Morgen war er keiner Arbeit fähig. Er blieb den Vorlesungen fern. Eine unerklärliche Anziehungskraft zwang ihn, fortwährend in eine bestimmte Richtung zu starren, in der scheinbar nichts zu sehen war, nämlich auf eine gewisse Stelle auf dem Fußboden. Als der Tag fortschritt, verschob sich allmählich der Blickpunkt seiner gleichsam blinden Augen, und gegen Mittag hatte er endlich den Impuls, ins Leere zu starren, überwunden. Um zwei Uhr ging er essen, und als er durch die engen Gassen schritt, wurde er gewahr, daß er sich immer nach Südosten wandte. Nur mit Mühe gelang es ihm, bei einer Cafeteria haltzumachen, aber nach dem Essen spürte er die unerklärliche Anziehung noch stärker als zuvor.

Er mußte wirklich einen Nervenarzt aufsuchen – vielleicht bestand da ein Zusammenhang mit seinem Somnambulismus –, aber einstweilen konnte er wenigstens versuchen, diesen krankhaften Bann selbst zu brechen. Es mußte ihm gelingen, dem Sog zu widerstehen. Mit großer Entschlossenheit ging er in die entgegengesetzte Richtung und schleppte sich durch die Garrison Street nach Norden. Als er die Brücke über den Miskatonic erreichte, war er in kalten Schweiß gebadet, und er klammerte sich an das eiserne Geländer, während er flußaufwärts nach der verrufenen Insel blickte, wo die regelmäßigen Reihen der alten Steine düster in der Sonne brüteten.
Plötzlich fuhr er auf, denn da war deutlich ein lebendes Wesen auf der verlassenen Insel zu sehen, und ein zweiter Blick sagte ihm, daß es sich wahrscheinlich um die seltsame Alte handelte, die auf so unheilvolle Weise in seine Träume eingedrungen war. Das hohe Gras zu ihren Füßen bewegte sich, so als schlüpfte in andres Lebewesen zwischen den Halmen dahin. Als sich die Alte ihm zuwandte, floh Gilman hastig von der Brücke in den Schutz der labyrinthischen Gassen längst des Flusses, denn so weit die Insel entfernt war: er fühlte, daß etwas ungeheuerlich und unbezwingbar Böses aus dem spöttischen Blick dieser gebeugten alten Frau im braunen Kleid strömte.

Der Sog aus dem Südosten hielt an, und nur mit größter Willenskraft gelang es Gilman, sich zu dem alten Haus zurück- und über die wackelige Treppe hinaufzuschleppen. Dann saß er stundenlang da, schweigend und mit ziellos schweifenden Gedanken. Seine Augen irrten immer wieder nach Westen ab. Um sechs Uhr vernahmen seine überscharfen Ohren die Gebete von Joe Mazurewicz zwei Stockwerke tiefer. Verzweifelt griff er nach seinem Hut und ging auf die im Licht des Sonnenuntergangs goldenen Straßen hinaus. Er widerstrebte dem Sog nicht mehr, der nun genau aus dem Süden kam. Eine Stunde später stand er jenseits des Henkersbaches im Dunkeln auf freiem Feld, und über ihm glänzten die Frühlingssterne. Der Drang zu schreiten verwandelte sich allmählich in den Drang zu springen und auf mystische Weise in den Raum zu schweben, und plötzlich erkannte er, woher der Sog kam: vom Himmel herab.
Ein bestimmter Punkt zwischen den Sternen rief ihn, zog ihn an, offenbar ein Punkt zwischen Hydra und Argo Navis, und nun wußte er auch, daß es ihn dorthin gezogen hatte, seit er kurz nach Tagesanbruch erwacht war. Am Morgen hatte sich dieser Punkt unter ihm befunden, nun war er über ihm, am Südhimmel, aber langsam nach Westen wandernd. Was hatte dieses Neue zu bedeuten? Verlor er vollends den Verstand? Und wie lange würde das nun dauern? Noch einmal bot Gilman seine ganze Willenskraft auf und kehrte in das unheimliche alte Haus zurück.

Mazurewicz erwartete ihn an der Tür, begierig, ihm eine neue abergläubische Geschichte zuzuflüstern, und zugleich verlegen zögernd. Um das Hexenlicht ging es diesmal. Er war am Abend ausgewesen, um zu feiern – man beging in Massachusetts den Tag des Vaterlandes –, und erst nach Mitternacht heimgekommen. Als er am Haus hinaufblickte, hatte er zuerst gemeint, Gilmans Fenster sei dunkel. Dann aber hatte er hinter den Scheiben das schwache violette Glühen gesehen. Er wolle den Herrn warnen, sagte er, denn jedes Kind in Arkham wisse, daß dieses Glühen das Hexenlicht der alten Keziah sei, das den Geist der Frau und den Braunen Jenkin umgebe. Er habe bisher nichts gesagt, aber nun müsse er davon sprechen, denn es bedeute, daß Keziah und ihr langzähniger Vertrauter den jungen Herrn heimsuchten. Manchmal glaubten er und Paul Choynski und Dombrowski, der Wirt, das Licht durch die Ritzen des verschlossenen Dachbodenabteils über der Kammer des jungen Herrn sickern zu sehen, aber sie hätten vereinbart, nichts davon verlauten zu lassen. Es wäre jedoch besser für den jungen Herrn, wenn er ein andres Zimmer nähme und sich von einem guten Priester wie Pater Iwanicki ein Kruzifix geben ließe.

Der Mann redete und redete, und Gilman fühlte, wie ihm namenlose Angst die Kehle zuschnürte. Er wußte, daß Mazurewicz bei seiner Heimkehr am Abend zuvor gewiß betrunken gewesen war, aber die Erwähnung des violetten Lichtes im Fenster seiner Kammer hatte eine entsetzliche Bedeutung. Ein flackerndes Licht ebendieser Art umspielte ja stets die Alte und das kleine pelzige Wesen in den leichteren, deutlicheren Träumen, die dem Sturz in unbekannte Abgründe vorausgingen, und der Gedanke, daß eine zweite Person in wachem Zustand dieses Traumlicht sehen konnte, war reiner Wahnsinn. Doch woher hatte Mazurewicz diese seltsame Vorstellung? Hatte er, Gilman, im Schlaf gesprochen, so wie er im Schlaf im Haus umherwanderte? Nein, das hatte er gewiß nicht getan, behauptete Joe Mazurewicz, aber dieser Sache mußte er nachgehen. Vielleicht wußte Frank Elwood etwas. Freilich, gern fragte er ihn nicht danach.

Fieber ... wilde Träume ... Somnambulismus ... Geräuschhalluzinationen ... ein Sog, von einem Punkt am Himmel ausgehend ... und nun der Verdacht, daß er im Schlaf redete! Er mußte seine Studien abbrechen, einen Nervenarzt aufsuchen, wieder Gewalt über sich bekommen. Als er den zweiten Stock erreichte, hielt er vor Frank Elwoods Tür, sah aber, daß der junge Mann aus war. Widerwillig ging er in seine Dachkammer hinauf und setzte sich im Dunkeln auf einen Stuhl. Sein Blick wurde noch immer von Süden her angezogen, aber er lauschte auch auf ein Geräusch auf dem Dachboden und bildete sich halb und halb ein, daß ein geisterhaftes violettes Licht durch einen haarfeinen Riß in der niedrigen schrägen Decke fiel.

Als Gilman in dieser Nacht schlief, brach um ihn her heftiger und heller denn je das violette Licht aus, und die alte Hexe und ihr pelziger Begleiter, die so nah wie noch nie an ihn herantraten, verhöhnten ihn mit unmenschlichem Gekreische und teuflischen Gebärden. Er war froh, wieder in den zwielichtigen Abgründen zu versinken, obwohl er sich bedroht fühlte von den irisierenden Blasen und dem kaleidoskopischen Polyeder, die ihn ständig verfolgten. Dann trat eine Veränderung ein. Zuerst sah er sich von großen konvergierenden Platten aus einer glitschig aussehenden Substanz umgeben, dann flammte ein unerklärliches Licht auf, in dem sich Gelb, Karminrot und Indigo untrennbar mischten.

Er lag auf einer hohen Terrasse mit einer phantastischen Balustrade über einem endlosen Dschungel von fremdartigen Gipfeln, schwebenden Flächen, Kuppeln, Minaretten, Scheiben, die waagrecht auf spitzen Türmen balancierten, und zahllosen anderen noch wahnwitzigeren Formen – einige aus Stein, andere aus Metall –, die in dem gemischten, brennenden Licht eines vielfarbigen Himmels prachtvoll glänzten. Aufwärtsblickend sah er drei riesengroße Flammenscheiben in verschiedenen Farben und in verschiedenen Höhen über einem unendlich fernen, gekrümmten Horizont niedriger Berge. Hinter ihm stiegen übereinandergeschichtet noch höhere Terrassen auf, so weit er sehen konnte. Die Stadt unter ihm breitete sich über die Grenzen seines Gesichtsfeldes aus, und er hoffte nur, daß keine Geräusche aus ihr aufsteigen würden.

Der Boden, von dem er sich leicht zu erheben vermochte, bestand aus einem geäderten, polierten Stein unbekannter Art, und die Fliesen waren in bizarren Formen geschnitten, die ihn nicht so sehr asymmetrisch dünkten als vielmehr auf einer unirdischen Symmetrie beruhend, deren Regeln er nicht begriff. Die Balustrade war brusthoch, kunstvoll und phantastisch gearbeitet, und auf ihr standen in kurzen Abständen kleine, grotesk geformte Figuren, die große Kunstfertigkeit erkennen ließen. Sie schienen wie die ganze Balustrade aus einem glänzenden Metall zu bestehen, dessen Farbe in dem Chaos ineinander spielender Lichter nicht zu bestimmen war, und stellten alle ein wulstiges, faßförmiges Objekt dar mit horizontal ausgestreckten Armen, die speichenartig von einem Ring in der Mitte ausgingen, und je einer Verdickung oder Kugel oben und unten. Jede dieser Kugeln bildete die Nabe eines Systems von fünf langen, flachen, dreieckig zulaufenden Armen, die wie die Fangarme eines Polypen angeordnet waren – beinahe waagrecht, aber doch leicht von dem Faß in der Mitte weggebogen. Die unter dem faßähnlichen Rumpf sitzende Kugel war durch einen so dünnen Steg mit dem langen Geländer verbunden, daß einige Figuren weggebrochen worden waren und fehlten. Die Figuren waren etwa viereinhalb Zoll hoch, und die speichenartigen Arme verliehen ihnen einen maximalen Durchmesser von etwa zweieinhalb Zoll.

Als Gilman aufstand, spürte er, daß die Fliesen unter seinen nackten Füßen heiß waren. Er war allein, und das erste, was er tat, war, daß er an die Balustrade trat und benommen auf die grenzenlose Zyklopenstadt hinabblickte, die etwa dreihundert Meter unter ihm lag. Er lauschte und glaubte feststellen zu können, daß aus den engen Straßen ein leises melodisches Flöten heraufklang, verworren zwar, aber einem gewissen Rhythmus unterliegend. Er wünschte sich, die Bewohner erkennen zu können. Nach einer Weile schwindelte ihn, und er wäre auf die Steinfliesen gestürzt, hätte er nicht instinktiv nach der glänzenden Balustrade gegriffen. Seine rechte Hand kam auf eine der Figuren zu ruhen, und die Berührung schien ihn ein wenig zu beruhigen. Zu fein war jedoch diese exotische Metallarbeit, und die stachelige Figur brach unter seinem Griff ab. Noch halb benommen hielt er sie fest, während sich seine andere Hand an einer leeren Stelle an das glatte Geländer klammerte. Dann aber vernahmen seine überempfindlichen Ohren ein Geräusch hinter ihm. Er wandte sich um und blickte über die ebene Terrasse. Langsam und verstohlen näherten sich fünf Gestalten. Zwei davon waren die unheimliche alte Vettel und das kleine pelzige Tier mit den langen Zähnen, die anderen drei erschreckten ihn so sehr, daß er das Bewußtsein verlor, denn sie waren etwa acht Fuß hohe Lebewesen von genau der gleichen Gestalt wie die stacheligen Figuren auf der Balustrade und bewegten sich durch ein Schlängeln ihrer unteren Polypenarme fort.

Gilman erwachte in seinem Bett, in kalten Schweiß gebadet und mit einem heftigen Schmerz im Gesicht und in den Händen und Füßen. Er sprang auf, wusch sich und zog sich in verzweifelter Eile an, so als triebe ihn etwas, das Haus so schnell wie möglich zu verlassen. Er wußte nicht, wohin er wollte. Er wußte nur, daß er einmal mehr die Vorlesungen opfern mußte. Der seltsame, von dem Punkt zwischen Hydra und Argo ausgehende Sog hatte nachgelassen, aber ein andrer, noch stärkerer war an seine Stelle getreten. Gilman fühlte sich nun gezwungen, nach Norden zu gehen, unendlich weit nach Norden. Er fürchtete, die Brücke zu überqueren, von der aus man die düstere Insel im Miskatonic sah, und ging daher über die Brücke in der Peabody Avenue. Oft stolperte er, denn seine Augen und Ohren waren ganz auf einen Punkt hoch am klaren blauen Himmel gerichtet.

Eine Stunde später hatte er sich wieder ein wenig in der Gewalt und sah, daß er die Stadt weit hinter sich gelassen hatte. Um ihn her erstreckte sich die trostlose Einsamkeit der Salzsümpfe, und die Straße unter seinen Füßen führte nach Innsmouth, der alten, halb verlassenen Stadt, welche die Bewohner Arkhams aus unerklärlichen Gründen sehr ungern besuchten. Obwohl der Drang, nach Norden zu gehen, nicht nachgelassen hatte, widerstand Gilman ihm, wie er dem andern widerstanden hatte, und schließlich entdeckte er, daß er den einen gegen den andern ausspielen konnte. Er kehrte müde in die Stadt zurück, trank eine Tasse Kaffee, schleppte sich in eine öffentliche Bibliothek und blätterte geistesabwesend in einigen anspruchslosen Zeitschriften. Ein paar Freunde sprachen ihn an und wunderten sich darüber, daß er so braungebrannt war, aber er sagte ihnen nichts von seiner Wanderung. Um drei Uhr nahm er in einem Restaurant eine Mahlzeit ein, und während des Essens stellte er fest, daß der Sog entweder nachgelassen oder sich geteilt hatte. Danach schlug er die Zeit in einem billigen Kino tot und sah sich die alberne Vorstellung mehrere Male an, ohne die Vorgänge auf der Leinwand wirklich zu beachten.

Um neun Uhr abends etwa ließ er sich heimwärtstreiben und betrat mit schlurfenden Schritten das Haus. Joe Mazurewicz jammerte unverständliche Gebete, und Gilman beeilte sich, in seine Kammer zu kommen, ohne nachzusehen, ob Frank Elwood daheim sei. Als er das schwache elektrische Licht einschaltete, zuckte er entsetzt zusammen. Er sah sofort, daß auf dem Tisch etwas lag, was nicht dorthin gehörte, und ein zweiter Blick beseitigte jeden Zweifel. Auf der Seite liegend, denn stehen konnte sie nicht, befand sich dort die sonderbare stachelige Figur, die er im

Traum von der phantastischen Balustrade gebrochen hatte. Nicht eine Einzelheit fehlte. Das faßförmige, wulstige Mittelstück, die dünnen, speichenartigen Arme, die Kugeln oben und unten, die flachen, leicht nach außen gekrümmten Polypenarme – ja, es war alles da. Im elektrischen Licht schien die Farbe ein irisierendes Grau mit grünen Adern zu sein, und Gilman bemerkte, daß aus einer der beiden Kugeln der winzige abgebrochene Steg hervorstand, mit dem sie an der Traum-Balustrade befestigt gewesen war.

Er schrie nur deshalb nicht laut auf, weil er sich in einem Zustand stumpfer Betäubung befand. Verwirrt hielt er das stachelige Ding fest in der Hand und stolperte die Treppe hinunter zur Wohnung des Hauswirts. Die Gebete des Webmaschinenmonteurs hallten noch durch die modrigen Gänge, aber Gilman beachtete sie nicht mehr. Dombrowski war zu Hause und begrüßte ihn freundlich. Nein, er hatte das Ding noch nie gesehen und wußte darüber nichts, aber seine Frau hatte ihm gesagt, sie habe, als sie mittags die Zimmer aufräumte, einen merkwürdigen Blechgegenstand in einem der Betten gefunden, und das werde er wohl sein. Dombrowski rief nach ihr, und sie kam hereingewatschelt. Ja, das war das Ding. Sie hatte es im Bett des jungen Herrn gefunden, auf der Wandseite. Es war ihr selbst merkwürdig vorgekommen, aber der junge Herr hatte ja eine Menge merkwürdiger Dinge in seiner Kammer – Bücher und Antiquitäten und Bilder und seltsame Zeichen auf Papier. Sie wußte nichts über das Ding.

Gilman stieg erschüttert und verwirrt wieder die Treppe hinauf, überzeugt, daß er entweder noch immer träumte, oder aber daß sein Somnambulismus extreme Formen angenommen hatte, daß er im Schlaf an unbekannten Orten einbrach und stahl. Wo hatte er nur diesen absonderlichen Gegenstand mitgehen lassen? Er konnte sich nicht erinnern, ihn je in einem der Museen Arkhams gesehen zu haben, aber irgendwo mußte er gewesen sein, und sein Anblick, als er ihn im Schlaf an sich nahm, mußte das merkwürdige Traumbild der Terrasse mit der Balustrade hervorgerufen haben. Er wollte am nächsten Tag vorsichtige Nachforschungen anstellen – und vielleicht den Nervenarzt aufsuchen.

Einstweilen aber wollte er seinen schlafwandlerischen Umtrieben auf den Grund gehen. Auf dem Rückweg in seine Kammer streute er daher Mehl, das er sich, ohne den Zweck zu verheimlichen, bei der Wirtin ausgeborgt hatte, auf den Boden des Ganges. Er hatte vor Elwoods Tür haltgemacht, dann aber gesehen, daß drinnen kein Licht brannte. Als er seine Kammer betrat, legte er das stachelige Ding auf den Tisch und ließ sich, geistig und körperlich völlig erschöpft, auf das Bett fallen, ohne sich auszuziehen. Vom Dachboden über der schrägen Decke herab glaubte er ein leises Kratzen und Trippeln zu hören, aber er war zu zerfahren, um es näher zu beachten. Der rätselhafte Sog aus dem Norden war wieder sehr stark, schien jedoch von einem Punkte zu kommen, der sich weniger hoch am Himmel befand.

In dem blendenden violetten Traumlicht erschienen wieder die alte Frau und das pelzige Wesen, und wieder waren sie um einiges deutlicher zu sehen als bei früheren

Gelegenheiten. Diesmal erreichten sie ihn. Er spürte, wie die welken, krallenartigen Hände der Alten nach ihm griffen, dann wurde er aus dem Bett und ins Leere gerissen. Für einen Augenblick hörte er ein rhythmisches Tosen, und er sah die zwielichtige Formlosigkeit der Abgründe, aber dieser Augenblick währte sehr kurz, denn schon stand er in einem kleinen, schäbigen, fensterlosen Raum. Ungestrichene Balken und Bretter liefen über seinem Kopf spitz zusammen, und der Boden fiel eigentümlich schräg ab. Auf diesem Boden standen Kisten voller Bücher unterschiedlichen Alters und Erhaltungszustandes, und in der Mitte des Raumes sah er einen Tisch und eine Bank, beide offenbar am Boden befestigt. Kleine Gegenstände unbekannter Art und Form lagen auf den Kisten, und in dem flackernden violetten Licht erkannte Gilman ein Gegenstück zu der stacheligen Figur, die ihn in so entsetzliche Verwirrung gestürzt hatte. Auf der linken Seite des Raumes fiel der Boden so plötzlich ab, daß man eine dreieckige Öffnung sah, und aus dieser Öffnung stieg, nachdem es eine Weile ein trockenes Rasseln und Klappern hatte hören lassen, das scheußliche kleine pelzige Wesen mit den gelben Zähnen und dem bärtigen Menschengesicht.

Die boshaft grinsende Alte hielt Gilman noch immer fest, und hinter dem Tisch zeigte sich nun eine Gestalt, die er nie zuvor gesehen hatte: ein hochgewachsener, hagerer Mann von tiefschwarzer Hautfarbe, aber ohne negroide Züge, ohne Haar und Bart und nur in ein formloses Gewand aus einem schweren schwarzen Stoff gekleidet. Seine Füße waren nicht zu sehen, weil der Tisch und die Bank sie verdeckten, aber sie mußten beschuht sein, denn sie machten ein hartes Geräusch, so oft der Mann seine Stellung änderte. Er sprach nicht, und seine regelmäßigen Gesichtszüge waren völlig ausdruckslos. Er zeigte nur auf ein Buch von ungewöhnlicher Größe, das aufgeschlagen auf dem Tisch lag, und die Vettel drückte Gilman einen riesigen grauen Federkiel in die Hand. Über alledem lag eine beängstigende Atmosphäre des Grauens, die Gilman beinahe um den Verstand brachte und ihren Höhepunkt erreichte, als das pelzige Wesen an den Kleidern des Träumers empor auf seine Schulter kletterte und dann über den linken Arm hinunterlief, um ihn knapp unterhalb der Manschette in das Handgelenk zu beißen. Als das Blut aus der Wunde spritzte, fiel Gilman in Ohnmacht.

Er erwachte am Morgen des 22. April mit einem Schmerz am linken Handgelenk und sah, daß seine Manschette braun von gestocktem Blut war. Seine Erinnerung war sehr verworren, aber die Szene mit dem Schwarzen in dem unbekannten Raum stand ihm lebhaft vor Augen. Eine Ratte mußte ihn, während er schlief, gebissen und dadurch den Höhepunkt dieses schrecklichen Traumes hervorgerufen haben. Er öffnete die Tür und sah, daß das Mehl auf dem Gang unberührt war bis auf die unverkennbaren riesigen Schuhabdrücke des grobschlächtigen Burschen, der am andern Ende des Dachgeschosses wohnte. Er war also in dieser Nacht nicht im Schlaf umhergegangen. Aber gegen die Ratten mußte etwas getan werden. Er nahm sich vor, mit dem Hauswirt zu sprechen. Einstweilen versuchte er noch einmal das Loch am Fuße der schrägen Wand zu verstopfen, indem er einen Kerzenhalter hineinkeilte, der ihm ungefähr die richtige Größe zu haben schien. Seine Ohren klangen entsetzlich, so als hallte noch irgendein Geräusch in ihnen nach, das er in seinem Traum gehört hatte.

Während er badete und sich wieder anzog, versuchte er sich zu erinnern, was er nach der Szene in dem violett erleuchteten Raum geträumt hatte, aber es gelang ihm nicht, deutliche Bilder heraufzubeschwören. Die Szene selbst mußte etwas mit dem verschlossenen Dachbodenabteil über seiner Kammer zu tun haben, das seine Gedanken unablässig beschäftigte, aber alle späteren Eindrücke blieben nebelhaft. Er glaubte, die zwielichtigen Abgründe vor sich zu sehen und hinter diesen weitere, schwärzere Abgründe. Die Blasen und das kleine Polyeder, die ihn stets begleiteten, hatten ihn dorthin gebracht, sich dann aber wie er selbst in dieser weiten, tiefen Finsternis in Nebelwolken aufgelöst. Weiter vorn war noch etwas gewesen, ein größerer Nebelschwaden, der sich hin und wieder beinahe zu unbekannten Formen verdichtete, und dann glaubte er sich zu erinnern, daß er und seine Begleiter sich nicht in einer geraden Linie bewegt hatten, sondern in den gekrümmten Linien und Spiralen eines ätherischen Strudels, der Gesetzen gehorchte, welche der Physik und Mathematik jedes nur vorstellbaren Universums unbekannt waren. Zuletzt hatte er etwas wie riesige springende Schatten wahrgenommen, ein ungeheures, halb hörbares Pulsieren, und von irgendwoher waren die dünnen Töne einer unsichtbaren Flöte gekommen. Das war alles. Gilman sagte sich, daß er die letzten Vorstellungen wohl aus dem *Necronomicon* geschöpft hatte, wo von dem hirnlosen Wesen Azathoth die Rede war, das von einem schwarzen Thron im Zentrum des Chaos aus über Zeit und Raum herrscht.

Die Wunde am Handgelenk erwies sich, als das Blut abgewaschen war, als geringfügig, und Gilman fragte sich, wie die beiden kleinen Einstiche zustandegekommen sein mochten. Es fiel ihm auf, daß das Bettlaken nicht mit Blut beschmutzt war, was ihm angesichts der Menge des Blutes auf der Hand und der Manschette unbegreiflich erschien. War er im Schlaf in der Kammer umhergegangen, und hatte ihn eine Ratte gebissen, als er auf einem Stuhl saß oder irgendeine andere, ungewöhnlichere Stellung einnahm? Er suchte jeden Winkel nach bräunlichen Tropfen oder Flecken ab, fand aber keine. Ich muß auch auf den Boden der Kammer Mehl streuen, sagte er sich, obwohl es eines weiteren Beweises für sein Schlafwandeln nicht bedurfte. Er wußte, daß er nachts umherging, und das Wichtigste war nun, daß er dem ein Ende machte. Er mußte Frank Elwood um Hilfe bitten. An diesem Morgen schien der seltsame Sog aus dem Weltraum geringer zu sein. An seine Stelle war jedoch eine andere, noch unerklärlichere Empfindung getreten: Ein unbestimmter Drang zu fliehen, der aber keinen Hinweis auf die Richtung, in der er fliehen sollte, enthielt. Als er die sonderbare stachelige Figur vom Tisch nahm, hatte er den Eindruck, daß der ältere Sog aus dem Norden ein wenig stärker wurde, aber der neue, noch rätselhaftere Impuls herrschte vor.

Gilman ging mit der stacheligen Figur zu Elwoods Zimmer hinunter und stählte sich gegen das Gejammer des Webmaschinenmonteurs, das vom Erdgeschoß heraufklang. Zum Glück war Elwood daheim und schon aufgestanden. Es blieb noch ein wenig Zeit vor dem Frühstück und den Vorlesungen, und Gilman berichtete hastig von seinen Träumen und Ängsten. Elwood hörte aufmerksam und voll Mitgefühl zu und meinte ebenfalls, daß etwas geschehen müsse. Das verstörte, ausgezehrte Gesicht seines Freundes erschreckte ihn, und er bemerkte auch die seltsame, unnatürliche Sonnenbräune, die im Laufe der vergangenen Woche schon anderen aufgefallen war. Er wußte jedoch nicht viel zu sagen. Er hatte Gilman nicht im Schlaf umhergehen sehen und konnte sich nicht vorstellen, was die merkwürdige Figur darstellen mochte. Dafür hatte er jedoch eines Abends ein Gespräch zwischen dem Frankokanadier, der unter Gilman wohnte, und Mazurewicz belauscht. Die beiden erklärten einander, wie sehr sie die nur noch wenige Tage entfernte Walpurgisnacht fürchteten, und tauschten mitleidige Bemerkungen über den armen, verlorenen jungen Mann da oben im Dachgeschoß aus. Desrochers, der Bursche, der unter Gilmans Kammer wohnte, sprach von nächtlichen Schritten mit nackten und beschuhten Füßen und von dem violetten Licht, das er eines Nachts sah, als er ängstlich hinaufgeschlichen war, um durch Gilmans Schlüsselloch zu schauen, was er dann jedoch, wie er Mazurewicz erzählte, nicht mehr wagte, nachdem er dieses Licht durch die Türritzen hatte schimmern sehen. Er hatte auch ein leises Gespräch gehört, aber als er davon berichtete, senkte er die Stimme zu einem Flüstern, und Elwood verstand nicht mehr, was er sagte.
Elwood konnte sich nicht vorstellen, was diese Leute zu tuscheln hatten, aber er nahm an, ihre Phantasie sei sowohl durch Gilmans langes Aufbleiben und sein Umhergehen und Sprechen im Schlaf als auch durch die Nähe der gefürchteten Walpurgisnacht angeregt worden. Daß Gilman im Schlaf redete, stand für ihn fest, und daß Desrochers hinaufgeschlichen war, um an der Tür zu lauschen, bewies, daß sich das violette Traumlicht schon herumgesprochen hatte. Diese einfältigen Menschen bildeten sich schnell ein, alles Absonderliche, von dem sie gehört hatten, auch selbst gesehen zu haben. Was nun zu tun war? Gilman mußte zu Elwood ziehen. Er durfte nicht mehr allein schlafen. Elwood wollte ihn, sofern er selbst noch wach war, jedesmal wecken, wenn er im Schlaf zu sprechen begann oder aufstand. Auch mußte er bald den Facharzt konsultieren. Die stachelige Figur wollten sie verschiedenen Professoren und Museen zeigen und vorgeben, sie hätten sie in einer Mülltonne gefunden. Und schließlich mußte Dombrowski die Ratten vergiften.

Durch Elwoods Nähe ermutigt, besuchte Gilman an diesem Vormittag die Vorlesungen. Seltsame Impulse befielen ihn, aber es gelang ihm, sie niederzukämpfen. Während einer Pause zeigte er die merkwürdige Figur mehreren Professoren. Keiner wußte über ihre Herkunft und Beschaffenheit etwas zu sagen. In der folgenden Nacht schlief er auf einer Couch, die der Wirt in Elwoods Zimmer gestellt hatte, und zum erstenmal seit Wochen blieb er von quälenden Träumen verschont. Das

leichte Fieber wich jedoch nicht, und das Gejammer des Webmaschinenmonteurs zerrte an seinen Nerven.
Während der nachfolgenden Tage genoß Gilman eine beinah vollkommene Immunität gegen krankhafte Erscheinungen. Elwood berichtete ihm, daß er im Schlaf keine Neigung verriet, zu sprechen oder aufzustehen, und der Wirt legte in diesen Tagen überall Rattengift aus. Das einzig Störende war das Gerede unter den Ausländern, die sich in einem Zustand höchster Erregung befanden. Mazurewicz versuchte ihn ständig dazu zu überreden, sich ein Kruzifix zu beschaffen, und drängte ihm schließlich eines auf, das, wie er sagte, der gute Pater Iwanicki geweiht hatte. Auch Desrochers hatte etwas zu sagen. Er behauptete, in dem nun leeren Raum über ihm in der ersten und zweiten Nacht von Gilmans Abwesenheit vorsichtige Schritte gehört zu haben. Paul Choynski sagte, er habe nachts Geräusche auf dem Gang und auf der Treppe gehört und jemand habe behutsam seine Tür zu öffnen versucht. Frau Dombrowski schließlich gestand, zum erstenmal seit Allerheiligen den Braunen Jenkin gesehen zu haben. Doch diese einfältigen Berichte hatten wohl nichts zu bedeuten, und Gilman ließ das billige Nickelkruzifix müßig von einem Griff an Elwoods Kommode baumeln.
Drei Tage lang suchten Elwood und Gilman ein Museum nach dem andern auf, um die stachelige Figur identifizieren zu lassen; immer ohne Erfolg. Allenthalben zeigte man jedoch großes Interesse, denn gerade die Fremdartigkeit des Gegenstandes stellte eine unwiderstehliche Herausforderung dar. Einer der kleinen Arme wurde abgebrochen und einer chemischen Analyse unterzogen. Professor Ellery entdeckte Platin, Eisen und Tellur in der merkwürdigen Legierung, daneben aber mindestens drei Elemente von hohem Atomgewicht, die zu klassifizieren die Chemie nicht imstande war. Sie entsprachen nicht nur keinem bekannten Element, sondern paßten auch nicht in die mutmaßlichen Elementen vorbehaltenen Lücken des Periodischen Systems.

Am Morgen des 27. April erschien ein neues Rattenloch in dem Zimmer, in dem Gilman zu Gast war. Dombrowski nagelte es im Laufe des Tages mit einer Blechplatte zu. Das Gift schien keine große Wirkung zu haben, denn hinter den Wänden scharrte und raschelte es wie zuvor.
Elwood blieb an diesem Abend lange aus, und Gilman wartete auf ihn. Er mochte sich nicht allein schlafen legen, vor allem nicht, weil er in der Abenddämmerung die widerliche alte Vettel gesehen zu haben glaubte, die in so schrecklicher Verwandlung durch seine Träume gegeistert war. Er fragte sich, wer sie sein mochte, und was da neben ihr geklappert hatte, in den Blechbüchsen auf einem Abfallhaufen am Eingang eines schmutzigen Hofes. Die Alte hatte ihn bemerkt und böse angestarrt, aber das bildete er sich vielleicht nur ein.
Tags darauf fühlten sich beide sehr müde. Sie wußten, daß sie wie Murmeltiere schlafen würden, wenn die Nacht kam. Am Abend diskutierten sie schläfrig über die mathematischen Studien, die Gilman so vollständig und vielleicht zu seinem

Schaden in Anspruch genommen hatten, und stellten Spekulationen über die Beziehungen zwischen Mathematik und Magie an. Sie sprachen von Keziah Mason, und Elwood räumte ein, daß Gilman nicht ohne Grund annahm, sie könnte merkwürdige, bedeutende Kenntnisse erlangt haben. Die Bünde, denen diese Hexen angehörten, waren oft im Besitze erstaunlicher, aus längst versunkenen Zeitaltern überlieferter Geheimnisse, und es war keineswegs unmöglich, daß Keziah tatsächlich die Kunst beherrscht hatte, durch die Tore der Dimensionen zu schreiten. In den alten Berichten wird immer wieder betont, daß materielle Schranken eine Hexe nicht aufhalten könnten, und wer vermag zu sagen, was es mit den alten Geschichten von auf Besenstielen durch die Nacht reitenden Hexen auf sich hat?
Ob ein moderner Forscher ähnliche Fähigkeiten allein durch mathematische Studien erlangen konnte, blieb abzuwarten. Ein Erfolg, meinte Gilman, könnte zu gefährlichen, ganz unvorstellbaren Situationen führen, denn wer weiß, was für Bedingungen in einer angrenzenden, unter normalen Umständen aber unzugänglichen Dimension herrschen? Andrerseits konnte man sich ungeheure Möglichkeiten ausmalen. So mochte es Raumabschnitte geben, in denen die Zeit nicht existierte. Hielt man sich in einem solchen Abschnitt auf, konnte man sein Alter und sein Leben beliebig lange bewahren. Es gab keinen Stoffwechsel und keine Abnutzung der Zellen und Organe außer in geringem Maße während der Besuche auf der eigenen ursprünglichen Ebene oder ähnlichen Ebenen. Man konnte beispielsweise in eine solche zeitlose Dimension übertreten und in ferner Zukunft so jung wie zuvor auf die Erde zurückkehren.
Ob das schon einmal jemandem gelungen war? Schwer zu sagen. Die alten Legenden sind vieldeutig und verschwommen, und in historischer Zeit schienen alle Versuche, die verbotenen Abgründe zu überschreiten, durch seltsame, schreckliche Bündnisse und Pakte mit Wesen und Boten von draußen bewerkstelligt worden zu sein. Da gab es die uralte Gestalt des Abgesandten oder Boten verborgener furchtbarer Mächte, den ›Schwarzen‹ des Hexenkultes und den ›Nyarlathotep‹ des *Necronomicon*, und da war das verwirrende Problem der geringeren Boten oder Mittler, der quasi tierischen Wesen und merkwürdigen Zwitter, die den Legenden zufolge in Begleitung der Hexen auftreten. Als sich Gilman und Elwood, zu müde, um noch länger zu diskutieren, schlafen legten, hörten sie Joe Mazurewicz halb betrunken ins Haus torkeln, und die verzweifelte Wildheit seiner Gebete machte sie schaudern.

In dieser Nacht sah Gilman wieder das violette Licht. Im Traum hörte er ein Kratzen und Nagen in den Trennwänden, und er glaubte auch zu bemerken, daß jemand ungeschickt an der Türklinke hantierte. Dann sah er die Alte und das kleine pelzige Wesen über den Teppich auf sich zukommen. Das Gesicht der Vettel war von einem unmenschlichen Frohlocken erhellt, und das kleine gelbzähnige Scheusal kicherte höhnisch, als es auf Elwood deutete, der auf der Couch an der andern Wand in tiefem Schlafe lag. Lähmende Furcht hinderte Gilman aufzuschreien.

Wie schon einmal packte ihn die ekelhafte Alte an der Schulter und riß ihn aus dem Bett und hinein in den leeren Raum. Wieder flog die Unendlichkeit tosender Abgründe an ihm vorbei, aber schon eine Sekunde später glaubte er, sich in einer unbekannten dunklen, schmutzigen und stinkenden Gasse zwischen den zerbrökkelnden Mauern uralter Häuser zu befinden.
Ein Stück weiter vorn stand der Schwarze, den er in seinem andern Traum in dem Raum mit der spitz zulaufenden Decke gesehen hatte, während näher bei ihm die Alte Fratzen schnitt und gebieterisch winkte. Der Braune Jenkin rieb sich mit zärtlicher Verspieltheit an den Knöcheln des Schwarzen, dessen Füße tief im Kot der Gasse staken. Zur Rechten war eine offene Tür, auf die der Schwarze schweigend deutete. Die Alte ging hinein und zog Gilman am Ärmel seines Schlafanzugs hinter sich her. Da war eine übelriechende Treppe, die unheimlich knarrte und auf die die Alte ein schwaches violettes Licht zu werfen schien, und schließlich eine Tür. Die Alte rüttelte an der Klinke, stieß die Tür auf, bedeutete Gilman mit einer Handbewegung, zu warten, und verschwand in der schwarzen Öffnung.
Die überfeinen Ohren des jungen Mannes nahmen einen gräßlichen erstickten Schrei auf, und schon trat die Alte wieder aus der Tür und hielt eine kleine bewußtlose Gestalt im Arm, die sie dem Träumer entgegenhielt, als wollte sie ihm befehlen, sie zu tragen. Der Anblick dieser Gestalt und ihres Gesichtes brach den Bann. Noch immer zu benommen, um zu schreien, sprang er tollkühn die Treppe hinunter und in die schmutzige Gasse hinaus und blieb erst stehen, als der draußen wartende Schwarze ihn packte und würgte. Er hörte noch das leise Quietschen des rattenartigen Untiers, dann verlor er das Bewußtsein.

Ein Mahlstrom des Grauens erwartete Gilman, als er am Morgen des 29. April erwachte. In dem Augenblick, da er die Augen öffnete, wußte er, daß sich Entsetzliches zugetragen hatte, denn er war wieder in seiner alten Dachkammer mit der schrägen Wand und der schrägen Decke und lag auf dem ungemachten Bett. Er spürte einen unerklärlichen Schmerz am Hals, und als er sich mühsam aufsetzte, sah er mit wachsendem Erschrecken, daß seine Füße und die unteren Ränder seiner Pyjamahose mit braunem Straßenkot verkrustet waren. Seine Erinnerungen waren vorerst hoffnungslos verschwommen, aber er wußte zumindest, daß er offenbar wieder im Schlaf unterwegs gewesen war. Elwood hatte zu tief geschlafen, um ihn zu hören und zurückzuhalten. Auf dem Boden der Kammer sah er ein Gewirr schmutziger Fußabdrücke, die jedoch merkwürdigerweise nicht bis zur Tür gingen. Je länger er sie betrachtete, desto seltsamer kamen sie ihm vor, denn neben denen, die er als seine eigenen erkannte, gab es kleinere, beinahe runde Abdrücke, wie sie die Beine eines Tisches oder Stuhls hinterlassen würden, nur daß die meisten aus zwei getrennten Halbkreisen bestanden. Auch einige merkwürdige kotige Rattenspuren führten aus einem frischen Loch heraus und wieder in dieses zurück. Gilman war völlig außer sich und fürchtete, den Verstand verloren zu haben, als er zur Tür schwankte und draußen im Gang keine Spuren entdeckte. Je deutlicher er sich an seinen Traum erinnerte, desto größer war sein Entsetzen, und völlige Verzweiflung überkam ihn, als er den klagenden Singsang der Gebete Joe Mazurewicz' zwei Stockwerke tiefer hörte.

Er ging zu Elwood hinunter, der noch schlief, weckte ihn und erzählte ihm, unter welchen Umständen er zu sich gekommen war, aber Elwood konnte sich nicht erklären, was geschehen sein mochte. Wo Gilman gewesen, wie er in seine Kammer zurückgekehrt war, ohne Fußabdrücke im Gang zu hinterlassen, und wie die kotigen, nach Möbelbeinen aussehenden Abdrücke sich in der Kammer mit den seinen vermengen konnten – das alles war unbegreiflich. Dazu kamen die dunklen, bläulichen Flecke an Gilmans Hals, die aussahen, als hätte er versucht, sich selbst zu erwürgen. Gilman hob die Hand an den Hals und stellte fest, daß die Flecke nicht annähernd der Stellung seiner Finger entsprachen. Während sie sich noch unterhielten, kam Desrochers und berichtete, er habe kurz vor Tagesanbruch ein lautes Poltern oben in der Kammer gehört. Nein, über die Treppe war nach Mitternacht niemand mehr gegangen, aber kurz vor Mitternacht hatte er leise Schritte in der Kammer und dann ein Schleichen auf der Treppe vernommen. Eine böse Zeit sei das für Arkham, fügte er hinzu. Der junge Herr würde gut daran tun, das Kruzifix zu tragen, das ihm Joe Mazurewicz gegeben hatte. Nicht einmal am Tage sei man sicher, denn als es schon hell geworden war, seien seltsame Laute im Hause zu hören gewesen – vor allem ein dünnes, kindliches Wimmern, das rasch erstickt worden sei.

Gilman besuchte an diesem Vormittag die Vorlesungen, war aber außerstande, sich auf das Studium zu konzentrieren. Grauenvolle Angst erfüllte ihn. Er schien nur noch auf einen vernichtenden Schlag zu warten. Zu Mittag aß er in der Mensa, und er nahm eine Zeitung vom Nachbartisch, während er auf die Nachspeise wartete. Er aß diese Nachspeise nicht mehr, denn ein Artikel auf der ersten Seite der Zeitung erschreckte ihn so, daß er gerade noch imstande war, zu zahlen und nach Hause zu wanken.

Eine merkwürdige Entführung hatte in der Nacht zuvor in Orne's Gangway, einem finsteren Durchgang zwischen zwei Gassen, stattgefunden, und der zweijährige Sohn einer Wäschereiarbeiterin namens Anastasia Wolejko war spurlos verschwunden. Die Mutter hatte schon seit langem etwas dergleichen befürchtet, aber die Gründe, die sie für ihre Furcht angab, waren so absurd, daß sie niemand ernst nahm. Sie sagte nämlich, sie habe seit den ersten Märztagen wiederholt den Braunen Jenkin gesehen, und seine Grimassen und sein Gekicher hätten ihr gesagt, daß der kleine Ladislas für das Opfer beim schrecklichen Sabbat in der Walpurgisnacht ausersehen sei. Sie hatte ihre Nachbarin Mary Czanek gebeten, in dem Zimmer zu schlafen und das Kind zu beschützen, aber die Czanek hatte dazu nicht den Mut. Der Polizei konnte sie, Anastasia Wolejko, nichts sagen, denn die hätte ihr nicht geglaubt. So weit man zurückdenken konnte, waren jedes Jahr Kinder verschwunden. Ihr Freund Peter Stowacki wollte ihr nicht helfen, denn dem war das Kind ohnehin nur im Wege.

Was Gilman jedoch den kalten Schweiß aus allen Poren trieb, war die Aussage zweier Nachtbummler, die kurz nach Mitternacht an dem Durchgang vorbeigekommen waren. Sie gaben zu, betrunken gewesen zu sein, schworen aber beide, sie hätten ein verrückt kostümiertes Trio heimlich in dem dunklen Gang verschwinden sehen, und zwar einen riesigen Neger in einem langen Gewand, eine kleine alte Frau in Lumpen und einen jungen Weißen im Pyjama. Die Alte habe den jungen Mann am Ärmel hinter sich hergezogen, und zwischen den Füßen des Negers sei in dem braunen Straßenkot eine zahme Ratte hin und her geschuscht.

Gilman saß den ganzen Nachmittag wie betäubt in Elwoods Zimmer, und so fand ihn bei seiner Rückkehr Elwood vor, der mittlerweile die Zeitungen gesehen und schreckliche Mutmaßungen angestellt hatte. Nun konnten die beiden nicht mehr daran zweifeln, daß sie von etwas Furchtbarem umgeben und bedrängt wurden. Zwischen den Trugbildern des Alptraums und den Ereignissen der wirklichen Welt zeigte sich eine ungeheuerliche, unvorstellbare Übereinstimmung, und nur größte Wachsamkeit konnte noch unheilvollere Geschehnisse verhüten. Gilman mußte so bald wie möglich einen Facharzt konsultieren, aber selbstverständlich nicht gerade in diesem Augenblick, da die Zeitungen von der Entführung voll waren.
Was sich wirklich zugetragen hatte, blieb im dunkeln, und Gilman und Elwood tauschten flüsternd die wahnwitzigsten Hypothesen aus. Hatte Gilman, ohne es zu wissen, bei seinem Studium des Raumes und der Dimensionen Erfolg gehabt? War er tatsächlich aus unserer Sphäre in ungeahnte und unvorstellbare Regionen vorgestoßen? Wo – wenn überhaupt an irgendeinem Ort – war er in jenen Nächten dämonischer Entfremdung gewesen? Die tosenden zwielichtigen Abgründe, der grüne Hügel, die heiße Terrasse, der Sog von den Sternen her, der große schwarze Strudel, der Schwarze, die schmutzige Gasse und die Treppe, die alte Hexe und das pelzige Scheusal mit den scharfen Zähnen, die Blasen und das kleine Polyeder, die seltsame Sonnenbräune, die Wunde am Handgelenk, die unerklärliche Figur, die schmutzigen Füße, die Würgemale am Hals, die wilden Geschichten und die Ängste der Ausländer … was hatte das alles zu bedeuten? Wie weit ließen sich die Gesetze des Normalen, Gesunden auf einen solchen Fall anwenden?
In dieser Nacht fanden sie keinen Schlaf, aber am Vormittag schwänzten beide die Vorlesungen und blieben zu Hause, um zu dösen. Es war der 30. April, und mit der Abenddämmerung würde die höllische Sabbatzeit anbrechen, die alle Ausländer und abergläubischen Alten fürchteten. Mazurewicz kam um sechs Uhr nach Hause und sagte, die Leute in der Weberei flüsterten, der Hexensabbat werde in der dunklen Schlucht hinter Meadow Hill abgehalten, dort wo der alte weiße Stein steht, in dessen Nähe nichts Grünes wächst. Einige hatten sich sogar an die Polizei gewandt und verlangt, man solle dort nach dem Kind der Wolejko suchen, aber sie glaubten nicht, daß die Polizei etwas unternehmen werde. Mazurewicz bestand darauf, daß der junge Herr das Kruzifix mit der Nickelkette trage, und Gilman hängte es sich um den Hals und steckte es unter das Hemd, um den Mann zu beruhigen.

Spät abends saßen die beiden jungen Männer dösend in ihren Sesseln, eingelullt von den Gebeten des Webmaschinenmonteurs unten im Erdgeschoß. Gilman lauschte und nickte, sein übernatürlich scharfes Gehör strengte sich an, um ein leises Gemurmel von jenseits der Geräusche des alten Hauses zu vernehmen. Unheilvolle Erinnerungen an Dinge, die er im *Necronomicon* und im *Schwarzen Buch* gelesen, stiegen auf, und er ertappte sich dabei, daß er sich in einem schändlichen Rhythmus hin und her wiegte, der angeblich den finstersten Sabbatzeremonien angehörte und außerhalb von Zeit und Raum, wie wir sie kennen und begreifen, seinen Ursprung hatte.

Schließlich wurde ihm bewußt, daß er auf den höllischen Gesang der Feiernden in dem fernen dunklen Tal lauschte. Woher wußte er so viel von dem, was jene dort erwarteten? Woher kannte er den Zeitpunkt, zu dem Nahab und ihr Akolyth die randvolle Schale herbeitrugen, hinter dem schwarzen Hahn und der schwarzen Ziege her? Er sah, daß Elwood eingeschlafen war, und versuchte zu rufen und ihn zu wecken, aber irgend etwas hielt ihm die Kehle zu. Er war nicht mehr Herr über sich selbst. Hatte er sich am Ende doch in das Buch des Schwarzen eingeschrieben?

Und dann fing sein fieberndes, überscharfes Gehör die fernen, vom Winde hergetragenen Klänge auf. Über Meilen von Hügeln, Feldern und Tälern kamen sie, aber er erkannte sie trotzdem. Die Feuer wurden angezündet, die Tänzer sprangen in die Runde. Wie konnte er verhindern, selbst dorthin entführt zu werden? Worein war er verstrickt? Mathematik, Folklore, das Haus, die alte Keziah, der Braune Jenkin ... und nun sah er plötzlich ein frisches Rattenloch in der Wand neben seiner Couch. Unter die fernen Gesänge und die Gebete Joe Mazurewicz' mischte sich ein anderes Geräusch – ein verstohlenes, aber entschlossenes Kratzen in der Trennwand. Er hoffte, daß das elektrische Licht nicht ausging. Da sah er das langzähnige, bärtige kleine Gesicht im Rattenloch, das verfluchte Gesicht, das, wie er nun endlich bemerkte, dem der alten Keziah zum Erschrecken ähnelte, und er hörte ein leises Rütteln an der Tür.

Die tosenden Abgründe flammten vor ihm auf, und er fühlte sich von dem gestaltlosen Griff der schillernden Blasen umschlungen. Voraus raste das kleine kaleidoskopische Polyeder, und in der wirbelnden Leere nahm er eine Steigerung der unbestimmten Klänge in Lautstärke und Rhythmus wahr, die einen unbeschreiblichen, unerträglichen Höhepunkt ankündigte. Er glaubte zu wissen, was kommen mußte: Der urgewaltig hervorbrechende Rhythmus der Walpurgisnacht, in dessen kosmischem Dröhnen das ewige Brodeln von Raum und Zeit zusammenströmt, das sich hinter den angehäuften Sphären der Materie verbirgt und von dem bisweilen ein Widerhall in alle Seinssphären dringt und auf der ganzen Welt gewissen gefürchteten Zeiten ihre entsetzliche Bedeutung verleiht.

All das aber war binnen einer Sekunde verschwunden. Gilman sah sich wieder in dem engen, violett erleuchteten Raum mit der spitzen Decke, dem schräg abfallenden Boden, den niedrigen Bücherkisten, dem Tisch und der Bank, den seltsamen

Gegenständen und der dreieckigen Öffnung auf der einen Seite. Auf dem Tisch lag eine kleine weiße Gestalt – ein Knabe, unbekleidet und bewußtlos –, und hinter dem Tisch stand die gräßliche, böse grinsende Alte. In der Rechten hielt sie ein blitzendes Messer mit grotesk geformtem Griff, in der Linken eine helle Metallschale von merkwürdigen Abmessungen mit zwei seitlichen Henkeln und einem sonderbaren ziselierten Muster. Sie krächzte eine Beschwörungsformel in einer Sprache, die Gilman nicht geläufig war, obgleich sie ihn an etwas erinnerte, was auf versteckte Weise im *Necronomicon* zitiert wurde.

Als die Szene klarer hervortrat, sah er, wie sich die Alte vorbeugte und ihm die leere Schale über den Tisch entgegenstreckte. Unfähig, seine Bewegungen zu beherrschen, griff er nach ihr und nahm sie in beide Hände. Dabei bemerkte er, daß sie erstaunlich leicht war. Im gleichen Augenblick kam die widerliche Gestalt des Braunen Jenkin über den Rand der dreieckigen Öffnung zu seiner Linken gekrochen. Die Alte bedeutete ihm, die Schale in einer gewissen Lage zu halten, während sie das riesige, groteske Messer über das kleine weiße Opfer hob, so weit ihr rechter Arm reichte. Das pelzige Wesen begann mit quäkender Stimme die Beschwörung fortzusetzen, zu der die Hexe Antworten krächzte. Gilman fühlte, wie heftiger Abscheu seine stumpfe Lähmung durchbrach, und die leichte Metallschale in seinen Händen begann zu zittern. Eine Sekunde später zerriß das niederfahrende Messer vollends den Bann, er ließ die Schale los, die mit einem glockenähnlichen Klang auf den Boden fiel, und streckte die Hände aus, um diese Greueltat zu verhindern.
Im Nu hatte er zwei, drei Schritte den schrägen Boden hinauf und um den Tisch herum getan, der Alten das Messer aus den Krallen gerissen und es über den Rand der dreieckigen Öffnung geschleudert. Wieder einen Augenblick später hatte sich das Blatt gewendet, denn nun schlossen sich diese mörderischen Krallen fest um seinen Hals, und vor sich sah er das runzelige, vor wahnsinniger Wut verzerrte Gesicht der Alten. Er fühlte, wie sich die Kette des billigen Kruzifixes in seinen Nakken drückte, und fragte sich in dieser höchsten Gefahr, ob der Anblick des Kreuzes Eindruck auf die Hexe machen würde. Ihre Kraft war übermenschlich, aber während sie ihn noch würgte, griff er unter sein Hemd, holte das metallene Symbol hervor und riß es von der Kette.
Die Hexe schien entsetzt, als sie es erblickte, und lockerte ihren Griff gerade lange genug, um Gilman die Möglichkeit zu geben, sich zu befreien. Er riß mit beiden Händen die stählernen Krallen von seinem Halse los und würde die Alte in das große Loch gestoßen haben, hätten ihre Krallen nicht plötzlich frische Kräfte gewonnen und wieder zugepackt. Diesmal aber zahlte er ihr mit gleicher Münze heim. Er griff nach ihr, und ehe sie sah, was er tat, schlang er ihr die Kette des Kruzifixes um den Hals. Einen Augenblick später hatte er sie schon so fest zugezogen, daß er der Alten die Luft abschnürte. Während sie noch einmal verzweifelt um sich schlug, spürte er einen Biß an seinem Knöchel und sah, daß der Braune Jenkin seiner Herrin zu Hilfe geeilt war. Mit einem wilden Fußtritt beförderte er das

Scheusal über den Rand der Öffnung und hörte es dann irgendwo weiter unten wimmern.
Er wußte nicht, ob er die alte Vettel getötet hatte. Er ließ sie auf dem Boden liegen, wie sie hingestürzt war. Als er sich umwandte, sah er auf dem Tisch ein Bild, das ihn beinahe um den letzten Rest seines Verstandes brachte: Während die Hexe ihn gewürgt hatte, war der Braune Jenkin nicht untätig gewesen. Woran er, Gilman, das Messer gehindert, das hatten die scharfen Zähne des pelzigen Ungeheuers am Handgelenk des Kindes vollbracht, und die Schale, die zuletzt auf dem Boden gelegen hatte, stand nun gefüllt neben dem leblosen kleinen Körper.

In seinem Traumdelirium vernahm Gilman aus unendlicher Ferne den höllischen Sabbatgesang mit dem fremden Rhythmus, und er wußte, daß dort, wo er herkam, der Schwarze sein mußte. Wirre Erinnerungen mischten sich in seinem Kopf mit mathematischen Formeln, und er glaubte, daß in seinem Unterbewußtsein die *Winkel* verborgen waren, die er brauchte, um zum erstenmal allein und ohne fremde Hilfe in die normale Welt zurückzukehren. Er war überzeugt, daß er sich in dem seit undenklichen Zeiten verschlossenen Dachbodenabteil über seiner Kammer befand, zweifelte aber daran, daß es ihm je gelingen werde, durch den schrägen Boden oder den vernagelten Ausgang zu entweichen. Und würde ihn zudem die Flucht aus einem Traum-Dachboden nicht lediglich in ein Traumhaus führen – in eine unwirkliche Projektion des wirklichen Ortes, den er suchte? Er wußte nicht mehr, in welchem Verhältnis bei all seinen Erlebnissen Traum und Wirklichkeit zueinander standen.
Der Rückweg durch die Abgründe würde schrecklich sein, denn dort dröhnte der Rhythmus der Walpurgisnacht, und er würde den verborgenen Pulsschlag des Kosmos hören müssen, den er so fürchtete. Schon jetzt spürte er ein Beben, dessen volles Ausmaß er nur zu gut erahnte. Zur Sabbatzeit pflanzte es sich durch alle Welten fort, um die Eingeweihten zu unaussprechlichen Zeremonien zu rufen, und die meisten Sabbatgesänge folgten in ihrem Rhythmus diesem undeutlich vernommenen Pulsieren, das kein irdisches Ohr in seiner unverhüllten kosmischen Fülle zu ertragen vermöchte. Gilman fragte sich auch, ob ihn sein Instinkt in die richtigen Dimensionen, in die richtige Welt zurückführen werde. Wie konnte er sich davor bewahren, auf jenem grün erleuchteten Hügel eines fernen Planeten anzukommen oder auf der mit Mosaiksteinen ausgelegten Terrasse über der Stadt der langarmigen Ungeheuer irgendwo jenseits unserer Milchstraße oder in den schwarzen Strudeln des großen Chaos, wo der hirnlose Dämonenfürst Azathoth herrscht?
Kurz bevor er den Sprung wagte, verlosch das violette Licht, und er stand im Dunkeln. Das mußte den Tod der Hexe – Nahabs, der alten Keziah – bedeuten. Und in die fernen Sabbatgesänge und das Wimmern des Braunen Jenkin unten im Loch mischte sich ein anderes, wilderes Jammern aus unbekannten Tiefen. Joe Mazurewicz ... Die Gebete gegen das brodelnde Chaos verwandelten sich in ein unerklärlich triumphales Geschrei ... Welten von zynischer Wirklichkeit drangen in die

Wirbel der Fieberträume ein ... Shub-Niggurath! Die Geiß mit den tausend Kitzen...

Sie fanden Gilman lange vor Anbruch der Dämmerung auf dem Boden seiner alten Dachkammer mit den merkwürdigen Winkeln, denn der furchtbare Schrei hatte Desrochers und Choynski und Dombrowski und Mazurewicz herbeigerufen und sogar den in seinem Sessel schlafenden Elwood geweckt. Gilman lebte. Er hatte die Augen offen, schien aber nicht bei Bewußtsein zu sein. An seinem Hals sah man die Abdrücke mörderischer Krallen, und sein linker Knöchel wies einen großen Rattenbiß auf. Seine Kleidung war arg zerdrückt, und Mazurewicz' Kreuz fehlte. Elwood zitterte. Er scheute sich, auch nur Vermutungen darüber anzustellen, welche Formen der Somnambulismus seines Freundes angenommen hatte. Mazurewicz war wie betäubt. Er hatte als Antwort auf seine Gebete ein ›Zeichen‹ erhalten, sagte er, und er bekreuzigte sich hastig, als hinter der schrägen Trennwand das Quietschen und Wimmern einer Ratte zu vernehmen war.

Sie betteten den Träumer auf die Couch in Elwoods Zimmer und schickten nach Doktor Malkowski, einem praktischen Arzt, auf dessen Verschwiegenheit man sich verlassen durfte. Er machte zwei Injektionen, die eine gewisse Entspannung herbeiführten und in einen natürlichen Schlaf überleiteten. Im Laufe des Tages kam der Patient zeitweise zu sich und erzählte Elwood flüsternd und in Bruchstücken seinen letzten Traum. Es war ein mühsames Unterfangen, und gleich zu Beginn trat eine verwirrende Tatsache zutage:

Gilman, der in letzter Zeit ein so überempfindliches Gehör besessen hatte, war stocktaub. Doktor Malkowski, der rasch ein zweites Mal geholt wurde, sagte Elwood, daß beide Trommelfelle zerrissen seien, so als wäre der Patient einem ungeheuren Lärm ausgesetzt gewesen, der alles übersteige, was ein Mensch zu ertragen oder auch nur sich vorzustellen vermöchte. Wie in den letzten Stunden irgendwo ein solcher Lärm zu hören gewesen sein sollte, ohne das ganze Miskatonic-Tal zu wecken, das war mehr, als der ehrliche Doktor sich erklären konnte.

Elwood schrieb auf ein Stück Papier, was er zu sagen hatte, und konnte sich so verhältnismäßig leicht mit Gilman verständigen. Keiner von beiden wußte mit der ungeheuerlichen Geschichte etwas anzufangen, und sie entschieden, daß es das beste sei, so wenig wie möglich darüber nachzudenken und dieses alte, verfluchte Haus so bald wie möglich zu verlassen. In den Abendzeitungen war von einer Razzia zu lesen, welche die Polizei kurz vor Tagesanbruch in einer Schlucht hinter Meadow Hill vorgenommen hatte, und es wurde erwähnt, daß der weiße Stein in dieser Schlucht seit undenklichen Zeiten Gegenstand abergläubischer Verehrung sei. Man hatte niemanden festnehmen können, aber unter den Flüchtenden hatte man einen baumlangen Neger bemerkt. In einem anderen Artikel wurde berichtet, daß man keine Spur von dem vermißten kleinen Ladislas Wolejko gefunden hatte.

In der folgenden Nacht erreichte das Grauen seinen Höhepunkt. Elwood wird es Zeit seines Lebens nicht vergessen. Er erlitt einen Nervenzusammenbruch und mußte für den Rest des Semesters den Vorlesungen fernbleiben.

Den ganzen Abend schon hatte er Ratten hinter der Trennwand zu hören geglaubt, ihnen aber wenig Beachtung geschenkt. Dann jedoch, nachdem er und Gilman sich schlafengelegt hatten, begann das Schreien. Elwood sprang auf, drehte das Licht an und stürzte zu der Couch seines Gastes. Gilman stieß unmenschliche Schreie aus, so als litte er unbeschreibliche Qualen. Er wand und krümmte sich unter der Decke, und auf dem Laken erschien ein großer roter Fleck.

Elwood wagte nicht, ihn zu berühren, aber allmählich hörte Gilman auf zu schreien und sich zu krümmen. Mittlerweile waren Dombrowski, Choynski, Desrochers, Mazurewicz und der andre Bewohner des Dachgeschosses herbeigeeilt. Sie drängten sich in der Tür, und der Hauswirt schickte seine Frau hinunter, damit sie Doktor Malkowski anrufe. Alle schrien auf, als plötzlich ein großes, rattenähnliches Tier unter der blutbesudelten Decke hervorsprang, über den Boden hastete und in einem frischen Rattenloch verschwand. Der Doktor kam, schlug die Decke zurück und sah, daß Walter Gilman tot war.

Was Gilman getötet hatte, kann nur angedeutet werden. Es wäre barbarisch, weitere Mutmaßungen anzustellen. Durch seinen Körper war buchstäblich ein Tunnel gegraben worden, und etwas hatte ihm das Herz aus der Brust gefressen. Dombrowski, den das Mißlingen seines Versuches, die Ratten zu vergiften, zur Verzweiflung trieb, brach seinen Pachtvertrag und zog binnen einer Woche mit allen seinen Mietern in ein ebenso schäbiges, aber wenig altes Haus in der Walnut Street. Joe Mazurewicz war eine Zeitlang kaum zu beändigen. Der finstere Webmaschinenmonteur trank ununterbrochen und führte wilde Reden über Geister und andere furchtbare Wesen.

Er hatte sich in jener letzten, grauenvollen Nacht die blutroten Rattenspuren angesehen, die von Gilmans Couch zu dem Loch in der Wand führten. Auf dem Teppich waren sie sehr undeutlich, aber zwischen dem Teppichrand und der Scheuerleiste der Wand kam ein Stück freien Bodens, und dort hatte Mazurewicz etwas Ungeheuerliches entdeckt – oder zu entdecken geglaubt, denn von den anderen mochte sich keiner seiner Meinung anschließen, obwohl die Abdrücke auf den Dielen unleugbar merkwürdig waren. Sie glichen ganz und gar nicht denen einer Ratte, aber nicht einmal Choynski und Desrochers wollten zugeben, daß sie wie die Abdrücke winziger Menschenhände aussahen.

Das Haus wurde nie wieder vermietet. Nachdem Dombrowski es verlassen hatte, war sein endgültiger Verfall nicht mehr aufzuhalten, denn die Leute scheuten es sowohl seines alten Rufes als auch des Gestankes wegen, den es neuerdings ausströmte. Vielleicht hatte Dombrowskis Rattengift zuletzt doch gewirkt, denn nicht lange nach seinem Auszug wurde das Haus der ganzen Nachbarschaft zum Ärgernis. Beamte der Gesundheitspolizei stellten fest, daß der Gestank aus den verschlossenen Hohlräumen über und neben der ostseitigen Dachkammer kam und daß dort eine ungewöhnliche Zahl toter Ratten liegen müsse. Sie fanden jedoch, es stehe nicht dafür, die so lange verschlossenen Räume aufzubrechen und zu desinfizieren, denn die Kadaver würden bald ausgestunken haben, und im übrigen könne man in dieser

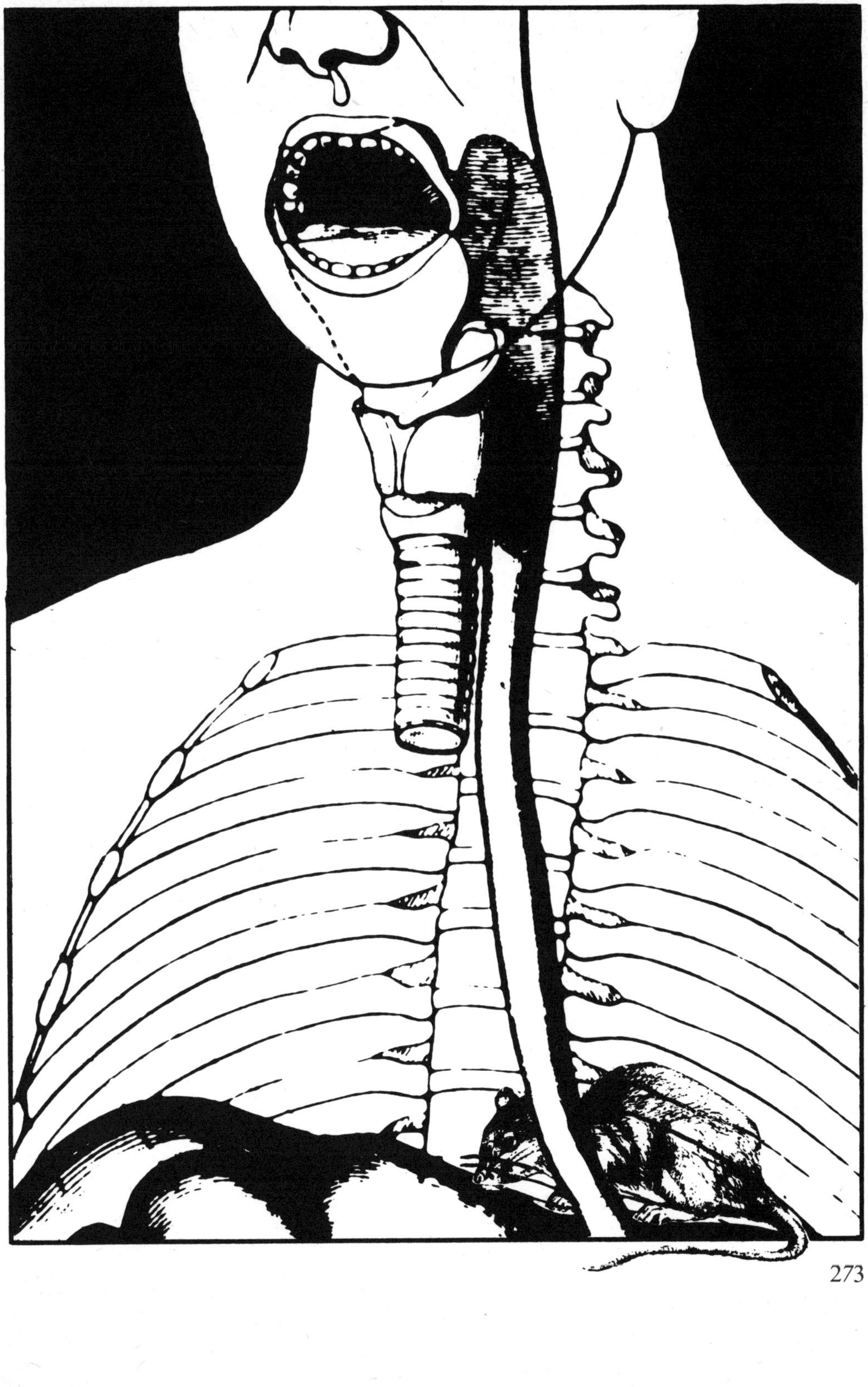

Wohngegend ohnehin keine hohen Ansprüche stellen. War nicht seit eh und je von einem unerklärlichen Gestank die Rede gewesen, den man nach der Walpurgisnacht und nach Allerheiligen im Dachgeschoß des Hexenhauses wahrnehmen konnte? Die Nachbarn gaben sich damit zufrieden, daß nichts unternommen wurde, aber der Gestank machte das Haus natürlich noch unbeliebter, und zuletzt erklärte es die Baubehörde auch offiziell für unbewohnbar.
Gilmans Träume und ihre Begleitumstände wurden nie geklärt. Elwood, der an diese Episode nicht zurückdenken kann, ohne für seinen Verstand fürchten zu müssen, kehrte im Herbst ans College zurück und machte im Juni des folgenden Jahres sein Abschlußexamen. Er stellte fest, daß man in der Stadt viel weniger als zuvor von Geistern redete, und es ist eine Tatsache, daß zwar gelegentlich von einem gespenstischen Quietschen in dem verlassenen Haus berichtet wurde, das zu hören gewesen sein soll, solange das Gebäude selbst noch stand, hingegen aber nach Gilmans Tod niemand mehr die alte Keziah oder den Braunen Jenkin sah oder zu sehen glaubte. Zum Glück war Elwood nicht mehr in Arkham, als einige Jahre darauf Dinge geschahen, die das alte Grauen wiederaufleben ließen. Er hörte wohl später davon und quälte sich mit wilden, düsteren Vermutungen, doch war das gewiß weniger schlimm, als wenn er selbst dort gewesen wäre und gewisse Dinge mit eigenen Augen gesehen hätte.
Im März 1931 zerstörte ein Sturm das Dach und den großen Schornstein des leerstehenden Hexenhauses, so daß ein Chaos zerbrochener Ziegel, geschwärzter, moosbedeckter Schindeln und morscher Balken in den Dachboden stürzte und durch die Decke brach. Das ganze Dachgeschoß war mit den Trümmern angefüllt, aber vor dem unvermeidlichen Abbruch des Hauses rührte niemand dieses Durcheinander an. Zu diesem letzten Schritt entschloß man sich im Dezember desselben Jahres, und als unwillige und von allerlei Ängsten verfolgte Arbeiter Gilmans Kammer ausräumten, begannen die Gerüchte.
Unter den Trümmern, die durch die alte schräg abfallende Decke gebrochen waren, lagen einige Dinge, die die Arbeiter veranlaßten, die Polizei zu verständigen. Die Polizei wiederum zog den Untersuchungsrichter und mehrere Professoren von der Universität hinzu. Man fand Knochen, zerquetscht und zersplittert, aber als Menschenknochen erkennbar. Diese Knochen waren offenkundig jüngeren Datums, und man wußte sich den Widerspruch nicht zu erklären, der darin bestand, daß der Ort, an dem sie sich befunden haben mußten, nämlich das Dachbodenabteil über der schrägen Decke, doch seit so langer Zeit schon verschlossen und allen Menschen unzugänglich gewesen war. Der Arzt, den der Untersuchungsrichter mitbrachte, entschied, daß einige der Knochen von einem kleinen Kind stammten, andere aber, die man mit verschlissenen Fetzen eines bräunlichen Stoffes zusammen gefunden hatte, von einer schon älteren, stark verkümmten Frau von unterdurchschnittlicher Körpergröße. Eine sorgfältige Untersuchung des Schuttes brachte viele kleine Knochen von Ratten zutage, die bei dem Einsturz umgekommen waren, daneben aber auch ältere Rattenknochen, welche von kleinen Zähnen auf eine Weise angenagt

worden waren, über die die widersprüchlichsten Vermutungen angestellt wurden. Unter anderem fand man auch zerfetzte Bruchstücke von vielen Büchern und Papieren und einen gelblichen Staub, der von dem vollständigen Zerfall weit älterer Bücher und Papiere herrührte. Was noch lesbar war, handelte ausnahmslos von schwarzer Magie in ihren schrecklichsten Formen, und das offensichtlich junge Datum gewisser Funde ist ebenso wie das der Menschenknochen noch heute ein ungelöstes Rätsel.

Ein noch größeres Rätsel aber ist die Tatsache, daß zahllose Papierbogen, die, ihrem Erhaltungszustand und ihren Wasserzeichen nach zu urteilen, Altersunterschiede von mindestens einhundertfünfzig bis zweihundert Jahren aufwiesen, mit ein und derselben kritzeligen alten Handschrift bedeckt waren, und das allergrößte Rätsel ist für manche die Unzahl der völlig unerklärlichen Gegenstände, die man mehr oder weniger stark beschädigt unter den Trümmern fand – Gegenstände, deren Materialien, Bearbeitungsmethoden und Zweck sich allen Mutmaßungen entzogen. Einer davon, der mehrere Professoren in helle Aufregung versetzte, war ein stark beschädigtes groteskes Machwerk, das der seltsamen Figur ähnelte, die Gilman dem College-Museum geschenkt hatte. Es war allerdings größer, statt aus

Metall aus einem sonderbaren bläulichen Stein gefertigt und mit einem eigentümlich gewinkelten Sockel versehen, auf dem unlesbare Hieroglyphen standen. Archäologen und Anthropologen versuchen noch heute, das bizarre Muster zu erklären, das auf einer zerquetschten Schale aus einem sehr leichten Metall einziseliert ist, deren Innenseite braune Flecken aufwies, als man sie fand. Ausländer und leichtgläubige Großmütter schwatzten nicht minder eifrig über das moderne Nickelkruzifix mit gerissener Kette, das unter den Trümmern gefunden wurde und das Joe Mazurewicz schaudernd als das Kruzifix identifizierte, das er vor Jahren dem armen Gilman gegeben hatte. Die einen glauben, es sei von Ratten in das verschlossene Dachbodenabteil hinaufgeschleppt worden. Andere meinen, es müsse während all der Jahre in einer Ecke von Gilmans Kammer gelegen haben, und wieder andere, zu denen Mazurewicz selbst gehört, vertreten wilde und phantastische Theorien, die kein vernünftiger Mensch ernst nehmen kann.

Als die schräge Wand in Gilmans Kammer herausgerissen wurde, fand man, daß der dreieckige Raum zwischen der Kammerwand und der nördlichen Außenmauer des Hauses viel weniger Trümmer vom Einsturz des Daches enthielt – auch im Verhältnis zu seiner Größe – als die Kammer selbst. Dafür war jedoch der Boden mit einer gräßlichen älteren Schicht bedeckt, die den Abbrucharbeitern kaltes Grauen einflößte. Kurz: es handelte sich um ein regelrechtes Beinhaus, und die Knochen stammten alle von kleinen Kindern. Manche waren jüngeren Datums, andere so alt, daß sie beinahe schon völlig zerfallen waren. Auf dieser Knochenschicht lag ein großes, offenbar sehr altes Messer, grotesk geformt und verziert, und über dem Messer häuften sich die Dachtrümmer.

Und inmitten der Trümmer, zwischen einen herabgestürzten Balken und einen großen Brocken durch Mörtel verbundener Ziegel vom Schornstein eingeklemmt, lag ein Gegenstand, der in Arkham mehr Bestürzung, geheime Angst und abergläubisches Gerede verursachte als alles andere, was man in dem verfluchten Spukhaus fand. Es war das teilweise zerbrochene Skelett einer riesigen Ratte, deren abnormaler Körperbau noch heute Gegenstand langer Diskussionen und merkwürdiger Zurückhaltung unter den Mitgliedern der Abteilung für Vergleichende Anatomie am Miskatonic-College ist. Man hat sehr wenig über dieses Skelett verlauten lassen, aber die Arbeiter, die es fanden, tuschelten von langen, braunen Haaren, die daran hafteten.

Die Knochen der winzigen Pfoten deuten angeblich auf eine Greiffähigkeit hin, die eher für einen kleinen Affen als für eine Ratte charakteristisch wäre, und die frappierendste Abweichung vom Normalen weist der kleine Schädel mit dem gefährlichen gelben Gebiß auf, der unter gewissen Blickwinkeln betrachtet wie die groteske Karikatur eines Menschenschädels aussieht. Die Arbeiter bekreuzigten sich erschrocken, als sie dieses grauenvolle Ding erblickten, stifteten aber später dankbar Kerzen für die Kirche des heiligen Stanislaus, denn sie wußten, daß sie fortan nie mehr das schrille, gespenstische Quietschen zu hören brauchten.

Hugh Walpole
Mrs. Lunt

»Glauben Sie an Geister?« fragte ich Runciman. Ich stellte ihm diese nicht eben geistreiche Frage mehr, weil es so schwierig ist, eine Stunde mit ihm zu verbringen, als aus irgendeinem andern Grunde. Sie kennen seine Bücher – › Der Läufer ‹, › Die Ulme ‹ und › Kristall und Kerzenlicht ‹ –, das heißt: nein, Sie werden sie wahrscheinlich nicht kennen. Er ist einer dieser bescheidenen Männer, die in unserer Zeit der ungeheuren Überproduktion an Büchern regelmäßig jeden Herbst ihren neuen Roman veröffentlichen, bei gewissen Kritikern Lob und begeisterte Anerkennung einheimsen, ein kleines, aber treues Publikum und sehr kleine Auflagen haben und, trifft man mit ihnen persönlich zusammen, wenig zu sagen wissen und meist schüchtern und nervös, pessimistisch und weltfremd sind. Diese Männer leisten Hervorragendes. Zu Lebzeiten finden sie kaum Beachtung, aber fünfzig Jahre nach ihrem Tode werden sie von irgendeinem eifrig buddelnden Kritiker wiederentdeckt und zum Idol einer neuen Generation erhoben.
Ich stellte Runciman die bewußte Frage, weil ich ihn aus einem mir selbst unerklärlichen Grunde zum Abendessen in meiner Wohnung eingeladen hatte und nun einem langen, ermüdenden Abend entgegensah, der nichts anderes zu versprechen schien als eine Unterhaltung, die alle zwei Minuten einschläft und nur mit größter Anstrengung wiederbelebt werden kann. Ich bin Kritiker, und ich hatte bei mehr als einer Gelegenheit Runcimans literarisches Schaffen gepriesen, daher war er mir gegenüber besonders befangen und nervös. Hätte ich diesen Umstand ausgenützt, ich würde ihm vielleicht manche interessante Äußerung entlockt haben, aber es zeigte sich, daß ich mit meiner Frage das Richtige getroffen hatte und unschwer eine Unterhaltung in Fluß brachte. Seine Aufmerksamkeit erwachte augenblicklich, sein langer, hagerer Körper füllte sich mit neuer Energie, in seinen Augen leuchteten lebhafte, ja erregende Erinnerungen auf, er sprach ohne Pause, und ich hütete mich, ihn zu unterbrechen. Und er erzählte mir in der Tat eine der erstaunlichsten Geschichten, die ich je gehört habe. Ob sie wahr ist oder nicht, vermag ich freilich nicht zu sagen. Diese Geistergeschichten stammen ja fast immer aus zweiter oder dritter Hand, aber ich hatte immerhin das Glück, die meine unmittelbar aus der Quelle zu beziehen. Außerdem ist Runciman kein Lügner; dazu ist er viel zu ernst. Er gab allerdings zu, daß er nicht wisse, ob er nicht im Laufe so vieler Jahre das eine oder andere unbewußt dazugedichtet habe.

Aber wie dem auch sei, hier ist die Geschichte, so wie er sie mir erzählte:
»Vor ungefähr fünfzehn Jahren besuchte ich Robert Lunt in Cornwall. Sagt Ihnen dieser Name etwas? Nein, Sie werden ihn wohl nicht kennen. Er schrieb mehrere Romane, besser gesagt einige von diesen Büchern, die nicht ganz Prosa und nicht ganz Lyrik und im übrigen ziemlich mystisch und pittoresk und verteufelt schwer zu schreiben sind. De la Mares ›Wiederkehr‹ ist ein gutes Beispiel für die Art von Literatur, die ich meine. Ich hatte in irgendeiner Zeitschrift sein letztes Buch besprochen, günstig besprochen, und bekam von ihm einen rührenden Brief, der mir zeigte, daß der Mann nach Lob und, wie mir schien, auch nach Gesellschaft dürstete. Er lebte in Cornwall, irgendwo an der Küste, und seine Frau war vor einem Jahr gestorben. Er sei sehr einsam, schrieb er, und er fragte mich, ob ich nicht die Weihnachtsfeiertage bei ihm verbringen wolle. Er hoffe, ich würde ihn nicht für zudringlich halten, nehme im übrigen an, daß ich schon andere Verflichtungen hätte, könne aber der Versuchung nicht widerstehen und wolle sein Glück probieren. Nun, ich hatte keine anderen Verpflichtungen. Im Gegenteil, ich war so einsam wie Lunt, und wenn Lunt ein Versager war, so war ich es nicht minder. Sein Brief rührte mich, wie ich schon sagte, und ich nahm seine Einladung an. Als ich im Zug nach Penzance saß, fragte ich mich, was für ein Mensch er wohl sein mochte. Ich hatte nie ein Foto von ihm gesehen, denn er gehörte nicht zu den Autoren, deren Bilder in den Zeitungen veröffentlicht werden. Ich stellte mir vor, daß er ungefähr so alt wie ich sei, vielleicht auch ein wenig älter. Wenn man einsam ist, glaubt man immer, eines Tages werde man einen Freund finden, der alles versteht, der einem Zuneigung entgegenbringt, ohne sentimental zu sein, und der an allem Anteil nimmt, ohne sich aufzudrängen, kurz: einen Freund, wie man ihn nie findet.
Ich glaube, ich machte mir recht romantische Vorstellungen von Lunt, bevor ich in Penzance ankam. Wir würden, dachte ich, über alle literarischen Probleme sprechen, die mir damals so wichtig erschienen; wir würden oft zusammensein und sogar gemeinsam Reisen unternehmen, jene kleinen Reisen, die so leicht melancholisch sein können, wenn man allein ist, und so reizvoll, wenn man den richtigen Begleiter hat. Ich stellte ihn mir vor als zierlich gebaut, empfindsam und kultiviert, ein wenig wehmütig und versonnen und mit einer eher kindlichen Phantasie begabt. Wir hatten bis dahin beide keinen Erfolg gehabt. Gemeinsam konnten wir vielleicht Großes vollbringen.
Als ich in Penzance ankam, war es beinahe schon dunkel, und der Schnee, den ein dicht bewölkter Himmel schon den ganzen Tag angedroht hatte, begann sanft und zögernd zu fallen. Lunt hatte mir geschrieben, ein Einspänner werde mich am Bahnhof erwarten, und da war er tatsächlich: ein komischer alter, von Wind und Wetter arg mitgenommener Wagen mit einem komischen alten, von Wind und Wetter arg mitgenommenen Kutscher. Nach so vielen Jahren bilde ich mir vielleicht manches ein, was nie gewesen ist, aber ich glaube sagen zu können, daß mich, sobald ich in diesen Wagen eingeschlossen saß, eine leise Unruhe und Angst befiel. Ich fühlte den unsinnigen Impuls, schleunigst wieder auszusteigen und den Nacht-

zug zurück nach London zu nehmen ... eine Handlungsweise, die mir ganz und gar nicht ähnlich gesehen hätte, denn ich habe es mir stets zur Pflicht gemacht, zu Ende zu führen, was ich beginne. Jedenfalls war mir in diesem Wagen unbehaglich zumute. Ich erinnere mich, daß er nach feuchtem Stroh und faulen Eiern roch und mich von allen Seiten so eng einschloß, als hätte er die Absicht, mich nie wieder freizugeben, nachdem ich einmal eingestiegen war. Zudem war es bitter kalt. Ich habe nie zuvor und nie danach so erbärmlich gefroren wie während dieser Fahrt. Es war eine Kälte, die mir bis ins Hirn zu dringen schien, so daß ich außerstande war, leidlich klar zu denken, und nur immer wieder wünschen konnte, ich wäre nicht gekommen. Sehen konnte ich natürlich nichts. Ich spürte nur die Stöße, die von den Unebenheiten der Straße herrührten, und hatte den Eindruck, daß wir uns immer wieder auf dunklen Waldwegen dahinquälten, denn herabhängende Zweige streiften den Wagen und gaben geheimnisvolle Klopfzeichen, so als versuchten sie, mir eine wichtige Botschaft zu vermitteln.

Ich darf freilich aus alledem nicht mehr machen, als die Tatsachen hergeben, und ich darf es vor allem nicht im Lichte der folgenden bedeutsamen Ereignisse sehen, aber ich weiß gewiß, daß mir immer elender wurde, je länger die Fahrt dauerte, und schuld daran waren die Kälte, die meinen Körper quälte, meine unheimlichen Ahnungen und die Verlassenheit und Einsamkeit, in der ich mich befand.

Endlich hielten wir. Die alte Vogelscheuche kletterte langsam und unter vielen Seufzern vom Kutschbock, kam an die Wagentür und öffnete sie mit nervenzermürbender Umständlichkeit und nicht ohne Schwierigkeiten. Ich stieg aus und stellte fest, daß der Schnee nun sehr dicht und in großen Flocken fiel und den Pfad mit seinem matten, geheimnisvollen Licht erhellte. Vor mir nahm ich einen häßlichen, buckeligen Schatten wahr: das Haus, das mich aufnehmen sollte. In der Dunkelheit konnte ich keine Einzelheiten erkennen. Ich stand nur zitternd da, während der Alte geradezu verzweifelt an der Türglocke zog, so als wollte er die ganze leidige Angelegenheit so rasch wie möglich hinter sich bringen und in seine eigenen vier Wände zurückkehren. Nach einer Ewigkeit ging die Tür endlich auf, und ein alter Mann, der ein Bruder des Kutschers hätte sein können, steckte den Kopf heraus. Die beiden Alten besprachen sich eine Weile, dann wurde mein Gepäck aufgenommen, und ich durfte aus der schneidenden Kälte ins Haus treten.

Ich habe in meinem ganzen Leben kein Haus auf den ersten Blick so heftig verabscheut wie dieses; nein, das bilde ich mir nicht nachträglich ein. Dabei war in der Diele eigentlich nichts besonders Häßliches zu sehen. Sie war groß und dunkel, kalt und freudlos, aber ich konnte keine genaueren Eindrücke sammeln, denn ich verließ sie sogleich wieder und folgte dem Alten durch einen Korridor in ein Zimmer, so warm und anheimelnd, wie die Diele kalt und düster war. Ich freute mich so sehr über das lebhaft flackernde Feuer im Kamin, daß ich sofort darauf zuschritt, ohne die Anwesenheit meines Gastgebers zu bemerken, und als ich ihn sah, konnte ich nicht glauben, daß er es war. Ich sagte Ihnen schon, was für eine Art von Mensch ich erwartet hatte, aber statt des schlanken, sensiblen Künstlers stand mir ein stämmiger Mann gegenüber, der mindestens einen Meter zweiundachtzig maß, so breitschultrig wie groß war und den Eindruck ungewöhnlicher Körperkraft erweckte. Seine untere Gesichtshälfte verdeckte ein dichter schwarzer Bart.

Wenn mich aber schon sein Anblick erstaunte, so war ich vollends verblüfft, als er sprach. Seine Stimme war dünn und piepsig wie die einer alten Frau, und die fahrigen Gesten, mit denen er seine Worte begleitete, waren noch weibischer als die Stimme. Ich sagte mir jedoch, dies sei vielleicht seiner Erregung zuzuschreiben, denn erregt war er in höchstem Grade. Er schritt auf mich zu, ergriff meine ausgestreckte Rechte mit beiden Händen und hielt sie fest, als wollte er sie nie wieder loslassen. Am Abend, als wir beim Portwein saßen, entschuldigte er sich für seine Überschwenglichkeit. ›Ich war so froh, Sie zu sehen‹, sagte er. ›Ich konnte nicht glauben, daß Sie wirklich kommen würden. Sie sind der erste Besucher meines Schlages seit ich weiß nicht mehr, wie lange. Ich schämte mich, Sie einzuladen, aber ich mußte die Gelegenheit ergreifen … Es bedeutet mir so viel.‹

Sein Eifer hatte etwas Rührendes, aber auch Beängstigendes. Er wußte nicht, was er alles für mich tun sollte. Schließlich führte er mich durch seltsame, baufällige Gänge, wo jedes Brett unter unseren Tritten ächzte, und über eine dunkle Treppe, wo, soviel ich im trüben Licht sehen konnte, vergilbte Fotografien – Städtebilder und Landschaften – an der Wand hingen, in mein Zimmer, das er mir mit einer aufgeregten und gleichsam verächtlichen Gebärde zeigte, so als erwartete er, daß ich beim ersten Anblick umkehren und davonlaufen würde. Das Zimmer gefiel mir ebensowenig wie das übrige Haus, aber das war nicht Lunts Schuld. Er hatte sein Bestes getan. Im Kamin brannte ein helles Feuer, in dem großen Himmelbett lag, wie er mir versicherte, eine Wärmflasche, und der Alte, der mir die Haustür geöffnet hatte, packte schon meinen Koffer aus. Lunts nervöses Benehmen hatte beinahe etwas Rührseliges. Er legte mir beide Hände auf die Schultern und sagte mit einem flehenden Blick: ›Wenn Sie nur wüßten, was es für mich bedeutet, Sie bei mir zu haben, mit Ihnen zu sprechen. Aber nun muß ich Sie wirklich alleinlassen. Sie kommen zu mir hinunter, sobald Sie können, ja?‹

Kaum war ich allein in meinem Zimmer, als ich zum zweitenmal den Drang zu fliehen verspürte. Vier Kerzen in hohen alten silbernen Leuchtern brannten hell und gaben zusammen mit dem Kaminfeuer genug Licht. Dennoch war der Raum merkwürdig dunkel, wie von einem dünnen Rauch oder Nebel durchweht, und ich erinnere mich, daß ich an eines der alten Gitterfenster trat und es aufstieß, weil mir zumute war, als müßte ich ersticken. Zwei Dinge bewogen mich, es rasch wieder zu schließen. Das eine war die beißende Kälte, die sofort ins Zimmer strömte, das andere das ohrenbetäubende Tosen des Meeres, das mir förmlich ins Gesicht schlug, als wollte es mich umwerfen. Ich schloß also das Fenster sogleich wieder, wandte mich um und sah eine alte Frau in der Tür stehen. Nun hängt natürlich das Interesse, das eine Geschichte dieser Art zu erwecken vermag, ganz von ihrer Wahrscheinlichkeit ab, und ich müßte Ihnen, damit sie recht überzeugend klingt, einwandfrei beweisen können, daß ich diese alte Frau tatsächlich sah, das heißt, daß sie wirklich da war. Das kann ich nicht. Ich kann Sie lediglich auf meinen ziemlich traurigen Ruf der Rechtschaffenheit verweisen. Im übrigen wissen Sie, daß ich kein Trinker bin und nie einer war, und mein gewichtigstes Argument ist schließlich, daß ich ja keine alte Frau zu sehen erwartete. Trotzdem zweifelte ich keinen Augenblick, daß das, was ich sah, eine alte Frau war. Sie könnten sagen, es sei vielleicht ein Schatten gewesen oder ich hätte an der Tür hängende Kleidungsstücke für eine menschliche Gestalt gehalten und so fort. Ich weiß nicht ... Ich habe mir über diese Geschichte keine Theorie gebildet, ich bin kein Spiritist, und ich glaube im Grunde an nichts Bestimmtes außer an die Schönheit schöner Dinge. Nehmen Sie also, wenn Sie wollen, an, ich bildete mir ein, eine alte Frau zu sehen, und meine Phantasie sei so lebhaft, daß ich noch heute imstande bin, die Erscheinung sehr genau zu beschreiben. Sie trug ein schwarzes Seidenkleid mit einem weißen Kragen und einer großen, häßlichen Goldbrosche. Ihr Haar war schwarz, aus der Stirn zurückgekämmt und in der Mitte gescheitelt. Ihr sehr bleiches Gesicht war eines der boshaftesten, heimtückischsten, die ich je gesehen habe. Es war voller Falten und Runzeln, mag aber einmal schön gewesen sein. Die Frau stand ganz still und mit herabhängenden Armen da. Ich hielt sie für eine Haushälterin oder etwas dergleichen. Daher sagte ich: ›Danke, ich habe alles, was ich brauche. Ein herrliches Feuer ist das!‹ Dabei sah ich zum Kamin hinüber, und als ich mich wieder der Tür zuwandte, war die Frau verschwunden. Ich dachte mir natürlich weiter nichts, zog einen alten, mit einem verblichenen grünen Stoff bespannten Sessel ans Feuer und gedachte ein wenig in einem Buch, das ich mitgebracht hatte, zu lesen, bevor ich zu meinem Gastgeber hinunterging. Ich hatte es damit nicht allzu eilig, denn ich mochte den Mann nicht und war bereits entschlossen, so bald wie möglich unter irgendeinem Vorwand nach London zurückzufahren. Ich kann Ihnen nicht sagen, was mir an ihm so mißfiel, außer daß ich selbst ein eher zurückhaltender Mensch bin und wie so viele unserer Landsleute Gefühlsausbrüchen mißtraue – besonders wenn es sich um einen Mann handelt. Die Art, wie er mir die Hände auf die Schultern legte, gefiel mir nicht, und ich hatte das Gefühl, all der Aufregung um meine Person nicht gewachsen zu sein.

Ich saß also im Sessel und nahm mein Buch zur Hand, hatte aber noch keine zwei Minuten gelesen, als mir ein sehr unangenehmer Geruch auffiel. Es gibt alle möglichen Gerüche, gesunde und andere, aber ich finde, der ekelhafteste von allen ist dieser kalte Mief, der von schlechten sanitären Anlagen und mangelnder Lüftung herrührt. Man begegnet ihm nicht selten in Landgasthäusern und alten Stadtwohnungen. Dieser Geruch, oder vielmehr Gestank, war so aufdringlich, daß ich genau sagen konnte, woher er kam, nämlich aus der Richtung der Tür. Ich stand auf und ging auf die Tür zu, und sogleich war mir, als näherte ich mich jemandem, der, mit Verlaub zu sagen, nicht allzuoft ein Bad nimmt. Ich trat zurück, als hätte dort wirklich jemand gestanden. Plötzlich aber war der Gestank verschwunden, und ich sah zu meiner Überraschung, daß eines der Fenster aufgesprungen war und Schneeflocken hereinwirbelten. Ich schloß es und ging nach unten.

Es wurde ein recht merkwürdiger Abend. Mein Gastgeber war an sich kein unliebenswürdiger Mensch, und er tat sein Bestes, um mir angenehm zu sein. Er war sehr gebildet und verstand viel von Büchern und den verschiedensten Dingen. Nach und nach wurde er geradezu fröhlich. In einem seltsamen alten Speisezimmer, an dessen Wänden einige sehr schöne Mezzotinti hingen, aßen wir ausgezeichnet zu Abend. Der alte Diener – ein komischer Kauz mit einem langen weißen Bocksbart – servierte, und merkwürdigerweise war gerade er daran schuld, daß meine früheren Ängste wieder erwachten. Er hatte eben den Nachtisch aufgetragen und einen Teller vor mich hingestellt, als ich sah, wie er zusammenzuckte und nach der Tür starrte. Ich wurde auf diese Vorgänge aufmerksam, weil die Hand, die noch den Teller hielt, plötzlich zu zittern begann. Ich blickte in dieselbe Richtung, sah aber nichts. Daß er vor irgend etwas Angst hatte, war deutlich zu merken, und dann glaubte ich wieder den üblen Geruch wahrzunehmen (doch das war vielleicht nur Einbildung).

Ich vergaß den Vorfall, als ich ein wenig später mit Lunt vor einem behaglichen Feuer in der Bibliothek saß. Er hatte eine sehr schöne Büchersammlung, und wie jedem Sammler machte es ihm Freude, jemanden bei sich zu haben, der sie zu würdigen verstand. Wir standen vor den Regalen, betrachteten ein Buch nach dem andern und unterhielten uns angeregt über einige der weniger bekannten frühen englischen Romanciers – Bage, Godwin, Henry Mackenzie, Mrs. Shelley, Met Lewis und andere –, für die ich eine besondere Vorliebe habe, als Lunt plötzlich wieder etwas tat, was mir äußerst unangenehm war: Er legte mir den Arm um die Schultern. Ich habe mein Leben lang eine heftige Abneigung gegen jede körperliche Berührung mit gewissen Menschen gehabt, und ich glaube, das geht uns allen so. Erklären kann man das nicht. Jedenfalls war mir diese Berührung so widerwärtig, daß ich rasch einen Schritt zur Seite trat.

Lunt verwandelte sich augenblicklich in einen Tobsüchtigen. Ich dachte, er wolle mich schlagen. Er zitterte vor unbeherrschter Wut am ganzen Körper, schrie wie ein Wahnsinniger und wußte offenbar nicht mehr, was er redete. Er beschuldigte mich, ich hätte ihn beleidigt, seine Gastfreundschaft mißbraucht und seine Güte mit Bosheit vergolten. Ich weiß nicht mehr, was für lächerliche Dinge er mir noch vorwarf, und ich kann Ihnen nicht sagen, wie seltsam es war, all das in dieser schrillen, piepsigen Stimme zu hören, so als sagte es eine hysterische Frau, und dabei diesen großen, muskulösen Körper, diese breiten Schultern und dieses dunkle, bärtige Gesicht vor sich zu sehen.

Ich schwieg. Ich bin in solchen Dingen ein Feigling, und ich hasse Streit. Als ich endlich zu Worte kam, sagte ich nur: ›Es tut mir sehr leid. Ich hatte nicht die Absicht, Sie zu kränken. Verzeihen Sie.‹ Damit wandte ich mich rasch ab, um das Zimmer zu verlassen. Wieder verwandelte er sich von einem Augenblick zum nächsten. Nun weinte er beinahe. Er flehte mich an, zu bleiben, und sagte, seine üble Laune sei an allem schuld. Er sei so unglücklich und so lange schon allein, daß er kaum noch wisse, was er tue. Er bat mich, ihm noch eine Chance zu geben. Wenn ich mir nur seine Geschichte anhören wollte, würde ich gewiß mehr Geduld mit ihm haben. So seltsam ist die menschliche Natur, daß sich meine Gefühle für ihn auf der Stelle änderten. Er tat mir sehr leid. Ich sah, daß er mit seinen Nerven am Ende war und Hilfe und Mitgefühl brauchte. So legte ich ihm die Hand auf die Schulter, um ihn zu beruhigen und ihm zu zeigen, daß ich ihm nichts nachtrug, und ich fühlte, daß sein großer Körper zitterte. Wir setzten uns wieder, und er erzählte mir weitschweifig das, was er seine Geschichte nannte. Viel kam dabei nicht heraus. Er hatte – mehr um irgendeine Gesellschaft zu haben, denn aus Zuneigung – vor etwa fünfzehn Jahren die Tochter eines in der Nähe lebenden Pastors geheiratet. Ihr Zusammenleben war nicht sehr glücklich gewesen, ja zuletzt gestand er mir offen, er habe die Frau gehaßt. Sie sei gehässig, hochmütig und engstirnig gewesen, so daß er, wie er freimutig bekannte, nichts als Erleichterung empfand, als sie vor einem Jahr an Herzschlag starb. Er hatte geglaubt, nun werde sich alles zum Bessern wenden, aber dem war nicht so. Im Gegenteil, es ging ihm sehr schlecht. Er war unfähig zu arbeiten, die meisten Freunde blieben fern, ja es war sogar schwierig, Dienstboten zu bekommen, die bei ihm blieben. Er war entsetzlich einsam, er schlief schlecht – daher seine unerträgliche Laune und Gereiztheit. Seine einzigen Hausgenossen waren der alte Mann, der zum Glück vorzüglich kochte, und ein Junge, ein Enkel des Alten. Ich unterbrach ihn: ›Und ich dachte, das ausgezeichnete Dinner habe Ihre Haushälterin zubereitet!‹

›Meine Haushälterin?‹ erwiderte er. ›Es gibt in diesem Haus keine Frau.‹

›Aber eine Frau kam heute abend in mein Zimmer, eine alte Dame in einem schwarzen Seidenkleid.‹

›Sie haben sich getäuscht‹, sagte er mit der seltsamsten Stimme, so als müßte er seine ganze Kraft aufbieten, um sich zu beherrschen.

›Aber ich habe sie doch deutlich gesehen; ein Irrtum ist ausgeschlossen‹, entgegnete ich und beschrieb ihm die Frau.

›Sie haben sich getäuscht‹, wiederholte er. ›Sehen Sie denn nicht ein, daß Sie sich getäuscht haben müssen, wenn ich Ihnen versichere, daß es hier kein weibliches Wesen gibt?‹

Ich gab ihm recht, um nicht noch einmal einen Wutausbruch herauszufordern. Darauf bat er mich so inständig, als hinge sein Leben davon ab, einige Tage bei ihm zu bleiben. Er sagte es nicht rundheraus, deutete aber an, daß er in den größten Schwierigkeiten stecke, daß aber alles gut werden könnte, wenn ich noch eine Weile bliebe, und daß, wenn ich je in meinem Leben eine Gelegenheit gesucht hätte, ein gutes Werk zu tun, dies der rechte Ort und die rechte Zeit sei. Er könne zwar nicht von mir verlangen, daß ich mich in einem so trostlosen Haus aufhielte, meinte er, aber er würde mir ewig dankbar sein, wenn ich es doch über mich brächte. Alles, was er sagte, klang so verzweifelt, daß ich ihn beruhigte wie ein Kind. Ich versprach zu bleiben und drückte ihm die Hand, als gälte es, ein feierliches Gelöbnis zu bekräftigen.

Sie erwarten gewiß, daß ich alles so berichte, wie es sich zutrug, und wenn es den

Anschein hat, daß die Katastrophe zuletzt durch einen bloßen Zufall herbeigeführt wurde, kann ich dazu nur sagen: So und nicht anders hat es sich zugetragen. Ich habe seither oft versucht, zwei und zwei zusammenzuzählen, und wenn dabei nicht vier herauskommt, so ist das ein Fehler, den meine Geschichte, wie ich glaube, mit allen echten Geistergeschichten gemein hat.

Ich muß gestehen, daß diese seltsame Episode meine Nachtruhe keineswegs störte. Ich schlief den Schlaf der Gerechten, hatte es warm und behaglich in meinem Himmelbett und wurde gewiegt von dem Rauschen der See draußen vor den Fenstern. Der Morgen war hell und heiter, die Sonne funkelte auf den Schnee nieder, und der Schnee funkelte zur Sonne zurück, als wären die beiden froh, einander wiederzusehen. Ich verbrachte einen sehr angenehmen Vormittag, indem ich in Lunts Büchern schmökerte, mich mit ihm unterhielt und ein oder zwei Briefe schrieb. Der Mann gefiel mir nun trotz allem recht gut. Seine Bitte am Abend zuvor hatte mich gerührt. Sehen Sie, ich bin so selten um etwas gebeten worden. Seine Nervosität war nicht zu übersehen, und er schien ständig vor etwas Angst zu haben, aber er beherrschte sich und tat alles zu meiner Bequemlichkeit, damit ich nur blieb und ihm ein wenig von der Geselligkeit bot, nach der er sich so verzweifelt sehnte. Ich glaube, ich würde mich nicht so wohl gefühlt haben, wenn ich mich nicht so viel mit den Büchern beschäftigt hätte, denn in dem Haus herrschte eine geradezu unheimliche Stille, und einmal, als ich an einem alten Schreibtisch über einem Brief saß und den Kopf hob, ertappte ich Lunt dabei, daß er mich beobachtete, als fragte er sich, ob ich auch etwas gehört oder bemerkt hätte. Ich lauschte, und mir war, als stünde jemand draußen vor der Tür der Bibliothek und höbe eben die Hand, um anzuklopfen – ein wunderlicher Eindruck, der durch nichts gerechtfertigt war, aber ich hätte schwören können, daß ich jemanden gesehen haben würde, wenn ich aufgestanden und zur Tür gegangen wäre.

Ich bewahrte mir jedoch meine gute Laune, und nach dem Mittagessen fühlte ich mich ausgesprochen heiter und zufrieden. Lunt schlug mir einen Spaziergang vor. Ich war einverstanden, und wir gingen in der Sonne über den knirschenden Schnee zur Küste hinunter. Ich weiß nicht mehr, wovon wir sprachen, aber ich glaube, wir verkehrten nun sehr unbefangen miteinander. Wir gingen über die Felder bis zu einer gewissen Stelle, von der aus wir das Meer betrachteten, das nun glatt und seidig unter uns lag, und kehrten wieder um. Ich war so froh gestimmt, daß ich alle meine Pläne im günstigsten Licht sah. Ich vertraute mich Lunt an, erzählte ihm von meinen Absichten und Hoffnungen für das Buch, an dem ich gerade schrieb, und deutete zuletzt sogar schüchtern an, wir könnten vielleicht einmal gemeinsam etwas unternehmen. Was wir beide brauchten, meinte ich, war ein gleichgesinnter Freund. Ich erinnere mich, daß ich redete und redete, daß wir eine kleine Dorfstraße überquerten und daß wir eben in den Pfad einbogen, der zu der dunklen Allee vor seinem Haus führte, als plötzlich die Veränderung über ihn kam.

Als erstes fiel mir auf, daß er mir nicht zuhörte. Er starrte an mir vorbei auf eine dunkle Baumgruppe am Rande der silbernen Schneefläche. Ich sah ebenfalls ge-

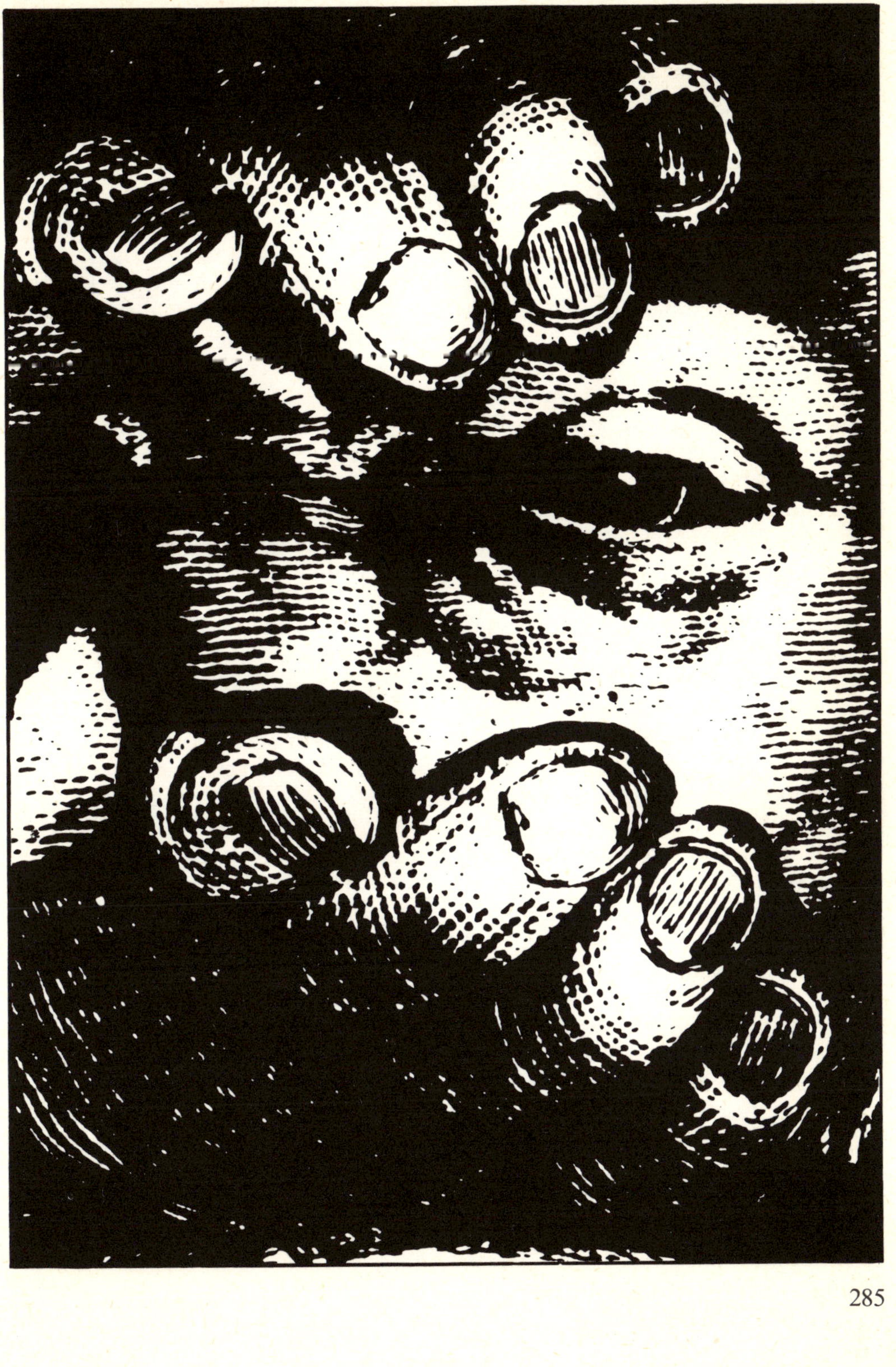

nauer hin, und mein Herz begann rascher zu schlagen, denn vor den Bäumen stand, als wartete sie auf uns, die alte Frau, die ich am Abend in meinem Zimmer gesehen hatte. Ich blieb stehen. ›Da ist sie ja!‹ sagte ich. ›Das ist die alte Frau, von der ich gestern sprach, die Frau, die in mein Zimmer kam.‹

Er packte mich an der Schulter. ›Aber … da ist doch niemand‹, sagte er. ›Sehen Sie nicht, daß das nur ein Schatten ist? Was haben Sie nur! Da ist doch gar nichts!‹

Ich machte einen Schritt vorwärts, und plötzlich war da wirklich nichts und niemand mehr zu sehen. Ich weiß bis heute nicht, ob ich eine Halluzination hatte. Ich weiß nur noch, daß sich der Nachmittag von diesem Augenblick an verdüsterte. Als wir die Allee betraten, schweigend und mit schnellen Schritten, als fühlten wir uns verfolgt, schien die Dämmerung angebrochen zu sein. Es war mit einemmal so dunkel, daß ich kaum den Weg erkannte. Wir kamen atemlos vor dem Haus an. Lunt eilte in sein Arbeitszimmer, als wäre ich nicht vorhanden, aber ich folgte ihm, schloß die Tür hinter mir und sagte mit aller Entschiedenheit, die mir zu Gebote stand: ›Was hat das alles zu bedeuten? Wovor fürchten Sie sich? Sie müssen es mir sagen. Wie soll ich Ihnen helfen, wenn Sie es mir nicht sagen?‹

Er antwortete mir mit einer so seltsamen Stimme, daß ich glaubte, er habe den Verstand verloren: ›Ich sage Ihnen doch, es ist nichts. Können Sie mir nicht glauben, wenn ich Ihnen sage, daß alles in Ordnung ist? … O mein Gott! Mein Gott! … Verlassen Sie mich nicht! … Dies ist der Tag, die Nacht, von der sie sprach … aber ich habe nichts getan. Ich versichere Ihnen: ich habe nichts getan! Es ist nur ihre teuflische Bosheit …‹ Er unterbrach sich, hielt mich am Arm fest, machte seltsame Bewegungen, wischte sich die Stirn, als schwitzte er, redete auf mich ein, flehend, dann zornig, dann wieder flehend, so als hätte ich ihm eine Bitte abgeschlagen.

Ich sah, daß er tatsächlich nicht weit davon entfernt war, den Verstand zu verlieren, und begann selbst, dieses feuchte, dunkle Haus zu fürchten – und diesen großen, zitternden Mann und etwas, was schlimmer war als er und das Haus. Dennoch hatte ich Mitleid mit ihm. Wie hätte ich – oder irgend jemand sonst – nicht Mitleid empfinden sollen? Ich bat ihn, sich in den Sessel vor dem Feuer zu setzen, das zu einer schwachen Glut zusammengesunken war, ich überließ ihm meine Hand, die er fest umklammerte, und wiederholte, so ruhig ich konnte: ›Sagen Sie es mir. Fürchten Sie sich nicht, was immer Sie getan haben. Sagen Sie mir, wovor Sie Angst haben, und wir werden die Gefahr gemeinsam bestehen.‹

›Angst, Angst‹, wiederholte er, und mit einer Willensanstrengung, die ich bewundern mußte, gewann er wieder Gewalt über sich und sagte: ›Ich bin von Sinnen vor Einsamkeit und Melancholie. Meine Frau starb vor einem Jahr, genau heute vor einem Jahr. Wir haßten einander. Ich fühlte kein Bedauern, als sie starb, und sie wußte es. Als der letzte Herzanfall begann, sagte sie keuchend, sie werde wiederkommen. Seither fürchte ich mich vor dieser Nacht. Das ist mit ein Grund, warum ich Sie zu kommen bat: damit ich jemanden bei mir habe, irgend jemanden. Sie waren sehr gütig, gütiger, als ich mit gutem Recht erwarten darf. Sie müssen mich für verrückt halten, aber stehen Sie mir heute nacht noch bei, und wir werden noch viel

Schönes miteinander erleben. Lassen Sie mich nur jetzt nicht im Stich!‹ Ich versprach ihm meine Hilfe und beruhigte ihn, so gut ich konnte. Ich weiß nicht, wie lange wir noch in der zunehmenden Dunkelheit saßen. Im Kamin erlosch die letzte Glut, und das Zimmer wurde von einem seltsamen, fahlen Licht erhellt, das aus der Schneelandschaft vor den Fenstern kam. Es war, wenn ich heute daran zurückdenke, lächerlich. Wir saßen dicht beieinander – ich hatte meinen Sessel neben seinen geschoben – und hielten uns an den Händen wie ein Liebespaar. Damals aber waren wir, um die Wahrheit zu gestehen, zwei Männer, die sich vor etwas fürchteten, was auf sie zukam, und nichts dagegen zu tun vermochten.

Das war vielleicht das Seltsamste – diese Lähmung. Was hätten Sie an meiner Stelle getan? Den alten Mann gerufen? Den Arzt aus dem Dorf geholt? Ich konnte nichts unternehmen. Ich sah nur das Schneelicht wie Wasser über die Möbel rinnen und hörte in der bedrückenden Stille ab und zu eine Eule schreien.

Merkwürdigerweise kann ich mich beim besten Willen nicht erinnern, was zwischen dieser sonderbaren Wache und dem Augenblick geschah, da ich nach kurzem Schlaf erwachte, mich im Bett aufsetzte und Lunt mit einer Kerze in der Hand in meinem Zimmer stehen sah. Er trug ein Nachthemd und wirkte im Kerzenschein riesengroß. Sein Bart stach tiefschwarz von dem weißen Stoff des Hemdes ab. Er trat ruhig auf mein Bett zu, und die Kerze warf flackernde Schatten durch den Raum. Als er sprach, war seine Stimme kaum mehr als ein Flüstern: ›Würden Sie, bitte, mitkommen? Für eine halbe Stunde, nur für eine halbe Stunde!‹ Dabei starrte er mich an, als hätte er mich nie zuvor gesehen. ›Ich bin so unglücklich allein, sehr unglücklich.‹ Dann blickte er über die Schulter, hob die Kerze hoch über seinen Kopf und sah sich im ganzen Zimmer um. Ich erkannte, daß etwas mit ihm geschehen war, daß er einen weiteren Schritt in das Land der Furcht getan hatte, einen Schritt, der ihn von mir und allen anderen Menschenwesen entfernte. Er flüsterte: ›Treten Sie aber leise auf, wenn wir gehen. Ich möchte nicht, daß uns jemand hört.‹

Ich stieg aus dem Bett, zog meinen Morgenmantel und meine Pantoffeln an und versuchte, ihn zum Bleiben zu überreden. Das Feuer war beinahe ausgegangen, aber ich sagte, wir könnten es wieder anfachen und dann gemeinsam den Morgen erwarten, aber nein, er flüsterte immer wieder: ›In meinem Zimmer ist es besser. Wir sind dort sicherer.‹

›Sicher wovor?‹ fragte ich und zwang ihn, mir ins Gesicht zu sehen. ›Lunt, wachen Sie auf! Sie schlafen ja. Es gibt hier nichts zu fürchten. Hier sind nur wir beiden. Bleiben Sie hier. Plaudern wir, und vergessen Sie den Unsinn!‹ Er antwortete nicht. Er zog mich hinter sich her durch den dunklen Korridor, dann trat er in sein Zimmer und winkte mir, zu folgen. Er stieg in sein Bett, saß mit gekrümmtem Rücken da, die Hände um die Knie gelegt, starrte auf die Tür und zitterte. Das einzige Licht im Zimmer spendete die Kerze, die schon weit heruntergebrannt war, und das einzige Geräusch war das Flüstern des Meeres.

Meine Anwesenheit schien er kaum zu bemerken. Er sah mich nie an, er sah nur die Tür, und wenn ich zu ihm sprach, antwortete er mir nicht. Er hörte wohl auch nicht,

was ich sagte. Ich setzte mich auf einen Stuhl neben dem Bett und redete über irgend etwas und nichts, nur um die Stille zu brechen. Ich wurde schläfrig, meine Gedanken verwirrten sich. und plötzlich hörte ich seine Stimme mitten in meine Worte hineinklingen. Klar und deutlich sagte er: ›Wenn ich sie umbrachte, so hat sie es verdient. Sie war mir nie eine gute Frau ... von allem Anfang an nicht. Sie hätte mich nicht ständig reizen dürfen. Sie kannte meine Launen und hatte selbst noch viel ärgere. Sie kann mir nichts anhaben. Ich bin so stark wie sie.‹ Dann sank seine Stimme plötzlich zu einem leisen Flüstern, so als wäre er beinahe froh, seine Angst bestätigt zu sehen. ›Sie ist da‹, hauchte er. Ich kann Ihnen nicht beschreiben, wie dieses Flüstern auf mich wirkte. Angst strömte durch meine Glieder wie Wasser. Ich sah nichts. Die Kerze flammte im letzten Augenblick ihres Lebens noch einmal hoch auf... ich sah nichts; aber Lunt schrie plötzlich auf wie ein gepeinigtes Tier im Todeskampf. ›Weg! Reißen Sie sie weg! Weg von mir, weg von mir!‹ Er packte mich an der Schulter, seine Finger bohrten sich in mein Fleisch. Dann sanken seine Arme schlaff nieder, er fiel auf das Bett wie hingeworfen, legte die Hände auf die Decke, ein Krampf schüttelte seinen ganzen Körper, dann drehte er sich zur Wand. Ich sah noch immer nichts. Ich roch nur den widerlichen Gestank, den ich am vorausgegangenen Abend in meinem Zimmer gerochen hatte. Ich stürzte zur Tür, riß sie auf und schrie in den langen Korridor hinaus, bis der alte Mann gelaufen kam. Ich schickte ihn nach dem Doktor, brachte es dann aber nicht über mich, ins Zimmer zurückzukehren, sondern stand da und lauschte, ohne mehr zu hören als das gedämpfte Rauschen der See und das laute Ticken der Uhr in der Diele. Zuletzt stieß ich das Fenster am Ende des Ganges auf, das Donnern der Brandung stürzte herein, eine Glocke schlug die Stunde. Endlich nahm ich meinen Mut zusammen und ging wieder ins Zimmer...«

»Und?« fragte ich, als Runciman schwieg. »Er war natürlich tot?«

»Tot, sagte der Doktor später. Herzschlag.«

»Und was weiter?« fragte ich.

»Das ist alles«. Runciman zögerte. »Ich weiß nicht, ob man das überhaupt eine Geistergeschichte nennen darf. Die alte Frau, die ich sah, kann eine Halluzination gewesen sein. Ich weiß nicht einmal, wie seine Frau aussah, als sie noch lebte. Vielleicht war sie groß und dick. Lunt starb an seinen Gewissensbissen.«

»Ja«, sagte ich.

»Eines kann ich mir allerdings nicht erklären«, fügte Runciman nach einer langen Pause hinzu. »An Lunts Leiche fand man Spuren, vor allem am Hals, einige auch auf der Brust ... wie von Fingern, die fest ins Fleisch gedrückt wurden... Kratzer und bläuliche Male. In seiner Angst muß er sich selbst gewürgt haben...«

»Ja«, sagte ich noch einmal.

»Jedenfalls...« Runciman zog fröstelnd die Schultern ein... »jedenfalls mag ich Cornwall nicht. Eine scheußliche Gegend. Seltsame Dinge geschehen dort. Es liegt etwas in der Luft...«

»Ja, so sagt man«, erwiderte ich. »Aber jetzt wollen wir etwas trinken...«

Frank Belknap Long
Die zwei Gesichter

Das Raumschiff schwebte ins Tal nieder wie eine große silberne Möwe. Seine Schrauben fingen das Sonnenlicht ein und warfen einen wirbelnden Schatten auf das Grün der Hänge.

Den Männern, die sich in der Kabine drängten, war zumute wie Kindern, die am ersten Tag der Sommerferien lachend und schreiend durch eine feiertäglich gestimmte Stadt laufen. Sie fühlten den Schweiß in ihren Handflächen ausbrechen. Noch konnten sie nicht glauben, daß diese grüne Welt Wirklichkeit war.

Wie konnte man auch die Gewißheit haben, daß der große Tag wirklich gekommen war? Die quälende Erwartung, die hochgespannten Hoffnungen, die mühselige Arbeit, die Müdigkeit, die strenge Disziplin langer Tage und Nächte im von Sternenstaub erfüllten Weltraum konnten seltsame Zweifel wecken, die nicht einmal der Sonnenschein in einem grünen Tal zu zerstreuen vermochte.

Und wie konnte man Gewißheit besitzen, wenn diese Sonne nicht Sol war, sondern der Stern Alpha Centauri, und die grüne Welt nicht der Mars oder die Venus, sondern der wärmste der kleinen inneren Planeten, der in einem erträumten Morgen schwamm, das unversehens Heute geworden war!

Heute, jetzt, dieser Augenblick, in dem das große Schiff niederschwebte und sein Schatten auf den grünen Hügeln immer länger wurde...

Kapitän Paul Hendry stand steif aufgerichtet in dem durch das Beobachtungsfenster einfallenden Licht und starrte voll ungläubiger Verwunderung hinaus. Ebenso aufrecht standen neben ihm John Hoskins, der Meteorologe, ein kleiner Mann mit scharfen Falkenaugen, und Fred Allison, ein Riese mit einem gewaltigen Appetit auf die guten Dinge des Lebens. Jim Miles, der noch blaß war von der vielen Museumsarbeit auf der Erde, hatte im Vierten Weltkrieg ein Bein verloren, und für ihn war es schwierig, so aufrecht zu stehen wie die anderen, aber in seinen Augen brannte der gleiche Eifer, seine Lippen waren ebenso fest zusammengepreßt.

Jeder der zwölf Männer stand auf seine Weise aufrecht da, der eine mit der Geradheit des Geistes, der andere mit der Geradheit des Körpers und wieder ein anderer mit einer Geradheit, die nichts anderes war als die Befreiung von der Angst.

Während die Männer zusahen, wie ihnen das Tal entgegenschwebte und immer tiefer und weiter wurde, ging eine Tür auf und eine schlanke junge Frau betrat die Kabine. Sie hatte lohgelbes Haar und helle blaue Augen.

Die Männer wandten sich nach ihr um. Unwillkürlich identifizierten sie die Lieblichkeit des Tals mit der Frau, und ebenso unwillkürlich übertrugen sie ihre eigenen Empfindungen auf den Glücklichen, der auf sie zuging und sie in die Arme nahm. Es war unvermeidlich, daß Allison dieser Glückliche war, denn Barbara Maitland, die Archäologin, schätzte an einem Mann Kraft und Selbstvertrauen höher als Vorsicht.

»Es ist gut zu wissen, daß dies allen gehört!« sagte sie leise. »Wir haben den Raum durchquert und einen anderen Stern erreicht. Wir haben bewiesen, daß das möglich ist, und nun gehört dies allen Menschen, allen Männern, Frauen und Kindern auf der Erde. Das dürfen wir nie vergessen!«

»Keine Angst!« rief Allison lachend. Er hielt sie fest umschlungen und drehte sich mit ihr wie im Tanz. »Wir fliegen weiter, noch viel weiter. Das ist erst der Anfang.«

Die beiden drehten und drehten sich, und die Männer lachten, schrien und weinten.

Kapitän Hendry schlug sich klatschend mit der Faust in die Handfläche und sagte: »Schluß jetzt, Männer! Hebt euch das Feuerwerk bis nach der Landung auf!«

Mit einem kaum merkbaren Ruck setzte das Schiff auf einem abschüssigen Hang auf, und Kapitän Hendry widmete sich den Pflichten, die ihm seine Stellung auferlegte. Die Fachleute machten sich ans Werk, und lang gehegte Zweifel und Befürchtungen zergingen wie Talg in der Sonne, als sich die guten Nachrichten im ganzen Schiff ausbreiteten.

Alle schienen zugleich zu reden.

»Die Luft ist genau richtig, Sir! Ein etwas zu hoher Sauerstoffgehalt, aber mit dem Überschuß werden wir leicht fertig.«

»Die Temperatur ist geradezu ideal, Sir. Könnte nicht besser sein. Achtzehn Grad im Schatten.«

»Wir werden keine Raumanzüge brauchen, Sir! Wir können aussteigen, sobald Sie es befehlen.«

Geben Sie den Befehl, Sir, den wunderbaren Befehl, und wir alle gehen hinaus, wir raffen mit unseren Händen die neue Erde auf und atmen die neue Luft tief in unsere Lungen, und wir senden die große Botschaft an die Erde zurück, mit einem Sender, der eine Reichweite von Lichtjahren hat. Geben Sie nur den Befehl, Sir!

Kapitän Hendry gebot mit einer Handbewegung Schweigen. Drei Freiwillige brauchte er. Der erste, der vortrat, war Fred Allison. Jim Miles fuhr sich mit der Zunge über die trockenen Lippen und war mit zwei hinkenden Schritten neben Allison, knapp vor Hoskins, der sich mit der Bedachtsamkeit des Wissenschaftlers bewegte, nicht gewillt, sich drängen zu lassen.

Hendry musterte die drei. »Gut«, sagte er. »Wir steigen ins Tal hinunter und sehen uns um. Ich habe große Achtung vor dem Kapitän, der mit seiner ganzen Mannschaft so einen Hügel hinunter und wieder hinauf marschierte. Er hatte Sinn fürs Dramatische, aber er hätte auf seinen Geisteszustand untersucht werden müssen.«

»Wir möchten alle hinaus, Sir!« sagte ein junger Mann naiv.

Hendry lachte. »Ihr kommt alle an die Reihe. Wir bleiben noch lange hier.«

Er wandte sich um und ging auf die Schwerkraftschleuse zu. Allison, Miles und Hoskins folgten ihm. Sie waren ruhig und zuversichtlich, bereit, dem Kapitän bis ans Ende der Erde zu folgen, denn eine Erde war dies; zwar nicht Terra, aber ebenso warm und grün und freundlich – und reif, erforscht zu werden.
Die Luft war kühl, mild und gut zu atmen, und als sich die Schwerkraftschleuse mit einem leisen Summen geschlossen hatte, standen die Männer einen Augenblick vor ihrem Schiff, regungslos und staunend das neue Bild in sich aufnehmend. Dann machten sie kehrt und schritten nebeneinander her ins Tal hinunter. Jeder trug eine kleine, hochwirksame Strahlwaffe an der Hüfte. Bei solchen Expeditionen hatte Kapitän Hendry nie das Verlangen, sich an die Spitze zu setzen. Mochten alle die gleiche Gefahr auf sich nehmen, den gleichen Ruhm gewinnen, jeder sein eigener Führer.
Die Erforschung einer neuen Welt... Es war, als schenkte man Champagner in ein Glas und beobachtete, wie die Blasen reifbedeckten Perlen gleich aufstiegen. Mit Vorsicht mußte man diesen Champagner trinken, denn er konnte schaden. Es kam auf das Einschenken an, man mußte den Duft der neuen Welt atmen und zusehen, wie die Blasen tanzten und sprühten...
Grünes Gras unter den Füßen, Wind, der ihnen die Wangen streichelte, und das Tal, das sich in leuchtendem Dunst verlor. Immer weiter wurde es, und jeder der vier dachte: »Das ist es! Das ist der große Tag, und wir sind die ersten! Dies ist der Augenblick, den wir an unsere Kindeskinder weitergeben müssen, unsere herrliche Gabe an die Welt von morgen!«
Sie befanden sich etwa dreihundert Meter unterhalb des Schiffes, als sich der dünne Nebel verzog und das Tal sich schimmernd vor ihren Augen ausbreitete.
Kapitän Hendry blieb stehen... die Schönheit und das Wunder stürzten jäh zusammen wie ein zerberstendes Haus aus Glas. Miles schrie auf. Angst und Abscheu überwältigten ihn. Er machte keinen Versuch, seine Gefühle zu verbergen.
»Seht!« murmelte Hoskins. Er hob die Hand und seine Halsmuskeln verkrampften sich. Nur Allison hielt dem Anblick stand. Er streckte die Arme aus, herausfordernd und in wildem menschlichem Stolz, als wollte er diese unglaubliche Verhöhnung des Menschen umarmen und zerdrücken.
In den stillen grünen Tiefen des Tals ragte eine große Steinfigur auf. Riesenhaft, von strahlendem Glanz umgeben, stand sie breitbeinig über dem ganzen Talgrund, ein Symbol furchtbarer, alles bezwingender Macht.
Der Koloß war eine ungeschlachte Karikatur der menschlichen Gestalt, so wie sie die Evolution auf der Erde hervorgebracht hat. Er war affenähnlich und doch kein Affe, menschenähnlich und doch kein Mensch. Die breite Brust, die langen Arme und das entblößte Gebiß waren ganz und gar äffisch, aber die Stirn über den hervorquellenden Augen war stärker gewölbt als die des Homo sapiens, und die langen Affenarme endeten in Händen mit schlanken Fingern, die in ihrer Feingliedrigkeit beinahe weibisch wirkten.
Der Steinriese starrte den Hang hinauf. Er hielt die Arme ausgebreitet, und das bös-

artige Gesicht mit dem schweren Unterkiefer blendete die Männer von der Erde, indem es in grellen Blitzen das Sonnenlicht reflektierte, das in phantastischen Zukkungen über die Glotzaugen huschte, blaue Schatten in die eingefallenen Wangen zeichnete und den Mund mit Feuer füllte.
Der Koloß atmete die Stille jener aus Stein gehauenen fratzenhaften Wasserspeier, die man auf der Erde in blutigen Kriegszeiten an den Kathedralen anbrachte.
»Wenn diese Statue ein Idol ist, stellt sie den primitivsten Kannibalenkult auf unserer Erde in den Schatten«, sagte Hoskins mit einem Würgen in der Kehle.
»Da haben Sie recht«, stimmte ihm Kapitän Hendry bei. »Mir wird vom bloßen Hinschauen übel. Kehren wir um.«
»Umkehren?« Allison stand hoch aufgerichtet im Sonnenglanz, dem Tal zugewandt. »Das kann nicht Ihr Ernst sein, Sir! Man braucht geniale Begabung, um eine solche Figur aus hartem Fels zu hauen. Es ist das größte aller Steingesichter, mehr noch: eine vollständige menschliche Gestalt. Bei Gott, dieser Planet wird von großartigen Handwerkern, von Künstlern bewohnt!«
»Von Künstlern?« murmelte Hendry. »Von Künstlern, sagen Sie? Sie meinen von Barbaren, die für das Leben nichts anderes empfinden als nackten, furchtbaren Haß, die die Grausamkeit und den Tod lieben! Sehen Sie sich doch diese Fratze an. Lassen Sie ihren Ausdruck auf sich einwirken!«
Allison warf den Kopf zurück und lachte.
»Sie scheint Sie zu amüsieren, Allison?« sagte Hendry.
Allison wandte sich mit einem Achselzucken ab. »Wenn sie so etwas als Idol anbeten, ist es ihre eigene Sache. Wir sind bewaffnet und können uns unserer Haut wehren. Seien wir doch nicht kindisch!«
Kapitän Hendry legte Miles die Hand auf die Schulter. »Was meinen Sie, Jim? Sollen wir umkehren?«
Miles schloß die Augen, bevor er antwortete. Im Geiste sah er Barbara Maitland am Beobachtungsfenster stehen, vor dem Hintergrund der Sternennacht, ihr Haar eine lohfarbene Aureole.
Er erinnerte sich, wie sie redete, lachte, ging und saß. In Gedanken schloß er sie in die Arme. Sie riß sich von ihm los, spottete seiner mit ihrem gesunden, geraden jungen Körper. Wie könnte sie einen Mann lieben, der hinkte, der selten lächelte, der durch sein Temperament mit kalten Präzisionsinstrumenten und dem Staub der Museen vermählt war!
Was hatte es zu bedeuten, daß sie Jugendfreunde gewesen waren, wenn sich nun trockener, erstickender Staub wie eine Wolke zwischen ihnen erhob?
Ein tollkühner Bursche, dieser Allison. Ungezähmt und unerwachsen, ein junger Löwe voll grausamer Verspieltheit. Ein Mann, der eine Frau schlug oder umarmte, wie es ihm gerade einfiel, der aus seiner Jungenhaftigkeit, seinem gewinnenden Lächeln Kapital zu schlagen verstand. Was für Närrinnen waren doch die Frauen, daß sie sich blenden ließen durch kräftige Muskeln und die kaum verhüllte Häßlichkeit eines Mannstieres, das sich als lächelnder Apoll maskierte.

Wieviel Glück würde Barbara versäumen, wenn dieser junge Löwe allein ins Tal hinunterging und nicht zurückkam? Gewiß nicht viel. Keine Frau konnte auf die Dauer in der verspielten Umarmung eines jungen Löwen glücklich sein.
»Jim, ich habe Sie um Ihre Meinung gefragt!« mahnte Kapitän Hendry.
Jim Miles wandte sich mit einem Schauder der Selbstverachtung ab. »Allison ist fest entschlossen, Sir«, sagte er. »Wir können ihn nicht allein gehen lassen.«
»Ich kann ihm befehlen, umzukehren!« widersprach Hendry. »Was sind wir eigentlich? Ein Debattierklub?«
»Nein, Sir. Aber wenn Sie Allison befehlen, umzukehren, wird er nicht gehorchen. Sie werden disziplinarisch gegen ihn vorgehen müssen.«
»Mann Gottes, sagen Sie offen heraus, was Sie meinen!« brauste Hendry auf. »Sie wollen sagen, daß ich ihn niederschießen müßte?«
»Richtig, Sir.«
Hendrys Gesicht lief rot an. »Wollen Sie vorschlagen, ich solle ihm eine Befehlsverweigerung durchgehen lassen?«
Miles schüttelte den Kopf. »Nein, Sir. Wenn Sie ihm den Befehl zur Umkehr geben und er Ihnen nicht gehorcht, werden wir stets etwas zu bedauern haben. Warum wollen Sie ihm überhaupt die Möglichkeit geben, einen Befehl zu verweigern, Sir? Sie können das Problem lösen, indem Sie ihn töten. Aber wäre es nicht einfacher, mit ihm zu gehen?«
Weiter unten im Tal kam der Kapitän noch einmal auf das Gespräch zurück. »Ich war verrückt, Jim«, sagte er. »Ich hätte nicht auf Sie hören sollen.«
Miles runzelte die Stirn und ging schweigend weiter. Über ihnen ragte der Koloß empor, der Hang wurde flacher, und die Sonne stach. Allison ließ sich von den andern einholen. Noch eine Minute, und Kapitän Hendry würde seinen Ärger vergessen und ihn wieder als Waffengefährten akzeptieren. Doch diese Minute kam nie.
Für weitere Gespräche war keine Zeit mehr, denn das Tal wimmelte plötzlich von Menschen, von gelbhäutigen Männern und Frauen mit schlanken, geraden Gliedern, die eine primitive Kleidung aus einem groben Stoff trugen und sich mit der Natürlichkeit und Anmut aller Naturmenschen bewegten.
Sie schwärmten rufend und lachend den Hang herauf und auf die vier Männer zu. Ihre Sprache war ein Singsang, angenehm zu hören, weich und volltönend.
»Laßt sie nicht zu nahe herankommen!« warnte Hendry, und seine Hand fuhr an die Hüfte. Die Warnung war unnötig, denn als die lachenden Barbaren näherkamen, schwanden Furcht, Unbehagen und Mißtrauen von selbst.
Allison lachte laut auf. »Sie sind wie Kinder, wie freundliche Kinder.«
»Ja«, stimmte Hoskins zu.
Miles schwieg. Er stand nur still da und nahm diesen warmen Tribut der Freundlichkeit mit ungläubigem Staunen entgegen. Die Männer kamen heran und klopften den vier von der Erde auf die Schultern, mit dankbaren Blicken, voll Respekt und Ergebenheit und Stolz auf die eigene Heimat, so als begrüßten sie Fußballhelden nach einem großen Spiel.

Ein großes Spiel war es in der Tat, und die Begrüßung war herzlicher als ein bloßer Händedruck, sie war voll wilder Begeisterung. Den Besuchern war zumute, als würden sie von einer jubelnden Menge auf die Schultern gehoben.
Die Frauen waren zurückhaltender. Sie knieten nur nieder und umarmten die Beine der Männer von der Erde.
Freundliche Menschen, unglaublich gutherzige Menschen! Zu Allisons Füßen kniete eine Frau mit Augen wie Schlehen und sah in zärtlicher Verzückung zu ihm auf. Kapitän Hendry ging langsam hin und her. War eine Stunde vergangen oder eine Ewigkeit?
Natürlich geschieht das alles nicht wirklich, sagte er sich. Natürlich träumen wir. Es kann nicht Wirklichkeit sein. Gleich wird sich alles auflösen. Das Bild wird bersten wie ein Schiff, das draußen im Weltraum mit einem andern zusammenstößt, in schwarze Abgründe versinkt und grelle Blitze schleudernd sich in Staub auflöst.
Die vier Männer von der Erde befanden sich in einem üppig grünenden Tal. Hinter ihnen öffnete sich eine große Höhle. Sie wurden langsam durch Freundlichkeit erstickt, und es war ihnen unmöglich, sich loszureißen.
Miles fühlte ein unbestimmtes Unbehagen, als er Hendry hin und her gehen sah. Er hätte gern mit ihm gesprochen, stand auf und begann neben dem Kapitän herzuschreiten.
»Es ist unglaublich!« sagte er.
»Ja, ganz und gar unglaublich.«
»Wir sollten zum Schiff zurückkehren, Sir.«
»Alles zu seiner Zeit«, sagte Hendry.
»Sie haben doch nicht beschlossen, hierzubleiben, Sir?«
»Wofür halten Sie mich?« Hendry blieb stehen, um Miles ins Gesicht zu sehen. »Wir werden rechtzeitig zurückkehren.«
»Hol's der Henker! Warum gehen wir nicht gleich, Sir?«
»Weil ich diese Leute nicht vor den Kopf stoßen will!« sagte Hendry ungeduldig. »Wir müssen mit ihnen zusammenleben. Ein anderer Planet in einem anderen Sonnensystem, bewohnt von einer freundlichen Menschenrasse. Ist Ihnen klar, was das bedeutet, Jim?«
»Ja, und mir dreht sich der Kopf, wenn ich darüber nachdenke. Sie sind ganz anders als wir, Sir.«
»Ich weiß es, Jim.«
»Sie kennen kein Mißtrauen, keine Bosheit. Wo ist die instinktive Feindseligkeit, die man bei Primitiven erwarten würde? Wir sind Freunde, aber das scheint ihnen nichts auszumachen!«
»Ich weiß, ich weiß«, murmelte Hendry. Er sah besorgt drein. »Hier stimmt etwas nicht. Ich kann nur noch nicht sagen, was es ist.«
»Warum? Was gefällt Ihnen nicht? Sehen Sie, Sir, diese Freundlichkeit ist ihre wahre Natur. Sie ist echt, tief empfunden. Fragen Sie mich nicht, woher ich das weiß. Ich spüre es, Sir.«

»Ich auch«, gab der Kapitän zu. »Trotzdem gefällt es mir nicht. Es ist nicht natürlich, nicht ... menschlich.«
Hendry hob den Blick und starrte Allison an. Der saß auf einem Felsblock und hatte auf jedem seiner braungebrannten Knie eine Barbarin sitzen. Eine dritte kauerte zu seinen Füßen und blickte mit der Entrücktheit eines indianischen Korbflechters zu ihm auf. Sie versuchte, ihn zu betören, auf eine herzliche, gutartige Weise, ohne von ihm Besitz ergreifen zu wollen.
»Sie sind von Natur arglos, Sir«, meinte Miles. »Einfach, großzügig, gutherzig. Sie hassen einander nicht.«
»Ich habe selbst Augen im Kopf«, knurrte Hendry. »Bei uns spielt der Sexualneid eine fundamentale Rolle, aber diese Frauen sind nicht einmal eifersüchtig.«
Während er sprach, sah sich Hendry nach Hoskins um. Der tat etwas ganz Unglaubliches. Er beteiligte sich an einem Wettkampf. Vor der Höhle warfen drei große, kräftige Burschen flache Holzscheiben nach einem Pfahl. Die Scheiben hatten in der Mitte ein Loch, und das Spiel war offenbar eine centaurische Variante eines alten ländlichen Zeitvertreibs, den man auch auf der Erde noch kannte.
Der erste Werfer verfehlte den Pfahl um gut zwei Meter. Er stöhnte und schnitt Grimassen, während der zweite Bursche seine Scheibe ein wenig näher ans Ziel brachte. Die geschickt geworfene Scheibe des dritten streifte den Pfahl mit einem dumpfen schwirrenden Laut, und Hoskins, ausgerechnet Hoskins landete einen Treffer! Eine unglaubliche Leistung, denn das ausgestanzte Loch in der Mitte der Scheibe paßte nur sehr knapp auf den Pfahl. Die drei Burschen hoben Hoskins auf ihre Schultern und rannten mit ihm, laut Beifall brüllend, wild im Kreis herum.
»Aber wir können auch gute Verlierer sein«, sagte Miles rasch atmend.
Eines der Barbarenmädchen ging auf Hoskins zu und legte ihm die Arme um den Hals. Die drei Burschen traten zurück und grinsten Hoskins an. Der errötete schuldbewußt und richtete sich auf, als machte er sich auf einen Streit gefaßt. Aber die Burschen grinsten nur. Ihr Gesichtsausdruck sagte deutlicher als Worte: »Du bist der Bessere. Das Mädchen da ist so ziemlich das hübscheste, was wir auf unserem Planeten haben, aber du hast sie verdient. Gegen dich kommen wir nicht auf.«
Die Szene entbehrte nicht einer gewissen Komik, denn Hoskins war alles andre als ein Weiberheld. Er war nur rein zufällig ein guter Scheibenwerfer.
»Ich weiß nicht...«, sagte Kapitän Hendry als Antwort auf Miles' Bemerkung.
»Doch, wir können auch gute Verlierer sein«, wiederholte Miles mit soviel Nachdruck, daß es klang, als wollte er sich selbst überzeugen.
»O ja, natürlich«, gab Hendry zu. »Nur ... nehmen wir einmal an, ein Sportler aus einem andern Land würde uns schlagen, in einer Sportart, in der wir wirklich gut sind. Wir würden mit saurer Miene applaudieren und versuchen, uns den Ärger nicht anmerken zu lassen. Zum Teil wäre der Beifall sogar ehrlich. Wir sind durchaus großzügiger Gesten fähig. Aber nun nehmen wir an, unsere Blonden und Rothaarigen hätten nur noch Augen für den Helden aus dem andern Land. Würden wir uns mit Anstand aus der Arena zurückziehen, froh, ja geradezu begeistert?«

»Natürlich nicht, Sir, aber...«
»Er könnte von Glück reden, wenn er mit heiler Haut davonkäme. Wegen solcher Dinge sind Kriege geführt worden, vergessen Sie das nicht!«
»Aber die Freundlichkeit dieser Menschen schließt eben alles ein«, widersprach Miles. »Sie sind ihrem Wesen nach gut.«
»Ich weiß«, sagte Hendry düster. »Aber es würde uns nicht schaden, einen Augenblick an Freud zu denken. Vielleicht finden wir bei ihm eine Antwort.«
»Bei Freud, Sir?«
»Sie kennen die alte Theorie. Man hat sie nie widerlegt.« Hendry starrte zu dem Koloß hinüber. Sein Blick drückte Erbitterung – und Angst aus.
»Betrachten wir es doch einmal unter diesem Blickwinkel, Jim. Das Unterbewußtsein ist etwas Rätselhaftes, Geheimnisvolles. Es quillt über von alledem, was am Menschen hassenswert ist. Jeder Mensch braucht eine Art Ventil, durch das er seine Dschungeltriebe ablassen kann, sonst ist er eine reine Bestie, ein Tier mit der Intelligenz eines Menschen. Versucht man, diesen Teil seiner selbst in sich zu verschließen und sein Vorhandensein zu leugnen, verhält man sich nicht wie ein Mensch. Gewiß nicht wie diese Menschen hier. Aber nehmen wir an, man läßt dieses Dschungelerbe auf eine harmlose Weise ausfließen. Nehmen wir an, man denkt darüber nach, findet sich damit ab, spricht darüber vor aller Welt.«
»Spricht darüber, Sir?«
»Ja, Nehmen wir an, man schafft ein Kunstwerk, das eine Verkörperung des Hasses, der Angst, der Wut, der rein tierischen Heimtücke und Verschlagenheit, kurz: all dessen ist, was ein kultivierter Mensch an sich selbst verabscheut.«
Hendry deutete auf den Koloß, der breitbeinig über dem Talgrund stand. »Schauen Sie dort hinüber. Dort sehen Sie die unterbewußte Bestie in diesen Menschen, Gestalt geworden, personifiziert, für alle Welt sichtbar! Und nun sind diese Menschen frei. Indem sie ihre Schuld offen bekannten, haben sie Läuterung und echte Würde erlangt.«
Miles schrak aus seinen Gedanken auf. »Bei Gott, Sie haben es erfaßt, Sir!«
»Warten Sie. Lassen Sie mich zu Ende reden. Man kann auch ein falsches Bekenntnis ablegen. Die alten Römer taten es. Sie gaben vor, von dem Dschungelerbe nichts zu wissen. Sie beteten eine falsche Würde an. Die Magna Mater, die Steinfigur einer schönen, erhabenen Frau, Güte und Adel in Person, keiner Niedertracht fähig. Dabei waren die Römer das blutdürstigste Volk der ganzen Menschheitsgeschichte.«
»Das kann nicht Ihre wahre Meinung sein, Sir«, sagte Miles entgeistert. »Das widerspricht allem, was man uns gelehrt hat. Grausame Menschen haben sich stets grausame, primitive Idole geschaffen!«
»Richtig. Aber sie haben darum doch kein aufrichtiges Bekenntnis abgelegt. Nehmen Sie die Horden Dschingis Khans. Diese Menschen waren noch größere Heuchler als die Römer. Sie verehrten ein grausames Idol, aber es war verschleiert. Der Schleier des mystischen Hokuspokus verdeckte die Wirklichkeit, so daß sie weiterhin behaupten konnten, sie existiere nicht.«

Miles betrachtete den Koloß und sah, daß er keinen Schleier trug. Seine nackte Häßlichkeit war einzigartig.
Und dann betrachtete Miles wieder die freundlichen Menschen. Gutherzige Sanftheit leuchtete aus den Augen des Mädchens, das vor Allison kniete. Miles sah, daß die Barbarin Allison für sich begehrte. Das war natürlich, war menschlich. Aber sie war bereit zu verzichten, wenn sie, um ihn zu bekommen, eine andere hätte hassen müssen, denn hassen wollte sie nicht. Sie hatte mit ihrem ganzen Volk ein Bekenntnis abgelegt, ein ehrliches Bekenntnis...
Schade, daß Allison ein Schuft war, unfähig, einer Frau treu zu sein...
Aber halt! Diese Gedanken kamen wieder aus dem Dschungel. Miles sah Hendry an und sagte: »Ich muß Ihnen etwas gestehen, Sir. Es bestätigt gewissermaßen Ihre Theorie.«
»Was wollen Sie mir beichten, Jim?«
»Als wir den Hang herunterkamen, hatte ich eine Anwandlung primitiven Hasses auf Allison. Ich wollte ihn tot sehen, und ich glaube, Sie wissen, warum.«
»Ich kann es mir denken, Jim.«
»Ich ließ mich gehen, unbewußt. Ich versuchte nicht, es vor mir zu verbergen. Ich versuchte nicht, mir einzureden, ich handelte edel und hätte nur unser aller Wohl im Auge; das heißt, zunächst tat ich das, aber dann ließ ich mich einfach gehen. Ich sah rot. In Gedanken packte ich Allison an der Gurgel und drückte ihm die Luft ab. Verstehen Sie das, Sir? Ich war eine Minute lang eine Bestie...«
»O ja, Jim, das verstehe ich.« Hendry seufzte. »Unsere Vorfahren in der Steinzeit waren alle miteinander viele Minuten lang Bestien...«
»Das war nichts Unbewußtes mehr, Sir. Es stieg aus dunkeln Tiefen auf und stand plötzlich grell vor mir. Wie dieser Koloß, ein bewußtes Werk, böse, nur böse, ein aufrichtiges Bekenntnis, das ich vor mir selbst ablegte!«
»Und dann waren Sie davon befreit?«
»Ja, zum großen Teil. Ich war ein besserer Mensch. Wenn ich jetzt einen Klumpen weichen Ton hätte und daraus eine Figur modellieren könnte, die Allison ähnelte, würde ich vielleicht...«
»Dazu dient alle echte, aufrichtige Kunst, Jim; daß sie uns so viel über uns selbst sagt, wie wir ertragen können. Sonst bleiben wir Primitive und haben immer zwei Gesichter...«
»Zwei Gesichter!«
Hendry hob seine sehnigen Hände ins Sonnenlicht und betrachtete sie grimmig. Er sagte sich, daß er noch kein alter Mann sei. Wie stellt man fest, ob man junggeblieben ist? Es gibt eine Probe, dachte er, eine einzige. Man kann das Alter eines Mannes nicht bestimmen, indem man ihm ein Stethoskop auf die Brust setzt und den Blutdruck mißt. Man muß ihm in die Augen sehen, ihn nach seinen Erinnerungen fragen.
Die Erinnerungen eines Mannes sind wie welke Blätter, und die Narben eines alten Mannes sind anders als die eines jungen. Ein alter Mann kann nicht wie Hendry auf

seine Narben zeigen und sagen: »Auf meinem Körper ist noch Platz für hundert mehr. Blind und von Schmerzen gepeinigt, würde ich doch nicht vor dem Abenteuer zurückschrecken!«
Wenn ein Mann so denkt, wenn er auf seine Narben stolz ist, können zweiundsiebzig Lebensjahre ihm nicht das Recht nehmen, sich jung zu fühlen.
Hendry betrachtete das Mädchen in Allisons Armen, und seine Gesichtsmuskeln zuckten. Er neidete Allison seinen Tag in der Sonne nicht. Nein, er hatte auch seine zwei Gesichter, nur auf andere Weise.
In ihm tobte noch die Brandung der Jugend und schlug heftig gegen das Bollwerk reifer, abgeklärter Weisheit, das er in den Augen der Welt war. Keiner ahnte, wie jung und ungebärdig er noch war, wie leichtsinnig seine Gedanken sein konnten.
Miles wurde plötzlich gewahr, daß ihn jemand anstarrte. Eine der Barbarenfrauen stand vor dem Höhleneingang und beobachtete ihn mit großen, dunklen, verwunderten Augen.
Miles hielt den Atem an. Er war sich seines lahmen Beins, seiner gelehrtenhaften Schüchternheit, seiner seelischen Wunden schmerzlich bewußt. Wenn er nun auf sie zuging, auf sie zuhinkte... Würde sie zurückweichen? Sich umwenden und in die Höhle fliehen?
Zum erstenmal erkannte er die Anmut, den kindlichen Zauber dieser Menschen ganz. Sie hatten klar geprägte, ausdrucksvolle Züge und eine reine, helle Haut, und sie bewegten sich mit der behenden Grazie, die man auf der Erde an den Geschöpfen des Waldes beobachtet.
Die Frauen waren wachsam wie Gazellen, ebenso schreckhaft, ebenso rasch bereit, ihre großen, klaren Augen auf einen Mann zu richten und in dem Gesicht, das er der Welt zuwandte, verborgene freundliche Absichten zu suchen. Miles sagte sich, daß ein Jäger, der mit einem Gewehr unter dem Arm aus einem Dickicht träte, von solchen Augen entwaffnet werden müßte.
Und warum sollte er, Miles, nicht eingehen auf die strahlende Zärtlichkeit und das rückhaltlose Vertrauen in den Augen einer Frau, die in jeder Hinsicht das Gegenteil eines gejagten Wesens war? Kam sie nicht schon langsam auf ihn zu, Herausforderung im Blick? Noch ehe Miles inne wurde, daß er ein, zwei Schritte getan hatte, hielt er die Barbarin schon in den Armen. Er küßte sie, sehr zart zuerst, denn das Küssen war ihr neu und mußte sie seltsam anmuten.
Dann aber fand es nur noch Miles seltsam. Und seltsam fand er auch, daß er eine Frau in den Armen hielt und an eine andere dachte, daß warme Lippen so kalt sein konnten, daß ihm das Haar, das über seine Schulter fiel, so tot und unwirklich erschien, daß ihm die Barbarin nichts bedeutete.
Er schob sie sanft zurück und wandte den Kopf ab. Hätte er nur in ihrer Sprache mit ihr reden und ihr sagen können, wie leid es ihm tat, daß er sie nicht so zu lieben vermochte, wie sie es verdiente. Bittere Verzweiflung überkam ihn. Er konnte plötzlich diese freundlichen Menschen nicht mehr ausstehen. Es bereitete ihm Qualen, sie nur anzusehen.

Er wandte sich um, ging in die Höhle und fragte nicht danach, ob ihm jemand folgte. Es war eine ganz gewöhnliche Höhle, aber als er durch das Dämmerlicht schritt, fühlte er sich seltsam erleichtert. Die Spannung ließ nach. Mit langsamen, sicheren Schritten ging er weiter. Die Höhle war kühl und geräumig. Ein frischer Wind durchwehte sie und brachte den Duft saftiger Wiesen und den Frieden mittäglicher Lichtungen. Reine, irdische Gerüche glaubte er wahrzunehmen. Hier, auf einem fremden Planeten, wirkte durch die Kraft seiner Gedanken der gute Zauber der Erde.

Er vergaß die Zeit, seine Pflichten, die Notwendigkeit, mit den Kameraden Verbindung zu halten. Halb vergessene Verse fielen ihm ein: »Und Frieden werd' ich finden hier, denn mählich flutet Friede aus den Morgentälern her zu mir, wo die Grille zirpt...«

Licht schlug ihm entgegen, immer heller, die Höhlenwände schienen zu schwanken und zurückzuweichen, und unversehens stand er wieder im Freien und hatte vor sich eine riesige Steinfigur.

Sie überspannte das ganze Tal – ein schlanker, athletischer Jüngling – und schien aus einer anderen, mißgestalteten Figur hervorzuwachsen, die sich von ihr abwandte, siamesische Zwillinge gewissermaßen, von denen der eine ins Tal hinaus und der andere zur Höhle blickte.

Die der Höhle zugewandte Figur hatte das Gesicht eines edlen Jünglings, klar und leidenschaftslos wie die Sternennacht. Im ersten Augenblick machte Miles sich nicht klar, daß er hinter dem abscheulichen Koloß aus der Höhle getreten war und nun dessen Rückseite vor sich hatte. Allmählich aber gewann er die Orientierung zurück, seine Augen gewöhnten sich an das helle Licht des Tals, und was er sah, fraß sich wie Säure in sein Gedächtnis ein:

Vom Höhlenausgang bis zum Sockel des Kolosses war der Hang mit menschlichen Skeletten übersät. Skelette, wohin er blickte, allein, in Gruppen, nah aneinandergedrängt, als suchten sie Wärme, in einsamer Agonie aufgespießt auf spitzen Sonnenstrahlen, zusammengekrümmt, in der Haltung Fliehender, Skelette mit angezogenen Knien und einwärts gedrehten Armen, der Länge nach hingeschleudert mit unvorstellbarer Gewalt, die Fingerknochen in die Erde gekrallt; Skelette, die aufrecht standen, still wie der Koloß, auf langen glitzernden Speeren aufgepfählt. Mindestens hundert Skelette waren es zwischen der Höhle und der hohen Jünglingsgestalt, hundert gräßlich hingestreckte Skelette zwischen der dunklen, nach Erde duftenden Höhle und dem steinernen Symbol ruhiger Erhabenheit und kraftvoller Anmut.

»Zwei Gesichter«, murmelte Miles. Die Worte formten sich ohne sein Zutun in den Tiefen seiner Erinnerung, stiegen an die Oberfläche des Bewußtseins, und seine Lippen zitterten, als er sie aussprach.

»Zwei Gesichter! Die freundlichen Menschen haben zwei Gesichter!«

Er machte kehrt, ohne zu wissen, was er tat, und rannte durch die Höhle zurück, schwankend wie unter einer schweren Last und mühsam um Atem ringend.

Kapitän Hendry saß noch auf dem Felsen, als Miles aus der Höhle stürzte. Ein alter Mann mit müden Augen, so saß er auf diesem fest in der Erde verankerten grauen Felsblock, ungerührt, unerschütterlich. Er hatte sich nun damit abgefunden, daß sich die Freundlichkeit, in der sich Allison noch immer sonnte, jüngere Ziele suchte als ihn. Hoskins hatte sich wieder unter die Scheibenwerfer gemischt. Das Spiel schien ihm zu gefallen.

Miles sah die Schatten seiner Kameraden auf den Steinen. Sie bewegten sich hin und her oder standen still, wie die Zeit selbst stillzustehen schien. Er ging zu Hendry, bückte sich und flüsterte ihm leise ins Ohr: »Ich habe etwas Furchtbares entdeckt. Alles, was wir von diesen Menschen dachten, war falsch. Alles, verstehen Sie?«

»Was ist geschehen, Jim?« fragte Hendry müde.

Miles sagte es ihm.

Hendry erbleichte. Dann sprang er mit einem erschrockenen Ruf auf. »Ich hätte es wissen müssen!« stöhnte er. »Parallele Entwicklung bis zu einem bestimmten Punkt, und dann eine Abweichung ... so groß, daß sie grundverschiedene Lebewesen hervorbrachte.«

Miles nickte. »Die Abweichung ist psychischer Natur. Ihre Psyche scheint zyklischen Schwankungen unterworfen zu sein.«

»Vielleicht in Übereinstimmung mit der Sonne«, murmelte Hendry. »Ein zyklischer Wechsel. Sie sind vielleicht gut bei Tage und böse in der Nacht, aber der Wechsel kann natürlich auch einmal im Monat eintreten oder einmal im Jahr.«

»Oder stündlich!« sagte Miles.

»Ja, oder stündlich... Wenn sie gutartig sind, legen sie ein ehrliches Bekenntnis ab, um sich von dem Bösen zu reinigen. Sie führen sich die Gestalt einer Bestie vor Augen. Wenn sie böse und grausam sind, ist ihr Bekenntnis falsch. Sie verehren dann die Statue eines edlen Jünglings.«

»Wir müssen sofort zum Schiff zurück, Sir«, sagte Miles.

»Ja, ich verständige Allison.«

Kapitän Hendry sprach eine volle Minute mit Allison. Miles beobachtete die beiden. Die Schatten schienen länger zu werden. Setzte wirklich schon die Dämmerung ein, oder erlag er einer Sinnestäuschung?

Allison saß einen Augenblick still und runzelte die Stirn. Plötzlich lachte er laut auf. Das Licht wurde schwächer, es nahm eine rötliche Färbung an. Allison zeigte lachend ins Tal hinaus. Grauen schnürte Miles die Brust zusammen. War Allison wahnsinnig?

Kapitän Hendry kehrte mit zusammengepreßten Lippen zurück. »Er glaubt Ihnen nicht, Jim«, sagte er. »Er weigert sich zu gehen.«

»Sagen Sie ihm, er soll durch die Höhle gehen und sich selbst überzeugen.«

»Es hat keinen Zweck, Jim«, sagte Hendry grimmig. »Er will sich nicht überzeugen lassen.«

»Dann müssen wir ohne ihn gehen. Die Sicherheit des Schiffes kommt an erster Stelle.«

Hendry musterte Miles rasch mit einem prüfenden Blick.
Miles schüttelte den Kopf. »Ich hasse ihn nicht mehr, Sir. Als ich die Skelette sah, war das alles vergessen.«
Hendry starrte einen Augenblick schweigend auf den Höhleneingang. Er zuckte die Schulter. »Gut«, sagte er endlich. »Ich bin froh, daß Sie den Mut haben, die Dinge zu sehen, wie sie sind, und entsprechend zu handeln – auch wenn Sie dadurch in ein schiefes Licht geraten.«
»Das ist mir völlig gleichgültig, Sir. Wir müssen uns in Sicherheit bringen.«
»Richtig.« Hendrys Miene verriet große Erleichterung. »Ich hole Hoskins.«
Zehn Minuten später schritten die drei Männer von der Erde hoch oben am Hang auf das Raumschiff zu. Das Tal unter ihnen füllte sich mit Nebel, der im Sonnenlicht schimmerte. Plötzlich blieb Hendry stehen. Er legte Miles die Hand auf den Arm, seine Lippen waren weiß. »Horchen Sie!«
Ein menschlicher Schrei zerriß die Stille, ein langgedehnter, qualvoller Schrei, der dem eines Tieres glich, dessen Beine in eine Falle geraten sind. Stille folgte, dann setzte tief unten im Tal ein Getrappel ein und wurde rasch lauter. Es war nicht schwer zu erkennen, was für ein Lärm das war. Er rührte von laufenden Füßen her, von vielen laufenden Füßen, und kam den Hang herauf, auf die drei Männer von der Erde zu.
Kapitän Hendry wollte sich umwenden und weitergehen, aber irgend etwas hielt ihn davon ab. Er blieb wie festgewurzelt stehen. Hoskin beschattete die Augen mit der Hand und sah ins Tal hinunter. Miles griff nach der kleinen Strahlwaffe an seiner Hüfte.
Der erste Verfolger tauchte auf, ein hochgewachsener, gelbhäutiger junger Mann, der mit zurückgeworfenem Kopf auf sie zurannte. Einen Herzschlag lang nahm Miles das Bild in allen Einzelheiten in sich auf. Er sah den langen glänzenden Speer, die angespannten Halsmuskeln des Laufenden, die vom Wind bewegten Blätter hinter ihm.
Das Gesicht des Barbaren war nicht wie das eines Affen gebildet, aber wilde Grausamkeit und kalte, bestialische Wut können die Züge eines menschlichen Gesichtes seltsam verändern. Die Augen des Heranstürmenden hatten sich zu Schlitzen verengt, aus denen Haß sprühte, und von dem erhobenen Speer blitzte der Tod...
Miles schoß, wie er auf eine Kobra geschossen haben würde, die mit geblähtem Hals auf ihn zustieß – schnell und ohne jede Empfindung, den Blick auf die Brust des Barbaren gerichtet.
Ein ohrenbetäubender Knall, ein grelles Aufblitzen. Das Licht verdichtete sich, schwebte einen Sekundenbruchteil wie eine Feuerkugel einen Meter vor Miles' Hand in der stillen Luft, dann schossen lange Feuerstrahlen aus der Kugel hervor. Sie durchbohrten den Mann, hoben ihn vom Boden und schleuderten ihn den Hang hinunter. Er schrie nur einmal auf, dann lag er still.
Einen Augenblick später erkannte Miles, daß auch Hendry schoß. Durch die Flammen, die über den Hügel tanzten, sah er ein Dutzend laufende Gestalten, die

nacheinander zu Boden geschleudert wurden. Zuletzt begann auch Hoskins mit einem verzweifelten Aufschrei zu feuern.
Zur Verzweiflung bestand jedoch kein Grund mehr, denn als der letzte Barbar gefallen war, kehrte Stille ins Tal zurück, eine Stille, die nur durch das Rascheln der Blätter und den keuchenden Atem der Männer von der Erde unterbrochen wurde.
Miles sprach als erster. »Wir müssen zurück«, sagte er. »Es haben schon schwächere Männer als Allison einen Speerstich überlebt.«
»Sie haben recht«, sagte Hendry entschlossen. »Wir können ihn nicht so weit von der Erde entfernt sterben lassen. Und sollte er tot sein, wollen wir für ein anständiges Begräbnis sorgen. Trotz seines verbrecherischen Starrsinns.«
Der Himmel verdunkelte sich, als die Männer von der Erde wieder ins Tal hinunterstiegen. Sie fanden Allison im Schatten vor der Höhle liegen. Er regte sich schwach und hatte einen dunklen Fleck auf der Schulter. Zu dritt hoben sie ihn auf, und unter ihrer Last stolpernd kehrten die Männer von der Erde zu ihrem Raumschiff zurück. Sie dachten an die Freundlichkeit, ersehnten sie zurück, wußten aber, daß nun die Selbsterhaltung das erste Gebot war…
Das Schiff schwebte in den Himmel hinauf wie eine große silberne Möwe. Seine Schrauben fingen das Sonnenlicht ein und warfen einen wirbelnden Schatten auf das Grün der Hänge.
Die Tür der Kabine öffnete sich, und Miles lauschte auf die näherkommenden Schritte. Er drückte ein Löschblatt auf ein tintenfeuchtes Blatt Papier und beobachtete, wie die Linien durchsickerten, und er fragte sich, ob es ihm gelungen war, seinen offiziellen Bericht zu verschmieren.
»Jim«, sagte Barbara Maitland. Miles hob den Blick nicht vom Löschpapier.
»Es fällt mir schwer, das zu sagen, Jim, aber … können Sie einer Frau verzeihen, daß sie blind und dumm war?«
Miles brauchte eine Weile, um aufzustehen, denn das Bein war ihm hinderlich, aber dann riß er Barbara Maitland in seine Arme und drückte sie fest an sich. Das Pochen in seinen Schläfen mischte sich mit dem steten Dröhnen des Schiffes.

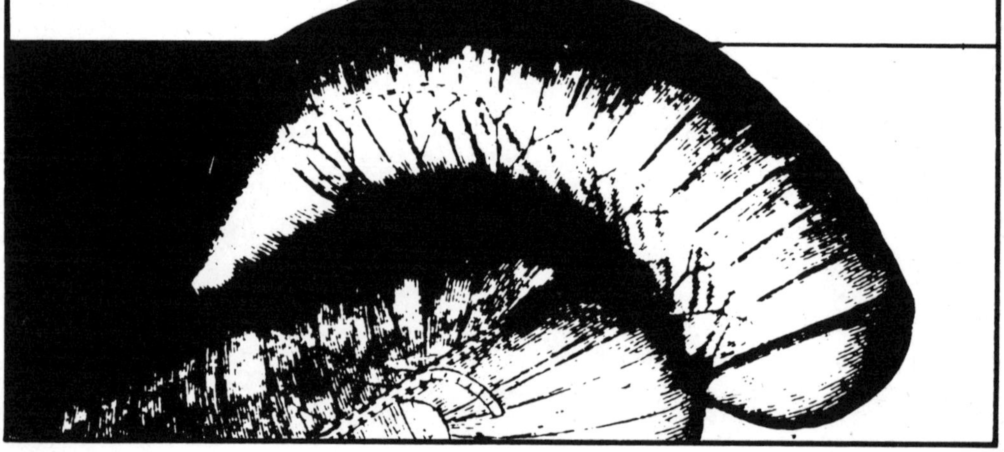

Merle Prout
Das Haus des Wurms

Ich hatte stundenlang an meinem Schreibtisch gesessen und die Gefühle eines Verbrechers in der Todeszelle nachzuempfinden und zu Papier zu bringen versucht. Sie wissen, wie das ist, wenn man sich stundenlang – oder gar tagelang – vergeblich bemüht, eine bestimmte Wirkung zu erreichen, und dann plötzlich einen beschwingten Rhythmus fühlt und weiß: Jetzt habe ich es endlich gefunden. Aber wie oft kommt dann, als schaltete das Schicksal selbst sich ein, eine Unterbrechung dazwischen, und die Straße, die einen Augenblick weiß und leuchtend vor einem lag, ist versperrt, vielleicht für immer ungangbar geworden. Gerade so ging es mir. Ich hatte eben die Hände auf die Tasten der Schreibmaschine gelegt, als mein Freund, der sich seit einer Weile in aller Stille mit einer Illustrierten beschäftigt hatte, unversehens ganz ruhig sagte: »Dieser Mond... Ich möchte wissen, ob es ihn wirklich gibt.« Ich fuhr herum. Fred stand am Fenster und sah versunken in die Dunkelheit hinaus.

Neugierig geworden, stand ich auf, trat zu ihm und folgte seinem Blick in die Nacht. Da war der Mond, nicht mehr ganz voll, aber beinahe noch rund. Wie ein großer roter Schild, aber doch wirklich genug, hing er über den Baumwipfeln...

An dem seltsamen Benehmen meines Freundes war etwas, was den Ärger nicht aufkommen ließ, den ich sonst über diese unglückselige Unterbrechung empfunden hätte.

»Warum sagst du das?« fragte ich nach kurzem Zögern.

Er lachte verlegen. »Tut mir leid, daß ich gesprochen habe«, sagte er. »Ich dachte nur an eine sonderbare Theorie, von der ich in einer Erzählung gelesen habe.«

»Über den Mond?«

»Nein, es war eine gewöhnliche Gespenstergeschichte von der Art, wie du sie schreibst. ›Wo Pan schreitet‹, heißt sie, und vom Mond steht gar nichts drin.«

Er sah wieder zu dem rötlichen Ball hinauf, der nun ein fahles Licht in die dunkle Straße unter uns warf. Dann sagte er: »Weißt du, Art, ich komme von dieser Vorstellung nicht mehr los. Vielleicht ist wirklich etwas dran...«

Theorien über das Wunderliche, Phantastische haben Fred stets fasziniert, und auch für mich besitzen sie einen romantischen Reiz. Ich wartete daher geduldig, während er sich seine neue Idee durch den Kopf gehen ließ.

»Art«, begann er endlich. »Glaubst du an die alte Behauptung, daß Gedanken Wirklichkeit werden können? Ich meine, daß, was der Mensch denkt, sich körperlich manifestieren kann?«
Ich dachte einen Augenblick nach, bevor ich lachend antwortete: »Ein junger Mann sagte einmal zu Carlyle, er habe beschlossen, die materielle Welt als Realität zu akzeptieren, worauf der Ältere nur erwiderte: ›Wahrhaftig, das möchte ich Ihnen auch geraten haben!‹ ... Ja, ich habe diese Theorie oft gehört, aber ...«
»Du triffst den Kern der Sache nicht«, unterbrach er mich rasch. »Akzeptiere diese materielle Welt, und was hast du? Etwas, was von Gott geschaffen wurde! Und woher wissen wir, daß der Schöpfungsakt ein für allemal beendet ist? Vielleicht können sogar wir ...«
Er ging an ein Bücherregal und kehrte mit einem alten, in Leder gebundenen Buch zurück, das er sorgfältig abstaubte.
»Hier bin ich diesen Gedanken zum erstenmal begegnet«, sagte er, während er in den vergilbten Seiten blätterte. »Aber erst, als ich die Erzählung gelesen hatte, begann ich mich ernsthaft damit zu beschäftigen. Hör zu:
In der Bibel heißt es: ›Am Anfang schuf Gott Himmel und Erde.‹ Woraus aber schuf Er sie? Offenbar aus dem Gedanken, der Vorstellung, dem Willen, wie immer man es nennen mag. Die Bibel sagt weiter: ›Und Gott schuf den Menschen nach Seinem Bilde.‹ Bedeutet das nicht, daß der Mensch alle Eigenschaften und Fähigkeiten des Allmächtigen besitzt – nur in geringerem Maße? Wenn nun aber der Geist Gottes in seiner Allmacht das ganze Weltall schaffen konnte, könnte dann nicht der Mensch, der nach dem Bilde Gottes geschaffen und Sein Ebenbild auf Erden ist, auf dieselbe Weise, wenngleich in unvergleichlich kleinerem Maße, Dinge nach seinem eigenen Willen schaffen?
Nimm die alten Götter der frühen Menschheit. Wer könnte behaupten, daß sie nicht, vom Menschen erschaffen, wirklich existierten? Und wissen wir denn, ob sie nicht, einmal erschaffen, sich der Gewalt ihrer Schöpfer entzogen und diese heimsuchten und vernichteten?
Wenn dem so ist, gibt es nur ein Mittel, sie zu vernichten: Man muß aufhören, an sie zu glauben. So starben die alten Götter, als sich der Glaube der Menschen von ihnen abwandte und Christus zukehrte.«
Er schwieg einen Augenblick und beobachtete mich, während ich nachdachte.
»Merkwürdig, wohin einen ein solcher Gedanke führen kann«, sagte ich. »Woher wissen wir, welche Dinge wirklich und welche nur erdacht, nur Phantasiebilder sind ... Phantasiebilder, meine ich, die wir alle gemeinsam haben. Ich glaube, ich verstehe jetzt, woran du dachtest, als du fragtest, ob der Mond wirklich existiere.«
»Stelle dir nun eine Gruppe von Menschen vor«, sagte mein Freund, »eine Kultgemeinschaft, in der alle dasselbe denken und dieselbe imaginäre Gestalt verehren. Was kann nicht alles entstehen, wenn sie fanatisch genug denken und fühlen! Eine körperliche Manifestation, die uns anderen, die wir nicht glauben, völlig fremd wäre ...«

So ging unser Gespräch noch eine Weile dahin, und als wir endlich zu Bett gingen, stand der Mond, der es ausgelöst hatte, nahe dem Zenit und sandte seine hellen Strahlen auf eine Welt der harten physikalischen Realität nieder.

Am nächsten Morgen standen wir beide früh auf, Fred, um zu seiner prosaischen Arbeit in der Bank zurückzukehren, ich, um mich endlich wieder an meine Schreibmaschine zu setzen. Nach der Abschweifung am Abend zuvor gelang es mir mit geringer Mühe, die leidige Szene zu Ende zu schreiben, und am Abend brachte ich das fertige, durchkorrigierte Manuskript zur Post.

Als mein Freund kam, sprach er von unserer Unterhaltung am Vorabend sehr ruhig und gelassen und gestand mir, daß er die bewußte Theorie doch eher für eine sehr vage metaphysische Angelegenheit halte. Nicht ganz so ruhig sprach er von einem Jagdausflug, den er mir vorschlug. Für einen so romantischen Menschen wie ihn war die Arbeit in der Bank eine geistlose Plackerei, und er nutzte jede Gelegenheit, ihr zu entrinnen. Ich war von seinem Vorschlag begeistert, denn ich hatte meine Arbeit abgeschlossen und durfte mir eine kleine Pause gönnen.

»Ich möchte gern ein paar Eichhörnchen schießen«, sagte ich. »Ich weiß auch, wo ich sie finde. Kannst du dich morgen freimachen?«

»Ja, morgen beginnt mein Urlaub«, antwortete er. »Aber ich möchte schon lange einmal in meine alten Jagdgründe zurückkehren. Es ist nicht sehr weit – hundertsechzig Kilometer ungefähr –, und…« Sein Blick bat mich um Entschuldigung dafür, daß er meine Pläne umstieß… »und im Sacrament Wood gibt es mehr Eichhörnchen, als du je gesehen hast.«

Ich war einverstanden.

Sacrament Wood ist ein sehr merkwürdiger Wald. Fünf oder sechs Kilometer breit und zweimal so lang, füllt er ein Tal, genauer gesagt einen Senkungsgraben, in dem zerklüfteten Gelände der oberen Ozarks aus. Kein Fluß fließt hindurch. Es gibt nichts, was dieses Tal erklären könnte. Es ist einfach da und trotzt durch sein bloßes Vorhandensein allen Fragen. Wilde, nur dünn bewaldete Berghänge schließen es auf allen Seiten ein, so als versuchten sie, durch ihre Schroffheit wieder zunichte zu machen, was das Tal an heiterer Lieblichkeit bietet. Und darin liegt nun das Merkwürdige: Die Berge sind bewohnt – freilich, den Gegebenheiten entsprechend, nur spärlich –, aber der Talboden mit seiner wunderbaren Fruchtbarkeit hat nie den Pflug, der hohe duftende Eichenwald nie die Axt des Holzfällers gespürt.

Ich kannte diesen Wald. Er galt als Jägerparadies, und ich hatte vor Jahren schon einmal dort gejagt, aber das war nun schon so lange her, daß ich dankbar war, wieder daran erinnert zu werden, denn wenn es irgendwo auf der Welt einen Wald gibt, in dem die Eichhörnchen schneller wachsen, als sie abgeschossen werden können, dann ist es Sacrament Wood.

Mitten am Nachmittag hatten wir die Berghöhe erreicht und hielten auf einer Lichtung. Eine kleine Hütte mit einem Bretterdach stand als Dekoration neben der

Straße, und dahinter war eine gebückte Gestalt in einem zerschlissenen Overall dabei, verdorrte Baumwollstengel zu zerhacken.
»Das muß der alte Ezekiel sein«, sagte mein Freund, und in seinen Augen leuchteten Kindheitserinnerungen auf. »Hallo!« rief er und stieg aus.
Der alte Mann richtete sich auf. Sein Gesicht legte sich in Falten, als er den Besucher erkannte. Als mein Freund sich nach der Jagd erkundigte, wurden seine Augen wieder trüb, und er schüttelte den Kopf: »Mit der Jagd ist es vorbei. Alles ist tot. Sacrament Wood ist tot.«
»Tot!« rief ich. »Unmöglich! Was soll das heißen: tot?«
Im gleichen Augenblick wurde mir bewußt, daß ich mich taktlos benahm. Diese Bergbewohner geben keine Auskunft, die ausdrücklich verlangt wird – am allerwenigsten einem Fremden, der ihnen nicht glaubt.
Der Alte wandte sich wieder seiner Arbeit zu. »Mit der Jagd ist es vorbei«, wiederholte er und hieb grimmig auf einen Baumwollstengel los.
Wir waren offenbar entlassen, und es wäre zwecklos gewesen, länger zu bleiben.
»Der alte Ezekiel hat zu lang allein gelebt«, sagte Fred, als er den Wagen startete.
»Hier oben in den Bergen werden sie früher oder später alle so.«
Wir fuhren weiter. Die Straße lief ein Stück auf dem Bergkamm dahin, und dann, als die holprige Talfahrt begann, lag plötzlich Sacrament Wood unter uns, wie ich ihn noch nie gesehen hatte. Die mächtigen Bäume trugen ihr Herbstlaub. Leuchtendes Rot, Gelb und Braun miteinander vermengt. Beinahe klein erschien uns der Wald von so hoch oben, schimmernd wie ein Bergsee in der trockenen Hitze des Frühherbstes.
Die Nacht kommt rasch im tiefen Tal des Sacrament Wood. Die Sonne lag noch auf den hohen Gipfeln im Westen, als wir in den Wald einfuhren und unser Lager aufschlugen, und lange, nachdem es bei uns vergleichsweise dunkel geworden war, strahlte der Berghang, den wir herabgekommen waren, noch in mattem Gold.
Wir saßen mit unseren Pfeifen im Dunkeln. Tiefer Friede herrschte im nächtlichen Wald, und doch waren Fred und ich unnatürlich still. Vielleicht dachten wir dasselbe. Warum hatten die herrlichen Bäume so früh schon so viel Laub verloren? Warum hatten die Vögel zu singen aufgehört?
Ein lebhaftes Feuer zerstreute bald unsere Ängste. Wir waren wieder zwei Jäger, die sich ihrer Freiheit freuten. Ich jedenfalls freute mich. Fred dagegen zerstörte bald mein Gefühl der Ruhe und Sicherheit.
»Art, wir wissen nicht, wie es kommt, aber wir müssen zugeben, daß Sacrament Wood tot ist. Diese Bäume bereiten sich nicht auf den Winterschlaf vor, sie sind gestorben. Warum haben wir keine Vögel gehört? Sonst haben hier immer die Eichelhäher einen Höllenspektakel gemacht. Und woher kam dieses eigentümliche Gefühl, als wir in den Wald einfuhren? Art, ich habe ein Gespür für diese Dinge. Ich fühle einen Friedhof in der dunkelsten Nacht, und genauso war mir, als wir hierherkamen. Mir war, als beträte ich einen Friedhof. Glaub mir, ich *weiß* es.«
»Ich habe es auch gefühlt, aber jetzt ist das vorbei. Das Feuer verändert alles.«

»Ja, das Feuer verändert alles. Hörst du dieses Stöhnen in den Bäumen? Du meinst, das sei der Wind? Du irrst dich. Das ist nicht der Wind. Da leidet etwas, nichts Menschliches. Vielleicht tut ihm das Feuer weh.«
Ich lachte, obwohl mir nicht danach zumute war. »Na hör mal«, sagte ich. »Du machst auch mir noch Angst! Ich hatte das gleiche Gefühl wie du. Mir fiel sogar ein merkwürdiger Gestank auf, aber ich glaube, der alte Mann hat uns nervös gemacht. Das Feuer hat alles verändert. Jetzt ist alles wieder in Ordnung.«
»Ja«, sagte er. »Jetzt ist alles wieder in Ordnung.«
Fred schlief in dieser Nacht trotz seiner Nervosität vor mir ein. Wir hatten noch einige Armvoll Holz auf das Feuer geworfen, und ich lag lange wach, blickte in die hoch auflodernden Flammen und dachte über das Feuer nach.
»Das Feuer ist rein«, sagte ich, gleichsam einem äußeren Zwang gehorchend, zu mir selbst. »Feuer ist Leben. Das Leben unseres Körpers wird durch Oxydation, durch Verbrennung, erhalten. Ja, ohne Feuer gäbe es nichts Reines auf der Welt.«
Dann muß ich eingeschlafen sein, denn als mich ein Stöhnen weckte, war das Feuer erloschen. Der Wald schwieg. Nicht das leiseste Blätterrascheln unterbrach die Stille der Nacht. Da nahm ich den Gestank wahr ... und ich hatte ihn kaum bemerkt, als er auch schon stärker und stärker wurde, bis er die Luft durch sein Gewicht niederzudrücken schien. Er bildete förmlich Wirbel, und übelkeiterregende Wellen schlugen über mir zusammen. Es war der Gestank des Todes und der Verwesung.
Wieder hörte ich ein Stöhnen.
»Fred!« rief ich mit gepreßter Stimme.
Die einzige Antwort war ein noch tieferes Stöhnen.
Ich griff nach seinem Arm und ... meine Finger bohrten sich in aufgetriebenes Fleisch wie in einen verwesenden Leichnam! Die Haut platzte wie eine überreife Beere, Schleim floß über meine Hand und tropfte von meinen Fingern.

Von Grauen gepackt, riß ich ein Streichholz an und sah in dem winzigen Lichtkreis für einen Augenblick sein Gesicht, purpurrot, aufgeschwollen, die starren Augen verschwanden beinahe unter den Fleischwülsten. Weiße Würmer wimmelten über seinen aufgetriebenen Körper, krochen aus den Nasenlöchern und fielen auf seine bleifarbenen Lippen. Der Gestank wurde immer unerträglicher. Meine gepeinigten Lungen lechzten nach Befreiung. Dann schleuderte ich mit einem Entsetzensschrei das brennende Streichholz fort, warf mich auf mein Lager und vergrub das Gesicht im Kissen.
Ich weiß nicht, wie lange ich so lag, zitternd und von Ekel geschüttelt. Nach und nach drang ein Rauschen in den Baumwipfeln in mein Bewußtsein ein. Große Äste knackten und ächzten. Die Stämme selbst schienen vor Qual zu stöhnen. Ich blickte auf und sah uns von rötlichem Licht umgeben. Wie ein Blitz fuhr mir der Gedanke durch den Kopf: Das Feuer ist rein. Feuer ist Leben. Ohne Feuer gäbe es nichts Reines auf der Welt.

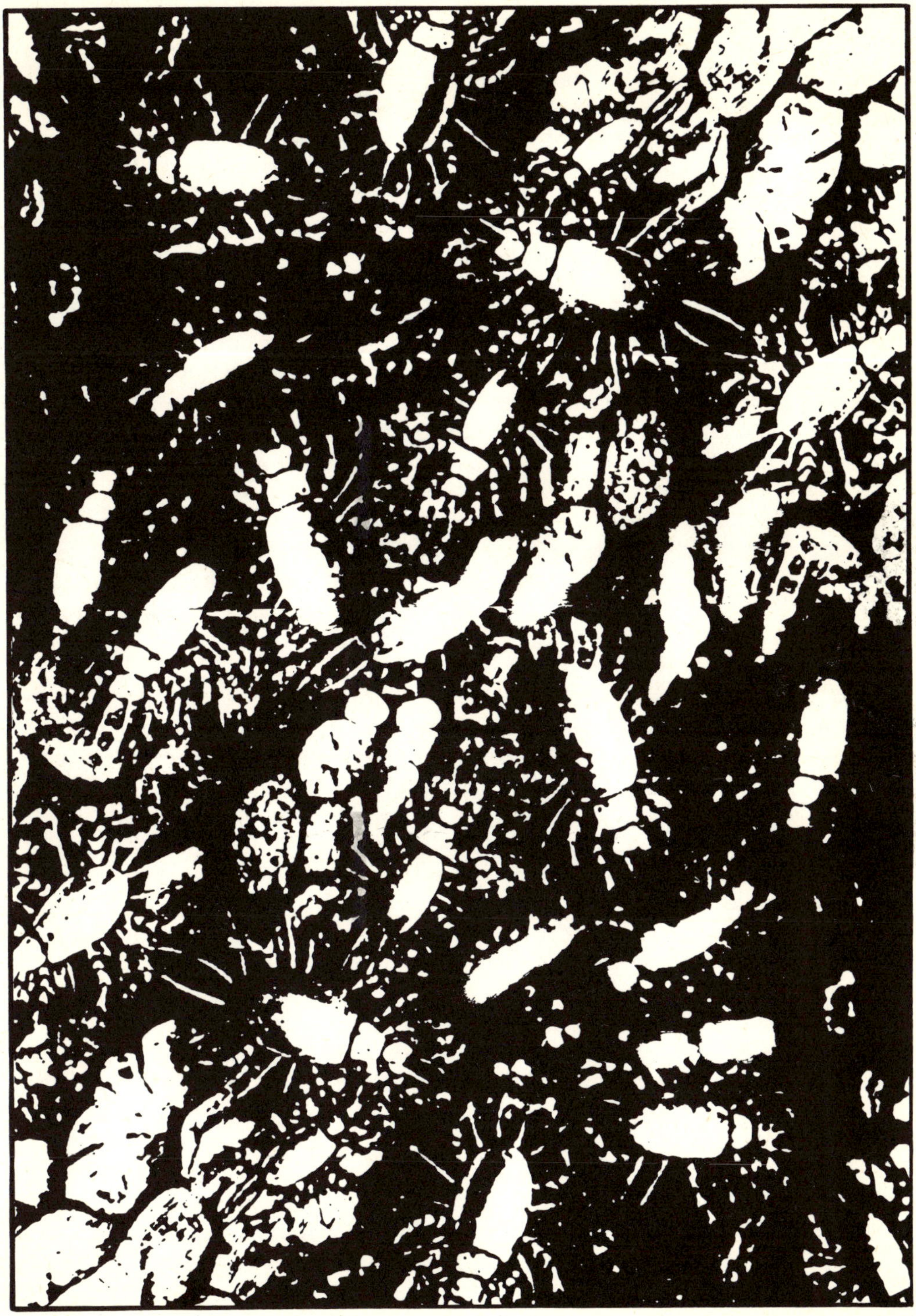

Das war wie ein Befehl. Ich sprang auf, packte alles, was ich in meiner Nähe fand, und warf es auf die verlöschenden Flammen. Täuschte ich mich, oder ließ der Gestank des Todes schon ein wenig nach? Ich holte Holz und schichtete ein großes Feuer auf. Ein Glück, daß das Streichholz, das ich weggeworfen hatte, in die schon verdorrten Blätter gefallen war!

Als ich wieder an meinen Freund dachte, stiegen die prasselnden Flammen schon drei, vier Meter hoch in die Luft. Ich wandte mich langsam um und erwartete einen Leichnam zu sehen, der in einem Sumpf von Schmutz lag ... und sah einen ruhig schlafenden Mann! Sein Gesicht war gerötet, seine Hände zeigten eine leichte Schwellung, aber er war rein! Er atmete. Hatte ich vom Tode, von dem Gestank des Todes nur geträumt? Hatte ich die Würmer geträumt?

Ich weckte ihn und wartete.

Er blickte zuerst mich an, dann in die Flammen, und stieß einen Schrei der Freude und Erleichterung aus. Seligkeit leuchtete in seinen Augen auf wie in den Augen eines Kindes, das zum erstenmal das Mysterium des reinigenden Feuers erblickt. Sobald er sich aber seiner Lage bewußt wurde, verwandelte sich die Freude in Abscheu und Entsetzen.

»Die Würmer!« rief er. »Die Maden! Der Gestank kam und mit ihm die Würmer. Ich wachte auf. Das Feuer war gerade erloschen... Ich konnte nicht schreien. Die Würmer kamen. Woher? Ich weiß es nicht. Vielleicht von irgendwo. Sie kamen und krochen und fraßen. Mit ihnen kam der Gestank. Von nirgendwo wie sie, vielleicht aus der Luft. Dann der Tod! Ja, ich starb, verfaulte, verweste. Und die Würmer, die Maden ... sie fraßen ... Ich bin *tot*. Hörst du: ich bin tot! Oder sollte es doch sein!« Er schlug die Hände vors Gesicht.

Wie wir den Rest der Nacht überstanden, ohne den Verstand zu verlieren, weiß ich nicht. Wir sorgten für ein lebhaftes Feuer, und die ganze Nacht stöhnten die hohen Bäume in Todesqualen. Der faulige Tod kam nicht wieder. Auf seltsame Weise schützte uns das Feuer vor ihm, vertrieb es ihn. Aber wir fühlten und begriffen undeutlich das Böse, das in der Dunkelheit umging, und den Schmerz, der unsere Unantastbarkeit diesem teuflischen Wald bereitete.

Ich verstand nicht, warum Fred diesem Tod so leicht zum Opfer gefallen war, während er mir nichts anhaben konnte. Er versuchte mir zu erklären, daß sein Geist aufnahmebereiter, empfänglicher sei.

»Empfänglich wofür?« fragte ich.

Er wußte es selbst nicht.

Endlich kam die Dämmerung und fegte die Gewebe der Nacht vor sich her nach Westen. Im ganzen Wald und überall um uns her raschelten und rauschten die Riesenbäume vor Schmerz. Oft klang es wie das Knirschen von Millionen Zähnen. Und über den Bergkamm im Osten stieg die Sonne.

Nie hatte ein Tag so lange auf sich warten lassen, nie war seine Ankunft so willkommen gewesen. Eine halbe Stunde später hatten wir unsere Sachen zusammengepackt und fuhren rasch auf die offene Landstraße zu.

»Wir sind der Wahrheit auf der Spur«, sagten sie nach dem Vorbild der Privatdetektive. »Es ist zu hoffen, daß es uns bald gelingt, den tödlichen Bazillus zu isolieren und ein Serum zu entwickeln.« Man glaubte ihnen. Auch ich ließ mich halb und halb überzeugen und begann sogar zu hoffen.
»Es ist wirklich eine Seuche«, sagte ich. »Eine merkwürdige neue Seuche, die im Lande umgeht. Wir haben sie als erste erlebt.«
»Nein«, widersprach Fred. »Es ist keine Seuche. Ich war dort. Ich habe es gespürt. Es sprach zu mir. Es ist Schwarze Magie! Was wir brauchen, sind nicht Mediziner, sondern Medizinmänner.« Und ich glaubte auch ihm ... so halb und halb.

Der Frühling kam, und das Übel hatte sich langsam, aber offenbar unwiderstehlich zu einem Kreis mit einem Radius von sechzehn Kilometern ausgeweitet. Der Mittelpunkt dieses Kreises lag irgendwo im Wald. Der stille, todbringende Vormarsch der Krankheit, die man einfach den *Tod* nannte, blieb ein undurchdringliches Geheimnis ... und eine Quelle ständiger Furcht. Und als eine Woche nach der anderen verging und die Ärzte und Wissenschaftler nichts Positives zu berichten hatten, wurden meine Zweifel wieder stärker. Warum, fragte ich mich, suchte sich diese Seuche – wenn es eine war – ihre Opfer nie bei Tage? Und was für eine Krankheit konnte alles Leben, Mensch, Tier und Pflanze, in gleichem Maße befallen?
»Fred«, sagte ich eines Tages, »sie halten das Feuer nicht aus, wenn es so ist, wie du sagst. Wir werden den Wald verbrennen. Wir nehmen Petroleum mit und verbrennen den Wald. Wenn du recht hast, werden sie ... wird es sterben.«
Seine Miene hellte sich auf. »Ja«, sagte er. »Wir verbrennen den Wald, und es wird sterben. Das Feuer hat mich gerettet. Ich weiß es, und du weißt es. Das Feuer könnte keine Krankheit heilen. Es könnte nie normale Bäume dazu bringen, zu flüstern und zu stöhnen und vor Schmerz zu ächzen. Wir verbrennen den Wald, und *es* wird sterben.«
Das sagten wir und das glaubten wir, und wir machten uns ans Werk.
Vier Fässer Petroleum nahmen wir mit und Werg und Fackeln, und an einem klaren, kalten Tag Anfang März fuhren wir mit dem Lkw los. Der Wind blies schneidend aus dem Norden, und unsere Hände waren blau vor Kälte. Es war jedoch eine reine Kälte, und angesichts ihrer klaren Schärfe fiel es uns schwer zu glauben, daß wir einem verödeten Landstrich entgegenfuhren, in dem ein schmutziger Tod umging. Die Sonne, die noch tief im Osten stand, sandte ihre hellen, gelben Strahlen über die schon knospenden Bäume.
Es war noch früher Morgen, als wir am Rande des langsam sich ausdehnenden Todeskreises ankamen. Hier hatte erst ein oder zwei Tage zuvor das letzte Opfer sterben müssen, aber selbst wenn wir das nicht gewußt hätten: die Abwesenheit allen Lebens würde uns gesagt haben, daß wir unser Ziel erreicht hatten. Die winzigen Knospen, die wir unterwegs an den Bäumen gesehen hatten, fehlten hier. Die Bäume standen kahl und dürr wie im tiefsten Winter.

Warum hatten die Bewohner dieser Gegend nicht auf die Warnungen gehört? Die meisten waren wohl geflohen, aber einige alte Leute in den Bergen waren geblieben – und nacheinander gestorben.

Wir fuhren den steilen, steinigen Weg hinauf und ließen das Getriebe und die Sicherheit der normalen Welt hinter uns. Bald nahm ich einen schwachen Gestank wahr – den Geruch des Todes. Er wurde immer stärker. Fred war bleich wie ich ... bleich und schwach.

»Eine Fackel«, sagte ich. »Vielleicht vertreibt das Feuer den Gestank.«

Wir zündeten am hellichten Tag eine Fackel an und fuhren weiter. Einmal kamen wir an einem Schweinepferch vorbei. Weiße Knochen lagen in der Sonne. Das Fleisch war verwest und gefressen worden.

Die Sonne schien noch immer hell, aber dennoch merkwürdig schwach. Ich mußte an eine partielle Sonnenfinsternis denken. Doch nun waren wir nicht mehr weit vom Tal entfernt. Wir überquerten den hohen Bergkamm, kamen an der einstürzenden Hütte des Holzfällers vorbei, der als erster gestorben war, und fuhren ins Tal hinunter.

Unter uns lag Sacrament Wood, nicht frisch und grün, wie ich ihn vor Jahren zum erstenmal gesehen hatte, und nicht in vielen Farben leuchtend wie bei unserem letzten Besuch im Herbst, sondern kalt und dunkel. Eine schwarze Wolke hing über dem Wald, eine Decke aus Dunkelheit, ein wallender Nebel wie der, welcher der Sage nach den Styx verfinstert. Die Wolke bedeckte den Bannkreis des Todes wie ein schweres Leichentuch und verbarg ihn vor unseren forschenden Blicken. Täuschte ich mich, oder hörte ich wirklich ein rauschendes Geflüster aus dem unheiligen Wald mit dem heiligen Namen aufsteigen? Oder fühlte ich etwas, was ich gar nicht hören konnte?

In einer Hinsicht jedoch konnte ich mich nicht täuschen: Es wurde zunehmend dunkel. Je weiter wir den steinigen Hang hinabfuhren, je tiefer wir in die Feste des Todes eindrangen, desto bleicher wurde die Sonne, desto dunkler der Weg.

»Fred«, sagte ich leise, »sie verbergen die Sonne, sie zerstören das Licht. Im Wald wird es stockfinster sein.«

»Ja«, antwortete er. »Das Licht schmerzt sie. Ich konnte diesen Schmerz spüren, als am Morgen die Sonne aufging. Am Tage können sie nicht töten. Aber jetzt sind sie stärker geworden und verdunkeln die Sonne. Das Licht schmerzt sie, daher vernichten sie es.«

Wir zündeten eine zweite Fackel an und fuhren weiter.

Als wir den Wald erreichten, hatte sich die beinahe greifbare Finsternis so sehr verdichtet, daß der Tag einer Mondnacht glich, jedoch nicht einer jener silberhellen Mondnächte. Rot stand die Sonne über dem verfluchten Wald, blutrot. Große rote Ringe umgaben sie, wie die Ringe der Schlaflosigkeit ein entzündetes Auge umgeben. Nein, die Sonne selbst war nicht mehr rein. Sie war schwach, krank, machtlos wie wir selbst vor diesem neuen Schrecken. Ihr stumpfes Glühen vermengte sich mit dem Rot der Fackeln und tauchte die Szene um uns her in die Farbe von Blut.

Wir fuhren so weit, wie es der feste Boden gestattete, das heißt nur ein Stück in den Wald hinein bis dorthin, wo die krummen, knorrigen Zedern und Schwarzeichen von den höheren, geraderen Eichen abgelöst wurden. Wir verließen unser Fahrzeug und traten auf den verrottenden Boden hinaus. In diesem Augenblick überfiel uns so stark wie nie zuvor der Gestank der Fäulnis. Wir waren dankbar, daß alle Tierkadaver längst verwest waren, so daß nur noch der herbe, stechende Geruch verfaulender Pflanzen übrigblieb, unangenehm zwar und aufreizend für unsere überspannten Nerven, aber erträglich. Und warm war es da unten auf dem Talboden trotz der Jahreszeit und der Abwesenheit der Sonne. Die Gärungshitze war stärker als der schneidende Wind, der in kurzen Stößen von den Hängen herabblies.

Die Bäume waren tot, nein, nicht nur tot: Sie verfaulten. Große Äste waren abgebrochen und lagen über den sumpfigen Boden verstreut. Die kleineren Zweige waren alle verschwunden, aber die Bäume standen noch aufrecht und streckten die verbliebenen Aststümpfe flehend gen Himmel. Doch selbst in diesen mächtigen Stämmen krochen und fraßen die Würmer. Es war ein Wald des Todes, der den Eindringlingen entgegenschrie, qualvoll schluchzte vor dem hellen Licht der Fakkeln und hin- und herschwankte in höllischer Fäulnis.

Durch unsere Fackeln waren wir geschützt vor den Kräften des Todes, die in den dunklen Tiefen des Waldes umgingen, jenseits des Lichtkreises, den die flackernden Flammen warfen. Aber wenn sie auch gegen unsere Körper machtlos waren: sie riefen unseren Geist und zogen ihn an. Bilder des Grauens jagten durch unsere Hirne. Ich sah meinen Freund wieder vor mir, wie er ein halbes Jahr zuvor auf seinem Lager gelegen hatte. Ich dachte an das Dorf in den Bergen und an die fünfzig Menschen, die in einer einzigen Nacht gestorben waren.

Wir wußten, daß wir uns von solchen Bildern und Gedanken losreißen mußten, wenn wir nicht wahnsinnig werden wollten. Hastig, trugen wir abgestorbene Äste zusammen. Das feuchte, morsche Holz brach, wenn wir es aufhoben, oder zerbröckelte in unseren Händen. Zuletzt hatten wir jedoch aus den stärksten und trokkensten einen hohen Haufen geschichtet. Wir leerten ein ganzes Faß Petroleum über ihn und zündeten ihn an. Als die Flammen höher und höher loderten, ging ein Stöhnen des Schmerzes, des Kummers und der Wut durch das Feld des Todes.

»Das Feuer tut ihnen weh«, sagte ich. »Solange das Feuer brennt, können sie uns nichts anhaben. Der Wald wird verbrennen, und sie werden umkommen.«

»Aber wird der Wald denn brennen? Sie haben die Sonne verdunkelt, ja sogar unsere Fackeln. Sieh nur! Sollten sie nicht viel heller brennen? Würde der Wald von selbst brennen, auch wenn sie ihn nicht daran hinderten? Er ist feucht und morsch und wird nicht brennen! Schau, unser Feuer verlischt! Wir schaffen es nicht.«

Wir vermochten nichts auszurichten. Wir mußten es uns eingestehen, als wir nach zwei weiteren Versuchen erkannten, daß der Wald nicht durch Feuer zerstört werden konnte. Es hatte uns nicht an Mut gefehlt, aber nun überkam uns Angst. Kalter Schweiß bedeckte unsere kranken, zitternden Körper, als wir in dem klapperi-

gen Lastwagen den steinigen Hang hinauffuhren und uns in Sicherheit brachten. Unsere Fackeln loderten im Wind hell auf, und eine schwarze Rauchfahne kennzeichnete unseren Fluchtweg.
Wir nahmen uns jedoch vor, zurückzukehren. Wir wollten viele Männer mitbringen und Dynamit. Wir wollten herausfinden, wo sich das Zentrum des Todes befand und es zerstören. Wir versuchten es auch tatsächlich noch einmal. Wieder ohne Erfolg.

Es gab keine weiteren Todesopfer, denn auch die Starrsinnigsten verließen den bedrohten Landstrich, als der Frühling kam und den Todeskreis in seinem ganzen Umfang enthüllte. Angesichts der toten und sterbenden Bäume konnte niemand mehr zweifeln. Über Nacht weitete sich der Kreis um zwanzig, dreißig, ja sechzig Meter aus. Bäume, die eben noch lebendig gegrünt hatten, waren am nächsten Tag trocken und gelb. Und nie zog sich der Tod zurück. In der Nacht rückte er vorwärts. Bei Tage behauptete er den eroberten Boden, und der schreckliche Vormarsch ging Nacht für Nacht weiter.
Entsetzen herrschte unter den Bewohnern der angrenzenden Gebiete. Die Zeitungen brachten in ihren Spalten nichts als gescheiterte Hoffnungen, lange Beschreibungen des weiteren Fortschreitens, weitschweifige Theorien der Wissenschaftler, die sich an der Frontlinie versammelten ... aber keinen Trost.
Wir machten das den Menschen klar, wir sagten ihnen, daß unsere Idee die einzige Aussicht auf Rettung bot, wir erläuterten ihnen unseren Plan und baten sie um Hilfe. »Nein«, sagten sie. »Die Seuche breitet sich aus. Sie begann im Wald, aber sie hat längst die Grenzen des Waldes überschritten. Was würde es nun noch nützen, den Wald zu verbrennen? Die Welt ist zum Untergang verdammt. Kommt mit uns. Lebt, solange ihr noch könnt. Wir müssen alle sterben.«
Nein, niemand wollte auf uns hören. So fuhren wir nach Norden, wo der Tod, fern und unbekannt, die Gemeinschaft der Menschen noch nicht zerrüttet hatte. Dort zweifelten und zögerten die Leute zwar, aber sie hatten noch Vertrauen zu ihren Wissenschaftlern, sie hielten noch Gesetz und Ordnung aufrecht und gingen ihrer Arbeit nach. Aber auch dort stieß unser Plan auf Ablehnung. »Wir verlassen uns auf unsere Ärzte«, sagten sie.
Und keiner wollte mit uns kommen.
»Fred«, sagte ich, »wir sind noch nicht geschlagen. Wir müssen einen großen Lkw beladen, nein, wir nehmen einen Traktor, einen Raupenschlepper, und führen aus, was wir uns vorgenommen haben. Wir nehmen noch mehr Dynamit und Petroleum mit. Wir werden *es* vernichten!«
Es war unsere letzte Chance, und wir wußten es. Wenn wir diesmal versagten, war die Welt wirklich zum Untergang verurteilt. Und wir wußten, daß der Tod von Tag zu Tag stärker wurde und beeilten uns, ihm entgegenzutreten.
Das Material, das wir brauchten, beförderten wir im Lkw über Land: mehr Fakkeln, mehr Dynamit, acht Fässer Petroleum. Wir nahmen sogar zwei Gewehre mit.

Dann luden wir alles auf einen Anhänger, der von einem Raupenschlepper gezogen wurde, und fuhren los.
Dunkelheit herrschte im Wald, obwohl es erst auf Mittag zuging. Schwarz wie ein Brunnenschacht um Mitternacht war der Wald. Unsere Fackeln warfen ihr flakkerndes Rot knapp sieben Meter durch diese Finsternis, und aus der Nacht klang uns ein Summen entgegen wie von Millionen Bienenschwärmen.
Wie wir unseren Weg fanden, weiß ich nicht. Ich versuchte, dorthin zu steuern, wo das Summen am lautesten war, weil ich dort die Quelle der furchtbaren Plage zu finden hoffte. Wir kamen gut voran. Der Raupenschlepper legte eine Spur. Er zermalmte das feuchte, faulende Holz, das den Waldboden bedeckte, zu Brei, und hinter uns her rollte der schwere Anhänger über eine glatte Bahn.
Die riesigen, narbigen Bäume, die alles Astwerk verloren hatten, standen um uns her wie unheimliche Schildwachen, die den Weg wiesen, und je weiter wir vordrangen, desto trostloser wurde das Bild – sofern das noch möglich war. Die ächzenden Stämme, die wie riesige Pfähle aufragten, sahen immer morscher und verfaulter aus, der Geruch des Todes, nicht der übelkeiterregende Gestank der Verwesung, sondern der harmlosere, aber noch durchdringendere Geruch der vollendeten Zersetzung, wurde immer stärker. Und *Es* rief uns und zog uns an. Aus der Dunkelheit kroch es in unsere Hirne. Es zwang ihnen seinen Willen auf. Wir wußten es nicht. Wir wußten nur, daß wir den Gestank nicht mehr widerlich fanden, ja, daß er sich in einen süßen Duft verwandelte. Wir wußten nur, daß uns die schwarzen, schwammigen Bäume plötzlich gefielen, daß sie ein lang gehegtes ästhetisches Bedürfnis befriedigten. Vor meinem Geiste erstand das Bild einer vollkommenen Welt: feuchte, faulende Vegetation, saftiges Fleisch – verwesendes Fleisch, von dem man sich nährte. Über die ganze Welt breitete sich dieses Bild aus, und ich jauchzte vor Freude.
Bei diesem unwillkürlichen Aufschrei blitzte die Erkenntnis in mir auf, daß das nicht meine eigenen Gedanken waren, daß sie mir von außen aufgezwungen wurden. Mit einem Schrei griff ich nach der Fackel über mir und badete meine Arme in der Flamme. Ich riß sie aus der Halterung und schwenkte sie vor dem Gesicht meines Freundes hin und her. Der reinigende Schmerz jagte durch meine Adern und Nerven, das Bild verblaßte, die Sehnsucht verging. Ich war wieder ich selbst.
Plötzlich glaubten wir durch das Summen im Walde vor uns und den stetigen Lärm unseres Motors menschlichen Gesang zu vernehmen. Ich stellte den Motor ab. Ja, nun hörten wir ihn deutlich: einen Gesang in einer vertrauten und doch seltsam veränderten Sprache. Leben! In diesem Reich des Todes? Unmöglich! Das Summen zwischen den pfahlartigen Bäumen stieg auf doppelte Lautstärke an. Jemand – oder etwas – deklamierte. Ich strengte meine Ohren an. Es war unnötig. Klar und laut hallte durch die Finsternis der Sprechgesang:
»Mächtig ist unser Herr, der Wurm. Mächtiger als alle Könige des Himmels und der Erde ist der Wurm. Die Götter schaffen, der Mensch plant und baut, aber der Wurm vernichtet das Werk ihrer Hände.

Mächtig sind, die planen und bauen. Groß ist ihr Werk und ihr Besitz, doch zuletzt erben sie einen schmalen Streifen Erde, und, wahrlich, sogar diesen nimmt ihnen der Wurm.
O Meister! Auf gebeugten Knien geben wir Dir all dies! Wir geben Dir das Leben der Erde, daß es Dir ein Krümchen Nahrung sei. Wir heben Dir die Erde selbst zur Wohnung!
Mächtig, o mächtig über allen Königen des Himmels und der Erde ist unser Herr und Meister, der Wurm, vor dem die Zeit vergeht!«
Krank vor Abscheu und Entsetzen wechselte ich einen Blick mit Fred. Da gab es Leben! Gott allein mochte wissen, was für ein Leben, aber es war Leben, und menschliches obendrein! Und mitten in diesem Höllenwald, von dem Gestank, dem Anblick und den Stimmen des Todes umgeben, lächelten wir einander zu, ja, ich schwöre es: wir lächelten. Wir konnten kämpfen, gegen etwas Greifbares kämpfen. Ich ließ den Motor an, und wir fuhren weiter.
Schon nach etwa dreißig Metern hielt ich wieder, denn wir sahen die Gemeinde der Betenden vor uns: ungefähr fünfzig Menschen, kniend, kauernd, ja sich wälzend im Schmutz und in der Fäulnis. Die Schreie, die sie ausstießen, als das Licht unserer Fackeln ihre blicklos starrenden Augen traf! Nur ein Wahnsinniger könnte sich der Litaneien des Hasses und der Furcht, die sie uns entgegenschleuderten, entsinnen und sie zu Papier bringen. Es gibt einen Klang, den man der menschlichen Stimme zuordnet, und einen Klang, der tierischen Stimmen eigen ist, aber nirgends diesseits des Höllenschlundes könnte man die rauhen Schreie vernehmen, die aus ihren Kehlen drangen, als wir unsere Fackeln packten und auf sie zurannten. Anfangs verstellten sie uns trotzig den Weg, dann aber war der Schmerz, den das ungewohnte Licht ihren empfindlich gewordenen Augen bereitete, zu groß. Mit schrillen Schreckensschreien wandten sie sich ab und flohen, und wir sahen uns um, und noch einmal lächelten wir inmitten all des Grauens und des Schmutzes.
Denn nun sahen wir ihr Idol! Es war nicht aus Holz oder Stein oder irgendeinem anderen reinen Stoff. Es war ein Grabhügel, sieben Meter lang und halb so hoch, bedeckt mit verfaulenden Knochen und Ästen. Die Erde, aus der dieser scheußliche Hügel aufgehäuft war, zitterte und wogte wie von innen her bewegt. Dann sahen wir den Grabstein, nein, es war kein Stein: ein Brett nur, das selbst schon verrottete und schief in dem aufgeweichten Boden stak. Eine einzige Zeile war darauf eingeschnitten: *Das Haus des Wurms.*
Das Haus des Wurms! Ein Grabhügel! Und der Kult der Finsternis und des Todes hatte aus der ganzen Welt ein einziges stinkendes Grab machen und dies noch mit einem Leichentuch der Dunkelheit bedecken wollen!
Mit einem zornigen Aufschrei trat ich in die aufgeschüttete Erde. Die Kruste war dünn, so dünn, daß sie brach und ich beinahe der Länge nach in die Grube gefallen wäre, mitten hinein in die wimmelnde Masse von Würmern! Fett und weiß wanden sie sich im blutroten Schein der Fackeln und krümmten sich unter den Qualen, die ihnen das reinigende Feuer bereitete. Das Haus des Wurms! Was für ein Haus!

Von Abscheu geschüttelt, arbeiteten wir fieberhaft. Das Summen und Brausen des Waldes war zu einem Geheul angewachsen, einem unheimlichen Gekeife, das in unseren Ohren sang und uns den Verstand umnebelte. Wir zündeten noch mehr Fackeln an und badeten unsere Hände in den Flammen, und dann zerstörten wir den finsteren Mächten zum Trotz den wimmelnden Erdhaufen, der die Form eines Grabhügels nachäffte. Wir legten Dynamit. Wir schleppten das Petroleum herbei und gossen es über die Maden, die schon auseinanderschwärmten und wie ein Meer des Schmutzes zu unseren Füßen wogten. Und dann schleuderte ich, ohne an das Fahrzeug zu denken, das uns in Sicherheit bringen sollte, das Kistchen mit dem Schwarzpulver mitten hinein. Ich sah es in der ekligen Masse versinken, warf die brennende Fackel hinterher und floh.

»Art! Der Schlepper und das Petroleum, das wir brauchen, um uns den Weg ins Freie zu bahnen...!«

Ich lachte wie ein Irrer und rannte.

Zweihundert Meter weiter hielten wir und beobachteten das Schauspiel. Die Flammen stiegen zehn, fünfzehn Meter hoch in die Luft und erhellten den Wald, sie drängten die unnatürliche Dunkelheit zurück. Unsichtbare Stimmen heulten vor Wahnsinn, und ihr verzweifeltes Jammern erschütterte uns in tiefster Seele. Wir spürten förmlich, wie diese Stimmen an unseren Körpern zerrten und sie hin und her stießen im unheiligen Rhythmus der sich wiegenden Bäume. Aus der stinkenden Grube, wo das Feuer am lebhaftesten brannte, stieg eine dichte Wolke gelben Rauches auf. Ein ungeheures Prasseln und Schmoren tönte durch den Wald und wurde von der Dunkelheit zurückgeworfen. Der Raupenschlepper war von den Flammen eingeschlossen, aus dem letzten Petroleumfaß schossen lange Feuerzungen, und dann... ein tiefes Dröhnen, der weiche, breiige Boden unter unseren Füßen wallte und bebte, die prasselnden Flammen stiegen, von einer unwiderstehlichen Kraft emporgetrieben, hoch in die Luft, fächerten in langen, grellen Bögen aus und fielen in weitem Umkreis auf den stöhnenden Waldboden nieder.

Das Haus des Wurms war vernichtet. Im gleichen Augenblick erstarb das Geheul zu einem Flüstern der Stille. Der schwarze Nebel der Dunkelheit über uns und um uns her wogte einen Augenblick wie schwarze Seide und griff nach uns, dann zog er sich über die zerstörten Bäume zurück und gab die Sonne frei!

Ja, die Sonne, hell in der Pracht des Mittags, leuchtete über uns auf und wärmte unsere Herzen mit ihrem goldenen Schein.

»Sieh, Art, der Wald brennt«, flüsterte mein Freund. »Nichts hält das Feuer mehr auf, und alles wird zerstört werden.«

So war es. An tausend Stellen stiegen Flammen auf, breiteten sich aus, sandten sonderbare kleine Ausläufer aus, um den weiteren Weg zu erkunden, und faßten Fuß. Wir wandten uns ab und schritten rasch dem warmen Südwind entgegen, der den Berghang herabwehte. Eine halbe Stunde später, nachdem wir etwa drei Kilometer verwüsteten, von üblen Gerüchen erfüllten Waldes hinter uns gebracht hatten, blie-

ben wir stehen und blickten zurück. Der Brand hatte sich über das ganze Tal ausgebreitet und schritt prasselnd nach Norden weiter. Ich dachte an die fünfzig Menschen, die in diese Richtung geflohen waren.
»Arme Teufel«, sagte ich. »Aber sie sind zweifellos schon tot. Sie konnten die helle Sonne nicht lange ertragen.«

So endet die Geschichte von der wahrscheinlich größten Gefahr, die je der Menschheit drohte. Die Wissenschaft stand vor einem Rätsel, und es dauerte eine Weile, bis wir selbst eine Erklärung fanden, die uns befriedigte.
Wir hatten vergeblich in allen erreichbaren Fachbüchern über Okkultismus und ähnliches nachgeschlagen, als uns eine alte Zeitschrift endlich den Schlüssel lieferte, indem sie uns an das halb vergessene Gespräch erinnerte, das ich zu Beginn dieser Erzählung wiedergegeben habe.
Der Kult des Wurms muß ursprünglich der Verehrung des Todes gedient haben. Seine Anhänger errichteten im Tal eine Kultstätte. Das große Grab war der Schrein oder Altar. Durch die Überkonzentration ihres fanatischen Glaubens riefen sie schließlich eine physische Manifestation hervor, das heißt: ihre Gedanken wurden körperliche Wirklichkeit. Und gab es ein mächtigeres Todessymbol als die ewigen Begleiter des Todes – die Würmer und die Bakterien der Verwesung? Vielleicht wurde ihnen ihr Werk dadurch erleichert, daß der Tod stets gegenwärtige Wirklichkeit ist und es daher keiner allzu großen Willensanstrengung bedarf, ihn hervorzubringen.
Wie dem auch sei: von diesem Zentrum, dieser Kultstätte sandten sie Gedankenwellen aus, die stark genug waren, um im ganzen Tal zu wirken, und als sie durch die fanatische geistige Konzentration immer stärker und mächtiger wurden, breitete sich ihr Einfluß immer weiter aus, bis sie zuletzt sogar das Licht zerstörten. Vielleicht erhielten sie auch immer neuen Zustrom. Wir selbst waren ihnen ja beinahe verfallen. Vielleicht wurde das eroberte Gebiet von Geistern bewacht, die sie herbeiriefen, so daß ihrerseits keine weitere Anstrengung vonnöten war, um es zu verteidigen. Das würde die unheimlichen Stimmen erklären, die wir noch aus allen Teilen des Waldes hörten, als die Gläubigen schon geflohen waren.
Was ihre endgültige Vernichtung anbetrifft, möchte ich eine Zeile aus dem alten Buch zitieren, in dem wir die Theorie zum erstenmal lasen: »Wenn dem so ist, gibt es nur ein Mittel, sie zu vernichten: Man muß aufhören, an sie zu glauben.« Als das Grab, ihr großer Fetisch, zerstört war, zerriß das Band, das sie alle zusammenhielt, und als die Gläubigen selbst in den Flammen umkamen, war der Schrecken ein für allemal gebannt.
Das ist unsere Erklärung und unsere Überzeugung.